Fantasy

Herausgegeben von Friedel Wahren

Von **L. E. Modesitt jr.** erschienen in der Reihe
HEYNE SCIENCE FICTION & FANTASY:

1. *Magische Insel* · 06/9050
2. *Türme der Dämmerung* · 06/9051
3. *Magische Maschinen* · 06/9052
4. *Krieg der Ordnung* · 06/9053
5. *Kampf dem Chaos* · 06/9054
6. *Sturz der Engel* · 06/9055
7. *Der Chaos-Pakt* · 06/9056
8. *Die Weiße Ordnung* · 06/9057
9. *Die Farben des Chaos* · 06/9097
10. *Der Magier von Fairhaven* · 06/9098 (in Vorb.)
11. *Sturm der Barbaren* · 06/9099 (in Vorb.)
12. *Freiheit für Cyador* · 06/9100 (in Vorb.)
13. *Die Waffenhändler von Hamor* · 06/9101 (in Vorb.)
14. *Der Malachit-Thron* · 06/9102 (in Vorb.)

Weitere Romane in Vorbereitung

L. E. MODESITT JR.

Die Farben des Chaos

Neunter Roman des Recluce-Zyklus

Deutsche Erstausgabe

WILHELM HEYNE VERLAG
MÜNCHEN

HEYNE SCIENCE FICTION & FANTASY
06/9097

Titel der Originalausgabe
COLORS OF CHAOS
1. TEIL
Übersetzung aus dem amerikanischen Englisch
von Jürgen Langowski
Das Umschlagbild malte Darrell K. Sweet/
Agentur Schlück

Umwelthinweis:
Dieses Buch wurde auf chlor- und
säurefreiem Papier gedruckt

Deutsche Erstausgabe 6/2001
Redaktion: Angela Kuepper

Erstausgabe bei Tom Doherty Associates, Inc., New York
(A Tor Book)

http://www.heyne.de
Printed in Germany 2001
Umschlaggestaltung: Nele Schütz Design, München
Technische Betreuung: M. Spinola
Satz: Schaber Satz- und Datentechnik, Wels
Druck und Bindung: Elsnerdruck, Berlin

ISBN 3-453-17890-4

In Dankbarkeit und Liebe
für Nesby Cornett James,
für alles,
was sie anderen ermöglicht hat,
und mit einem besonderen Dank
für ihre Tochter

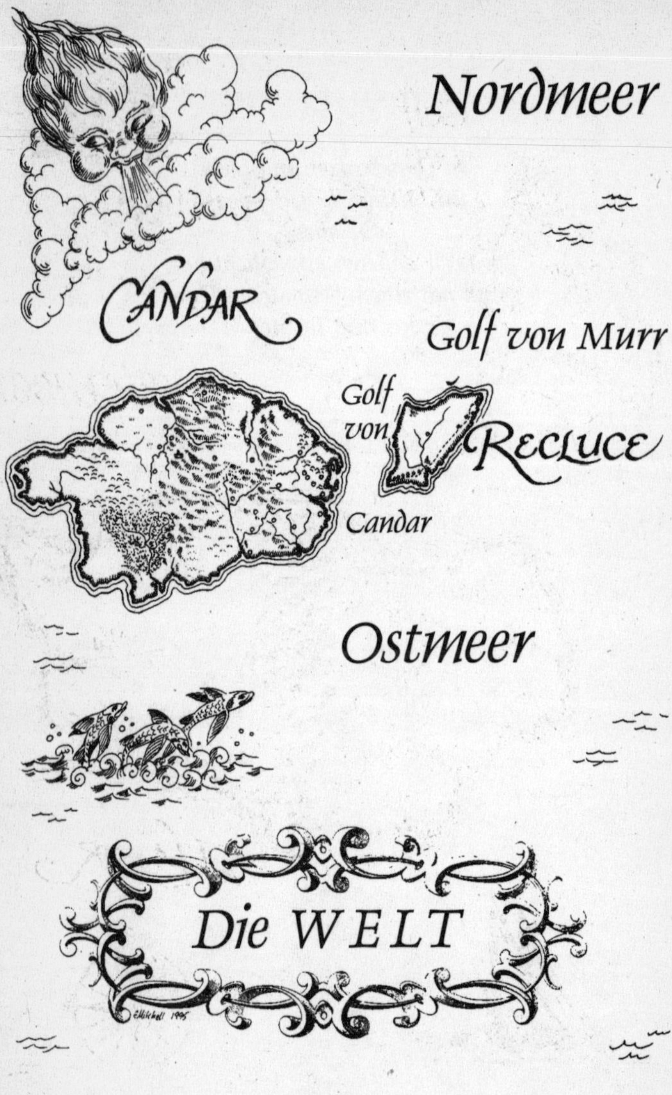
Nordmeer
Candar
Golf von Murr
Golf von
Recluce
Candar
Ostmeer
Die WELT

Golf von Austra
AUSTRA
Brysta
Valmurl
Westmeer
NORDLA
Swartheld
Luba
Cigoerne
AFRIT
Atla
MEROWEY
HAMOR

Gandar
Devalonia
Armat
Rulyarth
Bleyans
Ruinen
Westklippen
Dosai
SUTHYA
Große Steppe
Carpa
West-
hörner
SARRONNYN
Lornth
Jera
Mitteltal
Bornth
Sarron
Eisen-
holzwald
JERYNA
Rohrn
Nordfluss
Biehl
Berlitos
WEST-
WIND
Fenard
JERANS
DELAPRA
Dach der Welt
Südfluss
Clynya
Sommerhafen
Die
Steinhügel
Dellash
(Esalia)
CERLYN
SÜDWIND
Kupfer-
mine
West-
hörner
Südhafen
Steinhügel
MILDR
NACLOS
Der Große Wald
Rybatta
Grasland
Das
Leere
Land
Große Wüste
Diehl
Westmeer

Nordmeer
Kap Devalin
PIDLAR
Kleth
Quend
Ost-
hörner
Tyrhavven
Sligo
Rytel
CERTIS
Lavah
Jellico
MONTGREN
Vergren
Gr.
Fiven
Freistadt
Nord-
bucht
Hydolar
FREISTADT
(LYDIAR)
Renklaar
KYPHROS
Meltosia
Dasir
Telsen
HYDLEN
Jikoya
Arastia
Asula
Pyrdya
Sunta
Gr. Wüste
Ruzor
Worrak
Golf
von
Candar
Golf von Murr
Land-
ende
Schwarze
Residenz
Extina
Alberth
Reflin
Lydkler
Alaren
Eisenmine
Maltra
Feyn
Wandernicht
Clarion
Enstronn
Sigil
Nylan
Südkap
Recluce
Ostmeer

Inhalt

Personenverzeichnis

Nall	Cerryls Tante
Syodor	Cerryls Onkel
Dylert	Sägemühlen-Meister, bei dem Cerryl in die Lehre ging
Brental	Dylerts Sohn
Tellis	Schreiber in Fairhaven
Benthann	Tellis' Geliebte
Pattera	Weberin

Magier

Cerryl	Magier in Fairhaven
Sterol	Erzmagier der Gilde in Fairhaven
Kinowin	Obermagier in Fairhaven
Jeslek	Obermagier in Fairhaven
Anya	Jesleks erste Assistentin, Nichte des Kaufmanns Muneat
Broka	Anatomie-Meister in Fairhaven
Derka	
Disarj	
Esaak	Mathematik-Meister in Fairhaven
Eliasar	Waffen-Meister in Fairhaven
Fydel	
Gorsuch	Magier-Berater in Hydolar (Hydlen)
Huroan	Stellvertretender Kommandant der Stadtwache von Fairhaven
Isork	Magier und Kommandant der Stadtwache von Fairhaven
Myral	Meister der Abwasserkanäle
Redark	
Sedelos	Magier-Berater in Lydiar
Shyren	Magier-Berater in Jellico (Certis)
Sverlik	Magier-Berater in Fenard (Gallos), wurde von dem Präfekten Lyam getötet

LEYLADIN	Schwarze Heilerin, Layels Tochter
BEALTUR	Magier-Anwärter
FALTAR	Magier, Cerryls Freund
HERALT	Magier-Anwärter, Cerryls Freund
LYASA	Magierin, Cerryls Freundin

Herrscher

BEROFAR	Fürst von Hydlen
ESTALIN	Fürst von Lydiar
LYAM	Präfekt von Gallos, wurde von Cerryl getötet
SYRMA	Präfekt von Gallos
RYSTRYR	Vicomte von Certis

Kaufleute

LAYEL	Leyladins Vater, Kommissionär und Kaufmann
MUNEAT	reichster Kommissionär in Fairhaven, Anyas Onkel
JIOLT	einer der fünf reichsten Kommissionäre in Fairhaven; sein Sohn Uleas ist mit Anyas Schwester Nerya vermählt
SCERZET	einer der fünf reichsten Kommissionäre in Fairhaven
FELEMSOL	einer der fünf reichsten Kommissionäre in Fairhaven
LOBOLL	wohlhabender Kaufmann in Fairhaven

Die Farben der Weisse

I

Cerryl trat von einem Bein aufs andere. Er stand in der westlichen Ecke vor der Brüstung, die das Dach der Wachstube umgab. Auf seinem Posten am Nordtor der Weißen Stadt Fairhaven war dies die einzige Stelle, die von den Sonnenstrahlen erreicht wurde. Seine weiße Lederjacke war bis zum Hals zugeknöpft, und obwohl er darunter das dicke Hemd und die weiße Wolljacke trug, die zur Winterkleidung eines vollwertigen Magiers gehörten, war ihm kalt.

Er blickte hinunter zum weißen Granitpflaster der Hauptstraße, die nach Norden bis Lydiar verlief. Ein Stück entfernt, an einer Stelle, die er von seinem Posten aus nicht mehr sehen konnte, beschrieb sie einen Bogen nach Osten.

Es war im Laufe des Tages wärmer geworden, und inzwischen stand Cerryl der Atem nicht mehr als weiße Wolke vor dem Mund, doch der Nordwind pfiff ihm nach wie vor um die weiße Wollhose. Er blickte zu den Bewaffneten in den rot gesäumten weißen Waffenröcken hinunter, die mit schweren Stiefeln vor dem Tor auf und ab trampelten und auf Reisende warteten.

Das Rumpeln eiserner Räder auf dem Stein schreckte Cerryl auf. Auf der Hauptstraße kam ein Wagen in Sicht. Die hohen Seitenwände waren türkis und beige gestrichen, ein ganzer Zug Lanzenreiter in türkisfarbenen Uniformen bildete den Begleitschutz. Zehn ritten dem Wagen voraus, die anderen zehn folgten hinterher. Türkis war die Farbe des Fürsten von Lydiar.

Cerryl fragte sich, was da unter dem Schutz so vieler Lanzenreiter nach Fairhaven geliefert wurde. Kisten voller Goldstücke, mit denen der Straßenzoll entrichtet werden sollte? Die vier Pferde hatten jedenfalls kräftig zu ziehen, demnach trug der Wagen eine schwere Last.

Der ebenfalls türkis uniformierte Kutscher lenkte das Gespann zu den Stadttoren und den Weißen Bewaffneten. Die lydischen Lanzenreiter zügelten die Pferde neben dem Wagen.

»Wegezoll und Waren für Fairhaven. Wir wollen zum Platz der Magier«, verkündete der lydische Hauptmann, ein vierschrötiger Kerl mit schwarzem Haar und Bart. Er reichte dem Anführer der Stadtwächter eine Schriftrolle.

Cerryl holte tief Luft und untersuchte den Wagen mit seinen Ordnungs- und Chaos-Sinnen. Er hatte Metall geladen – Münzen in Kisten, wie Cerryl vermutet hatte. Es waren allerdings nur drei Kisten. Unter dem dunkelgrauen Segeltuch standen außerdem ein Dutzend kleine Fässer, in denen sich möglicherweise Salz befand. Der größte Teil der Salzlieferungen kam aus Lydiar, denn dort war der nächstgelegene Hafen; doch selbst dieser Hafen war noch zwei lange oder drei kürzere Tagesreisen von Fairhaven entfernt.

Der Anführer der Stadtwache blickte fragend zu Cerryl hinauf. Zwei Lanzenreiter, die hinter dem lydischen Offizier warteten, bemerkten den Blick. Einer schluckte, als er Cerryls weiße Kleidung sah.

»So steht es auch auf dem Dokument, Ser«, rief der Anführer der Wache zu Cerryl hinauf.

»Die Angaben treffen zu, Diborl«, antwortete Cerryl.

»Ihr könnt passieren«, sagte der Wächter.

Der Wagen rollte an der Wachstube vorbei und Cerryl lauschte. Lauschen war immer noch das Spannendste, was er auf diesem Posten tun konnte.

»…immer ein Magier hier?«

»Immer… manchmal wird jemand zu Asche verbrannt…«

»…hör doch auf mit diesen dummen Witzen…«

»Nein… darüber macht man keine Witze…«

Cerryl hatte bisher, seit er am Stadttor Dienst tat, das Chaos-Feuer noch nicht gegen aufsässige Personen einsetzen müssen, aber er hatte zwei Wagen mit Konterbande verbrannt. Einer hatte eiserne Klingen unter der Ladefläche transportiert. Der Kutscher und sein Helfer waren jetzt beim Straßenbau und würden den Rest ihres Lebens damit verbringen, die Weiße Hauptstraße durch die Westhörner zu bauen.

Der junge Magier zuckte mit den Achseln. Seiner Ansicht nach hatten die beiden Männer die Schmuggelei nicht einmal selbst ausgeheckt und wahrscheinlich hätten sie auch nicht viel daran verdient. Er war früher Mühlengehilfe und Lehrling bei einem Schreiber gewesen und hatte die Magie unter dem Obermagier Jeslek erlernt. All seine Erfahrungen hatten ihm eines verdeutlicht: So streng die Regeln der Gilde auch waren, so hart die Strafen auch sein konnten, so ungerecht sie manchmal auch verhängt wurden, so waren die Wahlmöglichkeiten doch noch weitaus schlimmer.

Nachdem er eine Weile mit den weißen Stiefeln auf der Stelle getreten hatte, ging Cerryl wieder auf dem Dach des kleinen Wachhäuschens umher, vier Schritte hin, vier zurück, und hoffte, die Bewegung würde ihn wärmen. Manchmal half es, meistens aber nicht.

Er musste gähnen. Er hatte die Arbeit bei der Stadtreinigung schon als langweilig empfunden, aber das war nichts verglichen mit dem Dienst am Stadttor. Bei der Reinigung der Abwasserkanäle hatte er wenigstens die Gelegenheit bekommen, seine Beherrschung des Chaos-Feuers zu vervollkommnen. Als Magier am Stadttor hatte er nichts weiter zu tun, als auf dem Dach der Wachstube zu stehen und in die Gegend zu starren. Außerdem waren die Abwasserkanäle im Winter wärmer und im Sommer kühler. Andererseits stanken sie, wie ihm jetzt wieder einfiel. Ziemlich stark sogar.

»Ser?«

Cerryl blickte nach unten.

Diborl sah zu dem jungen Magier herauf. »Wir haben hier zwei, die eine Plakette brauchen, einen Karren und einen Fuhrmann.«

»Ich komme herunter.«

Cerryl stieg die schmale, steile Wendeltreppe hinunter und kam im hinteren Teil des Wachraums heraus. Von hier aus betrat er die Amtsstube, wo ein drahtiger Bauer mit schütterem braunem Haar wartete. Hinter ihm stand ein Fuhrmann, der eine abgewetzte graue Hose und ein ebensolches Hemd trug.

Der Bauer legte vor dem Wächter, der hier Dienst tat, wortlos fünf Kupferstücke auf die Theke, während der Fuhrmann noch unschlüssig seine Börse in der Hand hielt, in der mehrere Silberstücke oder womöglich sogar ein paar Goldstücke zu klingeln schienen. Die Gebühren waren je nach Größe des Wagens und Art des Gewerbes unterschiedlich hoch.

»Ser«, sagte der Wächter zu dem Bauern und deutete auf einen weiteren Wächter, der schon einen Bohrer, einen Hammer und einen Lederbeutel mit kupfernen Nieten in der Hand hielt, »Vykay und der Magier werden die Plakette anbringen.«

»Macht nur, damit ich weiterkomme.«

»Es wird nicht lange dauern«, versicherte Cerryl dem Mann. Der Bauer schien beinahe so alt zu sein wie Tellis, der Schreiber, bei dem Cerryl gelernt hatte, bevor die Gilde ihn gefunden und zum Magier-Anwärter gemacht hatte.

Der Karren stand hinter dem Wachhaus, ein braunes Maultier war angespannt. Das Maultier starrte Cerryl an, Cerryl starrte zurück und betrachtete die Körbe mit Kartoffeln auf der Ladefläche.

»Die Plakette muss hier an der Seite befestigt werden.« Vykay hielt die Messingplakette eine Handspanne unter die Oberkante des Kutschbocks. »Geht das so?«

»Da könnte sie bei der Einfahrt in den Schuppen hängen bleiben. Etwas höher vielleicht?« Der Bauer nickte. »Ja, dort. Es ist ein neuer Karren, der Alte taugt nichts mehr.«

Der Wächter schob die Plakette höher und sah sich fragend zu Cerryl um.

»So ist es gut.«

Mit geübten Bewegungen markierte der Wächter das Holz mithilfe eines Fettstifts, nahm den Handbohrer und bohrte die Löcher für die Nieten.

»Es ist noch gar nicht so lange her, dass es nur drei Kupferstücke gekostet hat«, sagte der Bauer zu Cerryl. »Da wart Ihr aber noch nicht hier, junger Magier.« Der Mann lächelte unsicher. »Aber man will sich ja nicht beklagen. Das nützt sowieso nichts und außerdem will ich lieber die Weißen Hauptstraßen nehmen als die schlammigen Trampelpfade, die sie anderswo Straßen nennen.«

Cerryl nickte und sah kurz zu der Plakette, die Vykay vorübergehend auf dem Kutschbock abgelegt hatte. Sie war nicht mehr als ein rechteckiges Stück Metall, auf das der Umriss des Weißen Turms und daneben eine 1 für das Winterhalbjahr und die Jahreszahl geprägt waren.

»So, das hätten wir, Ser.« Vykay richtete sich auf, legte die Plakette an das Brett, schob die Bolzen durch die Löcher und befestigte die dazugehörigen Nieten mit zwei raschen Hammerschlägen. Dann blickte sich der Wächter zu Cerryl um.

Der Weiße Magier nickte. Er konzentrierte sich und flößte der Plakette und den Nieten ein wenig Chaos-Energie ein. Er konnte spüren, wie seine Stirn heiß wurde. »So.« Cerryl wandte sich an den Bauern. »Damit darf Euer Wagen ein Jahr lang auf allen Weißen Hauptstraßen fahren, Ser. Ich muss Euch aber warnen, dass Ihr eine neue Plakette braucht, wenn Ihr Euch daran zu schaffen macht. Und Ihr könntet Euch dabei sogar verletzen.«

»Das war mir schon bekannt, aber trotzdem, vielen Dank.« Der Bauer nickte knapp und nahm die Zügel des Maultiers, zog daran und lenkte den Karren auf die Straße hinaus. Er lief neben dem Tier, statt darauf zu reiten.

Cerryl blickte zum zweiten Wagen, einem langen, grauen Fahrzeug mit hohen Seitenwänden, deren Bretter mit Bronzebeschlägen verstärkt waren. Das aufgemalte Wappen auf der Seitenwand verriet ihm, wem der Wagen gehörte: »Kyrest und Fyult, Getreidehandel.«

Der Fuhrmann stand neben dem Wagen. »Wenn Ihr jetzt einfach das Schild…«

Vykay nickte und sah Cerryl fragend an.

Cerryl griff mit den Sinnen hinaus und löste das restliche Chaos auf. Allerdings war nur noch wenig vorhanden, Vykay hätte die alte Plakette auch mit bloßer Hand abnehmen können.

Vykay holte einen Meißel und schlug die alte Plakette mit zwei raschen Schlägen ab, um die neue anzubringen.

Cerryl brachte die Chaos-Versiegelung an und wandte sich an den Wächter. »Ist das für den Augenblick alles?«

»Ja, Ser.«

Lächelnd entfernte Cerryl sich und bezog wieder seinen Ausguck auf dem Dach der Wachstube. Er sah sich nach Norden zur Hauptstraße um. Im Augenblick herrschte in der Nähe der Tore nur wenig Verkehr; in der Ferne rollte ein weiterer Wagen durch die grauen Hügel in Richtung Fairhaven. Er wunderte sich, dass angesichts der Lage der Stadt die Reisenden aus Hrisbarg, Lydiar und dem Osten Candars durchs Nordtor hereinkamen. Seltsam fand er es auch, während er weiter darüber nachdachte, dass die Große Weiße Hauptstraße in Gallos und im westlichen Certis viel gerader verlief als in der Nähe von Fairhaven – und dies, obwohl Fairhaven doch der Sitz der Gilde und der Magier war, die sich seit Jahrhunderten bemühten, im Osten Candars die großen Straßen zu bauen.

Kräftig aufstampfend lief er hinter der Brustwehr hin und her, aber die Füße blieben kalt, beinahe taub.

Als der Glockenschlag klar und laut heraufhallte, stand Cerryl schon vorgebeugt an der Brustwehr, weil er die Wagenräder auf dem Stein knirschen gehört hatte.

Ein Bauernkarren hatte bei den Wächtern angehalten. Drei Männer, die grob gewirkte graue Sachen trugen, standen daneben. Drei Männer und obendrein noch ein Kutscher?

»Was habt Ihr geladen?«

»Nur unsere Sachen. Wir wollen zu Junuy, Korn für die Mühle in Lavah holen.«

Cerryl runzelte die Stirn. Lavah lag an der Nordseite der Großen Nordbucht, das war ein weiter Weg für eine Getreidelieferung. Er streckte die Sinne zum Wagen aus und nickte in sich hinein, während er das Chaos heraufbeschwor, dessen Kraft er gleich brauchen würde. Er wünschte sich, es wäre nicht nötig, aber er musste sich ins Unvermeidliche schicken. »Da ist etwas in dem Kasten unter der Sitzbank. Öle, würde ich sagen.«

Der Kutscher holte unter dem Wagensitz eine Eisenklinge hervor. Die Wächter am Tor zogen automatisch die Kurzschwerter blank, aber sie wichen einen Schritt zurück.

Cerryl konzentrierte die Chaos-Energie auf den Kutscher, wartete noch einen Augenblick und hoffte, der Mann würde die Klinge wieder sinken lassen, aber er hob sie jetzt sogar und wollte offenbar angreifen.

Mit lautem Zischen schlug die Feuerkugel so heftig in den Körper des Mannes, dass dieser nicht einmal mehr Zeit hatte zu schreien. Ein dumpfes Scheppern ertönte und die Klinge fiel neben dem Wagen aufs Granitpflaster. Weiße Asche wehte über den verkohlten Sitz des Wagens. Die anderen drei Männer ließen sich von den Wächtern widerstandslos in Ketten legen und zur Arrestzelle führen, wo sie auf den Wagen der Stadtwache zu warten hatten. Die Stadtwache würde die Männer festsetzen, bis sie zum Straßenbau abkommandiert wurden.

Cerryl war froh, dass die anderen drei nicht ebenfalls Waffen gezogen hatten. Es war schon schlimm genug gewesen, dass er den Kutscher hatte töten müssen. Er wünschte, der Mann hätte die Klinge nicht gezogen, aber es war nun einmal streng verboten, die Waffe gegen Wächter oder Magier zu erheben, und die Regeln mussten befolgt werden.

Zwei Wächter inspizierten jetzt den Wagen und zogen eine Klappe auf.

»Da habt Ihr gut aufgepasst, Ser. Fast ein Dutzend Krüge mit Duftöl – aus Hamor, würde ich sagen«, rief Diborl zum jungen Magier hinauf.

Cerryl schaffte es zu nicken. Sein Kopf tat weh und pochte. Myral hatte ihn gewarnt, dass es schmerzhaft war, das Chaos gegen kaltes Eisen einzusetzen, aber er hatte keine Wahl gehabt, denn er war dafür verantwortlich, dass keiner der Wächter verletzt wurde. Abwesend fragte er sich, warum er das Öl so leicht hatte bemerken können. Natürlich rechnete kein Schmuggler damit, ertappt zu werden, und das versteckte Fach im Wagen war gut durchdacht und vielleicht sogar schon öfter benutzt worden. Bedeutete dies, dass die Magier an den anderen Toren zu faul oder unfähig waren? Oder sahen sie absichtlich nicht allzu genau hin?

Er schürzte die Lippen. Keine dieser Möglichkeiten gefiel ihm, aber er musste sich eingestehen, dass er nicht genug wusste, um den wirklichen Grund zu kennen.

Unten schleppten die Wächter die Krüge mit Öl, die wahrscheinlich mit Bleipigment überzogen waren, ins Lager. Die konfiszierten Waren wurden alle acht Tage versteigert, und wer den Zuschlag bekam, musste außer dem Preis auch alle Zölle und Gebühren entrichten. Das Gold, das dadurch hereinkam, wurde für den Bau und die Unterhaltung der Straßen verwendet, wie Cerryl von Kinowin erfahren hatte.

Selbst wenn manche Schmuggler Erfolg hatten, so verstand Cerryl nicht, warum die Leute es immer wieder versuchten. Gewürze waren nur schwer vom Tuch oder Holz eines Wagens zu unterscheiden, aber Metallgegenstände konnte man ganz sicher nicht durch die Tore schmuggeln. Leyladin, die Graue oder Schwarze Magierin mit den rötlich blonden Haaren, die der Gilde als Heilerin diente, war vielleicht zu feineren Wahrnehmungen fähig, aber die meisten Weißen Magier waren es nicht. Doch selbst der unbegabteste Weiße Magier konnte Metall spüren, und wenn es hinter einer Elle dickem Holz verborgen war.

Er schüttelte den Kopf und fürchtete, dass er die Antwort längst kannte. Die Gilde behielt ihre Geheimnisse für sich und hütete sie gut. Cerryl erinnerte sich an den Flüchtling, der von einem Magier der Gilde in Asche verwandelt worden war. Cerryl hatte damals noch als Gehilfe für den Sägemüller Dylert gearbeitet und durch einen Spalt in der Tür des Holzschuppens nach draußen gespäht.

Unter Diborls Aufsicht holte ein Wächter die beiden Gefangenen, die zur Straßenreinigung eingeteilt waren, damit sie die Asche vom Wagen fegten. Jeden Morgen brachte einer der Wächter zu diesem Zweck ein paar Gefangene mit. Für gewöhnlich waren es Männer, die den Frieden gestört hatten, ohne ein schwereres Verbrechen zu begehen, das eine Verbannung zum Straßenbau gerechtfertigt hätte.

Cerryl rieb sich die Stirn und blickte nach Westen. Die Sonne stand noch ein gutes Stück über den niedrigen Hügeln, aber die Tore würden erst geschlossen werden, wenn es ganz dunkel war. Glücklicherweise war es Winter und die Sonne ging früh unter. Er mochte sich kaum vorstellen, wie lang der Dienst im Sommer war. Er freute sich wahrhaftig nicht darauf.

Obermagier Kinowin hatte erklärt, dass Cerryl in den ersten paar Dienstjahren als vollwertiger Magier immer wieder für eine oder zwei Jahreszeiten am Tor würde Dienst tun müssen, bis die Gilde eine neue Aufgabe für ihn fand. Aber welche anderen Aufgaben konnte die Gilde schon haben? Und welche neuen Fähigkeiten sollte er auf solch einem Posten entwickeln? Mit Waffen konnte er ganz sicher nicht umgehen und mit den Energien im Innern der Erde konnte er im Gegensatz zu Kinowin, Eliasar und Jeslek ebenfalls nichts anfangen. Ein Chaos-Heiler wie Broka war er auch nicht. Die Gilde brauchte keine Magier, die als Schriftgelehrte aushelfen konnten, aber genau dort lag seine Stärke.

Also konnte er sich darauf einstellen, noch zwei oder drei Jahre lang Wagen zu beobachten und herauszufinden, wer sich um das Entrichten der Straßenzölle zu drücken versuchte oder feine Tücher und Gewürze in die Stadt schmuggeln wollte.

Er drehte sich um, marschierte wieder auf der Plattform hin und her und wünschte sich, die Sonne möge endlich untergehen. Er blickte kurz zur leeren, kalten Hauptstraße, die wärmer, viel wärmer ausgesehen hätte, wenn Leyladin irgendwo in der Nähe gewesen wäre.

Aber manchmal half es ihm nicht einmal, an Leyladin zu denken. Sie war eine Heilerin und er ein Weißer Magier, und Schwarz und Weiß passten nicht unbedingt zusammen. Manche Weißen konnten nicht einmal Schwarze Magier berühren, ohne körperliche Schmerzen zu empfinden. Er hatte bisher nur ihre Hände gehalten, mehr nicht. Würde es dabei bleiben müssen?

Er schritt unruhig, fast zornig auf dem Dach hin und her.

II

... Zu der Zeit, als die Winde sich verlagerten und der Regen nicht mehr so stark auf Candar nieder fiel, als das gute Weideland von Kyphros sich in eine karge Wüste verwandelte und die Steinhügel eher jenen Öfen ähnelten, in denen Metall geschmolzen wird, begann man überall auf der Welt zu verstehen, welch große Gefahr von der Schwarzen Insel drohte.

Selbst der Kaiser von Hamor schickte seine Flotte bis in den Golf von Candar und suchte die Talismane der dunklen Ordnung, die von Creslin dem Schwarzen getragen wurden, um sie zu zerstören, damit die Welt nie wieder unter den Qualen zu leiden hätte, die das alte Cyador heimgesucht hatten.

Obwohl von der Gilde vor den großen Stürmen gewarnt, die der böse Creslin heraufbeschwören konnte, glaubte der Kaiser von Hamor, er allein sei fähig, die Talismane der Ordnung zu bergen, um dadurch Hamor zum bedeutendsten aller Länder zu machen.

In seiner Gier und Überheblichkeit schickte der Kaiser mehr als zwanzig Schiffe aus, voller Bewaffneter und Waffen jeglicher Art und Größe. Die Schiffe segelten in den Hafen, den wir heute Landende nennen, und griffen die kleine Fes-

tung an, während Creslin weit entfernt auf den hohen Winden flog.

Doch obwohl Creslin abwesend war, konnte Megaera mit ihrem schwarzen Herzen mächtige Feuer beschwören und etliche der Schiffe des Kaisers in Scheiterhaufen verwandeln, auf denen Seeleute und Bewaffnete gleichermaßen verbrannten.

Creslin aber kehrte zurück mit seiner Klinge und den gewaltigen Winden und alle bis auf ein einziges Schiff versanken sie im Meer und alle bis auf zwanzig Bewaffnete von den Tausenden Kämpfern gingen unter.

Creslin aber nahm sich das einzige Schiff, das geblieben war, rüstete es neu aus und richtete es sich ein, auf dass es das erste Schiff der Schwarzen Flotte wurde…

Die Farben der Weiße
(Handbuch der Gilde von Fairhaven)
Vorwort

III

Cerryl grüßte die beiden Wächter im Turm, deren Namen er nicht kannte, mit einem Nicken, als er an ihnen vorbeiging, um dem Obermagier Kinowin Bericht zu erstatten.

»Guten Tag, Ser«, erwiderte der ältere Wächter.

Cerryl lächelte höflich. Er war froh, dass die Dienstschicht sich dem Ende zu neigte, auch wenn sie wie meistens ruhig und ohne besondere Vorkommnisse verlaufen war. Anders als jener Tag, an dem er die Ölschmuggler erwischt hatte.

Kinowins Quartier befand sich im ersten Stockwerk des Turms, die Tür lag links hinter der Wachstube. Derkas Tür war auf der anderen Seite. Cerryl war noch nie dort gewesen, aber Faltar hatte es ihm erzählt.

Abgesehen von der Gelegenheit, als Jeslek behauptet hatte, Cerryl hätte seine Aufgaben nicht richtig erfüllt – oder genauer gesagt, als Jeslek darauf beharrt hatte, dass man Cerryl noch gar keine Aufgabe gestellt hätte –, worauf der Erzmagier Sterol sich an Kinowin, Myral und Derka gewandt hatte, um über die Situation zu beraten, hatte Cerryl mit dem gebeugten, silberhaarigen Derka kaum zu tun gehabt. Doch Cerryl war nicht entgangen, welch große Macht sich hinter der freundlichen Stimme und der gebeugten Haltung verbarg.

Jeslek hatte, dem Licht sei Dank, schließlich einräumen müssen, dass er Cerryl, ob wissentlich oder unwissentlich, tatsächlich eine Prüfungsaufgabe gestellt hatte, und Sterol und die anderen waren übereingekommen, dass Cerryl bestanden hatte und fortan als vollwertiger Magier angesehen werden musste.

Cerryl schnaubte, als er daran dachte. Wenn es nicht als Aufnahmeprüfung für den Rang des Voll-Magiers galt, heimlich in eine fremde Stadt zu schleichen, um den Herrscher mit Chaos-Feuer zu töten, und unbemerkt wieder zu entkommen, was war dann überhaupt ausreichend? Andererseits stellte man an ihn, da er ein Waisenkind mit fragwürdiger Vergangenheit war, besonders hohe Anforderungen. In einem Punkt war man allerdings nachsichtig gewesen. Sterol war bekannt, dass Cerryl das Chaos-Feuer schon vor seiner Aufnahme in die Gilde eingesetzt hatte, und der Erzmagier hatte es ihm durchgehen lassen. Cerryls Vater war weniger vom Glück begünstigt gewesen und deshalb war Cerryl schon kurz nach seiner Geburt ein Waisenkind geworden.

»Cerryl, Ser«, meldete er sich an, als er an die weiße Eichentür klopfte. Es machte ihm nichts aus, Kinowin Bericht zu erstatten, dem zweiten Obermagier der Gilde, den er neben Jeslek kannte. Der Grund war wohl der, dass auch Kinowin sich aus ärmlichen Verhältnissen bis in diese Position hochgearbeitet hatte, wenngleich er weit größeren Widrigkeiten ausgesetzt gewesen war als Cerryl.

»Kommt herein«, grollte Kinowins tiefe Stimme.

Cerryl huschte ins Zimmer, das ganz anders eingerichtet war als Myrals oder Jesleks Quartier. Myrals Raum war voller Bücher, während Jesleks Zimmer nur das Notwendigste enthielt. Kinowin jedoch hatte die Wände mit bunten Tüchern zugehängt, die in ganz unterschiedlichen Stilrichtungen und Schattierungen bedruckt waren. Seine Bücher passten auf ein kleines Regal mit vier Brettern, das neben dem einzigen Fenster an der Wand hing. Sogar der Tisch, auf dem das Spähglas lag, war mit einem purpurnen, grün eingefassten Tuch geschmückt.

»Dann darf ich annehmen, dass heute nichts Unerfreuliches geschehen ist?« Kinowin lächelte belustigt, aber nicht unfreundlich. Das purpurne Mal auf seiner Wange bebte ein wenig.

»Nein, Ser. Überhaupt nichts. Es sind nur wenige Wagen mit Fracht gekommen und nur eine Kutsche aus Lydiar. Nicht mehr als zwei Reisende, ein Getreidehändler aus Worrak und einer aus Ruzor.«

»War nicht neulich noch ein Olivenhändler aus Kyphros da?«

»Äh… richtig, ich glaube, vor zwei Tagen.«

»Es kommen nicht mehr viele Händler nach Fairhaven, nicht wahr?« Kinowin nickte zum Stuhl hin, der ihm gegenüber stand. »Wir müssen reden.«

In Cerryls Bauch verkrampfte sich etwas.

»Nein… Ihr habt nichts Falsches getan, und der große Jeslek verhält sich bisher ruhig, was Euch betrifft. Er ist immer noch in Gallos damit beschäftigt, neue Berge wachsen zu lassen. Angeblich, wie er sagt, um die Weiße Hauptstraße zu schützen…«

Cerryl machte sich seine Gedanken. Jeslek war der Ansicht, eine solche Demonstration von Chaos-Kräften werde dem Präfekten von Gallos zeigen, welche Macht die Gilde hatte, aber Cerryl glaubte nicht, dass dies Jesleks einziger Grund war.

»... und außerdem«, fuhr Kinowin fort, »hat Jeslek aus dem Norden von Kyphros einige Viehdiebstähle gemeldet. Seinen Botschaften zufolge klagen die Einheimischen darüber, dass die Diebe ungestraft analerianisches Vieh stehlen und in Fenard schlachten. Er hat dem neuen Präfekten eine Nachricht geschickt – das ist übrigens Euer ›Freund‹ Syrma – und durchblicken lassen, dass auch in Gallos alles mit rechten Dingen zugehen müsse.«

»Syrma wird darüber nicht gerade begeistert sein, so wie ich ihn kenne.«

»Nein, das wird er nicht, aber Jeslek ist der Überzeugung, dass Fairhaven mit starker Hand regieren muss. Sterol und ich sind seiner Meinung... was das Zurschaustellen größerer Präsenz anbelangt.« Kinowin lachte humorlos. »Und damit kommen wir zu dem Punkt, den wir besprechen müssen. Sterol und ich haben uns neulich unterhalten und beschlossen, dass einige jüngere Magier einen tieferen Einblick in den Gang der Dinge bekommen sollten. Aber... wir reden mit jedem von Euch einzeln. Ich möchte auch, dass Ihr dies für Euch behaltet. Ihr könnt mit mir, mit Myral, mit Sterol und natürlich auch mit Jeslek darüber sprechen. Ihr könnt es in allgemeiner Form auch mit den anderen jungen Magiern bereden, aber erwähnt nur Dinge, die bereits geschehen sind.« Kinowin legte den großen Kopf schräg. »Habt Ihr mich verstanden?«

»Ja, Ser.« Cerryl runzelte die Stirn. »Ich glaube schon. Die Leute reden viel, aber es stimmt nicht immer, was sie sagen, und Ihr wollt sicherstellen, dass wir genau verstehen, was wirklich vor sich geht. Aber Ihr wollt nicht, dass alle es hören, und zudem gibt es einige Leute, die nicht alles erfahren sollen, weil sie…« Cerryl unterbrach sich, als er das Funkeln in Kinowins Augen bemerkte. »Verzeihung, Ser. Vielleicht habe ich es doch nicht richtig verstanden.«

Kinowin schüttelte lachend den Kopf. »Ihr habt es sehr gut verstanden. Ihr habt genau begriffen, dass man immer mit Intrigen und Verwicklungen rechnen muss. Kein Wunder, dass Jeslek sich Euretwegen Gedanken macht. Ihr solltet dennoch über gewisse Dinge wirklich nur mit mir oder Myral reden.«

Cerryl nickte bedächtig und nahm schweigend zur Kenntnis, dass der Obermagier soeben weder den Erzmagier Sterol noch den Obermagier Jeslek erwähnt hatte.

Kinowin rückte auf dem Stuhl hin und her, stützte die Ellbogen auf den Tisch und beugte sich vor. »Ihr wisst, dass Syrma jetzt Präfekt von Gallos ist. Lyams Familie… die meisten sind Woll- oder Holzhändler… ist über diese Situation nicht erfreut. So wenig wie die Hauptleute der gallischen Streitkräfte. Ganz besonders unzufrieden ist ein Mann namens Taynet – er ist der älteste Heerführer. Für die Gilde bedeutet das, dass wir Syrma nicht zwingen können, all die Goldstücke zu entrichten, die Lyam uns noch aus der Zeit schuldete, als er Präfekt war.«

Cerryl wusste nicht, was die Intrigen in Gallos mit ihm selbst und der Gilde zu tun haben sollten, aber Kinowin war kein Mann, der seine Zeit mit müßigem Geschwätz vergeudete.

»Die Händler in Gallos führen über Spidlar Waren aus Recluce ein – Wolle, Gewürze und sogar Kupfer. Die Schwarzen Händler liefern Baumwolle und Leinen aus Austra – und sogar günstiger als die Waren aus Hydlen. Sie schaffen das Kupfer billiger von Südhafen nach Spidlaria, als unsere Händler es auf dem Landweg durch die Westhörner transportieren können.« Kinowin hielt inne und legte den Kopf wieder schief, als sei er unschlüssig, wie er fortfahren sollte. »Und mit den Einnahmen kaufen sie unser Getreide und unsere Knollenfrüchte. Sie können zwar auf Recluce auch selbst Getreide anbauen, aber es reicht nicht.«

Der junge Magier wartete.

»Der Fürst von Lydiar baut die Kupfermine südlich von Hrisbarg weiter aus... vielleicht können wir ihn sogar überzeugen, die alte Eisenmine wieder zu öffnen. Er ist nicht erfreut, dass billigeres Kupfer und Eisen ins Land kommen.« Kinowin unterbrach sich. »Was fällt Euch dazu ein?«

Cerryl fiel dazu eine ganze Menge ein – und im Grunde doch überhaupt nichts. Händler waren immer unglücklich, wenn jemand anders billiger verkaufte, es sei denn, sie waren selbst in dieser glücklichen Lage. Syrma hatte in Gallos einen schweren Stand. Er war Präfekt geworden, nachdem Cerryl seinen Vorgänger Lyam ermordet und damit eine recht deutliche Mahnung der Gilde ausgesprochen hatte, dass man nicht damit einverstanden war, wenn die Galler weiterhin die Weißen Straßen benutzten, ohne Wegezölle zu bezahlen. Zusätzlich hatte Jeslek ein kleineres gallisches Heer mit seinen Chaos-Kräften vernichtet und den Gallern auf diese Weise verdeutlicht, dass es sinnlos war, Fairhaven zu trotzen. Natürlich waren die Händler und Kaufleute nicht erbaut, dass sie jetzt Straßenzölle entrichten mussten, und Lyams Familie war nicht sonderlich gut auf Fairhaven zu sprechen.

»Die Situation ist nicht günstig und scheint ungünstig zu bleiben«, antwortete Cerryl schließlich ausweichend. »Was ist mit dem Vicomte von Certis?«

»Der Vicomte schert sich nicht um Bergbau, Metalle und Wolle. Ihm geht es nur um Öle, und im Augenblick könnten seine Kaufleute mehr Öl verkaufen, als die Arbeiter überhaupt zu ernten und pressen vermögen. Für die Certaner ist der Preis ungefähr gleich, ob sie die Wolle nun aus Montgren oder über Tyrhavven oder Spidlaria aus Recluce beziehen.«

Cerryl wunderte sich im Stillen, dass er, ein Waisenkind, das von einem verkrüppelten Bergmann aufgezogen worden war, heute als Angehöriger des Weißen Ordens von Fairhaven über Händler, Kaufleute und Herrscher nachdenken musste. »Ich kann nur mutmaßen, Ser. Es sind doch letztlich die Weißen Straßen, die Candar und die Gilde beisammen halten. Ihr sagt mir nun, dass der Präfekt von Gallos möglicherweise ausgetauscht wird, wenn er uns nicht unterstützt. Dem Vicomte von Certis ist es einerlei, er will uns nicht beleidigen, aber er könnte es schwer haben, seine Hauptleute dazu zu bringen, uns gegen Gallos zur Seite zu stehen.« Er überlegte. »Was ist mit dem Fürsten von Hydlen?«

»Fürst Berofar ist alt und müde.«

Cerryl schluckte. »Also heißt das, es wird früher oder später Krieg geben?«

Der Obermagier lächelte grimmig. »Jeslek, Sterol und ich sind selten einer Meinung… doch wir fürchten alle, dass es so kommen wird. Aber dass Ihr mir mit niemandem darüber redet!« Kinowin lehnte sich zurück, als wolle er auf Cerryl einwirken lassen, was er gerade gesagt hatte. »Ihr wart bei Jeslek«, fuhr er nach einer kleinen Pause fort, »als er die gallischen Lanzenkämpfer mit dem Chaos-Feuer vernichtete, nicht wahr? Wie hat Jeslek nach dem Kampf ausgesehen?«

»Wir haben alle sechs geholfen, Ser«, erwiderte Cerryl etwas ausweichend. »Jeslek hat allerdings viel mehr zum Sieg beigetragen als alle anderen.«

»Aber ohne Euch hätte er womöglich nicht gesiegt?«

»Ohne uns wäre sein Sieg nicht sicher gewesen«, räumte Cerryl ein.

Kinowin lachte. »Gut gesprochen. Ihr seid vorsichtig.« Der große Magier stand auf, ging zum Fenster und blickte zu den Schatten hinunter, die östlich vom Weißen Turm auf die Straße fielen. »Wie viele Galler waren es?«

»Etwa zwanzig Züge.«

»Der Präfekt von Gallos kann beinahe zwanzigmal so viele Lanzenkämpfer ausheben, wenn er es für nötig befindet.« Kinowin drehte sich um und wandte sich wieder an den sitzenden Cerryl. »Der Vicomte von Certis ist weit schwächer, auch wenn er vielleicht fünfzig Züge aufbieten kann. Der Fürst von Lydiar kann trotz seiner Prahlerei vermutlich kaum mehr als hundert Züge ausgebildeter Lanzenkämpfer stellen. Wir haben etwas mehr als zweihundertfünfzig Züge Lanzenkämpfer und noch einmal hundert Züge andere Bewaffnete und Bogenschützen. Habt Ihr eine Vorstellung, wie viele Goldstücke uns das jedes Jahr kostet?«

»Nein, Ser.«

»Würde man die Kisten allein mit dem Sold vor uns aufstellen, dann würden wir hier zehntausend Goldstücke sehen.«

Cerryl schluckte. Es verschlug ihm die Sprache, dass allein zum Unterhalt der Bewaffneten so viel Gold aufgewendet werden musste.

Kinowin lächelte ironisch. »Wie viele Lanzenkämpfer habt Ihr in Gallos getötet? Ihr allein?«

»Ich habe sie nicht gezählt, Ser. Ich würde sagen, ein halbes Dutzend, vielleicht ein paar mehr.«

»In einer Schlacht habt Ihr mehr Gegner getötet als manche Lanzenreiter in mehreren Jahren. Außerdem reinigt Ihr Abwasserkanäle und Wasserleitungen. Neulich habt Ihr einen Mann getötet und verhindert, dass die Wächter verletzt wurden, und Ihr habt dafür gesorgt, dass die Gilde nicht um Zölle und Gebühren geprellt wird. Euer Gehalt beträgt mehr als das Zehnfache eines erfahrenen Lanzenkämpfers, aber dafür erwartet die Gilde auch die zehnfache Leistung von Euch.« Kinowin hielt inne. »Aber darin liegt auch ein Problem. Könnt Ihr es erkennen?«

Cerryl runzelte die Stirn. »Dass die Gilde nicht groß genug ist?«

Der Obermagier nickte. »Genau. Und Gallos ist zu groß und zu mächtig geworden. Die Zölle und Gebühren reichen kaum aus, um unsere Magier und Lanzenkämpfer zu besolden. Dennoch müssen wir dafür sorgen, dass Gallos die Straßenzölle bezahlt, weil es sonst bald niemand mehr tut. Deshalb hat Jeslek Euch geschickt, um Lyam zu töten, und deshalb lässt er Berge wachsen. Und deshalb muss Sterol dies zulassen.«

Cerryl leckte sich die Lippen. Er hatte gewusst, dass Jeslek nicht nur aus Eitelkeit und Prahlerei die Kleinen Osthörner hatte wachsen lassen.

»Es würde mich nicht wundern, wenn wir bald Eliasar und die Weißen Lanzenreiter nach Gallos schicken müssten. Jemand muss Sverlik ersetzen und der betreffende Magier muss genügend Kräfte hinter sich wissen, um Syrma zu überzeugen, dass er besser einlenken sollte.«

»Es gibt sicher einen guten Grund dafür, Ser, aber könnt Ihr mir erklären, warum wir nicht einfach die Gebühren und Zölle anheben?«

»Cerryl… denkt nach. Was habe ich Euch gesagt, als Ihr Euch gesetzt habt?« Kinowins Gesicht verriet nicht, was in ihm vorging.

Der schlanke junge Magier mit dem schmalen Gesicht versuchte, sich an die Worte seines Vorgesetzten zu erinnern. »Oh… höhere Zölle verteuern auch die Waren, bis die Leute die Straßen überhaupt nicht mehr benutzen und auch keine Steuern mehr zahlen.«

Kinowin nickte. »Straßen sind teurer als der Schiffstransport, zumal die Schwarzen günstige Winde rufen können, die ihre Schiffe antreiben.«

Cerryl überlegte. »Es gibt viele Dinge, die man nicht aus Recluce oder von sonst wo mit dem Schiff herbeischaffen kann. Teppiche aus Sarronnyn und Oliven aus Kyphros, Schwefel aus Hydlen.«

»Die Menschen vergessen, welchen Nutzen ihnen die Straßen bringen. Sie denken nur an die Kosten.« Kinowin räusperte sich. »Ihr müsst über all diese Dinge nachdenken. Ihr dürft über den Handel und die Zölle mit Euren Freunden reden.« Der Obermagier lächelte. »Sogar mit einer gewissen rotblonden Heilerin. Aber sagt mir kein Wort über die Goldkisten mit dem Sold und die Möglichkeit, dass es Krieg geben könnte. Und kein Wort außerhalb der Hallen der Magier.«

»Ja, Ser.« Cerryl wäre beinahe rot geworden, als Leyladin erwähnt wurde.

»Und jetzt geht etwas essen. Euer Magen knurrt.«

Cerryl stand auf und ging zur Tür. Kinowin hatte sich schon wieder zum Fenster umgedreht, die Hände hinter dem Rücken verschränkt.

IV

Cerryl blickte nach oben, als er die Treppe zu den Hallen der Magier hinaufging. Er betrachtete die lebensgroßen Standbilder auf dem Sims. Wahrscheinlich handelte es sich bei allen um verstorbene große Magier. Die zweite Figur von links war jedenfalls Hartor, der Erzmagier, der die Gilde neu aufgebaut hatte, um Recluce zu bekämpfen. *Als ob es ihm etwas genützt hätte.*

Auf dem Treppenabsatz vor dem untersten Stockwerk des Weißen Turms blieb er stehen. Hatte er da nicht Stiefel auf der Steintreppe gehört? Er betrat die unterste Ebene, wo Gostar, ein Wächter, den er kannte, mit einem rot uniformierten Boten redete. Der Junge saß auf einem Hocker und wartete, bis die höheren Magier im Turm ihn riefen.

»Es dauert meist nicht so lange, mein Junge.« Gostars Blick fiel auf Cerryl. »Der Magier Cerryl hier war vor zwei Jahren noch ein Magierschüler.«

Der schwarzhaarige Junge aus der Krippe wich Cerryls Blicken aus.

»Das ist wahr«, bestätigte Cerryl. »Aber manchmal hat man es leichter, wenn es länger dauert.« Sein Freund Faltar hatte fast vier Jahre gebraucht, aber Faltar hatte auch nicht gegen Räuber in Fenard gekämpft und war nicht als Meuchelmörder in ein feindliches Land geschlichen… und er hatte sich nicht Tag für Tag mit Jeslek herumgeschlagen. Faltar hatte auch noch nie einen halben Zug Lanzenkämpfer töten müssen.

»So ist das, mein Junge. Es kommt eben immer darauf an, wie man es sieht«, meinte Gostar freundlich.

Der Bote starrte stumm auf die weißen Granitfliesen.

Als auf der Treppe des Turms Stiefeltritte zu hören waren, blickte Cerryl durch den Bogengang und lächelte erfreut, als er Leyladin die letzten Stufen aus der höheren Etage herunterkommen sah. Wie üblich trug sie ein grünes Hemd, eine Tunika und eine Hose in der gleichen Farbe und dazu dunkelgrüne Stiefel. Das blonde Haar, das eine Spur Rot zu enthalten schien, hatte sie unlängst kurz geschnitten; es reichte ihr nur noch bis zum Kinn.

»Wie geht es Myral?«, fragte Cerryl nicht ganz unbefangen.

»Heute geht es ihm besser.« Nach kurzem Schweigen lächelte Leyladin ihn an, zugleich schüchtern und freundlich. »Kannst du heute Abend zum Essen kommen?«

»Das würde ich gern.« Cerryl überlegte. »Kannst du auf mich warten? Ich bin sicher gleich wieder da. Ich muss zu Kinowin, wie schon mehrmals in der letzten Zeit Bericht über meinen Dienst am Tor erstatten. Es wird nicht lange dauern.«

Sie verzog den Mund zu einem schelmischen Grinsen. »So schnell wird Vater sicher nicht verhungern.«

»Dein Vater?« Cerryl wurde die Kehle eng.

»Ich habe so oft über dich gesprochen, dass er meint, er müsse dich endlich einmal kennen lernen.«

So ein Glück aber auch… Er war fast sicher, Gostar kichern zu hören.

»Ich warte hier bei Gostar.«

Cerryl nickte. »Ich hoffe, dass es nicht allzu lang dauert.« Er ging nach links, an den Wächtern und dem immer noch stummen jungen Boten vorbei.

»Magierin… ist es wahr, dass er ganz allein den Präfekten von Gallos getötet hat?«

»Es entspricht wohl der Wahrheit.« Cerryl konnte Leyladins Antwort noch hören.

»Er sieht aus, als… er scheint viel zu freundlich für so eine…«

»…ein so ruhiger Magier…«

Der äußere Anschein… war nicht genau dies sein Problem? Dass er aussah wie ein höflicher junger Schriftgelehrter und nicht wie ein Magier, der die Welt auf den Kopf stellen konnte? Angeblich war auch der Schwarze Magier Creslin von kleinem Wuchs gewesen. War das der Grund dafür, dass er so viele andere getötet hatte? Cerryl riss sich aus diesen unerfreulichen Gedanken und begab sich zur Kammer des Obermagiers.

Kinowin antwortete schon beim ersten Klopfen. »Augenblick bitte, einen kleinen Augenblick, Cerryl.«

»Ja, Ser.« Cerryl setzte sich vor der weißen Eichentür auf eine Bank. Viel gearbeitet hatte er nicht, aber es war ein langer, ein sehr langer Tag gewesen. Und morgen früh bei Sonnenaufgang wurden die Tore schon wieder für die ersten Wagen geöffnet. Die Augen fielen ihm zu…

»Cerryl?«

Er fuhr auf und nahm Haltung an. »Oh… es tut mir Leid.«

Kinowin lachte leise. »Schon gut. Die Arbeit am Tor ist ermüdender, als den meisten bewusst ist. Deshalb lassen wir sie auch Euch jüngere Magier verrichten. Ich würde wirklich nicht mit Euch tauschen wollen.«

Benommen folgte Cerryl seinem Vorgesetzten ins Zimmer. Als die schwere Tür geschlossen war, trat Kinowin ans Fenster und blickte zu den dunklen Wolken hinaus, die sich im Osten zusammenballten. Selbst die purpurnen Wandbehänge wirkten heute eher düster als farbenfroh.

Cerryl blieb am Tisch stehen, weil er nicht eingeladen worden war, sich zu setzen.

»Nun macht schon, setzt Euch.« Kinowin blieb am Fenster stehen. »Im Osten braut sich ein Unwetter zusammen.« Nach kurzem Schweigen drehte er sich um. »Wie ist Euer Tag verlaufen?«

»Es war ruhig. Ich habe Bauernkarren und einen Steintransport gesehen, sonst aber kaum etwas anderes. In den Kutschen sitzen mehr Fahrgäste als üblich, die mir wie Kommissionäre vorkommen.«

»Das sollte Euch nicht überraschen.«

Cerryl war in der Tat nicht überrascht, aber er konnte den Grund nicht nennen.

»Wisst Ihr denn, wie der Handel abläuft?«

»Darüber weiß ich nicht sehr gut Bescheid. Die Kommissionäre schließen Verträge, in zukünftigen Jahreszeiten Waren zu kaufen oder zu verkaufen, und handeln manchmal mit Waren, die noch gar nicht auf den Feldern gewachsen oder hergestellt worden sind.«

Kinowin kam zum Tisch, beugte sich vor und stützte die Hände auf die Stuhllehne. »Diese Zwischenhändler und Großhändler und ihre Börsen sorgen dafür, dass der Handel glatter abläuft. Nun ja, diese Erklärung ist so gut wie jede andere. Die Kommissionäre legen sich schon frühzeitig auf einen bestimmten Preis fest, wenn ihnen die Abmachung gewinnbringend erscheint, oder schließen in mageren Zeiten ab, um die Verluste möglichst gering zu halten. Wenn es also... wenn es Unruhen gibt, dann beginnen die Kommissionäre früher als alle anderen, sich auf mögliche Veränderungen einzustellen. Wird es in Certis oder Südwind eine Hungersnot geben? In einer oder zwei Jahreszeiten könnte der Preis für Mais steigen, der Preis für Vieh wird jedoch sinken.«

»Äh... der Preis für Vieh wird sinken?«

Kinowin zuckte mit den Achseln. »Wenn die Äcker braun und kahl sind und das Getreide teuer ist, müssen die Bauern und Landbesitzer das Vieh verkaufen.«

Cerryl hätte am liebsten den Kopf geschüttelt. Über solche Dinge hatte er noch nie richtig nachgedacht.

Kinowin lächelte belustigt. »Wir wollen zur Sache kommen, Cerryl. In der letzten Zeit ging es an den Börsen recht lebhaft zu. Der Preis für Holz wird steigen. Wisst Ihr den Grund?«

Cerryl sah den Obermagier hilflos an.

»Schiffe... man braucht Holz, um Schiffe zu bauen. Man braucht dafür altes, schweres Eichenholz und lange Kiefernstämme.«

Cerryl verstand.

»Seht Ihr? Und nun sagt mir, was das zu bedeuten hat.«

»Also... wenn jemand Schiffe baut, obwohl nicht mehr viele Händler nach Fairhaven kommen, dann werden keine Handelsschiffe, sondern Kriegsschiffe gebaut...«

»Recluce und Spidlar bauen neue Schiffe. Ich würde sagen, es sind Handelsschiffe. Andere… andere bauen andere Schiffe, weil sie in den Handelsbeziehungen ins Hintertreffen geraten sind.«

»Bauen wir Schiffe? In Sligo?«

»Ich will nur so viel sagen, dass es mich nicht wundern würde, wenn der Erzmagier mit den Werftbesitzern in Sligo übereingekommen wäre, mehrere neue Schiffe auf Kiel zu legen. Auch diesen Punkt würde ich allerdings Fremden gegenüber keinesfalls erwähnen.«

»Jawohl, Ser.«

»Myral sagte, Ihr hättet hart daran gearbeitet, eine ganze Reihe verschiedener Fähigkeiten zu erwerben.« Kinowin sah Cerryl scharf an. »Angesichts der Zeiten, in denen wir leben, würde ich Euch empfehlen, diese Arbeit fortzusetzen. Als Wächter am Tor habt Ihr Zeit und Gelegenheit zu üben. Ihr könnt beispielsweise versuchen, die Illusion zu erzeugen, nicht dort zu stehen, wo Ihr tatsächlich seid. Ich habe allerdings den Verdacht, dass Ihr Euch ohnehin schon mit dieser Disziplin befasst habt.« Kinowins Augen blitzten. »Ihr könntet auch versuchen, Eure Chaos-Sinne weiter zu schärfen, bis Ihr mit den Sinnen allein in der Lage seid, jeden einzelnen Gegenstand in einem Wagen zu fühlen. Ich will Euch nicht zu viele Vorschläge machen, aber jede Fähigkeit, die Ihr schult, wird ihrerseits Eure übrigen Fähigkeiten stärken.« Der große Magier richtete sich wieder auf und ließ die Stuhllehne los.

»Ja, Ser.«

»Wir sehen uns morgen.« Kinowin drehte sich wieder zum Fenster um. Die Wolken draußen waren dunkler geworden, in der Ferne grollte Donner über Fairhaven.

Cerryl ging hinaus und schloss hinter sich die Tür.

»... Tür gehört. Er hatte Recht, dass es nicht lange dauern würde, Magierin. Und danke für Eure freundlichen Worte...«

»Vergesst es nur nicht...« Leyladin, die sich mit dem jungen Boten unterhalten hatte, drehte sich um.

Gostars Dienst war offenbar zu Ende. Ein Weißer Wächter, den Cerryl nicht kannte, hatte seinen Platz eingenommen, ein Mann mit kantigem Gesicht und kurz geschnittenem Bart.

»Wollen wir gehen?«, fragte die rotblonde Heilerin. »Ich habe Hunger.«

»Ich auch.«

Leyladin verabschiedete sich von dem Boten mit einem freundlichen Lächeln. Der junge Bursche lächelte schüchtern zurück.

»Du hast anscheinend einen neuen Freund gefunden«, sagte Cerryl, als sie zusammen durch die Vorhalle zur Tür gingen.

»Die meisten von ihnen sind einsam.«

Cerryl dachte darüber nach. Die Kinder der Magier fanden ihre kleinen Freunde in der Krippe. Er selbst hatte erst in der Lehre bei Dylert mit einer Gleichaltrigen sprechen können. Erhana war hochnäsig gewesen, aber sie hatte ihm geholfen, die Buchstaben zu lernen, und ohne diese Hilfe wäre er niemals Tellis' Schüler geworden oder in die Gilde berufen worden. Faltar hatte sich mit Cerryl angefreundet und war sein erster echter Freund geworden, als Cerryl in die Hallen aufgenommen worden war. Das war noch vor der Zeit gewesen, als Faltar von Anya verführt worden war, aber auch danach war Faltar sein Freund geblieben. Es war schwer, Freunde zu finden.

»Du bist so still«, sagte Leyladin mit einem Seitenblick. »Ich weiß, dass deine Kindheit noch einsamer war, aber auch sie haben im Grunde niemanden.«

Cerryl wäre beinahe ausgerutscht, als er von der letzten Treppenstufe auf die polierten Fliesen der Vorhalle trat. Er konnte sich gerade noch fangen.

»Warum macht dich das so betroffen?«

Er musste einen Augenblick überlegen, ehe er antworten konnte. »Ich hatte es mir noch nicht auf diese Weise überlegt.«

»Ich glaube, ich durfte den Luxus genießen, verschiedene Erfahrungen zu machen, ohne mich um Geld und Essen sorgen zu müssen.« Die rotblonde Frau schauderte, als sie neben ihm die Treppe zur Straße hinunterging. »Es ist kälter geworden.«

»Ja. Faltar sagt aber, der Frühling wird bald kommen.«

Jetzt, am frühen Abend, der wegen der schweren Wolken dunkler war als sonst, lag die Straße beinahe menschenleer vor ihnen. Ein einsamer Reiter zog langsam nach Norden, weg vom Platz der Magier. Cerryl schloss die weiße Lederjacke zur Hälfte, als Schneeflocken um ihn zu tanzen begannen. Er sah Leyladin an, die sich in einen dunkelgrünen Wollmantel gehüllt hatte.

Schneeflocken – damit hätte Cerryl im Frühling nicht mehr gerechnet. Aber es war im Grunde erst Vorfrühling und die neuen Blätter kaum mehr als Knospen, während die zweijährigen sich gerade von grau zu grün verfärbten. Er spürte die leichten Kopfschmerzen kommen, die er bei Stürmen immer hatte. Nicht so schlimm wie bei einem großen Unwetter; es fühlte sich eher an wie das Zwicken bei einem leichten Regen.

»Das Unwetter setzt dir zu, nicht wahr?«

»Woher weißt du das?«

»Weißt du nicht mehr, dass du es mir selbst erzählt hast?«

Hatte er das wirklich? Er wusste es nicht mehr genau, aber in seinem Leben hatten sich so viele Dinge so schnell verändert, dass er manchmal Mühe hatte, all die neuen Eindrücke zu verarbeiten… wie beispielsweise Kinowins Vortrag über den Handel und jetzt auch noch die Mahnung, er solle seine Fähigkeiten schulen.

Die beiden liefen schweigend durchs Schneetreiben, bis sie sich ein Stück südlich vom Marktplatz befanden.

»Hier entlang.« Leyladin deutete mit einem Nicken die Richtung an.

Etwas weiter bogen sie wieder nach Norden ab.

»So, da wären wir.« Sie winkte einladend.

Leyladins Haus stand nicht direkt am Marktplatz, wo Muneat und die anderen reichen Kommissionäre lebten. Es war etwas kleiner und hatte auch kein Dutzend Fenster aus echtem Glas, sondern nur vier kleine Fenster mit Spitzbögen, je zwei links und rechts der mit Schnitzwerk verzierten Doppeltür aus roter Eiche. Jedes Fenster bestand aus einem Dutzend rautenförmiger kleiner Scheiben, die hell funkelten, weil im Haus Lampen brannten.

Das Gebäude war gut und gern fünfzig Ellen breit und wahrscheinlich noch tiefer, überlegte Cerryl, als Leyladin ihn über den gepflasterten Gehweg führte, neben dem winterlich braunes Gras stand.

»Der Garten ist hinten«, beantwortete sie seine unausgesprochene Frage. »Vater meint, er ist für uns gedacht und nicht für die Augen der Passanten.« Die junge Magierin öffnete ihm die Tür. »Soaris! Vater! Wir sind da.«

Sie traten in den beinahe leeren, nur vier Ellen breiten und doppelt so langen Flur, der zu beiden Seiten von fugenlosen Steinwänden begrenzt wurde. Cerryl schloss hinter sich die Tür. In die linke Wand war ein geschmirgelter Holzbalken eingelassen, an dem Zapfen zum Aufhängen von Jacken und Mänteln befestigt waren. Rechts stand eine Bank aus golden schimmernder Eiche ohne Rückenlehne, daneben ein Stiefelkratzer. Eine Stiefelbürste lehnte an der Steinwand.

Cerryl gab zuerst Leyladin die Bürste, um sich anschließend auch selbst die Stiefel zu reinigen. Dann zog er die weiße Jacke aus und hängte sie über einen Zapfen.

Ein großer, schwer gebauter Mann, der eine blaue Hausjacke trug, tauchte am anderen Ende des schmalen Flurs auf. »Herrin Leyladin, Euer Vater erwartet Euch und Euren Freund in der Bibliothek.«

»Wir kommen sofort, Soaris.«

»Sehr wohl, meine Herrin.« Soaris verneigte sich und verschwand.

Cerryl wandte sich an sie. »Herrin Leyladin?«

Die blonde Magierin errötete. »Es gibt Menschen, die Vater… die ihn sehr achten. Da Mutter gestorben ist, als ich noch klein war, und meine Schwestern nicht mehr hier leben, bin ich gewissermaßen die Hausherrin, weil mein Vater nicht wieder geheiratet hat.«

Cerryl schüttelte bedächtig den Kopf. »Ich habe ja gewusst, dass du nicht gerade arm bist…«

»Oh?« Leyladin zog die Augenbrauen hoch. »Hast du ins Spähglas geschaut? Ich möchte wetten, dass du Sterol nichts davon erzählt hast.«

»O doch, ich habe es ihm gesagt«, gestand Cerryl. »Nur habe ich ihm nicht verraten, wen ich mir angeschaut hatte. Du hattest es übrigens gespürt, wie du mir vor einiger Zeit gesagt hast. Deine Kräfte waren aber so stark, dass ich aufhören musste. Ich habe es danach nie wieder versucht.«

»Und was wolltest du davor sagen?«, erinnerte sie ihn.

»Oh…« Er zuckte mit den Achseln. »Ich habe Seidentücher und Wandbehänge gesehen. Ich dachte, du wärst die Tochter eines wohlhabenden Kaufmanns, aber keine so hochgestellte Dame.« Er grinste. »Eine Herrin, eine Magierin und Heilerin. Gesellschaftlich weit über einem armen jungen Magier wie mir stehend.«

»Ach, nun hör schon auf.« Die Heilerin verzog das Gesicht. »Du hast jetzt schon mehr Macht, als ich sie habe oder je haben werde. Lass uns zu Vater gehen.«

Cerryl folgte ihr durch den Bogengang in den Hauptflur. Der Boden war mit blaugrünen, gewissenhaft polierten Marmorfliesen ausgelegt, in denen sich das Licht der vier bronzenen Wandlampen spiegelte. Die Luft roch nach Trilia und Rosen, dazwischen mischte sich ein weiterer, leichterer Duft. Sogar die Innenwände bestanden bis zur halben Höhe aus geschliffenem Granit, darüber waren sie weiß verputzt.

Ein Vorhang aus grüner Seide hing vor dem Bogengang, durch den Leyladin Cerryl ins Wohnzimmer führte. Es war mit zwei grünen Polstersofas und zwei dazu passenden Polsterstühlen eingerichtet. Die Möbel standen rings um einen langen, niedrigen Tisch aus poliertem, mit Intarsien verziertem Holz. Die Einlegearbeiten zeigten ein Schiff, das unter vollen Segeln fuhr.

Cerryl betrachtete den Tisch und die beiden passenden Schränke an der Wand, die links und rechts neben dem einzigen Bild im Raum standen, das in der Mitte der Wand hing. Es zeigte eine lächelnde Frau mit schmalem Gesicht, vollen Lippen und langen, wallenden Locken. Sie trug eine grüne, mit goldenen Fäden durchwirkte Weste über einem locker fallenden weißen Seidenhemd. Die blauen Augen schienen Cerryl zu folgen, als er sich bewegte. Er sah Leyladin fragend an. »Deine Mutter?«

Sie nickte. »Das war ihre Lieblingskleidung und so habe ich sie in Erinnerung.«

Am anderen Ende des Arbeitszimmers gab es einen Ofen mit einem Schirm aus Messing. Links neben dem Ofen sah Cerryl einen Durchgang, durch den Leyladin ihn führte. Dahinter ging es auf der rechten Seite in die Bibliothek ihres Vaters. Es handelte sich dabei um einen höchstens zehn Ellen breiten Raum. Drei Wände waren mit dunkler, rötlich schimmernder Eiche vertäfelt, die vierte war mit Regalbrettern bedeckt, doch nur ein Drittel davon enthielt Bücher. Der übrige Platz wurde von Schmuckgegenständen eingenommen – Vasen aus Malachit, ein geschwungener Silberkrug, eine schmale, alte Klinge.

Ein schwer gebauter Mann erhob sich in der Ecke von einem Tisch, der dicht am Kamin schräg aufgestellt war, damit die Wärme der Kohlen den dort Sitzenden erreichen konnte. Oben war sein Kopf kahl und glänzte, links und rechts fielen die verbliebenen blonden Haare über die Ohren. Ein Lächeln breitete sich in dem glatt rasierten Gesicht aus und spiegelte sich in den grünen Augen, die heller waren als die der Tochter.

»Vater, dies ist Cerryl. Cerryl, dies ist mein Vater Layel.«

»So… dann seid Ihr also einer dieser jungen Magier?« Layel kam um den dunklen Tisch herum und nickte höflich.

»Ein sehr junger Magier unter vielen anderen.« Auch Cerryl neigte den Kopf zum Gruß.

»Er ist wirklich bescheiden, Tochter! Nach allem, was ich gesehen habe, viel zu bescheiden für einen aus den Hallen.«

»Bei ihm ist es ehrlich gemeint.«

»Wir sollten bald essen. Meridis liegt mir schon seit Tagen in den Ohren, dass ich in letzter Zeit viel zu oft ihr gutes Essen verschmäht hätte.« Layel überließ Leyladin den Vortritt, als sie ins Esszimmer gingen.

»Was gibt es überhaupt?«, fragte die rotblonde Frau, als sie den kleinen Raum betreten hatten.

Nein, so klein war der Raum eigentlich nicht, dachte Cerryl. Klein wirkte er höchstens im Vergleich zum Hauptraum. Der Tisch, an dem gut zwanzig Personen hätten sitzen können, war für drei Gäste gedeckt. Die Stühle waren aus weißer, mit Gold verzierter Eiche gezimmert und mit dem gleichen dunkelgrünen Samt wie die anderen Polstermöbel bezogen. Zierliches weißes Porzellan stand auf hellgrünen Leinendeckchen, passende Mundtücher aus Leinen lagen neben dem Geschirr und dem Silberbesteck bereit. Langstielige Kristallgläser waren offenbar für Wein gedacht.

»Dein Lieblingsessen«, sagte Layel. »Rinderbraten mit Orangen und Birnapfelnudeln.«

Rinderbraten mit Orangen? Birnapfelnudeln? Birnäpfel hatte Cerryl in seiner Jugend nur selten zu sehen bekommen. Es war jedes Mal ein Ereignis gewesen, wenn Onkel Syodor oder Tante Nall ihm einen geschenkt hatten. Und jetzt sollte Cerryl Nudeln bekommen, die aus Birnäpfeln hergestellt waren – als seien sie so alltäglich wie Mehl!

»Ich habe einen Weißwein aus Linspros geöffnet.« Layel sah seine Tochter an. »Ich brauchte einen Vorwand, um einen so guten Wein anzubrechen. Ich kann ihn ja schlecht allein trinken.«

Der Kaufmann setzte sich ans Kopfende des Tischs, Cerryl und Leyladin nahmen einander gegenüber zu seiner Seite Platz. Kaum hatten die drei sich gesetzt, da tauchte schon eine grauhaarige Frau auf, die mit der gleichen blauen Hausjacke bekleidet war wie Soaris, und servierte zwei große Platten aus dem gleichen feinen Porzellan wie die Teller. Sie eilte sogleich wieder hinaus, um die Beilagen zu holen.

Cerryl bestaunte das Essen mit großen Augen. Dünne Scheiben Rinderbraten wechselten sich mit Orangenscheiben ab, grüner Salat war mit einer Orangensoße übergossen. Weiße Nudeln gab es, lange grüne Bohnen mit Nüssen, Butter und dazu dunkles Brot.

Layel nahm sich Brot und Nudeln. Als er fertig war, forderte Leyladin Cerryl mit einem Nicken auf. »Bitte, bedien dich.«

»Wäre nicht die Weiße Kleidung, man würde Euch

kaum für einen Magier halten«, erklärte Layel. Er nahm die große Flasche und schenkte ihnen nacheinander vom Weißwein ein.

Wein aus einer Glasflasche – auch das war ein Luxus, von dem Cerryl gehört, den er aber noch nie mit eigenen Augen gesehen hatte. »Ich weiß. Ich sehe eher aus wie ein Schreiber. Und das war ich tatsächlich einmal: ein Schreiberlehrling.«

»Ach, davon verstehe ich leider nichts«, gab Layel lachend zurück. »Bücher kann man nicht billig kaufen, also kaufe ich sie nicht. Das bedeutet, dass ich natürlich auch keine Bücher verkaufe. Ganz zu schweigen vom Zeitaufwand, sie zu lesen.« Er hob sein Kristallglas. »Auf Freunde, Töchter und Gefährten.«

Auch Cerryl hob sein Glas, trank aber nur einen winzigen Schluck. Der perlende, frisch schmeckende Wein war stärker, als man auf den ersten Blick vermutete, und viel besser als alles, was er je getrunken hatte.

»Ah... der ist besser, als ich ihn in Erinnerung habe«, sagte Layel.

»Er ist wirklich gut.« Leyladin nahm den Teller mit dem dampfenden dunklen Brot und bot es ihrem Vater an. Layel brach sich ein Stück ab, dann war Cerryl an der Reihe.

Layel lächelte, als warte er darauf, dass Cerryl eine Bemerkung machte.

»Es ist... es ist hier ganz anders als in den Hallen«, sagte Cerryl langsam. »Wir bekommen nicht viel von der Außenwelt zu sehen... ich jedenfalls nicht. Auch bevor ich nach Fairhaven kam, habe ich nicht viel gesehen.« Er hielt inne. »Es gibt etliche Dinge, über die ich etwas gelesen habe, aber... Leyladin hat mir erzählt, dass Ihr ein Kaufmann seid, doch vom Handel verstehe ich nur wenig. Mit welchen Waren handelt Ihr?«

»Mit allem, was sich verkaufen lässt, junger Magier. Man handelt mit Getreide, und wenn die Ernte schlecht ist, verliert man alles. Man handelt mit Kupfer, und wenn jemand ein Bergwerk öffnet oder schließt, verliert man Geld. Ich handele mit allem, was ich billig einkaufen und teuer verkaufen kann.« Layel füllte sein Kristallglas nach, dann schenkte er Leyladin ein. Er warf einen fragenden Blick zu Cerryls Glas, das noch zu drei Vierteln gefüllt war. »Ihr habt nicht viel getrunken.«

»Ich komme mit einem Glas Wein lange aus, aber er ist wirklich gut, sehr gut.«

»Vater hat dir nicht die ganze Wahrheit gesagt. Er hortet seine Waren«, unterbrach Leyladin ihn lächelnd. Sie reichte ihm den Krug mit der Orangenglasur. »Er kauft dieses Jahr billig ein und verkauft teuer im nächsten Jahr. Er hat zwei große Lagerhäuser hier und ein weiteres in Lydiar.«

»Du musst aber wirklich nicht alle meine Geheimnisse ausplaudern, Tochter.«

»Lebt Ihr nur zu zweit hier?«, fragte Cerryl.

»Jetzt schon. Mein Bruder Wertel hat ein Haus in Lydiar. Er führt dort für Vater die Geschäfte. Meine Schwestern leben mit ihren Gatten hier in Fairhaven. Ich bin die Jüngste.« Leyladin grinste. »Und die Schwierigste.«

»Aber wie kannst du nur so etwas sagen, meine Tochter?« Layel schüttelte in gespielter Entrüstung den Kopf. »Du und schwierig? Du würdest doch nie und nimmer auf die Idee kommen, sämtliche streunenden Hunde in Fairhaven einzusammeln und herzubringen... Du hast dir doch noch nie den Kopf aufschlagen lassen, weil du ein störrisches Zugpferd heilen wolltest. Du hast noch nie...«

»Vater...«

»Nein... und vor allem würdest du nie auf die Idee kommen, dir einen anständigen Burschen zu suchen und mir Enkelkinder zu schenken.« Der Kommissionär drehte sich zu Cerryl um. »Sie musste ja unbedingt Heilerin werden. Sie hat versucht, alles und jeden zu heilen – Hunde, die Katze im Lagerhaus, die vom Maultier getreten wurde, die Tochter des Nachwächters…«

Leyladins Gesicht verdüsterte sich ein wenig, aber der finstere Ausdruck verschwand so schnell wieder, dass Cerryl nicht einmal sicher war, ob er sich nicht vielleicht geirrt hatte.

»Heiler sind noch seltener als Weiße Magier«, meinte Cerryl fröhlich. Er probierte mit der Gabel die Bohnen und Nüsse, die er nicht kannte. Sie waren in einem Topf weich gekocht und so zart, dass er kaum kauen musste.

»Ich wünschte, es wäre wie im Handel, wo einem das, was selten ist, auch lieb und teuer ist«, murmelte Layel.

»Vater… nun iss doch lieber…«, sagte Leyladin lächelnd.

»Damit habt ihr mir immer in den Ohren gelegen, du und deine Mutter. Iss auf, verschmähe nicht das gute Essen…«

»Mit vollem Mund zu reden ist nicht seine einzige schlechte Angewohnheit«, klärte Leyladin ihren Gast auf.

»Und du sorgst dafür, dass ich es gewiss nicht vergesse«, fügte Layel hinzu. »Sie findet jeden Makel, den Ihr haben mögt, und wird versuchen, Euch davon zu heilen. Sagt mir nicht, ich hätte Euch nicht gewarnt.«

»Vater…« Leyladin errötete.

»Wie man in den Wald hineinruft…«

Cerryl trank noch einen Schluck Wein und staunte abermals, wie gut er schmeckte. Er fühlte sich befangen und war unsicher, wie er sich verhalten sollte.

Schließlich wandte Layel sich wieder an Cerryl. »So, jetzt habe ich meine Tochter genug in Verlegenheit gebracht. Sie weiß vielleicht schon, wie Ihr ein Magier geworden seid, aber ich weiß es nicht. Vielleicht könnt

Ihr ein paar Worte darüber verlieren, wie Ihr nach Fairhaven gekommen seid?«

»Ich fürchte, mein Leben wirkt, verglichen mit dem Euren, sehr gewöhnlich«, wandte Cerryl ein.

»Das zu beurteilen könnt Ihr ruhig uns überlassen. Wer vermag sich schon selbst richtig einzuschätzen?«

»Nun ja… wie Leyladin Euch vielleicht schon erzählt hat, bin ich ein Waisenkind. Meine Eltern sind gestorben, als ich noch ganz klein war, ich kann mich nicht an sie erinnern. Ich wurde von meinem Onkel und meiner Tante aufgezogen…« Cerryl berichtete von seiner Arbeit im Bergwerk, seiner Lehre beim Müller Dylert und von seiner Ausbildung zum Schreiber bei Tellis. »… und dann, eines Tages, kam ein Obermagier in den Laden und rief mich zum Erzmagier, der mich prüfte und befand, dass ich zum Magier geeignet sei. Die Ausbildung dauerte zwei Jahre, im letzten Herbst wurde ich vom Rat zum vollwertigen Magier bestellt… aber ich bin noch sehr jung. Im Augenblick bin ich dem Wachdienst an den Stadttoren Fairhavens zugeteilt.«

»Das ist doch gar nicht so übel«, meinte Layel kopfschüttelnd. »Es macht mir nichts aus, die Zölle und Steuern für die Straßen zu entrichten, aber es macht mir eine Menge aus, wenn die Schmuggler die Straßen umsonst befahren und ihre Waren in der Stadt billiger anbieten, als ich es kann.«

»Vater… niemand verkauft billiger als du.«

»Die Schmuggler wären dazu im Stande, und ob. Sie kaufen die Sachen in Spidlaria ein und schleichen durch Axalt oder nehmen die alten Nebenstraßen von Tyrhavven hierher, und ehe du es dich versiehst, stehen sie auf dem Markt.«

»Zahlen denn nicht alle Leute die Gebühren?«, fragte Cerryl.

»Nein. Nicht einmal alle Magier in den Hallen zusammen könnten jedes einzelne Wiesel aufspüren, das in die Stadt schleicht. Dies zu überwachen ist ja eigentlich auch nicht die Aufgabe der Stadtwache. Sie soll für Ruhe und Ordnung sorgen, die Handelsgesetze gehen sie nichts an. Dem Licht sei Dank, man braucht keine Bewaffneten, damit der Handel blüht und die Leute ihre Gebühren zahlen, jedenfalls nicht in der Stadt. Seht Ihr… in Fairhaven gibt es eine Menge Goldstücke zu verdienen, und hier sind auch die besten Straßen, auf denen die größten Wagen fahren können.« Layel zuckte mit den Achseln. »Also müssen die Händler hierher kommen, wenn sie etwas verdienen wollen. Die kleineren Händler fahren mit ihren Wagen zwar über die Nebenstraßen, aber dabei können sie nicht viel transportieren, und die Händlergilde sorgt schon dafür, dass die Wegemaße eingehalten werden.«

»Die Wegemaße?«, fragte Leyladin.

Cerryl hatte das Gefühl, dass sie nur seinetwegen gefragt hatte, aber er war ihr dankbar. Er hatte noch nie etwas von Wegemaßen gehört.

»Ja, meine Tochter. Wenn eine Straße mehr als vier Ellen breit ist, zählt sie als Hauptstraße. Der Herrscher muss den Straßenzoll eintreiben und nur Wagen mit Plaketten dürfen darauf fahren. Deshalb nehmen die kleinen Händler auch die schmaleren, verschlammten Straßen, die gewunden sind und wo man nur langsam vorankommt. Ein Händler mit schnellen Pferden und einem guten Wagen ist meist auch ein wohlhabender Händler. Auf den Hauptstraßen kommt man schnell voran.«

Cerryl nickte. Wieder etwas, das er noch nicht gewusst hatte.

»Meridis! Was gibt's als Nachtisch?«

Das Dienstmädchen tauchte auf. »Dann wollt Ihr jetzt den Nachtisch, Ser?«

»Was meinst du, warum ich gerufen habe?« Layels gespielter strenger Gesichtsausdruck löste sich auf und der Mann kicherte.

»Vater... du musst nicht so streng tun, nur weil wir Gäste haben.«

»Wie es aussieht, gelte ich nicht einmal in meinem eigenen Reich und besonders, wenn es um den Nachtisch geht, als Herr im Hause.« Der Kaufmann wandte sich an Cerryl. »Ihr werdet schon sehen... dagegen ist auch ein Magier nicht gefeit...«

»Vater...«

»Er muss doch Bescheid wissen.« Layel wandte sich an Meridis. »Nun, was gibt es zum Nachtisch?«

»Ich habe einen Nusskuchen gebacken.«

»Wundervoll! Anscheinend bekomme ich meine Lieblingsspeisen nur vorgesetzt, wenn wir Besuch haben.«

»Das stimmt doch gar nicht«, protestierte Leyladin. »Du sagst der armen Meridis doch immer, sie solle sich keine Mühe machen, weil du bald aussehen würdest wie ein Mastschwein, wenn sie nur nach deinem Geschmack kochen würde.«

»Seht Ihr?«, meinte Layel. »Die haben auf alles eine Antwort.«

Cerryl nickte. Doch er fühlte sich dem munteren Geplänkel nicht recht gewachsen.

»Dann lasst uns zugreifen.«

Die geleerten Teller wurden nach nebenan gebracht, wo, wie Cerryl vermutete, die Küche liegen musste. Kurz darauf kehrte Meridis mit drei kleineren Porzellantellern zurück, auf denen Kuchenstücke mit goldbrauner Kruste lagen.

»Versucht es nur«, drängte der Kaufmann.

»Er ist wirklich gut«, fügte Leyladin hinzu. »Schwer, aber köstlich.«

Das ganze Essen kam Cerryl ziemlich schwer vor, aber er nahm einen kleinen Bissen und gleich noch einen größeren vom Nachtisch, und ehe er sich's versah, war der Teller leer.

»Siehst du? Dein Magier-Freund ist meiner Meinung.«

»Das war… ich habe noch nie etwas Süßes gegessen, das so gut geschmeckt hat«, gestand Cerryl. »Und ich habe noch nie eine so gute Mahlzeit genossen.«

Layel und Leyladin wechselten einen Blick, dann sagte Leyladin: »Es freut mich, dass es dir geschmeckt hat. Es ist allgemein bekannt, dass das Essen in Eurem Speisesaal nicht sehr gut ist. Die meisten Magier essen dort nur, wenn es sich wirklich nicht vermeiden lässt.«

»Das ist mir auch schon aufgefallen«, erwiderte Cerryl trocken. »So langsam verstehe ich, warum das so ist.« Er gähnte, weil der volle Magen ihn müde machte oder vielleicht auch wegen der Wärme im Esszimmer oder weil er einen langen Tag hinter sich hatte. »Entschuldigung. Es war ein langer Tag.«

»Ihr müsst wieder am Tor sein, wenn es morgen früh für die Händler geöffnet wird?«, fragte Layel.

»Ja. Die Wagen werden sonst aufgehalten, bis ein Magier kommt. Ich möchte Kinowin nicht gegenübertreten müssen, wenn ich für so etwas verantwortlich wäre.«

»Ich auch nicht«, stimmte Leyladin lachend zu. »Vielleicht… vielleicht ist es jetzt Zeit, dass du gehst?«

»Nun scheuche ihn doch nicht hinaus.«

»Er muss früh aufstehen, Vater.«

Cerryl hob eine Hand. »Eure Tochter hat ganz sicher Recht. Ich habe das Essen und Eure Gesellschaft sehr genossen… aber ich muss schon vor dem Morgengrauen aufstehen.«

Leyladin erhob sich und Cerryl folgte ihrem Beispiel, verabschiedete sich und ließ sich von ihr zur Tür begleiten. Sogar in unbenutzten Zimmern brannten Lampen und warfen Schatten auf den polierten, glänzenden Boden.

Im Flur zog er seine Jacke an. Jetzt stand ihm noch ein kalter, glücklicherweise aber nur kurzer Spaziergang zu seinem öden Zimmer bevor – zu einem Zimmer, das ihm luxuriös vorgekommen war, bis er Leyladins Haus gesehen hatte.

»Was denkst du?«, fragte Leyladin, als sie vor der Tür standen.

»Was meinst du? Was ich von deinem Vater halte? Du bist ihm sehr wichtig.«

»Cerryl. Du bist so begriffsstutzig wie das Maultier, das Vater erwähnt hat.« Aber sie lächelte, während sie sprach, und sah ihn aus grünen Augen, die im trüben Licht der Bronzelampen dunkler wirkten als sonst, scharf an.

Er holte tief Luft. »Ich weiß nicht, was ich sagen soll. Ich könnte freundliche Dinge sagen und jedem anderen außer dir würde ich sie sagen. Im Augenblick aber bin ich... ich bin überwältigt. Ich bin als Waisenkind in einem Haus aufgewachsen, in dem es nicht mehr als zwei Zimmer gab. Es war sauber, aber meine Matratze lag auf dem Steinboden und mein Onkel war schon froh, wenn er alle paar Achttage mal ein gutes Stück Malachit ausgraben und für ein Silberstück verkaufen konnte. Ich bin kurz nach meinem zehnten Geburtstag zur Arbeit in die Mühle gegangen und konnte von Glück reden, wenn ich einmal oder zweimal im Jahr einen Birnapfel bekommen habe. Die Nudeln heute Abend – sie waren wundervoll, aber wahrscheinlich waren mehr Birnäpfel darin, als ich bisher in meinem Leben überhaupt gegessen habe. Und so guten Wein und noch dazu aus einer Flasche habe ich noch nie getrunken.«

»Cerryl... das weiß ich doch. Ich wusste es von Anfang an, aber ich wollte dir nicht vormachen, ich wäre etwas anderes als ich bin.« Sie beugte sich vor und berührte seine Wange. »Bei dir... ich wollte mich nicht verstellen.«

»Das bedeutet mir mehr, als du dir vorstellen kannst.« Er lächelte sie an.

»Ich glaube, das weiß ich.« Sie hauchte ihm einen Kuss auf die Wange. »Gute Nacht und bis bald.«

Als er durch die nächtliche Stadt lief, durch die kalten Böen und das leichte Schneetreiben, meldeten sich die fast vergessenen Kopfschmerzen wieder, während seine Gedanken unruhig umeinander tanzten wie die Schneeflocken. Was sollte jetzt werden? Was würde geschehen? Jeslek, Sterol und Anya hatten ihn gewarnt, sich mit einer Schwarzen einzulassen. Leyladin war eine Heilerin und voller Schwarzer Energie, während er selbst ein Weißer Magier war – oder höchstens ein Weißer Magier mit einem leichten Graustich. Er unterdrückte einen Schauder, als er daran dachte. Graue Magier mochte niemand, weder die Weißen Magier in Fairhaven noch die Schwarzen Ordnungs-Magier in Recluce.

Er und Leyladin konnten sich bei den Händen halten… aber wie viel mehr war noch möglich? Machte sie sich deshalb Sorgen? Hielt sie sich deshalb zurück?

Stirnrunzelnd wanderte er weiter. Ihr Kuss war warm gewesen, aber es war nicht die Wärme gewesen, die aus einem Widerstreit zwischen Ordnung und Chaos entstand.

V

Cerryl streckte sich auf der kleinen Plattform der Wachstube in der Sonne. Er war froh, dass der Frühling wieder Einzug hielt. Sogar die Hügel in der Ferne hatten sich inzwischen grün gefärbt.

Er setzte sich auf den Stuhl, den man ihm zur Verfügung gestellt hatte. So saß er gerade hoch genug, um über die aus Granitblöcken gemauerte Brustwehr hinweg Ausschau zu halten. Doch im Augenblick konzentrierte er sich nur auf die Chaos-Energie der Sonne und versuchte, einen dünnen Faden aus reinem Chaos zu erzeugen… etwas wie eine Lichtlanze, aber nicht dicker als ein Zeigefinger.

Ein leises Zischen war zu hören und eine dünne Linie aus goldenem Feuer brannte sich in den Granit der Brustwehr und bohrte ein Loch in den harten Stein. Weißer Staub wehte aus dem Loch auf den Boden.

Cerryl ließ den Lichtdolch zusammenbrechen – oder was es auch war – und blieb still sitzen. Obwohl es kein sehr warmer Tag war, schwitzte er nach der stummen Anstrengung. Der Bereich, den er getroffen hatte, war halb verdeckt, und falls wirklich jemand genau hinschaute, würde er glauben, der Steinmetz hätte einen Fehler gemacht und ein Loch mit Sand aufgefüllt, der mit der Zeit wieder herausgewaschen worden war.

Kinowin hatte ihm vorgeschlagen, seine freie Zeit zu nutzen, um seine Fähigkeiten zu vervollkommnen – aber wie sollte er das anfangen? Und wo sollte er üben? Er hatte außerdem schlecht erklären können, dass er den Umgang mit dem Lichtschild, der ihn völlig unsichtbar machte, bereits recht gut beherrschte. Im Turm, wo die Wände Augen und Ohren hatten, konnte er jedenfalls nicht darüber sprechen. Er legte auch keinen Wert darauf, den Leuten zu erklären, dass er wusste, wie man eine Lichtlanze erzeugte. Und wenn er sie hier beim Wachdienst offen eingesetzt hätte, dann hätten es binnen weniger Tage alle Magier in den Hallen einschließlich Jeslek erfahren.

Cerryl hatte sich überlegt, welche anderen Fähigkeiten nützlich sein konnten… Fähigkeiten, an denen er möglichst still und insgeheim arbeiten konnte. Irgendwie hielt er es für eine gute Idee, das Chaos eng zu bündeln. Irgendwann einmal wollte er die Lichtlanze gegen kaltes Eisen einsetzen, aber er wagte es nicht, hier zu experimentieren, wo man ihn entweder mit bloßem Auge oder mit einem Spähglas beobachten konnte. Wenn er Chaos gegen Eisen einsetzte, würde er jeden Magier in der Umgebung aufschrecken.

Das Rumpeln von Wagenrädern auf dem Pflaster der Hauptstraße unterbrach sein Grübeln. Er richtete sich auf. Es war die Nachmittagskutsche aus Lydiar. Vier Fahrgäste stiegen aus und blieben am Wachhaus stehen, während Cerryl mit seinen Sinnen die Kisten und Taschen untersuchte, die oben auf dem Dach festgebunden waren. Abgesehen von einem schwarzen Koffer mit einigen Eisenmessern waren im Gepäck nur Gegenstände aus Stoff oder Leder, die sich ›weich‹ anfühlten.

»Ser?«, rief der wachhabende Offizier.

»Im schwarzen Koffer sind Messer, aber es gibt kein Gesetz, das den Besitz von Nahkampfwaffen verbietet.«

Der dunkelhäutige Händler, purpurn gekleidet und mit einem schwarzen Bart, schaute zum schmalen Magier hinauf, der auf der Plattform des Wachhauses stand, dann sah er den wachhabenden Offizier an und schüttelte den Kopf.

»... verstehen, warum es besser ist, hier nichts durchzuschmuggeln«, erklärte ein rundlicher Händler aus Sligo, der eine reich bestickte Weste trug.

»... von den Dämonen verdammten Magier wissen sogar, was du zum Frühstück gegessen hast ...«

»Dadurch verlaufen unsere Geschäfte aber besser«, meinte ein dritter Mann, ein Blonder in grauem Hemd und ebensolcher Hose, der dazu hohe schwarze Stiefel trug. Cerryl wusste die Kleidung nicht einzuordnen.

»Ja, die Schmuggler wagen sich nicht auf die Hauptstraßen der Weißen.«

»Und wenn sie sich auf die Straßen wagen, dann nur ohne Schmuggelgut.«

»Also weiter!«, rief der Kutscher.

Als die Kutsche durchs Stadttor fuhr, wandte sich der wachhabende Offizier mit breitem Lächeln an Cerryl. »Das dürfte sie ordentlich beeindruckt haben, Ser.«

»Wir wollen es hoffen.« Cerryl dachte über den blonden, grau und schwarz gekleideten Mann nach. Sein Alter war kaum zu bestimmen gewesen und er hatte keinerlei Anzeichen von Ordnung oder Chaos in sich gehabt. Aber irgendetwas an ihm beunruhigte Cerryl. Oder lag es nur daran, dass er nicht einschätzen konnte, woher der Bursche gekommen war?

Cerryl setzte sich wieder auf den Stuhl und befühlte sein glatt rasiertes Kinn.

Es gab so viele Dinge, die noch nicht geklärt waren. Leyladin war nach Hydlen unterwegs, und während er sich über seine Fortschritte im Umgang mit dem Lichtdolch freute, hatte er doch den Eindruck, dass er sich noch etwas Besseres einfallen lassen sollte.

Er musste sich genau überlegen, welche anderen Chaos-Fähigkeiten er schulen oder neu entwickeln konnte, aber er musste es verstohlen tun, damit Anya und vor allem Jeslek nicht zu früh davon erfuhren.

VI

Cerryl wusste selbst nicht, warum, aber er holte tief Luft, als er Kinowins Gemächer verließ. Jedenfalls war er erleichtert, dass Kinowin ihn nicht weiter gedrängt hatte, seine Chaos-Fähigkeiten zu entwickeln.

»So schlimm kann es doch nicht gewesen sein.« Faltar, der vor der Tür des Obermagiers gestanden hatte, grinste Cerryl an. »Warte auf mich, es wird nicht lange dauern.«

»Gut.« Cerryl setzte sich auf die kleine Holzbank,

während der blonde Magier Kinowins Zimmer betrat und die Tür hinter sich schloss. Faltar war immer so fröhlich. War er deshalb bei vielen Menschen so beliebt? Im Umgang mit den Chaos-Energien war er längst nicht so geschickt wie Lyasa oder Cerryl, aber er war dennoch zur gleichen Zeit zum Voll-Magier ernannt worden wie Cerryl. Andererseits, überlegte Cerryl, hatte Faltar auch vier Jahre zum Lernen gebraucht. Er lehnte sich an die Wand und schloss die Augen.

Cerryl öffnete sie wieder, als er einen Knall hörte. Eine rothaarige Anwärterin mit schmalem Gesicht entfernte sich eilig von Kinowins Tür. Er richtete sich auf, aber Faltar war nirgends zu sehen. Bei der Dunkelheit, war er müde.

»Cerryl?«

Er hatte Mühe, die Augen aufzubekommen. Der Wachdienst am Tor war ermüdend, und an den Sommer, wenn die Tage noch länger wurden, wollte er lieber gar nicht erst denken. »Ich glaube, jetzt bin ich wieder wach.« Er richtete sich auf und rieb sich die Augen.

»Kinowin ist schon gegangen. Du hast geschlafen. Ich war inzwischen kurz im Speisesaal. Es gibt Lamm in Rahmsoße. Schon wieder.« Faltar verzog den Mund. »Ich dachte, wir könnten vielleicht essen gehen.«

»Ich weiß ja, wie gern du Lamm magst.« Cerryl grinste, aber das Grinsen verflog sogleich wieder. »Hast du überhaupt schon einmal im Speisesaal gegessen?«

»Noch nicht sehr oft.«

»Aber ich verstehe nicht, wie du jeden Abend in der Stadt essen kannst«, erklärte Cerryl. »Ich kann mir das jedenfalls nicht leisten.«

»Doch, das kannst du«, widersprach Faltar. »Wir bekommen alle acht Tage ein Goldstück. Das sind zehn Silberstücke oder hundert Kupferstücke. Die meisten Gerichte – außer bei Furenk – kosten fünf Kupferstücke oder sogar noch weniger. Du behältst also jeden Achttag immer noch sechs Silberstücke für dich, selbst wenn du jeden Abend auswärts isst.« Der blonde Magier lächelte. »Dabei rede ich gar nicht davon, dass wir jeden Abend auswärts essen sollen. Nur heute Abend. Wozu sonst bekommen wir denn den Lohn?«

Für Bücher, Kleidung und Decken, die ihn beim Wachdienst warm halten konnten – Cerryl wusste eine Menge Dinge, für die er sein Geld ausgeben konnte. Eine warme Wolldecke für kalte Nächte. Ein Geschenk für Leyladin. Bisher war er sparsam gewesen und hatte fast zehn Goldstücke in seiner privaten Schatztruhe horten können. Aber Faltar hatte natürlich Recht. Es konnte nicht schaden, wenn er sich hin und wieder in der Stadt ein Essen leistete. Leyladin war sowieso nach Hydolar unterwegs – Fürst Berofar litt an einem Gebrechen und hatte die Heilerin aus Fairhaven angefordert. »Ja, wir können gern heute Abend ausgehen.«

»Dann lass es uns im *Goldenen Widder* versuchen. Der ist nicht weit und ich bin am Verhungern.«

»Ich auch.« Cerryl stand auf, streckte sich und folgte Faltar hinaus. Draußen wehten kräftige Böen, die beinahe schon warme Luft zu bringen schienen. Vor den Hallen bogen sie nach rechts ab und gingen auf der Hauptstraße in südlicher Richtung am Weißen Turm vorbei.

»Der Frühling kommt«, meinte Faltar erfreut.

»Wir wollen hoffen, dass sich das Wetter dieses Mal hält.«

Der *Goldene Widder* war weniger als eine halbe Meile vom Platz der Magier entfernt. Wie oft war Cerryl schon auf dem Weg zum Dienst, um die Abwasserkanäle zu reinigen, oder auf dem Rückweg an diesem Lokal vorbeigekommen? Er vermochte es nicht zu sagen. Sie wichen der grünen Tafel mit dem Abbild eines goldenen Widders aus und betraten das Gasthaus.

»Ihr seid zu zweit?«, fragte der mit einer abgetragenen blauen Weste bekleidete Mann, der hinter der kleinen Theke stand.

»Ja, wir sind zu zweit, Veron«, bestätigte Faltar.

»Der Ecktisch dort.« Veron deutete in die entsprechende Richtung.

»Das sieht mir ganz so aus, als würdest du öfter herkommen.« Cerryl sah sich um, während Faltar sich einen Weg durch die überfüllte Gaststube bahnte. In einer Ecke bemerkte Cerryl Eliasar und Kinowin, aber die beiden achteten nicht auf die jüngeren Magier, sondern waren offenbar in ein Gespräch vertieft. Alle möglichen Leute bevölkerten die Schankstube: junge Händler, Offiziere der Lanzenkämpfer und sogar einige junge Paare.

»Ah… es tut gut, endlich zu sitzen.« Faltar streckte sich ausgiebig.

Die Schankmaid, die wie der Wirt eine blaue Weste trug, kam kurz danach an ihren Tisch. »Was darf ich den Herren bringen?«

»Was ist heute besonders zu empfehlen?«, fragte der blonde Magier, indem er zwischen ihr und Cerryl hin und her schaute.

»Heute ist alles gut, Ser. Ich würde die Koteletts empfehlen, drei Kupferstücke. Höchstens etwas zäh, aber sie schmecken sehr gut. Dazu ein helles Bier oder einen Rotwein. Das Fass ist frisch angestochen.«

»Ich nehme die Koteletts und ein Bier«, sagte Faltar.

»Die Koteletts, aber ich hätte gern den Rotwein dazu.« Cerryl war viel zu hungrig und müde, um lange über den Speiseplan nachzudenken, aber in der letzten Zeit hatte er öfter Bier getrunken, und so war er der Ansicht, dass er dieses Mal lieber den Rotwein versuchen sollte.

»Zweimal Kotelett… es gibt Backkartoffeln und Brot dazu… und ein Bier und einen Rotwein. Wäre das alles?«

Die beiden Magier nickten und die Schankmaid eilte davon.

»Ich wusste gar nicht, dass du Wein trinkst. Ist das der Einfluss der Heilerin?«

Cerryl errötete unwillkürlich.

»Oh... sie wird dich noch von Grund auf umkrempeln.«

»Wahrscheinlich hat sie das sogar schon getan«, räumte Cerryl ein. »Ich sehe sie aber leider nicht oft, weil sie mit Heilen beschäftigt ist und ich am Stadttor Dienst tun muss.«

Mit lautem Knall wurden ein Becher und ein Krug auf dem Tisch abgesetzt. »Das macht dann vier Kupferstücke, die Herren.«

Cerryl und Faltar fischten die Münzen aus den Börsen und im Nu war die Schankmaid wieder verschwunden.

»Ja, der Dienst am Tor ist langweilig«, stimmte Faltar zu. »Aber manchmal bekommt man eigenartige Dinge zu sehen. Heute Nachmittag habe ich ein paar Schwarze gesehen – es waren drei. Ich glaube, es waren die drei, die aus Recluce verbannt wurden.«

»Du hast sie eingelassen, ohne eine Meldung zu machen?«

»Nein, so dumm bin ich nun auch wieder nicht.« Faltar nahm einen großen Schluck Bier. »Sie haben die Stadt bald wieder verlassen, aber ich habe Kinowin nach meinem Dienst trotzdem unterrichtet. Allerdings haben sie sich ja nichts zuschulden kommen lassen.«

»Was hat er gesagt?«

»Er hat sich bei mir bedankt und eine Botin geschickt, um Jeslek zu unterrichten. Wie heißt sie noch gleich, diese neue Rothaarige?«

»Kiella? Oh, deshalb hatte sie es so eilig.«

»Und ich dachte, du hättest die ganze Zeit geschlafen.«

»So müde war ich doch gar nicht.«

»Ich hätte dich mit Chaos-Feuer rösten können und du hättest es nicht bemerkt«, meinte Faltar grinsend. »Jedenfalls waren es zwei Schwertkämpfer und ein Heiler.«

»Ich nehme an, du hast sehr genau hingesehen.«

»Und ob. Einer der Schwertkämpfer war übrigens eine Frau. Rothaarig und hübsch, soweit ich es sehen konnte, aber ziemlich groß, größer als du, und sie hatte den gleichen Gesichtsausdruck wie Eliasar, wenn er dich beim Waffentraining herumscheucht. Einer war wie Kinowin, groß und blond, nein – sogar noch größer als Kinowin. Der Heiler war ein kleiner, junger Bursche. Rothaarig und eher schüchtern.«

»Da wären die Koteletts, das macht noch einmal sechs Kupferstücke.« Die Schankmaid mit der blauen Weste stellte zwei schwere braune Teller auf den Tisch und schenkte Faltar und Cerryl einen Blick.

Cerryl holte vier Kupferstücke hervor, Faltar tat es ihm gleich.

»Und vielen Dank auch.« Sie ließ die Münzen in ihrer Börse verschwinden und lächelte strahlend, nickte noch einmal und entfernte sich wieder.

Cerryl biss stirnrunzelnd ins erste Kotelett. Es war wirklich etwas zäh, aber es schmeckte gut. Er hatte ganz eigene Ideen, was die Reisenden aus Recluce anging, aber Kinowin hatte ihm befohlen, außerhalb der Halle keine Vermutungen zu äußern.

»Was meinst du?«, fragte Faltar schließlich.

»Ich weiß es nicht. Sie schicken die Schwarzen, die sich nicht anpassen wollen, nach Candar, wie Myral mir einmal erzählt hat.«

»So ist das eben bei denen. Wenn du dich nicht fügst, fliegst du raus. Ich glaube, wenn man auf einer Insel sitzt, hat man es leicht damit.«

»Jeder Ort hat seine Regeln«, erwiderte Cerryl. Er

schnitt das Fleisch mit seinem Messer zurecht und spießte ein Stück Backkartoffel auf. »Deshalb haben wir ja auch die Stadtwache.«

»Einer der Magier, der Eliasar geholfen hat, als ich noch in der Ausbildung war, ist zur Stadtwache gegangen. Klyat heißt er. Er soll früher als Waffen-Magier bei den Lanzenreitern gewesen sein.«

»Was macht er jetzt?«

Faltar zuckte mit den Achseln. »Keine Ahnung. Ich habe schon lange nicht mehr mit ihm gesprochen, und als ich noch in der Ausbildung war, wollte er mir nichts verraten. Ich nehme an, er sorgt für Ruhe und Ordnung.«

Cerryl nickte, aber er machte sich seine Gedanken. Obwohl viel über sie geredet wurde, hatte er die Stadtwache nur selten zu Gesicht bekommen.

»Recluce hat uns ständig Schwierigkeiten gemacht, das geht bis in die Zeit von Creslin zurück.« Faltar kaute einen Augenblick schweigend sein Fleisch. »Jetzt karren sie sogar Waren aus Austra und Nordla heran, die teilweise billiger sind als alles, was wir in Candar herstellen und anbauen können. Derka und Myral waren schon immer der Meinung, dass wir eines Tages großen Ärger mit Recluce bekommen würden. Und jetzt tauchen diese Schwarzen hier auf. Natürlich könnte das ein reiner Zufall sein. Manchmal gibt es solche Zufälle.« Faltar trank sein Bier aus und hob den Krug.

»Noch eins?«, fragte die Schankmaid, die von dem erhobenen Humpen angezogen wurde wie eine Motte vom Licht. »Zwei Kupferstücke, bitte.«

Faltar nestelte die Münzen aus der Börse.

»Vielleicht… oder es ist ein Konflikt zwischen Ordnung und Chaos.«

»Du hast gerade erst von ihnen erfahren und schon ist es ein Konflikt zwischen Ordnung und Chaos.« Faltar lachte. »Vielleicht sind sie auch einfach nur als Händler gekommen.«

»Ich kann mir nicht vorstellen, was drei wandernde Schwarze aus Recluce mit dem Handel zu tun haben sollen.« Cerryl probierte den Rotwein. Er war bei weitem nicht so gut und rein wie der Wein, den er in Leyladins Haus getrunken hatte. Er nahm nur kleine Schlucke.

»Vielleicht sind sie auch Spione. Sie waren auf dem Platz der Händler und haben angeblich nach Arbeit für Schwertkämpfer gefragt.«

»Wie hast du das herausgefunden?«

Faltar zog die Augenbrauen hoch. »Man hat so seine Beziehungen.«

»Das ist ungewöhnlich für junge Wanderer. Sie waren doch jung, oder?«

»Der Heiler war kaum älter als du.«

»So jung war er? Kein Greis wie du?«, gab Cerryl grinsend zurück.

Mit einem Knall wurde der nächste Krug Bier auf den Tisch gesetzt. »So, bitte.« Die Schankmaid war schon wieder weg, kaum dass sie die Worte ausgesprochen hatte.

»Gutes Bier.« Faltar trank einen Schluck. »Ich bin froh, dass du die Weisheit eines älteren Mannes anerkennst.«

»Vielleicht steckt doch noch mehr dahinter... aber ich glaube nicht, dass die jungen Reisenden selbst ein Problem darstellen.«

»Vielleicht haben die Verantwortlichen in Recluce gerade selbst ihre Schwierigkeiten und werfen mehr Leute hinaus als sonst.«

»Und warum sollte das für uns ein Problem sein?«

»Ich weiß es nicht. Aber es steckt etwas dahinter. Schiffbauer sind nach Sligo unterwegs...«

Cerryl warnte Faltar mit einem harten Blick.

»Aber das weiß doch jeder in Fairhaven«, protestierte Faltar. »Ich hab's auf dem Markt gehört.«

»Mag sein… aber Kinowin… er sitzt da hinten in der Ecke. Wenn er dich gehört hat…«

»Wahrscheinlich hast du Recht.« Faltar seufzte und trank noch einen Schluck. »Aber irgendwie passt alles noch nicht richtig zusammen.«

Auch Cerryl war der Meinung, dass vieles nicht zusammenpasste. Fairhaven hatte keinen eigenen Hafen, unterhielt aber dennoch eine Kriegsflotte und war auf den Handel angewiesen. Hydolar hatte drei Häfen und trieb weit weniger Handel als die Weiße Stadt… und so weiter.

Er gähnte. Irgendwie kam es ihm vor, als hätte er schon den ganzen Tag gegähnt. Waren die Tage denn wirklich so lang? Oder war das Üben mit den Lichtdolchen so ermüdend? »Ich glaube, ich muss bald heim und ins Bett.«

»Im Sommer wird es leichter, dann wird der Tag in zwei Schichten aufgeteilt… aber wenn du die erste Schicht bekommst, musst du vor der Morgendämmerung da sein, und wenn du den Nachmittag übernimmst, hast du bis spät in den Abend Dienst… Ich werde noch eine Weile hier bleiben.«

»Gut.« Cerryl stand auf. »Wir sehen uns.«

Er ging langsam hinaus. Zu Eliasar und Kinowin hatte sich inzwischen ein dritter Magier gesellt, den Cerryl nicht kannte. Alle drei aßen und waren offenbar guter Dinge.

Draußen auf der Straße war es inzwischen völlig dunkel, aber es war jetzt, gegen Abend, sogar noch wärmer geworden. Vielleicht hatte Faltar wirklich Recht und der Frühling hielt Einzug.

Im Gebäude angekommen, ging er durch den Flur nach hinten zu seiner Tür. Ein Schild aus Weißbronze, auf dem in alter Schrift sein Name stand, hing daran.

Drinnen in seiner Kammer sah er sich nachdenklich um. Das Zimmer war viel größer als jede Unterkunft, die er bisher bewohnt hatte… und ausgesprochen kahl, verglichen mit Leyladins Haus. Zwei mit Läden gesicherte Fenster, ein breiter Schreibtisch, ein gepolsterter Lehnstuhl, ein großes Bett mit Leinenlaken und einer roten Wolldecke… sogar ein Läufer lag vor dem Bett, außerdem gab es einen Kleiderschrank aus weißer Eiche und ein Bücherregal, das neben dem Schreibtisch an der Wand stand.

Er schloss die Tür hinter sich. Kinowins Empfehlung, neue Fähigkeiten zu entwickeln, ging ihm nicht aus dem Sinn. Welche Fähigkeiten mochten das sein? Er ging zum Bücherregal, nahm sein abgegriffenes Exemplar von den *Farben der Weiße* heraus und blätterte zur zweiten Hälfte des Buches vor. Er las langsam, überschlug die Abschnitte, die er schon so oft gelesen hatte, dass er sie auswendig kannte, und versuchte, die Textstellen zu finden, die er nicht gründlich studiert hatte, weil sie ihn beim flüchtigen Lesen gelangweilt hatten. Schließlich setzte er sich, ohne die Jacke ausgezogen zu haben, auf den Stuhl.

In jeglicher Substanz auf der Welt finden sich Chaos und Ordnung. Oft sind sie so dicht miteinander verwoben, dass niemand, und sei es der größte Magier, sie entwirren könnte. Doch würden sie entwirrt, dann wäre das Chaos unendlich. Denn die Welt besteht aus Chaos, und alle Stoffe dieser Welt sind nichts weiter als Chaos, das von der Ordnung in eine feste Form gefügt wurde…

Cerryl runzelte die Stirn. Wenn er die Worte richtig verstand, dann meinte der Schreiber, dass alles, sogar das Buch, in dem er gerade las, nichts weiter war als Chaos, das durch Ordnungs-Kräfte in seine Form gebracht worden war.

Er kratzte sich am Kopf. Aber das Licht bestand aus beinahe reinem Chaos – so rein jedenfalls, wie es für lebendige Wesen überhaupt erträglich war. Ein herzhaftes Gähnen unterbrach seine Konzentration. Der Morgen würde früh kommen, viel zu früh. Er legte das Buch weg, zog sich aus und hängte die Kleider sorgfältig auf.

Eine Weile lag er noch wach in seinem bequemen großen Bett und ließ sich durch den Kopf gehen, was er in den *Farben der Weiße* gelesen hatte. »... würden sie entwirrt, dann wäre das Chaos unendlich... würden sie entwirrt...«

Der nächste Morgen würde in der Tat schon bald kommen, aber er konnte sich auf den Tag danach freuen. An jedem vierten Tag hatte er frei und musste nicht vor Sonnenaufgang zum Klang der Glocken aufstehen.

VII

Cerryl stand im Eingang des fast menschenleeren Speisesaals. Es war beinahe schon zu spät, um noch etwas zu essen zu bekommen. Schließlich ging er zur Auslage, nahm sich ein großes Stück Brot und etwas Kirschkonfitüre, die dick und zäh war wie Sirup, dazu einen verdächtig weichen Birnapfel.

Als er sich umdrehte, winkte ihm Esaak, der weiter hinten saß. Cerryl erschrak. Wollte ihn der ältere Magier zur Rede stellen, weil seine mathematischen Fähigkeiten zu wünschen übrig ließen? Cerryl ging mit seinem Teller und einem Becher Wasser zu dem schwerfälligen, fast kahlköpfigen Magier hinüber.

»Junger Cerryl...« Esaak schüttelte den Kopf. »Ihr seid in der ganzen Geschichte der Gilde einer der schlechtesten Mathematiker, die es je gegeben hat.«

»Ich lese aber immer noch in den Büchern, Ser.«

»Und Ihr löst die Aufgaben?«

»Nur ein paar«, gestand Cerryl.

Esaak lachte. »Nicht alle Magier können Ingenieure oder Mathematiker sein. Solange Ihr keine Aquädukte oder Abwasserkanäle baut, ist es nicht so wichtig.« Die tief liegenden Augen richteten sich auf den jungen Mann. »Habt Ihr Euch schon überlegt, ich welche Richtung Ihr nun wollt? Ihr kommt mir nicht so vor, als wolltet Ihr Euer ganzes Leben mit der Torwache verbringen und zum Waffen-Magier scheint Ihr mir auch nicht geeignet. Nein, das dürfte in den nächsten Jahren nicht in Frage kommen.«

Das Licht studieren… »Ich weiß nicht. Mir ist eigentlich noch gar nicht klar, welche Wahlmöglichkeiten mir überhaupt offen stehen. Ich weiß, dass Myral sich vor allem mit Wasser und Abwasserleitungen beschäftigt. Kinowin kümmert sich um den Handel, Ihr lehrt die Mathematik…«

»Wer hat Kinowin etwas über den Handel gelehrt, junger Cerryl? Ich habe schon in Lydiar und Renklaar beim Löschen von Schiffen zugesehen, als Kinowin noch nicht einmal geboren war.«

»Es tut mir Leid.«

»Nein, Ihr müsst Euch nicht entschuldigen. Wenn Ihr Euer Leben nicht damit verbringen wollt, Bewaffnete und Lanzenreiter zu begleiten, müsst Ihr eine Fähigkeit entwickeln, die für die Gilde wertvoll ist. Jeslek… er hat die Tiefen der Erde studiert. Was glaubt Ihr, woher er weiß, wie man Berge wachsen lässt?«

»Ich habe ihm zugeschaut, aber solche Macht besitze ich nicht…«

»Vergesst nicht«, Esaak hob warnend die Hand, »vergesst nicht, dass es eine nützliche und zugleich sinnvolle Fähigkeit sein muss. Denkt in Ruhe darüber nach. Ihr habt Zeit, aber verschwendet Eure Zeit nicht.«

Esaak stand mühsam auf. »Ich muss jetzt wieder einen ungebildeten Lehrling unterweisen, der glaubt, Zahlen seien nur gut, um Münzen zu zählen. Guten Tag auch, junger Cerryl.«

»Guten Tag, Ser.« Cerryl wartete, bis der ältere Magier den Saal verlassen hatte, eher er sich an den runden Tisch in der Mitte setzte. Abgesehen von den rot uniformierten Burschen, die hier bedienten, war der Saal verlassen.

Er aß rasch, seine Gedanken rasten. *Licht … wie kann man das Licht, abgesehen vom Töten, sinnvoll einsetzen?* Nein, es war wirklich keine gute Idee, die Gilde über seine Fähigkeit, was den Umgang mit Lichtlanzen oder Chaos-Dolchen anging, ins Bild zu setzen. Womöglich war es sogar gefährlich. Seine letzten Erfahrungen mit Anya und Jeslek hatten ihm verdeutlicht, dass er dank der ungeschriebenen und niemals offen ausgesprochenen Regeln für die Machtkämpfe in der Gilde weitaus bessere Überlebenschancen hatte, wenn er niemanden wissen ließ, welche Fähigkeiten er besaß.

Doch wenn er alles für sich behielt, lief er womöglich Gefahr, sein Leben lang am Tor zu stehen. Genau dies hatte Esaak ihm für den Fall prophezeit, dass es ihm nicht gelang, eine nützliche Fähigkeit zu entwickeln. Also ging es um die Frage, wie viel er durchblicken ließ und auf welche Weise er es am besten präsentierte. Welche Fähigkeit, die sinnvoll genug war, konnte er gefahrlos offenbaren?

Als er aufgegessen hatte, verließ er den Speisesaal und wanderte durch den Flur. Unterwegs warf er einen Blick ins Gemeinschaftszimmer der Schüler, wo auch er früher studiert hatte. Der Raum war leer bis auf den ziegenbärtigen Bealtur, der kurz den Kopf hob, Cerryl ein höfliches Lächeln schenkte und sich sogleich wieder in den Wälzer vertiefte, der vor ihm lag.

Bealtur war völlig sicher gewesen, noch vor Cerryl

zum Voll-Magier bestellt zu werden, doch es war ihm nicht gelungen. Auch Kesrik hatte sich Hoffnungen gemacht, bevor man ihn benutzt hatte, um Cerryl zu einem schrecklichen Fehler zu verleiten. Doch Kesrik war ertappt und vom Erzmagier zu Asche verbrannt worden. Allerdings... Cerryl wusste zwar sehr genau, dass Kesrik versucht hatte, ihn zu vergiften, aber er wusste auch, dass es die als Kesrik verkleidete Anya gewesen war, die ihn von Räubern hatte angreifen lassen, als er in den Abwasserkanälen gearbeitet hatte. Cerryl wusste immer noch nicht, warum die rothaarige Magierin es überhaupt getan hatte, aber er beobachtete sie genau und ging ihr so weit wie möglich aus dem Weg.

Was sonst hätte er tun sollen? Die meisten Magier wurden durch die Tatsache in ihre Schranken verwiesen, dass der Erzmagier, die beiden Obermagier und einige andere eine Fähigkeit besaßen, die als ›wahrlesen‹ bezeichnet wurde. Sie spürten es, wenn jemand nicht ehrlich war, und konnten Intrigen frühzeitig aufdecken. Aber Anya stand unter Jesleks Schutz und Jeslek war nicht nur Obermagier, sondern auch einer der mächtigsten Chaos-Bändiger seit Jahrhunderten. Solange er keine weiteren Chaos-Fähigkeiten entwickelt hatte, bestand Cerryls bester Schutz darin, sich möglichst unauffällig zu verhalten. Aber es war nicht leicht, neue Fähigkeiten zu entwickeln und für sich zu behalten.

Er ging über den Hof zur letzten Halle mit den kleinsten Zimmern und lief die Treppe zu seinem Quartier hinauf, das ganz hinten lag. Drinnen holte er tief Luft und zog *Die Farben der Weiße* aus dem Bücherregal. Vielleicht würde er in dem Buch ein paar Anregungen finden, nachdem er so lange gegrübelt hatte.

Vielleicht...

VIII

Cerryl ging zwischen der Haupthalle und der hinteren Halle am Springbrunnen vorbei. Die Füße taten ihm weh und in seinem Kopf pochte es – Ersteres, weil er tagsüber ständig hinter der Brustwehr des Wachhauses auf und ab gegangen war, Letzteres, weil er die Anwendung des Lichtschildes, der ihn unsichtbar machte, geübt und sich dabei überanstrengt hatte. Kinowins Fragen waren eher oberflächlich gewesen, als sei der Obermagier in Gedanken woanders, und Cerryl hatte seine Kopfschmerzen gar nicht erst erwähnt, weil er ohnehin wusste, dass Kinowin kein großes Mitgefühl zeigen würde.

Obwohl die Dämmerung schon weit vorangeschritten war, hatte sich die Wärme im Hof gehalten. Die kleinen kühlen Tropfen, die Cerryl vom Springbrunnen ins Gesicht wehten, taten gut.

»Hallo.«

Er schaute auf und sah rötlich blondes Haar, ein kurzärmliges grünes Hemd und ein dunkelgrünes Oberhemd – und noch eine andere Magierin. Leyladin und Lyasa standen in einer Ecke und genossen ebenfalls die kühle Luft am Springbrunnen. Cerryl drehte sich um und gesellte sich zu ihnen. Seine verschiedenen Wehwehchen waren schlagartig vergessen. »Wann bist du zurückgekommen?«

»Ich war doch gar nicht weg«, erwiderte Lyasa grinsend.

»Heute Nachmittag, nicht lange nach der Mittagszeit«, antwortete Leyladin lächelnd. »Ich bin durchs Südwesttor hereingekommen.«

»Leyladin, Cerryl«, unterbrach Lyasa, »ich muss jetzt los. Anya will mich beim Abendessen sehen.«

Cerryl zuckte zusammen.

»Nein, nein, ihre Vorlieben sind allzu bekannt«, meinte Lyasa munter, »aber mich beschäftigt trotzdem, was sie von mir will.«

»Sei vorsichtig.« Cerryl machte sich immer Sorgen, wenn Anya im Spiel war.

»Immer auf der Hut sein, das ist eine Regel, die für Frauen jederzeit gilt… und auch für Schwarze.« Lyasa nickte Leyladin zu. »Ich hoffe, wir können noch einmal reden, ehe…«

»Morgen früh?«

»Das lässt sich machen. Es ist mein freier Morgen, bevor mein Dienst am Westtor beginnt.« Lyasa verzog das Gesicht.

»Du tust Dienst am Tor?«, fragte Cerryl.

»Tun das nicht alle neuen Magier? Kinowin wartet doch nur darauf, dass Elsinot neue Dienstpläne macht.«

»Elsinot?« Schon wieder ein Magier, den Cerryl nicht persönlich kannte. Nur den Namen hatte er bisher gehört.

»Kräftig, braune Haare… er scheint ganz nett zu sein. Er übernimmt jetzt die Ablösungen, wenn die anderen ihre freien Tage haben. Du hast Glück, wahrscheinlich wirst du im Sommer die Frühschicht bekommen.«

Cerryl war nicht so sicher, ob er von Glück reden konnte, wenn er noch früher aufstehen musste als jetzt.

»Ich muss los. Ich will der geschätzten Anya lieber keinen Grund geben, auf mich wütend zu werden.« Lyasa winkte zum Abschied und entfernte sich.

»Hast du schon gegessen?« Cerryl betrachtete die lebhaften grünen Augen, die sogar im Zwielicht im Hof funkelten, und den breiten Mund, den er so einladend fand. »Wir könnten zum *Goldenen Widder* gehen.«

»Wie wäre es mit Furenks Lokal?«

»Äh… ja, gut.«

»Ich habe ein paar Silberstücke dabei, du musst also nicht in deine Kammer zurück, um Geld zu holen. Ich habe nämlich Hunger. Ich bin mit Lyasa ins Gespräch gekommen und auf einmal ist es dunkel.«

»Wartet dein Vater nicht auf dich?«

»Nein, er ist in Vergren, und ich habe Meridis gesagt, sie soll heute Abend nichts kochen.« Leyladin lächelte. »Ich hatte Angst, sie würde so viel machen, dass ich nach dem Essen nicht mehr laufen könnte. Das tut sie immer, wenn ich ein paar Tage nicht da war.« Sie wandte sich zum Bogengang um, der zur vorderen Halle führte, die direkt an den Platz der Magier grenzte.

Cerryl ging dicht neben ihr. »Ich habe dich vermisst.«

»Ich dich auch. Es war durchaus anregend, aber...« Die rötlich blonde Frau zuckte mit den Achseln. »Es ist schön, wieder daheim zu sein.« Sie legte die Stirn kurz in Falten, doch der Ausdruck verflog sogleich wieder.

Draußen auf der Straße war es schon völlig dunkel, als sie den Platz überquerten und in östliche Richtung gingen.

»Du scheinst aber nicht glücklich zu sein.«

»Ich bin wirklich froh, dass ich wieder daheim bin. Ich wünschte nur, Vater wäre auch hier, aber er musste weg... irgendwelche Schwierigkeiten mit den Lämmern in Montgren.«

»Ich dachte, er ist Kaufmann.«

»Das ist er auch, aber die diesjährigen Lämmer beeinflussen den Preis der Wolle in den nächsten Jahren. Außerdem hängt dies wiederum mit dem Preis für Getreide und Vieh zusammen... alles hängt irgendwie zusammen...«

Cerryl unterdrückte ein Seufzen. Drehte sich denn die ganze Welt immer nur um Geld und Handel? Je mehr er lernte, desto mehr schien es ihm, als würde diese Vermutung zutreffen. »Wie lange wird er fort sein?«

»Soaris sagt, er sei gestern aufgebrochen. Das bedeutet, dass er mindestens noch einen Achttag unterwegs sein wird.«

Furenks Lokal hatte kein Holzschild, aber neben der Tür des zweistöckigen Gebäudes war der Name in eine Marmortafel geritzt: DER GASTHOF IN FAIRHAVEN.

Sie stiegen die beiden breiten Marmorstufen hinauf und betraten das Lokal. Cerryl sah sich um, aber bevor er sich entschlossen hatte, wohin er sich wenden sollte, stand schon ein großer Kellner in hellblauem Baumwollhemd und dunkelblauer Weste vor ihnen. »Hier entlang, bitte, Herrin Leyladin, Ser.« Der Mann drehte sich um und führte sie zu einem Zweiertisch im Hinterzimmer des Lokals. Er rückte Leyladin den Stuhl zurecht.

Cerryl setzte sich ihr gegenüber. Abgesehen von ihnen selbst war das Lokal leer.

»Es ist noch früh«, erklärte Leyladin leise.

»Sie kennen dich offensichtlich schon.« Cerryl sah sich um. Es gab nur zehn Tische. Im Gegensatz zum vorderen Teil des Lokals, wo nackte, polierte Holztische standen, waren die Tische im Hinterzimmer mit hellblauem Leinen und Besteck gedeckt. Ihm wurde deutlich, warum Furenks Lokal das teuerste in Fairhaven war; hier verkehrten die wohlhabenden Kommissionäre. Cerryl hatte nur ein einziges Mal zusammen mit Faltar hier gespeist. Das Essen hatte drei Silberstücke gekostet, obwohl sie nur einen Becher Wein dazu getrunken und kaum Extrawünsche geäußert hatten. Und sie hatten im vorderen Raum gesessen. Von der Existenz dieses Hinterzimmers hatte er damals noch nichts gewusst.

Auf jedem Tisch brannte eine kleine Bronzelampe. Die zehn Lampen waren die einzigen Lichtquellen im Raum, so dass eine gedämpfte, vertrauliche Atmosphäre entstand.

»Dies ist der einzige Gasthof in Fairhaven, den mein Vater aufsucht. Deshalb… deshalb kennt man uns hier.«

»Herrin Leyladin.« Cerryl fragte sich, warum es ihn störte, wenn man sie so nannte.

»Es klingt so kalt, wenn du es sagst.«

»Entschuldige.«

»Meine Dame… mein Herr?« Eine schmale ältere Frau, die ebenfalls eine dunkelblaue Hose und ein hellblaues Hemd trug, baute sich neben dem Tisch auf. »Heute Abend haben wir eine ganz besondere Hühnerbrust oder zartes Rindfleisch auf hausgemachten Nudeln.«

»Das Huhn«, sagte Leyladin.

»Für mich auch.«

»Und den guten Rotwein«, fügte die Heilerin hinzu.

»Für mich auch.« Cerryl wusste nicht, was er sonst hätte sagen sollen.

Die Bedienung nickte und entfernte sich.

»Was hat Lyasa gemeint, als sie sagte, ihr könntet vorher hoffentlich noch einmal reden?«, fragte er nach kurzem Schweigen. »Wovon hat sie gesprochen?«

»Oh, Cerryl…«

»Was hat sie gemeint?«

»Nun… bevor ich nach Lydiar muss.«

»Du bist doch gerade erst aus Hydolar zurückgekommen«, widersprach Cerryl etwas einfältig.

»Ich hätte dort eigentlich nicht so schnell wieder weggehen dürfen, aber Gorsuch meinte, es sei klar, dass es dem Fürsten schon viel besser geht.«

»Gorsuch? Ist er der dortige Magier-Berater?«

»Er ist Magier-Berater und Abgesandter des Rates. Er hat versprochen, mich zu rufen, wenn es schlimmer wird. Inzwischen weiß ich, warum der Erzmagier mich nach Fairhaven zurückbeordert hat.« Leyladin spreizte unsicher die Finger. »Sterol hat mich gebeten, mich um

Fürst Estalins einzigen Sohn zu kümmern. Der Junge ist schwach und krank. Er hat einen blutigen Bauchfluss und es will nicht besser werden.«

»Warum gerade du?«

»Ich bin jung und stark und Myral ergeben und dir zugetan. Mein Vater ist auf die Straßen angewiesen.«

»Was hat das alles mit dir…«

»Dies alles sind gute Gründe dafür, dass man mir trauen kann, wenn ich zu dem Seehafen reise, der Recluce am nächsten liegt. Es gibt nicht viele gute Heiler in Candar.«

»Ja… die Menschen gehen einfach weg…« Cerryl war sich allerdings ganz und gar nicht sicher, wie man auf die Idee kommen konnte, Fairhaven zu verlassen. Es war eine ordentliche, saubere Stadt. Man konnte hier gut leben, solange man sich an die Regeln hielt, aber jedes Land hatte seine Gesetze. »Ich wünschte, du würdest nicht gehen.«

»Ich auch.«

Zwei langstielige Kristallgläser wurden serviert. »So, bitte. Zwei Gläser vom guten Roten. Das macht dann sechs.«

»Bitte.« Leyladin legte ein Silberstück auf den Tisch, bevor Cerryl auch nur nach seiner Börse greifen konnte. »Ich mache das schon.«

Vier Kupferstücke wurden auf den Tisch gelegt, aber die blonde Heilerin ließ sie liegen.

»Soll ich dann das Essen bezahlen?« Cerryl ließ sich nicht gern aushalten, nicht einmal von Leyladin.

»Wie wäre es, wenn du die Hälfte übernimmst?«

Begeistert war Cerryl nicht, aber er nickte und sah Leyladin in die grünen Augen.

Sie trank einen Schluck Wein. »Nicht übel.«

Cerryl tat es ihr gleich. Für seinen Geschmack war es ein ausgezeichneter Wein, abgesehen höchstens von demjenigen, den er bei Leyladin gekostet hatte. »Er schmeckt gut, aber ich habe einen langen Tag hinter mir.« Er gähnte.

»Es ist schon gut. Du bist wohl wirklich sehr müde.«

»Nein, so müde bin ich gar nicht.«

»Du gähnst schon, dabei bin ich gerade erst zurückgekommen.« Ihre Augen funkelten im Lampenschein. »Du findest mich langweilig.«

»Das ist doch...« Er schüttelte den Kopf. »Du bist unmöglich.«

»Nun, ich habe versucht, es dir schonend beizubringen. Mein Vater auch. Er ist der Ansicht, dass ich schon immer am meisten Ärger gemacht habe, wenn du dich erinnerst.«

»Ich kann mich dunkel erinnern, ja.«

Die Bedienung servierte Leyladin einen schweren, hellblauen Porzellanteller mit Goldrand und setzte einen zweiten vor Cerryl ab. Auf den Tellern lagen ganze Hühnerbrüste mit Knochen, mit einer Rahmsoße übergossen. Dazu gab es dunklen Reis, wie Cerryl ihn noch nie gesehen hatte, mit der gleichen Soße. Auf einem zweiten, kleineren Teller lagen frisch geschnittene Scheiben von frühen Pfirsichen, bedeckt mit winzigen Minzeblättern und mit einer durchsichtigen Glasur überzogen. Cerryl hoffte, dass er genug Silberstücke bei sich hatte. Er dankte der Bedienung mit einem Nicken. »Sehr schön.«

»Wir hoffen, dass Ihnen unser Essen mundet, Ser und meine Dame. Wünscht Ihr sonst noch etwas?«

Cerryl warf einen fragenden Blick zu Leyladin, die jedoch leicht den Kopf schüttelte. »Nein, danke.«

Die Frau nickte und ließ sie im stillen Raum allein. So ruhig war es hier, dass sie sogar die Gespräche im Hauptraum nur mehr als leises Gemurmel hören konnten.

Leyladin schnitt sich ein Stück Hühnerfleisch ab und probierte es, dann lächelte sie. »Es ist gut.«

Cerryl folgte ihrem Beispiel. Die scharfe Sahnesoße, die nach Orange, Trilia und Pfeffer schmeckte, war einfach köstlich. Er verstand allmählich, warum Faltar lieber auswärts essen ging, aber er fragte sich, wie sein blonder Freund sich so gute Mahlzeiten leisten konnte. »Ich fürchte, ich könnte mich glatt an diese Art von Essen gewöhnen.«

»Furenks Essen ist besser als die Kost an der Tafel des Fürsten von Hydolar. Viel besser.« Die Heilerin verzog das Gesicht. »Sogar die meisten Gerichte im Speisesaal der Magier sind besser als das Essen des Fürsten.«

»Das ist ein weiterer Grund dafür, dass du nicht nach Lydiar gehen solltest.«

»An Fürst Estalins Hof ist das Essen besser. Das hat mir jedenfalls Anya verraten.«

»Woher wusste sie überhaupt, dass du dorthin musst?«

»Sie war bei Sterol, als er mir sagte, dass ich bald aufbrechen soll.«

»Hmm...« Cerryl trank einen Schluck Wein. »Bekommst du Begleitschutz?«

»Auf dem Weg nach Hydolar und auf dem Rückweg hatte ich einen ganzen Zug Lanzenreiter dabei.«

»Ich hatte zehn von Eliasars schlechtesten Kämpfern, als ich nach Fenard musste«, beklagte sich der Weiße Magier scherzhaft. »Du bist für die Bruderschaft offenbar von größerem Wert als ich.«

»Das war noch, bevor du vom Rat zum vollwertigen Magier bestellt worden bist.«

»Meinst du, ich würde jetzt einen vollen Zug der schlechtesten Kämpfer bekommen?«

Leyladin lachte leise über Cerryls trockene Bemerkung. »Vielleicht sogar anderthalb.«

»Du machst mir wirklich Mut.«

»Ich habe dir doch gleich gesagt, dass du mit mir nur Ärger hast.«

Cerryl schwieg und sah ihr im schwachen Schein der Lampe lange und tief in die Augen.

»Cerryl? Was schaust du mich so an?«

»Weil du wunderschöne Augen hast.« *Weil ich in sie hineinstürzen und nie wieder auftauchen könnte.*

»Sagst du das allen Mädchen?«

Cerryl errötete. »Ich habe es noch nie einem Mädchen gesagt.«

»Entschuldige, das muss grausam geklungen haben. So habe ich es nicht gemeint.« Sie betrachtete nachdenklich das Kristallglas, über das ihre langen Finger spielten.

»Es gab nicht…«

Sie hob eine Hand. »Du musst nichts erklären. Manchmal vergesse ich es, das ist alles. Wie hat dir das Hühnchen geschmeckt? Du hast noch nichts dazu gesagt.«

Was vergisst sie manchmal? Dass ich nicht der Sohn eines Händlers oder Kaufmanns bin? Dass ich noch nicht viele Geliebte hatte? »Oh, das Hühnchen… es hat köstlich geschmeckt. Der Reis auch.« Er warf einen Blick zum leeren hellblauen Porzellanteller. »Und die Pfirsiche.« Auch der Teller mit dem Nachtisch war leer. Er hoffte, nicht alles allein heruntergeschlungen zu haben. Er konnte sich nicht erinnern.

»Die Glasur war gut.«

Er unterdrückte ein Gähnen und hoffte, Leyladin würde es nicht bemerken.

»Du bist müde, das kann ich sehen.«

»Mir geht es gut.«

»Du bist müde und du wirst mich nach Hause bringen. Dann wirst du zu deinem Zimmer gehen und noch etwas schlafen, ehe du morgen früh wieder zum Dienst musst.« Leyladin stand auf und legte vier Silberstücke auf den Tisch.

»Ich wollte…«

»Das ist das Mindeste, was ich tun kann, wenn du glaubst, ich wollte vor dir weglaufen.«

»Das habe ich doch gar nicht gesagt.«

»Aber du hast dich so gefühlt, und ich will nicht, dass du dich so fühlst. Komm jetzt. Ich bin auch müde.«

Cerryl nickte. Auf einmal wurde ihm klar, dass sie immer noch wundervoll aussah, obwohl sie eine zweitägige Reise hinter sich hatte. Er hätte nach so einer Strapaze bei weitem nicht so frisch ausgesehen. Er bot ihr den Arm an, als sie durch den vorderen Speiseraum, der sich inzwischen mit Gästen gefüllt hatte, nach draußen gingen.

»Da ist die Heilerin… und ein Weißer Magier… könnte ein Verwandter sein…«

»…sehen aber gut zusammen aus…«

»Herrin Leyladin… den Weißen kenne ich nicht…«

Im Vorraum verneigte sich der große, blau gekleidete Mann. »Guten Abend, Herrin Leyladin… Ser.«

Leyladin wandte sich lächelnd an den Türsteher. »Dassaor, dies ist der Magier Cerryl. Mein Vater hält große Stücke auf ihn.«

»Niemand würde es wagen, das Urteil Eures Vaters in Frage zu stellen, meine Dame. Wir hoffen, Euch öfter hier begrüßen zu dürfen.« Dassaor verneigte sich.

Cerryl nickte knapp. »Vielen Dank, Dassaor.«

Als sie draußen waren und zum Platz der Magier gingen, drehte Cerryl sich zu der rotblonden Heilerin um. »Du hast mir noch gar nicht verraten, dass dein Vater so viel von mir hält.«

»So ist es aber. Er war erstaunt über dich und besonders darüber, wie gewählt du dich ausdrücken kannst.«

»Ich habe auch hart daran gearbeitet. Ich wollte nicht reden wie einer, der gerade aus dem Bergwerk kommt.«

»Du hast eine Menge erreicht. Kinowin spricht gut, aber man hört in seinen Worten immer noch eine gewisse Grobheit. Deine Worte klingen geschliffen. Du kannst dich darüber freuen. Nicht weil mein Vater gestaunt hat, sondern weil du etwas aus dir gemacht hast.«

Was habe ich denn schon aus mir gemacht? Ich bin ein junger Magier, der ständig aufpassen muss, dass er nicht das Opfer einer Intrige wird. Ein Mann, der für die Frau, die er liebt, nicht einmal das Essen bezahlen kann. »Ich glaube nicht, dass ich so viel aus mir gemacht habe.«

Sie lachte leise. »Du gehst aber hart mit dir ins Gericht.«

Der Platz war leer, als sie in die nach Norden führende Straße einbogen.

»Ich denke, das muss ich auch. Wessen Urteil kann ich schon trauen?«

»Das ist sicher klug. Ich würde niemandem außer Myral trauen, aber der ist alt und hinfällig.«

»Sorgst du dich um ihn?«

»Er ist in gewisser Weise wie ein Onkel... der Einzige, mit dem ich über das reden kann, was in einer Heilerin vorgeht.«

»Du verstehst etwas vom Handel und du verstehst deinen Vater und du liebst ihn, aber er kann dich nicht verstehen?«

»Er versucht es, aber... nein.«

Kurz vor dem Marktplatz bogen sie nach Westen ab. Cerryl sah in den Fenstern von Layels Haus die Lampen schimmern.

»Wirst du es mir erklären, wenn du wieder da bist? Weißt du überhaupt, wie lange es dauern wird?«

»Ja, ich werde es dir erklären. Und ich denke, es wird kaum länger als zwei Achttage dauern. Jedenfalls dann, wenn es nur der Bauchfluss ist.«

Er verstand, was sie damit meinte. Wenn sie den Jungen nicht heilen konnte, würde das Kind nach zwei weiteren Wochen Bauchfluss schließlich sterben.

Leyladin drehte sich an der Tür noch einmal um und nahm Cerryls Hände. Sie beugte sich vor und hauchte ihm einen Kuss auf die Wange. »Es war ein schöner Abend.«

»Ja, es war schön.«

Er wartete, bis sie die schwere Tür hinter sich geschlossen hatte, ehe er sich umdrehte und sich auf den Rückweg zu den Hallen der Magier machte.

IX

Cerryl stand hinten links im Ratssaal neben einer Säule. Er überblickte das Gedränge der weißen Tuniken und Gewänder, wobei Letztere die bevorzugte Kleidung der älteren Magier wie Esaak und Myral darstellten. Die Säulen, die ringsum im Ratssaal standen, waren aus weißem Granit erbaut. Sie verjüngten sich nach oben, waren makellos glatt und mit goldenen Verzierungen versehen. Jede Säule stand auf einem quadratischen Sockel aus glänzendem, golden lackiertem Stein. Polierte weiße Marmorkacheln mit verflochtenen goldenen Mustern bedeckten den Boden. Vergoldete Tische aus Eichenholz und passende Stühle standen links und rechts neben dem Mittelgang. Trotz der sommerlichen Hitze, die Fairhaven in einen Backofen verwandelte, war es im Ratssaal beinahe angenehm kühl.

Erzmagier Sterol stand, flankiert von den beiden Obermagiern Jeslek und Kinowin, auf dem Podest am Kopfende des Saales. Sie bildeten das Präsidium des Rates, auch wenn man sie, soweit Cerryl gehört hatte, meist nur kurz als ›den Rat‹ bezeichnete.

Sterol hatte soeben das Wort ergriffen. »...seit unserer letzten Versammlung hier müssen wir feststellen, dass sich viele unserer Befürchtungen als berechtigt erwiesen haben… besonders was die Gier der Händler auf der Schwarzen Insel angeht…

…wollen wir deshalb den Fürsten von Lydiar und Hydlen, dem Rat von Sligo, dem Vicomte von Certis und dem Präfekten von Gallos empfehlen, auf alle Waren, die von Schiffen unter der Flagge Hamors oder der Schwarzen Insel gelöscht werden, eine Sondersteuer von zwanzig Prozent zu erheben.«

»Verzeihung, Erzmagier«, wandte Esaak ein und erhob sich schnaufend von seinem Tisch in der zweiten Reihe. »Wie wollt Ihr damit die Einnahmen der Gilde erhöhen?«

Sterol deutete links neben sich. »Das kann Obermagier Kinowin besser erklären als ich.«

»Der Aufschlag ist keine ideale Lösung«, räumte Kinowin ein. »Im Augenblick stellt er aber unsere einzige Möglichkeit dar, um dem Problem zu begegnen. Wie Ihr alle wisst, sind Bau und Unterhaltung von Straßen teurer als die Unterhaltung einiger Häfen. Immer mehr Importeure in Candar, vor allem die Kaufleute aus Sligo und Spidlar, benutzen unsere Straßen und Marktplätze. Die Schwarze Insel und hin und wieder auch hamorische Händler verschiffen ihre Waren zu Häfen, die nahe an unseren Straßen liegen. Sie können die Waren billig verkaufen, weil sie nicht die vollen Transportkosten tragen. Die Gilde hat die Räuber im Westen Candars fast völlig ausgerottet. Wenigstens jene, die den Reisenden auf den Hauptstraßen aufgelauert haben. Manchmal ist es billiger, Wolle von Landende auf Recluce nach Lydiar zu verschiffen, als sie mit dem Wagen aus Montgren zu beziehen. Also… jedes Handelsgut, das in weiterer Entfernung von den Hauptstraßen angebaut, produziert oder gesammelt wird…«

»Einen Augenblick… Ihr sagtet soeben, unsere Hauptstraßen würden gegen uns verwendet, und jetzt…«

»Geduld, Broka. Habt bitte etwas Geduld«, erwiderte Kinowin müde. »Der Handel ist eine komplizierte Angelegenheit. Diejenigen, die etwas kaufen, sind auch die, die das Geld besitzen. Wer Geld hat, lebt in der Stadt. Die wichtigen Städte haben entweder selbst einen Hafen oder sind durch die Weißen Hauptstraßen mit Häfen verbunden. Recluce ist viel kleiner als Candar und die Schwarzen machen Gebrauch von ihren Künsten, um den Ertrag vieler Dinge zu erhöhen, vor allem was Wolle, Öl und Obst angeht. Sie stellen auch Luxusgüter her, die sonst über das ganze Ostmeer geliefert werden müssten. Ihre Wetter-Magier können Stürme auf dem Meer vorhersehen und sie verlieren weniger Schiffe als alle anderen. Aus diesen Gründen sind viele ihrer Waren um einiges billiger.«

Cerryl unterdrückte den Impuls, sich die Stirn zu reiben. Er hätte nicht gedacht, dass er bei einer Zusammenkunft der Weißen Magier jemals solche Diskussionen über den Handel würde mit anhören müssen. Er drehte sich zum mittleren Abschnitt des Saales um, wo er Anyas rotes Haar aufleuchten sah. Neben ihr saß Faltar, dessen hellblondes Haar sogar noch stärker ins Auge sprang. Rechts neben der Magierin saß Fydel, dessen auffälligstes Merkmal ein eckig gestutzter, dunkler Bart war.

Gemurmel erhob sich im Saal.

»...kann er das nicht besser erklären...«

»...einfach eine Flotte schicken... wenn die so viel Ärger machen...«

»...die Lanzenreiter nach Spidlaria schicken und den gottverdammten Rat dort ausräuchern...«

»Warum müssen wir überhaupt etwas gegen Recluce unternehmen? Die Schwarzen tun ja doch nichts weiter, als auf ihrer Insel zu sitzen und die Ordnung zu kultivieren. Wer Ärger macht, wird hinausgeworfen – normalerweise zu unserem Nutzen.« Eine schmale, grauhaarige Frau hatte sich mitten im Saal aufgebaut und ihren Einwand vorgetragen. Sie war eine der Vielen, die Cerryl nicht kannte.

»Wir reden jetzt nicht über militärische Maßnahmen«, erklärte Jeslek, der neben Kinowin stand, freundlich. »Aber seid Ihr es nicht auch müde, dass unser Gold nach Recluce fließt, so dass die Schwarzen es dazu verwenden können, Waren aus Nordla und Hamor einzukaufen?«

»Die Gewürze und Weine sind besser und billiger«, grollte eine dunkle Stimme aus der letzten Reihe.

»Ihre Tischlerarbeiten sind es teilweise auch«, ergänzte eine andere Stimme.

»Und die Wolle…«

»Wollt Ihr die wirklich tragen, Myral?«

Unvermittelt schritt der weißhaarige Jeslek, aus dessen Augen kleine Sonnen zu strahlen schienen, einen Schritt nach vorn. »Ruhe!« Er sah sich wütend im Saal um, Chaos wallte neben ihm auf.

Ein kleines Lächeln spielte um Sterols Lippen, als er seitlich vom Podest herunterstieg und auf der anderen Seite des Saales hinter den Säulen entlangging.

»Kinowin sagt nichts weiter«, fuhr Jeslek laut fort, »als dass viel zu viele Bauern in Candar hungern müssen und keine Steuern mehr zahlen werden, wenn wir zulassen, dass die Leute billigere Waren von den Händlern aus Recluce kaufen. Wenn es so weit kommt, werden wir früher oder später Mühe haben, die Gilde zu finanzieren und die Hauptstraßen zu unterhalten.«

»Also gut… was schlagt Ihr vor, Jeslek?«

»Nichts Weltbewegendes. Nur einen dreißigprozentigen Zoll auf alle Waren aus Recluce.«

»Dreißig Prozent? Dann würde ich lieber das rote Gebräu aus Kyphros trinken«, rumpelte der Bass.

»Genau das meinte ich.«

»Das wird die Zahl der Schmuggler erhöhen.«

»Wir werden einen Teil des Geldes dazu verwenden, eine Flotte aufzubauen, mit der wir genau dies verhindern können.«

»Und der Rest? Wird der in Eure Taschen wandern, Jeslek?«

»Schwerlich. Die Entscheidung liegt beim Rat, aber ich würde vorschlagen, dass wir es aufteilen und einerseits die Bezüge der Ratsmitglieder anheben, zweitens den Hauptplatz erneuern lassen und drittens den Straßenbau fördern. Möchte sich jemand dazu äußern?«

»Wird das nicht dazu führen, dass noch mehr Gold in Spidlar landet?«

»Was ist mit Sarronnyn?«

»Südwind wird es gefallen…«

Cerryl sah noch einmal rote Haare aufleuchten, als Anya ihren Platz verließ und durch die Säulen huschte, um Sterol zu folgen. Er runzelte die Stirn, als die beiden Magier in einem Bogengang verschwanden, offenbar zum Vorraum unterwegs. Anya und der Erzmagier – nein, das gefiel ihm ganz und gar nicht. Leyladin hatte eine Bemerkung gemacht, dass Anya zugegen gewesen war, als Sterol ihr gesagt hatte, dass sie nach Lydiar gehen musste. War Anya denn überall dabei?

»Einen Augenblick«, forderte Kinowin. »Einen Augenblick. Ich weiß, dass der ehrenwerte Jeslek es gut meint, aber ich würde doch meinen, dass es im Augenblick unklug wäre, die Bezüge der Ratsmitglieder anzuheben. Die meisten Händler würden daraus sofort schließen, dass wir uns den Aufschlag selbst in die Tasche stecken wollen, und das würde nur für Unruhe sorgen.«

Der schwer gebaute Myral stand auf und sah sich im Saal um, bis das Gemurmel abgeebbt war.

Lyasa schob sich neben Cerryl. »Willst du dich nicht setzen?«

»Ich kann von hier aus besser verfolgen, was da vor sich geht.«

»Was ist denn überhaupt im Gange? Abgesehen von der Diskussion über die Steuern auf die Waren aus Recluce?« Die dunkelhaarige Magierin mit den olivbraunen Augen zog eine pechschwarze Augenbraue hoch.

»Erheblich mehr, als man an der Oberfläche erkennt«, antwortete er leise. »Aber ich weiß noch nicht, was dahintersteckt.«

»So ist es doch immer«, stimmte Lyasa zu.

Die beiden schwiegen, bis Myral das Wort ergriff.

Schließlich hustete der ältere Magier einmal, zweimal und räusperte sich. »Ich bin einige Jahre älter als die meisten von Euch.« Myral wartete, bis das Kichern abgeklungen war. »Und da ich älter bin, hatte ich mehr Zeit, in den Archiven und den alten Aufzeichnungen zu stöbern. Worüber wir heute hier reden, steht mehr oder weniger alle paar Jahrzehnte zur Diskussion. Aber warum ist das so?« Myral zuckte mit den Achseln. »Ich kann es nicht sagen, außer vielleicht, dass jede neue Generation von Herrschern in Candar erneut den Preis kennen lernen muss, den man zu zahlen hat, wenn man Frieden und einen florierenden Handel haben will. Wie der Obermagier Kinowin schon gesagt und wie der ehrenwerte Jeslek bestätigt hat, ist eine Sondersteuer nicht die beste Lösung. Eigentlich sollte so etwas überhaupt nicht nötig sein, aber es ist nötig, weil andere Länder, besonders Spidlar, nicht bereit sind, ihren Beitrag für die Straßen zu leisten und die Ordnung zu unterstützen, die Candar zusammenhält. Eine dauerhafte Lösung wäre es natürlich, Spidlar einfach in Besitz zu nehmen, wie wir es vor vielen Jahrhunderten mit Montgren getan haben.« Wieder zuckte er mit den Achseln. »Leider liegen zwischen unserem Land und Spidlar zwei andere Länder.«

Als Myral sich übertrieben traurig im Saal umsah, erhob sich Gelächter im Saal.

»Für den Augenblick würde ich also sagen, dass es keine so schlechte Idee ist, den Aufschlag zu erheben. Dann... dann werden wir sehen, wer sich besonnen verhält und auf die Zukunft und das Wohl Candars schaut und wer sich rücksichtslos die Taschen mit Gold füllt, ganz egal, welchen Preis die Kinder später dafür zahlen müssen.« Myral verneigte sich elegant und setzte sich wieder.

Cerryl bemerkte eine Bewegung. Sterol kam wieder herein, ging an den Säulen am südlichen Ende der Halle vorbei, blieb neben dem Podest stehen und beobachtete Jeslek.

Auch Anya tauchte wieder an ihrem Tisch auf und wandte sich mit entschuldigendem Lächeln an Fydel und dann an Faltar.

»Auf ihre heimtückische Art ist sie wirklich gut«, murmelte Lyasa. »Und du hast dir einen guten Aussichtspunkt ausgesucht.«

Cerryl nickte und dachte über Myrals Worte nach – Worte, die gut geklungen hatten. Aber irgendwie hatte ihn das, was der ältere Magier gesagt hatte, auch aufgeschreckt, als stecke etwas Unwahres darin.

Bei der Dunkelheit, er wünschte, er verstünde mehr.

X

Während er sich im Dunkeln durch einen Wald kämpfte, litt Cerryl unter der großen Hitze. Es war kein Wald, wie er ihn kannte. Die Bäume waren höher als der Turm der Magier, aber er konnte sie nur spüren, nicht sehen. Er holte tief Luft, dann noch einmal. Seine Lungen hatten Mühe, die klebrige, von einem schweren, süßlichen Geruch durchdrungene Luft aufzunehmen.

Eine lange Ranke schwang an seiner Schulter vorbei und berührte die nackte Haut seines Oberarms. Sie wurde hölzern wie eine Liane und ließ kleine Wurzeln wachsen, um sich an ihn zu klammern, als wäre er selbst einer der großen Bäume des seltsamen Waldes. Der eigenartig klebrige Duft wurde stärker... bis er kaum noch atmen konnte und sein Herz schwer in der Brust hämmerte.

Cerryl fuhr in seinem Bett hoch. Schweiß lief in Strömen über sein Gesicht, als stünde er in praller Sommersonne auf seinem Wachposten. Oder als befinde er sich direkt neben einem Kochfeuer...

Die Chaos-Sicherungen flackerten unbeschädigt in der versperrten Zimmertür. Er schützte sich stets auf diese Weise, wenn er schlief; oder besser, seit er nach Abschluss seiner Lehrzeit dazu fähig war. Er huschte zur Tür und dehnte die Sinne aus. Ohne sich besonders anzustrengen, konnte er das weiße Glühen des abgeschirmten Chaos wahrnehmen; er spürte die Schritte hinter dem Lichtschild, er fing einen Hauch Sandelholz auf.

Anya... unterwegs zu Faltars Zimmer.

Cerryl zwang sich, ruhig und tief durchzuatmen, als er wieder ins Bett stieg und einen Augenblick lang sitzen blieb. Plötzlich schauderte er. Dann legte er sich wieder unter die rote Wolldecke und rieb sich mit den Fingerspitzen der rechten Hand die pochende Stirn.

»...nur ein Traum...« Aber nicht alles war ein Traum gewesen. Vom Wald und den besitzergreifenden Ranken hatte er geträumt, doch Anya war tatsächlich an seiner Tür vorbeigekommen, um Faltar aufzusuchen. Er hatte ihre Chaos-Aura schon früher gespürt – jedes Mal, wenn sie Faltar besucht hatte, als er und Cerryl noch in der Ausbildung gewesen waren. Inzwischen war Faltar ein zwar junger, aber voll zugelassener Magier, und nichts konnte die beiden daran hindern, miteinander zu schlafen. Dennoch kam Anya verstohlen zu Faltar geschlichen. Das bedeutete, dass sie es verheimlichen wollte. Hatte sie Angst vor Sterols Eifersucht? Cerryl schüttelte nachdenklich den Kopf.

Lyasa hatte Anya und Jeslek erwähnt – mit wie vielen Magiern ging Anya eigentlich ins Bett? Cerryl runzelte die Stirn, als ihm Benthanns Worte einfielen. Sie war die Geliebte des Schreibers Tellis gewesen. Was hatte sie noch gleich gesagt? Etwas wie…

»Sex ist die einzige Macht, die eine Frau in Fairhaven besitzt. Vergiss das nicht. Selbst wenn sie ein Haus voller Münzen ihr Eigen nennt oder – das Licht möge es verhindern – sie eine Magierin ist… Sex ist die einzige wirkliche Macht, die eine Frau hier hat. Das Einzige, was ein Mann einer Frau bieten kann, ist im Grunde die Macht. Münzen stellen Macht dar. Vergiss das nicht. Sex wird gegen Macht eingetauscht, Macht gegen Sex. So ist der Lauf der Welt.«

Also… also war sogar eine mächtige Magierin wie Anya gezwungen, Sex gegen Macht einzutauschen? Oder gegen ein Versprechen… oder gegen sonst etwas? Cerryl holte noch einmal tief Luft.

Bei der Dunkelheit, er hoffte nur, dass es mit ihm und Leyladin anders verlief. Es fühlte sich anders an… aber er konnte nicht sicher sein.

Du weißt es doch… du musst deinen Gefühlen trauen… Seine Lippen spannten sich. Das konnte man sich leicht sagen, aber er hatte am eigenen Leib erfahren, wie leicht man sich täuschen konnte.

Wirst du jede Selbsttäuschung vermeiden können? Schaudernd lag er unter der Decke, rieb sich die schmerzende Stirn und wusste, dass der Morgen bald kommen würde. Viel zu bald.

XI

Cerryl wischte sich über die Stirn. Selbst im schattigen Bereich auf der Plattform war es ihm viel zu warm, dabei hatte der Sommer noch nicht einmal richtig begonnen. Die Nachmittage wurden mit jedem Tag heißer, aber wie er gehört hatte, sollte es mindestens noch einen Achttag dauern, bis Kinowin den Dienst am Tor in zwei Schichten aufteilte. Bei seinem Glück würde er wahrscheinlich die heiße Nachmittagsschicht bekommen.

Als er ein Rumpeln hörte, blickte er die Weiße Hauptstraße entlang in Richtung Norden. Ein einsamer Karren rollte zum Tor. Der graue Esel, der ihn zog, wurde von einer weißhaarigen Frau geführt, die beinahe so abgestumpft über das Pflaster tappte wie das Zugtier.

Cerryl konnte keine Plakette am Wagen spüren, als er sich über die Brustwehr beugte. »Gyral?«

»Ja, Ser?« Der schlaksige Anführer der Wächter schaute herauf.

»Sei so freundlich und halte die Frau dort an. Sage ihr, dass ich ihren Karren zerstören und ihr den Esel wegnehmen muss, wenn sie sich dem Tor nähert, denn sie hat keine Plakette. Sie soll umkehren und eine Nebenstraße nehmen oder sie muss sich auf der Stelle eine Plakette kaufen.«

Der Weiße Wächter runzelte die Stirn, dann grinste er. »Kennt Ihr sie?«

»Nein. Aber es widerstrebt mir, einer alten Frau etwas wegzunehmen. Vielleicht kennt sie die Gesetze nicht.«

»Ich weiß nicht, Ser. Manchmal sind die Leute ziemlich eigensinnig. Ich werde es versuchen.« Gyral entfernte sich von den anderen beiden Wächtern und ging der Bäuerin entgegen.

Auf dem holpernden Karren befanden sich mehrere Stapel mit Körben. Einige waren aus Gras geflochten, andere aus Schilf. Die Frau ging unbeirrt in Richtung Tor weiter und stützte sich hin und wieder auf einen langen Holzstab, der anderthalb mal so groß war wie sie.

Gyral baute sich vor ihr auf. »Frau! Du darfst ohne Plakette die Weißen Straßen nicht benutzen. Wenn du dich dem Tor näherst und keine Kupferstücke für die Plakette hast, müssen wir dir den Karren und den Esel wegnehmen.«

»Die Straßen sind für *alle* da. Das sagt ihr Weißen Dummköpfe doch selbst. Ich bin eine von diesen *allen*, und ich muss meine Körbe verkaufen, damit meine Familie bis zur Ernte überleben kann. Du bekommst keinen roten Heller von mir.«

»Du darfst mit dem Karren nicht auf der Hauptstraße fahren«, gab Gyral zurück, »wenn du keine Plakette hast.«

»Es gibt doch keinen anderen Weg. Als ob du das nicht wüsstest.«

»Wir müssen dir den Karren und die Körbe wegnehmen.« Gyral wich einen Schritt zurück.

»Du und wer noch, junger Bursche?« Die Alte hob den Stock und drohte dem Anführer des Wachtrupps.

Der Lanzenkämpfer wich einen weiteren Schritt zurück und warf einen Blick zu Cerryl.

Der Magier zuckte übertrieben mit den Achseln und rief hinunter: »Wenn sie es so will…«

Esel, Karren und Frau näherten sich unbeeindruckt dem Tor.

»Du musst anhalten«, sagte Gyral noch einmal.

»Ich bin kein Untertan eurer Weißen Stadt, und beim Licht, ich verkaufe meine Waren, wo ich es will. Das Land gibt mir dieses Recht, nicht irgendein Mann, der weiße Sachen trägt und in einer goldenen Kutsche fährt.« Die Alte schwang den Stock gegen Gyral und den Wächter, der neben ihm stand. Die beiden wichen zurück, zogen aber gleichzeitig die Kurzschwerter.

»Bleibt zurück!«, fauchte Cerryl.

Sogar die Alte schaute jetzt zu ihm auf.

Cerryl konzentrierte sich und formte eine Feuerkugel, die jedoch eher eine Feuerlanze war, um nur den Stab und nicht die Frau zu treffen.

Ein Zischen ertönte und das Ende des Stocks ging in Flammen auf. Weiße Ascheflocken tanzten über die Steine.

Die Alte hielt jetzt ein brennendes Stück Holz in der Hand, das kaum länger war als ein Schlagstock. Sie ließ es vor dem Wachhäuschen aufs Pflaster fallen.

»Die Dunkelheit und die Schwarzen Engel sollen Euch holen!« Die Frau griff zu ihrem Gürtel und zückte ein dunkles Eisenmesser, mit dem sie sich auf Gyral stürzen wollte.

Eine weitere Feuerkugel hüllte die Frau ein, und als das Feuer erlosch, war dort, wo die Alte gestanden hatte, nur noch ein schmieriger Fleck unter einem weißen Aschehaufen zu sehen.

»Die dumme Alte... der Magier hat wirklich versucht, ihr einen Ausweg zu lassen.«

»Denen darfst du nicht entgegenkommen... nicht, wenn du lange leben willst.«

Cerryl lehnte sich an die Brustwehr. Ihm war ein wenig übel. Dann richtete er sich wieder auf. »Schirrt den Esel ab und stellt ihn in den Stall. Ladet die Körbe ab, vielleicht kann man sie irgendwie noch gebrauchen.«

Als nur noch der leere Karren vor dem Wachhäuschen stand, schoss Cerryl eine letzte Feuerkugel ab, und auch dieses Mal blieb nichts als Asche zurück. Asche und ein paar Eisenteile, die von einem Häftlingskommando weggeräumt wurden. Danach lag die

Straße wieder leer in der heißen Nachmittagssonne und Cerryl ließ sich im Schatten auf seinen Stuhl sinken.

Er schüttelte den Kopf. Selbst wenn man sich bemühte, den Leuten die Regeln zu erklären, gab es einige, die einfach nicht hören wollten. Die Wegezölle waren doch wirklich keine neue Einrichtung. Es gab sie schon seit Creslins Zeiten. Aber immer noch lehnten sich Leute dagegen auf und weigerten sich, die Gesetze zu beachten, solange man keine Machtmittel gegen sie einsetzte. Und es gab Leute wie die alte Frau, die sich die Dinge zurechtlegten, wie es ihnen gefiel, um sofort anzugreifen, wenn man ihnen deutlich machte, dass ihre Vorgehensweise nicht zulässig war.

Er hatte keine Wahl gehabt. Auch für ihn waren die Regeln unumstößlich. Jeder, der einen Torwächter angriff, musste sterben. Hatte er es schlimmer gemacht, als er sie zu warnen versucht hatte? Als er ihr hatte sagen lassen, dass sie eine Plakette brauchte? Wäre es so oder so darauf hinausgelaufen, dass sie sterben musste?

Er wischte sich wieder über die Stirn und starrte mehr oder weniger in Richtung der Sonne, die am grünblauen Himmel loderte. Es würde noch lange dauern, bis sie unterging. Viel zu lange.

XII

Kinowin hatte einen neuen Wandbehang: blaue und purpurne Diamanten, durchbohrt von schwarzen Pfeilen, die allerdings eher nach Armbrustbolzen aussahen. Das flackernde Licht der beiden Wandlampen ließ Kinowins und Cerryls Schatten auf dem Wandbehang tanzen.

Sind wir so vergänglich wie diese Schatten?, dachte Cerryl.

Der Obermagier bemerkte den Blick. »Gefällt er Euch?«

»Die Farben sind… sie sind sehr kräftig.«

»Es ist ein analerianisches Stück. Jeslek hat es mir zusammen mit seiner letzten Nachricht an den Rat geschickt. Er weiß, dass ich diese Tücher liebe… und dass ich es hasse, ihm zu Dank verpflichtet zu sein.« Der große blonde Magier nahm einen Schluck aus dem riesigen Becher, der neben dem Spähglas stand. »Ah… es ist dieses Jahr viel zu früh heiß geworden.«

»Wird er eines Tages Erzmagier sein?« Cerryl hatte keine Zweifel daran, aber er wollte wissen, wie Kinowin auf die Frage reagierte, und er glaubte, nur unbefangen fragen zu können, solange er noch als jung und unerfahren galt.

Kinowin schnaubte. »Darüber entscheidet die gesamte Gilde.«

Cerryl hatte allerdings den Eindruck, dass die Gilde stets den mächtigsten Magier wählte.

»Oder seid Ihr anderer Ansicht, junger Cerryl?«

»Ich weiß nicht genug, um zustimmen oder widersprechen zu können, Ser.«

»Ihr wählt Eure Worte mit Bedacht.« Der Obermagier kratzte sein glatt rasiertes Kinn. »Die Gilde hält meist den stärksten Magier für denjenigen, der am besten für das Amt geeignet ist.«

Cerryl hatte schon früh begriffen, dass die Gilde einen Magier, der sehr stark war, nicht einfach abweisen konnte. Da Jeslek stark genug war, um kleine Berge wachsen zu lassen, würde er früher oder später Erzmagier werden.

Kinowin hob seinen Becher und sah den jüngeren Magier scharf an. »Cerryl, Ihr seid jetzt seit fast zwei

Jahreszeiten zum Dienst am Stadttor eingeteilt. Ihr werdet bald die Frühschicht am Nordtor übernehmen. Es kommt etwas früher, als mir lieb ist, aber Bealtur, Heralt und Myredin werden auf der nächsten Ratssitzung zu vollwertigen Magiern bestellt werden – das wird bereits in einem Achttag sein.«

Heralt und Bealtur kannte Cerryl recht gut, Myredin kannte er nur vom Sehen und aus einigen beiläufigen Gesprächen, die sich in den letzten paar Achttagen ergeben hatten.

»Heralt übernimmt die Nachmittagsschicht. Er ist der Zuverlässigste.« Der Obermagier sah Cerryl noch einmal scharf an. »Ihr kennt diese Männer. Was meint Ihr?«

»Myredin kenne ich nicht gut genug. Ich weiß allerdings, dass Heralt zuverlässig und vertrauenswürdig ist.«

»Und wieder habt Ihr Eure Worte mit Bedacht gewählt.« Kinowin lachte. »Ich würde es aber begrüßen, wenn Ihr mit niemandem darüber reden würdet. Die meisten wissen es schon, aber es wäre mir trotzdem lieb, wenn Ihr schweigen könntet.«

»Ja, Ser.« Schweigen war sowieso meist das Beste, was man tun konnte, und ganz sicher traf dies zu, wenn man von einem Obermagier darum gebeten wurde. *Nein, wenn man von Kinowin darum gebeten wurde,* berichtigte Cerryl sich in Gedanken.

»Seid Ihr immer noch aufgeregt wegen der alten Bäuerin?«

»Ja.« Cerryl überlegte einen Augenblick und fügte hinzu: »Ich weiß, dass wir uns an die Gesetze halten müssen. Ich wollte sie warnen, dass sie eine Plakette brauchte.« Er hielt inne und räusperte sich. »Was mich so gestört hat, war die Tatsache, dass sie einfach nicht hören wollte. Es ist ja nicht so, dass die Gesetze neu wären. Aber sie wollte einfach nicht hören und hat dann sogar noch einen Wächter mit dem Messer bedroht, also musste ich sie zu Asche verbrennen.«

»Es gibt überall Gesetze«, sagte Kinowin langsam. »Wir haben Gesetze, Hamor hat Gesetze, sogar Recluce hat Gesetze. Kein Land kann existieren, wenn es keine Gesetze hat und keine Bürger, die sich an die Gesetze halten. Ohne Gesetze gäbe es Raub und Mord und Unrat auf den Straßen. Aber in jedem Land finden sich Menschen, die glauben, die Gesetze würden für sie nicht gelten. Manche haben so viel Geld, dass sie versuchen, sich einen Ausweg zu erkaufen, damit sie die Gesetze nicht befolgen müssen. Manche haben Bewaffnete und manche sind wie die alte Frau.« Der große Obermagier stand unvermittelt auf und ging zum Fenster, ohne ein weiteres Wort zu sagen, als müsse er sich überlegen, wie er fortfahren wollte.

Die Luft draußen war frisch und klar. Cerryl konnte hinter Kinowins Profil das tiefe Purpur des frühen Abendhimmels sehen.

»Auch die Gilde hat ihre Gesetze. Wir sind der Weiße Orden und doch… auch hier sind manche nicht bereit, sich an die Gesetze zu halten.« Kinowin drehte sich wieder um. »Sterol hat Euch erklärt, wie schwer es für einen Außenstehenden ist, ein Weißer Magier zu werden. In gewisser Weise könnt Ihr – genau wie ich und aus den gleichen Gründen und viel besser als jene, die in unserer Krippe aufgewachsen sind – verstehen, warum die Ordnung so wichtig ist. Aber weil in Recluce die Schwarzen herrschen, genießt die Ordnung hier in Fairhaven einen schlechten Ruf.«

Cerryl wartete fast atemlos darauf, dass Kinowin weitersprach. Er fürchtete, der ältere Magier würde seine Gedanken für sich behalten, wenn er ihn unterbrach. Er musste immer noch an die alte Frau denken, auch wenn ihm klar war, dass er sich in seiner Position als junger Magier im Wachdienst am Stadttor nicht anders hätte verhalten können.

»Es gibt viele Wege, die Ordnung zu hintertreiben. Die Verlockungen von Sex oder Macht oder der verzweifelte Wunsch, geachtet zu werden… all dies kann einen Menschen korrumpieren. Wer von uns wünscht sich nicht, geliebt und geachtet zu werden und Macht zu besitzen?« Der Obermagier lachte. »Wenn jemand Euch erzählt, dies alles kümmere ihn nicht… dann behaltet ihn sehr genau im Auge.«

»Äh… ja, Ser.«

Kinowin drehte sich wieder herum. »Elsinot wird an dem Tag, an dem die neuen Magier bestellt werden, Eure Schicht am Tor übernehmen. Ich werde Euch nach vorn rufen, damit Ihr erzählen könnt, was Ihr mit der alten Frau erlebt habt. Zieht es nicht in die Länge. Erzählt es knapp, aber bleibt bei der Wahrheit. Habt Ihr verstanden?«

»Ich werde da sein, Ser. Auch wenn ich den Grund nicht verstehe.«

Ein hämisches Lächeln breitete sich in Kinowins Gesicht aus. »Lasst uns einfach sagen, dass ich es für notwendig erachte, einigen unserer Brüder zu verdeutlichen, dass wir nicht von allen Menschen geliebt werden und dass unsere Gesetze, so gerecht sie auch sein mögen, nicht von jedermann als gerecht empfunden werden.« Er deutete zum Flur. »Ich habe Euch lange genug aufgehalten.«

Cerryl stand auf und ging.

XIII

Die dunklen Schiffe, die Creslin gebaut hatte, pflügten durch die Wasser des Golfs von Candar, nahmen in ihre Bäuche auf, was immer sie nur fassen konnten, und ließen nichts mehr heraus. Aber alle geplünderten Waren, die an den Steinpieren von Landende abgeladen wurden, waren nicht genug, um jene, die sich auf der einstmals menschenleeren Insel versammelt hatten, zu speisen, zu kleiden und mit einem Dach über dem Kopf zu versorgen.

Die früheren dunklen Wächterinnen von Westwind brauchten Eisen für ihre Klingen und Blut, das sie mit den Klingen vergießen konnten, und der elende Abschaum aus Renklaar und dem fernen Swartheld und Brysta und sogar aus Valmurl verlangte, dass die Schwarzen Magier sie speisen und kleiden müssten, wie es den Reichen gebührte.

Um noch mehr Geld aus dem sturmgepeitschten, tapferen Candar zu pressen, suchte Creslin nach immer größerem Zauber und verwandelte fauligen Most in grünen Branntwein, der die Sinne und den Verstand all derer, die ihn kosteten, verwirrte, bis sie bereit waren, jede Summe zu bezahlen, nur um ihn noch einmal trinken zu dürfen.

Dank dieser Münzen und der Geldstücke, die sie aus dem geraubten Schmuck ihrer Gefangenen prägten, konnte Creslin noch einmal seine Schiffe ausschicken und sie jeden Preis zahlen lassen, den die Getreidehändler in den Häfen Candars verlangten. Diejenigen aber, die sich weigerten, Handel zu treiben, fanden ihre Lagerhäuser eingeäschert von unerklärlichen Bränden, die aus dem Nichts entstanden.

Aber auch diese Münzen waren noch nicht genug und so mischte Megaera mit dem dunklen Herzen Schwarz und Weiß miteinander und ließ die Meere toben, bis sie alle Münzen und Metalle und kostbaren Güter ausspieen, die mit der hamorischen Flotte gesunken waren… ohne Rücksicht auf die Seelen, die bei jedem Silberstück und Kupferstück ihre Klage erhoben…

Die Farben der Weiße
(Handbuch der Gilde von Fairhaven)
Vorwort

XIV

Wie Kinowin es ihm aufgetragen hatte, saß Cerryl auf der nördlichen Seite des Ratssaales in der zweiten Reihe und hörte und schaute zu, während die Sitzung ihren Verlauf nahm. Kinowin und Sterol standen auf dem Podest. Jeslek war in Gallos geblieben und so war sein Platz verwaist, während die Magier sich erhoben, um das Wort zu ergreifen, und sich wieder setzten.

»…keine Veränderungen zu sehen, was den Handel angeht...«

»…eine ganze Jahreszeit vergangen und die gallischen Händler nehmen immer noch Waren aus Recluce an.«

»Nicht ganz, Disarj. Sie verschiffen die Eisenwaren und Gewürze nach Spidlaria und dann bringen die Spidlarer sie mit Lastkähnen flussaufwärts bis Elparta.«

»Und? So oder so drücken sie sich um die Entrichtung des Zuschlags.«

Sterol trat mit erhobener Hand vor. »Haltet Frieden! Die Sondersteuer wurde vor nicht ganz einer Jahreszeit hier beschlossen, aber bis die Schriftrollen aufgesetzt und die Boten ausgeschickt waren, ist eine gewisse Zeit vergangen. Es ist kaum mehr als ein paar Achttage her, dass die Händler unterrichtet wurden. Es mag sogar Kaufleute geben, die noch nichts davon wissen. Sie können die Schiffe nicht binnen weniger Achttage zurückrufen und die Fracht austauschen.«

»Sie werden sich nicht ändern«, fauchte Disarj, ein Magier mit zottigem Haarkranz um einen ansonsten kahlen Schädel. »Wie die Schlangen wollen sie sich durchwinden.«

»Mag sein«, stimmte der grauhaarige Sterol zu, indem er sich mit den Fingern über den sauber gestutzten grauen Bart strich. Die braunen Augen, in denen rote Flecken glommen, blickten nicht unfreundlich. »Wir sind übereingekommen, in Kürze Eliasar mit einer größeren Abteilung Lanzenreiter nach Fenard zu schicken, um den neuen Präfekten etwas zu ermuntern.«

»...sorgt nur dafür, dass eine ausreichende Zahl von Lanzenreitern sich an der Ermunterung beteiligt...«

»...zu schade, dass der junge Cerryl nicht noch ein paar mehr von ihnen eingeäschert hat...«

Cerryl zuckte zusammen, als sein Name fiel, aber er ließ den Erzmagier nicht aus den Augen.

Sterol wartete, bis die leisen Kommentare abgeebbt waren. »Wenn wir eingreifen, bevor die Händler überhaupt von der Steuer wissen, wird sogar in unserem eigenen Land Unruhe entstehen.«

»Unsere Händler sind jetzt schon unruhig«, warf der kleine und rundliche Isork ein. »Sie behaupten, Tag für Tag nur Verluste zu machen.«

Kinowin trat vor und nickte Sterol zu, der mit einem Nicken antwortete.

Der Obermagier räusperte sich. »Wir haben dies von den Händlern gehört, es ist wahr. Aber es zählen nicht nur Händler zu unseren Untertanen. Diejenigen, die genügend Geld oder Macht haben, uns zu erreichen, stellen nicht ein Zehntel der Menschen, die von uns abhängen und aus deren Mitte wir unsere Bewaffneten und Lanzenreiter rekrutieren. Und auch in Fairhaven selbst ist nicht alles immer so friedlich, wie es scheint.«

Leises Gemurmel erhob sich im Saal.

Kinowin richtete sich etwas auf und sprach weiter. »Einer unserer jungen Magier war zum Wachdienst am Nordtor eingeteilt. Er hat mir von einer Begegnung dort berichtet. Ich habe auch die Wächter befragt und alle haben beschworen, dass es sich so zutrug, wie er es mir berichtete. So sollte es auch sein, und dies spricht sehr für die Ausbildung, die er vom ehrenwerten Jeslek erhalten hat. Bevor wir weiter über diese Angelegenheit sprechen, möchte ich Euch bitten, seine Geschichte anzuhören.« Er deutete auf Cerryl, der daraufhin vortrat. »Hier herauf mit Euch, Cerryl, damit alle Euch hören können. So… und jetzt erzählt der Gilde, was Ihr mir erzählt habt.«

Als Sterol seitlich vom Podest stieg, setzte Cerryl gerade den Fuß auf den mit goldenen Adern durchwirkten Marmor. Er musste sich räuspern, bevor er beginnen konnte. Er bemühte sich, nicht zu Anya und Fydel zu blicken, die wie üblich nebeneinander saßen. Faltar hatte Dienst am Südtor. Auch den Blicken Myrals, der in der ersten Reihe saß, wich Cerryl aus. »Es war vor etwa zwei Achttagen. Ich hatte Dienst am Stadttor und überwachte die Hauptstraße. Eine alte Frau kam mit einem Stab und einem alten Bauernkarren, auf dem einige Körbe standen. Ich erkannte, dass sie keine Plakette hatte. Sie kam mir arm vor und war vielleicht auch krank. Deshalb rief ich zu Gyral hinunter – er war der befehlshabende Offizier –, er möge sie bitte warnen, dass sie entweder eine Plakette kaufen oder die Hauptstraße verlassen müsse.« Cerryl räusperte sich leise. Angesichts der versammelten Magier war er nervös.

»Sie wollte weder anhalten noch von der Straße verschwinden. Sie schrie uns an und rief: ›Die Straßen sind für alle da!‹ oder etwas in der Art. Sie sagte, sie sei eine einfache Frau und auf diese Straße angewiesen, um zum Markt zu gelangen und ihre Körbe zu verkaufen, damit sie ihre Familie bis zur Ernte ernähren könne. Sie habe keine Kupferstücke für die Weißen Dummköpfe. Ich warnte sie, dass sie den Karren und die Körbe verlieren würde, wenn sie keine Plakette kaufen wolle, und da kreischte sie wieder, die Straßen seien für alle da. Sie hob den Stock und bedrohte die Wächter.« Cerryl schluckte. »Ich habe den Stock mit einer Feuerkugel verbrannt. Dann schrie sie, die Dunkelheit und die Schwarzen Engel sollten uns holen. Sie zog ein Messer und griff die Wächter an. Ich musste sie einäschern.« Cerryl sah sich unsicher zu Kinowin um.

Der Obermagier murmelte: »Bleibt noch einen Augenblick hier.« Dann wandte er sich an die Versammlung. »Ich glaube, der junge Cerryl hat versucht, gerecht und verständnisvoll zu handeln, als er sich bemühte, die Gesetze und die Ordnung in Fairhaven aufrechtzuerhalten.«

»...mehr als gerecht«, murmelte jemand im Hintergrund.

»...von den Dämonen verdammte Bauern...«

»...Narren, die sie sind...«

»Und doch«, fuhr Kinowin mit leicht erhobener Stimme fort, um den Magiern Schweigen zu gebieten, »und doch war diese Bauersfrau nicht bereit, unsere Gesetze zu befolgen. Sie wollte auf dem einfachsten Weg zum Markt und möglichst viel Geld verdienen. Unterscheidet sie sich vom Präfekten Lyam? Oder von den Schmugglern, die sich um die Steuern und Zölle herumdrücken wollen? Wenn wir hier zusammenkommen, dann vergessen wir manchmal, wie ich glaube, dass die Gesetze und die Notwendigkeit, solche Regeln aufzustellen und zu achten, selbst von den Menschen in Fairhaven nur am Rande zur Kenntnis genommen werden. Viel zu oft betrachten unsere Kaufleute die sauberen, geraden Straßen als Selbstverständlichkeit. Viel zu oft erkennen wir nicht, wie zornig sie auf uns sind, obwohl wir eine wundervolle Stadt geschaffen und ganz Candar Wohlstand gebracht haben. Zu oft glauben wir, wir würden geliebt, wo wir nur respektiert werden.« Kinowin hielt inne. »Gibt es noch Fragen, ehe ich Cerryl an seinen Platz zurückkehren lasse?«

Ein großer Magier, der ein Stück weiter hinten im Saal saß, erhob sich. »Ihr sagtet, diese Frau hätte uns als ›Weiße Dummköpfe‹ bezeichnet. Waren das wirklich ihre Worte?«

»Ja, das waren ihre Worte. Sie sagte auch, sie genieße im Land Rechte, die kein weiß gekleideter Mann, der in einer goldenen Kutsche fährt, ihr absprechen könne.«

Ein weiterer Magier – Isork – stand auf. »Hat sie tatsächlich gesagt, die Schwarzen Engel sollen Euch holen?«

»Ja.«

Isork setzte sich wieder.

»Vielleicht sollten wir Eliasar möglichst schnell nach Gallos schicken«, warf Fydel ein, der mit Anya etwa in der Mitte des Raumes saß. Sie soufflierte ihm noch, während der Magier mit dem eckigen Bart schon das Wort ergriffen hatte.

Sterol trat wieder aufs Podest und wartete, bis das Gemurmel im Saal sich gelegt hatte. »Der Rat hat beschlossen, dass Eliasar erst kurz vor der Ernte aufbrechen soll.« Er drehte sich um und winkte Cerryl. »Vergesst nicht, was am Tor geschehen ist. Cerryl hat versucht, behutsam mit der alten Frau umzugehen. Die Wächter haben es gesehen und werden es weitererzählen. Leider wird es immer Menschen geben, die sich nur von Gewalt beeindrucken lassen. Es wird immer Menschen geben, die nicht bereit sind, für den Wohlstand und Frieden, den die Gilde Candar gebracht hat, ihren Tribut zu entrichten. Es wird immer Menschen geben, die den Lügen und Verdrehungen der Schwarzen Insel Glauben schenken. Wir können nicht alle unsere Untertanen glücklich machen, aber wir können dafür sorgen, dass sie den Orden respektieren, und das werden wir tun. Viele von Euch wissen sicher, dass der Obermagier in Gallos dafür sorgt, dass der neue Präfekt der Gilde Achtung entgegenbringt. Außerdem bauen wir neue Kriegsschiffe, um den Golf und das Ostmeer zu kontrollieren. Gallos und die Händler auf der Schwarzen Insel werden lernen, Fairhaven zu respektieren. Und dann wird bald auch der richtige Augenblick gekommen sein, Eliasar und die Lanzenreiter loszuschicken.« Sterol lachte. »Ich werde demnächst die ersten Magier den Kriegsschiffen zuteilen, die im Lauf des Winters fertig gestellt werden. Die Schwarzen Händler werden die Zölle zahlen oder sie werden mit Candar keinen Handel mehr treiben.«

Kinowin nickte Cerryl zu, der vom Podest stieg und zu seinem Platz zurückkehrte.

»Da wir dies nun abgeschlossen haben«, erklärte Sterol nicht unfreundlich, »wollen wir die neuen Magier einführen.«

Mit Kinowin zu seiner Rechten wartete Sterol auf dem Podest, als Esaak die drei Männer in den Roben der Magier-Anwärter durch den Mittelgang des Saales nach vorn führte.

»Erzmagier, hier sind drei Kandidaten, die zu vollwertigen Magiern bestellt und als Mitglieder in die Gilde aufgenommen werden wollen.« Esaak neigte den Kopf und zog sich seitlich zurück.

Sterol schwieg einen Augenblick, ehe er wieder das Wort ergriff. »Bealtur, Heralt und Myredin… Ihr seid hier anwesend, weil Ihr hart gearbeitet habt, weil Ihr die grundlegenden Fertigkeiten der Magie erlernt und unter Beweis gestellt habt, dass Ihr die Bedeutung der Gilde für die Zukunft Candars erkannt habt…«

Cerryl lächelte, als er die Worte hörte, die Sterol auf genau die gleiche Weise bei seiner eigenen Einweihung gesprochen hatte.

»…Magier müssen sich dafür verwenden, dass denjenigen, die dem Weißen Weg folgen, ein besseres Leben ermöglicht wird, sie müssen Frieden und Wohlstand sichern und dafür sorgen, dass all unsere Talente und Fähigkeiten ausschließlich zum Wohle von Fairhaven und Candar eingesetzt werden.« Sterol hielt inne und blickte die drei an.

»Gelobt Ihr aus freiem Willen, Eure Kräfte zum Wohle der Gilde, zum Wohle Fairhavens und zum Wohle ganz Candars einzusetzen?«

Die drei nickten stumm.

»Und gelobt Ihr feierlich, die Regeln der Gilde zu achten, auch wenn die Regeln Euren eigenen Wünschen zuwiderlaufen?«

»Ja«, antworteten die drei gleichzeitig.

»Schwört Ihr, Euch stets dafür einzusetzen, dass das Chaos nie gegen Hilflose entfesselt und immer nur zum Wohl des Ganzen eingesetzt wird?«

»Ja.«

»Vor den Kräften des Chaos und im Angesicht der Vollversammlung der Gilde seid Ihr hiermit als vollwertige Magier aufgenommen in den Weißen Orden von Fairhaven…«

Ein Hauch von Chaos wehte über die Ärmel der drei Anwärter, und die roten Streifen, die sie als Schüler auswiesen, verschwanden.

»Willkommen, Bealtur, Heralt und Myredin…« Sterol lächelte sie breit an und wandte sich an die Versammlung der Magier. »Nun, da wir die neuen Magier willkommen geheißen haben, ist der formelle Teil der Zeremonie beendet und Ihr könnt sie persönlich begrüßen.«

Gemurmel war hier und dort im Saal zu hören.

Sterol wandte sich noch einmal an die drei frisch gebackenen Magier. »Es freut mich, dass Ihr die Lehrzeit erfolgreich überstanden habt. Ihr besitzt unterschiedliche Begabungen, die in den schwierigen Zeiten, die uns bevorstehen, der Gilde gewiss von Nutzen sein werden.«

Cerryl wartete, bis die älteren Magier den dreien gratuliert hatten, ehe er selbst vortrat. Er begann mit Heralt, einem Burschen mit dunklen Augen und krausem Haar. »Herzlichen Glückwunsch, Heralt.«

»Danke. Du und Kinowin, ihr habt mir sehr geholfen.«

Cerryl lächelte. »Vergiss nicht den Erzmagier. Er ist immer auf der Suche nach begabtem Nachwuchs.« Er nickte und ging einen Schritt weiter zu Bealtur. »Meinen Glückwunsch.«

»Danke.« Der junge Magier mit dem Ziegenbart antwortete höflich und ruhig, aber ohne jede Wärme.

»Und auch dir will ich gratulieren.« Cerryl wandte sich mit einem höflichen Nicken an Myredin. Myredin erwiderte den Gruß, sah aber an Cerryl vorbei ins Leere.

Cerryl trat einen Schritt zurück und blieb zwischen den Säulen an der Nordseite des Saales stehen.

»Ich habe auch ein gutes Gefühl, was Heralt angeht.«

Cerryl drehte sich um. Kinowin und Myral standen hinter der Säule. Myral nickte knapp und Cerryl gesellte sich zu den beiden.

»Wahrscheinlich habt Ihr selbst schon bemerkt, dass Kinowin vor allem dafür sorgen wollte, dass man auf Euch aufmerksam wird«, bemerkte Myral. »Er hätte die Geschichte ja auch selbst erzählen können.«

»Dann bin ich Euer beider Schützling, Ser?«, fragte Cerryl.

Kinowin lächelte beinahe ironisch. »Wir wollen, dass Ihr gesehen und gehört werdet. Ich schlage vor, dass Ihr auch bei der nächsten Sitzung etwas zu sagen habt. Irgendetwas, das sehr vernünftig klingt und dem die meisten zustimmen werden. Etwas über den Handel.«

»Ich?«

»Ihr.« Myral hustete und hielt sich das graue Tuch vor den Mund, das er immer dabei hatte. Nach einer kurzen Pause fügte er hinzu: »Ihr habt die Kraft, Jesleks Zorn zu widerstehen, und das weiß er. Ihr habt keine Verbindung zu den Händlern in Fairhaven oder sonst wo, und es ist wichtig, dass Ihr Euch als Mann zu erkennen gebt, der unabhängig denkt.«

Ob ich ins Rampenlicht trete oder nicht… man wird mich so oder so als dummes Waisenkind sehen, das einfach nur das Glück hatte, zum Magier gemacht zu werden.

Kinowin senkte die Stimme. »Jeslek wird im Herbst Erzmagier sein, wenn nicht schon vorher.«

»Warum nicht Ihr?«, platzte Cerryl heraus.

»Euer Urteil über den Charakter mag treffend sein«, gab Myral kichernd zurück, »aber Ihr verkennt das Alter. Kinowin ist näher an meinem als an Jesleks Alter. Es würde ihn umbringen, wenn er ein paar Jahre lang seine Kraft auf die Weise einsetzen müsste, wie Jeslek es tut.«

»Wir können später noch darüber reden«, fügte Kinowin hinzu. »Aber dies hier ist eine der wenigen Gelegenheiten, wo wir drei einen Augenblick sprechen können, ohne groß beachtet zu werden.« Er hob die Stimme wieder. »Vielen Dank, junger Cerryl.«

»Ich habe nur getan, was meine Pflicht ist«, gab Cerryl zurück und verneigte sich. Auch er sprach lauter, damit man seine Stimme jenseits der Säulen hörte.

Myral hustete und verkniff sich ein Lächeln, als der junge Magier sich noch einmal verneigte und sich umdrehte, um zwischen den Säulen zu verschwinden.

»Cerryl? Habt Ihr einen Augenblick Zeit?« Zusammen mit den Worten erreichte ihn ein Duft nach Trilia und Sandelholz, wie Anya ihn gern auflegte.

Cerryl begrüßte die rothaarige Magierin mit knappem Nicken. »Für Euch, Anya, habe ich immer Zeit.«

»Das ist sehr freundlich von Euch, Cerryl. Vielen Dank.«

»Was soll man tun, wenn man jung und unbeholfen ist wie ich?« Er zuckte mit den Achseln. »Was kann ich für Euch tun?«

»Ich war einfach nur neugierig, nichts weiter. Ich habe über Eure Begegnung mit der alten Frau nachgedacht. Habt Ihr für solche Fälle irgendwelche Anweisungen bekommen?«

»Nein. Niemand hat je die Möglichkeit erwähnt, dass ich es mit alten Bauersleuten zu tun bekommen könnte. Ich habe etwas über Händler und Fuhrleute erfahren und gelernt, wie man die Plaketten anbringt, und ich weiß, welche Gebühren man für welche Wagen erheben muss.« Cerryl sah Anya arglos in die Augen, was ihm nicht besonders schwer fiel, da er die Wahrheit gesagt hatte.

»Warum wolltet Ihr die alte Frau denn warnen?«

»Ich wollte nicht gleich ihren Karren zerstören und ihr die Körbe wegnehmen. Das hätte wenig für die Schatzkammer bedeutet, aber bei vielen Leuten eine schlechte Stimmung erzeugt.«

Anya nickte. »Und Ihr wollt darüber urteilen, wann man die Regeln brechen darf?«

»Ich bin mir nicht bewusst, die Regeln gebrochen zu haben.« Cerryl konnte spüren, dass Anyas Fragen alles andere waren als reine Neugierde. »Jeder kann mit einem Karren zum Wachhäuschen kommen und seine Plakette abholen. Die Wächter dürfen die Wagen ohne Plakette nicht zerstören, wenn sie nicht zum Tor kommen.«

Anya lachte. »Ihr seid womöglich sogar noch gefährlicher als Jeslek.«

Cerryl verneigte sich. »Ich fürchte, ich vermag nicht über die Menge an Chaos zu gebieten, die Jeslek über jeden hereinbrechen lassen kann, der sich ihm in den

Weg stellt. Deshalb muss ich gründlich nachdenken, bevor ich handle.«

Anya berührte ihn an der Schulter. »Ja, denkt nur nach, Cerryl. In der Gilde wird es immer einen Platz für Euch geben.« Sie lächelte ihn ebenso strahlend wie unaufrichtig an, berührte noch einmal vertraulich seine Schulter und huschte davon.

Cerryl hätte sich am liebsten die Stirn abgewischt, aber er unterdrückte den Impuls. Es war nicht misszuverstehen, was Anya ihm hatte sagen wollen. Eigentlich hatte er gehofft, dass sein Leben als vollwertiger Magier etwas einfacher würde, aber mittlerweile begann er schon wieder daran zu zweifeln, nachdem er die Machtkämpfe und Intrigen in der Gilde beobachtet hatte.

Und jetzt hatte er auch noch erfahren, dass Kinowin viel älter war als Jeslek – vielleicht sogar beinahe so alt wie Myral? Das war kaum zu glauben, aber Myrals Worte hatten wahr geklungen und Cerryl machte sich Sorgen.

XV

Als Cerryl am frühen Nachmittag über den Hof ging, bemerkte er sofort die rötlich blonde, grün gekleidete Frau, die hinter dem Springbrunnen im Schatten stand.

»Leyladin!« Er eilte zu ihr. »Wann bist du zurückgekommen?«

»Spät gestern Abend.« Ihr Lächeln wärmte ihn. »Ich habe eine Weile geschlafen, und ich wusste ja, dass du heute die Frühschicht hast. Myral sagte, du würdest irgendwann am Nachmittag hier auftauchen.«

»Ich muss Kinowin während der ersten Tage des Sommerhalbjahrs täglich Bericht erstatten, morgen zum letzten Mal. Ich war gerade bei ihm.«

»Dann hast du ihn schon gesehen? Jetzt eben?«

Cerryl grinste. »Ich komme gerade aus seinem Zimmer.«

»Kann ich dich vielleicht überreden, bei mir zu Hause zu essen?« Die grünen Augen blitzten.

»Und ob.« *Du könntest mich noch zu erheblich mehr überreden …* »Ich habe heute noch nicht viel gegessen.«

»Und ich bin am Verhungern. Lass uns gehen.« Sie zog die Augenbrauen hoch. »Aber erwarte nicht, dass ich dich in *dieser* Hinsicht überreden werde.« Sie lächelte belustigt.

Cerryl errötete und fragte sich, ob seine Gedanken wirklich so offensichtlich gewesen waren.

Sie gingen am Springbrunnen mit seinem kühlen Sprühregen vorbei, gelangten durch den Vorraum der Hallen auf die Straße und wandten sich nach Norden. Als sie am Platz vorbeikamen, blickte Cerryl nach Westen, wo sich weiße Wolken am Himmel sammelten. »Wir werden heute Nachmittag vielleicht Regen bekommen.«

»In Lydiar hat es praktisch jeden Nachmittag geregnet. Überall war Schimmel.« Leyladin schauderte. »Es ist ein schmutziger Ort.«

»Verglichen mit Fairhaven waren bisher alle anderen Orte, die ich gesehen habe, schmutzig.«

Eine Streife der Stadtwache tauchte auf der Ostseite des Platzes auf. Es waren drei Wächter in den Uniformen der Lanzenreiter; ihnen folgte ein Magier, den Cerryl nicht kannte. Sie begleiteten einen in Ketten gelegten Mann in eine Seitenstraße.

»Das sieht man nicht sehr oft«, bemerkte Leyladin.

»Die Streifen? Nein. Es ist seit meiner Ankunft in Fairhaven erst das zweite oder dritte Mal, dass ich einer begegne.«

»Manchmal könnte man fast vergessen, dass es sie überhaupt gibt.«

»Nun ja… sie stellen uns die Häftlinge, die am Tor die Ställe säubern und die Asche beseitigen, wenn wir einen Wagen oder Karren zerstören mussten.«

»Wirklich? Das wusste ich gar nicht.«

Cerryl sah sie von der Seite an, aber Leyladin hatte es anscheinend ernst gemeint. »Du lebst doch schon seit deiner Geburt hier.«

»Die Leute hier halten sich an die Regeln, deshalb sieht man kaum Gesetzeshüter und Gesetzesbrecher.«

Der Weiße Magier überlegte. Ja, die meisten Menschen kannten die Regeln und hielten sich daran. Sie kippten die Abfälle in die Abfallwagen, gossen das Nachtgeschirr in die Abflüsse und stritten oder prügelten sich so gut wie nie auf offener Straße. Räuber gab es nur sehr wenige, Bettler oder obdachlose Kinder überhaupt nicht – jedenfalls hatte er noch keine gesehen. Er runzelte die Stirn. »Was passiert mit den wirklich armen Menschen?«

»Die meisten leben im Südwesten von Fairhaven.«

»Ich meinte Menschen, die noch nicht einmal ein Dach über dem Kopf haben.« Obwohl er schon fünf Jahre in der Stadt lebte, hatte er bisher noch nicht über Obdachlose nachgedacht. Im Bergwerk und auf dem Land, wo er aufgewachsen war, mussten die Erwachsenen und Kinder arbeiten, bis sie irgendwann starben. In Fairhaven hatte er noch keine Zeit gefunden, sich richtig umzusehen.

»Dann jagt die Patrouille sie aus der Stadt. Wenn sie zurückkommen, werden sie mit Ausnahme von Säuglingen oder kleinen Kindern zum Straßenbau eingeteilt. Die Kinder werden in eine Kinderkrippe gesteckt. Wenn sie älter werden, bekommen sie irgendwo eine Stelle als Lehrlinge.« Leyladin machte eine unbestimmte Geste.

Zum Straßenbau eingesetzt? Lebenslänglich wie die anderen? Er leckte sich die Lippen und überlegte sich, was er auf ihre Bemerkung antworten sollte. »Wahrscheinlich kommen sie zu den Gerbern und Bauarbeitern und in ähnliche Gewerbe.«

»Das ist immer noch besser, als zu sterben. Es sind ehrbare Berufe, mit denen man sich seinen Lebensunterhalt verdienen kann.«

Cerryl wäre beinahe zusammengezuckt. Er hätte durchaus eines dieser Kinder werden können, aber Leyladin hatte natürlich Recht. Selbst die Arbeit beim Straßenbau war besser, als zu sterben, und sicher nicht viel schlimmer, als lebenslänglich auf einem Acker herumzuwerkeln – oder sein Dasein als Abdecker zu fristen.

»Es ist ein schöner Tag, hier ist es schöner als in Lydiar.«

»Das kann ich mir vorstellen«, antwortete er.

Südlich des Marktplatzes wandte Leyladin sich nach links. Bald darauf hatten sie ihr Haus erreicht. Die rotblonde Heilerin zog einen großen Schlüssel aus Messing hervor und schob ihn ins Schloss. »Soaris hat heute frei und Vater ist schon wieder in Vergren. Anschließend will er nach Tyrhavven.«

»Er war doch schon in Vergren, als wir uns das letzte Mal gesehen haben.«

»Er macht sich wegen irgendeiner Sache Sorgen, aber er will nicht damit herausrücken. Ich glaube, es hat mit Bauholz zu tun.« Leyladin öffnete und hielt ihm die Tür auf.

Im Innern des Hauses war es kühler als draußen in der Nachmittagssonne. Viel kühler. Cerryl tupfte sich den Schweißfilm von der Stirn. Hoffentlich holte er sich zwischen diesen dicken Granitwänden keine Erkältung.

»Meridis!« Die blonde Frau ging durch den Gang zum Hauptflur und verschwand durch eine weitere Tür.

Cerryl folgte ihr in die Küche.

Die grauhaarige Meridis, die heute ein hellblaues Hemd ohne Jacke trug, schaute vom Arbeitstisch auf. Sie hatte gerade etwas gerollt oder gewalzt. »Herrin, so früh habe ich Euch noch nicht zurückerwartet.«

»Wir brauchen etwas zu essen. Es muss nichts Großes sein. Früchte, Käse, ein wenig Brot…«

»Ja, das geht.« Meridis wischte sich die Hände an der betagten grauen Schürze ab, die sie umgelegt hatte. »Geht nur und setzt Euch. Es wird aber einen Augenblick dauern. Ich habe sogar kühlen Rotbeerensaft. Nun tummelt Euch schon.«

Auf diese Weise aus der Küche gescheucht, folgte Cerryl seiner Gastgeberin in einen kleinen Raum, in dessen Mitte ein golden schimmernder Eichentisch mit vier Stühlen stand. Dieser Raum öffnete sich zu einem größeren, angrenzenden Raum, der sechseckig angelegt war. Die drei Außenwände wurden von großzügig bemessenen Fenstern eingenommen. Leyladin ließ sich auf einer Seite des Tisches auf einen Stuhl fallen und saß nun mit dem Rücken zu den Fenstern.

Cerryl nahm ihr gegenüber Platz. »Rotbeerensaft?«

»Ich trinke ihn, wann immer ich ihn bekommen kann. Wenn ich zu viel Wein oder Bier trinke, kann ich nicht mehr heilen. Es heißt, die Schwarzen Magier in Recluce trinken gar keinen Wein und auch sonst keine alkoholischen Getränke.«

Meridis kam mit einem warmen Laib Brot, einer Schale mit frühen Pfirsichen und grünen Äpfeln und drei Keilen Käse – einer gelb, einer gelblich weiß und einer hell, fast weiß. Als sie alles abgestellt hatte, verschwand sie sofort wieder und kehrte gleich darauf mit zwei Tellern und Besteck zurück. Nach der dritten Runde standen auch noch zwei Becher aus Kristallglas und zwei Krüge auf dem Tisch. »Rotbeerensaft und helles Bier. Und jetzt esst, bevor Ihr mir verhungert.« Ein knappes Nicken, und sie zog sich zurück.

»Äh... sie ist aber...«

»Meridis gehört zur Familie. Sie hätte es mich sofort wissen lassen, wenn sie Einwände hätte. Aber sie mag dich, deshalb das Bier.«

»Warum?« Cerryl runzelte die Stirn. »Sie hat mich doch, soweit ich weiß, bisher nur ein einziges Mal gesehen.«

»Sie bildet sich rasch eine Meinung und ist nur selten bereit, sie zu ändern.« Leyladin lächelte. »Und meistens hat sie Recht. Nicht immer, aber so oft, dass ich ihr im Allgemeinen nicht zu widersprechen wage. Vater auch nicht.« Sie schenkte Cerryl Bier und sich selbst vom Rotbeerensaft ein.

Cerryl wartete, bis sie einen Schluck Saft getrunken hatte, ehe er das Bier kostete. »Es ist gut. Aber hier ist ja alles gut.«

»Alles?« Sie zog die Augenbrauen hoch.

»Alles.«

»Es freut mich, dass es dir gefällt. Nimm dir doch Käse oder was immer du sonst willst. Du bist so bleich.«

Cerryl schnitt sich von jeder Sorte ein paar Scheiben Käse ab und nickte ihr zu.

»Danke.« Die Heilerin nahm vom weißen und vom gelben Käse und brach sich ein Stück Brot ab.

Cerryl probierte den hellen Käse mit Brot. Ehe er sich's versah, hatte er drei Stücke Käse gegessen.

»Du hattest aber wirklich Hunger.«

»Es war ein langer Tag«, erklärte er.

»Gestern hatte ich auch einen anstrengenden Tag. Ich bin todmüde ins Bett gefallen.«

»Wie geht es Fürst Estalins Sohn?«

»Er wird sich wieder erholen. So schlimm war es dann doch nicht.« Leyladin schüttelte den Kopf. »Manchmal…« Sie sah Cerryl an. »Hast du schon von Fürst Berofar gehört?«

Er runzelte die Stirn. »Was soll ich gehört haben? Beim Wachdienst am Tor bekomme ich nicht viel mit, und ich kenne nur wenige Voll-Magier, die mir etwas erzählen könnten – nur von den jüngeren kenne ich ein paar.«

»Es könnte nicht schaden, wenn du hin und wieder mal mit deinen Magier-Kollegen essen gehst. Je mehr dich persönlich kennen lernen…«

Er nickte. Das war durchaus vernünftig. »Was ist nun mit Fürst Berofar?«

»Er ist gestorben. Gorsuch… ich weiß nicht.«

»Was weißt du nicht?« Cerryl hatte den Eindruck, immer weniger zu verstehen, je mehr er hörte. Er nahm sich einen der grünen Äpfel und schnitt ihn in Keile, von denen er Leyladin anbot.

»Danke.« Sie nahm ein Stück und aß. »Berofar… er stammt von einem alten Geschlecht in Asula ab. Seine erste Gemahlin, sein Sohn und seine Tochter sind am Fieber gestorben. Das ist noch nicht einmal zehn Jahre her. Er hatte keinen anderen Erben. Ich glaube, an Frauen liegt ihm sowieso nicht viel. Aber er brauchte einen Erben und deshalb hat er wieder geheiratet. Der junge Uulrac wurde vor vier Jahren im Frühling geboren.«

Cerryl aß noch zwei Stücke Apfel und gab den Rest der blonden Heilerin. Er schnitt sich etwas Käse ab und hörte ihr weiter zu.

»Ich glaube, der Rat wird vorschlagen, dass Gorsuch als Regent eingesetzt wird.«

»Ist er nicht der Gesandte des Rates in Hydlen?«

Sie nickte. »Kommt dir das nicht seltsam vor?«

»Was denn?«

»Jeslek lässt Lyam von dir umbringen. Lyam wollte die Straßengebühren und Wegezölle nicht entrichten.

Der neue Präfekt von Gallos weiß jetzt, dass er jederzeit entfernt werden kann, wenn er sich nicht fügt. Der alte Vicomte von Certis wollte unsere Gebühren nicht zahlen und er und seine ganze Familie sind am blutigen Bauchfluss gestorben. Fürst Berofar hat sich davor gedrückt, uns Rekruten und Truppen zu schicken… und kaum dass ich mich um den Sohn eines anderen Fürsten kümmere und unabkömmlich bin, stirbt Berofar…«

»Seltsam« war nicht das Wort, das Cerryl in diesem Zusammenhang gebraucht hätte. Er konnte Strukturen erkennen, sobald er die Tatsachen sah. Er wusste aber einfach nicht genug und fragte sich, ob er jemals genug wissen würde. Fairhaven schien an der Oberfläche so durchschaubar und einfach wie ein ruhiger Ozean oder ein stiller See, aber die meisten Dinge spielten sich unter der Oberfläche ab. War es überall wie hier?

»Es ist möglich«, stimmte er zu.

Sie hob die Augenbrauen, als liege ihr eine Frage auf der Zunge.

»Möglicherweise ist Sterol zu der Ansicht gekommen, dass Berofar ein Problem darstellt. Ich denke, keiner der mächtigeren Magier – ob Sterol, Jeslek, Kinowin oder vielleicht auch Anya – würde auch nur einen Augenblick zögern, einen Herrscher zu beseitigen, der Fairhaven gefährlich werden könnte.«

»Macht dich das nicht nachdenklich?«

Cerryl zuckte mit den Achseln, trank einen Schluck Bier und füllte sein Glas nach, ehe er antwortete. »Einerseits ja, andererseits nein.«

»Das ist ebenso unverbindlich wie ungefährlich.« Ihre Stimme klang sarkastisch.

»So habe ich es nicht gemeint. Ich habe noch nie einen Ort wie Fairhaven gesehen. Die Straßen sind sauber, es gibt kaum Diebe. Du kannst unbesorgt das Wasser trinken. Du kannst fast alles kaufen, wenn du genug

Geld hast. Die Leute scheinen glücklich zu sein, jedenfalls die meisten, und zumindest erheblich glücklicher als die Menschen an anderen Orten in Candar, die ich bisher gesehen habe.«

»Das liegt daran, dass wir diejenigen, die zu arm sind, hinauswerfen oder zum Straßenbau schicken – oder sogar töten, wenn sie Ärger machen.«

»Das stimmt. Aber spielt das eine Rolle? In Fenard leben die Kinder auf der Straße, und die meisten sterben jung, würde ich meinen. Dort muss man sich ständig wegen der Diebe und Räuber in Acht nehmen, es gibt den Bauchfluss und überall herrscht große Not. Der Präfekt lässt die Leute einfach sterben oder umbringen. Hier sind die Menschen wohlhabender, und ich selbst bin wahrscheinlich der Beweis dafür, dass auch ein Waisenkind seine Chance bekommt.«

»Siehst du denn nicht, Cerryl, dass du genau aus diesem Grund ein Magier geworden bist? Damit Sterol und Jeslek sagen können, dass sogar ein armer Bursche aufsteigen und ein Weißer Magier werden kann?«

»Was ist mit Heralt? Oder Kinowin? Und ich glaube, Kiella kommt auch nicht gerade aus einer reichen Familie.«

Leyladin senkte den Blick und starrte auf den Tisch. »Es ist genau das Gleiche.«

»Vielleicht.« Er schüttelte den Kopf. »Vielleicht hatte ich auch nur Glück. Soll ich es zurückweisen, wenn es mir winkt?«

»Nein. Du musst das Beste daraus machen.«

»Ich? Ein junger Magier, der am Tor Wache schiebt?«

»Myral meint, du würdest eines Tages Erzmagier werden.«

»Ich?«

»Er hat manchmal Visionen.«

Cerryl runzelte die Stirn. *Erzmagier? Ein Junge, dessen*

Vater ein Abtrünniger war? Das ist höchst unwahrscheinlich. »Einmal… einmal hat er erwähnt, dass er die Zukunft gesehen hätte. Eine Zukunft, in der die Gilde untergegangen war. Candar war voller verrückter Chaos-Bändiger… ich habe mich gefragt, ob…«

»Traue ihm. Er sieht mehr als er sagt.«

»Kinowin auch«, erwiderte Cerryl trocken. Er hatte keine große Lust, weiter über Myrals Visionen nachzudenken. Nein, dazu hatte er ganz und gar keine Lust. »Wenngleich auf etwas andere Weise.«

»So ist es. Wusstest du eigentlich, dass Kinowin erheblich älter ist, als es den Anschein hat?«

»Myral hat es mir gesagt.« Cerryl schüttelte den Kopf. »Ich hätte es nicht gedacht.«

»Glaube es nur. Er ist wie Myral. Sehr vorsichtig und bedachtsam, wenn es darum geht, die Kräfte des Chaos einzusetzen. Du solltest in dieser Hinsicht ihrem Beispiel folgen.«

Cerryl nickte. Er verkniff sich den Hinweis, dass er seinen Umgang mit Ordnung und Chaos bereits an Myrals Vorbild ausgerichtet hatte – und an dem, was er sich aus den *Farben der Weiße* hatte zusammenreimen können. Er räusperte sich. Über dieses Thema wollte er mit der Heilerin vorläufig nicht weiter sprechen, solange er nicht die Gelegenheit gehabt hatte, gründlich nachzudenken. »Ich erinnere mich, wie ich bei meinem letzten Besuch hier sagte, es wäre alles so gut… Du und dein Vater, ihr habt einen Blick gewechselt. Für euch war es ein einfaches Mahl, nicht wahr?«

Leyladin senkte den Blick, dann sah sie ihn wieder an. »Ja. Ich hatte Angst, du könntest, wenn du ein volles Mahl mit mehreren Gängen siehst, einen solchen Schrecken bekommen, dass du mich nie wieder sehen wolltest.«

»Aber ich wollte dich wieder sehen«, protestierte er. »Ich bin doch hier.«

»Ich weiß nicht, Cerryl. Du… als wir bei Furenk waren… du warst beinahe überwältigt.«

»Ich wusste nicht, dass es hinten noch einen Speiseraum gibt. Ich hatte bis dahin nur ein einziges Mal im vorderen Raum gegessen.«

»Und du hast dir deine Gedanken gemacht.« Leyladin lächelte leicht. »Nicht wahr?«

»Äh… ja«, gab er zu. »Aber ich gewöhne mich allmählich an das gute Essen.«

»Dann wirst du zum Abendessen bleiben?«

Cerryl errötete. »Ich wüsste nicht, was mich vertreiben könnte, Herrin.«

»Ich bin Leyladin, nicht deine Herrin.« Sie grinste.

»Ich bin Cerryl und ich bleibe gern.« Jetzt grinste auch er. »Leyladin.«

Die grünen Augen funkelten und ihr Lächeln wärmte ihn.

XVI

Die Sonne war im Osten Fairhavens gerade über die niedrigen Hügel gestiegen, als der schwere Wagen durchs Nordtor auf die Hauptstraße rumpelte. Cerryl beobachtete ihn. Beladen mit Messinggeräten, die offenbar für den Schiffsbau bestimmt waren, fuhr der Wagen nach Lydiar.

Bauteile für die Kriegsschiffe, die Sterol erwähnt hatte? Nein… diese Schiffe wurden irgendwo in Sligo gebaut. Aber war es möglich, dass irgendwo an der Großen Nordbucht noch andere Schiffe gebaut wurden?

Wieder einmal schüttelte er den Kopf. Er wusste nicht einmal genug, um zu spekulieren. Wie konnte er sich Gewissheit verschaffen, ohne jemanden direkt zu fragen?

Leyladin hatte ihm vorgeschlagen, er solle sich mit einigen jüngeren Magiern anfreunden. Einige von ihnen mussten Dinge wissen, die ihm nicht bekannt waren, und wenn man sie ein wenig ermunterte, waren die meisten Leute gern bereit, frei heraus alles Mögliche zu erzählen. Das war eigentlich nicht seine Art, aber... je mehr er in Erfahrung brachte, desto bewusster wurde ihm, wie gefährlich es war, sich gewissermaßen völlig allein auf freier Wildbahn zu bewegen.

Er blickte zu den weißen Steinen der Hauptstraße hinunter, die sich nach Norden und Osten dahinzog. Der in Fairhaven allgegenwärtige feine weiße Staub legte sich gerade wieder auf die Steine. Cerryl ging ins Sonnenlicht hinüber, um sich aufzuwärmen. Noch ehe der Vormittag vorbei war, würde er wieder den Schatten suchen, weil ihm zu heiß würde.

Drunten beaufsichtigte Diborl die beiden Gefangenen der Stadtwache, die das Pflaster fegten. Ein anderer Wächter eskortierte sie anschließend wieder zurück in die Zelle, wo sie zwischen ihren Einsätzen eingesperrt wurden.

Nicht zum ersten Mal fragte Cerryl sich, was die beiden wohl angestellt hatten. Ob sie geschmuggelt oder den Frieden gestört hatten?

Das Holpern von Wagenrädern schreckte ihn auf.

Aus Richtung Hrisbarg kamen zwei Bauernkarren heran, ein Stück dahinter noch ein weiterer. Es war die lange Karawane der Händler, die ihre Stände auf den Märkten besetzen wollten, ehe die Einwohner, ihre Kunden, aufgestanden waren.

Cerryl stand hinter der Brustwehr und wartete.

XVII

Lyasa, Faltar und Cerryl standen im Vorraum der Haupthalle. Cerryl blickte zur Treppe, die im Weißen Turm nach oben führte, und zum oberen Absatz, wo lebensgroße Statuen früherer großer Magier standen. Die meisten kannte er immer noch nicht.

»Da kommt er.« Cerryl wandte sich mit einem Nicken an Faltar. »Wir können ihn ja fragen.«

Heralt kam langsam die Treppe herunter und betrat den Vorraum.

»Heralt?«, rief Cerryl. »Wir gehen rüber zum *Goldenen Widder*. Kommst du mit?«

Der dunkelhaarige junge Magier hob den Kopf. »Ich bin müde. Ich dachte, ich esse hier in den Hallen.«

»Im Speisesaal bekommst du jetzt nur noch altbackenes Brot und beinharten Käse«, meinte Cerryl. »Es muss ja nicht spät werden, wir wollen auch nicht lange bleiben. Ich muss schließlich morgen früh auch schon wieder Wache schieben.«

Heralt lächelte schüchtern. »Im *Widder* ist das Essen sicher besser als Brot und Käse und uraltes Lammfleisch.«

»Uraltes Lammfleisch.« Faltar schüttelte den Kopf. »Ach, was. Jede Art von Lammfleisch ist…«

»Wir wissen genau, was du von Lamm hältst«, unterbrach ihn Lyasa. »Lasst uns gehen, ich habe Hunger.«

»Nun, dann…« Heralt zuckte mit den Achseln und schloss sich ihnen an.

Der Schankraum im *Goldenen Widder* war zur Hälfte gefüllt, als die vier jungen Magier an einem runden Tisch in einer Ecke Platz nahmen. Broka und ein anderer Magier – beide auf dem Weg nach draußen – begrüßten sie mit einem Nicken.

»Guten Abend.« Cerryl grüßte auf die gleiche Weise und lächelte.

Kaum dass die drei sich gesetzt hatten, tauchte schon die Schankmaid an ihrem Tisch auf, sah Cerryl an und fragte: »Getränke?«

»Helles Bier«, bestellte Cerryl.

»Helles Bier«, sagte auch Faltar.

»Also drei Bier für uns.«

»Nein, vier«, fügte Lyasa hinzu.

»Die Gerichte sind da drüben auf der Tafel notiert. Rippchen, Hähnchenbrust oder Eintopf. Die Rippchen und der Eintopf kosten zwei, das Geflügel drei Kupferstücke.«

Cerryl entschied sich für das Geflügel, Faltar folgte seinem Beispiel. Heralt bestellte Rippchen, Lyasa den Eintopf. Dann verschwand die Schankmaid mit dem aufwändig geflochtenen Zopf wieder in der Küche.

»Du hast mal gesagt, dein Vater sei Kaufmann in Kyphros«, wandte Cerryl sich an Heralt. »Siehst du ihn oft?«

Heralt lachte. »Kyphrien ist viel zu weit entfernt, um mal eben dorthin zu reisen… und er ist kein Mann, der Freude daran findet zu schreiben. Meine Schwester und ich schreiben uns ab und zu, aber nicht sehr oft.«

»So, da wären wir… viermal helles Bier. Acht, bitte.«

Cerryl bezahlte drei Kupferstücke und die Schankmaid strich lächelnd den Gegenwert von einem Silberstück in Kupfermünzen ein; Lyasa hatte ebenfalls ein Kupferstück extra draufgelegt.

»Ich frage mich, was die Leute in Kyphros zu den Bergen sagen, die Jeslek wachsen lässt«, überlegte Cerryl. Er trank einen kleinen Schluck Bier.

»Die Wollhändler machen sich Sorgen.« Heralt nahm einen herzhaften Schluck aus seinem Krug. »Sie sagen, die Analerianer hätten einige Herden verloren, so dass die Wolle knapp wird.« Er zuckte mit den Achseln.

»Axista meint, die Preise werden sich aber kaum verändern, solange die Schwarze Insel noch Wolle nach Spidlar schickt. Und das bereitet Vater Sorgen.«

»Ist die Wolle von dort denn nicht teurer?«

»Nicht mehr, nachdem er für seine Wolle die Gebühren bezahlt hat. Dann ist der Unterschied nicht mehr groß.«

»Das heißt also, das ihm hauptsächlich die Steuern und Wegezölle Sorgen machen?« Cerryl fragte aufmerksam, aber nicht zu eifrig weiter.

»Darüber macht sich jeder Sorgen. Die Gebühren treiben die Preise hoch und die Leute können weniger kaufen.« Heralt trank noch einen Schluck Bier. »Bisher hast du dich doch kaum mit dem Handel beschäftigt, Cerryl.«

»Ich dachte mir, es kann nicht schaden, etwas dazuzulernen. Dafür gibt es ja schließlich auch den Dienst am Tor, oder? Wir sollen aufpassen und herausfinden, wer zu schmuggeln versucht.« Cerryl wandte sich an den hellblonden Faltar. »Hast du in der letzten Zeit Schmuggler erwischt?«

»Seit etwa einem Achttag nicht mehr«, murmelte Faltar, der gerade wieder seinem Bier zugesprochen hatte. »Das hier ist erheblich besser als das Gebräu in der Halle.«

»Und natürlich auch erheblich teurer«, gab der Magier mit dem lockigen Haar zurück.

»Von diesen Schmugglern hast du mir noch gar nichts erzählt«, fragte Cerryl weiter. »Was wollten sie denn schmuggeln?«

»Häute. Ungegerbte Häute, die sie an die Gerber verkaufen wollten«, erklärte Faltar.

»Damit kann man doch nicht viel verdienen«, warf Heralt ein. »Warum haben sie es überhaupt versucht?«

»Weil manche Torwächter Schwierigkeiten haben, Dinge zu entdecken, die nicht aus Metall oder hartem

Material bestehen«, fügte Lyasa hinzu. Sie schob sich eine schwarze Haarsträhne aus der Stirn.

»Und manche nehmen es nicht besonders genau, wie ich hörte«, meinte Faltar trocken.

Von Anya?, dachte Cerryl. Dann überlegte er, wie der sonst so vernünftige Faltar nur der rothaarigen Magierin hatte verfallen können, die anscheinend mit der halben Halle ins Bett ging, obwohl sie sich im Grunde kaum für einen Mann erwärmte; es sei denn in dem Augenblick, in dem sie mit Hilfe ihres Körpers etwas zu erreichen versuchte. *Betrachtest du Faltar immer noch als Freund, weil er umgekehrt trotz Anya auch dein Freund geblieben ist? Weil er dich immer noch unterstützt?* Dennoch… Faltars Beziehung zu Anya bedeutete, dass Cerryl dem blonden Magier gegenüber etwas vorsichtiger sein musste.

»Wie hast du überhaupt die Häute aufgespürt?«, fragte Heralt.

»Ich habe sie nicht gespürt«, erklärte Faltar. »Aber unter dem Kutschbock waren ein paar Schwerter versteckt. Nicht genug, um als Schmuggelgut zu gelten, aber genug, um mich neugierig zu machen. Deshalb bat ich die Wächter, den Wagen zu überprüfen. Sie wussten, wo sie nachschauen mussten.«

»Sie hätten doch kaum mehr als ein Goldstück mit den Häuten verdienen können«, wandte Heralt ein.

»Ein Goldstück ist mehr, als manche Leute in einem ganzen Jahr zu sehen bekommen.«

»Da spricht einer, der es wissen muss«, sagte Lyasa.

»Ich habe in der ganzen Lehrzeit beim Schreiber ungefähr drei Silberstücke verdient«, erklärte Cerryl. »In der Mühle habe ich auch nicht mehr bekommen.« Er lachte. »Dabei war ich sogar noch viel länger in der Mühle.«

»Ich glaube, dann bin ich lieber ein Magier.« Heralt nahm das letzte Stück Brot aus dem Korb.

»Zweimal Hähnchen, einmal Rippchen, einmal Eintopf.« Vier Teller und zwei Körbe Brot tauchten blitzschnell auf der sauber polierten, aber abgewetzten Tischplatte auf. »Das macht dann zehn.«

Cerryl holte vier Kupferstücke hervor und fragte sich, wie oft er sich einen solchen Luxus würde leisten können.

»Vielen Dank auch.« Die Schankmaid sackte die Münzen ein.

Faltar probierte das Hähnchen und schmatzte begeistert.

Lyasa, die Cerryl gegenüber saß, zog die Augenbrauen hoch. »Er frisst wie ein Schwein.«

»Essen ist wichtiger als schöne Worte«, nuschelte Faltar. »Besonders nach einem langen Tag im Dienst.«

Cerryl schnitt mit seinem Dolch einen Streifen Fleisch ab und biss hinein. Es war zugleich trocken und saftig, aber er war viel zu hungrig, um ernsthaft über das Essen nachzudenken. Verglichen mit dem, was er bei Furenk und in Leyladins Haus aufgetischt bekommen hatte, war das Essen im *Goldenen Widder* eindeutig schlechter. Vor zwei Jahreszeiten hätte er so etwas noch nicht gedacht.

»Das ist auf jeden Fall besser als das Lamm in den Hallen«, sagte Faltar.

»Und besser als altes Brot.« Cerryl grinste Heralt an.

»Und teurer«, erwiderte der Magier mit dem Kraushaar.

»Magier sollen sich nicht mit ihren Münzen begraben lassen«, erwiderte Lyasa. »Wir können sie sowieso niemandem hinterlassen, da kannst du auch dein Essen genießen.«

»Und etwas dazu trinken«, fügte Faltar hinzu.

»Neulich kam ein großer Wagen, der offenbar nach Lydiar unterwegs war«, sagte Cerryl. »Er hatte Messingteile geladen. Es sah nach Schiffsteilen aus…«

»Das war sicher für die Kriegsschiffe«, warf Faltar ein, nachdem er sich den Mund abgewischt und seinen Krug geleert hatte. Er hob ihn, damit die Schankmaid ihm Nachschub brachte.

»Ich dachte, die Schiffe der Gilde werden in Sligo gebaut.«

»Vor der Insel in der Großen Nordbucht. Aber es geht schneller, wenn man die Hauptstraße nach Lydiar nimmt und die schweren Sachen mit dem Boot schickt.«

»Das macht dann noch einmal zwei«, sagte die Schankmaid, als sie Faltars leeren Humpen holte.

»Sofort«, versprach der blonde Magier und griff nach seiner Börse.

»Zehn Schiffe, das kommt mir sehr viel vor«, überlegte Cerryl.

»Ich weiß allein im Osten Candars von mindestens sieben größeren Häfen«, erklärte Lyasa. »Wenn man Ausfälle und Versorgungsfahrten berücksichtigt, bleibt gerade mal ein Schiff für jeden Hafen.«

So gesehen schienen zehn Schiffe beinahe schon wieder zu wenig, dachte Cerryl.

»Die beiden einzigen Häfen, die im Augenblick wichtig sind, sind Diev und Spidlaria… und vielleicht noch Quend«, meinte Faltar.

»Das sind immer noch höchstens drei Schiffe pro Hafen. Das Nordmeer ist ziemlich groß.« Lyasa trank ihr Bier.

Mit einem Knall wurde der gefüllte Humpen neben Faltars Ellbogen abgesetzt. »So, bitte sehr.«

Der blonde Magier gab der Schankmaid drei Kupferstücke.

»Wie würdest du die Schiffe einsetzen, Faltar? Du weißt vermutlich mehr über den Handel als wir anderen zusammen.«

Der Magier mit dem Lockenhaar und den dunklen

Augen zuckte mit den Achseln. »Lyasa hat Recht. Über Lydiar und Renklaar wird keine Schmuggelware hereinkommen. Vielleicht über Ruzor oder Worrak. Es gibt nur vier oder fünf Stellen, aber wir müssen eine Blockade aufrechterhalten und die Schwarzen können das Wetter für ihren Vorteil einsetzen. Ich weiß nicht. Ich frage mich, ob wir uns überhaupt so viele Schiffe leisten können, wie wir eigentlich brauchen. Angeblich haben wir im Augenblick nicht mehr als zwanzig. Noch einmal zehn dazu… das könnte reichen.« Heralt gähnte. »Es sei denn, die Schwarzen bauen ihrerseits wieder neue Schiffe von besserer Qualität.«

»Wie kann man denn ein besseres Schiff bauen?«, wollte Faltar wissen. »Ein Schiff ist ein Schiff. Wenn du es schneller machst, trägt es weniger Fracht oder Bewaffnete, und wenn du segeln willst, unterscheidet sich die Geschwindigkeit der Schiffe sowieso nicht, weil sie alle auf den Wind angewiesen sind.«

»Hamor setzt in den ruhigeren Regionen des Westmeeres Sklavengaleeren ein«, warf Lyasa ein.

»Aber hier ist die See zu rau«, widersprach Faltar.

»Wahrscheinlich.« Heralt gähnte noch einmal. »Ich muss ins Bett.«

»Ich gehe auch zurück«, sagte Cerryl. »Ich habe morgen die Frühschicht.« Er stand auf und wandte sich an Lyasa. »Kommst du mit?«

»Ich sorge dafür, dass Faltar nicht in Schwierigkeiten gerät.«

»Ich und Schwierigkeiten?«

»Genau du«, sagte sie liebenswürdig.

Cerryl und Heralt gingen in die frische Luft hinaus. Es war warm, ein nicht zu bestimmender leichter Duft wehte ihnen entgegen.

»Glaubst du, uns stehen Schwierigkeiten bevor?«, fragte Heralt, als sie sich den Hallen näherten. Er gähnte noch einmal.

»Es gibt doch immer irgendwelche Schwierigkeiten.« Cerryl lachte. »Ich habe nur ziemlich lange gebraucht, um das zu verstehen.«

Er blickte nach Norden und zum Himmel hinauf. Winzige Lichtpunkte waren da zu sehen. Wenn *Die Farben der Weiße* Recht hatten, waren es angeblich ferne Lichter, die ihrer eigenen Sonne ähnelten, von der sie Chaos und Licht empfingen.

Ob man dort auch solche Probleme hatte? Aber spielte das überhaupt eine Rolle?

Er unterdrückte ein Gähnen, als er neben Heralt die Treppe hinaufstieg.

XVIII

Cerryl wischte sich mit dem Unterarm den Schweiß von der Stirn. Schon jetzt, am Morgen, war es selbst an der schattigen Stelle hinter der Brustwehr des Wachhauses fast unerträglich heiß. Heralt tat ihm Leid, denn der dunkelhaarige junge Magier würde am Nachmittag noch weniger Schatten haben. Allerdings stammte Heralt aus Kyphros, das weiter im Süden lag und erheblich wärmer war als Fairhaven. Vielleicht konnte Heralt die Hitze besser ertragen als Cerryl. Es war ihm zu wünschen.

Der grünblaue Himmel blieb klar, nur am Horizont war eine Art Flimmern zu sehen, das für den weiteren Verlauf des Tages noch größere Hitze anzukündigen schien. Die Luft, reglos und drückend heiß, schien sich wie eine schwere Decke über Cerryl zu legen.

Er blickte nach Fairhaven hinein. Die Straße, die zum Platz der Magier führte, war bis auf ein paar Reiter und Fußgänger verlassen. Niemand war zum Tor unterwegs. Er drehte sich um. Die Hauptstraße nach Hrisbarg und Lydiar war ebenso verlassen: ein weiter, sanft geschwungener Bogen aus ödem weißem Stein, der in der Morgensonne funkelte.

War so wenig Betrieb, weil der Sommer Einzug gehalten hatte? Oder lag es an den höheren Zöllen und Gebühren? Oder hatte der Erzmagier bereits die ersten Kriegsschiffe eingesetzt, um die Steuern einzutreiben? Er runzelte die Stirn. Die Steuern wurden in den Häfen erhoben, also beispielsweise in Lydiar und Tyrhavven. Wie konnte die Gilde eine Schiffsfracht mit Steuern oder Gebühren belegen, wenn die Fracht anderswo gelöscht wurde? Beispielsweise in Spidlar oder Sarronnyn?

Cerryl drehte sich um, als er ein Rumpeln hörte.

Eine halbe Meile im Nordwesten lenkte eine schmale Gestalt einen Karren von der Seitenstraße auf die Hauptstraße und näherte sich dem Wachhäuschen. Der junge Magier wartete, bis der Bauer den Karren vor dem Wachtposten angehalten hatte. Auf dem Karren standen mehrere Körbe mit Gemüse – Bohnen vielleicht.

»Ser? Da wäre wieder ein Bauer, der eine Plakette braucht.«

Cerryl nickte, drehte sich um und stieg die Treppe hinunter. *Wieder ein Bauer?* Als er in der Amtsstube ankam, fragte er: »Vykay? Hatten wir viele Bauern in der letzten Zeit?«

Der schmale Wächter sah zu seinem Kollegen, der gerade ein Register aufgeschlagen hatte. »Sandur?«

»Augenblick.« Sandur wandte sich an den wartenden Bauern. »Das macht fünf Kupferstücke für den Karren, ein Silberstück für einen Wagen mit vier Rädern.«

»Ich kann nur für einen Karren zahlen.« Der dürre Bauer schob fünf Kupferstücke über die Theke zu Sandur hinüber. Sandur gab Vykay die Bronzeplakette und wandte sich wieder an den Bauern. »Vykay und der Magier werden sie an Eurem Wagen befestigen, Ser.«

Der Bauer brummte nur.

Sandur blätterte im Register hin und her, ehe er Cerryls Frage beantwortete. »Ich habe hier… es waren sechs den letzten Achttag über. Mehr als ich in Erinnerung hatte.«

Cerryl nickte bei sich. Die Straße war weniger stark befahren, aber mehr Bauern holten sich Plaketten. Er wandte sich an den Bauern. »Euer Karren steht draußen, Ser?«

»Vor der Tür, Ser Magier.«

Cerryl ging als Erster nach draußen, Vykay folgte ihm mit Bohrer, Werkzeug und der Plakette.

Cerryl wartete am Wagen, bis Vykay die Löcher gebohrt hatte. Schon wieder eine neue Plakette für einen Bauern.

Mehr Bauern, als Sandur in Erinnerung hatte? Wieder einmal wusste Cerryl nicht zu sagen, ob es reiner Zufall war… oder mehr. *Als ob du etwas daran ändern könntest.*

XIX

»So, bitte sehr. Das macht dann zehn für alles zusammen.« Die Schankmaid stellte zwei Becher Wein und zwei Krüge Bier vor ihnen ab.

Cerryl sah an ihr vorbei zur Tür des *Goldenen Widders.* Er dachte, er hätte Anyas feuerrotes Haar erblickt, aber wahrscheinlich war es doch nur ein Funkeln oder Flackern im bronzenen Spiegel einer Wandlampe gewesen. Er holte sieben Kupferstücke hervor, bevor Leyladin nach der Börse greifen konnte, schob die beiden

Bierkrüge über den Tisch und reichte einen Becher Wein an Leyladin weiter.

Bealtur und Myredin holten jeder zwei Kupferstücke aus den Börsen, dann klaubte die Schankmaid das Kleingeld auf und verschwand wieder in der Küche. Ganz hinten in der Ecke saßen Broka, Elsinot und ein dritter Magier mit hellrotem Haar – Redark hieß er wohl, glaubte Cerryl sich zu erinnern.

Cerryl drückte unter dem Tisch Leyladins Hand, während er sich an die anderen beiden Magier wandte. »Wie schmeckt euch denn der Dienst am Tor?«

Bealtur, der junge Magier mit dem Ziegenbärtchen, zuckte mit den Achseln. »Die meiste Zeit ist es einfach nur langweilig.«

Myredins feines schwarzes Haar fiel ihm in die Stirn. »Bei mir ist ein Bauer aufgetaucht, der wissen wollte, warum er die Plakette bezahlen muss, obwohl er doch die Stadt mit Kartoffeln und Mais versorgt. Ich sagte ihm, jeder, der Handel treibt, müsse zahlen. Er war nicht glücklich darüber, aber er hat die Plakette gekauft.«

»Zahlen wirklich alle? Manchmal frage ich mich, ob sich nicht auch einige Leute drücken.« Bealtur zupfte an seinem Ziegenbärtchen herum und trank einen Schluck Bier.

Die Schankmaid setzte vier Schalen auf den Tisch. »Das macht dann viermal drei, also zwölf.«

Cerryl runzelte die Stirn. »Hat der Eintopf nicht neulich noch zwei gekostet?«

»Ja, das war vor einem Achttag. Hioll sagt, die Zutaten sind teurer geworden.« Die Schankmaid zuckte mit den Achseln. »Wie auch immer… er sagt, was es kostet, und ich sage es Euch.«

»Und wir zahlen«, fügte Myredin hinzu.

»Lieber Ihr als ich, Ser Magier.«

Cerryl grinste und gab ihr die Münzen, die anderen folgten seinem Beispiel.

Nachdem die Schankmaid das Geld eingesteckt hatte und verschwunden war, sah Leyladin Cerryl fragend an. »Drei Kupferstücke für den Eintopf? So viel mehr seit dem letzten Achttag?«

»Das Essen wird offenbar immer teurer.«

»So ist es aber in jedem Jahr vor der Ernte«, fügte Myredin hinzu.

»Was hat das schon zu bedeuten?«, murmelte Bealtur. »Wachdienst ist Wachdienst und der ist langweilig.«

»Die Bauern«, sagte Cerryl. »Sie gehen mehr und mehr dazu über, ihre Waren in der Stadt zu verkaufen.«

»Sie zahlen keine Gebühren, wenn sie die Sachen auf dem Rücken schleppen«, erklärte Leyladin.

»Aber ohne Theke können sie auf den Plätzen nicht verkaufen«, widersprach Myredin. »Sie brauchen dazu einen Karren und ohne Plakette bekommst du keinen Karren in die Stadt.«

»Manche verkaufen an Leute, die sie kennen.« Cerryl erinnerte sich an eine Frau, die Beryal mit Gewürzen beliefert hatte, als er bei Tellis in die Lehre gegangen war. »So können sie es machen.«

»Dazu müssen sie aber erst einmal jemanden kennen. Sie können doch nicht einfach auf der Straße verkaufen.« Myredins ohnehin schon vorstehende Augen schienen beinahe aus den Höhlen zu fallen, als er einen großen Schluck Bier hinunterkippte. »Wenn wir mehr Plaketten ausgeben, dann heißt das, dass mehr Bauern ihre Waren auf den Märkten verkaufen.«

»Hat eigentlich mal einer der älteren Magier etwas darüber gesagt, dass mehr Bauern als früher sich Plaketten holen?«

Bealtur hatte den Mund voll und konnte nur wortlos den Kopf schütteln. Auch Myredin verneinte.

»Aber möglicherweise sind sie über solche Dinge überhaupt nicht im Bilde.« Leyladin tunkte ein Stück Brot in ihren Eintopf. »Esaak zum Beispiel kümmert sich um die Rechnungsbücher der Gilde, aber hier geht es doch jeweils nur um ein paar Kupferstücke für eine Plakette, oder?«

»Fünf Kupferstücke«, erklärte Myredin. »Fünf für einen Karren. Ein Silberstück für einen Wagen, aber die meisten haben bloß Karren.«

»Also…«, fuhr Leyladin fort. »Wenn vierzig Bauern zusätzlich eine Plakette haben wollen, dann macht das zusammen nur zwanzig Silberstücke – oder zwei Goldstücke.«

»Ich verstehe, was du meinst.« Bealtur nickte heftig, dass sein Ziegenbärtchen hin und her schwang. »Das sind bloß zwei Goldstücke, und so viel muss manchmal ein einziger großer Kaufmann für seine Wagen bezahlen.«

»In den Rechnungsbüchern ist also keine Veränderung zu bemerken«, überlegte Cerryl.

»Vielleicht solltest du das auf der nächsten Sitzung der Gilde vortragen.« Myredin sah Cerryl fragend an.

Bealturs Augen funkelten.

»Vielleicht…« *Aber wahrscheinlich werde ich vorher mit Kinowin darüber reden.* Cerryl aß einen Löffel Eintopf, worauf sein Magen sofort zu knurren begann. »Die Sitzung ist erst in ein paar Achttagen. Lasst uns abwarten und sehen, ob noch mehr Bauern Plaketten haben wollen.«

»Oh, die wollen alle Plaketten haben«, gab Myredin lachend zurück. »Aber die meisten wollen nicht dafür bezahlen. Sie wissen nicht, wie glücklich sie sind. Diejenigen, die direkt in Fairhaven Handel treiben, zahlen auf alle ihre Geschäfte Steuern. Die Bauersleute können verkaufen und wieder verschwinden.«

»Und jammern«, fügte Bealtur hinzu.

Cerryl aß noch etwas Eintopf und ein Stück knuspriges helles Brot, dazu trank er einen Schluck Wein.

»Jammern die Händler und Kommissionäre wirklich so sehr?«, wollte er von Leyladin wissen.

Sie lächelte wehmütig. »Kaum jemand jammert lauter als die Händler. Kaufleute sind einfach nicht glücklich, wenn sie nichts zu jammern haben. Sie jammern über die Steuern oder über andere Dinge, die ihnen letzten Endes doch nur eine Ausrede bieten, mehr Geld für ihre Waren zu verlangen. Darüber können sie sich wirklich lang und breit auslassen.«

»Das will ich gern glauben.« Myredin trank einen Schluck Bier.

»Natürlich«, fügte Leyladin mit blitzenden Augen hinzu, »natürlich jammern die Magier die ganze Zeit darüber, wie viel sie für die Menschen tun und dass trotz des Guten, das sie für alle Menschen tun, die Steuern eigentlich viel zu niedrig sind. Und sie sind nicht zufrieden, wenn sie nicht lang und breit erklärt haben, warum dies so ist.«

Bealtur hätte sich beinahe an seinem Bier verschluckt. Er schnaufte angestrengt.

»Und die Heiler?«, fragte Myredin.

»Oh, die Heiler beklagen sich kaum«, erwiderte Leyladin grinsend. »Sie leiden still und denken, wie undankbar all diejenigen sind, denen sie geholfen haben. Und da sie nichts sagen, merken die meisten Patienten nicht einmal, welches Glück sie hatten, und noch weniger sind bereit, für die Dienste der Heiler zu bezahlen.«

»Heilerin, du bist gefährlich«, erklärte Myredin.

»Ich? Eine stille Heilerin, die sich niemals beklagt?«

»Sehr gefährlich«, fügte Bealtur lächelnd hinzu. Dann wandte er sich an Cerryl. »Pass nur gut auf, Cerryl, sonst wird sie dich noch von dem Glauben heilen, dass du ein Magier bist.«

»Nein, das würde ich nicht tun.« Leyladin runzelte die Stirn. »Aber vielleicht könnte ich es bei dir versuchen.« Sie sah Bealtur scharf an.

»Ha!«, lachte Myredin. »Ich sagte doch, dass sie gefährlich ist.«

Wider Willen musste Cerryl gähnen.

»Du musst morgen früh aufstehen, nicht wahr?«, fragte Leyladin.

»Ziemlich früh«, stimmte er zu.

»Eine ganze Weile vor der Dämmerung.«

»Ja.«

»Dann sollten wir jetzt lieber gehen.«

»Ich glaube, wir bleiben noch«, sagte Bealtur.

Cerryl und Leyladin standen auf und gingen hinaus. Cerryl bemerkte, dass auch Broka und die anderen inzwischen gegangen waren. Er stieß die Tür auf und trat in die etwas kühlere Nachtluft hinaus. Vor dem Essen war es noch erheblich wärmer gewesen.

»Sie fragen sich, warum du sie eingeladen hast, uns zu begleiten«, erklärte die blonde Heilerin.

»Es spielt doch keine Rolle, wenn sie es herausfinden.«

Cerryl und Leyladin gingen langsam Arm in Arm die Hauptstraße hinauf und genossen die vergleichsweise kühle Abendluft. Er sah sich um, aber es war niemand in der Nähe. »Leyladin, kannst du mir einen Gefallen tun?«

»Was denn?«

»Es geht um meine Fähigkeiten als Magier. Pass auf.« Er ließ Leyladins Arm los, entfernte sich einen Schritt von ihr und konzentrierte sich. Er versuchte, das Licht um sich zu sammeln, ohne es jedoch umzulenken oder einen vollen Lichtschild zu erzeugen, der ihn für alle gewöhnlichen Menschen unsichtbar machte, der für jeden Magier jedoch wegen der Störungen im Gewebe von Chaos und Ordnung überdeutlich zu orten gewesen wäre.

»Du bist nicht mehr ganz da. Meine Augen… irgendwie habe ich Mühe, dich zu sehen.«

»Was ist mit deinen Ordnungs-Sinnen? Spürst du

eine Anwendung von Ordnung oder Chaos?« Cerryl fühlte, wie sich der Schweiß auf seiner Stirn sammelte. Er musste noch eifrig üben, bis er diese Fähigkeit wirklich beherrschte.

»Nein. Nur ein winziges bisschen, und auch das könnte ich nicht spüren, wenn ich nicht direkt neben dir stünde. Für die Ordnungs-Sinne bist ebenfalls beinahe unsichtbar, würde ich sagen.«

Cerryl ließ das Licht wieder fallen, wie es wollte.

Die blonde Heilerin blinzelte und schüttelte den Kopf. »Das war eigenartig. Ich wusste, dass du dort warst, weil du… ich wusste es. Ich konnte dich in gewisser Weise mit den Augen wahrnehmen, aber irgendwie konnte ich es auch nicht.«

»Danke.« Cerryl legte wieder den Arm um sie.

»Warum hast du mich darum gebeten, dich zu beobachten?«

»Weil ich dir vertraue.« *Und weil du mir etwas bedeutest, seit ich dich zum ersten Mal durch ein Glas gesehen habe, noch bevor ich richtig wusste, was ein Spähglas überhaupt ist.*

»Warum sollte ich heute Abend dabei sein?«, fragte die Heilerin.

»Ich bin gern mit dir zusammen«, erwiderte Cerryl.

»Das weiß ich, aber das ist nicht der einzige Grund.«

»Du kennst den Grund«, gab er zurück.

»Du willst nicht, dass sie es erfahren.« Sie schüttelte den Kopf. »Dabei habe ich es vorgeschlagen.«

»Ich höre auf gute Ratschläge«, erklärte er. Hand in Hand gingen sie weiter zum südlichen Ende des Marktplatzes. »Besonders auf deine.«

»Ich weiß nicht genau, ob ich das nun gut oder schlecht finden soll.«

Er dachte über ihre amüsierte Bemerkung nach. »Nun ja… wenn du nicht willst, dass ich auf dich höre… ich könnte es ja mal versuchen.«

»Ich könnte vielleicht nach Naclos reisen«, antwortete sie.

»Naclos? Das ist der Wald, in dem die Druiden leben. Wer dorthin reist, kommt nicht zurück.«

Leyladin zuckte mit den Achseln. »Dann müsstest du aber nicht mehr auf mich hören.«

»Oh… das heißt also, ich *muss* auf dich hören?«

»Nein…«

Er wartete.

»Nur wenn du willst, dass ich bei dir bleibe.« Sie drückte seinen Arm und lächelte.

Cerryl schüttelte langsam den Kopf.

XX

Kinowin hob erstaunt den Kopf. »Ist etwas Außergewöhnliches geschehen? Gewöhnlich sollt Ihr mir doch nur einmal jeden Achttag Bericht erstatten.«

»Ich hätte etwas zu besprechen, aber es ist nicht dringend«, schränkte Cerryl ein.

Kinowin lächelte müde. »Da Ihr schon einmal da seid, könnt Ihr es mir auch gleich erzählen. Setzt Euch.«

Cerryl nahm auf dem Stuhl vor dem Tisch Platz, an dem der große Obermagier bereits saß. »Neulich kam schon wieder ein Bauer, der eine Plakette für seinen Karren haben wollte. Es war ein älterer Karren, der noch nie eine Plakette getragen hat.« Cerryl sah den Obermagier fragend an.

Kinowin nickte. »Ja, es ist bekannt, dass die Bauern immer wieder mal Plaketten kaufen.«

»Ich habe im Register nachgesehen. Seit dem Sommer waren es fast zwanzig. Im letzten Jahr waren es nur fünf, im Jahr davor sieben.« Cerryl zuckte mit den

Achseln. »Ich weiß nicht, wo die alten Register aufbewahrt werden.«

»Im Archiv. Esaak könnte sie Euch zeigen. Oder vielleicht auch Broka.« Kinowin stand auf und trat vor seinen neuesten Wandbehang, den mit den blauen und purpurnen Diamanten und den schwarzen Armbrustbolzen. Er spielte nachdenklich mit dem Stoff. Dann schüttelte er den Kopf und ging weiter zum Fenster. Dunkel zeichnete sich seine Silhouette vor dem grünblauen Nachmittagshimmel ab, auf den einzelne weiße und graue Wolken getupft waren. »Habt Ihr den Lanzenkämpfern gesagt, was Ihr sucht?«

»Nein. Vor etwa einem Achttag habe ich allerdings gefragt, ob mehr Bauern kommen als üblich. Dieses Mal habe ich nur gefragt, ob ich die Register durchsehen könnte.«

»Gut. Es wäre wünschenswert, wenn Ihr Euch stets so umsichtig verhalten könntet. Es gibt auch so schon genug Gerüchte in Fairhaven.«

»Über die Schiffe?«, fragte Cerryl. »Oder über den Präfekten Syrma?«

»Und das sind nur die beliebtesten«, stimmte Kinowin zu. »Was habt Ihr sonst noch gehört?«

»Nur dass die Gilde Mühe hat, die Messingteile für die ersten Schiffe zusammenzubekommen.«

»Die ersten Schiffe sind nicht das Problem. Sie sind nie das Problem. Die Lieferanten wollen für die Schiffe, die dann folgen, meist mehr Geld haben. Zuerst liefern sie schnell und bereitwillig, dann wird es immer schwieriger.« Kinowin drehte sich wieder um. »Warum habt Ihr überhaupt nach den Bauern gefragt?«

»Es schien mir, als wollten mehr Bauern als früher ihre Waren in der Stadt verkaufen, aber dann hat der *Goldene Widder* die Preise für die Gerichte erhöht.«

»Das ist nicht überraschend. In Hydlen und südlich von Arastia hat es seit dem Frühling keinen Regen mehr gegeben, ebenso in Kyphros. Die Folge ist, dass die Lebensmittel teurer werden.«

»Und die Bauern können mehr Geld bekommen, wenn sie die Waren selbst verkaufen, statt den Vertrieb über die Großhändler abzuwickeln?«

»Das glauben sie. Manchen gelingt es, manchen nicht.« Kinowin lächelte kalt. »Aber das ist noch kein Problem.«

»Es tut mir Leid, dass ich Euch belästigt habe.«

»Nein, keine Sorge.« Kinowin kratzte sich am Kinn. »Warum bringt Ihr dies nicht auf der nächsten Sitzung der Gilde zur Sprache? Nur solltet Ihr vielleicht auch erklären, dass es zu Problemen in der Stadt führen könnte, wenn die Bauern mehr Geld verlangen. Das bedeutet nämlich, dass auch die Handwerker höhere Preise verlangen werden…«

»Oh…«

»Wir haben bereits die ersten Gerüchte darüber gehört. Aber wenn Ihr es zur Sprache bringt, wird es nicht so aussehen, als wollte ich Unruhe stiften.«

Cerryl nickte.

»Was macht Eure Freundin, die Heilerin?«

Cerryl zuckte mit den Achseln. »Ich weiß nicht. Sterol hat sie nach Jellico geschickt. Vicomte Rystryrs Sohn ist erkrankt und niemand weiß den Grund. Sie wird wahrscheinlich erst nach der Ernte zurückkommen.«

»Ich habe keinen Zweifel, dass der Junge genesen wird, wenn sie dort ist. Anscheinend werden die Erben bedeutender Leute häufig krank; so war es schon immer.« Kinowin blickte kurz zu den Dächern der Stadt hinter den Hallen.

Cerryl stand auf. »Das war alles. Entschuldigt, dass ich Euch belästigt habe.«

»Nein, Ihr müsst Euch nicht entschuldigen. Ihr habt ein gutes Gespür für Dinge, die eines Tages wichtig werden könnten. Ihr nehmt einfach nur Dinge wahr, die noch nicht eingetreten sind, die aber kommen werden. Wir hatten auch hier weniger Regen als üblich. Das kommt alle paar Jahre vor, doch die Menschen vergessen es – nur die Kommissionäre vergessen es nicht.« Kinowin dachte kurz nach. »Wir sehen uns dann in einem Achttag, sofern nichts Wichtiges geschieht.«

»Ja, Ser.«

Als er die Treppe zum Vorraum hinunterging, hätte Cerryl beinahe den Kopf geschüttelt. Kinowin hatte ihm nichts anderes gesagt, als dass die Lebensmittel noch teurer werden würden. War das der Grund dafür, dass Leyladins Vater Layel überall im Osten Candars herumreiste? Schloss er Verträge ab, um Korn zwar teurer als früher, aber immer noch erheblich unter den Preisen einzukaufen, die nach der Ernte verlangt werden würden?

XXI

Cerryl saß in der Nachmittagshitze in seinem Zimmer. Es war schwül nach dem kurzen Regen, der der Stadt nur so viel Feuchtigkeit beschert hatte, dass jetzt alles dampfte. Auf dem Stuhl sitzend, blätterte er die *Farben der Weiße* durch.

Immer wieder schlug er das Handbuch der Gilde auf, auch wenn der Text nur viele kurze und deshalb quälende Einblicke in eine Welt eröffnete, die in sich stimmig schien… wobei es stets mehr andeutete als erklärte. Aber jedes Mal, wenn ein solcher Einblick zu einer neuen Erkenntnis führte – wie beispielsweise der Umgang mit den Lichtlanzen, den, wie Myral erklärt hatte, seit Generationen kein Magier mehr auf diese Weise beherrscht hatte –, bekam Cerryl das Gefühl, mindestens ein Dutzend anderer Hinweise übersehen zu haben. Er holte tief Luft und konzentrierte sich wieder auf die Seite, die er aufgeschlagen hatte.

…und alle Stoffe dieser Welt sind nichts weiter als Chaos, das von der Ordnung in eine feste Form gefügt wurde…

Cerryl blinzelte und las auf der nächsten Seite weiter. Er zwang sich, jedes Wort einzeln aufzunehmen und im Gedächtnis zu behalten.

Feuer ist eine Schöpfung des Chaos, da es in sich das Chaos wiederholt und Chaos aus dem freisetzt, was es verzehrt. Aber der Skeptiker könnte einwenden, dass Feuer und Chaos begrenzt sind, weil nicht jede Materie vom Feuer verzehrt werden kann… doch dieser Zweifler würde sich irren, denn in der Gegenwart von genügend Chaos wird jede Materie das Chaos nachahmen, das unter der Erdoberfläche und in den Lichtpunkten wohnt, die wir Sterne nennen…

Wie bei allem Streben ist das, was keine Mühe macht, von keinem großen Nutzen. So auch bei den Kräften des Chaos, denn jene Substanzen, denen die Nachahmung des Chaos am schwersten fällt, enthalten widersinnigerweise die größte Konzentration an Chaos… könnte man es aber freisetzen, dann…

Es klopfte an der Tür.

Cerryl schaute beinahe erleichtert auf. »Ja, bitte?«

»Darf ich hereinkommen?« Es war eindeutig eine Frauenstimme.

Cerryl markierte die Seite, die er gelesen hatte, mit einem Lederstreifen und stellte das Buch zurück ins Regal. Er ging zur Tür und öffnete.

Anya, eingehüllt in eine Duftwolke von Trilia und Sandelholz, trat ein. Das rote Haar schien im indirekten Licht des Fensters aufzuflammen. »Ihr könntet die Tür ruhig wieder schließen, Cerryl.«

»Natürlich.« Cerryl schloss die Tür, ließ den Riegel aber offen.

Sie trat ans Bett und betrachtete es. »Wie ordentlich. Ihr seid immer so sauber und adrett, als wärt Ihr schon als Weißer geboren worden.«

»Ich musste lernen, was anderen von Natur aus zufällt, und ich fürchte, mit Eurer Anmut, die Euch so selbstverständlich zu Gesicht steht, kann ich mich nicht messen.«

»Ihr besitzt erheblich mehr Anmut als viele, die als Weiße geboren wurden.« Sie wandte sich zum Fenster und ließ ihre wohlproportionierte Figur vom Licht umschmeicheln.

»Ihr seid zu freundlich.« Cerryl nickte höflich. »Aber dennoch muss ich widersprechen. Faltar beispielsweise ist erheblich eleganter als ich, wie Ihr sicherlich genau wisst.«

»Man könnte Euch leicht unterschätzen, Cerryl.« Anya lächelte strahlend. »Beinahe jedenfalls. Eine Schande, dass Ihr nicht mehr ganz die… die gleiche Stärke zeigt wie in der Zeit als Student.«

»Stärke ist nicht besonders nützlich, wenn man sie nicht zu bündeln weiß, Anya. Ihr habt mir gezeigt, dass es abgesehen von der reinen Kraft des Chaos noch andere Begabungen gibt, wenngleich Ihr auch über Erstere in großem Maße verfügt.«

»Oh, Cerryl, man könnte sich fast wünschen, Ihr wärt ein wenig… unschuldiger?«

»Anya, ich bin unschuldig genug, um mich immer wieder selbst in Schwierigkeiten zu bringen. Noch mehr Unschuld wäre lebensgefährlich«, erwiderte er trocken, während er abwartend am Bücherregal stand.

Sie lachte. »Werdet Ihr zur Sitzung der Gilde kommen?«

»Da sie am Nachmittag stattfindet, werde ich hoffentlich anwesend sein können.«

»Jeslek wird noch nicht zurück sein, und ich dachte, Ihr könntet Euch vielleicht zu mir setzen.« Sie schenkte ihm das strahlende, falsche Lächeln, das er inzwischen nur zu gut kannte. »Und Fydel wird natürlich auch dort sein, weil Faltar Dienst am Tor tut.«

»Ich bin Euch wirklich dankbar, dass Ihr mich so unter die Fittiche nehmt, Anya. Ihr seid immer sehr freundlich.«

»Aber ich habe kein eindeutiges Ja von Euch gehört.« Sie lächelte wieder; der warme Duft von Trilia umwehte ihn.

»Mein Herz würde gern ja sagen.« Cerryl lächelte sie an und hoffte, dass man ihm nicht ansah, wie falsch das Lächeln war.

»Aber leider habt Ihr andere Verpflichtungen?«

»Ich weiß bisher nur, dass ich wahrscheinlich zur Sitzung kommen kann«, meinte Cerryl achselzuckend. »Was dort wird, müssen wir sehen.«

Anya nickte. »Ich glaube, ich habe verstanden. Wisst Ihr, Cerryl, eines Tages müsst Ihr Euch von Myral und Kinowin lösen. Sie sind älter, viel älter als man glaubt.«

»Wenn es soweit ist, will ich mich gern an Euch wenden.« *Aber nicht auf die Art und Weise, wie du es dir vorstellst … ganz sicher nicht.*

»Ich fühle mich geschmeichelt.« Anya strahlte ihn noch einmal an und ging zur Tür.

»Das sollt Ihr auch. Ich wollte Euch schmeicheln, denn Ihr habt es verdient.« Cerryl hielt ihr die Tür auf.

»Ich hoffe wirklich, dass Ihr uns Gesellschaft leisten könnt.«

»Vielen Dank für die Einladung.«

Als die Tür geschlossen war, ging Cerryl zum Stuhl und ließ sich mit tiefem Seufzen darauf sinken. So saß er einige Augenblicke und suchte sich zu entspannen. Schließlich nahm er wieder *Die Farben der Weiße* aus dem Regal und schlug es auf.

...denn jene Substanzen, denen die Nachahmung des Chaos am schwersten fällt, enthalten widersinnigerweise die größte Konzentration an Chaos... könnte man es aber freisetzen, dann...

Es klopfte.

Mit einem weiteren Seufzer legte Cerryl das Buch weg. Hoffentlich war Anya nicht zurückgekehrt. »Ja?«

»Cerryl?«

»Komm rein, Lyasa.« Er verstaute das Buch im Regal und ging zur Tür.

Die schwarzhaarige Lyasa rümpfte die Nase, als sie eintrat. »Dachte ich's mir doch.« Ihr Blick fiel aufs Bett. »Gut so.«

»Was willst du?«

»Ich wollte mich nur vergewissern, ob du die letzte Besucherin überlebt hast. Leyladin ist schließlich auch *meine* Freundin.« Sie richtete die olivbraunen Augen auf Cerryl. »Ich vertraue dir mehr als den meisten anderen Männern, aber Anya traue ich überhaupt nicht.«

Cerryl musste lächeln.

»Ich weiß nicht, ob ich das so witzig finde wie du.«

»Ich traue ihr nicht, seit sie mich beim Schreiber auf der Straße aufgelesen hat«, erklärte Cerryl. »Aber ich sehe keinen Grund, sie unnötig zu verärgern.«

»Früher oder später wird sie wütend werden, wenn du nicht mit ihr ins Bett gehst«, weissagte die schwarzhaarige Magierin.

»Nicht wenn ich ihr genug schmeichle«, widersprach Cerryl. »Hoffe ich.«

Lyasa setzte sich aufs Bett. »Es stört dich doch nicht? Mir tun die Füße weh.«

»Bei der Dunkelheit, nein. Wir haben uns eine Weile nicht mehr gesehen. Was hast du in der letzten Zeit gemacht?« Cerryl drehte den Stuhl zu ihr herum und setzte sich.

»Nach ungefähr einem Achttag hat man beschlossen, dass ich mit meinen Begabungen nicht am Tor, sondern besser anderswo einzusetzen wäre. Ich arbeite jetzt mit Myrals Handwerkern an den Reparaturen der Auffangbecken und Leitungen für die Abwässerkanäle.«

Cerryl zuckte zusammen. »Das klingt noch schlimmer als der Dienst am Tor.«

»Es stinkt, aber ich muss da wenigstens nicht alte Frauen zu Asche verbrennen.«

»Ich wollte das nicht…« *Und eigentlich wollte ich auch nicht mehr darüber nachdenken…*

»Ich weiß. Leyladin hat es mir erzählt.«

Das Schweigen dehnte sich einen Augenblick; eine Bö warmer Luft fuhr durchs offene Fenster ins Zimmer.

»Ich frage mich… ob die Schwarzen auf Recluce ähnliche Probleme haben wie wir?«

»Sie haben natürlich ihre Probleme«, versicherte Cerryl ihr. »Jeder hat seine Probleme. Ich glaube allerdings nicht, dass es immer und überall die gleichen Probleme sind. Sie werfen die Leute, die sich nicht anpassen, einfach hinaus. Dann fällt uns oder einem anderen Land die Aufgabe zu, sich mit ihnen herumzuschlagen.«

»Wir bringen ihre Exilierten aber nicht um.«

»Sie bringen sie auch nicht um.« Er lachte. »Aber wenn sie nicht mit der Lehre der Schwarzen übereinstimmen, dürfen sie einfach nicht bleiben.«

»Wir müssen aber Menschen umbringen, die Schwierigkeiten machen.«

»Es würde mich nicht wundern, wenn sie auf die eine oder andere Weise auch Menschen töten würden.«

»Ich weiß nicht.« Lyasa fuhr sich mit der Hand durch das kurze und dichte schwarze Haar. »Ich glaube, es fällt der Gilde schwerer, Candar zu regieren, als den Schwarzen, ihre Insel in Ordnung zu halten.«

»Allein der Osten Candars ist schon größer als ihre

Insel«, wandte Cerryl ein. »Sogar Gallos könnte schon größer sein als die Insel.«

»Nein, das meinte ich nicht. Aber weißt du, was ich denke?«

»Was denn?«

»Ich glaube, es liegt alles daran, dass Creslin ein skrupelloser Bastard war. Er hat am Anfang jeden getötet, der nicht seiner Meinung war, und jetzt werfen sie alle Abweichler hinaus und bleiben auf ihrer Insel unter sich. So bleibt niemand, der anderer Meinung sein könnte.«

»Das ist möglich.« Cerryl zuckte mit den Achseln. »So würde es auch Anya halten. Jeslek vermutlich genauso, denke ich.«

»Warum sagst du mir das?«

»Weil ich dir vertraue.«

»Hast du mit Faltar darüber gesprochen?«

»Nein.«

»Aber er ist dein Freund.«

»Du kennst den Grund«, sagte Cerryl lachend.

»Leider ... oh, diese Männer.« Lyasa verzog empört das Gesicht. »Du bist anders. Ein bisschen jedenfalls.«

Cerryl deutete eine Verneigung an. »Ich bin Euch zu tiefstem Dank verpflichtet, meine edle Magierin. Wenn Ihr diese vorteilhafte Beurteilung vielleicht noch Eurer derzeit abwesenden Freundin übermitteln könntet..«

Lyasa schüttelte den Kopf, gähnte und stand auf. »Ich muss schlafen.«

Cerryl stand auf und ging zur Tür.

»Was auch immer du tust, um sie dir vom Leib zu halten, hör nicht auf, es zu tun.«

Als ob ich es überhaupt wagen könnte, etwas anderes zu tun. »Euer Wunsch ist mir Befehl.« Er legte die Hand auf die Türklinke.

»Ich wünschte, das hättest du zu mir gesagt, bevor du Leyladin kennen lerntest.«

»Das wäre nicht möglich gewesen, denn ich kenne sie schon länger als dich.« Cerryl lächelte, als er Lyasas verwirrten Gesichtsausdruck sah. »Frag sie nur.«

»Ja, das werde ich tun.«

Als sie gegangen war, blickte Cerryl wieder zum Bücherregal. Ob er es schaffen würde, wenigstens noch eine Seite zu lesen, ehe er wieder unterbrochen wurde? Schließlich setzte er sich und schlug *Die Farben der Weiße* auf.

…da es freies Chaos auf sich zieht, sollte Eisen niemals in der Nähe jener angesammelt werden, die das Chaos zum Guten verwenden, denn es vermag die Kraft des Chaos zu schmälern…

Er lächelte nachdenklich. Es hatte Augenblicke gegeben, in denen er dies selbst gespürt hatte – beispielsweise als er in Fenard über das eiserne Tor hatte klettern müssen, während er gleichzeitig seinen Lichtschild aufrechterhalten hatte –, aber gewöhnlich zog er sich bei der Berührung von Eisen nicht die Verbrennungen zu, die Jeslek oder Anya erlitten hätten. Er blätterte weiter, bis er die Markierung gefunden hatte, und las.

XXII

Cerryl stand an der Nordseite des Ratssaales zwischen den Säulen im Schatten. Er hatte keinen Lichtschild aufgebaut, sondern ließ das Licht nur etwas abgleiten oder verschwimmen, als sei er nicht ganz da. Die Augen der Menschen irrten von ihm ab und er konnte sie sehen, wenngleich nicht völlig klar. Es war anders als ein voller Lichtschild, der ihn tatsächlich unsichtbar machte – außer natürlich für die Magier, die empfänglich für Konzentrationen von Ordnung und Chaos waren. Dies war ein Grund dafür, dass er in den Hallen keinen vollen Lichtschild benutzte. Der zweite Grund war natürlich der, dass ein Lichtschild ihn auch selbst blind für alle äußeren Eindrücke machte, abgesehen von seinen Ordnungs- und Chaos-Sinnen. Er konnte die Gründe nicht benennen, aber Leyladin hatte ihm erklärt, dass das, was er jetzt tat, jedenfalls nicht mit einer Konzentration von Chaos oder Ordnung einherging, und sie konnte solche Dinge besser spüren als die meisten Weißen. Durch den Blendschirm, den er jetzt einsetzte, konnte er Farben und Formen erkennen, was zusammen mit seinen Ordnungs-Sinnen ausreichte, um die Menschen auszumachen, die ihm bekannt waren.

Esaak kam in Begleitung von Myral hereingewackelt, dessen Schnaufen sogar Cerryl noch hören konnte. Hinter ihnen folgte ein Magier, der eine purpurne und goldene Schärpe trug. Gorsuch? Sollte die Schärpe das Land andeuten, in dem er die Gilde vertrat?

Shyren erschien, das Büschel ergrauender sandfarbener Haare wie immer widerborstig aufgestellt. Er trug die grüne Schärpe von Certis. Eliasar, der Kriegs-Magier, trat ohne Schärpe hinter ihm ein.

Danach folgte die schlanke, rothaarige Anya, begleitet von Fydel. Sie blieb hinten im Saal stehen und blickte sich um.

Cerryl hätte beinahe den Atem angehalten und sich am liebsten in der weißen Marmorsäule verkrochen, die ihn teilweise verbarg.

»Er ist noch nicht da«, flüsterte Fydel. Cerryl konnte es gerade eben verstehen.

»Ich dachte, ich hätte es ihm deutlich genug gesagt.«

»Mag ja sein, aber er erstattet nach wie vor Kinowin und Myral Bericht.«

»Kinowin und Myral werden nicht ewig leben«, zischelte Anya. »Er wird sich schon noch mit uns auseinander setzen müssen.«

Cerryl schauderte und wartete. Als Anya mit verwirrtem Gesichtsausdruck endlich den Gang hinunter ging und sich neben Fydel setzte, ließ Cerryl den Schirm fallen und begnügte sich mit dem Schutz der Schatten, während nach und nach die übrigen Mitglieder der Gilde den Saal betraten.

»Dann bist du also doch da?« Lyasa tauchte neben Cerryl auf. »Ich habe dich nirgendwo gesehen.«

»Ich bin schon eine Weile da. Ich wollte mich nur nicht blicken lassen.«

»Warum drückst du dich hier hinten herum?«, fragte sie leise. Sie sah sich im inzwischen fast gefüllten Saal um. »Du kannst von hier aus doch nicht alles verfolgen.«

»Ich habe so eine Ahnung.«

»Eine Ahnung?«

»Wart's nur ab.«

»Wenn du meinst.«

Eine Weile blieben die beiden jungen Magier im Schatten stehen und beobachteten die Versammlung. Dann lächelte Cerryl, als er den weißhaarigen Jeslek mit den Sonnenaugen in den Saal schreiten sah. Jeslek ging den Mittelgang hinauf, eine starke Aura von Chaos strahlte von ihm aus. »Dachte ich's mir doch.«

»Was denn?«

»Anya sagte mir, Jeslek werde nicht kommen und ich solle mich zu ihr setzen. Sie hat sich eben noch nach mir umgesehen.«

»Was hast du ihr getan? Abgesehen davon, dass du ihren Annäherungsversuch abgewiesen hast und ihrem Zauber nicht erlegen bist?«

»Reicht das nicht?«, gab er trocken zurück.

Vorne im Saal trat Sterol mit Kinowin und Jeslek aufs Podest.

»Lass uns weiter nach vorn gehen.« Cerryl ging außen um die Säulen herum, bis er nur noch ein Dutzend Schritte vom golddurchwirkten Marmor des Rednerpodests entfernt war.

»... stehen uns sehr schwere Zeiten bevor. Noch schwieriger, als ich es auf der letzten Sitzung vorhergesagt habe.«

Sterols Gesicht wirkte wie aus Granit gemeißelt, so hart war es, wenn er schwieg. »Die Steuereinnahmen der Gilde gehen zurück. Gleichzeitig waren wir aber gezwungen, noch mehr Lanzenkämpfer nach Certis zu schicken.« Er wandte sich an Jeslek.

»Die Weiße Hauptstraße ist jetzt besser geschützt denn je und bis zum Herbstanfang sollte der Schutz vollkommen sein.« Jeslek lächelte strahlend. »Dann werden wir Lanzenreiter schicken, damit der Präfekt seinen Verpflichtungen Fairhaven gegenüber nachkommt.«

»Die Lanzenreiter nach Gallos zu bringen wird noch einmal zweitausend Goldstücke kosten«, wandte Sterol erregt ein. »Zweitausend Goldstücke, um etwas durchzusetzen, das eigentlich selbstverständlich sein sollte.«

Kinowin und Jeslek nickten.

»Auch die Tatsache, dass mitten in Gallos Berge gewachsen sind, hat den Präfekten nicht überzeugt«, fuhr Sterol fort. »Seine Schriftrollen sind höflich abgefasst, aber er schickt kein Gold.«

»Und weil er es nicht schickt, fragen sich auch die Kaufleute und Grundbesitzer in Certis, warum sie zur Unterhaltung des Handels und der Hauptstraßen etwas beitragen müssen.«

»Das Gleiche fragt sich, allerdings auf ausgesucht höfliche Weise, auch Fürst Estalin in Lydiar«, warf Jeslek schnell ein. »Obwohl er doch ein alter Freund des Erzmagiers ist. Die nämliche Frage hat sich zudem

Fürst Berofar gestellt, ehemals ein guter Freund des Erzmagiers.«

Cerryl regte sich unruhig.

»Sag jetzt bloß nichts«, warnte ihn die schwarzhaarige Magierin.

Cerryl nickte. Er blieb im Schatten der dritten Säule auf der rechten Seite stehen und murmelte: »Das ist auf jeden Fall ein guter Rat, Lyasa.«

»Da Sterol gerade in der richtigen Laune ist, um auf der Stelle jeden einzuäschern, der ihm widerspricht, ist das ganz sicher ein guter Rat.«

Und da außerdem Anya sehr genau Jesleks Interessen im Auge behält… und natürlich ihre eigenen, wie auch immer sie geartet sein mögen. »Es sei denn, man stimmt dem mächtigen Erzmagier zu und unterstützt ihn.«

»Du bist zu jung. Sie würden dich nicht einmal beachten.«

»Es ist besser, wenn man beachtet wird.« Cerryl zuckte mit den Achseln und fügte leise hinzu: »Dann stellen die Leute Fragen, wenn man verschwindet.« Er ging zwischen den Säulen weiter zur linken Seite des Podests.

»Es ist trotzdem gefährlich.«

»Das Leben ist eine lebensgefährliche Angelegenheit. Der Tod erst recht.«

Kinowin hob eine Hand und ergriff das Wort. »Nicht alle sehen die Zeichen in der Nähe von Fairhaven selbst, die beunruhigenden Anzeichen, die bereits in unserer unmittelbaren Umgebung zu beobachten sind. Ihr wisst alle, dass ich nicht mehr so viel herumkomme wie früher, aber ich höre gern denen zu, die sich umsehen.« Er winkte Cerryl. »Ihr erinnert Euch vielleicht an Cerryl. Er hat bisher bei der Wache am Tor zuverlässig seinen Dienst versehen. Neulich hat er mir etwas mitgeteilt, das er Euch jetzt in seinen eigenen Worten berichten soll.« Kinowin nickte. »Aber fasst Euch kurz, Cerryl.«

Cerryl schluckte. »Vor einigen Achttagen ist mir aufgefallen, dass mehr Bauern als sonst Plaketten kaufen. Einer wollte beispielsweise eine Plakette für seinen alten Karren, der noch nie eine Plakette gesehen hatte. Das kam mir seltsam vor. Ich überprüfte das Register. Allein am nordöstlichen Wachhäuschen waren es seit dem Hochsommer mehr als zwanzig Bauern. Im letzten Jahr sind fünf gekommen, im Jahr davor sieben.« Er wandte sich an Kinowin.

»Danke, Cerryl.«

Als Cerryl das Podest verlassen hatte, sprach Kinowin weiter. »Cerryls Beobachtung hat mich nachdenklich gemacht und deshalb habe ich meinerseits in den Aufzeichnungen und Registern nachgeschaut. Bisher haben wir in einem ganzen Jahr noch nie mehr als vierzig Plaketten ausgegeben. In diesem Jahr waren es bis zum letzten Achttag bereits sechzig.«

»Die Bauern werden schlau…«

»Worauf wollt Ihr hinaus?«

»Worauf ich hinaus will, Isork? Es ist ganz einfach. Die Bauern können fünf oder zehn Kupferstücke bezahlen und verdienen ihr Geld, indem sie ihre Waren in der Stadt verkaufen. Früher konnten sie sich das nicht leisten. Was ist der Grund? Der Grund ist, dass die Preise für Lebensmittel gestiegen sind. Sie sind sogar sehr stark gestiegen. Es wird dieses Jahr vor allem in Hydlen und Kyphros eine schlechte Ernte geben. Wir streichen weniger Gebühren und Steuern aus dem Handel ein, weil uns die Schwarze Insel und Spidlar Kunden wegnehmen. Wenn die Preise für Getreide weiter steigen, haben die Menschen weniger Geld, um sich andere Dinge zu kaufen. Das bedeutet, dass die Einnahmen der Gilde sinken, wie es bereits geschehen ist…«

Cerryl nahm seinen alten Platz neben der Säule wieder ein.

Lyasa beugte sich vor und flüsterte ihm ins Ohr: »Sag

jetzt nichts mehr. Junge Magier sollen nur sprechen, wenn sie aufgefordert werden.«

Cerryl nickte, aber es war kein zustimmendes Nicken.

»Du wirst dich noch um Kopf und Kragen reden«, warnte sie.

»Ich war mein ganzes Leben lang in Gefahr«, gab er flüsternd zurück, während er Sterol zuhörte.

»... Recluce hat möglicherweise sogar den Lauf der Winde verändert, um uns zu schwächen ... und da jetzt die Feldfrüchte knapp werden, schaffen sie immer mehr Waren nach Spidlaria, um der Sondersteuer zu entgehen. Lydiar wirkt manchmal richtig verlassen, genau wie Tyrhavven.«

»Während Spidlaria und Fenard aufblühen«, fügte Jeslek theatralisch hinzu.

»Lasst sie doch ...«, murmelte jemand hinten im Saal.

»... keinen weiteren Krieg gebrauchen ... nicht mit den Schwarzen ...«

Kinowin nickte.

Myral stieg schwerfällig aufs Podest und sah sich um. »Das waren schöne Worte ... aber wer feige und bequem ist, wird seinen Wohlstand nicht auf Dauer sichern können. Die meisten von Euch wissen, dass ich mich um die Abwasserkanäle gekümmert habe. Nun, wir haben hier weniger Bauchfluss und Fieber als jede andere Stadt in Candar. Unser Volk ist gesund. Aber ohne Maurer und Magier können wir die Kanalisation nicht unterhalten und keiner von Euch will auf sein Gehalt verzichten. Also brauchen wir Geld.« Myral sah sich im Saal um, hustete einmal und dann noch einmal und räusperte sich, ehe er weitersprach.

»Wenn Verräter hier in Candar unserem Volk den Lebensunterhalt und das Geld stehlen, müssen wir gegen Recluce vorgehen.« Die Worte des schwerfälligen, schwarzhaarigen Magiers grollten im Saal.

»Stolz gesprochen, Myral…«

»…nicht mit den Lanzenkämpfern zu reiten…«

»Schweigt!«, fauchte Sterol. »Wenn Ihr sprechen wollt, dann tretet vor und sprecht. Verbergt nicht Eure Worte hinter Murmeln und Getuschel.«

Cerryl lächelte ironisch, dann trat er auf die Tribüne.

Kinowin öffnete den Mund, besann sich aber und schwieg.

Jesleks Lippen verzogen sich zu der Andeutung eines Lächelns.

»Ich bin ein junger Magier«, begann Cerryl. »Und man riet mir, besser zu schweigen. Deshalb werde ich mich kurz fassen. Ich unterstütze Myral.« Cerryl sprach gelassen, beinahe leise, aber immer noch laut genug, um überall gehört zu werden. »Der berühmte Jeslek und der edle Sterol haben sich stets bemüht, das Los unseres Volkes zu verbessern. Im Gegensatz zu vielen anderen komme ich vom Land und nicht aus Fairhaven selbst. Ich weiß, welch hohes Gut Fairhaven verkörpert, denn ich habe früher anderswo gelebt. Können wir überhaupt irgendetwas anderes tun, als die Arbeit des Erzmagiers und der Obermagier zu unterstützen?«

»Und was ist dabei für Euch drin, Cerryl?«, rief Fydel.

Cerryl lächelte leicht und wartete, bis das Getöse und das Kichern verklungen war. »Angesichts der Tatsache, dass sogar so eindrucksvolle Magier wie Jeslek und der Erzmagier Sterol sich besorgt zeigen – wie wäre es mit meinem Überleben?« Er grinste.

Nervöses Lachen hallte durch den Saal, als er vom Sprecherpodest herunterstieg und seinen Platz an der dritten Säule wieder einnahm.

»Zwar schrecke ich davor zurück, so offen zu sprechen wie der ehrenwerte Cerryl…«, begann der nächste Magier, ein Mann mit weißem Haar und faltenlosem, fast engelhaft kindlichem Gesicht.

Cerryl ging langsam weiter zur Seite des Saales. Lyasa hatte sich zurückgezogen, im Schatten neben der Säule wartete jetzt eine rothaarige Gestalt auf ihn.

»Sehr beeindruckend, Cerryl.« Die Stimme klang kehlig, heiser.

»Danke, Anya. Ich vermute, die Wirkung war so, wie Ihr und der edle Sterol es beabsichtigt hattet.« Er lächelte leicht. »Oder besser, wie Ihr allein es beabsichtigt habt.«

»Ihr schmeichelt mir.« Sie erwiderte das Lächeln.

»Eigentlich nicht. Wir tun, was wir können. Ihr mit Euren Fähigkeiten...« Er zuckte mit den Achseln. »Ihr könntet eines Tages Erzmagierin werden.«

»In Zeiten wie diesen Erzmagier zu sein erfordert möglicherweise... ganz herausragende Fähigkeiten.«

»Das ist sicherlich wahr und auch Jeslek hat wiederholt auf diesen Punkt hingewiesen. Mir persönlich gefällt aber Euer Stil besser. Deshalb würde ich lieber Euch als den mächtigen Jeslek auf dem Platz des Erzmagiers sehen.«

»Eine Frau im Rang des Erzmagiers?«, gab sie belustigt zurück. »Das ist zu viel der Ehre.«

»Ich erkenne Eure Fähigkeiten, meine liebe Magierin.« Er strahlte sie an. »Eure ganz herausragenden Fähigkeiten.«

»Ihr seid so... süß, Cerryl.« Sie neigte den Kopf. »Würdet Ihr mir bei einem späten Abendessen Gesellschaft leisten? Sagen wir... morgen Abend?«

»Euer Wunsch ist mir Befehl.«

»Ich mag es, wenn Ihr so entgegenkommend seid, Cerryl.«

»Wenn man nur über begrenzte Chaos-Kräfte verfügt, muss man sehen, wie man sich nützlich machen kann, verehrte Anya.«

»Ich bin so froh, dass Ihr dies verstanden habt.« Sie wandte sich ab und kehrte zum wartenden Fydel zurück, der sich nachdenklich am eckigen Bart kratzte.

Cerryl lächelte leicht und nickte Fydel zu. Als Fydel und Anya sich entfernten, zuckte er mit den Achseln und ging durch den Seitengang in den hinteren Teil des Saales. Er fragte sich, wie es ihm bei dem Abendessen ergehen würde, das er wahrlich nicht wollte und vor dem er sich mächtig fürchtete.

XXIII

»Das obere Zimmer.« Anya schenkte Westcort, dem Inhaber des *Goldenen Widders*, ein strahlendes Lächeln.

»Wie Ihr wünscht.« Westcort verneigte sich und hob das mit Goldfäden durchwirkte Seil hoch, das die Treppe links neben dem Empfangstisch des *Goldenen Widders* versperrte.

Cerryl folgte Westcort und Anya die schmale Treppe hinauf.

»Stets zu Diensten.« Westcort verneigte sich noch einmal. »Darf ich den Wein servieren?«

»Bitte.« Anya lächelte.

Das obere Zimmer war klein und mit polierter weißer Eiche vertäfelt. Zwei Fenster waren mit blauen Samtvorhängen umrahmt. Ein dunkelblaues Tuch lag auf dem einzigen Tisch, der mit zwei Kristallgläsern und Besteck für zwei Gäste gedeckt war. Zwei kleine Lampen schickten weiches Licht in den Raum und durchs offene Fenster wehte ein leichter Wind herein. Kleine Lichtpunkte säumten die Hauptstraße, die sich drunten erstreckte. Der Luftzug brachte den üblichen bitteren und scharfen Geruch von Chaos und Stein und Sauberkeit mit sich – und dazu die verschiedenen anderen Gerüche von Kochfeuern, Lampenöl und Pflanzen.

Anya setzte sich und Cerryl nahm der rothaarigen Magierin gegenüber Platz.

»Es ist schön, dass Ihr mir Gesellschaft leistet«, begann Anya lächelnd.

»Ihr wart sehr freundlich, mich einzuladen. Ich bin ein sehr unerfahrener Magier.«

»Was Ihr auf der Ratssitzung getan habt, war alles andere als unerfahren.«

Cerryl lächelte arglos. »Ich habe es getan, weil ich unerfahren *bin*, Verehrte. Ein erfahrener Magier hätte nicht unnötig die Aufmerksamkeit auf seine Machtlosigkeit gelenkt.«

»Wenn Ihr weniger Macht als Jeslek habt, dann bedeutet das doch nicht, dass Ihr überhaupt keine besitzt.« Sie unterbrach sich, als Westcort mit einer Flasche Wein zurückkehrte.

»Das ist der Beste aus Telsen.« Er verneigte sich.

»Dann schenkt doch bitte ein, Westcort«, schnurrte Anya.

Westcort nickte und füllte die Kristallgläser zur Hälfte mit dem schweren Rotwein. Die Flasche ließ er auf dem Tisch stehen. »Ihr habt die Koteletts mit der Birnapfelglasur bestellt... sie werden gleich serviert.«

»Danke.«

Westcort verneigte sich noch einmal und ging wieder die Treppe hinunter.

Cerryl dachte lieber nicht weiter darüber nach, welche Gunstbezeugungen und Druckmittel Anya eingesetzt hatte, um sich den Inhaber derart gefügig zu machen, aber nachdem er ihre Manöver beobachtet und mitbekommen hatte, wie sie Sterol dazu gebracht hatte, Kesrik zu töten, zweifelte er nicht daran, dass Westcort genau wusste, über welche Kräfte sie verfügte.

»Wie ich schon sagte, Cerryl, Ihr seid nicht völlig machtlos. Ihr könnt Euch lediglich nicht mit Jeslek messen.«

Cerryl nickte und verschwieg ihr, dass er genau dies schon einmal getan und überlebt hatte.

»Also braucht Ihr Freunde und Aufmerksamkeit. Ihr tretet ins Rampenlicht, während die meisten jungen Magier im Schatten warten. Warum?« Wieder strahlte sie. »Ihr wisst, dass Jeslek Euch nicht mag und dass Kinowin nicht gut auf Jeslek zu sprechen ist. Ihr unterstützt Kinowin und den alten Myral. Auch sie können sich nicht mit Jeslek messen, aber sie werden geachtet, und Jeslek wird es nicht wagen, sie einfach zu beseitigen. Solange sie leben, wird er es auch nicht wagen, Euch aus dem Weg zu räumen, nachdem sie Euch dezent, aber unübersehbar unterstützt haben.« Die rothaarige Frau hob das Weinglas und trank einen Schluck. »Das war äußerst klug von Euch.«

»Ich kann nicht behaupten, dass ich es so klar durchdacht hätte.« Cerryl zuckte mit den Achseln. Er trank einen Schluck Wein, nachdem er ihn mit den Chaos-Sinnen geprüft hatte.

»Oh, wahrscheinlich habt Ihr wohl wirklich nicht darüber nachgedacht, aber Ihr habt es gefühlt und das ist in gewisser Weise sogar noch bewundernswerter.« Anya trank einen Schluck Wein. »Der Wein ist wirklich gut. Genießt ihn, solange Ihr noch könnt.«

Cerryl hob die Augenbrauen.

Anya lachte nicht unfreundlich. »Nein, so meinte ich das nicht. Die wahren Chaos-Meister wie Sterol und Jeslek haben Glück, wenn sie mehr als ein paar Schlucke guten Wein genießen können, ehe das Chaos in ihnen und um sie herum den Wein in Essig verwandelt. Oft ist es sehr guter Essig, aber es ist trotzdem kein Wein mehr.«

»Das wusste ich nicht.«

»Sie haben natürlich kein Interesse, es überall herumzuerzählen, aber es ist wahr.«

»Ihr müsst sicher auch mit diesem Problem zu kämpfen haben«, sagte Cerryl zögernd. »Ihr seid viel stärker, als Ihr es Euch auf den ersten Blick anmerken lasst.«

»Ja… und nein.« Anya zuckte mit den Achseln und hielt das Glas einen Augenblick lang mit beiden Händen. »Die Chaos-Energie wirkt sich bei Frauen anders aus.«

»Dennoch setzt die Gilde Frauen ein – Euch, Lyasa, Shenan…«

Anya runzelte die Stirn, als Shenans Name fiel. Sie war die Abgeordnete der Gilde in Ruzor und dem Vernehmen nach Myrals jüngere Schwester. »Einige von uns…«

Ein diskretes Husten verriet ihnen, dass jemand die Treppe heraufkam.

Westcort erschien mit zwei Tellern, die noch vor Wärme dampften. Der Inhaber stellte das weiße Porzellangeschirr auf den Tisch. Die Teller waren erheblich teurer als das Geschirr, das unten im Schankraum benutzt wurde, aber bei weitem nicht so elegant wie das, was Cerryl in Furenks Hinterzimmer gesehen hatte. »Die Koteletts nach Art des Hauses… mit Reis und Pilzen.«

Die Schankmaid, die dem Wirt gefolgt war, servierte noch einen Korb Brot, einen Topf Marmelade und eine zweite, bereits geöffnete Flasche von dem Wein, den sie bereits gekostet hatten.

Westcort setzte eine kleine Handglocke aus Messing auf den Tisch, von beiden Gästen gleich weit entfernt, aber von Anya aus gesehen auf der rechten Seite. »Wenn Ihr sonst noch etwas wünscht…«

»Danke, Westcort.« Die rothaarige Magierin hob Messer und Gabel.

Cerryl folgte ihrem Beispiel. Er war froh, dass er dank Leyladin etwas Erfahrung mit gutem Besteck hatte. Die Koteletts waren nicht überragend gut, aber deutlich besser als das Zeug, das unten serviert wurde.

Nach ein paar Bissen sah Anya den jungen Magier an. »Ihr seid wirklich erstaunlich, Cerryl.«

»Ich bin, was ich bin«, gab er zurück, da er nicht genau wusste, was er darauf sagen sollte.

»Ja, das seid Ihr.« Wieder einmal strahlte sie ihn freundlich, gewinnend und unaufrichtig an. »Das ist ja das Überraschende. Ihr seid ein Waisenkind und wurdet von einem Bergmann und seiner Frau aufgezogen – Ihr müsst wissen, dass ich einiges über Euch herausgefunden habe. Aber Ihr redet wie ein gebildeter Mann. Ihr habt in einer Mühle und dann für einen Schreiber gearbeitet. Doch mit dem Besteck geht Ihr um wie jemand, der sich gut damit auskennt, und Eure Tischmanieren sind makellos. Was mich überrascht, ist nicht so sehr, was Ihr seid, sondern vielmehr, was Ihr *nicht* seid.« Wieder lächelte sie, nicht mehr ganz so offen, sondern ironisch und ehrlicher.

»Was bin ich denn nicht?« Cerryl lachte leise.

»Ihr seid nicht grob, ungebildet und fast unfähig, Euch gut auszudrücken. Ihr versucht nicht – wie es andere mit ähnlicher Herkunft durchaus tun –, Euch mit Gewalt Euren Weg in der Gilde zu ebnen.«

»Bisher war mir noch nicht bewusst, dass ich überhaupt irgendetwas gesucht habe.« Cerryl trank einen Schluck Wein. »Meine Unwissenheit hat mich vorsichtig gemacht.«

»Ah, ja… vorsichtig. Ihr tut sehr klug daran, vorsichtig zu sein. Selbst Myral hat eine Andeutung gemacht, dass sich die Zeiten ändern.« Sie hob das Weinglas und trank es aus.

Cerryl goss es ihr noch einmal halb voll, bis zu der Höhe, die Westcort vorgegeben hatte.

»Myral ist alt, aber mehr als einmal haben seine Visionen sich als richtig erwiesen«, fuhr Anya nachdenklich fort. »Manche könnten wahr, aber nicht wirklich wichtig sein.«

Cerryl runzelte die Stirn, schnitt sich vom Kotelett ab und schaufelte etwas Birnapfelsoße aufs Fleisch, ehe er sich das Stück in den Mund schob.

»Nein, manche Visionen spielen keine Rolle«, fuhr Anya fort, nachdem sie einen weiteren Schluck Wein getrunken hatte, »weil sie erst wahr werden, wenn wir schon zu Staub zerfallen sind. Spielt es eine Rolle, dass Fairhaven unter einer neuen Sonne schmelzen wird oder dass wahnsinnige Weiße Chaos-Bändiger über ganz Candar streifen werden? Oder dass Recluce von einem seiner eigenen Leute in Stücke gerissen werden wird?«

»Vielleicht spielt es eine Rolle. Vielleicht können wir, wenn wir es wissen, verhindern, was sonst sicher eintreten müsste.«

»Vielleicht.« Sie fuhr sich mit der Zungenspitze über die vollkommenen Lippen. Im Schein der Lampen schienen ihre grauen Augen zu flackern und einen Moment lang hellblau zu leuchten. »Aber vielleicht auch wieder nicht. Vielleicht lassen wir seine Visionen gerade dadurch eintreten, dass wir ihre Verwirklichung zu verhindern suchen.«

Cerryl schauderte beinahe bei diesem Gedanken. Wie konnte man da überhaupt noch wissen, was richtig und was falsch war?

»Das beunruhigt Euch, nicht wahr?« Anya lächelte. »Ihr solltet lieber das Leben genießen, statt Euch zu bemühen, eine erwünschte Zukunft herbeizuzwingen, die gerade durch Euer Eingreifen einen unerwünschten Verlauf nehmen könnte.«

Cerryl nahm das Weinglas und zwang sich, betont langsam zu trinken. »Der Wein ist gut.«

»Ja, er ist gut. Es gibt noch bessere Sorten, aber guter Wein und ein gutes Leben, das man jetzt leben kann, ist viel angenehmer als das Streben nach fernen guten Dingen, die doch gerade dadurch verhindert werden könnten, dass man sie zu erlangen sucht.«

Cerryl hatte beinahe das Gefühl, sein Kopf drehte sich. *Sie will dich verwirren … und es gelingt ihr, bei der von Dämonen verdammten Dunkelheit!* Schließlich sagte er: »Glaubt Ihr, Myral hat Recht damit, dass sich die Zeiten ändern?«

Sie lachte leise und kehlig. »Cerryl, die Zeiten ändern sich ständig. Wie könnte Myral in diesem Punkt Unrecht haben?«

»Ich weiß, aber manchmal sind die Veränderungen nur geringfügig, doch dann auf einmal …«

»Dann auf einmal verändert sich auf einen Schlag die ganze Welt?« Sie aß ein paar Gabeln Reis, bevor sie weitersprach. »Jeslek hat Berge wachsen lassen, wie Ihr wisst. Ihr wart bei ihm, als er damit begonnen hat. So etwas hat bisher noch kein Magier vollbracht. Also haben sich die Zeiten geändert.« Sie hob die Schultern, ließ sie theatralisch wieder sinken. »Manche Dinge verändern sich nie. Männer streben immer nach Geld und Macht und wollen schöne Frauen um sich haben. Frauen wollen, was sie eben wollen.« Sie heftete den Blick auf Cerryl. »Was erwartet Ihr vom Leben, da Ihr jetzt Voll-Magier seid?«

Cerryl musste eine Weile überlegen, ehe er antworten konnte. »Ich weiß nicht, was ich will.«

»Ihr solltet es lieber schnell herausfinden, ehe es jemand anders für Euch entscheidet.«

»Es ist schwer, sich zu entscheiden, wenn man wenig über die verschiedenen Möglichkeiten weiß«, wandte er ein.

»Nun ja«, begann sie unbefangen, »Ihr könntet Myral und Kinowin bitten, Euch dabei zu helfen, ein Handelsaufseher zu werden. Wahrscheinlich würdet Ihr nach Quend abgeordnet werden, wo Ihr das halbe Jahr friert und Euch damit beschäftigen könnt, mit dem Spähglas Fischkutter zu überprüfen. Oder Ihr könntet Eliasar bitten, Euch für die Waffenausbildung einzuteilen …«

»Um mir bei nächster Gelegenheit selbst den Fuß abzusäbeln?«, unterbrach Cerryl sie lachend.

»Oder Ihr könntet Jeslek helfen, die Berge und das Chaos wachsen zu lassen, und vor der Zeit zum Greis werden. Oder Ihr könnt die nächsten zehn Jahre damit verbringen, alte Frauen vor den Stadttoren einzuäschern…«

»Wie Ihr es darstellt, klingen all diese Möglichkeiten nicht gerade vielversprechend.«

»So ist es. Jeder Weg bringt seine ganz eigene Plackerei mit sich. Das ist das Problem, wenn man die Erfüllung darin sucht, seine Fähigkeiten in den Dienst der Gilde zu stellen und den Anforderungen gerecht zu werden.« Anya leerte ihr Weinglas.

Cerryl schenkte ihr nach. Dann bediente er sich selbst und leerte damit die erste Flasche, doch er füllte sein Glas eher, um die Tatsache zu verbergen, dass er kaum etwas getrunken hatte, und nicht so sehr, weil er den Wein wirklich mochte. »Was würdet Ihr vorschlagen?«

»Oh… nein, ich schlage Euch nichts vor. Nicht jetzt, mein lieber Cerryl. Ich bin eine grausame Frau. Ihr sollt über meine Worte nachdenken. Ihr und Faltar und Lyasa und Myredin und Heralt und Bealtur, Ihr alle müsst Euch selbst entscheiden. Und niemand wird Euch je genug Antworten geben können.« Anya lächelte ebenso strahlend wie unaufrichtig.

Cerryl wappnete sich innerlich.

»Ich kann Euch allerdings verraten, dass nichts so ist, wie es scheint. Nicht die Gilde, nicht Kinowin, nicht Myral, nicht Sterol und nicht einmal ich. So viel kann ich Euch sagen. Sie hätten es Euch nicht gesagt.« Sie trank noch einen Schluck vom dunkelroten Wein. »Ganz egal, was jemand Euch sagt, fragt Euch selbst, ob es für Euch richtig ist.« Und wieder trank sie einen Schluck. »Wein lügt nicht, Cerryl. Wir belügen uns selbst, wir belügen andere. Der Wein belügt niemanden.« Das strahlende Lächeln war ein wenig schief, als Anya ihn eine Weile anstarrte, um schließlich das Glas zu heben und zu leeren.

Cerryl schenkte ihr beinahe abwesend nach. Auch die zweite Flasche war schon zur Hälfte geleert.

»Ihr könntet gefährlich werden, Cerryl, aber Ihr seid zu sanft. Selbst mit denen, denen Ihr nicht traut, seid Ihr nachsichtig. Auch das ist ein Punkt, in dem Ihr Euch in Acht nehmen müsst.« Anyas graue Augen umwölkten sich, bis die Magierin ein wenig wie eine Eule aussah. Sie wiegte das Weinglas in beiden Händen.

Zu sanft? Cerryl schluckte, um ein Gähnen zu unterdrücken.

»Ihr seid müde und verwirrt. Vielleicht nicht sehr verwirrt, sicher nicht so arg verwirrt wie viele andere, aber doch ein wenig.«

Verwirrt? *Ja, aber nicht so, wie du es dir denkst… meine liebe Anya.*

»Dann lauft doch weg, Cerryl. Lauft weg und flieht in Eure Höhle.« Anya machte eine ausholende Geste. »Lauft weg und werdet ein vorsichtiger Höhlenbewohner und denkt nach.« Sie lachte heiser. »Aber es wird Euch nichts nützen. Es wird Euch überhaupt nichts nützen.«

Cerryl stand auf und verneigte sich leicht. »Ich bin müde. Darf ich Euch bis zu den Hallen begleiten?«

»Ja, das dürft Ihr. Das würde mir gefallen.« Trotz des Weins, den sie heruntergekippt hatte, stand Anya noch recht anmutig auf.

Cerryl folgte ihr die Treppe hinunter und hielt sich bereit, sie festzuhalten, falls sie stürzte, aber die rothaarige Magierin schwankte nur leicht und torkelte mit einer Anmut, die beinahe verführerisch wirkte.

Beinahe.

»Gute Nacht, Westcort.« Anya verabschiedete sich mit einem Nicken vom Wirt.

»Gute Nacht, verehrte Anya… Ser.«

»Gute Nacht«, sagte auch Cerryl. Da Westcort kein Geld verlangt hatte, galt Anya hier entweder als kreditwürdig… oder sie hatte im Voraus bezahlt.

»Du wunderst dich, nicht wahr?«, fragte die rothaarige Frau, als Cerryl ihr die Treppe zur vorderen Halle hinaufhalf. »Du wunderst dich… nun ja… ich werde dich im Ungewissen lassen.«

Langsam gingen sie durch die verlassene vordere Halle. Ihre Stiefel hallten laut im Zwielicht, gegen das die vereinzelten, niedrig brennenden Wandlampen nicht viel auszurichten vermochten. Ein willkommener Hauch kühler feuchter Luft wehte ihnen vom Springbrunnen entgegen, als sie die zweite Halle betraten.

»Hier entlang.« Anya ging durch einen Seitengang an den Gemeinschaftsräumen vorbei. Cerryl war nur selten hier gewesen, weil man über diesen Gang nur zu einem weiteren Innenhof kam, den man über andere Wege jedoch besser erreichen könnte. »Unsere Zimmer liegen in einem anderen Flügel, wir sind hier unter uns. So sind auch die Bäder und Toiletten näher.«

Plötzlich blieb Anya vor einer Tür stehen. Auf einem bronzenen Schild stand ihr Name.

»Gute Nacht, Cerryl.«

Anya huschte hinein und verriegelte hinter sich die Tür.

Cerryl stand einen Augenblick vor der Tür. Hatte er einen kleinen Schrei gehört – oder ein Lachen? Er war nicht sicher. Endlich drehte er sich um.

Was hatte Anya gewollt? Ihn verwirren? Mehr über ihn herausfinden, damit sie oder Sterol oder Jeslek ihn in die Hand bekamen? Ins Bett hatte sie ihn nicht bugsieren wollen, das war klar. Aber dies war auch schon der einzige Punkt, in dem er sich wirklich sicher war.

In Gedanken ging er langsam durch den hinteren Hof zu seiner Halle, dann die Treppe hinauf und den

Flur entlang zu seinem Zimmer. Er schloss die Tür hinter sich und dachte an Leyladin. Schade, dass sie nicht in Fairhaven war. Er hätte jetzt gern mit der rotblonden Heilerin gesprochen. Einige Dinge, die Anya über ihn selbst gesagt hatte, beunruhigten ihn. Sie trafen zu, und gerade deshalb wusste er nicht, warum sie ihn derart in Aufregung versetzten.

Vielleicht konnte Lyasa ihm helfen, aber er musste vorsichtig sein, was er der schwarzhaarigen Magierin anvertraute.

Er gähnte und kleidete sich langsam aus. Noch vor der Dämmerung würde ihn die Glocke wecken – wie immer viel zu früh.

XXIV

...eine gewisse Zeit verging, während Candar unter einer erbarmungslosen Sonne und einem wolkenlosen Himmel schmachtete. Der große Regen aber, den Creslin gebändigt hatte, verwandelte unterdessen das Wüstenland von Recluce in die grüne Insel, als die wir es heute kennen.

Sogar die Flagge, die von den Schwarzen als Wahrzeichen von Recluce aufgezogen wurde, war dunkel, denn sie zeigte eine schwarze Klinge und eine schwarze Rose, die einander überkreuzten und dem Betrachter zeigten, wie Creslin und Megaera im Herzen und Geiste zueinander standen.

Aber trotz des Regens und all der Münzen und der Schiffe, die durchs Ostmeer pflügten, um unter der Flagge von Recluce Waren herbeizuschaffen, war die Insel verflucht und die Menschen hungerten.

Und wieder schlug der Schwarze Anführer von Recluce zu und ließ einen schwarzen Hammer von Stürmen herunterfahren, dass die Schiffe in der Großen Nordbucht in einem

Nebel fuhren, der den Tag zur Nacht werden ließ. Während das Volk von Lydiar sich in der Dunkelheit ängstigte, beschwor Creslin immer neue Stürme herauf.

Zerstörung regnete auf Lydiar herab, und als dieser Regen jeden Flecken der Stadt heimsuchte, nahm sich Creslin mit seinen Kräften alle Schiffe und Waren im Hafen und alle Goldstücke in der Stadt und alle Lebensmittel in den Speichern und alle getrockneten Früchte und alles Fleisch in den Lagerhäusern.

Lachend kehrte der Schwarze Hexer nach Recluce zurück, wo er und die böse Megaera sich an den geplünderten Schätzen ergötzten und alles unter den Menschen dort aufteilten. Alles außer den Schiffen, die Creslin bewaffnete und mit Schutzzaubern der Ordnung panzerte, um sie auszuschicken und auf allen Meeren der Welt Tribut für Recluce einzufordern…

Die Farben der Weiße
(Handbuch der Gilde von Fairhaven)
Vorwort

XXV

»Und, habt Ihr noch weiteren Bauern Plaketten verkauft?« Kinowin stand mit dem Rücken zum Fenster und begrüßte den jungen Magier mit einem schiefen Grinsen.

»Ja, Ser. Noch einmal sechs Stück bisher. Nur einer von ihnen hatte zuvor schon einmal eine Plakette an seinem Wagen gehabt.«

»Gab es noch weitere Zwischenfälle wie den mit der Bauersfrau?« Der Obermagier rieb sein Kinn, die Fingerspitzen näherten sich dem purpurnen Mal auf der linken Wange.

Cerryl schüttelte den Kopf. Er wünschte immer noch,

er hätte die alte Frau nicht verbrennen müssen, aber andererseits wusste er doch, dass er keine Wahl gehabt hatte.

Kinowin kam zum Tisch, an dem Cerryl saß, dann drehte er sich wieder zu dem blauen und purpurnen Wandbehang um. Nach kurzem Schweigen sagte er: »Wie war Euer spätes Abendessen mit Anya?«

»In gewisser Weise beunruhigend.«

»Warum habt Ihr die Einladung überhaupt angenommen?«

»Ich dachte, es sei keine gute Idee, sie zu erzürnen.«

Kinowin lächelte belustigt. »Sie ist über alles erzürnt, was ihre Pläne durchkreuzt. Das wisst Ihr ganz genau, nicht wahr?«

»Deshalb habe ich die Einladung angenommen. Ich werde sie früher oder später vor den Kopf stoßen müssen, aber ich würde es vorziehen, wenn es vorläufig noch nicht dazu kommen müsste.«

»Da Ihr nicht mit ihr ins Bett gegangen seid – hat sie mit Euch über ihre Paradoxie gesprochen? Aber eigentlich ist es gar nicht ihre eigene. Genau genommen gehen diese Überlegungen auf den ersten Schwarzen Engel zurück, auf Ryba. Ich finde es ausgesprochen symbolträchtig, dass...«

Cerryl schluckte. Wollte Kinowin ihm tatsächlich sagen, dass Anya die Worte des ersten Schwarzen Engels gebrauchte – der Gründerin von Westwind und der Urheberin all seiner Verbrechen? »Sie erwähnte, Myral könne die Zukunft sehen. Ist es dies, was...«

Kinowin nickte und zitierte mit Fistelstimme: »Vielleicht lassen wir seine Visionen gerade dadurch eintreten, dass wir ihre Verwirklichung zu verhindern suchen.«

Cerryl zuckte unwillkürlich zusammen.

»Wirklich beeindruckend«, fuhr Kinowin mit seiner normalen Stimme fort. »Sogar ich bin anfangs darauf hereingefallen.«

Cerryl konnte sich nicht vorstellen, dass Kinowin überhaupt auf irgendetwas hereinfiel.

»Es ist ja in der Tat ziemlich verwirrend. Wie kann man wissen, ob eine Vision wahr ist? Wenn sie nicht stimmt und Ihr arbeitet gegen sie, sorgt Ihr dann dafür, dass sie dennoch wahr wird? Oder… wenn sie wahr ist und Ihr widersetzt Euch ihr, tut Ihr dann nicht das Gleiche? Denn… wenn man etwas verändern kann, wie können dann Visionen existieren?«

Der junge Magier schauderte. »Hatte Ryba etwa ebenfalls…?«

»O ja. Wenigstens, wenn man dem *Buch Ayrlyn* Glauben schenken kann. Manche nennen es auch Rybas Fluch.«

»Ich dachte, es sei ein verbotenes Buch.«

»Das ist es auch… aber das gilt nicht für Mitglieder der Gilde. In ein oder zwei Jahreszeiten werde ich es Euch lesen lassen. Ihr seid noch nicht ganz so weit.«

»Meint Ihr, es sei voller Lügen, aber ich hätte noch nicht genug Wissen, um die Lügen als solche zu erkennen?«

»Nein. Es ist voller Wahrheiten, und Ihr werdet Mühe haben zu erkennen, wieso Wahrheiten manchmal Lügen sein können.« Kinowin schnaubte leise. »Das war schon immer unser Problem in der Gilde.« Er riss sich vom Wandbehang los und ging zum einsamen Bücherregal hinüber. Dabei schritt er durch den goldenen Lichtbalken, in dem weißgoldene Flocken von Chaos-Staub flimmerten. »Tatsachen sind Tatsachen, auf feste Steine kann man bauen.« Der Obermagier hatte das Bücherregal erreicht und zog einen Band heraus, schob ihn aber sogleich wieder zurück. »Seht Ihr dieses Buch? Das ist es.« Er lachte. »Sterol und Jeslek würden sich vor Lachen biegen, wenn sie hörten, wie der grobe, einfach gestrickte Kinowin über die Wahrheit redet. Ich muss ja sogar selbst lachen. Was ist die

Wahrheit? Oh, die Philosophen haben natürlich viele Antworten und schöne Worte für Euch. Aber was niemand zugeben will – besonders Myral nicht –, ist die Tatsache, dass es etwas wie die reine Wahrheit nicht gibt. In diesem Punkt hat Anya Recht. Wir glauben an Dinge, die wir für richtig halten, und nennen sie die Wahrheit. Die Schwarzen halten es nicht anders.«

Cerryl riss die Augen auf.

»Ich sage nicht, dass ich den Schwarzen glaube und vertraue. Sie haben indirekt mehr Blutvergießen verursacht als Fairhaven mit all seinen Lanzenkämpfern. Sie reden von Frieden und Ordnung, aber Recluce wurde mit der Klinge des größten Schwertkämpfers und Wetter-Magiers aller Zeiten gegründet, und bis auf den heutigen Tag hat kein Zweiter so viele Menschen im Namen von Frieden und Ordnung umgebracht.«

Cerryl wartete, was noch kommen würde.

»Männer und Frauen sind nicht vollkommen, das habt Ihr selbst schon gesehen. Anya hat Euch sicherlich erzählt, dass die meisten Menschen sich vom Leben Reichtum oder Macht oder einen schönen Körper im Bett versprechen.« Kinowin schüttelte den Kopf. »Auch damit hat sie Recht. Das ist genau das, was die meisten Menschen wollen. In einem Punkt stimme ich allerdings mit Anya nicht überein, denn ich bin der Ansicht, dass die Mitglieder der Gilde nicht wie ›die meisten Menschen‹ sein sollten, und dieser Unterschied ist die Grundlage, auf der die Gilde ruht.« Der Obermagier räusperte sich. »Wusstet Ihr, dass es im alten Cyador, im ersten Weißen Land westlich der Westhörner, Hauptstraßen gab, die noch prächtiger waren als unsere? Es gab dort Feuerwagen, die unermüdlich auf den Straßen fuhren, und Feuerschiffe, mit denen sie die Meere beherrschten. Selbst die ärmsten Bauern hatten Häuser mit Öfen und Wasserpumpen im Hof. Und die Schwarzen entfesselten das Chaos und zerstörten Cyador. Sie nennen sich Hüter der Ordnung, aber sie haben das Chaos benutzt, um das größte Land zu zerstören, das es je in Candar gegeben hat.«

»In *Die Farben der Weiße* steht etwas darüber«, gab Cerryl ruhig zurück.

Kinowin ging wieder zum Fenster und schaute zur Stadt hinaus, die im Nachmittagslicht lag. »Die Vorstellung, irgendetwas sei die ›Wahrheit‹, ist eine der gefährlichsten Ideen, auf die ein Herrscher überhaupt kommen kann. Das einzige Problem ist, dass die Behauptung, es gebe so etwas wie die Wahrheit überhaupt nicht, noch viel schlimmer ist. Dann hätten die Menschen keinen Halt und nichts mehr, woran sie glauben können.« Kinowin drehte sich zu Cerryl um. »Ihr hört meine Worte, aber Ihr versteht sie nicht. Nicht wirklich.«

Cerryl wusste nicht, was er darauf erwidern sollte.

»Hat Eure Freundin, die Heilerin, Euch schon gesagt, was sie außer dem Heilen sonst noch tut?«

»Nein. Sie ist noch in Certis.«

»Das weiß ich. Ich meinte vorher.« Kinowin veränderte seine Position ein wenig, bis er aus dem Fenster sehen und gleichzeitig Cerryl beobachten konnte.

»Verschiedene Dinge… Wasserkanäle inspizieren, Schlafzauber bei Gefangenen einsetzen…« Cerryl runzelte die Stirn. »Sonst fällt mir nichts ein.«

Kinowin drehte sich wieder ganz zu Cerryl herum. »Könnt Ihr wahrlesen?«

»Wahrlesen?«

»Wahrlesen ist nicht der richtige Ausdruck, aber so nennen es alle. Könnt Ihr erkennen, wenn jemand etwas sagt, das er für die Wahrheit hält, oder wenn seine Worte nicht zu den Strömen von Chaos und Ordnung in ihm passen?«

Sollte er es Kinowin verraten? Cerryl zuckte mit den Achseln. Wenn Kinowin spüren konnte, was in Cerryl vorging, dann wusste der Obermagier sowieso schon Bescheid. »Meistens ja.«

»Das wird reichen. Eure Fähigkeiten sind am Tor verschwendet. Ihr müsst mehr darüber lernen, wie Fairhaven wirklich funktioniert. Myral und ich haben bereits darüber gesprochen.«

Cerryls Magen krampfte sich zusammen.

»Was wisst Ihr über die Stadtwache?«

»Nicht sehr viel. Sie sorgt dafür, dass die Leute friedlich bleiben und liefert die Gefangenen für die Aufräumarbeiten am Tor.«

»Ihr müsst bei der Stadtwache arbeiten. Ihr habt die richtigen Fähigkeiten dafür und Isork könnte einen weiteren Magier gebrauchen. Er und Huroan haben nur neun Magier, das reicht bei weitem nicht aus.«

»Was… was soll ich tun?«

»Morgen wird Euer letzter Tag am Tor sein. Am folgenden Morgen meldet Ihr Euch bei Isork. Die Hauptwache ist das zweistöckige, gedrungene Gebäude gegenüber vom *Goldenen Widder.* Isork wird Euch erwarten.«

»Ja, Ser.«

Kinowin schüttelte den Kopf und deutete zur Tür. »Ihr könnt jetzt gehen. Ich würde aber niemandem etwas über unser Gespräch erzählen. Sterol weiß, was ich denke, und stimmt teilweise mit mir überein. Jeslek und Anya werden es gegen Euch verwenden, wenn sie glauben, der richtige Zeitpunkt sei gekommen. Mir können sie nichts anhaben.«

Cerryl verstand, was Kinowin nicht gesagt hatte – dass keiner der jüngeren Magier es verstehen würde. Er war nicht einmal sicher, ob er es selbst verstanden hatte.

Als er langsam die Treppe zur Eingangshalle hinunterging, holte er tief Luft. Aus Kinowin wurde er einfach nicht schlau. Anya – es war klar, dass sie als eine der wenigen Frauen in der Gilde nach Macht strebte. Aber warum machte Kinowin sich seinetwegen solche Gedanken? Jedes Jahr wurden zwischen fünf und zehn neue Magier in die Gilde aufgenommen. *Macht er sich Gedanken, weil du ihn an seine eigene Jugend erinnerst? Oder weil auch er als junger Mann viele Fragen hatte, auf die er keine Antwort wusste? Fragen ohne Antworten? Und warum hat er nicht die Frage beantwortet, was man tun sollte, wenn man in einer Vision etwas kommen sieht? Weil es keine Antwort darauf gibt?*

Cerryl schürzte die Lippen und ging weiter.

XXVI

Im schräg einfallenden Morgenlicht trat Cerryl durch die weiße Eichentür ins Gebäude der Stadtwache. Zwei Wächter standen links und rechts in der Eingangshalle. Sie trugen die gleichen Uniformen wie die Lanzenreiter, zusätzlich aber einen breiten roten Gürtel und neben dem Kurzschwert einen Knüppel.

»Ser?«, fragte der Wächter auf der rechten Seite. Er hatte einen kurzen, weiß durchsetzten Bart.

»Ich soll bei Isork, dem Kommandanten der Stadtwache, vorsprechen.«

»Wen darf ich ihm anmelden, Ser?«

»Ich bin Cerryl. Obermagier Kinowin schickt mich.«

»Einen Augenblick.« Der Wächter nickte. »Ich sage Kommandant Isork sofort Bescheid.« Er drehte sich um, ging einen kurzen Flur entlang und klopfte an eine Tür, um gleich darauf das Zimmer zu betreten.

Cerryl sah sich in der Eingangshalle um. Es war ein rechteckiger, kahler Raum, höchstens zehn Ellen breit. Zwei Flure zweigten von ihm ab. An einer Seitenwand standen zwei einfache Eichenbänke ohne Lehnen. Dem Eingang gegenüber war eine verschlossene Doppeltür in die Wand eingelassen. Der Boden bestand aus glattem, blank poliertem Granit, der zu einem stumpfen Grau verblasst war. Das einzige Licht kam von den Fenstern rechts und links neben der Tür.

Der Wächter kam wieder aus der Tür am Ende des kurzen Flurs. »Hier entlang, Ser.«

»Danke.« Cerryl nickte, ging den Flur hinunter und betrat das kleine, höchstens sechs mal zehn Ellen große Zimmer. Isork, ein breitschultriger und muskulöser Mann mit aufgedunsenem Gesicht, saß am Schreibtisch. Ein freier Stuhl stand auf der anderen Seite davor, an der linken Wand hing ein Bücherregal mit vier Brettern. Ein Stapel Pergamente, ein Tintenfass, ein Ständer für die Federkiele und ein Buch befanden sich auf dem zerkratzten, geölten Schreibtisch.

»Cerryl, Ser. Ich soll mich bei Euch melden.«

Isork sah Cerryl an, bedachte ihn mit einem langen, scharfen Blick aus braunen Augen, die seine Gedanken nicht verrieten, und deutete schließlich auf den freien Stuhl. »Setzt Euch. Ihr seid mir eigentlich etwas zu jung und zu schmächtig für den Dienst in der Stadtwache.« Der pummelige, breitschultrige Magier schüttelte den Kopf. »Kinowin sagt, Ihr seid ein Waisenkind. Ist das richtig?«

»Ja, Ser.«

»Auf der Ratssitzung habt Ihr mich nicht ›Ser‹ genannt.«

»Dort sollte ich auch nicht für Euch arbeiten.«

Der pummelige Magier lächelte leicht. »Außerhalb des Dienstes meint Ihr also, Ihr wärt allen anderen Magiern gegenüber gleichberechtigt?«

»Nein, Ser, keineswegs. Wahrscheinlich bin ich besser als manche und nicht so gut wie andere.«

»Und was ist mit mir?«

»Das weiß ich nicht, Ser. Ich würde sagen, Ihr müsst besser sein als ich, aber ich weiß es nicht.« Cerryl hatte das Gefühl, er müsse auf jeden Fall aufrichtig sein, so unbequem es auch war.

Isork schüttelte noch einmal den Kopf. »Wer hat Euch aufgezogen?«

»Meine Tante und mein Onkel. Er war ein Meister-Bergmann, bevor das Bergwerk geschlossen wurde.«

»Wo leben sie?«

»Sie sind beide tot, Ser. Ich habe dann als Helfer in einer Mühle in Hrisbarg gearbeitet.«

Das schien Isork nicht uninteressant zu finden. »Wie seid Ihr denn nach Fairhaven gekommen?«

»Ich habe die Tochter des Müllers überredet, mir das Lesen beizubringen, und nach ein paar Jahren hat mich der Meister nach Fairhaven zum Schreiber Tellis in die Lehre geschickt.«

»Und einer der Magier, die bei Tellis ihre Bücher kaufen, entdeckte Eure Begabung?«

»Ja, Ser.«

»Hmm… Kinowin sagt, Ihr wärt nicht der Stärkste der jüngeren Magier, aber doch stark genug, und Ihr hättet Eure Feuerkugeln besser als viele andere unter Kontrolle. Stimmt das?«

»Ich weiß nicht, wie es um die Kontrolle der anderen bestellt ist, aber ich kann meine schicken, wohin ich sie schicken will.« Cerryl hielt inne. »Es sei denn, das Ziel ist mehr als hundert Ellen entfernt. Dann treffe ich nicht immer genau, was ich will.«

»Wann habt Ihr jemals Feuerkugeln über eine so große Entfernung geschleudert?«

»Als ich noch in der Ausbildung war und mit Jeslek nach Gallos zog. Wir wurden von zwanzig Zügen gallischer Lanzenkämpfer angegriffen.«

Wieder nickte Isork. »Und Ihr habt einige getötet?«

»Ich weiß von ungefähr einem halben Zug.«

»Kinowin sagte, Ihr hättet bei Eurer Wache am Tor ein paar Leute eingeäschert. Habt Ihr schon einmal einen Mann mit einer Klinge oder einem Speer angegriffen?«

»Sogar drei, Ser. Es war in meiner Dienstzeit beim Abwasserkommando. Zwei trugen Eisenschilde und Schwerter, der Dritte einen Speer aus Neusilber.«

»Alle gleichzeitig?« Isork hob erstaunt die Augenbrauen.

»Nein, Ser. Zuerst die beiden mit den Eisenklingen, kurz darauf den Mann mit dem Speer.«

Isork lächelte nachdenklich. »Wissen noch andere Magier davon?«

»Myral, Sterol und Kinowin. Einige andere könnten es inzwischen erfahren haben. Ich weiß nicht, was weitererzählt worden ist.«

»Ihr habt es von Euch aus niemandem erzählt?«

Cerryl runzelte die Stirn. »Ich glaube, ich habe mal mit Lyasa und Faltar darüber gesprochen, aber ich habe keine Einzelheiten erwähnt.«

»Nun... Kinowin hatte ein gutes Gefühl bei der Sache und gewöhnlich hat er Recht. Ihr seht einfach nicht aus wie ein Magier der Stadtwache. Nicht einmal in meinen Augen. Aber Ihr fühlt Euch an, als könntet Ihr Eure Sache gut machen. Ihr habt Eure Chaos-Kräfte stark zurückgedrängt, als hättet Ihr keine große Macht, aber ich kann die Schilde spüren. Ihr haltet die Energie von Eurem Körper fern, nicht wahr?«

»Ja, Ser. Myral hat angedeutet, dass es gesünder sei.«

»Das ist es. Die meisten arbeiten nicht hart genug, um zu lernen, wie man es machen muss. Warum habt Ihr es gelernt?«

»Ich komme nicht aus Fairhaven.«

»Und Ihr kommt aus keiner reichen oder angesehenen Familie.« Isork sah den schlanken Magier nachdenklich nickend an. »Genau wie Kinowin. Ihr müsst besser sein als die anderen.«

Cerryl wartete.

»Nun gut, Ihr seid geeignet, und beim Licht, gute Stadtwachen-Magier sind schwer zu finden. Die eine Hälfte will alles einäschern, was sich bewegt, die zweite Hälfte wartet, bis es zu spät ist.« Isork lehnte sich ein wenig zurück. »Was ist die Stadtwache? Niemand weiß es, aber alle glauben es zu wissen. Unsere Aufgabe ist einfach und schwer zugleich. Wir sind die Strolche, die in Fairhaven den Frieden hüten, und wir tun alles, was nötig ist, damit die Stadt friedlich bleibt. Die wichtigsten Regeln sind wirklich sehr einfach. Niemand darf in der Stadt die Klinge blank ziehen, mit Ausnahme der Dolche beim Essen oder dem Vorzeigen einer Klinge beim Verkauf. Die Schermesser der Gerber sind ebenfalls ausgenommen. Wenn ein Draufgänger die Klinge zieht, wird er gewarnt. Steckt er sie nicht wieder weg, wird er zu Asche verbrannt.

Niemand greift die Patrouille an, es sei denn mit Worten – sonst wird er in Asche verwandelt. Wenn wir einen Streit mitbekommen, versuchen wir zu schlichten. Der Magier – also Ihr – entscheidet, wer der Schuldige ist. Ihr könnt wahrlesen, oder?« Isork sah Cerryl fragend an.

»Ich kann es gewöhnlich spüren, wenn jemand die Wahrheit sagt.«

»Gut. Wenn es Fragen gibt, was vor allem in der Anfangszeit durchaus möglich ist, könnt Ihr Huroan oder mich rufen. Die meiste Zeit gibt es aber keine Fragen. Das größte Problem ist, wenn ein Mann seine Frau in der Öffentlichkeit schlägt. Wenn Ihr ihn einäschert oder aufhaltet und zum Straßenbau schickt, könnte seine Familie darunter leiden. Tut Ihr es nicht, wird er früher oder später sie oder ein Kind töten oder verstümmeln, so dass es besser gewesen wäre, den Mann sofort umzubringen.«

Cerryl hob die Augenbrauen.

»Manchmal legen wir die Regeln etwas großzügig aus. Dadurch bekommen wir Gefangene für die Abfallwagen und die Aufräumtrupps an den Toren. So oder so spricht sich herum, dass die Regeln befolgt werden müssen.«

»Funktioniert es?«

»Soweit ich sehen kann… in mehr als der Hälfte der Fälle wirkt es, ja. Wenn ein Kerl nicht einsichtig ist… nun ja, manchmal kommt die Familie auch ohne ihn zurecht und wenigstens hat sie ihn dann überlebt.

Wichtig ist noch, dass die Stadtwache auch Recht spricht, jedenfalls bei kleineren Streitigkeiten. Dafür haben wir die Kammer.« Isork deutete zur weißen Eichentür links neben sich. »Manchmal streiten sich die Leute und kommen zu mir und bitten Huroan oder mich, ihnen zuzuhören. Wir wahrlesen sie und versuchen, die Angelegenheit zu klären. Meist sind die Leute nur unterschiedlicher Meinung, ohne dass einer von beiden lügt. Wenn sie das herausfinden, brauche ich eigentlich nur zuzuschauen, und sie finden von selbst eine Lösung.« Ein verschlagenes Lächeln zog über das Gesicht des Patrouillenkommandanten. »Wir haben hier nicht viele Lügner und die meisten kommen nicht aus Fairhaven.«

»Was macht Ihr mit den Lügnern?«

»Wenn sie es zugeben… und den Schaden wieder gutmachen… geschieht ihnen nichts. Wenn sie auf der Lüge beharren… nun… dann kommen sie zum Straßenbau.«

»Auch die reichen Kaufleute?«

Isork verzog angewidert das Gesicht. »Sie können hundert Goldstücke Kaution hinterlegen, bis der Erzmagier die Angelegenheit noch einmal überprüft hat. Meist bedeutet dies, dass sie in der Zwischenzeit aus Fairhaven fliehen.« Der Mann lächelte wieder. »Aber… wenn sie nicht binnen einer Jahreszeit zurückkommen und sich dem Urteil des Erzmagiers unterwerfen, verlieren sie das Geld, und wenn sie dann später wieder hier auftauchen und wir finden sie, kommen sie zum Straßenbau und nicht einmal der Erzmagier würde es verhindern.«

Cerryl nickte. *Und der Straßenbau bedeutet gewöhnlich lebenslängliche, harte Plackerei beim Bau der Weißen Hauptstraßen.* So viel war ihm inzwischen bewusst.

»Wir können natürlich nicht wissen, was die Leute in ihren Wohnungen tun, aber Geschäfte, Plätze, Straßen, Läden, Gaststätten, Ställe – alle öffentlich zugänglichen Orte – werden von der Stadtwache kontrolliert. In den ersten Achttagen werdet Ihr mit dem besten Offizier, den wir haben, auf Streife gehen. Er heißt Duarrl. Es gibt nur eine Regel – wenn er Euch bittet, jemanden einzuäschern, dann tut es. Er wird Euch nicht bitten, wenn er nicht einen sehr guten Grund dafür hat.« Isork lächelte. »Es kommt nicht oft dazu, aber ich möchte, dass Ihr dies versteht. Außerdem gibt es in der Stadtwache keinen öffentlich ausgetragenen Streit. Versteht Ihr? Gebt also bitte keine dummen Befehle. Eure Wächter werden nicht mit Euch streiten, aber sie werden vielleicht Vorschläge machen. Hört auf sie.«

»Ja, Ser.«

»Wir setzen keine jungen Lanzenkämpfer als Wächter ein. Es gibt keinen Wächter, der nicht mindestens fünfundzwanzig Jahre alt wäre. Das bedeutet, dass Ihr der jüngste Mann in der Stadtwache seid. Stört Euch das?«

»Nein, Ser. Ich hoffe, es wird die Wächter nicht stören.«

»Noch etwas. Es gibt Regeln, die den Frieden in der Stadt betreffen, es gibt Regeln für Wächter und Regeln für Magier der Stadtwache. Sie sind hier niedergeschrieben.« Isork hob ein dünnes Buch. »Wenn Huroan oder ich feststellen, dass ein Stadtwachen-Magier die

Regeln gebrochen hat, entscheidet der Rat über Disziplinarmaßnahmen. Habt Ihr das verstanden?«

Cerryl nickte. Er wollte ganz gewiss keine Regeln brechen, wenn Sterol und Jeslek über die Strafe zu entscheiden hatten.

»Gut.« Isork nickte, hob noch einmal das dünne Buch und reichte es Cerryl. »Lest heute so viel wie möglich. Kommt morgen früh in der Dämmerung hierher. In den ersten beiden Achttagen übernehmt Ihr mit Duarrl die Morgenstreife. Da ist es meist ruhig, und auf diese Weise könnt Ihr lernen, Euch in Eurem Stadtviertel zurechtzufinden. Ihr seid für den Südosten zuständig, dort kommt es zu den meisten Zwischenfällen.«

Als er das dünne Buch an sich nahm, überlegte Cerryl, warum man ihm den unruhigsten Stadtteil gab, aber er schwieg.

»Fragt Ihr Euch, warum Ihr ausgerechnet den Südosten bekommt?« Wieder spielte ein verschlagenes Lächeln um Isorks Lippen. »Dort leben die ärmeren Händler und die ärmeren Leute. Es gibt dort öfter Streit, aber die Stadtwache wird respektiert. Die Leute haben nicht viel Geld. Oben im Nordwesten… nun… in einem Gebiet, wo raffinierte Kaufleute unterwegs sind, sollte sich ein junger Magier der Stadtwache besser nicht blicken lassen, solange er nicht einige Erfahrungen gesammelt hat.«

»Sind die Magier der Stadtwache eigentlich den ganzen Tag auf der Straße unterwegs?« Cerryl konnte sich nicht erinnern, überhaupt einmal einen Magier bei einem Streifengang gesehen zu haben.

»Nein. Sobald Ihr Euren Bezirk kennt, bleibt Ihr in Eurer Wachstube, genau wie ich hier bleibe. Auf diese Weise wissen Eure Streifen, wo Ihr zu finden seid. Ihr habt zehn Streifen zu je vier Männern unter Euch und Ihr bleibt in der Wachstube als Rückendeckung, damit Ihr im Notfall Euren Männern beispringen könnt. Vergesst das nicht. Ihr bekommt eine Abteilung Wächter zugeteilt, genau wie ich hier, und einen Boten, den Ihr im Notfall zu mir schicken könnt und der in Euren Bereitschaftsnächten weiß, wo Ihr zu finden seid.«

»Bereitschaft?«

»Oh... das habe ich wohl vergessen. Wenn Ihr die Nachmittagsschicht übernehmt – sie dauert genau genommen vom Spätnachmittag bis in den späten Abend –, habt Ihr gleichzeitig Bereitschaftsdienst. Das bedeutet, dass der Bote wissen muss, wo Ihr schlaft... oder esst oder was auch immer Ihr sonst tut. Nach Mitternacht passiert meist nichts mehr, aber Ihr solltet trotzdem dort sein, wo er Euch vermutet.« Isork lachte. »Der Stadtwache ist es ziemlich egal, bei wem Ihr seid, solange der Bote Euch nur rasch finden kann. Das bedeutet, dass Ihr die Stadt nicht verlassen dürft und Euch am besten in der Nähe Eures Bezirks aufhalten solltet. Die meisten Magier zeigen dem Boten einfach, wo ihre Unterkunft ist, und da sind sie dann auch zu finden.«

Cerryl nickte und dachte bei sich, dass seine Hauptaufgabe in letzter Zeit anscheinend darin bestand, stumm zu nicken.

»Noch etwas... ich möchte wetten, dass Kinowin es nicht erwähnt hat. Ihr bekommt pro Achttag ein Goldstück extra – und Ihr werdet Euch jedes Kupferstück verdient haben.« Isork stand auf. »Morgen früh in der Morgendämmerung.«

»Ja, Ser.«

»Ihr nennt mich Isork, die Obermagier und den Erzmagier ›Ser‹. Niemanden sonst in der Gilde. Und Ihr nennt jeden, dem Ihr dienstlich begegnet, ›Ser‹. Ist es nicht eine seltsame Welt?« Das schiefe Grinsen verschwand. »Bis morgen dann.«

Cerryl verkniff sich jede Bemerkung und jede Regung, während er das Gebäude der Stadtwache verließ und zum Platz der Magier ging. Als er sich ein Stück entfernt hatte, öffnete er das Buch und las den Titel: *Über den Stadtfrieden.*

Ein Buch, das Myrals Werk über die Abwasserkanäle ähnelte? Oder ging es um Philosophie wie in *Die Farben der Weiße*? Oder standen tatsächlich klar umrissene Regeln in dem Buch? Hatte die Gilde denn für alles und jedes ein eigenes Handbuch?

Er klappte das Buch zu und holte tief Luft.

XXVII

Duarrl war einen Kopf größer als Cerryl und um die Hälfte breiter. Sein Gesicht war glatt rasiert, er hatte braunes, grau meliertes Haar und dünne Augenbrauen, die über der Nase zusammenliefen. Obwohl die weiße Jacke und der rote Gürtel über dem mächtigen Körper beinahe zu platzen schienen, hatte der Mann ein langes, schmales Gesicht. Er stand neben Cerryl in Isorks Schreibstube. Der Kommandant wartete hinter dem Schreibtisch, den ein Federkiel, ein Tintenfass und ein neuer Stapel Papiere und Dokumente zierten.

»Duarrl, das ist der Magier Cerryl«, erklärte Isork. »Er ist noch etwas jung, aber Kinowin sagt, er sei begabt. Er hat im letzten Herbst in den Abwasserkanälen die Schmuggler getötet, die mit Eisenklingen und Schilden bewaffnet waren.«

Duarrl nickte knapp. »Gut. Ein Magier, der nicht mit Eisen umgehen kann, nützt der Stadtwache nicht viel.«

»Außerdem hat er in Gallos an einer Schlacht teilgenommen und beinahe einen Zug purpurner Lanzenkämpfer getötet.«

»Die konnte ich noch nie leiden«, brummte Duarrl.

»Wie ich Euch sagte, wird er Fylker die Frühschicht abnehmen. Wir setzen Fylker auf den Nachmittag, damit Huroan und ich nicht ständig hier sein müssen.«

»In Ordnung.« Duarrl lächelte. »Das wird uns alle etwas entlasten.«

Isork breitete einen Stadtplan auf dem Schreibtisch aus. »Es sieht aus wie die Karte der Abwasserkanäle. Ich bin sicher, dass Ihr Euch schnell zurechtfinden werdet.«

Cerryl nickte, beugte sich vor und betrachtete die roten Linien, mit denen die Stadt in vier Bezirke eingeteilt wurde. Die Linie, die von Norden nach Süden verlief, entsprach der Hauptstraße. Vom Platz der Magier aus verlief eine weitere Linie nach Osten und Westen.

»Ihr müsst Euch, während Ihr im Dienst seid, einen anderen Gasthof zum Essen suchen«, meinte Isork grinsend. »Der *Goldene Widder* liegt zwar nur auf der anderen Straßenseite, aber trotzdem außerhalb Eures Bezirks. Hier ist die Wache.« Er deutete auf ein Haus.

Soweit Cerryl es sehen konnte, lag die Wache zwei Straßen südlich und fünf Straßen östlich von Arkos' Gerberei.

»In Eurem Bezirk sind die meisten Gerber, ein paar Blechschmiede und Kupferschmiede und auch sonst von allem etwas, abgesehen von den großen Häusern der reichen Kommissionäre. Ihr solltet Euch dort bald so gut auskennen wie in Eurer eigenen Geldbörse. Es könnte auch nicht schaden, wenn Ihr hin und wieder mal das Spähglas benutzt. Setzt es lieber ein, bevor Ihr dazu gezwungen werdet.« Isork wandte sich an Duarrl. »Gibt es sonst noch etwas?«

»Nun… da sind ein paar Hitzköpfe im südöstlichen Bezirk… wir rufen sie zur Ordnung und lassen ihnen einen Augenblick Zeit, damit sie erkennen, dass wir die Stadtwache sind. Das macht uns allen das Leben etwas leichter.«

»Sie respektieren die Stadtwache, aber sie brauchen manchmal einen Augenblick, um sich zu vergewärtigen, dass sie Ärger bekommen könnten?«, fragte Cerryl.

»So ist es, Ser. Und die Jungs… nun ja, es nützt ja nichts, jemanden in Stücke zu säbeln oder Euch zu drängen, ihn einzuäschern, wenn es nicht wirklich nötig ist.«

Kurz und gut, schau genau hin und denk nach, ehe du Feuerkugeln schleuderst. Cerryl nickte.

»Cerryl… noch ein Wort, während Duarrl mit den Leuten spricht.« Isork räusperte sich und wandte sich an Duarrl. »Ihr könnt den Leuten schon sagen, dass er Euch begleiten wird… wie immer Ihr es für nötig haltet.«

»Ja, Ser.« Duarrl nahm Haltung an.

Isork rollte die Karte zusammen. Als Duarrl die Tür hinter sich geschlossen hatte, lächelte der Kommandant der Wache. »Eigentlich gibt es nicht viel zu sagen. Ihr seid nur noch hier, damit er den Leuten in Ruhe sagen kann, was ich ihm aufgetragen habe. Er soll den Männern erklären, dass Ihr gegen Eisen gekämpft und eine echte Schlacht geschlagen habt, dann fühlen sie sich besser. Es wäre nicht nötig, wenn…«

»Wenn ich eher wie Ihr oder wie Kinowin aussehen würde?«

Isork nickte. »Stimmt es eigentlich, dass Ihr Euch gegen Jeslek gestellt habt?« Der Kommandant der Wache lächelte schief. »Das wissen nicht viele… aber ich habe mit Kinowin gesprochen.«

Nach kurzem Zögern nickte Cerryl. »Es wäre mir lieber, wenn es nicht weithin bekannt würde… es sei denn, Ihr haltet es für wichtig.«

»Niemand hier außer mir muss es wissen.« Isork stand auf. »Es gibt da noch eine Sache, die ich bisher nicht erwähnt habe. Es dürfte aber kein Problem sein, da Ihr bei einem Schreiber in der Lehre wart. Der Magier der Wache muss den Tagesbericht schreiben. Ihr müsst dies erledigen, bevor Ihr Eure Schicht beendet, und den Bericht mit einem Boten herschicken. Aber damit sollt Ihr erst anfangen, wenn Ihr die Schicht wirklich übernehmt. In den nächsten zwei Achttagen sollt Ihr zunächst einmal alles lernen, was es über den südöstlichen Bezirk zu lernen gibt – Ihr sollt jeden Gasthof, jeden Schnapsladen, jeden Stall und jedes Lagerhaus kennen. Und jeden Abwasserkanal, den Ihr nicht sowieso schon kennt.«

»Ja, Ser.«

Isork überlegte einen Augenblick und legte dann den Kopf schief. »Lasst uns gehen und die Morgenstreife begrüßen. Ich erwarte nicht, dass Ihr Euch sofort alle Namen merkt, aber gebt Euch Mühe. Von einem Magier der Stadtwache muss man erwarten können, dass er jeden Wachmann mit Namen und vom Aussehen her kennt.«

»Äh… acht Züge?«

»Ungefähr neun, weil noch die Wagenfahrer und Aushilfen dazugehören. Wir müssten eigentlich sogar zehn Züge haben, aber…« Isork zuckte mit den Achseln. »Es ist nicht leicht, gute Leute zu bekommen.«

Cerryl öffnete die Tür und wartete, bis Isork hinter dem Schreibtisch hervorgekommen war. Duarrl und vier Männer standen in lockerer Formation im Vorraum. Die vier Wachleute nahmen Haltung an, als Isork und Cerryl sich ihnen näherten. Isork fasste jeden der weiß uniformierten Männer kurz ins Auge, ehe er zu sprechen begann.

»Dies ist Magier Cerryl. Duarrl hat euch wohl schon von ihm erzählt. Ich will euch noch etwas sagen. Er wurde im Bergwerk erzogen und hat in einer Sägemühle gearbeitet.« Isork nickte Duarrl zu.

»Da wären wir dann, Ser.« Duarrl deutete auf einen

kleinen, schmalen Mann mit dunkelrotem Haar und einer gut verheilten Narbe über der linken Augenbraue. »Reyll.«

»Noyr.« Der nächste Mann wirkte vierschrötig, war sogar noch etwas kleiner als Cerryl, aber doppelt so breit. Er hatte pechschwarzes Haar und genauso schwarze Knopfaugen.

»Churk.« Churk lächelte breit, aber die blauen Augen unter dem kurzen, hellblonden Haar blieben unbeteiligt.

»Praytt.« Der letzte Wachmann sah Cerryl kurz an und wandte gleich wieder die grünen Augen ab, als nehme er eher wenig Anteil an seiner Umgebung.

»Also gut, wir gehen jetzt über die Straße, als wären wir im Einsatz, damit der Magier Cerryl sieht, wie wir uns im Ernstfall bewegen und damit ihr es nicht vergesst.« Duarrl grinste die vier Wachleute an. »Die ersten vier Blocks bleiben Noyr und Praytt vorne... Reyll nimmt die linke Seite, Churk die rechte.« Er nickte knapp und die vier marschierten zur Tür.

Isork sah Cerryl an und blickte dann zu Duarrl. Cerryl verstand den Blick – hör auf Duarrl und mach keine Dummheiten. Cerryl folgte Duarrl auf die Straße hinaus. Es war windig und die Luft hatte einen kalten Stich, ein Vorgeschmack der kühleren Tage, die im Spätherbst nach der Ernte kommen würden. Die sechs Männer warteten, bis ein Holzwagen vorbeigerumpelt war, ehe sie die geteilten Fahrbahnen der Hauptstraße überquerten. Auf der anderen Seite angekommen, lösten Reyll und Churk sich ein wenig von den anderen vier.

Cerryl war während seiner Dienstzeit in den Abwasserkanälen schon einmal hier gewesen, aber er war durch diesen Stadtteil gelaufen, ohne ihn sich näher anzuschauen. Jetzt versuchte er, alle Einzelheiten in sich aufzunehmen, die Duarrl ihm pausenlos erklärte.

»Vuyult… er verkauft Körbe und Stühle und andere aus Weidenzweigen geflochtene Dinge. Außerdem verkauft er die Zweige an Händler aus Kyphros… das lange Lagerhaus dort mit den grauen Balken… es gehörte früher mal Hefkek… bis der sich übernahm… dann musste er an zwei Brüder aus Biehl verkaufen… sie haben eine Mühle für verschiedene Dinge… stellen Farben her… Händler verkaufen sie woanders… Bawann… behauptet, es sind seine Töchter und Basen… sie sind jung geblieben, aber sein schwarzer Bart ist grau geworden… macht aber keinen Ärger und wir sollen ja nur den Frieden hüten. Was die Leute in ihren eigenen vier Wänden machen, geht uns nichts an…«

Cerryl nickte, auch wenn er sich fragte, ob nicht manchmal die Magier diese unsichtbare Grenze überschritten. Schließlich hatte er selbst überhaupt keinen Ärger gemacht. Dennoch hatte ihn die Gilde herausgepickt und hätte ihn zum Straßenbau geschickt, wenn sich nicht herausgestellt hätte, dass er als Magier eingesetzt werden konnte.

Duarrl blieb am Rande eines kleinen Platzes mit einem Springbrunnen stehen. Das Wasser sprudelte aus einer verkratzten, mehr als mannshohen Marmorvase. »Dies ist der alte Platz, das frühere Zentrum Fairhavens, bevor die ersten Weißen aus den Westhörnern flohen.« Der Wachoffizier lächelte halb entschuldigend. »Nicht, dass ich es sicher weiß, Ser, aber so erzählen es die Leute.«

»Vielleicht stimmt es«, sagte Cerryl. »Ich weiß nichts darüber, aber dies ist eine der Angelegenheiten, bei denen niemand einen Grund hätte, die Unwahrheit zu sagen.« Er sah sich auf dem beinahe verlassenen Platz um. Ein alter Mann saß auf der Sonnenseite des Springbrunnens. Er hatte sich eine mehrfach geflickte graue Decke über die Beine gelegt und die Augen geschlossen. Neben ihm lag ein hellbrauner Hund mit spitzen Ohren. Seine Nase zuckte, während er am Pflaster schnüffelte.

Eine Frau kam die schmale Straße östlich des Springbrunnens herunter. Sie ging gebeugt unter der Last der Weidenzweige, die sie trug. Ein Karren, der von einem kleinen Esel gezogen wurde, fuhr holpernd an ihr vorbei und näherte sich dem Platz. Auf der anderen Seite spielten zwei Jungen, die Cerryl nicht einmal bis zur Brust gereicht hätten, miteinander Ball.

»Hier leben brave Leute«, meinte Duarrl. »Die meisten kommen vom Land. Sie wohnen eine Weile hier in den Häusern am Platz, dann kehren sie wieder aufs Land zurück, wenn sie nicht genug Geld verdient haben, um ins Nordviertel zu ziehen.«

Ein düsterer, fast quadratischer Steinbau stand auf der anderen Seite des Platzes. Da er vorher vom Springbrunnen verdeckt gewesen war, wurde Cerryl erst jetzt auf ihn aufmerksam. Die Steine waren dunkelgrau, und so weit Cerryl die Mauern sehen konnte, waren sie glatt geschliffen. Nur an manchen Stellen waren hellgraue Scharten und Risse zu sehen, als wären die Steine von irgendetwas getroffen worden.

»Was ist das?«

»Oh... das ist eine Absteige für die Arbeiter, die vom Land in die Stadt kommen. Messil – er ist Praytts Vetter oder so – führt den Laden.«

»Und der dunkle Stein?«

»Ja, das... es heißt, das Gebäude sei vor vielen Jahren, bevor Fairhaven so wurde, wie es heute ist, einmal ein Schwarzer Tempel gewesen. Die Leute berichteten, zuerst hätten sie die Steine überhaupt nicht bewegen können. Messil meinte, es wäre eine Schande, das Gebäude nicht zu nutzen, und man könnte doch wenigstens Besucher von auswärts dort schlafen lassen. So hat er jetzt ein ruhiges Gästehaus.«

Ein Schwarzer Tempel in Fairhaven? Man sah sie nur

sehr selten. Was hatte es zu bedeuten, wenn man ausgerechnet in der Weißen Stadt einen früheren Schwarzen Tempel fand? Cerryl ließ die Sinne über das Gebäude schweifen, fand aber nur noch Spuren der Ordnung, mit denen das Gefüge einst verstärkt worden war. Es war nicht mehr als die Ordnung, die auch die Steine und das Mauerwerk auf der Großen Weißen Hauptstraße verstärkte.

»Wahrscheinlich war es wirklich ein Schwarzer Tempel«, sagte Cerryl nachdenklich.

»Kennt Ihr Euch denn in diesem Viertel aus, Ser?«, fragte Duarrl erstaunt.

»Südlich von Arkos' Gerberei weiß ich nicht mehr Bescheid. Ich war nur einmal am Platz der Töpfer in einem Laden, ich glaube, der Inhaber hieß Lwelter.«

»Der alte Lwelter ist vor einer Jahreszeit gestorben«, berichtete Duarrl.

»Ich bin seinem Sohn begegnet, aber an den Namen erinnere ich mich nicht mehr.«

»Flait. Er hat jetzt den Laden übernommen.«

Cerryl nickte. »Er war nicht gerade erbaut, als ich vor seiner Tür auftauchte.«

»Ich bitte um Verzeihung, Ser, aber es gibt nicht viele, die einen Weißen vor ihrer Tür sehen wollen, so sehr sie auch die Stadt lieben.«

»So habe ich auch mal gedacht«, gestand Cerryl lachend. »Auch ich hielt es früher für besser, den Magiern aus dem Weg zu gehen.«

»Dann habt Ihr nicht damit gerechnet, selbst ein Magier zu werden?«

»Nein. Ich hielt es für ausgeschlossen, dass ein mittelloser Junge in die Gilde aufgenommen wird.«

Duarrl nickte und deutete auf ein Schild, das vor einem Gasthaus in die Straße ragte. Es zeigte einen riesigen Topf über einem Feuer. »Das wäre der *Schwarze Kessel*. Der Inhaber heißt Fansner. Ich würde dort nicht essen. Brave Leute, aber das Essen…« Er schüttelte den Kopf.

»Was wäre denn ein gutes Lokal zum Essen?«

»Die *Gebrochene Klinge*. Turgot macht einen guten Eintopf«, überlegte Duarrl. »Dann gibt es da unten noch Jelorans Bäckerei. Er hat kein Schild an der Tür, aber Ihr könnt es riechen. Allerdings nicht mit dem *Widder* oder Furenks Gasthaus zu vergleichen. Manchmal macht auch der *Blaureiher* gutes Essen.«

Cerryl beobachtete Reyll, der gerade kopfschüttelnd aus einer Gasse auf die Hauptstraße kam.

»Die Gassen sind heute sauber. Früher war das anders. Die Magier mussten oft Müll einäschern und auch manch andere Dinge, die kein Müll waren.«

Cerryl nickte. Es galt als Störung der Ordnung in der Stadt, wenn man Müll auf die Straßen warf, weil der Unrat Feuer fangen oder gar ansteckende Krankheiten verbreiten konnte.

Duarrl deutete zu einer schmalen Gasse im Süden. »Dort leben die Zinnschmuggler. Das zweite und das dritte Haus.«

Cerryl sah zu den Häusern, eines hellblau, das zweite rosafarben verputzt. »Lasst Ihr sie einfach dort leben?«

»Ser, wir wissen alle, dass sie Zinn in die Stadt schmuggeln, aber sie benutzen keine Wagen und die Gesetze sagen nichts über Gegenstände, die jemand am Leib trägt. Außerdem – wie sollten die Kupferschmiede in den kleinen Werkstätten sonst ihre Bronze herstellen? Sie können es sich nicht leisten, das Zinn bei einem Kommissionär zu kaufen. Ein Kommissionär wie Muneat verkauft Zinn nur ab einem Gewicht von fünf Stein, Chorast hält es genauso.«

»Was wird noch alles auf diese Weise in die Stadt geschmuggelt?«

»So ziemlich alles, würde ich sagen, aber solange es

nur in kleinen Mengen hereinkommt und solange sie nicht durch die Abwasserkanäle schleichen oder den Frieden stören…« Duarrl zuckte mit den Achseln.

Cerryl hörte genau zu und dachte daran, wie Recht Kinowin damit gehabt hatte, dass er kaum etwas über Fairhaven wusste.

XXVIII

Nachdem er fast einen Achttag lang im südöstlichen Viertel Fairhavens herumgelaufen war, bekam Cerryl eine wirkliche Ahnung, wie viel er über die Stadt noch nicht gewusst hatte – und er hatte Blasen an den Füßen. So war er dankbar für die Gelegenheit, mit einem großen Kastanienbraunen am südöstlichen Stadtrand Fairhavens ausreiten zu können. Durchs Stadttor ging es nach Osten, so weit die Abwasserkanäle reichten.

Ein einsames weißes Granitgebäude, das überwiegend als Lagerhaus diente, stand am Rande der Ebene direkt an der Stadtgrenze. Von dort aus konnte man die Teiche und Springbrunnen überblicken. Cerryl band sein Pferd an einem Stein auf der schattigen Ostseite des Gebäudes fest.

Duarrl und Cerryl gingen noch einmal fünfzig Schritte nach Süden, bis sie das tiefere Gelände vor ihnen überblicken konnten. Die vier Wächter waren ebenfalls abgestiegen, warteten aber vorerst in der Nähe ihrer festgemachten Pferde.

»Die Mündungen der Abwasserkanäle sind immer ein Problem. Wir müssen sie regelmäßig überprüfen. Isork dachte, Ihr solltet auch das einmal sehen, sonst wäre er selbst gekommen. Hier dringen immer wieder Schmuggler ein.«

»Das weiß ich aus eigener Erfahrung. Ich bin einmal auf Schmuggler oder Räuber gestoßen, als ich in den Abwasserkanälen meinen Dienst tat.« Cerryl nickte. »Isork hat es wohl schon erwähnt.«

Duarrl lachte. »Für einen kleinen Magier habt Ihr schon eine Menge schmutzige Orte gesehen... Bergwerke, Sägemühlen, Kämpfe in Abwasserkanälen.«

»Ich habe auch eine Weile bei einem Schreiber gelernt«, wandte Cerryl ein. »Dort hat die Gilde mich gefunden.«

»Das schlägt natürlich alles andere...« Duarrl schüttelte den Kopf.

Cerryl blickte zu den Teichen hinunter, zwischen denen Springbrunnen das Schmutzwasser der Stadt in die Luft sprühten, damit es vom Chaos der Sonne gereinigt werden konnte. Ein Hauch von altem Chaos wehte von der Granitmauer des Abhangs herauf, über dem sie standen – ein Hinweis darauf, dass diese Hügelflanke keines natürlichen Ursprungs war.

Aus den beiden Hauptkanälen floss das Abwasser zunächst in vier Auffangbecken. Das westliche Becken war leer. Ein Dutzend Gefangene schaufelte die Ablagerungen, eine Mischung aus Exkrementen, Schlamm und anderen festen Bestandteilen, auf Karren. Mit Seilen wurden die Karren zum Rand gezogen, wo man den Inhalt auf größere Wagen umlud. Die festen Abfallstoffe wurden dann zu einer trockenen Schlucht im Nordosten der Stadt gebracht, in der sie in Richtung des tieferen Weidelandes von Lydiar versickerten.

Cerryl betrachtete die Arbeiter, konnte aber Lyasa nirgends entdecken. Vielleicht hatte sie heute keinen Dienst oder sie war irgendwo im weitläufigen Kanalsystem beschäftigt. Er sah sich aufmerksam um.

Aus den Auffangbecken floss das Wasser in Kanäle, die sich immer weiter verzweigten, bis das Wasser nur noch als dünner Film eine glatte, sanft geneigte Granitfläche hinunterlief. Dort war es dem Chaos der Sonne ausgesetzt. Dahinter wurde das Wasser in einer weiteren Reihe von Teichen aufgefangen, die ihrerseits die tiefer gelegenen Springbrunnen speisten. Die Springbrunnen wiederum schleuderten das Wasser als feine Gischt in die Luft, wo das reine Chaos der Sonne das restliche unnatürliche Chaos im Wasser zerstören konnte.

Die unterste Reihe der Teiche war zum größten Teil mit Seerosen bedeckt. Über Stufen aus Granit strömte das Wasser am Südrand der Teiche in einen aus Granit gebauten Kanal, der zum Fluss Haven führte. Cerryl verspürte kein Verlangen, das gereinigte Wasser zu kosten, aber Myral hatte ihm oft erklärt, dass es viel sauberer war als das Trinkwasser in den meisten Städten Candars. Cerryl nahm sich vor, das Wasser, das er trinken musste, stets mit seiner Chaos-Energie zu reinigen oder gleich auf Bier oder Wein umzusteigen.

»Ich bin froh, dass wir nicht dort die Aufsicht führen müssen.« Duarrl deutete zu den Arbeitern im Auffangbecken. »Wir stellen nur die Gefangenen und ein paar Wächter.«

»Disziplinarstrafen?«, fragte Cerryl.

Der Wachoffizier nickte. »Kleinigkeiten... wenn man das erstemal nicht zum Dienst erscheint oder mehrmals zu spät kommt.« Er grinste Cerryl an. »Die Magier, die dort den Befehl haben, sagten mir, es wäre auch für sie eine Disziplinarmaßnahme.«

»Das habe ich auch gehört. Also lässt man sich wohl besser nichts zu Schulden kommen.«

»Nun gut... lasst uns weitergehen.« Duarrl drehte sich um und winkte den vier Wächtern.

Cerryl und Duarrl stiegen die Granitstufen zu der Plattform hinunter, wo ein Bronzegitter den Eingang ins Kanalsystem versperrte. Ein zweites Gitter sicherte den Kanal selbst. Es reichte von der Decke des Kanals bis zur Kante, von der aus das Wasser in zwei Zuflüsse stürzte, die es zu den Auffangbecken beförderten. Zweihundert Ellen weiter westlich befand sich ein zweiter, auf die gleiche Weise versperrter Kanal.

Cerryl betrachtete stirnrunzelnd das Gitter, dann die Steine, auf denen sie standen. Er prüfte das Tor mit den Sinnen und wandte sich an Duarrl. »Habt Ihr einen Schlüssel? Ich musste meinen wieder abgeben, als meine Dienstzeit in den Abwasserkanälen zu Ende war.«

Duarrl griff zum Gürtel und nestelte an einem Schlüsselbund herum. »Hier… ich glaube, das ist er.« Er sah zwischen Cerryl und dem Tor hin und her. »Glaubt Ihr…«

Cerryl lächelte freundlich. »Vor nicht allzu langer Zeit hat jemand mit Gewalt das Tor geöffnet. Auf den Steinen ist Blut und im Schloss ist kein Chaos mehr.«

»Leute«, wandte Duarrl sich an seine Männer, »wir haben hier möglicherweise ein Problem.«

Cerryl drehte den Schlüssel herum und zog das große Gitter auf. Er starrte einen Augenblick ins Zwielicht. Hinter ihm wurden vier Schwerter aus den Scheiden gezogen. Cerryl blieb noch einen Augenblick stehen und tastete die Umgebung mit den Ordnungs-Sinnen ab. Vor kurzem, es war tatsächlich noch nicht lange her, hatte sich noch jemand in diesem Abwasserkanal aufgehalten.

Hier, am Ausgang des Kanals, war der Wartungsgang breiter als in den Kanälen unter der Weißen Stadt – beinahe drei Ellen weit, also gab es genug Platz für einen kleinen Karren. Cerryl betrachtete nachdenklich den Boden. War da nicht tatsächlich eine Wagenspur im Schlamm zu sehen?

»Ser? Äh… wir können nicht im Dunkeln sehen«, entschuldigte Duarrl sich. »Wenn Ihr einen Augenblick warten wollt, zünde ich eine Lampe an…«

»Ich wusste noch gar nicht, dass die Wächter mit Lampen ausgerüstet sind.«

»Jede Streife muss zwei Lampen dabei haben.«

»Haltet die Lampen hoch.« Cerryl wartete, bis Reyll und Churk die Lampen erhoben hatten. Hyjul, Saft und Duarrl traten etwas zurück.

Mit leisem Zischen traf eine winzige Feuerkugel den Docht der ersten Lampe, eine weitere entzündete auch die zweite.

»Gut so?«, fragte Cerryl.

»Äh… ja, Ser.«

Cerryl konnte etwas spüren, einen Haufen Unrat oder ein Bündel. Es lag ungefähr dreißig Ellen vor ihm auf dem Fußweg neben dem Kanal. Im Gehen sammelte er Chaos um sich – nicht in sich, wie Jeslek es getan hätte, sondern um sich.

Ein gespenstisches Scharren war im breiten Tunnel zu hören, aber es war zu leise, um von einem Menschen zu stammen. Cerryl konnte etwas auf dem Gehweg spüren. Der Verwesungsgeruch war viel stärker als von gewöhnlichem Abwasser. Das Scharren stammte wahrscheinlich von Ratten.

»Holt eine Lampe her, hier lebt nichts mehr.«

Churks kleine Lampe warf genug Licht, um zu offenbaren, was Cerryl befürchtet hatte.

Er hätte sich beinahe übergeben, aber er beherrschte sich und schluckte nur. Es war die Leiche eines Mannes, erkannte er. Sie stank schlimmer als das Abwasser, das neben dem Gehweg im Kanal plätscherte. Der Tote trug Lumpen, aber alles andere – Stiefel, Gürtel, Börse – war ihm geraubt worden. Gesicht und Brust waren verbrannt, das Gesicht bis zur Unkenntlichkeit geschwärzt.

»Sie haben ihn gezwungen, das Schloss zu öffnen«, meinte Duarrl.

»Es gibt Spuren von Chaos«, bestätigte Cerryl. »Nicht viel Blut. Wahrscheinlich ist er sofort gestorben, als das Chaos im Schloss explodiert ist.«

Duarrl bückte sich, ohne den Toten zu berühren. »Er

hat nichts mehr bei sich, überhaupt nichts mehr.« Er richtete sich wieder auf und wandte sich an Cerryl. »Am besten beseitigen wir ihn sofort. Man kann ohnehin nicht mehr erkennen, wer es war. Das ist einfacher, als ihn hier zu bergen und dann zu begraben.«

Cerryl schluckte, sammelte etwas Chaos-Energie und feuerte sie ab.

Als der Lichtblitz abgeklungen war, lag nur noch ein Haufen Asche auf dem Boden und mitten darin eine einsame Kupfermünze.

»Sie haben ein Kupferstück übersehen«, schnaubte Duarrl. »Churk, du bist dran, wenn du es haben willst.«

Der Wächter mit dem hellblonden Haar bückte sich eifrig.

»Vorsicht«, warnte Cerryl ihn. »Die Münze dürfte ziemlich heiß sein.«

»Danke, Ser.« Churk steckte sein Schwert weg, zog einen Lederhandschuh hervor und hob die Münze auf. »Heiß genug ist sie, dass kein Bauchfluss mehr daran klebt.«

»Nein, das wohl nicht«, stimmte Duarrl zu. »Lasst uns sehen, ob wir sonst noch etwas finden. Ich glaube es zwar nicht, aber man kann nie wissen.«

Churk ging voraus, die Lampe in einer und das Kurzschwert in der anderen Hand.

Nach fast vierhundert Ellen, hinter einer Treppe, die zu einem ebenfalls mit Gittern versperrten Ausstieg führte, blieb Duarrl stehen. »Wir werden jetzt wohl nichts mehr finden. Lasst uns umkehren.«

Auf dem Rückweg mussten sie ein Stück im Gänsemarsch laufen, weil der Weg hier schmaler war. Cerryl drehte sich im Zwielicht zu Duarrl um. »Was meint Ihr, was sie geschmuggelt haben? Sie haben einen Karren benutzt, klein nur, aber er war recht schwer.«

»Ihr könnt erkennen, dass sie einen Karren benutzt haben?«

»Es gibt Spuren… die Räder haben sich in den Schlamm eingedrückt; dadurch entsteht eine bestimmte Art von Chaos.«

Irgendjemand schluckte vernehmlich.

»Versteht ihr jetzt, warum ihr einen Magier niemals unterschätzen dürft?« Duarrl lachte und wandte sich an Cerryl. »Wenn sie einen Karren benutzt haben, muss es sich um etwas Schweres gehandelt haben. Direkt zum Verkauf bestimmte Waren wie Wolle oder so können es nicht gewesen sein, weil in ihnen der Abwassergestank haften bleibt. Ich würde meinen, dass es irgendwelche Waffen waren. Oder auch Öle oder Duftwässer. Es muss kostbar genug gewesen sein, um deshalb jemanden umzubringen. Andererseits sind viele Menschen schon für ein paar Silberstücke bereit, einen Mord zu begehen.«

Ihre Schritte hallten hohl im Tunnel, während neben ihnen das Abwasser gurgelnd zu den Auffangbecken strömte.

Als sie alle wieder im Freien waren, nahm Cerryl noch einmal Duarrls Schlüssel zur Hand. »Ich brauche ein paar solcher Schlüssel.«

»Ihr sollt sie morgen bekommen, Ser.«

»Gut.« Cerryl betrachtete die versperrte Tür, gab den Schlüssel zurück und sammelte eine große Menge Chaos-Energie um sich, die er ins schwere Schloss hineingeben wollte.

»Dieses Mal wird es nicht nur einen Toten geben.« Er sprach leise, damit nur Duarrl seine Worte hören konnte.

Der Wachoffizier nickte.

Im Westen waren die Gefangenen immer noch damit beschäftigt, den Schlamm aus dem leeren Auffangbecken auf Karren zu laden.

»Wir müssen hier öfter nachschauen«, sagte Duarrl zu Cerryl, als sie zum Gebäude und den wartenden Pferden zurückkehrten.

Cerryl nickte. Er hing seinen Gedanken nach und fragte sich, ob er alte Zugang zum Kanalsystem ein Stück abseits der Hauptstraße – dort, wo er von Räubern angegriffen worden war – überhaupt jemals versiegelt gewesen war. Und wenn seine Vermutung zutraf, warum hatte man dann darauf verzichtet, ihn zu versperren?

XXIX

Cerryl nahm den Brief zur Hand, der auf seinem Bett lag. Er war auf gefaltetes Pergament geschrieben, nicht auf das billige braune Papier, das manche Händler verwendeten. »Für mich?«, murmelte er, als er den Namen auf der Außenseite sah. Als er den Brief umdrehte und das grüne Wachssiegel erkannte, lächelte er. Er brach es auf und las rasch und noch breiter lächelnd die in grüner Tinte geschriebene Nachricht.

…gestern Abend nach Fairhaven zurückgekehrt. Vater und ich möchten dich für heute Abend zum Essen einladen. Myral sagte, du wärst noch nicht für die Abendschicht eingeteilt worden, deshalb hoffen wir, dass du kommen kannst…

Die Nachricht war mit einem schwungvollen grünen ›L‹ unterzeichnet. Cerryl faltete den Brief vorsichtig wieder zusammen und steckte ihn in das Kästchen, in dem er seine Papiere aufbewahrte. Dort lagen auch einige Notizen, die er sich zu verschiedenen Themen gemacht hatte.

Nachdem er sich gewaschen hatte, verließ er sein Zimmer wieder und ging zum Weißen Turm. Die Flure fand er beinahe verlassen, bis er im Hof am Springbrunnen Kiella traf. »Guten Tag, Kiella.«

»Guten Tag, Cerryl.« Sie wich seinen Blicken aus und trat rasch zur Seite, um ihn vorbeizulassen, obwohl auf dem sonst völlig leeren Hof genügend Platz war.

Cerryl nickte Redark zu, als er dem Magier mit dem roten Bart im Vorraum der Haupthalle begegnete. Redark gab den Gruß zurück. Seine hellgrünen Augen blickten verwirrt, als frage er sich, wer Cerryl sein mochte.

Gostar – eigenartigerweise als einziger Wächter am unteren Tor des Turms postiert, wo sonst zwei Wächter und ein Bote standen – nickte ebenfalls, als Cerryl aus dem Vorraum auf die Treppe trat. »Guten Tag, Ser«, grüßte Gostar. »Wie gefällt Euch der Streifendienst?«

»Ich habe inzwischen den größten Teil der südöstlichen Stadtviertel zu Fuß erkundet«, gestand Cerryl.

»Seid Ihr schon meinem Bruder begegnet?«

»Das weiß ich nicht. Ich wusste ja nicht einmal, dass Ihr überhaupt einen Bruder bei der Stadtwache habt.«

»Sein Name ist Lostar.«

»Ich glaube nicht, aber ich habe noch nicht alle Wachleute kennen gelernt, und nicht einmal von denen, die ich schon gesehen habe, weiß ich alle Namen«, musste Cerryl zugeben. »Ich sollte mir die Namen eigentlich einprägen, aber das geht nicht so schnell.«

»Ich hätte damit auch Schwierigkeiten.«

»Ich werde jedenfalls daran denken, dass Ihr dort einen Bruder habt.« Cerryl blickte zur Treppe. »Wisst Ihr, ob Myral da ist?«

»Sonst weiß ich das nicht, aber ich habe ihn gerade vorhin hineingehen sehen. Allein.« Gostar grinste. »Der Erzmagier ist mit seiner Kutsche weggefahren. Er wirkte nicht besonders glücklich, aber das ist ja nichts Neues. Angeblich hat er eine Nachricht vom Obermagier Jeslek bekommen.«

»Ich glaube, Jeslek lässt in Gallos noch mehr Berge wachsen.«

Gostar senkte den Blick. »Es steht mir ja nicht zu… aber es kommt mir so unnatürlich vor, Ser.«

»Weder Chaos noch Ordnung ist, ins Extrem übersteigert, natürlich, Gostar. Manchmal ist es nötig, die Kräfte einzusetzen, aber natürlich ist es nicht.« Cerryl grinste. »Das sagt jedenfalls Kinowin immer.« *Allerdings haben weder Kinowin noch Myral es je auf diese Weise ausgedrückt.*

Gostar schaute auf, als Stiefeltritte zu hören waren. Ein zweiter Wächter, den Cerryl nicht kannte, tauchte auf.

»Gostar… oh, Verzeihung, Ser.«

Cerryl lächelte. »Schon gut.« Als er sich zum Gehen wandte, hörte er noch den Beginn ihrer Unterhaltung.

»…wünschte, der Bote wäre bald wieder hier. Ich hasse es, ihnen immer hinterher zu laufen…«

»…beim nächsten Mal selbst gehen…«

»…Magier war das gerade?«

»…heißt Cerryl… ganz vernünftiger Kerl… angeblich ein Waisenkind aus einer Sägemühle… hat sich selbst das Lesen beigebracht… vor ein paar Achttagen zur Stadtwache abgestellt…«

»…harter kleiner Bursche, was?«

»…lässt sich jedenfalls nicht unterkriegen, würde ich meinen.«

Er und ein harter kleiner Bursche? Kleiner Bursche, das mochte stimmen, aber hart?

Er klopfte an Myrals Tür und bemerkte abwesend, dass er nach all den Treppen nicht einmal schnaufte. Vielleicht hatte der Streifendienst bei der Stadtwache auch seine Vorteile. »Cerryl«, meldete er sich an.

»Oh… kommt herein.«

Myral saß am Fenster, dessen Läden trotz der Wärme halb geschlossen waren. Er trank aus einem Becher. Apfelwein, vermutete Cerryl. Der alte Magier trank nur selten etwas anderes und die ersten Äpfel waren schon gelesen. Cerryl setzte sich dem schwarzhaarigen, halb kahlköpfigen Magier gegenüber an den Tisch.

»Was kann ich für Euch tun, da Ihr jetzt bei der Stadtwache seid?« Myral trank einen Schluck aus seinem Becher.

»Ich bin auf etwas gestoßen. Ist Euch bekannt, ob der Zugang zu den Abwasserkanälen, den die Schmuggler benutzen, jemals zugemauert wurde?«

Myral lächelte leicht. »Wie ich sehe, zerbrecht Ihr Euch immer noch über Abwasserkanäle den Kopf?«

»Wir haben am Ende der Kanäle in der Nähe der Auffangbecken einen Toten gefunden. Er starb an Chaos-Verbrennungen und wurde nach drinnen geschleppt.«

»Dazu sind die Sperren da«, meinte Myral gelassen. Auf einmal musste der ältere Magier husten. Ein schlimmer Anfall, der ihm die Lungen zu zerreißen drohte.

Cerryl sprang sofort auf. »Alles in Ordnung?«

»Nein, aber Ihr könnt sowieso nichts machen.« Myral lächelte schwach. »Das Leiden heißt Alter... Alter und Chaos, wie ich Euch schon oft gesagt habe.« Er tupfte sich die Lippen mit einem dicken grauen Tuch ab. »Ihr habt nach dem Tunnel gefragt. Er wurde noch nie zugemauert und er soll nicht zugemauert werden. Oh, Ihr werdet natürlich an der entsprechenden Stelle im Keller des Kommissionärs, der nebenan sein Haus hat, eine verschlossene Tür und eine gemauerte Reihe Ziegelsteine finden. Gerade genug, dass der Schein gewahrt bleibt.«

Cerryl nickte. Er hatte sich so etwas schon gedacht.

»Ihr scheint nicht überrascht, Cerryl. Seit zehn Jahren seid Ihr der Erste, der nur nickt.« Myral kicherte. »Vielleicht werdet Ihr Kinowins Urteil ja tatsächlich gerecht.«

»Wer benutzt den Tunnel und was würde geschehen,

wenn ich ihn erwische?« Er hielt es für klüger, lieber nicht zu fragen, wie Kinowins Urteil gelautet hatte.

»Eine ganze Reihe Leute benutzen zweifellos die Tür und den Tunnel, wenngleich unregelmäßig. Ich habe keine Ahnung, wer sie sind, auch wenn ich mehrere Jahre lang versucht habe, es herauszufinden. Um es wirklich zu klären, müsste man ein paar Dutzend Achttage dort unten verbringen und weder ich noch die Gilde haben so viel Zeit. Und wenn man die Benutzer wirklich stellen kann... nun, entweder sie würden umkommen, weil sie zu fliehen versuchten, oder sie würden als Gefangene beim Straßenbau enden. Das ist in den letzten Jahren bei mehr als zwanzig Leuten so geschehen.«

Cerryl lehnte sich an und wartete.

Als das Schweigen sich dehnte, hustete Myral noch einmal und sprach schließlich weiter. »Die Abwasserkanäle sorgen dafür, dass Fairhaven sauber bleibt und nicht vom Bauchfluss befallen wird. Außerdem bieten sie denen einen Weg, die sich nicht blicken lassen wollen – vorausgesetzt, sie sind bereit, den Preis zu zahlen. Aber natürlich zahlen die Betreffenden den Preis nicht selbst. Sie zwingen einen Feind oder einen Dummkopf, die Gitter für sie zu öffnen. Was würde nun geschehen, wenn wir diesen Eingang zumauerten?«

»Sie würden sich einen anderen suchen?«

»Genau. Und wo könnte das sein?«

Cerryl zuckte mit den Achseln. Er wusste es nicht.

»Sterol, Kinowin und ich wären ebenso ratlos. Nicht lange, und wir müssten Tag für Tag Maurer in die Abwasserkanäle schicken. Genau genommen gibt es sogar zwei solcher Eingänge in die Abwasserkanäle. Einer liegt im Nordwesten in einem Nebenarm des westlichen Haupttunnels. Jeden anderen Versuch, mit Gewalt in die Tunnel einzudringen, vereiteln wir mit Chaos-Siegeln. Diese zwei aber lassen wir, wie sie sind. Es ist besser so.

Schmuggel und Schmuggler wird es immer geben, solange es Zölle und Steuern gibt oder die Einfuhr bestimmter Waren beschränkt ist. Auf diese Weise haben nur die Erfolg, die genügend Goldstücke besitzen…«

»Oder die das Schmuggelgut am Körper und auf dem Rücken schleppen.«

Myral nickte.

»Wie viel Schmuggel ist notwendig?«

»Schmuggel ist nicht notwendig und muss missbilligt werden«, erklärte Myral, stellte die Ermahnung aber mit einem Lächeln gleich wieder in Frage.

»Meint Ihr also, wir können den Schmuggel sowieso nicht völlig unterbinden? So dass wir ihn lieber in kleinem Ausmaß dulden und bei denen, die genug Geld haben, ein Auge zudrücken, solange sie es nicht übertreiben?«

»Ich glaube, so elegant hätte ich es im Leben nicht formulieren können, junger Cerryl. Aber genau dies ist das Problem, mit dem die Gilde schon immer zu kämpfen hatte.« Myral hustete noch einmal, nicht eben leise, aber er musste nicht so würgen wie zuvor.

»Also sollte ich lieber vorsichtig sein?« Cerryl blickte an Myral vorbei zu den Wolken, die sich nördlich der Stadt auftürmten.

»Immer wenn Ihr mit Menschen zu tun habt, die andere Menschen umbringen, weil sie geldgierig sind oder Macht gewinnen wollen – die sie natürlich ebenso schnell wieder verlieren werden –, immer dann würde ich an Eurer Stelle mit größter Vorsicht vorgehen.«

Der Hinweis auf die Macht, die schnell wieder verloren sein würde, war mehr, als Cerryl hatte hören wollen.

Myral hustete einmal, zweimal.

Als ihm bewusst wurde, wie bleich der ältere Magier war, fragte Cerryl: »Kann ich etwas für Euch tun? Soll ich einen Boten schicken und die Heilerin holen lassen?«

»Nein, sie war schon da. Sie kann heute nicht mehr viel ausrichten.«

»Dann solltet Ihr Euch hinlegen.« Der junge Magier stand auf. »Ich will Euch nicht länger ermüden.«

»Ihr ermüdet mich nicht. Es tut gut zu wissen, dass mein Rat und meine Worte immer noch gehört werden.« Myral atmete mit pfeifendem Geräusch ein. »Aber... nun ja, etwas Ruhe könnte ich schon gebrauchen.«

Cerryl näherte sich dem schwerfälligen älteren Mann und bot ihm einen Arm an.

Myral hielt sich daran fest und zog sich hoch. »Danke.« Er machte ein paar zögernde Schritte und ließ sich schließlich in der Ecke des Zimmers auf die Bettkante sinken. »Es gab Zeiten... da habe ich keinen stützenden Arm gebraucht.«

»Vielen Dank für Euren Rat.« Cerryl wünschte, er könnte noch etwas tun, aber er spürte, dass Myral jetzt allein sein wollte. Cerryl schloss hinter sich sachte die Tür und ging die Treppe hinunter. Auf dem ersten Absatz begegnete ihm einer der rot gekleideten Boten. Der Bursche war nach oben unterwegs und lächelte Cerryl unsicher an. Cerryl erwiderte das Lächeln.

Draußen nickte er Gostar zu. Der ältere Wächter nickte wortlos zurück. Cerryl fing noch ein paar Gesprächsfetzen der beiden Wächter auf, bis er den Fuß der Treppe erreicht hatte.

»...wenigstens erkennt er einen wieder... sieht in uns nicht nur Schwerter mit Beinen...«

»...sollten mehr von der Sorte haben, die nicht aus reichen Familien kommen...«

Cerryl dachte über die Worte nach, als er sich zum Ausgang begab. Faltar kam in gewisser Weise aus einer wohlhabenden Familie. Auch Leyladin war wohlhabend. Beide waren aber durchaus der Ansicht, dass auch andere Menschen und nicht nur die Magier einen Wert besaßen und vollwertige Menschen waren.

In seinem Zimmer angekommen, blickte Cerryl noch einmal aus dem Fenster zu den dichter werdenden Wolken. Das Land brauchte den Regen, aber er hoffte, es würde nicht zu viele Gewitter geben. Gewitter richteten größere Schäden an als ein sanfter Regen, aber Kopfschmerzen würde er so oder so bekommen.

Er holte tief Luft und nahm den schmalen Band aus dem Bücherregal. Er hatte noch etwas Zeit zu lesen, ehe er zu Leyladin aufbrach. Zum Glück würde es noch eine ganze Jahreszeit dauern, bis er die Nachmittagsschicht bekäme. Inzwischen musste er sich dringend in das Buch *Über den Stadtfrieden* vertiefen. Beim ersten Lesen hatte er es nur überflogen und genau gewusst, dass er dabei einiges übersehen hatte. Er versuchte, sich auf die Worte zu konzentrieren.

…das Hüten des Friedens bedeutet, die Harmonie unter den Menschen zu erhalten… aber die Menschen können, so ähnlich sie einander manchmal scheinen, ganz unterschiedlich reagieren, wenn sie von einem Stadtwächter oder besonders von einem Magier der Stadtwache zur Rede gestellt werden…

Das entsprach der Wahrheit, wie er inzwischen selbst herausgefunden hatte. Er las weiter und nickte, wenn er Abschnitte überflog, die er verstanden hatte.

…darf niemand gegen Person und Besitz eines anderen vorgehen, es sei denn mit ausdrücklicher Erlaubnis des Rates und auch dann nur, wenn der Betreffende den Frieden gebrochen hat und flieht… darf kein Stadtwächter das Haus irgendeiner Familie betreten, es sei denn, er wird eingeladen oder während der Verfolgung eines auf frischer Tat ertappten Unruhestifters oder mit Erlaubnis des Rates…

Cerryl runzelte die Stirn. War das ein weiterer Grund dafür, dass die Schmuggler die Abwasserkanäle benutzten? Er schüttelte den Kopf. Die Arbeit als Magier der Stadtwache sah doch erheblich anders aus, als er es sich vorgestellt hatte. Und dabei hatte er gerade erst begonnen. Nein, eigentlich hatte er sich überhaupt nichts vorgestellt. Er wusste nur, dass er noch zwei weitere Tage im südöstlichen Viertel herumlaufen und sich umsehen würde.

…ein Wachmann oder ein Magier der Stadtwache, der den Frieden bricht, wird vom Rat abgeurteilt werden…

Das Buch legte keine Strafen für Verstöße fest, und das bedeutete – wenn er Isork richtig verstanden hatte –, dass das Strafmaß in Isorks Händen lag – oder in den Händen des Rates. Obwohl es im Zimmer warm war, schauderte Cerryl. Er legte wirklich keinen Wert darauf, von Sterol, Jeslek und Kinowin abgeurteilt zu werden.

Schließlich schloss Cerryl das Buch und rieb sich die Augen. Dann streckte er sich und sah aus dem Fenster. Bald würden die Abendglocken läuten und er konnte sich auf den Weg zu Leyladins Haus machen. Zu ihrem Anwesen, genauer gesagt.

Er wusch sich noch einmal und behandelte seine weißen Sachen mit Chaos-Energie, um den Schmutz herauszutreiben, wobei er darauf achtete, nicht selbst mit der Energie in Berührung zu kommen. Dann trat er auf den Flur hinaus und wäre beinahe mit der schwarzhaarigen Lyasa zusammengestoßen.

»Oh… entschuldige.«

»Ich weiß, wohin du willst.« Lyasa grinste ihn an. »Dieses alberne Lächeln verrät dich.« Dann wurde sie wieder ernst. »Sei vorsichtig, Cerryl. Ihr werdet sehr misstrauisch beäugt und ich mag euch beide.«

»Ich weiß... wir sind vorsichtig.« *Als ob ich überhaupt eine Wahl hätte...*

Sie sah sich auf dem Flur um und sprach mit gesenkter Stimme weiter. »Da wir gerade bei Mahnungen zur Vorsicht sind... Jeslek kommt zurück, wie Eliasar mir sagte. Er schien besorgt.«

»Ich dachte, er und Jeslek wären Vertraute.«

»Sie halten beide nicht viel vom Erzmagier. Das ist kein Geheimnis, aber der Erzmagier ist ja nie sonderlich beliebt, ganz egal, wer es gerade ist.« Lyasa zuckte mit den Achseln. »Anya ist in die Gemächer des Erzmagiers gerast wie eine Ratte, die aus einem Kornspeicher flieht. Sie glaubt, ihre Schilde könnten sie verbergen, aber wer sonst legt so viel Parfüm auf?«

Cerryl hätte sich beinahe verschluckt. Er räusperte sich.

»Alles in Ordnung?«

»Ja, alles klar.«

»Es ist wahr«, zischelte Lyasa. »Nicht mehr lange, und sie wird rotes Henna nehmen müssen, um die grauen Haare zu verbergen, die bei all ihren Intrigen viel zu schnell die Farbe verlieren.«

»Ich glaube, sie kann das auch mit Chaos-Manipulationen erreichen«, erwiderte Cerryl leise. »Vielleicht hat sie es sogar schon getan.«

»Da sie ohnehin alles manipuliert«, gab Lyasa mit hochgezogenen Augenbrauen zurück, »dürfte das für sie kein Problem darstellen.«

»Pass auf dich auf«, sagte Cerryl.

»Ich rede nur, wenn ich weiß, dass sie auf dem Rücken liegt.«

Dieses Mal hustete Cerryl wirklich. Er räusperte sich noch einmal.

»In mancher Hinsicht bist du wirklich ein Unschuldslamm, Cerryl.«

»Nicht was die Dinge selbst angeht«, gab er zurück, »sondern nur, was das Reden darüber betrifft.«

»Das muss ich gleich Leyladin erzählen.«

»Ich hatte es befürchtet.«

»Nun geh schon. Du sollst doch nicht zu spät kommen.« Sie lächelte, zwinkerte ihm zu und wandte sich ab.

Als Cerryl in den Hof hinaus eilte, sah er Bealtur und Elsinot am Springbrunnen in ein Gespräch vertieft.

Cerryl nickte im Vorbeigehen, die beiden gaben den Gruß auf die gleiche Weise zurück. Er spürte ihre Blicke im Rücken, als er das vordere Gebäude der Halle der Magier betrat.

Auf dem nahezu menschenleeren Marktplatz bog er nach rechts in die Straße ab, die zum Haus der Heilerin führte. Die meisten bunten Marktkarren waren bereits abgebaut, viele waren schon weggefahren. Cerryl glaubte nicht, dass die Händler und Bauern im letzten Sommer ebenso früh am Abend aufgegeben hatten, aber andererseits war er kaum aus den Hallen herausgekommen.

Wie jedes Mal, wenn er sich Leyladins Haus näherte, betrachtete er auch jetzt staunend die vier Fenster in der Vorderfront des Gebäudes. Sie hatten Spitzbögen und bestanden jeweils aus Dutzenden rautenförmiger kleinerer Scheiben, die mit Blei eingefasst waren und funkelten. Er musste nicht anklopfen. Noch bevor er den bronzenen Türklopfer heben konnte, wurde die Tür von innen geöffnet.

»Ich bin froh, dass du da bist.« Die rötlich blonde Heilerin lächelte.

Cerryl erwiderte das Lächeln. »Ich auch.« Er folgte ihr durch den mit Seidenbehängen geschmückten Flur, durch das nach Orangen duftende langgestreckte Wohnzimmer am Bild von Leyladins Mutter vorbei bis in das mit roter Eiche vertäfelte Arbeitszimmer, in dem Cerryl Leyladins Vater zum ersten Mal begegnet war.

Layel stand sofort vom Schreibtisch auf, als Cerryl eintrat. »Guten Abend, Cerryl. Ja, es ist wirklich ein schöner Abend.«

»Ja, das ist es.« Cerryl warf einen kurzen Blick zu Leyladin.

»Tja, dann sollten wir jetzt wohl essen.« Layel winkte ihnen und sie begaben sich ins benachbarte Esszimmer.

Auch dieses Mal war der lange Tisch aus weißer, golden abgesetzter Eiche, an dem gut zwanzig Gäste hätten sitzen können, nur für drei gedeckt. Die Gedecke standen an dem Ende des Tisches, das der Küche am nächsten war. Die Lampen waren bereits angezündet, obwohl das orangerote Licht des Sonnenuntergangs das Zimmer erfüllte.

»Meridis…«

»Bin schon da und hier ist auch die Suppe.« Die grauhaarige Köchin brachte eine Terrine aus weißem Porzellan und stellte sie auf die Ecke des Tischs. »Nun setzt Euch doch, bevor es kalt wird.«

Layel lud seine Tochter mit einer Geste ein und wartete, bis Leyladin saß. Dann nahmen er und Cerryl fast gleichzeitig Platz.

Während Meridis mit einer Kelle die Suppe in weiße Porzellanschalen verteilte, schenkte Layel Weißwein aus einer großen Flasche in drei zierliche Kristallgläser ein.

Die Suppe war goldbraun wie Senf und zähflüssig, aber zum Glück nicht sehr scharf. Cerryl kostete mit dem großen Löffel zunächst nur vorsichtig, dann aß er einen vollen Löffel und gleich noch einen. »Die Suppe ist gut… was ist es?«

»Das ist eine Kürbiscremesuppe.« Leyladin reichte ihm die Porzellanplatte mit dem Brot.

Cerryl nahm sich ein Stück Weißbrot mit goldener Kruste.

»Eine ihrer vielen Spezialitäten«, fügte Leyladin hinzu.

»Sie hat so viele Spezialitäten, dass man von Spezialitäten eigentlich schon nicht mehr reden kann.« Layel lächelte Meridis an, die mit der Terrine wieder auf dem Rückweg in die Küche war.

Wenig später stellte Cerryl fest, dass er ohne ein weiteres Wort die Suppe und das Brot verdrückt hatte.

»Der Dienst bei der Stadtwache macht anscheinend hungrig.«

»Ja, und das Lernen kommt noch dazu. Es steckt mehr dahinter, als mir am Anfang bewusst war.« Cerryl lachte. »Aber das habe ich bisher noch bei jeder Beschäftigung festgestellt.«

Layel lachte. »Das kann wohl jeder Mann sagen, der irgendwann einmal eine Aufgabe übernommen hat.«

»Und was ist mit den Töchtern?«, fragte Leyladin in gespielter Unterwürfigkeit.

»Meine Tochter, in dir steckt schon seit deiner Geburt erheblich mehr, als man auf den ersten Blick sieht. Warum hätte sich das ändern sollen?«

Cerryl grinste.

Leyladin wandte sich mit dem gleichen unterwürfigen Ausdruck an ihn. »Findet Ihr das amüsant, Ser Weißer Magier?«

»Nein, Herrin Leyladin... es ist ganz einfach nur wahr. Du hast mich bei unserer ersten Begegnung in Erstaunen versetzt und es gelingt dir immer noch.«

Layel musste schallend lachen. »Er kennt dich gut, meine Tochter. O ja, er kennt dich.«

Leyladin verzog das Gesicht, fand aber sofort wieder zu ihrer unterwürfigen Pose zurück. »So bin ich leider von Unverständnis umgeben. Hat denn niemand Mitleid mit meinem schweren Los?«

Cerryl schüttelte den Kopf.

Die grauhaarige Köchin kehrte zurück, räumte die Suppenschalen ab und servierte drei große Teller. Auf einem lagen vier Geflügelteile, mit Orangensoße übergossen, auf dem zweiten Kartoffelspalten mit weißer Soße und auf dem dritten lange Streifen, anscheinend Wurzeln, die ebenfalls mit weißer Soße bedeckt waren.

»Du hast doch hoffentlich keine Quilla gemacht?« Leyladin sah zwischen Meridis und ihrem Vater hin und her.

»Ich mag sie zufällig, meine Tochter.«

»Sie schmecken wie Sägemehl.« Die blonde Heilerin verzog das Gesicht.

»Dann mag ich eben Sägemehl«, erwiderte der Händler.

Nach kurzem Schweigen nahm Layel ein Stück Geflügel und ein paar Kartoffeln und häufte sich einen Berg Quilla auf den Teller. »Ich war heute auf der halbjährlichen Versteigerung im Hauptsitz der Stadtwache.«

Cerryl nickte und nahm sich Geflügel, Kartoffeln und vorsichtshalber nur ein paar kleine Stücke gedünstete Quilla.

»Hast du etwas ersteigert?«

»Ich habe ein paar seltene Öle und Duftwässer erstanden. Für fünf Goldstücke habe ich fast zwanzig Flaschen Öl bekommen. Ein Narr hat versucht, sie in einem Wagen mit doppeltem Boden hereinzuschmuggeln.« Layel lächelte. »Ich glaube, die Wächter an den Toren werden immer besser. Früher hat dieser Trick funktioniert.«

»Wurden dort die Waren versteigert, die von den Wächtern beschlagnahmt wurden?« Cerryl trank einen Schluck vom fruchtigen Wein.

»Ja. Die Versteigerungen finden zweimal im Jahr statt, immer kurz vor dem Ende der jeweiligen Jahreszeit.« Layel füllte sein Weinglas nach. »Ich gehe immer hin, und sei es nur, um zu sehen, welche Waren besonders teuer sind und daher bevorzugt geschmuggelt werden. Mir ist aufgefallen, wie rein und klar die

Öle waren, und da niemand den Wert zu erkennen schien…« Der Händler zuckte mit den Achseln. »Obwohl ich obendrein noch ein Goldstück Steuer zahlen musste, werde ich wohl das Dreifache wieder herausschlagen.«

»Was sonst war noch so teuer, dass es geschmuggelt wurde? Ich meine jetzt vor allem Waren, die sonst preiswerter sind.«

»Das kann man nie vorher wissen. Auf der Versteigerung gab es das übliche Sammelsurium – geflochtene Weidenkörbe, zwei Fässer Weizenmehl, drei zweitklassige, mittellange Schwerter, vierzig Ballen Wollteppiche aus Hamor… ich habe für die Teppiche geboten, aber Muneat hat den Zuschlag bekommen. Zu dem Preis soll er sie meinetwegen haben. Chorast ist überhaupt nicht aufgetaucht, aber er kommt sowieso nicht oft. Loboll saß dabei, aber er hat nur ein einziges Mal geboten.« Layel schaufelte sich eine Fuhre Quilla in den Mund.

Leyladin zuckte fast unmerklich zusammen.

Cerryl schnitt ein kleines Stück Quilla ab und kaute. Er schluckte es rasch herunter, nachdem er herausgefunden hatte, dass er Leyladins Abneigung aus ganzem Herzen teilte. Die Quilla schmeckte sogar noch weniger appetitlich als Sägemehl mit Wagenschmiere, und als Jugendlicher hatte er unfreiwillig mehr als genug Sägemehl geschluckt. Er griff nach dem Wein und ignorierte Leyladins kleines, wissendes Lächeln.

»Die Quilla ist wirklich gut«, erklärte Layel. »Du weißt ja gar nicht, was du verpasst, meine Liebe.« Er spießte das nächste Stück Geflügel auf und beförderte es auf seinen Teller.

»Ich bin ganz froh darüber, dass ich es verpasse.« Die Heilerin versorgte sich ebenfalls mit Fleisch.

»Und wie gefällt Euch nun der Dienst in der Stadtwache?« Der Kommissionär schnitt sich ein großes Stück Fleisch ab und tunkte es in die Soße.

»Eigentlich bin ich noch nicht richtig im Dienst. Ich soll noch ein paar Tage damit verbringen, das südwestliche Viertel von Fairhaven zu erkunden.«

»Dort leben die kleinen Schmuggler – Zinn, Färbemittel, Kupfer. Wenn Ihr Magier bei ihnen die fälligen Steuern eintreiben könntet, dann würdet Ihr allein von ihnen die Hälfte des Geldes bekommen, das Ihr für den Straßenbau braucht.«

Cerryl hatte seine Zweifel, aber er nickte höflich. »Es scheint zur Zeit sehr ruhig zu sein. Sogar auf dem Markt finden sich weniger Wagen ein, die zudem früher wieder wegfahren.«

»So ist es immer im Spätsommer bis kurz vor der Ernte. Danach sieht man wieder überall Händler«, sagte Leyladin voraus. »Doch bis dahin wird es ruhig bleiben.«

»Einige Kommissionäre waren in den letzten Tagen alles andere als ruhig«, warf Layel ein. »Scerzet sagte, er würde jeden spidlarischen Händler von der Straße treiben, der seinen Weg kreuzt.«

»Oh?«, meinte Cerryl stirnrunzelnd.

»Es ist ganz einfach. Die Spidlarer haben die Preise für ihre Waren nicht wirklich gesenkt. Sie gehen von unseren Preisen aus und setzen ihre Preise um ein oder zwei Kupferstücke niedriger an.«

»In dem Maße, wie die Zölle unsere Preise hochtreiben, sacken sie einen zusätzlichen Gewinn ein, von den paar erwähnten Kupferstücken mal abgesehen.«

»Das ist so einfach, dass sogar ein frisch gebackener junger Magier es erkennt.« Layel strahlte. »Ganz egal, wie weit wir mit den Preisen heruntergehen, sie können uns immer unterbieten und noch mehr damit verdienen als früher.«

»Glaubst du, sie werden von den Gallern unterstützt?«, fragte Leyladin.

»Nein, meine Tochter. Die Galler denken wie alle anderen Leute zuerst an sich selbst. Sie kaufen, wo sie die beste Qualität zum niedrigsten Preis bekommen. Wenn die Weißen Magier«, er neigte den Kopf in Cerryls Richtung, »nicht erreichen können, dass die Galler für Waren, die durch Spidlar kommen, mehr bezahlen müssen, oder wenn der Verkauf der Waren in ganz Gallos unterbunden wird, dann werden die Galler weiterhin wie alle anderen in Candar ihre Waren dort kaufen, wo sie am billigsten zu bekommen sind.«

Cerryl sah eine Menge Probleme voraus.

Als hätte er Cerryls Gedanken gelesen, fuhr Layel fort: »Sobald die Waren von einem Schiff entladen sind, wird das Eintreiben der Zölle so schwierig, als wolle man den Rauch einfangen, nachdem er den Schornstein verlassen hat.«

»Aber die Händler würden einen Krieg gegen Gallos und Spidlar vermutlich nicht gutheißen?«

Layel zuckte mit den Achseln. »Manche, etwa die Getreidehändler, haben derzeit überhaupt keine Schwierigkeiten. Recluce verschifft kein Getreide und austrisches Getreide ist teurer als das in Candar angebaute. Auch der Mais stellt kein Problem dar. Die Wollhändler würden dagegen sofort für einen Krieg stimmen, wenngleich sie nicht sehr viel bezahlen würden. Ebenso die Erzeuger der Ölsamen, soweit sie außerhalb des Tieflandes von Certis ansässig sind. Die Metallhändler und, wie ich hörte, auch der Fürst von Lydiar sind sehr erbost über das Kupfer, das von Südhafen hereinkommt.«

Kurz gesagt, verhält es sich hier wie bei allen anderen Dingen… es gibt keine klaren Antworten. Cerryl nickte.

»Es bleiben nicht viele Möglichkeiten offen… entweder müsste man die Stadt Elparta oder sogar ganz Spidlar besetzen… oder zuschauen, wie Fairhavens Einnahmen aus Handelsabgaben und Steuern immer weiter sinken.«

»Elparta?«, fragte Cerryl neugierig.

»Ja… der größte Teil der Waren, die nach Gallos eingeführt werden, kommt den Fluss herauf bis Elparta. Ein Teil geht auch über Axalt nach Certis, aber der Pass hinter Axalt ist schmal und kann leicht überwacht werden, falls es nötig sein sollte. Wenn die Lanzenkämpfer also Elparta besetzen… dann könnte man dort die Sondersteuer eintreiben.«

»Das wäre allerdings ohne Einwilligung des Präfekten oder des Vicomte und der Leute in Axalt ziemlich schwierig«, bemerkte Leyladin trocken. »Wir müssten die Lanzenkämpfer quer durch Gallos oder durch Certis und Axalt schicken.«

Layel zuckte mit den Achseln. »Genau so wird es kommen. Nicht dieses Jahr, aber es wird dazu kommen.«

»Warum glaubt Ihr das?«, fragte Cerryl.

»Der Präfekt wird sich der Gilde nicht offen widersetzen. Aber er wird keine Horden seiner eigenen Bewaffneten losschicken, um für uns die Steuern einzutreiben, obwohl seine Leute durch die Weißen Hauptstraßen riesige Summen einnehmen. Die spidlarischen Händler werden nicht nachgeben, sie werden wie bisher keine Steuern zahlen und überall verkaufen, wo sie nur können. Ihre gewöhnliche Steuer ist nur halb so hoch wie die unsere. Die einzigen wirklich hohen Steuern sind die Sondersteuern, aber trotzdem hören sie nicht auf zu jammern.«

»Dann wird es also wegen der Steuern einen Krieg geben?«

»Nein, es wird einen Krieg wegen des Handels geben. Das war immer der Anlass für die Kriege gegen Recluce. Sie können billig über die Meere fahren, während wir die Weißen Hauptstraßen bauen und unterhalten müssen. Und dank ihrer Magie können sie einige Waren billiger herstellen.«

»Genug Gerede vom Krieg«, unterbrach Leyladin sie

abrupt. »Wenn es so weit ist, können wir immer noch darüber reden. Jetzt würde ich weit lieber über das Krempeln und Färben von Wolle sprechen.« Sie sah ihren Vater an. »Oder über Tante Kasias Flickenteppiche und Stickereien.«

Cerryl und Layel lächelten verlegen.

»Wer ist deine Tante Kasia?«, fragte Cerryl schließlich, nachdem er einige Bissen von den mit Käse überbackenen und mit weißer Soße bedeckten Kartoffeln gegessen hatte.

»Sie ist die jüngste Schwester meiner Mutter. Sie hat einen Grundbesitzer in der Nähe von Weevett geheiratet. Ich habe einen Sommer dort verbracht und sie meint, ich müsse lernen, was eine Dame zu können hat – Flickenteppiche machen und Sticken. ›Denn deine Kinder sollen doch gut ausgestattet werden und du musst auch deinerseits deine Kinder den Umgang mit Nadel und Faden lehren. Das Vermögen, das dein Vater angehäuft hat, wird nicht ewig reichen.‹«

Cerryl grinste unwillkürlich, als Leyladin ihre Tante nachahmte.

»Es war ein sehr, sehr langer Sommer«, fügte sie trocken hinzu.

»Was ist eigentlich mit Eurer Tante?«, fragte Layel an Cerryl gewandt. »Sie hat Euch doch aufgezogen, wie ich hörte?«

»Tante Nall?« Cerryl überlegte, bevor er nachdenklich antwortete. »Sie wollte nur mein Bestes, aber sie wollte nicht, dass ich Magier würde. Im Haus gab es kein Glas und keinen Spiegel. Sie sagte immer, Glas sei etwas für die feinen, mächtigen Leute aus Fairhaven.« Er lächelte belustigt und hob sein Weinglas. »Jetzt bin ich hier und fühle mich alles andere als fein und mächtig.«

»Ich wünschte, es gäbe in den Hallen noch mehr, die so fühlen wie Ihr. So viel sie auch für Candar und die Stadt getan haben, letzten Endes sind die Magier doch nicht mehr als ganz gewöhnliche Leute mit außergewöhnlichen Fähigkeiten.« Layel nahm das letzte Hühnerbein in die Hand und begann zu kauen.

Ganz gewöhnliche Leute mit außergewöhnlichen Fähigkeiten? Cerryl lächelte, als ihm klar wurde, wie sehr sich Anya und Jeslek über diese Worte aufgeregt hätten... und wie sehr Kinowin sich amüsiert hätte.

Als die drei ihr Mahl beendet hatten, räumte Meridis das Geschirr ab und kehrte mit drei Tellern Nachtisch zurück, der an Pudding erinnerte.

»Brotpudding... gut...«, meinte Layel lächelnd.

Leyladin nahm sich nur eine kleine Portion und legte gleich wieder den Löffel weg.

Auch Cerryl kostete zunächst vorsichtig die Kombination von Gewürzen und saftigem, gesüßtem Brot. Dann langte er gleich noch einmal zu.

»Na bitte, sogar die Weißen Magier mögen Brotpudding«, meinte Layel, als er aufgegessen hatte.

»Nicht alle Magier«, erwiderte Leyladin. »Für diesen hier ist er zu süß.«

»Oh, für etwas Süßes bin ich eigentlich immer zu haben«, gestand Cerryl, worauf er und Leyladin fast gleichzeitig erröteten.

»Das ist mir auch schon aufgefallen«, gab Layel zurück.

Leyladin schüttelte den Kopf. »Ihr... ihr Männer.«

Cerryl aß seinen Pudding auf, ohne ihren Blick zu erwidern. »Er ist wirklich gut.«

»Beim nächsten Mal darfst du den Nachtisch aussuchen, meine Tochter, aber ab und zu sollte auch mal dein Vater entscheiden dürfen.«

»Ja, mein Vater.«

Zufrieden, gut gesättigt und entspannt, musste Cerryl gähnen. Erschrocken schloss er den Mund.

»Das habe ich gesehen«, sagte Leyladin. »Wann musst du aufstehen?«

»Vor der Morgendämmerung«, gestand er.

Sie blickte zum Fenster. Draußen, hinter den mit Blei gefassten Scheiben, war es inzwischen stockdunkel. »Du musst jetzt gehen.«

»Ja, muss ich wohl.«

»Ich bin sicher, dass Ihr noch oft kommen werdet, Cerryl«, sagte Layel, indem er zusammen mit Leyladin aufstand. »Meine Tochter zieht Eure Gesellschaft der meinen bei weitem vor.«

»Sie hat sich aber oft sehr wohlwollend über Euch geäußert«, ächzte Cerryl, während er sich von dem mit Samt gepolsterten Stuhl aus weißer Eiche erhob.

»Ich wünschte, sie würde das mal in meiner Gegenwart tun.« Layel lächelte seine Tochter liebevoll an.

»Oh, Vater…«

»Verabschiede dich nur von deinem Magier, meine Liebe.«

Leyladin begleitete Cerryl durchs Wohnzimmer und den Flur bis zum Vorraum, wo sie ihm die Tür aufhielt.

»Danke. Es war ein wundervolles Abendessen«, sagte Cerryl. »Und ich habe wie jedes Mal auch heute von deinem Vater einige Dinge erfahren, die für mich neu waren.«

»Du kannst eben zuhören«, erwiderte Leyladin lächelnd.

»Wirst du noch eine Weile in Fairhaven bleiben?«

»Ich hoffe es.«

»Ich auch.« *Und ob!*

»Ich werde da sein.« Sie beugte sich vor und umarmte ihn, dann gab sie ihm einen sanften Kuss auf den Mund.

Seine Lippen kribbelten – waren es seine Gefühle oder das Wechselspiel von Ordnung und Chaos?

»Beides«, antwortete sie, indem sie sich ein wenig zurückzog.

»Beides?« Er schüttelte den Kopf.

»Wenn wir uns so nahe sind, kann ich fast spüren, was du denkst. Deshalb brauchen wir noch etwas Zeit.« Sie lächelte ihn warm an. »Gute Nacht, Cerryl.«

Als er durch den Regen, der schon seit einer Weile fiel und ihm wie immer leichte Kopfschmerzen beschert hatte, zu den Hallen der Magier zurückkehrte, wurde ihm klar, was sie nicht ausgesprochen hatte. Wenn sie sich noch näher kamen, würde er nicht mehr wie Jeslek oder Anya oder die meisten anderen Weißen Magier mit dem Chaos umgehen können. Wahrscheinlich musste er noch besser darin werden, das Chaos völlig aus seinem Körper herauszuhalten.

Konnte er das schaffen? Als Magier der Stadtwache? Konnte das überhaupt ein Weißer Magier schaffen? Ohne sich dabei dem Grau anzunähern, das bei der Gilde ebenso wie in Recluce als Inbegriff des Grässlichen galt?

XXX

Cerryl sah sich im Zimmer um. Der Raum war weniger als sechs mal neun Ellen groß. Wachstube wurde er genannt und hatte kahle Wände, die aus rosafarbenen Granitblöcken von jeweils einer Elle Länge und einer halben Elle Höhe gemauert waren. Die Wände und der geflieste Boden waren glatt geschliffen. Ein einzelnes hohes, mit Gittern gesichertes Fenster, höchstens zwei Ellen mal eine Elle groß, war der einzige Einlass für frische Luft.

Auf dem kleinen Tisch, der ihm als Schreibtisch diente, standen zwei offene Holzkästen für Schriftrollen und Dokumente, ein Tintenfass mit Federhalter, ein Stapel grobes Schreibpapier für seine Berichte und eine alte, glänzend polierte Messinglampe. Die einzigen anderen Möbelstücke waren ein Lehnstuhl mit gerader Lehne hinter dem Schreibtisch und zwei Hocker auf der anderen Seite.

Cerryl legte das Buch *Über den Stadtfrieden* weg und rieb sich die Stirn.

»Ser?«

Der Magier schaute auf. Der Anführer einer aus vier Mann bestehenden Streife stand in der offenen Tür. Er war von mittlerer Größe und hatte kurzes, dichtes braunes Haar und einen Schnurrbart. Cerryl hatte Mühe, sich an den Namen zu erinnern. »Ja… Fystl?«

Fystl kam in die Schreibstube und trat von einem Bein aufs andere. »Wir haben ein Problem, Ser.«

Cerryl stand auf. »Wo?«

»Nun, Ser… es ist nicht… also… sie sagt, er weiß nicht, was er tut… Aber sie hat auf ihn eingestochen und er hat sie mit einem Stock verprügelt… direkt am Rand des unteren Marktes. Was sollen wir jetzt machen? Wir haben sie hergeholt, damit Ihr über sie entscheiden könnt.«

»Sind deine Leute wohlauf?«

»Äh… Hurka hat einen Stich abbekommen… aber nicht sehr tief, Ser. Und Veriot hat ein paar blaue Flecken vom Stock.«

Cerryl holte tief Luft. Es war sein dritter Tag als Magier der Stadtwache, und schon bekam er es mit zwei Leuten zu tun, die nach dem Handbuch und aufgrund der Vorgaben, die Isork ihm gemacht hatte, eigentlich in Asche verwandelt werden mussten. Aber Fystl verhielt sich nicht so, als sei eindeutig klar, dass die beiden sterben mussten. Er schien eher verlegen.

»Vielleicht solltet Ihr mit ihnen reden.« Fystl starrte zu Boden.

»Ihr habt sie mitgebracht?«

»Sie sind in dem großen Raum, jawohl, Ser. Der Kerl heißt Gerlaco, die Frau heißt Jeyna.«

»Gerlaco und Jeyna also. Dann lass uns gehen.« Cerryl folgte Fystl und verließ die Wachstube. Sie schritten durch einen kurzen Gang zum großen Bereitschaftsraum, wo sich die Wachleute am Morgen meldeten und wo Störenfriede festgehalten wurden, damit der wachhabende Magier über sie entscheiden konnte. Wie in der Wachstube bestanden auch die Wände des größeren Raumes aus nacktem Stein. Hier gab es nicht nur eines, sondern zwei Fenster in Kopfhöhe, die ebenfalls mit Gittern gesichert waren. Im Gegensatz zur Wachstube hatte man hier allerdings auf jegliche Möblierung verzichtet. Hinten im Raum befand sich lediglich eine etwa zwei Ellen hohe Plattform aus Stein. Der Raum war annähernd quadratisch, jede Wand ungefähr zwanzig Ellen lang.

An der zur Straße hinaus gehenden Seite des Raumes, zwischen den Fenstern, standen drei Stadtwächter, die einen Mann mit zerfetztem grauem Hemd festhielten. Der Kerl war leicht über vier Ellen groß, und obwohl die Hände gefesselt waren und trotz der sicherlich schmerzhaften, unbehandelten Schulterwunde hatten die drei Wachleute Schwierigkeiten, ihn zu bändigen.

Auf der anderen Seite des Raumes stand eine dunkelhaarige, zierliche Frau, die Cerryl kaum bis zur Schulter reichte.

Cerryl nickte beiden zu, als er durch den Raum ging und auf die Plattform stieg. Er kam sich etwas albern dabei vor, aber Isork hatte ihm zu verstehen gegeben, dass er ausschließlich von der erhöhten Position aus sprechen sollte. Der Magier räusperte sich vernehmlich. »Gerlaco… Jeyna.«

Die Stadtwächter und die Frau sahen ihn etwas ängstlich an.

Der große Mann spuckte auf den Boden. »Es ist mir egal, ob er ein Weißer Dämon ist… kein bartloser Jüngling wird über mich richten…«

Cerryl beschloss, den Mann zum Schweigen zu bringen. Er sammelte Chaos um sich und ließ Feuer aus seinen Fingerspitzen flackern.

»Tricks, alles nur Tricks! Ihr seid sogar noch schlimmer als die Schwarzen Engel!«

Die dunkelhaarige Frau warf sich vor der Plattform zu Boden. »Gerlaco kommt aus Delapra, er versteht es nicht! Bitte… tötet ihn nicht… er hat zu viel getrunken… bitte…«

Ohne sich besonders anzustrengen, konnte Cerryl spüren, dass sie die Wahrheit sagte, so wie sie sie sah.

»Mich töten… dieser Junge da? Ha!« Der große Mann stürmte auf Cerryl los und kam einem Stadtwächter nahe genug, um die gefesselten Arme heben und den Mann mit dem Ellenbogen hart stoßen zu können.

Der Wachmann ging wie ein Stein zu Boden und hielt seinen Arm umklammert, der verrenkt oder gebrochen war.

Cerryls Gesicht blieb unbewegt. Natürlich half es nicht, dass er eher klein von Statur war, aber jetzt, nach diesem Zwischenfall, hatte er keine Wahl mehr.

»Tretet zurück.« Cerryls Stimme war nicht einmal besonders laut.

»*Nein…*«

Die Stadtwächter zogen sich abrupt zurück und stießen den Riesen in die Mitte des Raumes.

Cerryl konzentrierte sich und versuchte, das Chaos so eng wie möglich zu bündeln und eine Lichtlanze zu formen, ohne wirklich durchblicken zu lassen, was er tat. Er wollte sein Geheimnis noch nicht preisgeben.

Ein Zischen ertönte, und dort, wo der große Mann gestanden hatte, war nur noch Rauch zu sehen.

»Nein!« Die Frau lag schluchzend am Boden.

»Es tut mir Leid«, sagte Cerryl leise, aber mit fester Stimme. »Niemand darf einen Stadtwächter angreifen. Niemand. Es spielt keine Rolle, ob der Betreffende aus Delapra oder Recluce oder Hamor kommt.« Irgendwie schaffte er es, ruhig und mit fester Stimme zu sprechen, obwohl er innerlich schauderte. Er war doch erst ein paar Tage im Dienst, und es hätte vielleicht nicht geschehen müssen, wenn er nicht so schlank und zierlich wäre.

»Fystl… wir unterhalten uns im Büro.« Cerryl drehte sich um und verließ den Raum, der als Treffpunkt und Gerichtssaal diente. Die Stadtwächter und die Frau blieben zurück.

»…einfach so… warte, bis ich das Reyll erzählt habe…«

»…sag den Jungs in der Gerberei Bescheid…«

»…möchte ihn mal draußen auf der Straße sehen…«

Ohne weiter auf die Bemerkungen zu achten, ging er durch den Flur in die Wachstube zurück. Er ließ sich auf den gepolsterten Stuhl sinken, der einzige weiche Platz im ganzen Gebäude, und nicht einmal dieses Polster war sonderlich bequem. Er wartete, bis Fystl die Tür geschlossen hatte, und deutete auf einen Hocker.

Fystl setzte sich und sah sich nervös um, ohne Cerryls Blick zu erwidern.

»Mit wie vielen solchen Zwischenfällen muss ich rechnen, bis sich herumgesprochen hat, dass ich nicht anders bin als alle anderen Magier der Stadtwache?«, fragte Cerryl müde.

»Oh… ich weiß nicht, Ser. Ihr habt schnell reagiert… viele werden es nicht sein.« Fystl schüttelte den Kopf. »Ser, war das eine Feuerkugel?«

»Ja«, log Cerryl. »Allerdings eine sehr genau kontrollierte. Ich wollte vermeiden, dass noch andere verletzt wurden«, fügte er, etwas näher an der Wahrheit, hinzu.

»Die meisten räumen vorher das Gebäude.« Jetzt endlich erwiderte Fystl den Blick des Magiers. »Seid Ihr immer so gut, Ser?«

»Jedenfalls bei Zielen, die näher als fünfzig Ellen sind.«

Der Anführer der Streife lächelte leicht, dann verschwand das Lächeln wieder. »Was ist mit der Frau?«

»Er hat angefangen, sie ist schon genug gestraft. Lasst sie frei.«

Fystl nickte. »Wäre das dann alles, Ser?«

»Das ist alles.«

»Mit Eurer Erlaubnis, Ser?«

Cerryl stand auf. »Lasst es mich wissen, wenn sich daraus noch weitere Probleme ergeben.«

»Es wird keine geben, Ser. Garantiert nicht.« Fystl deutete eine Verbeugung an, drehte sich um und ging hinaus.

Cerryl hoffte sehr, dass es keine Schwierigkeiten mehr geben würde, aber Hoffnungen entsprachen nur selten der Wirklichkeit. Er hatte das schon oft genug erlebt, besonders bei Onkel Syodor und Tante Nall.

Cerryl blickte auf den kleinen Stapel Papiere, den er beiseite gelegt hatte, um das Buch *Über den Stadtfrieden* zu lesen. Er nahm sie wieder zur Hand und blätterte sie durch. Erst jetzt wurde ihm klar, dass es auch zu den Aufgaben eines Bezirks-Magiers gehörte, sich mit dem Schreiben von Berichten zu langweilen. Isork hatte diese Berichte zwar erwähnt, aber zwischen dem Hören und dem Tun lagen Welten. Cerryl musste es notieren, wenn die Stadtwache jemanden festnahm, wenn er jemanden mit Chaos-Energie in Asche verwandelte und wenn sonst etwas geschah, das Isork oder der Rat erfahren sollten.

Viel zu spät begriff Cerryl, was es mit den Dokumenten auf sich hatte, mit denen Isork beschäftigt gewesen war, als Cerryl sich ihm vorgestellt hatte. Langsam nahm er den Federkiel und tauchte ihn in die Tine. Er hatte beschlossen, vorläufig eine Art Tagebuch zu führen und sich schon während seines Dienstes Notizen zu machen, um am Ende seiner Schicht alles zusammenzutragen, was ihm berichtenswert erschien.

Er sah durch, was er bis zu dem Zwischenfall mit Gerlaco schon notiert hatte.

…Kealf festgenommen, dem vorgeworfen wurde, er hätte Äpfel gestohlen. Kealf sagte wahrheitsgemäß aus, Vilo habe das Kupferstück nicht nehmen wollen, weil er aus Sturba stamme. Vilo war einverstanden, das Kupferstück anzunehmen und an die Stadtwache ein Kupferstück Entschädigung zu zahlen.

…ein gewisser Azorf hat drei Laibe Brot gestohlen. Wurde von Nuryls Streife erwischt. Ins Gefängnis geschickt, damit er dem Straßenbau zugeteilt wird.

…ein Vagabund, der seinen Namen nicht nennen wollte, hat Searlica, der Frau des Küfers Huntyl, die Börse gestohlen. Huntyl hat ihn mit einer Fassdaube niedergeschlagen und die Stadtwache gerufen (Anführer der Streife: Sheffl). Den Vagabunden wahrgelesen, er hat den Diebstahl begangen. Ins Gefängnis gesteckt, damit er dem Straßenbau zugeteilt wird…

Cerryl hob den Kopf, überlegte kurz und schrieb weiter. Hoffentlich musste er nicht zu oft niederschreiben, dass er einen Störenfried in Asche verwandelt hatte.

XXXI

Cerryl nahm sich eine große Portion Lammfleisch mit Soße von der Anrichte im Speisesaal und füllte einen Krug mit hellem Bier. An den meisten Tischen saßen Anwärter, Neuzugänge, die er nicht kannte. Zwei Rotschöpfe konnte er ausmachen – Kiella und Kochar. Nur am großen runden Tisch in der Nähe des Eingangs fand er ein paar vertraute Gesichter: Faltar, Lyasa und Heralt. Sie waren mit Essen fast fertig. Lyasa winkte Cerryl und er ging in ihre Richtung. Er setzte sich und bemerkte grinsend die Krümel auf Faltars Teller. »Hast du dir etwas Lamm zum Brot genommen?«

»Ich war zu müde, um noch auszugehen, obwohl es schon wieder Lamm mit Soße gibt.« Faltar erwiderte das Grinsen. »Ich bin leider kein gut bezahlter Magier der Stadtwache. Ich muss mein Geld zusammenhalten.«

»Irgendjemand hat mir doch erzählt, selbst ein junger Magier könne es sich leisten, jeden Abend auszugehen«, erwiderte Cerryl.

»Da hat er sich eben geirrt.«

Heralt und Lyasa lachten, als sie Faltars bekümmertes Gesicht sahen.

»Wie ist denn der Dienst in der Stadtwache im Vergleich zum Tor?« Heralt – der junge Magier aus Kyphrien mit dem Lockenkopf – trank einen Schluck Bier.

»Schwerer, viel schwerer«, murmelte Cerryl zwischen zwei Bissen Lamm.

»Du hast am frühen Nachmittag frei. Warst du bei dieser Händlerin?«, wollte Faltar wissen. »Bei deiner Freundin?«

»Nein… ich bin im Südostviertel herumgelaufen. Ich muss die Gegend kennen lernen.«

»Ganz allein?«

»Da ich Magier der Stadtwache bin, würde es keinen guten Eindruck machen, wenn ich außerhalb der Dienstzeit Begleitschutz in Anspruch nähme«, antwortete Cerryl trocken. »Aber ich habe um dunkle Gassen und die Schenken einen weiten Bogen gemacht.«

»Er benimmt sich immer noch wie ein Lehrling, der vieles nicht verstanden hat«, sagte Faltar zu Lyasa.

»Und er verdient mehr als früher«, erwiderte sie. »Vielleicht besteht zwischen den beiden Punkten ein Zusammenhang.«

»Auf keinen Fall«, erklärte Faltar. »Ich kann es mir nicht vorstellen, den ganzen Tag in der Stadt herumzulaufen. Mir tun schon nach dem Wachdienst am Tor die Füße weh.«

»Vom Kopf ganz zu schweigen«, stimmte Heralt zu.

»Da wir gerade von Kopfschmerzen sprechen«, wandte Lyasa sich an Cerryl. »Hast du etwas von Jeslek gehört?«

»Abgesehen davon, dass er mitten in Gallos Berge wachsen lässt?«

»Nein. Er soll Erzmagier werden. Wir haben es gerade erfahren.«

Cerryl hätte sich beinahe verschluckt. Er legte die Hand vor den Mund und unterdrückte einen Hustenanfall.

»Das ist aber mal eine heftige Reaktion«, grinste Faltar. »Es kommt nur selten vor, dass man Cerryl so überrascht sieht.«

Cerryl hatte sich wieder gefangen, räusperte sich und spülte mit einem kleinen Schluck Bier nach. »Ich bin nicht überrascht, dass er Erzmagier werden soll. Ich dachte mir immer schon, dass er es eines Tages werden würde. Aber ich habe nicht damit gerechnet, dass es schon so bald sein würde.«

»Er ist in Sterols Gemächer marschiert und mit dem Amulett wieder herausgekommen«, berichtete Faltar.

»Kinowin und die ganze Gilde müssen das noch absegnen«, meinte Heralt.

Die anderen drei sahen den Magier mit dem lockigen Haar verwundert an.

»Das ist nun mal Vorschrift. Aber niemand wird sich ihm widersetzen«, fügte Heralt hinzu.

»Er trägt bereits das Amulett«, sagte Lyasa.

Du meinst, Anya trägt es. Cerryl schüttelte über den Gedanken, der ihm auf einmal gekommen war, den Kopf. Warum dachte er so etwas? Jeslek war viel stärker als Anya.

»Ich verstehe das nicht«, sagte Faltar leise. »Derka meint, er will nach Hydlen zurückkehren. Nach Hydolar, um es genau zu sagen.«

»Derka will Fairhaven verlassen?«, fragte Cerryl.

»Sterol zieht in Derkas Gemächer um«, sagte Lyasa. »Das hat Kiella mir erzählt.«

»Ich verstehe es nicht«, sagte jetzt auch Heralt. »Als Sterol noch Erzmagier war, hat Jeslek so weit entfernt vom Turm gelebt wie nur möglich. Jetzt wird Sterol direkt unter Jeslek wohnen.«

Cerryl hob seinen Krug Bier, das im Vergleich zum Bier im *Goldenen Widder* schal schmeckte, und trank einen und dann noch einen Schluck.

»Drei Stockwerke massiver Stein«, sagte Lyasa.

»Das ist nichts verglichen mit den Bergen«, gab Faltar zurück.

»Jeslek wird sowieso nicht oft hier sein«, meinte Heralt. »Er muss etwas gegen Gallos und Spidlar unternehmen.«

»Wahrscheinlich hat Sterol ihm deshalb auch das Amulett überlassen«, warf die schwarzhaarige Lyasa ein.

»Aber wer soll als zweiter Obermagier Jesleks Platz einnehmen?«, fragte Faltar. »Weiß das schon jemand?«

»Anya würde sicher gern einspringen«, bemerkte Lyasa.

»Ich habe nichts darüber gehört«, sagte Heralt. »Ob Sterol den Posten will?«

»Nein, dann müsste er ja Jeslek unterstützen«, widersprach Faltar entschieden.

Cerryl sah Faltar an. Das war sicher nicht Faltars eigene Idee gewesen, dachte er. Aber er schwieg.

»Cerryl? Du sagst ja gar nichts.«

»Was soll ich schon sagen? Jeslek kehrt aus Gallos zurück, wo er mit der Chaos-Energie eine ganze Gebirgskette hat wachsen lassen. Der ehrenwerte Sterol verzichtet auf das Amulett und empfiehlt der Gilde, Jeslek als Erzmagier einzusetzen. Niemand weiß, wer der neue Obermagier werden soll, nur dass es höchstwahrscheinlich nicht Sterol sein wird. Was soll ich als junger, unerfahrener Magier dazu sagen?«

»Ich glaube, du hast schon etwas gesagt«, meinte Lyasa.

Cerryl schüttelte den Kopf. »Ich habe schon früher gesagt, dass er meiner Ansicht nach eines Tages Erzmagier werden würde. Er ist es sogar eher geworden, als ich es für möglich gehalten hätte.«

»So wie du«, sagte Lyasa. »Angeblich bist du seit Generationen der jüngste Magier der Stadtwache.«

Wahrscheinlich warten alle nur darauf, dass ich einen Fehler mache… Kann das sein? Hat Jeslek meiner Abordnung zugestimmt, weil er mich scheitern sehen will? Cerryl hätte beinahe geschaudert. Diese Vorstellung passte jedenfalls zu der Art und Weise, wie Jeslek vorging. Der neue Erzmagier stellte Magiern, die er nicht mochte, unerfüllbare Aufgaben und bestrafte sie, wenn sie versagten, soweit sie nicht schon vorher gestorben waren. Insgeheim förderte er gleichzeitig die weniger fähigen Magier, die ihn unterstützten. Im Weißen Orden wurden nur wenige Auseinandersetzungen offen ausgetragen. Man sorgte einfach nur dafür, dass der Gegner in eine möglichst ungünstige Lage kam, bis er ohne sichtbare Einwirkung irgendeines Magiers den Tod fand. »Das ist doch nur Gerede«, protestierte Cerryl. »Außerdem muss ich mich jetzt vor allen bemühen, ein Magier der Stadtwache zu bleiben.« *Und genau das ist der schwierige Teil.*

»Aber du machst dich doch gut in der Stadtwache.«

Cerryl hoffte es jedenfalls. Er stand auf. »Wohin willst du?«, fragte Lyasa grinsend. »Doch nicht zu einer gewissen Heilerin?«

»Nein. Ich muss noch ein paar Berichte schreiben und ein paar Dinge nachlesen.«

»Arbeit, immer nur Arbeit…«, sagte Faltar leichthin.

»Manchmal«, gab Cerryl zu, »manchmal kann man nichts dagegen tun.« Er freute sich nicht darauf, weiter *Über den Stadtfrieden* zu lesen, aber er musste das Buch durcharbeiten und verstehen, bevor er mit größeren Zwischenfällen konfrontiert wurde. Und da Jeslek wieder in Fairhaven war, musste er jederzeit mit solchen Schwierigkeiten rechnen. Jederzeit.

XXXII

Die Schiffe aus Recluce fahren über jedes Meer und in jede Bucht und auf jedem gibt es einen Schwarzen Wetter-Magier. Die Händler im weiten Land von Candar jedoch hatten keine andere Wahl, als mit der Schwarzen Insel Handel zu treiben und Bedingungen hinzunehmen, die für Creslin äußerst günstig waren.

Die Ersten, die schwach wurden, waren die Länder im Westen, wo die Legende der Schwarzen Engel noch einen stärkeren Einfluss hatte. Von Rulyarth schickte die Tyrannin von Sarronnyn zehn Schiffe aus, die mit allen Arten von Waren beladen waren. Diese Waren schenkte die Tyrannin Megaera zur Vermählung und hoffte, Recluce werde Sarronnyn dadurch besonders gewogen sein.

Auch aus Südwind kamen Tribute. Kupfer und duftende Öle, die kostbar genug für die Gemahlinnen des Imperators von Hamor gewesen wären, kräftige Stuten, wie sie in der erbarmungslosen Hitze der Steinhügel gezüchtet wurden.

Sogar die silberhaarigen Druiden aus Naclos schickten Seide und dunkles Lorkenholz, das die Schwarzen Handwerker so sehr schätzen und das von denen, die auf dem Weg von Wohlstand und Licht schreiten, nicht verwendet werden kann. Und kostbare Steine schickten sie, die man nirgends findet als in den heimlichen Tiefen des Verwunschenen Waldes.

So begann das Bündnis zwischen der dunklen Insel und den Ländern hinter den Westhörnern, und bis auf den heutigen Tag werden diejenigen, die von der Schwarzen Insel vertrieben werden, nicht in die Länder hinter den Westhörnern geschickt, sondern in andere Länder, die nicht in der Gunst der Schwarzen stehen und es nicht wagen, die Verstoßenen zurückzuweisen, weil sie fürchten, die Magier von Recluce könnten noch einmal das Meer und den Himmel selbst gegen Candar in die Schlacht schicken.

Im Lauf der Generationen hat Recluce seine Verbannten und Pilger nach Candar geschickt und einige, wenn nicht die meisten, fanden Candar angenehm und friedlich und ihren Vorstellungen entsprechend. So blieben sie und schlossen sich dem Weg von Licht und Wohlstand an.

Jene, die Recluce verlassen, beweisen durch den Wert, den sie für Candar haben, welch bewundernswerte Eigenschaften auf der Schwarzen Insel übel angesehen sind und wie schlecht jene, die dem gewundenen Pfad der dunklen Ordnung folgen, über das Licht denken und über das Wissen um das wahre Wesen der Welt und über alles, was jenseits unseres Himmels liegt…

Die Farben der Weiße
(Handbuch der Gilde von Fairhaven)
Vorwort

XXXIII

Eine feiste Fliege summte behäbig durch die offene Tür der Wachstube und ließ sich im grauen Morgenlicht auf dem polierten Stein neben dem hohen, vergitterten Fenster nieder. Der schwache Luftzug, der durchs offene Fenster hereinwehte, brachte einen kalten Hauch mit, der vom nahenden Winter kündete.

Cerryl stand auf und starrte einen Augenblick seinen Schreibtisch und die erloschene Lampe an. »Zubal!«

Der schmächtige, rot uniformierte Bote tauchte sofort in der Tür auf und verneigte sich. »Ja, Ser?«

»Wenn etwas passiert, kannst du mich den Rest des Vormittags über bei Kesals Streife erreichen. Du weißt, welchen Bereich sie in den nächsten zwei Achttagen übernimmt?« Nach den Regeln der Stadtwache durfte keine Streife länger als drei Achttage in einem Revier bleiben, danach musste die Streife zunächst die anderen neun Reviere in ihrem Viertel durchlaufen, ehe sie zurückkehren durfte. Alle halbe Jahre wurden die Streifen sogar zwischen den vier Stadtvierteln ausgetauscht.

»Ja, Ser. Die Töpferwerkstätten, die Gerbereien und die Steinmetzen.«

»Gut. Dann weißt du also, wo ich zu finden bin, falls mich eine der anderen Streifen braucht.«

Zubal schlug die dunkelbraunen Augen nieder und verneigte sich. »Jawohl, Ser.« Er ging wieder hinaus und setzte sich im Flur auf den Hocker, der dort für die Boten bereitstand.

Cerryl kam hinter dem Schreibtisch hervor. Er warf noch einen kurzen Blick zu den Kästchen mit den Schriftstücken, den Papierstapeln und dem Federhalter. Dann ging er am schweigenden Zubal vorbei zum Hauptraum.

Ein Wachmann, der zu Fystls Streife gehörte, verließ gerade den Mannschaftsraum.

»Guten Tag, Ser«, sagte Fystl nickend, dass sein breiter Schnurrbart wippte.

»Guten Tag, Fystl.« Als Cerryl den Mannschaftsraum betrat, verstummten die Unterhaltungen oder Unterweisungen. Er blickte zu dem Wachmann, der neben dem Steinpodest wartete. »Kesal? Kann ich Euch kurz sprechen?«

»Ja, Ser.« Der drahtige Streifenführer kam durch den Raum und trat zu Cerryl in den Flur. Er sah Cerryl aus seinen braunen Augen fragend an.

Cerryl betrachtete die saubere, glatte weiße Uniform, den roten Gürtel der Stadtwache, das braune, grau melierte Haar, den sorgfältig getrimmten Bart und das eckige, ehrliche Gesicht. »Ich werde Euch heute Morgen eine Weile begleiten. Zubal hat Botendienst, er weiß Bescheid.«

»Ihr wollt uns begleiten, Ser?«

Hinter Kesal strömten die anderen Streifenführer mit ihren Leuten in die Morgendämmerung hinaus.

Cerryl zuckte mit den Achseln. »Ich erfahre nichts über meinen Bezirk, wenn ich im Gebäude sitze, und dort lernen mich auch die Leute nicht kennen.«

»Äh… ja, Ser.«

»Kesal, ich bin nicht hier, um Eure Arbeit zu tun. Ich werde Euch nicht über die Schulter blicken und Euch vorschreiben, was Ihr zu tun habt. Ich bin hier, um Euch zu unterstützen und um den Leuten deutlich zu machen, dass ich für Euch eintrete.« Er nickte zum Mannschaftsraum hin. »Stellt mich Eurer Streife vor.«

Kesal nickte. Ein junger Magier der Stadtwache, der auf Streife gehen wollte, das war offenbar neu… Er drehte sich um und ging durch die offene Doppeltür des Mannschaftsraums zu den vier Männern, die dort warteten.

»Der Magier Cerryl wird uns heute Morgen begleiten«, sagte Kesal, direkt zur Sache kommend. »Dies hier ist Chulk.« Der braunhaarige Wachmann mit dem jungenhaften Gesicht nickte. Cerryl bemerkte, dass der Mann eine breite rote Narbe auf dem linken Handrücken hatte.

»Bleren.« Bleren war vierschrötig und hatte eine helle Haut, hellblondes Haar und Zähne, zwischen denen große Lücken klafften.

»Olbel.« Der dunkelhäutige Mann nickte. Den gekräuselten schwarzen Schnurrbart hatte er offenbar mit Bartwichse fixiert. Unter dichtem schwarzem Haar funkelten schwarze Augen.

»Pikek.« Der letzte Mann der Streife – kurz geschnittenes, rötliches Haar und eckige Koteletten – begrüßte Cerryl mit einem unerschütterlichen Lächeln, an dem die hellgrünen Augen jedoch nicht beteiligt waren.

Cerryl wusste nicht, was er sagen sollte. Er war allen Wachleuten schon einmal begegnet, aber nur kurz. Die Namen hatte er mit Hilfe der Dienstpläne gelernt, doch er konnte nur eine Hand voll Namen mit Gesichtern in Verbindung bringen und keines davon gehörte einem Mann aus Kesals Streife. Nach kurzem Überlegen sagte er schließlich: »Letzten Endes werde ich jede Streife eine Weile begleiten.« Dann nickte er Kesal zu und verkniff sich weitere Erklärungen.

»Lasst uns gehen«, sagte Kesal und trat zur Seite.

Auch Cerryl machte Platz.

Die vier Wachleute verließen den Raum und das Gebäude. Kesal und Cerryl folgten ihnen. Draußen wandte sich die Streife nach Osten und hielt sich auf der Südseite der Querstraße, die zur Hauptstraße führte. Es war der Weg der Gerber, durch den Cerryl als Lehrling bei Tellis, dem Schreiber, mehr als einmal gegangen war. Arkos war der einzige Gerber, bei dem Tellis eingekauft hatte, doch es gab noch weitere – Murkad, Viot und Sieck – und ein Stück die Straße hinunter im Osten einige andere.

Chulk ging auf der Nordseite der Straße, Olbel hielt sich hinter Kesal und Cerryl. Pikek und Bleren waren nicht zu sehen. Sie überprüften die Gassen links und rechts neben der Straße, ob sie sauber und frei von Abfällen waren.

»Wie seid Ihr zur Stadtwache gekommen?«, fragte Cerryl.

»Ich war früher Lanzenkämpfer, aber ich wurde es müde, immer nur in Candar herumzureiten. Das ist etwas für junge Männer. Ich hörte, dass die Stadtwache Männer suchte, bin auf meinem Heimaturlaub hingegangen und habe gefragt. Magier Huroan hat gesagt, ich könne es versuchen, und seitdem bin ich bei der Stadtwache. Da weiß ich, dass ich genug zu essen bekomme und jeden Tag in meinem eigenen Bett schlafen kann. Ich werde schließlich nicht jünger.«

»Werden alle Stadtwächter von den Lanzenkämpfern rekrutiert?« Cerryl überquerte die nächste Seitenstraße und blickte an der Reihe der noch verschlossenen Türen entlang nach Süden. Von Osten her schimmerte das erste orangefarbene Glühen des neuen Morgens über der Stadt. Im nächsten Abschnitt des Weges der Gerber waren verschiedene Werkstätten untergebracht, die Leder verarbeiteten, wenn er sich recht erinnerte. Der Geruch nach Leder und nach den Bestandteilen der Färbemittel verriet ihm, dass er sich nicht geirrt hatte.

Kesal rieb sich nachdenklich die Nase, bevor er antwortete. »Nein. Aber sie müssen eine Weile gedient haben. Ob bei der Infanterie oder als Wächter am Tor, ist gleichgültig. Wir haben sogar ein paar Söldner. Das Schwierige ist, die Stadt kennen zu lernen. Das ist immer schwer, Ser. Vor allem für die jungen Wachsoldaten.« Kesal lächelte. »Nach zehn Jahren spielt es für mich jetzt keine Rolle mehr, wo ich eingesetzt werde, weil ich überall die Leute kenne. Nicht alle, aber die Leute kennen mich. Das ist gut, denn wenn die Streifenführer ausgetauscht werden, können die Leute, die Schwierigkeiten haben, immer noch zu mir kommen.«

Cerryl war nicht sicher, ob Kesals Vertrautheit mit den örtlichen Gegebenheiten wirklich so gut war. Aber andererseits gab es sowieso kein narrensicheres System für eine Stadtwache. Wenn die Stadtwächter sich mit einem bestimmten Bezirk zu sehr verbunden fühlten, ließen sie den Leuten wahrscheinlich zu viel durchgehen, weil sie auf gutem Fuß mit ihren Nachbarn stehen wollten. Wenn sie die Gegend nicht gut genug kannten, übersahen sie viel und bekamen die schlimmsten Halunken, die sich in den dunkleren Gassen und hinter abweisenden Mauern herumtrieben, überhaupt nicht zu Gesicht. »Man darf nicht zu freundlich werden, aber auch nicht zu fremd sein?«, fragte Cerryl schließlich.

Kesal nickte. »Wenn sie Euch kennen, dann erzählen die Leute Euch, was sie in ihrer Umgebung stört. Das tun sie aber nur, wenn man sich nicht bei ihnen einschmeichelt. Andererseits wollen sie natürlich auch vermeiden, dass die Stadtwache allzu viel erfährt.«

Cerryl konnte das gut nachvollziehen. O ja, er verstand es sehr gut. Schon als Lehrling war er den Streifen meistens aus dem Weg gegangen. Als Chaos-Bändiger und Sohn eines Abtrünnigen, der von der Gilde getötet worden war, hatte er gute Gründe dafür gehabt. Er unterdrückte ein wehmütiges, trauriges Lächeln. *Es ist seltsam… dass du ein Weißer Magier geworden bist, obwohl sie deinen Vater getötet haben… nur dass diejenigen, die es getan haben, keine Wahl gehabt haben… und du hast ihn sowieso kaum gekannt… und dass er auch ein Weißer Magier werden wollte… aber das war wohl die einzige Möglichkeit, um zu überleben. Und heute verstehst du, warum das geschehen muss, wovor du Angst hattest.* Nach kurzem Überlegen fügte er bei sich hinzu: *Mehr oder weniger.*

»Guten Morgen, Beykr.« Kesal begrüßte nickend den gebeugten weißhaarigen Mann, der die Tür eines winzigen Ladens öffnete, über dessen Tür ein kleiner geschnitzter Stiefel hing. Die Wände neben der Tür hatten keine Fenster.

»Einen guten Morgen auch, Wachmann Kesal.« Nach einem winzigen Zögern fügte Beykr hinzu: »Und auch Euch, Ser Magier.«

»Danke«, erwiderte Cerryl. »Ich hoffe, Ihr werdet heute einen erfolgreichen Tag haben und Euer Geld verdienen.«

Beykr nickte höflich und kehrte in seine dunkle Werkstatt zurück.

»Er macht gute Stiefel, wie ich hörte, aber die sind mir zu fein.« Kesal deutete nach Osten. »Miern… seine Werkstatt ist eine Straße weiter… bei dem kaufe ich meine Stiefel. Kräftiges Leder, schwere Absätze und dicke Sohlen. Und sie passen mir immer gut. An den Stiefeln sollte man nicht sparen. Ich sage allen neuen Männern, sie sollen jeden Zahltag ein paar Kupferstücke für neue Stiefel zur Seite legen.«

Nachdem sie an einigen geschlossenen Türen vorbeigekommen waren, darunter auch dem Eingang von Mierns Werkstatt, stießen Pikek und Bleren aus der südlichen Seitenstraße wieder zu ihnen.

»Ja?«, fragte Kesal ruhig.

»Äh… Ser, da ist ein Karren mit einem toten Pferd.« Blerens Stimme klang heiser. »Ich weiß nicht, warum er dort liegen geblieben ist. Wenigstens den Karren hätten sie doch mitnehmen können.«

Kesal grinste. »Ein Glück, dass der Bezirks-Magier bei uns ist.«

Cerryl nickte nur. Wahrscheinlich musste er das tote Tier beseitigen. Nicht auszudenken, welches Chaos in dem Kadaver steckte.

»Chulk, Olbel… wartet hier.«

Chulk überquerte die leere Straße und gesellte sich zum dunkelhäutigen Olbel, während Cerryl und Kesal den anderen beiden Wachleuten folgten.

Ein Stück die Gasse hinauf lag ein totes Pferd im Ledergeschirr verheddert und halb über der Deichsel des Karrens. Cerryl runzelte die Stirn und ließ die Sinne über das Pferd gleiten. Abgesehen von dem Chaos, das bei einem toten Tier ohnehin zu erwarten war, konnte er nichts Ungewöhnliches spüren. Auf dem Kutschbock des Karrens spürte er jedoch ein wenig Chaos. Er trat näher heran. Die Seitenwände waren in hellem Purpur gefärbt, die Kanten gelb abgesetzt. Dunkelrote Flecken waren auf dem Holzsitz zu sehen. Cerryl warf einen Blick zu Kesal.

»Der Karren gehört keinem hier aus der Gegend. Die Räuber haben ihn wohl stehen lassen. Das kommt manchmal vor.« Kesal betrachtete die Ladefläche. »Leer geräumt. Hat bestimmt einem fliegenden Händler gehört.«

Cerryl ging um den Wagen herum. Direkt unter dem Sitz fand er eine geschwärzte Stelle und eine Delle im Holz. Die beiden Messingbolzen waren aus dem Holz gerissen worden.

»Sie haben eine lange Eisenstange benutzt, Ser«, sagte Kesal. »Damit haben sie die Plakette abgerissen, und jetzt können wir nicht mehr sehen, wem der Wagen gehört hat. Es sei denn, jemand macht eine Meldung, aber wenn es ein fliegender Händler war, kann es eine ganze Jahreszeit dauern, bis er vermisst wird.«

»Im Pferd ist kein Bauchfluss oder Chaos. Es sieht aus, als hätten sie das Tier einfach geprügelt, bis es zusammenbrach.«

»Eine Schande… das müssen Räuber aus der Stadt gewesen sein«, meinte Kesal.

Cerryl betrachtete das tote Pferd. Waren da nicht Salz und Schweiß auf dem Fell? Aber warum sollte jemand ein Pferd derart hetzen? Zumal ein Pferd hier einen großen Wert hatte? Und wie und wo sollte so etwas innerhalb von Fairhaven geschehen sein? Nach einer Weile, als die frühe Morgensonne ihr erstes Licht in die Gasse warf, ließ er die Sinne noch einmal über den Karren gleiten, ob er etwas fühlen konnte.

War da nicht eine winzige Spur von Ordnung? In der hinteren Fuge des Kutschbocks fand er einen kleinen Fetzen Tuch, höchstens so groß wie sein Daumennagel. Er löste ihn aus dem schmalen Spalt zwischen zwei Brettern. War der Fetzen versehentlich abgerissen oder absichtlich dort hinterlassen worden? Er betrachtete das kleine Stück. Es war nicht einfach nur Tuch, es war Druidenseide aus Naclos. Er hatte bisher nur Halstücher aus diesem Stoff gesehen und selbst die kleinen Tücher kosteten schon so viel wie ein gutes Schwert oder ein Pferd.

»Druidenseide«, murmelte er und zeigte Kesal das Stück, bevor er es in seiner Börse verwahrte.

Kesal nickte traurig. »Wenn der Karren Druidenseide geladen hatte, vielleicht als Lösegeld für einen Fürsten oder so, dann finden wir die Leiche im letzten Auffangbecken. Sie wissen immer, welches Becken als Letztes geleert wird.«

»Sie?«

»Diejenigen, die ihn getötet haben.«

Cerryl runzelte unwillig die Stirn. Solche Verbrechen sollte es in Fairhaven eigentlich nicht geben. Doch Kesal verhielt sich, als sei dergleichen an der Tagesordnung oder zumindest nicht sehr ungewöhnlich. Cerryl dachte nach. »Wer könnte hier Druidenseide kaufen? Wer kann sich so etwas leisten?«

»Niemand im südöstlichen Viertel«, meinte Kesal mit ironischem Lachen.

»Wie viele Leichen findet man gewöhnlich pro Jahreszeit in den Auffangbecken?«

»Das ist schwer zu sagen, Ser. Manchmal überhaupt keine, manchmal eine oder zwei.«

Myral hatte kein Wort über Leichen in den Becken gesagt, als er Cerryl über das Abwassersystem aufgeklärt hatte.

»Das Pferd trägt keine Abzeichen irgendeines Besitzers«, warf Bleren ein.

»Löst den Karren vom Kadaver.« Kesal wandte sich an Pikek. »Wenn der Karren frei ist, gehst du zur Hauptwache und sagst Bescheid, dass sie ihn abholen. Dann kommst du wieder her.« Der Anführer der Streife sah Cerryl an. »Jemand wird den Karren bei der nächsten Versteigerung erstehen.«

Cerryl wartete, bis die beiden Wächter die Gurte gelöst und den Karren frei bekommen hatten. Pikek sah Kesal fragend an, der Anführer nickte und der Wächter ging rasch nach Westen in Richtung Hauptstraße davon.

»Was ist denn hier los?« Ein braun gekleideter Mann lugte aus einer Tür.

»Ist dies Euer Karren?«, fragte Kesal.

»Nein, Ser. Den habe ich noch nie gesehen.« Der Mann blickte zwischen Kesal, Cerryl und dem Karren hin und her.

»Gut. Er wurde gestohlen.«

»Ser, einen purpurnen Karren wie den habe ich wirklich noch nie gesehen. Höchstens einmal auf dem Markt.« Mit einem Knall schloss der Mann die Tür seines Hauses.

»Das Pferd kann uns also nichts weiter verraten?«

»Ein etwa zehn Jahre alter Kastanienbrauner, würde ich sagen. Keine Abzeichen, keine Marke im Ohr. Von der Sorte gibt es Dutzende in der Umgebung von Fairhaven. Wenn niemand den Diebstahl meldet, werden wir nie herausfinden, wem das Tier gehört hat.«

Cerryl nickte und betrachtete das tote Tier. Er sammelte Chaos-Energie um sich und gab sie frei.

Mit einem Zischen verschwand das tote Pferd in einer Flammensäule; weiße Asche tanzte über dem ausgetretenen Pflaster der Gasse.

»Bleren, du wartest hier auf den Aufräumtrupp«, befahl Kesal.

»Ja, Ser.« Der Stadtwächter wischte sich das widerspenstige, hellblonde Haar aus dem Gesicht, lächelte breit und zeigte seine Zahnlücken.

»Wir gehen auf dem Weg der Gerber nach Osten und kehren auf dem Weg der Steinmetzen zurück.«

Bleren nickte.

Als Cerryl und Kesal die Gasse verlassen hatten und wieder auf der Straße waren, fragte Cerryl: »Wie oft kommt so etwas vor?«

»Dass die Leiche fehlt? Einige Male im Jahr. Meistens finden wir aber die Leiche beim Karren.« Kesal lachte heiser. »Und wir wissen dann trotzdem nicht, wer der Tote ist.«

»Vielleicht hatte der Karren gar keine Druidenseide geladen«, überlegte Cerryl.

»Wahrscheinlich doch, oder jedenfalls etwas, das mindestens genauso kostbar war. Die Ladefläche war schließlich leergeräumt.«

An der nächsten Kreuzung blieben sie stehen und ließen einen rumpelnden, schmalen Wagen vorbei. Der weißhaarige Kutscher würdigte die Stadtwächter kaum eines Blickes. Nachdem der Wagen nach Westen in den Weg der Gerber eingebogen war und sich der Hauptstraße näherte, wechselte Chulk wieder auf die Nordseite der Straße.

Kesal holte tief Luft, schüttelte den Kopf und blinzelte in die niedrig im Osten stehende Sonne. »Die Gerber… auf den Geruch könnte ich gut verzichten.«

Cerryl nickte, als er vor sich ein Schild entdeckte, das er schon oft gesehen hatte:

ARKOS – GERBER

Das Eisentor, das nachts die alte Eichentür sicherte, war zur Seite geschoben, die Tür stand offen. Links und rechts neben der Tür waren mit Gittern gesicherte Fenster in die Wand eingelassen. Der Magier schnupperte, als ihm der beißende Gestank entgegenwehte. Hinter der erst vor kurzem getünchten Außenmauer standen Bottiche mit verschiedenen Färbemitteln, in deren Geruch sich der Gestank von fettem Fleisch mischte, das irgendwo in der Nähe gebraten wurde. Wie viele Male war er zwischen Tellis' und Arkos' Werkstatt hin und her gelaufen, um braunes Pergament oder feines Papier für ein Buch oder sonst etwas zu holen? Es schien ihm, als sei es eine Ewigkeit her, ein anderes Leben. Aber genau genommen... genau genommen war es das ja auch.

»Kennt Ihr diesen Laden?«, fragte Kesal.

»Ja. Ich habe hier immer Pergament für Meister Tellis geholt. Lehrlinge von Schreibern haben oft mit Gerbern zu tun.«

»Vielleicht sollten wir ihm guten Tag sagen«, schlug Kesal vor.

»Wahrscheinlich würde er mich nicht wieder erkennen.« Cerryl sah Kesal an. »Glaubt Ihr, er könnte ein Unruhestifter sein?«

»Ich weiß es nicht. Er kommt aus Spidlar, und hier tauchen neuerdings viele Fremde auf, wie Fystl mir berichtete. Während des letzten Achttages habe ich selbst auch ein paar gesehen.«

Sprach die wachsende Verdrossenheit der Gilde über Spidlar aus dem Offizier? Oder hatten Spidlarer allgemein einen schlechten Ruf? Oder war Arkos tatsächlich in illegale Geschäfte verwickelt? »Könnte es sein, dass er schmuggelt?«

»Er bekommt viele Wagenladungen mit Häuten«, meinte Kesal. »Wegen der Häute mache ich mir keine Sorgen, aber man kann Öl und andere Dinge in Lederbehälter stecken und die meisten Magier an den Toren bemerken es nicht. Sie reagieren meist nur auf Metall.«

»Er ist einer der besseren Gerber. Warum sollte er es riskieren, wegen Schmuggelei bestraft zu werden?«, fragte Cerryl.

»Warum riskiert es überhaupt irgendjemand, gegen die Gesetze zu verstoßen?«, fragte der drahtige Anführer der Streife trocken.

»Also meint Ihr, es könnte nicht schaden, wenn Arkos erfährt, dass sich die Stadtwache für ihn interessiert?«

»Es schadet nie, wenn man etwas Interesse zeigt. Nach Möglichkeit bevor jemand eine Waffe aus Stahl oder Bronze blank zieht.«

»Und besonders wenn ein Magier der Stadtwache mit von der Partie ist?«

Kesal grinste, zuckte die Achseln. »Nun ja… Ser.« Er drehte sich zum dunkelhäutigen Olbel um. »Wir gehen zum Gerber.«

»Ich warte dann draußen.« Olbel grinste, dass die Zähne blitzten.

Arkos, ein Mann mit eckigem Gesicht, schien hinter dem Arbeitstisch zu erschauern, als Kesal und Cerryl den kleinen Raum betraten. Er riss die Augen auf, blickte rasch zwischen Wächter und Magier hin und her und verneigte sich eilig. Cerryls Blicken wich er jedoch aus und wandte sich stattdessen an Kesal.

In der Werkstatt des Gerbers war der Geruch von brutzelndem Fleisch schwerer als draußen. Es roch beinahe ranzig. Cerryl schluckte unauffällig.

»Ser Arkos«, sagte der Anführer der Streife freundlich, »ich dachte, Ihr wollt vielleicht einmal einen Magier der Stadtwache kennen lernen. Magier Cerryl hier ist erst vor kurzem in den südöstlichen Bezirk abgeordnet worden.«

»Es freut mich, Euch kennen zu lernen, Ser Magier«, erwiderte Arkos vorsichtig. Jetzt richtete er für einen Moment die glänzenden braunen Augen auf Cerryl, der den Blick aus seinen grauen Augen unverwandt zurückgab.

»In den letzten Achttagen habt Ihr eine Menge Besucher gehabt«, bemerkte Kesal.

»Meine Familie, meine Vettern und ihre Frauen, sie sind aus Kleth gekommen.«

»Aus Kleth?«, fragte Kesal. »So eine lange Reise für einen Besuch? Das Gerben muss ein Handwerk sein, bei dem man reich wird.«

»In Spidlar lässt es sich nicht mehr so gut leben wie früher.« Arkos zuckte mit den Achseln. »Es wird dort immer schwieriger. Und so sind sie hergekommen, um für mich zu arbeiten. So viele Helfer brauche ich eigentlich nicht, aber...« Er sah hilflos zwischen Cerryl und Kesal hin und her. »Es sind doch meine Verwandten.«

»Habt Ihr in der letzten Zeit mal Druidenseide gesehen, Arkos?«, fragte Cerryl unvermittelt.

»Ich, geehrter Ser Magier? Woher sollte ich das Geld dafür nehmen?«

Cerryl spürte, dass der Mann auch jetzt, genau wie vorher zu Kesal, die Wahrheit sagte.

»Bezieht Tellis immer noch Euer bestes Pergament?«

Arkos riss überrascht die Augen auf. »Äh... ja, Ser. Nur von mir.«

»Ja, so war es immer«, stimmte Cerryl zu. »Guten Tag, Ser Arkos.«

»Guten Tag, Ser Magier.«

Als sie wieder draußen auf dem gepflasterten Gehweg neben der Straße standen, kicherte Kesal. »Ihr habt ihn mit Eurer Bemerkung über das Pergament ziemlich aus der Fassung gebracht.«

»Er hat, was seine Familie und die Seide anging, die Wahrheit gesagt.«

»Gut. Ein Problem weniger, über das wir uns Sorgen machen müssen.«

Ein Problem weniger für die Stadtwache, aber nicht unbedingt für die Gilde, wenn jetzt schon Leute aus Spidlar fliehen.

»Wir biegen hier ab, hier beginnt das nächste Revier.«

Die vier gingen auf der Nordseite der Straße an drei schmalen, verputzten Häusern vorbei. Die Gebäude hatten zwei Stockwerke und waren sauber, doch war ihnen das Alter deutlich anzusehen. An der Ecke blickte Kesal den Weg der Steinmetzen hinunter nach Osten. Eine füllige Frau war dort unterwegs. Sie trug einen Korb auf dem Kopf und zerrte mit der freien Hand ein blondes Kind hinter sich her. Im Westen war die Straße leer bis auf zwei Jungen, die drei Häuser weiter auf einer Türschwelle saßen.

Als sie das Weiß und Rot der Stadtwache bemerkten, huschten sie sofort ins Haus.

Cerryl nickte. Er konnte das restliche Chaos spüren, auch wenn es nur ein sehr schwacher Eindruck war. Er nahm sich vor, Kinowin eine Nachricht zu schicken. Der Obermagier war der Einzige, dem er zutraute, dass er die Sache mit der nötigen Umsicht behandelte.

Zwei Seitenstraßen weiter kamen sie an einem Geschäft vorbei, auf dessen Tafel ein weißer Mörser abgebildet war – ein Apotheker namens Likket, den Cerryl noch nicht kannte.

»Was für ein Apotheker ist Likket?«, fragte der Magier.

»Wer kann das wissen? Man sieht dort Diener, Frauen und Lehrlinge ein und aus gehen.«

Cerryl rieb sich das Kinn. »Manche Apotheker sind auf bestimmte Dinge spezialisiert. Nivor – sein Laden ist auf der anderen Seite der Hauptstraße – hat beispielsweise für Tellis den Bimsstein und die Galläpfel für die Tinte besorgt. Rudint handelt, wie ich hörte, hauptsächlich mit Öl für Cremes und Salben.«

Kesal zuckte mit den Achseln. »Ich weiß es nicht. Mit Apothekern haben wir nur selten Ärger und wir Stadtwächter kümmern uns ja nur um die Leute, die Ärger machen.«

Das war natürlich richtig. Aber aus irgendeinem Grund machte Cerryl sich Gedanken, auch wenn er den Grund dafür nicht sagen konnte.

XXXIV

In der nachmittäglichen Stille in der Wachstube betrachtete Cerryl das leere Blatt, das vor ihm lag, und sein privates Tagebuch.

Dulkor hat Aarhl hergebracht, weil dieser vom Ladekai des Kommissionärs Hsian drei Fässer Melasse gestohlen hätte. Nach Wahrlesung habe ich Aarhl ins Gefängnis geschickt, damit er dem Straßenbau zugeteilt wird… Ein Bettler, der seinen Namen nicht nannte, stahl einem Jugendlichen auf dem Weg der Steinmetzen drei Kupferstücke. Wurde von Jiarks Streife gefasst und griff Jiark mit einem Dolch an. Zu Asche verbrannt…

Cerryl schrieb bedächtig seinen Bericht. Er war froh, dass dieser Bettler in seinen ersten drei Achttagen als Magier der Stadtwache im südöstlichen Bezirk erst der dritte Unruhestifter war, den er mit dem Chaos-Feuer in Asche hatte verwandeln müssen. Besonders bei Bettlern und alten Frauen fiel es ihm schwer, das Chaos-Feuer einzusetzen. *Liegt es daran, dass du sie im Grunde nicht verstehst?* Warum griffen die Leute einen Magier an, da sie doch genau wussten, dass ein solcher Angriff ihren Tod bedeutete? Und warum stahlen die Menschen, obwohl die meisten erwischt wurden und den Rest ihres Lebens beim Straßenbau verbringen mussten? Der Bettler hätte beim Straßenbau besseres Essen bekommen als beim Betteln – aber trotzdem war er bereit zu sterben. Oder konnte er es nicht ertragen, sich den Befehlen eines anderen zu beugen? *Aber jeder, auch der Erzmagier, muss sich an die Regeln halten. Ohne die Regeln wäre das Leben ein Elend.*

Cerryl schüttelte den Kopf. Als Anwärter und später als Magier hatte er ein paar Dutzend Menschen getötet. Die guten Gründe, die er gehabt haben mochte, machten es nicht leichter, nicht sehr jedenfalls, aber die Alternative wäre noch schlimmer gewesen. Trotzdem…

Einer pro Achttag? Mehr als vierzig in einem Jahr? Er schüttelte den Kopf und hoffte, er könnte die Zahl etwas drücken, wenn er sich häufig im Bezirk blicken ließ und entschlossen auftrat. Nach allem, was er gesehen hatte, blieben ihm nicht viele Möglichkeiten.

Er überlegte und schrieb weiter. Das erste Glockensignal des Nachmittags war ertönt, es würde nicht mehr lange dauern, bis Gyskas kam.

Cerryl konnte das Chaos, das von Gyskas ausstrahlte, schon eine ganze Weile spüren, bevor der ältere Magier mit dem schütteren grauen Haar die Wachstube betrat. Pünktlich zum zweiten Glockenschlag des Nachmittags, als Cerryl gerade seinen Tagesbericht zusammenfaltete und versiegelte, traf die Ablösung ein.

Der Magier, der den Nachmittagsdienst übernehmen sollte, nickte und sah sich mit tief liegenden grünen

Augen in der Wachstube um. »Dann war es heute kein langer Bericht?« Er schob sich eine graue Haarsträhne aus der hohen Stirn.

»Nein. Ein Bettler hat Jiark mit dem Messer angegriffen.« Cerryl zuckte mit den Achseln. »Wie viele müsst Ihr eigentlich pro Achttag einäschern?«

»In meiner Schicht? Zwei oder drei. Die meisten sind Fremde. Unsere Leute wissen ja genau, was aus ihnen wird, wenn sie einen Stadtwächter angreifen.« Er holte tief Luft. »Manchmal setzt es einem zu, aber wir können schließlich keine Regeln einführen, die für die Einheimischen strenger sind als für Fremde.«

Cerryl kam um den Schreibtisch herum und rief: »Wielt!« Bevor der Junge mit dem hellblonden Haar hereinkam, fiel ihm noch etwas ein. »Wenn man sich überlegt«, fuhr er fort, »dass wir vier Bezirke mit jeweils zwei Schichten haben…«

»Glücklicherweise ist es nicht ganz so schlimm. Hier bei uns gibt es mehr Verstöße als in den anderen drei Bezirken zusammen. Wir haben eben Glück.«

Oder gibt es hier mehr Verstöße von der Art, auf die wir genauer Acht geben?, überlegte Cerryl.

Der Bote tauchte in der Tür der Wachstube auf.

»Bring doch bitte dies hier zu Magier Isork oder Huroan in der Hauptwache.« Cerryl händigte dem stämmigen, rot gekleideten Boten den gefalteten und versiegelten Bericht aus.

»Ja, Ser.« Wielt wandte sich an Gyskas. »Voar wartet draußen, Ser.«

»Danke.« Gyskas sah Cerryl an und hustete. »Morgen ist Euer freier Tag?«

»Übermorgen. Ich glaube, Dujak…«

»Genau. Er übernimmt heuer hier und im Südwesten die meisten Ablösungen für die Frühschicht.« Gyskas blickte zum Stuhl.

»Oh, Verzeihung.« Cerryl machte ihm Platz. »Dann

wünsche ich Euch noch einen angenehmen Nachmittag und Abend.«

»Danke für die Wünsche, aber angenehm ist es nie, Cerryl. Ihr werdet schon noch sehen…« Gyskas lächelte den jüngeren Magier schief an. »Ich würde sagen… ja, in einem Jahr oder so könnte es so weit sein. Genießt die Frühschicht, solange Ihr noch könnt.«

Cerryl nickte noch einmal, ehe er sich umdrehte und die Wachstube verließ. Vom schwarzhaarigen Voar, der neben dem Hocker der Boten wartete, verabschiedete Cerryl sich mit einem Nicken, dann ging er durch den Mannschaftsraum nach draußen.

Einige Stadtwächter, die jetzt ebenfalls frei hatten, folgten Cerryl hinaus. Unter dem dunkelgrauen Himmel war ein frischer Wind aufgekommen, die Luft roch feucht. Nach einem letzten Lächeln und Nicken wandte Cerryl sich auf der Hauptstraße nach Westen. Im Gehen vernahm er die gemurmelten Bemerkungen der Mannschaft.

»…nicht auf Isork gewartet und den Bettler gleich selbst eingeäschert…«

»…nicht wie Klyat im letzten Frühling…«

»…wette mit dir, dass er wieder durchs Revier marschiert…«

»…wenigstens musst du ihm nicht lange erklären, wo etwas passiert ist…«

Cerryl konnte sich gerade noch ein Nicken verkneifen, während die gedämpften Stimmen hinter ihm verklangen. Als er die Hauptstraße erreichte, blieb er einen Augenblick stehen und sah sich um.

Ein langer, mit Segeltuch abgedeckter Vierspänner fuhr holpernd nach Norden. Neben dem Fahrer saß ein Wächter mit einem Speer, zwei berittene Wächter folgten hinter dem Wagen. Alle vier trugen eine grüne Uniform, die Cerryl nickt kannte.

Er dehnte die Sinne aus. Soweit er es erkennen

konnte, transportierte der Wagen Ballen mit gesäuberter, gekrempelter Wolle. Wolle? Um diese Jahreszeit noch? Oder kam sie aus Kyphros und war für Lydiar bestimmt? Er schüttelte den Kopf. Die Wolle musste aus Montgren stammen. Wurde sie so spät verschifft, weil die Verkäufer hofften, einen höheren Preis zu erzielen? Aber wozu die Wächter?

Nachdem der Wagen außer Sichtweite war, wandte er sich nach Süden zum Weg der Gerber. Er wanderte durch den leichten Nieselregen, der inzwischen eingesetzt hatte, und ignorierte die leichten Kopfschmerzen, die das Wetter ihm bescherte. Langsam ging Cerryl durch den Weg der Gerber und sah sich um.

Der Zwischenfall mit dem purpurnen Karren ging ihm nicht aus dem Sinn. Niemand hatte ihn im Lager der Stadtwache für sich beansprucht und niemand hatte einen Karren, einen Kutscher oder eine Ladung Druidenseide als vermisst gemeldet. Auch die Plaketten waren nicht gerade billig.

Drei Jugendliche lehnten auf der anderen Straßenseite, der Nordseite, an einer Mauer und beobachteten ihn. Cerryl betrachtete die drei. Sie waren nicht viel jünger als er. Der Größte trug eine verschlissene graue Weste über einem abgetragenen braunen Hemd und einer oft geflickten braunen Hose. Sein Lockenhaar war fettig und schmutzig. Der Kleinste trug schmutzig graue Sachen, die fleckig waren, als hätte er Spritzer einer ätzenden Flüssigkeit abbekommen. Der Dritte trug die Jacke eines Schafhirten.

Unvermittelt spuckte der Größte auf den Gehweg.

Cerryl hätte beinahe geseufzt. Doch er konzentrierte sich und schoss eine kleine Feuerkugel auf die Stelle ab, wo die Spucke gelandet war.

Als es blitzte, fuhren die drei Jungen unwillkürlich zusammen.

Cerryl lächelte strahlend.

Sie blieben wie angewurzelt stehen, als er auf der anderen Seite der Straße vorbeiging.

»… hasse sie …«

»… diese überheblichen Weißen …«

»… vorsichtig … manchmal ziemlich empfindlich …«

Cerryl hielt die Wahrnehmung auf sie gerichtet, bis er sich gut fünfzig Schritte entfernt hatte.

Dann betrat er Likkets Geschäft.

Der Apotheker schaute von seinem Arbeitstisch auf, wo er offenbar gemahlene Borke von verschiedenen Bäumen aufgehäuft hatte. »Ser?«

»Ich bin Cerryl, Likket. Bei manchen Apothekern weiß ich, was sie tun, aber welche Dinge könnt Ihr liefern?«

Likket sah Cerryl lange und nachdenklich an. Cerryl erwiderte den Blick, bis der ältere Mann die Augen niederschlug. »Ich bereite Heiltränke zum Lösen von Verstopfungen zu oder auch zur Bekämpfung von Durchfall, zum Lösen von Muskelkrämpfen oder zum Lindern von Schmerzen. Hier … hier habt Ihr beispielsweise Weidenrinde.«

Weidenrinde? Stand nicht etwas über Weidenrinde in den Büchern, die du für Tellis kopiert hast?

»Der Trank aus Weidenrinde ist sehr hilfreich, wenn man das Fieber senken will, das beim Bauchfluss entsteht, und bei Gliederreißen. Manchmal hilft sie auch bei Kopfschmerzen.«

»Also macht Ihr keine Farben für Wolle oder Baumwolle?«

Likket schüttelte den Kopf, als halte er die Frage für lächerlich.

»Nivor liefert die Grundstoffe für die Tinte der Schreiber.«

»Die meisten Färber wollen einem Apotheker ihr Wissen nicht anvertrauen, Ser Magier.«

»Was ist mit Druidenseide?«

»Die kann man nicht färben. Aber das wisst Ihr doch sicher schon?« Likket sah Cerryl misstrauisch an.

»Ich bin noch nicht lange bei der Stadtwache«, meinte Cerryl ein wenig verlegen. »Ich weiß etwas über die Arbeit der Schreiber und über Holz und ein paar andere Dinge, aber nicht über Stoffe und Farben und Tränke gegen Schmerzen. Gibt es noch stärkere Mittel als Weidenrinde?«

»Stärkere Mittel? Gewiss doch. Mohnsamen als Pulver oder Saft, in Wein gerührt, ist viel stärker.« Likket gackerte. »Stark genug, dass manche Leute auf der Stelle einschlafen. Das ist aber nur für die geeignet, die beinahe schon im Sterben liegen.«

Cerryl nickte. »Und es gibt noch andere Tränke, nehme ich an?«

»Ach, ja…« Likket hob eine mundgeblasene Glasflasche, die mit einem Korken verschlossen war. »Dies ist Manzinella-Sirup… wenn er aus grünen Blättern gemacht wird, hilft er gegen Durchfall. Wenn man ihn aber aus den graubraunen Blättern macht, löst er einen gewaltigen Durchfall aus…«

Cerryl lächelte und wartete, dass Likket es ihm näher erklärte.

Der Regen fiel stärker, als Cerryl endlich den Laden des Apothekers verließ, und so waren auch die Kopfschmerzen stärker geworden. Er wandte sich nach Westen und ging zur Hauptstraße und den Hallen der Magier zurück.

Im Vorraum angekommen und vor dem Regen endlich in Sicherheit, nickte er Kochar zu, Jesleks rothaarigem Anwärter, der offenbar in Richtung Innenhof und Speisesaal unterwegs war.

»Guten Tag, Kochar.«

»Guten Tag, Ser«, sagte Kochar rasch und fast ohne den Schritt zu verzögern.

Cerryl ging durch den Innenhof und ein seitliches

Gebäude zum hinteren Hof, über den er schließlich das Gebäude erreichte, in dem sein Quartier lag. Als er seine Tür öffnete, tauchte weiter unten auf dem Flur Faltar auf.

»Es gibt schon wieder Lamm mit Rahmsoße. Lass uns zum *Widder* gehen.«

Cerryl überlegte, kratzte sich am sauber rasierten Kinn.

»Ich habe Leyladin schon Bescheid gesagt. Sie wird auch dorthin kommen.« Faltar grinste und wirkte mit der blonden Locke, die beinahe bis zur linken Augenbraue reichte, ein wenig liederlich. »Sie hat vorhin Myral behandelt.«

»Wo ist sie jetzt?«

»Zu Hause. Ich wäre auch am liebsten zu Hause, wenn ich so einen Palast hätte. Bist du oft dort?«

»Nicht sehr oft. Sterol hat sie in ganz Candar hin und her geschickt und ich komme ja nicht mehr viel herum.«

»Es heißt, nur Muneats Haus und vielleicht noch die von Chorast, Scerzet und Jiolt wären schöner. Loboll… ich weiß nicht.«

»Ich auch nicht.« Einmal, noch als Lehrling des Schreibers Tellis, hatte Cerryl ein Buch ins Haus des Kommissionärs Muneat geliefert. Damals war ihm schon der Eingangsflur schier überwältigend vorgekommen, aber den Rest des Hauses hatte er nicht gesehen. Die anderen Häuser, die Faltar erwähnt hatte, kannte er überhaupt nicht.

»Kommst du mit?« Faltar hob die Augenbrauen.

»Ich glaube, das Lamm im Speisesaal können sich andere zu Gemüte führen«, erklärte Cerryl. »Aber ich will mich vorher noch waschen.«

»Wir treffen uns dann im *Widder*«, sagte Faltar. »Oh… Heralt kommt auch. Das ist doch in Ordnung?«

Cerryl wunderte sich, dass Faltar überhaupt gefragt hatte. »Natürlich. Ich mag Heralt.«

»Gut, dann treffen wir uns dort.« Mit breitem, selbstzufriedenem Lächeln wandte Faltar sich um.

Cerryl betrat sein halbdunkles Zimmer, schloss die Tür und setzte sich einen Augenblick an seinen Schreibtisch. Die Füße taten ihm weh. Er konnte es sich einfach nicht vorstellen, Jahr für Jahr den ganzen Tag auf den Beinen zu sein, wie es für die meisten Leute der Stadtwache selbstverständlich war. Aber er konnte sich sowieso nicht vorstellen, Jahr für Jahr immer das Gleiche zu tun.

Er holte tief Luft und massierte sich die Stirn. Die Kopfschmerzen waren nicht besser geworden.

Er zuckte zusammen, als es klopfte. Zögernd stand er auf und ging der Wolke aus Sandelholz und Trilia entgegen, die ihm verriet, wer draußen stand.

»Darf ich hereinkommen?« Anya hatte ihr strahlendes, falsches Lächeln aufgesetzt.

»Natürlich.« Cerryl winkte sie herein.

Die rothaarige Frau huschte an ihm vorbei und setzte sich auf die Bettkante.

Cerryl drehte seinen Stuhl herum, damit er sie ansehen konnte. »Wir haben uns eine Weile nicht gesehen.«

»Wie gefällt Euch die Arbeit als Magier der Stadtwache?«, wollte Anya wissen.

»Bisher war es recht abwechslungsreich.« Er lächelte und hoffte, dass sein Lächeln aufrichtiger wirkte als ihres. »Und was habt Ihr gemacht?«

»Ich habe Sterol und Jeslek geholfen. Schriftstücke aufgesetzt… solche Sachen.«

»Ihr müsst eine schöne Handschrift haben.«

»Sicher nicht so gut wie ein ehemaliger Schreiber, aber sie ist ausreichend. Ich habe einige Dinge gelernt, bevor die Gilde mich gefunden hat.«

»Stammt Ihr denn auch aus Fairhaven?«

»Genau wie die meisten anderen Magier, ja.« Anya

beugte sich vor und das weiße Hemd legte sich noch enger um ihre Rundungen. »Wisst Ihr, dass die Gilde einen neuen Obermagier bestimmen muss, wenn Jeslek zum Erzmagier ernannt wird?«

»Soll ich Eure Kandidatur unterstützen?«

Anya lachte, zwei kurze, angenehme Laute waren es. In der absolut richtigen Tonlage zwar, aber sie klangen dennoch falsch. »Nein. Ich glaube, die Gilde würde mit einer Frau auf dem Posten des Obermagiers nicht glücklich werden.«

»Wer käme dann in Frage?« Cerryl rutschte auf dem Stuhl hin und her.

»Eliasar, Redark, Esaak. Vielleicht noch Myral oder Brokar.« Anya zuckte mit den Achseln. »Und noch ein paar andere.«

»Ihr seid mächtiger als sie alle.« Cerryl überlegte. »Oder ist genau das der Grund dafür, dass Ihr nicht kandidieren wollt?«

»Ihr seid sehr klug – aber gleichzeitig noch ein wenig unbedarft.« Sie hielt inne. »Wollt Ihr Euer Leben lang Magier der Stadtwache bleiben?«

»Darüber habe ich noch gar nicht nachgedacht.«

Die rothaarige Magierin stand auf. »Ihr solltet aber darüber nachdenken.«

Auch Cerryl erhob sich. »Ihr habt mir noch nicht verraten, wen Ihr selbst als guten Kandidaten für das Amt des Obermagiers betrachtet. Vielleicht sollte ich Fydel vorschlagen.«

»Ich wünschte, Ihr würdet darauf verzichten.« Anya lächelte und griff nach dem Türriegel. »Aber natürlich dürft Ihr vorschlagen, wen immer Ihr wollt.«

»Ich glaube, ich werde überhaupt niemanden vorschlagen.« Cerryl hielt ihr die Tür auf, die sie inzwischen geöffnet hatte. »Aber ich würde gern erfahren, was Ihr denkt.«

»Es ist selten klug, wenn man sich zu früh festlegt.«

Sie schenkte Cerryl ein strahlendes Lächeln. »Guten Abend, Cerryl.«

»Guten Abend, Anya.«

Er schloss langsam die Tür. *Sie will nicht, dass ich sie selbst, Fydel oder sonst jemanden vorschlage. Aber warum spielt meine Meinung überhaupt eine Rolle?* Als er sich wieder setzte, kam ihm ein Gedanke und er nickte. Die Botschaft war deutlich genug gewesen: *Schlage niemanden mit großen Chaos-Kräften für das Amt des Obermagiers vor.*

Cerryl stand auf. Nur gut, dass er Leyladin im *Goldenen Widder* treffen würde.

Als er sich rasiert, gewaschen und umgezogen hatte, sammelte er sich noch einen Augenblick, trat in den leeren Flur hinaus und fürchtete schon fast, Anya werde sich gleich wieder auf ihn stürzen wie ein hungriger Raubvogel. Er lächelte bei sich und schloss die Tür.

Ein paar Augenblicke später ging er über den Innenhof und am Springbrunnen vorbei. Er genoss den frischen Wind, der kräftig genug war, um ihn zu kühlen, aber nicht so schneidend, dass er fröstelte.

»Cerryl?«

Der junge Magier drehte sich um. Fydel stand im Zwielicht des frühen Abends am Springbrunnen, neben ihm perlte das Wasser ins runde Granitbecken.

»Wie gefällt es Euch bei der Stadtwache?«, fragte der Magier mit dem eckigen Bart.

»Bis jetzt eigentlich ganz gut. Besser als bei der Wache am Tor.« Cerryl lachte. »Ich kenne mich mit Waffen nicht so gut aus wie Ihr oder Eliasar. Wollt Ihr mit Jeslek wieder nach Gallos?«

»Jeslek hat nichts darüber verlauten lassen, dass er dorthin will. Wo habt Ihr das gehört?«

»Ich habe überhaupt nichts gehört«, gab Cerryl zu. »Es war nur eine Vermutung, aber nach allem, was ich gesehen habe, als ich mit Euch dort war, nehme ich an, dass sich der neue Präfekt auch von Jesleks neu geschaffenen Bergen nicht wird beeindrucken lassen, so dass er nachgibt und endlich Straßenzölle und Gebühren kassiert.«

»Mag sein«, antwortete Fydel kopfschüttelnd, »aber der Erzmagier hat noch nichts dergleichen gesagt, und ich halte mich lieber damit zurück, öffentlich über seine Pläne zu spekulieren.« Fydels Augen waren unter den buschigen Augenbrauen kaum zu erkennen.

»Ich habe mir nur meine Gedanken gemacht.«

»Jeslek hält viel von Euren *Fähigkeiten.*«

Cerryl bemerkte durchaus, dass der ältere Magier das letzte Wort ein wenig betont hatte. »Im Vergleich zu seinen sind meine Fähigkeiten eher bescheiden.«

»Auch das weiß er. Deshalb schenkt er auch Euch unter allen jüngeren Magiern die größte Beachtung.«

Cerryl verkniff sich einen Kommentar zu Fydels Lüge. Es war eine derart offensichtliche Verdrehung des Chaos gewesen, dass praktisch jeder Magier es bemerkt hätte. »Er hält große Stücke auf Euch.«

»Ich bemühe mich, ihm nach Kräften zu dienen.« Fydel nickte höflich. »Ich muss jetzt gehen. Ich hoffe, Ihr werdet den Dienst bei der Stadtwache auch weiterhin abwechslungsreich finden, auch wenn es manchmal besser ist, sich nicht zu sehr hineinziehen zu lassen. Der Dienst in der Stadtwache ist ja letzten Endes eine einfache, klare Angelegenheit, denn es geht schließlich nur darum, für Frieden und Ruhe zu sorgen.« Mit einem letzten Nicken und einem knappen Lächeln ließ Fydel ihn stehen.

Cerryl ging durch den Hof und den Vorraum zur Straße hinaus, wo er sich nach Süden wandte.

Warum hatte Fydel ihn abgefangen? Der ältere Magier hatte offensichtlich auf ihn gewartet. Was hatte er ihm sagen wollen?

Dass er sich beim Dienst in der Stadtwache nicht zu viele Gedanken machen sollte? Das war offensichtlich. Weniger klar war, *warum* Fydel so viel daran lag, dass Cerryl seinen Dienst nicht zu wichtig nahm.

Faltar, Lyasa und Leyladin saßen schon am runden Tisch in der Ecke am vorderen Fenster.

»Na, du hast ja ziemlich lange gebraucht«, rief Faltar. »Ich habe dir schon ein Bier bestellt.« Er deutete auf den Krug, der vor dem leeren Platz stand.

»Danke.« Cerryl setzte sich zwischen Leyladin und Faltar. Er war froh, nicht mehr stehen zu müssen.

»So, da wäre Euer Freund also angekommen«, meldete sich die stämmige Schankmaid zu Wort, die unvermittelt hinter Cerryl aufgetaucht war. »Was darf ich Euch nun bringen?«

Faltar ließ Lyasa mit einem Nicken den Vortritt.

»Den Eintopf«, sagte die schwarzhaarige Frau, nachdem sie einen kurzen Blick mit Leyladin gewechselt hatte.

»Das Geflügel, was es auch ist«, bestellte Leyladin.

»Geflügel«, sagte auch Faltar und Heralt schloss sich ihm an.

»Eintopf.« Cerryl traute Lyasas Urteil, obschon er wusste, dass Leyladin nicht viel vom Eintopf in Gasthäusern hielt.

»Zweimal Eintopf, dreimal Geflügel.« Und schon war die Schankmaid wieder verschwunden.

»Was hat dich aufgehalten?«, bohrte Faltar nach.

»Wie wäre es mit Reinlichkeit und Erschöpfung?«, gab Cerryl mit müdem Grinsen zurück.

»Was dich erheblich von gewissen anderen Leuten unterscheidet, die nur an ihren Magen denken«, neckte Lyasa und sah Faltar vielsagend an.

»Oh, das grenzt an üble Nachrede«, warf Heralt ein.

»Alles nur Tratsch und Gerüchte«, erklärte der blonde Magier. »Alles erstunken und erlogen.«

»Da wir gerade von Gerüchten reden… habt ihr schon gehört, dass Jeslek für den nächsten Achttag eine Sondersitzung der Gilde einberufen hat?«, fragte Lyasa die anderen. »Niemand weiß, was dahintersteckt. Es ist eine Nachtsitzung, damit möglichst viele Mitglieder kommen können.«

Cerryl trank langsam und genüsslich einen großen Schluck Bier.

»Vielleicht geht es um seine Ernennung zum Erzmagier. Das wäre wirklich nett.« Faltar schnaubte und starrte seinen Bierkrug an.

»Wenn er hier wäre, wärst du sicher vorsichtiger«, warnte Lyasa.

»Er ist aber nicht da.«

»Nein, aber Bealtur ist gerade gekommen«, gab Lyasa lächelnd zurück.

Faltar hustete und sah sich erschrocken über die Schulter um. »Das war gemein.«

»Er hätte kommen können«, warnte Leyladin. »Oder Fydel, Anya oder Myredin…«

»Also gut.« Faltar starrte wieder seinen Bierkrug an. »Lasst ihr mich jetzt endlich trinken?«

»Vielleicht ja, vielleicht nein«, grinste Lyasa.

»So, da wären wir«, verkündete die Schankmaid. »Dreimal Geflügel, zweimal Eintopf. Vier Kupferstücke für den Eintopf, fünf fürs Geflügel. Und dazu gibt es zwei Körbe helles Brot. Schwarzbrot kostet ein Kupferstück extra.«

»Helles Brot geht in Ordnung«, meinte Heralt.

Cerryl klaubte stirnrunzelnd die Kupferstücke aus der Börse. Fünf gab er Faltar, vier weitere der Schankmaid. Als er das erstemal hier Eintopf gegessen hatte, hatte er nur zwei Kupferstücke bezahlt, das Geflügel hatte drei gekostet.

»Es stimmt«, flüsterte Leyladin ihm ins Ohr. »Die Preise sind gestiegen.«

»Danke.« Mit einem Lächeln verschwand die Schankmaid.

»Hat das Bier neulich auch schon drei Kupferstücke gekostet?«, wollte Cerryl von Faltar wissen.

Faltar nickte mit vollem Mund. Er kaute bereits an seinem Hühnchen.

Cerryl beugte sich vor. Er hatte Hunger, denn er hatte seit dem Morgen nichts mehr gegessen. Als er wieder aufschaute, war seine Schale fast leer und er hatte dazu zwei dicke Scheiben Brot verdrückt.

»Du hattest aber Hunger.« Leyladin saß noch vor einem Teller, von dem höchstens ein Drittel aufgegessen war.

»Ja, großen Hunger sogar«, gab Cerryl zu. Er spülte mit einem Schluck Bier nach.

»Wir haben uns vorhin über Klatsch und Tratsch unterhalten«, erinnerte Lyasa die Freunde.

»Im Augenblick ist Jeslek gleichzeitig Obermagier und Erzmagier«, überlegte Heralt.

»Wen werden sie wohl wählen?«, fragte Faltar.

»Wen werden *wir* wählen?«, berichtigte Lyasa ihn. »Wir müssen beide Posten neu besetzen und abstimmen, auch wenn es außer Jeslek keine anderen Vorschläge für den Posten des Erzmagiers gibt.«

»Aber wer wird der neue Obermagier?«, fragte Leyladin fast abwesend.

»Wer weiß?« Lyasa hob die pechschwarzen Augenbrauen. »Kinowin bleibt als Obermagier im Amt. Vielleicht schlägt Jeslek selbst jemanden vor.«

»Das wird er nicht tun«, meinte Heralt. »Er ist sehr eingenommen von sich, weil er jetzt Erzmagier wird. Er wird die Gilde jemanden aussuchen lassen.«

»Aber wen werden sie nehmen?«, fragte Faltar. »Myral ist zu alt. Derka kommt sicher nicht aus Hydolar zurück. Eliasar soll nach Gallos geschickt werden. Esaak beschäftigt sich nur mit seiner Mathematik.«

»Anya?«, warf Heralt ein.

»Das würde ihr gefallen«, meinte Lyasa lachend. »Aber man wird sie nicht wählen.«

»Wer dann?«

Cerryl lehnte sich zurück und versuchte, nicht an die Kopfschmerzen zu denken, die der Regen ihm eingebrockt hatte. Von Anyas Besuch ganz zu schweigen. Unwillkürlich musste er gähnen.

Leyladin beugte sich zu ihm herüber und flüsterte: »Du musst bald gehen, nicht wahr?«

Er nickte leicht.

»Langweilen wir dich, Cerryl?«, fragte Faltar.

»Ich bin schon vor der Morgendämmerung aufgestanden und nach dem Dienst noch etwas in meinem Bezirk herumgelaufen. Ich bin müde.« Er zwang sich zu einem Lächeln. »Aber nicht gelangweilt.«

Leyladin stand auf. »Ich muss noch einmal nach Myral sehen und dann gehe ich auch ins Bett.«

Cerryl erhob sich schwerfällig. »Es tut mir Leid, aber ich bin wirklich müde.«

Lyasa lächelte. »Also wird es Zeit fürs Bett.«

Cerryl errötete wider Willen.

»Nun geht schon, ihr zwei. Wir haben Verständnis.« Faltar grinste unverschämt.

Cerryl spürte Leyladins Verlegenheit. »Faltar… es gibt Menschen, die mit gewissen Dingen etwas anders umgehen als du.«

»Ha«, machte Heralt. »Jetzt hat er's dir aber gegeben, Faltar.«

»Ich krieg doch ständig von allen was aufs Dach«, grollte der hellblonde Magier in gespieltem Ärger, als Cerryl und Leyladin schon zur Tür des *Goldenen Widders* unterwegs waren.

Draußen im nebligen Dunkel, in dem nur hier und dort ein paar einsame Lampen schimmerten, wandte sich die blonde Heilerin wieder an Cerryl. »Du musst mich aber nicht nach Hause bringen, wenn du so müde bist.«

»Es sind doch nur ein paar Straßen und die Bewegung wird mir gut tun.«

»Du lügst. Dir tun die Füße weh, du hast Kopfschmerzen und der Nebel und Regen machen es nicht besser.« Sie sprach leise und lächelte mitfühlend.

»Eine Schwarze Magierin kann man nicht anlügen«, sagte er. »Aber ich würde mich trotzdem besser fühlen, wenn ich dich nach Hause bringen könnte.«

»Das kann ich annehmen.« Das Lächeln wurde breiter. »Vielleicht kannst du übermorgen zum Abendessen kommen? Bis dahin müsste auch Vater wieder da sein.«

»Ist er denn schon wieder unterwegs?«

»Er ist in Lydiar, es ging wohl um Messingteile und Bewaffnete für ein Schiff, das nach Sommerhafen auslaufen soll.«

»Er ist in letzter Zeit häufig unterwegs.«

»Er meint, es geht nicht anders.«

Nach kurzem Schweigen sah Cerryl nach links, wo sich der Weiße Turm erhob. Trotz der Dunkelheit, trotz des Nieselregens und des Nebels schien der Turm fast von innen heraus zu leuchten.

»Du machst dir Sorgen. Was ist los?« Leyladin sah sich unwillkürlich um.

»Anya war bei mir.« Cerryl blickte jetzt in die gleiche Richtung wie sie. »Fydel hat mich im Innenhof aufgehalten, als ich zum *Widder* unterwegs war. Keiner der beiden hatte seit mehreren Achttagen auch nur ein Wort mit mir gesprochen.«

»Was wollten sie denn?« Leyladin blickte zum Markt, der dunkel und stumm in den Nebelschwaden lag.

»Nichts. Oder… nicht viel. Anya gab mir durch die Blume zu verstehen, dass es gut wäre, wenn der neue Obermagier ein Mann wäre, der Jesleks Macht nicht herausfordern kann. Fydel gab mir zu verstehen, ich solle mich nicht in Dinge einmischen, die über meine Arbeit bei der Stadtwache hinausgehen.«

»Hmm… und was hast du nun vor, lieber Cerryl?«

»Ich habe überhaupt nichts vor. Ich mache mir Gedanken wegen des herrenlosen Karrens, nach dem ich dich schon gefragt habe.«

»Ich habe mit Vater gesprochen. Er weiß nichts von einem vermissten Karren. Bei den Leuten, mit denen er geschäftlich zu tun hat, war nichts zu erfahren.«

Cerryl zuckte mit den Achseln. »Irgendwie ist mir nicht klar, warum Fydel sich überhaupt die Mühe macht, mit mir zu reden.«

»Was Fydel angeht, bin ich nicht sicher. Bei Anya habe ich eine Ahnung. Muneat ist ihr Onkel.«

Cerryl schluckte. »Ich habe sie gefragt, woher sie stammt, aber sie hat mir nicht wirklich geantwortet.«

»Ihr Vater und alle ihre Brüder sind vor ein paar Jahren am Bauchfluss gestorben. Sie hat noch eine jüngere Schwester, die mit Jiolts ältestem Sohn verheiratet ist. Er heißt Uleas oder so ähnlich.«

»Wer ist Jiolt? Ich weiß nur, dass er ein reicher Kommissionär ist.« Cerryl nahm Leyladins Arm und wich einer Pfütze aus, als sie am dunklen Markt nach Westen abbogen. Während er ihre Wärme so nah bei sich spürte, wünschte er nicht zum ersten Mal, er könne sie festhalten und müsse sich nicht mit den paar kurzen Umarmungen begnügen, die sie ihm erlaubte.

Leyladin räusperte sich. »Jiolt… eigentlich redet Vater nicht sehr oft über ihn. Er ist einer der Präsidenten der Getreidebörse, aber genau wie mein Vater handelt er auch mit vielen anderen Dingen, je nachdem, was ihm gewinnträchtig erscheint – Wolle, Leinen, Zinn, aber kein Kupfer… Öle, aber nur die seltenen… und so weiter. Muneat hält es ähnlich. Jiolt hat drei Söhne, Muneats einziger Erbe ist Devo, der aber nicht sehr helle ist.«

»Warum kommen eigentlich alle Magierinnen aus Händlerfamilien?«

»Auf Lyasa trifft das nicht zu.«

»Ich war mir nicht sicher. Sie hat nie mit mir darüber gesprochen.«

»Mit mir auch nicht, aber ich kenne alle Kaufleute. Wenn sie aus einer Händlerfamilie kommt, dann jedenfalls nicht aus Fairhaven, Lydiar oder Vergren.«

Cerryl nickte.

»Sie kommt allerdings auch nicht aus einem armen Elternhaus. Sie hat gute Manieren und ist behütet aufgewachsen.« Leyladin lachte leise, beinahe bitter. »Nur die begabten Töchter aus reichen Häusern überleben.« Sie warf einen Blick zu den Lampen, die über dem Eingang ihres Hauses hingen, weniger als fünfzig Ellen vor ihnen.

»Und es überleben auch nicht viele begabte Jungen ohne Geld«, erwiderte Cerryl leise. Er musste an seinen Vater denken.

»Es tut mir Leid, Cerryl. So habe ich es nicht gemeint.«

»Ich weiß.«

An der Tür schloss sie ihn in die Arme. »Geh nach Hause und ruh dich bitte aus.«

»Das werde ich.« Er erwiderte die Umarmung und genoss einen Augenblick lang ihre Wärme und sogar die Ordnung, die sie durchflutete.

Sie küsste ihn auf den Mund, liebevoll, aber kurz, und zog sich sofort wieder zurück. »Gute Nacht.«

»Gute Nacht.«

Irgendwie schien der Abend noch feuchter und kälter, als er allein in sein leeres Zimmer zurückkehrte.

XXXV

Cerryl ging rasch durch den Vorraum zur Treppe des Turms. Eigentlich war der Tag nicht so schlimm gewesen, und er war froh, dass er zwischendurch etwas Ruhe gefunden hatte. Einige Söldner hatten im *Bauchigen Fass* etwas zu lebhaft gefeiert, aber sie hatten sich bereits wieder beruhigt, als er von Coreg, dem Anführer der zuständigen Streife, gerufen worden und in der Gaststube eingetroffen war. Der Wirt und Coreg hatten ihm nahegelegt, die Männer nur zu verwarnen, und Cerryl hatte sich, wenngleich etwas verunsichert, an die Empfehlung gehalten. Danach schienen alle erleichtert. Cerryl fragte sich nur, ob er später noch Ärger bekommen würde – oder vielleicht auch Gyskas an seiner Stelle.

Cerryl ging kopfschüttelnd die Treppe zum ersten Stockwerk des Weißen Turms hinauf. *Du hast immer noch nicht genug Erfahrung.*

Die Wächter kannte er nur vom Sehen. Er nickte ihnen höflich zu, als er weiter zu Myrals Gemächern hinaufging. Er hoffte, den älteren Magier anzutreffen.

Vor Myrals Tür blieb er stehen und klopfte einmal an.

Sofort hörte er die vertraute Stimme. »Kommt nur herein, Cerryl.«

Cerryl öffnete die Tür und schloss sie hinter sich. Myral saß am Schreibtisch vor einem Becher heißem Apfelwein.

»Welchem Umstand habe ich diesen Besuch zu verdanken?«, sagte Myral lächelnd. Er räusperte sich und bekam sogleich einen würgenden Hustenanfall, der seinen ganzen Körper durchschüttelte.

Cerryl sprang auf, um dem älteren Mann zu helfen, doch Myral hob eine Hand und hielt ihn zurück. Nach einer Weile ließ der Husten nach. Cerryl stand nur da, wartete und blickte zum Fenster, dessen Läden verschlossen waren, um den kalten Wind auszusperren. Nach einer Weile räusperte Myral sich und trank einen kleinen Schluck Apfelwein.

»Ich habe mich verschluckt. So was kommt eben vor, wenn man älter wird. Nun… was wollt Ihr von mir?«

»Ich dachte, Ihr könntet mir vielleicht helfen.«

»Ich kann auf meine alten Tage nur noch mit Informationen helfen, aber das wisst Ihr ja.« Myral lächelte. »Welche Hinweise soll ich betagter Magier Euch nun geben?« Er deutete zum Stuhl, der auf der anderen Seite des Tisches stand, und hob wieder seinen Becher Apfelwein.

Cerryl setzte sich. »Ich muss mehr über die Gebühren und den Handel wissen.«

»Für die Stadtwache?« Myral hob die Augenbrauen. »Damit Ihr für Ruhe und Ordnung sorgen könnt?«

»Damit ich für Ruhe und Ordnung sorgen kann. Vor mehr als einem Achttag haben wir einen verlassenen Karren gefunden. Er war bemalt und gut in Schuss. Auf dem Sitz war Blut und unter dem Kutschbock fand ich ein Stückchen Druidenseide und Spuren von Chaos.« Cerryl erklärte dem älteren Magier, dass bisher nichts herausgekommen war, verschwieg aber Fydels versteckte Andeutung, er solle sich mit solchen Nachforschungen besser zurückhalten. »Ich mache mir Gedanken, aber ich weiß nicht genau, warum es mich so sehr beschäftigt. Deshalb dachte ich, ich sollte vielleicht mit Euch darüber reden.«

Myral ließ den Becher mit heißem Apfelwein sinken und kicherte. »Ich fühle mich geschmeichelt. Viele Magier vergessen uns Fossile, sobald sie als Vollmitglieder in die Gilde aufgenommen worden sind.«

»Ich weiß, dass ich noch viel lernen muss.«

»Ihr seid einer der Wenigen, die das begreifen.« Nach

kurzem Schweigen fragte Myral: »Warum glaubt Ihr, dass die Steuern und Zölle etwas mit diesem seltsamen Karren zu tun haben?«

»Die Druidenseide brachte mich wohl darauf.«

Myral runzelte die Stirn. »Habt Ihr das Stück dabei?«

Cerryl sah sich nervös um, nickte. »Niemand sonst schien sich darum zu kümmern.«

»Seht es Euch genau an.«

Der junge Magier holte das Stück aus seiner weißen Lederbörse, die am Gürtel hing, und betrachtete es eine Weile. »Es wurde abgeschnitten.«

»Genau. Druidenseide wirkt so zart, aber man kann sie nicht zerreißen. Man braucht eine scharfe, eine sehr scharfe Klinge, um sie zu schneiden.« Myral trank einen Schluck und ließ sich den Dampf ins Gesicht wehen.

Dies bedeutete, dass das Stück absichtlich unter den Sitz gelegt worden war. *Aber warum?* Nach einem letzten Blick auf den Stoff schob Cerryl ihn in die Börse zurück.

»Wir benutzen Druidenseide als Stoff für Kleidung, weil sie weich und schön ist und lange hält«, erklärte Myral leise. »Aber ich verstehe, warum die Druiden den Stoff für Seile und Geschirre benutzen, denn er ist auch stark.«

»Obwohl ein kleines Tuch mehr als ein Goldstück kostet?«

»Was ist ein Seil wert, das nicht reißt? Oder ein Tuch, das seinen Träger überlebt?«

»Ist das Material so wertvoll, dass jemand dafür morden würde?«

»Das bleibt Eurer Einschätzung überlassen. Ich würde für ein Stück Stoff, wie schön und stark es auch sei, jedenfalls keinen Mord begehen.«

»Manch einer könnte dazu bereit sein.«

»Jeder Mann hat seinen Preis. Besonders diejenigen,

die alles nur nach seinem Wert in Münzen messen.« Myral schlürfte einen Schluck Apfelwein. »Nun wisst Ihr alles, was ich über Druidenseide sagen kann.«

Cerryl wartete und überlegte, ehe er weitersprach. »Jetzt die Zölle … ich weiß, wie das Gold wieder ausgegeben wird – für Bewaffnete, Gehälter für die Magier … aber ich habe keine Vorstellungen, wie viele Goldstücke die Gilde tatsächlich braucht.«

Myral schüttelte den Kopf. »Ratet.«

»Fünfzehntausend im Jahr?«

Der alte Magier riss die Augen auf. »Ihr liegt um ein Drittel oder mehr zu niedrig, vielleicht sogar um die Hälfte, aber die meisten könnten sich nicht einmal vorstellen, dass es auch nur ein Fünftel dieser Summe ist.«

Cerryl lächelte leicht und staunte, dass seine hoch angesetzte Schätzung immer noch viel zu niedrig war. »Die Plaketten … sie bringen nur ein paar tausend Goldstücke im Jahr ein. Höchstens zweitausend, ganz sicher nicht zwanzigtausend oder mehr. Wo wird das Gold aufbewahrt?«

»Es wird nicht aufbewahrt. Es verschwindet so schnell wieder, wie es hereinkommt. Ihr bekommt jeden Achttag Eure Goldstücke, nicht wahr?«

»Ja.«

»Genau wie alle anderen Magier. Die Weißen Lanzenkämpfer bekommen ihre Kupfer- und Silberstücke, dann die Maurer, die Köche, die Kutscher … und alle geben einen Teil wieder aus. Auf die Ausgaben werden Steuern erhoben und so kommt ein Teil des Goldes wieder herein.«

Cerryl nickte. Das konnte er verstehen.

»Woher beziehen wir also mehr als fünfhundert Goldstücke in einem Achttag?«

»Aus den Steuern auf die Geschäfte der Kommissionäre, Händler und Handwerker?«

»Woher sonst? Es gibt weit mehr Bauern und fliegende Händler, aber wie soll man bei denen die Steuern eintreiben?«

Auch das konnte Cerryl verstehen.

Myral trank einen großen Schluck vom heißen Apfelwein, hielt den Becher direkt unter das Kinn und ließ den Dampf eine Weile über sein Gesicht streichen, ehe er fortfuhr. »Fairhaven ist mehr als eine Stadt, aber doch nicht ganz ein eigenes Land. Das ist seine Stärke und zugleich auch seine Schwäche. Wir treiben nicht von Grundbesitzern den Zehnten ein, wie es der Fürst von Lydiar oder der Vicomte von Certis tun. Wir müssen besteuern, was an Waren in der Stadt verkauft wird, wir müssen uns an denen schadlos halten, die Waren liefern oder wegbefördern. Aber wir dürfen natürlich nicht die Händler vertreiben. Dies muss Sterol oder wer immer seinen Posten innehat, stets berücksichtigen.« Myral zuckte mit den Achseln. »Händler sollen ein Zehntel ihres Reingewinns an Steuern bezahlen, nachdem sie die Einkaufspreise ihrer Waren und die Löhne ihrer Helfer abgezogen haben. Außerdem bezahlen sie für die Plaketten ihrer Wagen…«

»Niemand bezahlt mehr als vier Goldstücke pro Jahr für einen großen Wagen«, wandte Cerryl ein. »Das ist für einen wohlhabenden Händler keine große Summe.«

»Sie sind natürlich anderer Meinung. Sie jammern über jedes Goldstück und verlangen andererseits, die Gilde möge die Straßen für alle Händler sperren, die nicht aus Fairhaven stammen.«

»Vielleicht sollte die Gilde mehr für die Waren verlangen, die von auswärts kommen.«

Myral schüttelte den Kopf. »Das ist nicht möglich und auch nicht notwendig. Viele Händler verkaufen große Mengen Waren an die Kommissionäre in Fairhaven, und die bezahlen ihrerseits Steuern auf die Waren. Wer die Straßen benutzt, ohne nach Fairhaven zu kommen, bezahlt ebenfalls Gebühren, aber das ist nur die Hälfte eines Zehntels und gilt nur für diejenigen, die mehr als zweihundert Goldstücke im Jahr umsetzen. Die kleineren Händler, die auf den Plätzen stehen, müssen Plaketten kaufen, und deren Münzen und Waren bekämen wir sonst hier nie zu sehen.«

Cerryl überlegte. »Und teure Waren wie die Druidenseide werden über die Kommissionäre vertrieben und dort besteuert.«

»Das stimmt, aber sehr oft geschieht es nicht.« Myral rückte die weiße Wolldecke auf seinen Beinen zurecht.

»Wie steht es mit Gold und Schmuck?«

»Hin und wieder kommen Lieferungen, aber die meisten trauen sich nicht, solche kostbaren Waren in Karren zu befördern.« Myral lächelte. »Und nur wenige würden es wagen, Druidenseide zu transportieren, wenn die Tyrannin von Sarronnyn die Ware nicht so teuer machen würde.«

Cerryl hob die Augenbrauen.

»Druidenseide wird an zwei Orten gehandelt – einmal an den Handelsplätzen östlich der Steinhügel und zum anderen in Diehl. Die Hälfte geht nach Sarronnyn, und wer Geld und Schiffe hat, darf sich in Diehl um den Rest streiten. Die Druiden verkaufen an niemanden, der direkt aus Fairhaven kommt.« Myral zuckte mit den Achseln. »Sie wissen, wer die Wahrheit sagt und wer nicht, und treiben mit einem, der sie getäuscht hat, keinen Handel mehr.«

»Dann ist Druidenseide hier also sehr, sehr teuer?«

»Falls man den Stoff überhaupt bekommt, ja. Dies sollte Euch alles über Druidenseide sagen oder sogar mehr als genug.«

Mehr als genug? Was will er mir jetzt zu verstehen geben? Cerryl räusperte sich. Wie immer wurde ihm in Myrals engem Zimmer sehr warm. Für den alternden Magier mochte es natürlich immer noch empfindlich kühl sein. »Fairhaven ist sauber und man kann hier das Wasser gefahrlos trinken. Die Straßen sind sicher. Es ist ein guter Ort, man kann hier gut leben.«

Myral lächelte. »Äh… für wen genau ist es ein guter Ort?«

»Nun… für alle, denke ich«, gab Cerryl stirnrunzelnd zurück.

»Denkt nach, Cerryl. Die Leute, die Geld haben… können die sich nicht kaufen, was sie brauchen, wo auch immer sie leben? Was können sie hier für ihre Tausende Goldstücke bekommen, das sie nicht anderswo günstiger erstehen können?«

»Aber warum gehen sie dann nicht einfach weg?«

»Wer sollte dann ihre Waren kaufen?«

Die Unterhaltung nahm einen Verlauf, der Cerryl überhaupt nicht behagte. So war es ihm oft in seiner Anwärterzeit ergangen. Myral und die anderen Magier hatten eine Frage nach der anderen gestellt, ohne ihrerseits auch nur eine einzige zu beantworten.

»Wer ist besser dran, der arme Handwerker in Fairhaven oder der arme Handwerker in Fenard?«

»Natürlich der Handwerker, der hier lebt.«

»Wer lebt in größerem Luxus, der Erzmagier oder der Präfekt von Gallos?«

»Der Präfekt.«

»Wer profitiert also am meisten von der Gilde?«, fragte Myral mit verschlagenem Lächeln.

»Oh…«

»Und wer zahlt die meisten Goldstücke?«

Cerryl nickte.

»Vergesst nicht, Cerryl, dass die meisten Goldstücke, die Händler und Kommissionäre zahlen… woher kommen sie?«

»Sie kommen von denen, die ihre Waren kaufen.« Cerryl hätte am liebsten den Kopf geschüttelt. Myral verwirrte ihn. Es gab nur wenige reiche Kommissionäre, und das bedeutete, dass die meisten Waren von denen gekauft wurden, die weniger besaßen.

»Die Steuern sind nicht immer das, was sie zu sein scheinen«, erklärte Myral weiter. »Der Kaufmann, der die Steuern zahlt, holt sie sich von denen zurück, die seine Waren kaufen. Aber er hat das Gefühl, sie kämen aus seiner eigenen Tasche, obwohl ihm doch die Käufer die Münzen geben.« Der Magier mit dem schütteren Haar trank einen Schluck Apfelwein. »Ihr müsst darüber nachdenken. Ihr macht gerade ein sehr verwirrtes Gesicht.«

Cerryl lächelte betreten. »Warum machen die Wächter an den Toren eigentlich dem Obermagier Meldung und nicht dem Kommandanten der Stadtwache?«

»Hat Isork diesen Punkt zur Sprache gebracht?«, fragte Myral trocken.

»Nein. Nicht einmal indirekt. Ich hatte bisher noch nicht einmal darüber nachgedacht, es ist mir gerade erst eingefallen.«

»Ihr müsst sehr vorsichtig sein und dürft nicht einfach mit Euren Gedanken herausplatzen. Jedenfalls erstattet auch der Kommandant der Stadtwache dem Obermagier Kinowin Bericht, genau wie die Wächter an den Stadttoren.« Myral hustete. »So, und jetzt brauche ich alter Magier etwas Ruhe. Hinaus mit Euch.«

Cerryl stand auf. »Vielen Dank, dass Ihr mich erleuchtet und zugleich verwirrt habt.« Er grinste.

»Es ist keine rechte Erleuchtung, wenn es nicht verwirrend ist«, gab Myral zurück.

Nachdem er die Tür hinter sich geschlossen hatte, blieb Cerryl noch einen Augenblick auf dem Treppenabsatz stehen und versuchte, seine fliegenden Gedanken einzufangen. Die Kommissionäre, die Kaufleute und die Handwerker entrichteten auf ihren Reingewinn zehn Prozent Steuern an die Gilde. Er schürzte die Lippen. Wie viel hatte Tellis verdient? Fünfzig oder hundert Goldstücke im Jahr? Das machte fünf bis zehn Goldstücke für die Gilde und Cerryl hatte noch weitere zehn Schreiber gekannt. Das wären nur hundert Goldstücke. Aber wenn jede Gruppe von Handwerkern hundert Goldstücke zahlte... es gab Weber, Töpfer, Küfer, Korbflechter, Holzarbeiter, Walkmühlen, Apotheken, Juweliere, Kupferschmiede, Blechschmiede und alle möglichen anderen Schmiede...

»Aber trotzdem...« Den größten Teil der Steuern zahlten die reichen Händler und Kommissionäre. Doch was hatte das mit dem purpurn gestrichenen Wagen, der Druidenseide und Fydels Warnung zu tun, die Nase nicht in Dinge zu stecken, die über seine Arbeit bei der Stadtwache hinausgingen?

Er stieg nachdenklich die Treppe hinunter.

Nur wenige würden es wagen, Druidenseide zu transportieren... immer wieder ging ihm durch den Sinn, was Myral ihm erklärt hatte.

Warum? *Wer hatte genug Geld, um sich Druidenseide zu kaufen?* Cerryl schüttelte den Kopf. Es war offensichtlich, so offensichtlich, dass er viel früher hätte darauf kommen müssen. Doch ein kleiner Magier, der früher als Schreiber und Handlanger in einer Sägemühle gearbeitet hatte, dachte eben nicht ohne weiteres auf dieser Ebene. Er konnte durchaus allgemein und vielleicht sogar sehr genau sagen, wer Druidenseide kaufen würde, aber das beantwortete seine Fragen nicht. Er vermochte sich einfach nicht vorzustellen, dass ein wohlhabender Kommissionär aus Geldgier Druidenseide annehmen würde, die der Verkäufer durch ein Verbrechen erworben hatte.

Er runzelte die Stirn. Warum eigentlich nicht? Im Handbuch und in den Regeln gab es keine Vorschriften, die den Kauf von gestohlenen Waren betrafen – oder von Waren zweifelhaften Ursprungs. Lag es daran, dass man unmöglich den Nachweis erbringen konnte, dass eine Ware gestohlen war? Oder gab es andere Gründe?

Jede Frage warf weitere Fragen auf.

Auf dem Weg zu seinem Zimmer rieb er sich unablässig die Stirn. Wenigstens würde er morgen mit Leyladin zu Abend essen. Vielleicht würde ihm das helfen … auf die eine oder andere Weise. Wenn er nur seine Gedanken ordnen könnte.

XXXVI

»Es ist immer ein Erlebnis, hier zu essen.« Cerryl sah Layel an, der links neben ihm saß.

»Du bist zu freundlich, Cerryl.« Leyladin reichte ihm den weißen Porzellanteller mit dem Brot, dann nahm sie sich eine Hähnchenbrust, die in dünne Schinkenstreifen gewickelt, mit Käse überbacken und mit heller Senf-Dill-Soße übergossen war. Anschließend tat sie Cerryl und sich selbst einige in Butter gedünstete Nussbohnen auf.

»Ich meine es ganz ehrlich.« Cerryl nahm ein Stück Brot und schob den Teller zum glatt rasierten Kommissionär mit dem schütteren Haar hinüber, der schon die Geflügelbrust kostete.

»Danke«, sagte Leyladin.

»Ja, Meridis kocht wirklich gut«, murmelte Layel.

Cerryl nahm sich eine Hähnchenbrust und schnitt eine Scheibe ab. Er biss hinein und musste Layels Einschätzung zustimmen.

»Es ist hervorragend.« Leyladin lächelte. »Und es ist deshalb besonders gut, weil sie wusste, dass Cerryl kommt.«

»Oder eher, weil du wolltest, dass es besonders gut wird«, wandte Cerryl ein.

»Es spielt keine Rolle, warum es gut ist«, meinte Layel.

Cerryl nahm sich noch vom Geflügelfleisch und aß es nickend, dann widmete er sich den Bohnen und dem Brot.

»Aber ich sollte unbedingt Meridis wissen lassen, dass sie gelobt worden ist«, erklärte Leyladin.

»Das wirst du doch sowieso tun«, meinte ihr Vater. »Du sagst es ihr immer, wenn dir etwas besonders gut geschmeckt hat.«

»Oh, sie sagt also immer frei heraus, was sie mag?«, fragte Cerryl, indem er die rötlich blonde Heilerin angrinste.

»Hat sie es Euch noch nicht wissen lassen, junger Magier?«, meinte Layel lachend. »Wenn nicht, dann wird sie es schon noch tun.«

»Die Frage ist nur, ob Seide und Schmuck... oder ob Kräuter und Tränke?«

»Seide?« Leyladin hob die Augenbrauen.

»Sie hat in der letzten Zeit nicht viel Bedarf an Seide gehabt«, warf Layel ein.

Leyladin runzelte die Stirn und Layel lachte leise. »Tochter, was war... nun ja... das war...«

Nach einem kurzem Schweigen ergriff Cerryl als Erster wieder das Wort. »Einmal, ich war noch Magier-Anwärter, habe ich ein paar Tücher aus Druidenseide auf dem Markt gesehen.« Er schüttelte den Kopf. »Ich habe den Fehler gemacht, nach dem Preis zu fragen. Jedenfalls war es für einen Anwärter ein Fehler, diese Frage zu stellen.«

»Das wäre für die meisten Leute ein Fehler«, sagte Layel. »Andererseits kommt es mir seltsam vor, dass Druidenseide auf einem ganz gewöhnlichen Markt angeboten wurde.«

»Ich habe es einige Male gesehen, aber nicht sehr oft und inzwischen schon seit Jahren nicht mehr«, erwiderte Cerryl vorsichtig. »Weiß jemand etwas darüber, wie Druidenseide hergestellt wird?« Er trank einen kleinen Schluck Weißwein und wartete.

»Die Druiden in Naclos stellen sie her, wie ich hörte«, antwortete Layel. »Sie verkaufen aber nur nach Recluce und an ein paar Händler aus Sarronnyn. Daher können wir den Stoff nur von dort beziehen.«

»Ihr habt hier aber seidene Tücher an den Wänden hängen...«

»Das ist gewöhnliche Seide, keine Druidenseide«, wandte Leyladin lachend ein. »Die ganze Seide im Haus ist bei weitem nicht so viel wert wie ein einziges Nachthemd aus Druidenseide.«

»Was natürlich nur die Seidentücher an den Wänden einschließt«, fügte Layel hinzu. »Die seidenen Nachtgewänder sind ausdrücklich ausgenommen.« Er lächelte seine Tochter liebevoll und mit funkelnden Augen an.

Leyladin errötete. »Ich trage sie doch gar nicht mehr oft.«

Layel hob die Augenbrauen. »Das stimmt allerdings. Vielleicht sollte ich sie zu Hemden und Hosen umarbeiten lassen.«

»Vielleicht«, meinte Leyladin.

»Oder vielleicht sollte ich sie deiner Nichte schenken, wenn sie alt genug ist.«

»Vater, ich habe den Verdacht, dass du mich wütend machen willst.« Leyladin reichte ihrem Vater lächelnd die Platte mit dem Geflügel. »Nimm doch noch vom Huhn.«

»Wenn Druidenseide so kostbar ist«, grübelte Cerryl weiter, »dann wundert es mich, dass ich sie überhaupt einmal auf dem Markt gesehen habe.« Er hielt inne. »Wo kann man sie sonst bekommen?«

Layel zuckte mit den Achseln. »Für meine Begriffe ist

sie einfach zu teuer. Ich handle nicht mit Dingen, die nur eine Hand voll Männer oder Frauen kaufen können. Muneat hat früher mal Druidenseide eingekauft. Er hat einen Neffen – nein, eigentlich ist es nicht sein Neffe. Die Frau des Burschen ist Muneats Nichte, aber er ist Jiolts jüngster Sohn und er handelt mit allen möglichen seltenen, kostbaren Dingen.«

Cerryl nickte beifällig. »Druidenseide ist also zu teuer für die meisten Menschen. Aber was sind denn für Euch die besten Waren zum Handeln?«

»Für mich? Was es ist, spielt keine große Rolle, solange ich es billiger einkaufen als verkaufen kann und solange es viele Kunden gibt, die kaufen wollen. Kupfer, wenn neue Schiffe gebaut werden, Korn, bevor andere erfahren, dass es eine schlechte Ernte geben wird, Zinn oder Zink, wann immer es billig ist, Silber im Winter, weil es dann immer billiger ist.« Layel spreizte die Finger. »Wie Ihr seht, vertraue ich Euch all meine Geheimnisse an.«

Cerryl lächelte. »Nicht ganz, denn Ihr habt mir noch nicht erklärt, wie Ihr herausfindet, dass eine Ware billig ist und bald teurer werden wird.«

»Das hat Vater noch nicht einmal *mir* verraten. Anscheinend weiß er es einfach.« Leyladin sah die beiden Männer an. »Seid ihr mit Essen fertig?«

»Nur wenn es einen ganz besonderen Nachtisch gibt, meine Tochter.«

Cerryl rang sich durch, auf eine weitere Hähnchenbrust zu verzichten, denn er wusste, dass er unruhig schlafen würde, wenn er seinen Bauch zu sehr belastete. »Ja, vielen Dank.«

»Meridis?«

»Mehr habt ihr kräftigen Kerle nicht gegessen?«, fragte die blau gekleidete Köchin, die gleich darauf erschien.

»Ich hatte eine ganze Hühnerbrust«, meinte Layel.

»Das war mehr, als ich seit Tagen gegessen habe. Ich bin satt, vielen Dank.«

»Und es war hervorragend«, fügte Cerryl hinzu.

Meridis deckte die Teller mit einem Lächeln ab. »Zum Nachtisch gibt es einen Yamskuchen mit Melasse. Es war gar nicht so einfach, so viel süße Melasse zu bekommen, und teurer, als Euch lieb wäre, Meister Layel. Jeden Achttag kostet sie ein paar Kupferstücke oder Silberstücke mehr.« Sie ging hinaus und schloss hinter sich die Tür.

»Sie haben im *Goldenen Widder* schon wieder die Preise erhöht«, sagte Cerryl. »Zum zweiten Mal in diesem Jahr.«

»O ja, und es könnte noch schlimmer werden.« Der Kommissionär schüttelte den Kopf. »Aber lasst uns jetzt nicht weiter darüber reden. Leyladin sagte mir, dass Ihr jetzt der Stolz der Stadtwache seid. Wie kommt das?«

Cerryl spreizte die Finger. »Der Stolz wohl kaum. Schon eher ein sehr unerfahrener Magier der Stadtwache, der noch viel lernen muss.« Er unterbrach sich, als Meridis ein großes Stück goldbraunen Kuchen vor ihm absetzte und danach Layel bediente. Leyladin bekam ein etwas kleineres Stück.

»So, bitte sehr, und ich hoffe nicht, dass mehr als Krümel in die Küche zurückkommen.« Sie ging wieder hinaus.

Leyladin lachte. »Sie meint das ernst.«

Cerryl starrte das riesige Stück Kuchen mit der süßen Füllung an. So viel zu seinem Vorsatz, den Magen nicht zu sehr zu belasten. Er sah Leyladin hilflos an und sagte: »Du musst aber auch alles aufessen.«

Die Heilerin starrte ihren Teller an und schluckte. »Ich?«

»Sie hat auch dich gemeint«, neckte Cerryl sie.

»Wenn es sein muss …«, stöhnte Leyladin.

»Solche Töne von einer Frau, die als Kind einen halben Kuchen allein verdrückt hat«, warf Layel ein.

»Das ist schon lange her«, erwiderte die Heilerin. »Inzwischen hat sich eine Menge verändert.«

O ja, es hat sich eine Menge verändert, dachte Cerryl, als er den Nachtisch aß. *Eine Menge.*

Er freute sich nicht darauf, allein in die Hallen zurückzukehren.

XXXVII

Cerryl blickte von seinen Notizen und dem halb fertig gestellten Bericht auf, als Isork in der Tür erschien und die kleine Wachstube betrat.

»Ser.« Cerryl stand auf. »Ich wusste nicht, dass Ihr kommt.« Er deutete zum Schreibtisch. »Ich bin gerade bei meinem Bericht. Gyskas müsste bald kommen.«

»Ich will nicht zu Gyskas.« Isork setzte sich vor den Schreibtisch. »Setzt Euch.«

Cerryl gehorchte.

»Ich habe gehört, dass Ihr gelegentlich die Streifen begleitet.«

»Ja, Ser. Nicht sehr oft … aber hin und wieder. Ich sage es ihnen vorher nicht und ich nenne ihnen auch keinen Grund … ich tue es einfach.«

»Warum?«

»Ser … ich weiß den Grund selbst nicht genau«, erwiderte Cerryl verlegen. »Aber … irgendwie fühle ich mich besser damit. Die Leute wissen, wie jung ich bin, und ich dachte, ich sollte ihnen zu verstehen geben, dass ich die Stadt kennen lernen und den Frieden hüten will.«

»Ihr lauft auch außerhalb der Dienstzeit allein im Bezirk herum.«

»Ja, Ser. Ich glaube, ich richte nicht viel aus... es scheint nichts zu passieren, wenn ich die Streifen begleite...«

»Wenn nichts passiert, dann habt Ihr für Ruhe und Ordnung gesorgt«, erwiderte Isork lachend. »Solange Ihr Dienst habt, passiert fast nichts, selbst wenn Ihr nicht auf Streife seid.«

»Ser... Ihr sagtet doch, dass die Leute hier die Stadtwache respektieren. Ich wollte nur dafür sorgen, dass sie diese Achtung nicht verlieren.«

»Oh, sie achten Euch. Auch die Stadtwächter achten Euch. Sie sehen Euch allein durch die Straßen laufen und dieses und jenes überprüfen...«

»Ich versuche immer noch, mich zurechtzufinden«, erklärte Cerryl. »Ich wollte meine Streifen nicht dadurch behindern, dass sie mir alles erklären müssen.«

»Wir brauchen mehr Magier, die Eure Erfahrungen haben.« Isork schüttelte den Kopf. »Eure Leute nennen Euch ihren kleinen harten Bastard aus der Sägemühle. Ihr seid seit drei Jahren der erste neue Magier der Stadtwache, den ich behalten kann. Der Erste, der auf Streife geht und dort gefunden werden kann, wo er gefunden werden soll.« Der stämmige, durchaus muskulöse Anführer der Stadtwache sah sich stirnrunzelnd um. »Lasst es Euch nur nicht zu Kopf steigen. Ihr müsst immer noch eine Menge lernen, aber Ihr seid auf dem richtigen Weg.«

»Danke, Ser.« Cerryl wartete schweigend, denn er hatte aus Isorks Körperhaltung entnommen, dass der Kommandant noch etwas zu sagen hatte.

Nach kurzem Schweigen wandte Isork sich wieder an Cerryl. »Wie ich hörte, habt Ihr Euch nach Druidenseide erkundigt.«

Cerryl schenkte sich die Frage, woher der leitende Magier der Stadtwache dies wusste. »Jemand hat einen Händler getötet und Druidenseide gestohlen. Sie ist kostbar und es gibt nicht viele Orte, an denen sie verkauft werden kann. Niemand hat einen Kutscher als vermisst oder einen Karren als gestohlen gemeldet. Deshalb dachte ich, dass die Leute, die mit Druidenseide handeln, etwas darüber wissen könnten.«

Isork nickte langsam. »Allgemeine Fragen diskret zu stellen ist in Ordnung. Gebt mir doch bitte Bescheid, wenn Ihr etwas herausfindet. Druidenseide wird, wie Ihr sicher inzwischen wisst, in ganz Fairhaven nur von zwei oder drei Händlern vertrieben. Sie stehen einigen der älteren Magier recht nahe.«

Cerryl nickte verstehend. »Das ist mir inzwischen klar geworden, und ich habe nicht die Absicht, weitere Erkundigungen einzuziehen.« *Nicht jetzt und gewiss nicht auf direktem Wege. Nicht nach allem, was ich bisher herausgefunden habe.*

»Auf Euren Schultern sitzt ein kluger Kopf.« Isork erhob sich. »Eure Berichte lese ich immer gern.« Mit einem knappen Lächeln und einem letzten Nicken ging er zur Tür und verließ die Wachstube.

Cerryl schluckte. *Nein, so klug ist mein Kopf wohl doch wieder nicht.*

XXXVIII

Cerryl betrat den Mannschaftsraum der Wache durch die offene Doppeltür und schritt zielstrebig zur Plattform, ohne auf das Gemurmel der vier Stadtwächter zu achten, die rechts neben dem Eingang standen. Er stieg aufs Podest und betrachtete die kleine Gruppe unter sich. Als Erstes wandte er sich an Sheffl, den Leiter der Wache. »Worum geht es?«

Der muskulöse Stadtwächter räusperte sich. »Ser, diese beiden Männer hier haben Streit. Sie haben uns unterwegs aufgehalten.« Er hob die Augenbrauen und deutete auf die beiden kleineren Männer, die links und rechts neben ihm standen.

Ein gedrungener, rothaariger Mann mit heller Haut, der braune Kleidung trug, starrte den anderen böse an. Der Zweite hatte kurzes graues Haar und war gebräunt wie jemand, der oft im Freien arbeitete. Er trug eine verblichene blaue Hose und eine ärmellose blaue Weste. Der gebräunte Mann ignorierte das böse Starren des anderen und sah seinerseits Cerryl an.

»Sie haben gestritten?«, fragte Cerryl den Stadtwächter. »Und sie haben dabei die Ruhe und Ordnung gestört?«

»Das kann man wohl sagen, Ser.« Eine schwarze Haarsträhne wippte vor Sheffls Stirn, als er nickte. »Karfl – er ist der Steinmetz hier mit der blauen Weste – hat heftig mit dem Hammer herumgefuchtelt, während Queas nach seinem Stab gelangt hat. Er hat ziemlich laut gebrüllt, man konnte ihn schon von weitem hören. Aber vielleicht...« Der Anführer der Stadtwache zuckte mit den Achseln.

Neben der Doppeltür warteten die übrigen vier Stadtwächter und sahen mit einer Mischung aus Langeweile und Neugierde zu.

Cerryl wandte sich an den gebräunten Steinmetz. »Warum habt Ihr Streit bekommen?«

»Diese von allen Dämonen verdammten Handwerker... die sind doch alle gleich. Queas... er hat gesagt, er würde mir ein Porzellanservice geben, zehn Teller und zehn Becher und zwei Krüge, wenn ich ihm die Steinmauer hinter seinem Hof ausbessere.« Karfl zuckte mit den Achseln. »Ich hätte es ja gleich wissen sollen. Ich habe mir die Mauer vorgenommen, das war ein schönes Stück Arbeit. Ein Trottel war mit dem Wagen hineingefahren, und weil sie nicht richtig gemauert gewesen war, sondern nur aus aufgeschichteten Lehmziegeln bestanden hatte, war sie eingestürzt. Queas hat mir dann zehn Teller und zwei Krüge gegeben und gemeint, damit sei ich noch gut bedient. Nur dass ich die Sachen als Mitgift für meine Tochter Viaya haben wollte und ein Service ohne Becher ist doch nichts wert.« Wieder folgte ein Achselzucken.

»Ich verstehe.« Cerryl konnte spüren, dass der Mann aus seiner Sicht die Wahrheit sagte. Nach kurzem Überlegen wandte Cerryl sich an Queas. »Was habt Ihr zu sagen?«

»Ich habe ihm zehn Teller angeboten, ja, auch die beiden Krüge, aber nicht die Becher«, erwiderte Queas. »Ich bin ein armer Töpfer und die Teller hatte ich schon. Die Krüge musste ich noch machen, das kostet Feuerholz und die Glasur. Krüge sind nicht leicht herzustellen, wenn die Griffe nicht abbrechen sollen. Aber diese Krüge, die sind gut, die könnte man überall verkaufen. Die Teller auch.«

Cerryl hob eine Hand. »Habt Ihr ihm die Teller und die Krüge angeboten, als Ihr das erstemal mit ihm über die Instandsetzung der Mauer gesprochen habt?«

»Genau das habe ich ihm angeboten, Ser Magier.«

Cerryl runzelte die Stirn, weil die Worte ihm irgendwie seltsam vorkamen. »Habt Ihr ihm gesagt, Ihr würdet ihm zehn Teller und zwei Krüge geben oder habt Ihr ihm gesagt, Ihr bietet ihm ein Service an, das aus zehn Tellern und zwei Krügen besteht?«

»Ein Service, das sind zehn Teller.«

Cerryl wandte sich wieder an Karfl. »Was hat er Eurer Meinung nach zu Euch gesagt?«

»Ein Service aus zehn Tellern, also Teller und Becher. Manchmal kommen sogar noch zehn kleine Teller dazu, aber damit habe ich gar nicht gerechnet.«

Cerryl schürzte die Lippen. Bei den Dämonen! Jetzt stritten sich die Leute also darüber, was ein Service darstellte. Wieder an Queas gewandt, fragte er weiter:

»Wenn ein Händler wie Likket oder Nivor oder Tellis der Schreiber bei Euch ein Service mit zehn Gedecken bestellt, was bekommt er dann?« Cerryl konzentrierte sich mit Augen und Sinnen auf den Töpfer.

Queas trat von einem Fuß auf den anderen. »Äh... aber... Ser Magier... Karfl ist doch nicht... aber er ist doch Steinmetz.«

»Habt Ihr andere Regeln für einen Steinmetzen?«

Queas senkte den Kopf. »Ich mache noch zehn Becher. Das wird aber einen ganzen Achttag dauern. Ich kann nicht brennen und glasieren, weil ich bezahlte Arbeit angenommen habe. Es wird noch etwas dauern.«

Cerryl sah Karfl an.

»Ein Achttag mehr oder weniger spielt keine Rolle, Ser Magier. Ich will nur eine ordentliche Mitgift für Viaya haben.« Der Steinmetz schien damit zufrieden.

Nun wandte Cerryl sich wieder an beide Männer gleichzeitig. »Ich hoffe, diese Angelegenheit wird nicht noch einmal von der Stadtwache behandelt werden müssen.«

»Nein, Ser Magier«, murmelte Queas.

»Nicht wenn er die Becher liefert«, meinte Karfl.

Cerryl nickte Sheffl zu. Der Anführer der Streife deutete zur Tür und Karfl und ein etwas niedergeschlagener Queas marschierten hinaus.

»... Magier ist nicht zu scherzen.«

Cerryl lächelte leicht, als er Karfls gemurmelte Bemerkung hörte. Was Queas über ihn dachte, wollte er lieber nicht hören.

Wieder in der Wachstube, setzte Cerryl sich auf den Stuhl am Schreibtisch. Manchmal waren die Menschen sogar unterschiedlicher Ansicht, wenn sie die gleichen Worte hörten. Manchmal legten Leute wie Queas die Worte in ihrem Sinne aus. Er holte tief Luft. Wenigstens hatte er sie nicht zum Straßendienst oder zur Putzkolonne schicken oder einäschern müssen.

Als er ein leises Geräusch hörte, blickte er auf.

Weilt stand in der Tür. »Ser?«

»Ja, Weilt… komm nur herein.« Cerryl deutete zum Stuhl. »Setz dich, deine Füße müssen ja ganz wund sein.«

Der blonde Bote sah sich ängstlich in der Wachstube um, beugte sich vor und murmelte: »Ser… Ihr müsst vorsichtig sein.«

Cerryl runzelte die Stirn. »Ich versuche eigentlich immer, vorsichtig zu sein.« Auch er sprach leise.

»Es ist nicht im Südwestviertel, Ser«, flüsterte Weilt. Dann richtete er sich wieder auf und sagte lauter: »Wäre das dann alles, Ser Magier?«

Cerryl schluckte, ehe er antworten konnte. »Äh…« Auch er sprach jetzt lauter. »Ja, das wäre alles, Weilt.«

»Danke, Ser.« Weilt ging rasch hinaus.

»Ich soll vorsichtig sein…«, murmelte Cerryl. *Und es ist nicht im südwestlichen Viertel…* Was hatte das zu bedeuten? War es ein Hinweis, der mit seinen Nachforschungen über die Druidenseide zusammenhing? Aber warum sollten deshalb irgendwelche Leute schlecht auf ihn zu sprechen sein? Andererseits hatte auch Isork zur Vorsicht gemahnt. Wo hatte Weilt nur aufgeschnappt, was er flüsternd weitergetragen hatte? Cerryl lächelte. Er konnte sich gut vorstellen, dass Botenjungen häufig vertrauliche Bemerkungen aufschnappten.

Dann runzelte er die Stirn.

Wie bei so vielen Dingen in Fairhaven steckte auch hier mehr dahinter, als auf den ersten Blick offenbar wurde. Er musste so bald wie möglich mit Leyladin sprechen, denn abgesehen von Myral und Kinowin war sie die Einzige, der er traute. Myral war jedoch hinfällig und Kinowin war Isorks Vorgesetzter. Also blieb nur Leyladin. Und doch… er hatte Angst, sie zu sehr in die Intrigen hineinzuziehen.

XXXIX

Cerryl trat aus dem Vorraum und stieg die Treppe zum gepflasterten Gehweg neben der Hauptstraße hinunter. Im kalten Regen, der mit jedem Schritt heftiger zu fallen schien, ging er nach Norden. Er wollte all die Warnungen, die er erhalten hatte, nicht unbedingt in den Hallen der Magier diskutieren, wo allzu viele Ohren mithören konnten, und hatte Leyladin am vergangenen Abend gefragt, ob er nach seiner Schicht bei ihr vorbeischauen dürfe. Sie hatte es ihm lächelnd erlaubt.

»Du hast völlig übersehen, dass es regnen würde«, murmelte er zu sich selbst. Vor ihm standen die bunten Marktkarren der kleinen Händler, halb vom Regen verschleiert und halb von den Dunstschwaden eingehüllt, die vom warmen Pflaster aufstiegen. Er sah sich aufmerksam um und bemühte sich, trotz der Kopfschmerzen, die ihm der Herbstregen bescherte, in seiner Konzentration nicht nachzulassen. Südlich des Platzes bog er nach Westen ab. Irgendjemand beobachtete ihn – nicht mit einem Spähglas, doch auf sehr ähnliche Weise. Cerryl spürte die Aufmerksamkeit, die auf ihn gerichtet wurde, während er die Mauer neben dem Haus zu seiner Rechten betrachtete.

Eine verschwommene Gestalt, halb von einem Baumstamm verborgen, stand weniger als dreißig Ellen entfernt an der Ecke. Die Gestalt hielt etwas in den Händen… einen Bogen?

Unvermittelt und so schnell wie möglich ließ Cerryl rings um sich einen Schutzwall aus Chaos-Feuer wachsen – oder versuchte es wenigstens – und wollte näher zur Mauer hinüberspringen, wo ihn der Bogenschütze hoffentlich nicht so genau ins Visier nehmen konnte. Doch er stolperte und fiel auf die Knie.

Dann zuckte ein Schmerz durch seine linke Schulter.

Immer noch ein halbes Dutzend Ellen von der Mauer entfernt auf den Knien hockend, versuchte er, das Brennen des schweren Pfeils im Arm zu unterdrücken. Er konzentrierte sich auf die blau gekleidete Gestalt, die gerade den nächsten Pfeil einlegte.

Wut brandete in Cerryl auf und auf die Wut folgte Chaos.

Zischend verwandelte sich der Bogenschütze in eine Flammensäule, weiße Ascheflocken stoben auf und wurden vom Regen niedergeschlagen.

Cerryl zwang sich erneut, sich zu konzentrieren, bündelte irgendwie das mit der Ordnung gebändigte Chaos um das Eisen und setzte die geballte Kraft beider Energien ein, um den Pfeil herauszudrücken oder zu zerstören. Weiße Sterne blitzten vor seinen Augen auf, so dass er sie einen Moment schließen musste.

Doch gleich darauf öffnete er sie schon wieder, schob das Stechen im Arm beiseite und kam taumelnd auf die Beine. Aus der Wunde spritzte das Blut in einem Schwall und besudelte das weiße Hemd und die Hose. Er presste die rechte Hand auf die Wunde und hoffte, den Blutstrom aufzuhalten.

Er setzte einen Fuß vor den anderen und schlurfte weiter, bis er endlich den Fußweg vor Leyladins Tür erreichte.

Sie öffnete, kaum dass er den Klopfer fallen gelassen hatte.

»Ich habe es gefühlt! Was ist passiert?« Sie untersuchte ihn mit Augen und Sinnen. »Bei der Dunkelheit! Nimm meinen Arm.«

Sie half ihm durch den Flur und den vorderen Raum, eine Spur von nassem Straßendreck und Blut hinterlassend. Auf einem Sofa im vorderen Raum, links neben dem Flur, hieß sie ihn sich niederlegen. Es war der mit hellblauer Seide ausgehängte Raum, den er noch nie betreten hatte.

»Mein Blut beschmutzt doch...«

»Still.« Sie konzentrierte sich und er konnte spüren, wie ihre Ordnungs-Kräfte und ihre Wärme in Oberarm und Schulter eindrangen, während sie vorsichtig den weißen Stoff abschnitt, um die Wunde freizulegen. »Es ist nicht so schlimm, wie es hätte sein können.«

»Ich habe den Schuss zum Teil abgeblockt, aber ich war nicht schnell genug.«

»Ich muss die Wunde säubern und verbinden. Der Muskel ist angerissen, aber nicht so tief, wie ich befürchtet hatte. Du musst dich auf irgendeine Weise geschützt haben.«

»Ich... habe doch gesagt...«

»Still...« Sie presste ein Stück Tuch auf die Wunde. »Halte das fest, ich bin gleich wieder da.«

Cerryl hielt das Tuch und hörte, wie Leyladin in die Küche hinübereilte und mit der Köchin sprach.

»...eine Flasche Branntwein, Meridis. Es ist mir egal, was Vater sagt... es hilft.«

Noch bevor die Worte ganz verklungen waren, kam die Heilerin mit einem kleinen Kästchen, einer Flasche und einem sauberen weißen Tuch zurück. »Zuerst müssen wir das Blut abwischen und die Wunde säubern.«

Sie zog den Korken aus der Flasche, und als sie ihm die Flüssigkeit über die Wunde kippte, hätte Cerryl fast geschrien.

»Tut mir Leid... mein Liebster... aber es hilft. Niemand weiß genau, warum das so ist, aber mit Branntwein und Ordnung heilen die meisten Wunden sauber ab.«

Cerryl gefiel es nicht, dass dies nur für »die meisten« Wunden gelten sollte.

»Wehre dich nicht. In der Wunde ist noch Tuch, das

ich herausholen muss… da ist Chaos drin… nicht viel, aber es wird schlimmer, wenn ich nicht…«

Cerryl presste die Kiefer zusammen und hoffte, er würde sich nicht die Zunge abbeißen. Schweißperlen sammelten sich auf seiner Stirn und die salzige Flüssigkeit lief ihm in die Augenwinkel.

»So… jetzt hast du das Schlimmste überstanden. Noch etwas Branntwein und Ordnung…«

Cerryl zuckte wieder zusammen, weil er wusste, was kommen würde. »Das hat schlimmer wehgetan als der Pfeil.«

»Du wirst dich schon erholen.« Leyladin lachte etwas gezwungen. »So… und jetzt ruh dich ein Weilchen aus. Wir brauchen jetzt beide Ruhe.« Sie setzte sich neben dem Sofa auf den Boden. »Soll ich einen Boten zu Isork schicken?«

»Noch nicht…« Cerryl wusste nicht, wann ein guter Augenblick wäre und ob ein solcher überhaupt kommen würde. »Zu Kinowin… aber erst später.«

»Herrin Leyladin, Ihr seid so bleich.« Meridis kam mit einem Tablett mit Brot und Käse, einer Flasche Wein und zwei Gläsern ins Zimmer geeilt. »Ser Cerryl… Ihr seht aus, als könnte Euch ein Happen nicht schaden.«

Das Tablett wurde neben Leyladin auf den Boden gestellt. Sie nahm sich ein kleines Messer und schnitt Keile vom weißen Käse ab.

Cerryl lächelte, als Leyladin ihm den Käse reichte. Er kaute langsam, und erst jetzt wurde ihm bewusst, wie müde und hungrig er wirklich war. Er sah die Heilerin an. Ja, sie war wirklich sehr bleich.

»Das Heilen ist harte Arbeit, wie ich sehe«, meinte er.

»Schwerer, als den meisten klar ist«, sagte sie, nachdem sie den Käse heruntergeschluckt hatte. »Viel schwerer.« Sie reichte ihm ein Stück Brot.

»Danke«, erwiderte er leise. »Ich hatte Glück, dass du hier warst.«

»Dein Glück war, dass du dich mit mir verabredet hattest, denn aus dem Grund war ich ja da.« Dann reichte sie ihm ein Glas Wein und nahm es wieder, als er ein paar Schlucke getrunken hatte. »Weißt du, wer es war?«, fragte sie schließlich.

»Ich war so wütend, dass ich beinahe blind zurückgeschlagen habe. Ein blau gekleideter Bogenschütze, würde ich sagen. Aber er ist zu Asche verbrannt. Er war gerade dabei, den nächsten Pfeil einzulegen. Ich wollte nicht warten, wie gut er damit schießt.«

»Blau… ungefähr zehn Häuser haben die Farbe Blau für sich gewählt.«

»Es war nicht das Blau, das Meridis oder Soaris tragen. Es war strahlender und zugleich etwas dunkler.«

Leyladin kniff nachdenklich die Augen zusammen, sagte aber nichts.

»Ich glaube, ich gehe jetzt besser zu den Hallen zurück«, meinte Cerryl.

»Du kannst auch hier bleiben…«, widersprach Leyladin. »Nein, du sollst sogar hier bleiben.«

Cerryl schüttelte den Kopf. »Nein… ich bin in meinem eigenen Zimmer gut aufgehoben.«

»Draußen auf der Straße, auf dem Weg hierher, warst du nicht gerade gut aufgehoben.«

»Das ist auf der Straße passiert, nicht in den Hallen. Ich glaube nicht, dass es gut ist, wenn ich länger hier bleibe.«

»Ich gebe Myral Bescheid, damit er irgendwie auf dich aufpasst. Er kann auch Kinowin unterrichten.« Die Heilerin legte den Kopf schief, dann nickte sie. »Du solltest jetzt nicht laufen. Ich werde Meridis bitten, die Kutsche zu holen.«

Cerryl widersprach ihr nicht, sondern trank schweigend einen Schluck Wein, während Leyladin in die Küche lief. Benommen war er nicht mehr, aber die

Schmerzen im Arm und im Kopf waren stärker geworden und es pochte.

»Die Kutsche ist gleich da.« Leyladin warf einen Blick zum Tablett auf dem Boden. »Kannst du noch etwas essen?«

»Ja.«

»Dann solltest du es tun.« Sie reichte ihm noch ein Stück weißen Käse.

Bis Meridis Bescheid gab, dass die Kutsche bereit sei, hatte Cerryl den Käse und das Brot zum größten Teil aufgegessen und ein ganzes Glas Wein getrunken. Als er langsam durch die vordere Halle ging, sah Meridis ihn nachdenklich an. »Ich kann nicht glauben, dass jemand es wagt, einen Magier anzugreifen. Ich kann es einfach nicht glauben. Was ist nur aus der Welt geworden?«

»Sie ist wohl eher geblieben, wie sie immer war«, erwiderte Leyladin etwas ungehalten.

Im Regen, der jetzt nur noch als Nieselregen fiel, ging Cerryl unterdessen zur Kutsche hinaus. Ihm war ein wenig schwindlig. Lag es daran, dass er die Chaos-Energie eingesetzt hatte? Lag es an der Wunde? An der Behandlung? An allem zusammen? Er war nicht sicher, aber eigentlich spielte es auch keine Rolle.

Soaris saß auf dem Kutschbock und betrachtete Cerryl und Leyladin aufmerksam, als sie sich ihm näherten. Ein Bewaffneter mit einem Kurzschwert sah unbeteiligt zu, wie Cerryl in die Kutsche stieg. Leyladin folgte ihm, schloss die Tür und setzte sich neben ihn.

Die Kutsche fuhr langsam an, wofür Cerryl äußerst dankbar war, dann prasselte der Regen heftiger als zuvor aufs Dach.

Als die Kutsche am Vordereingang der Hallen der Magier hielt, verkündete Soaris: »Wir werden hier auf Euch warten, Herrin Leyladin.«

»Danke, Soaris.« Sie nickte und stellte sich neben Cerryls verletzten Arm, wie um die Wunden gegen zufällige Blicke abzuschirmen.

Cerryl ging vorsichtig die Treppe hinauf und durch den Eingang in die vordere Halle, dann durch den Vorraum. Leyladin hielt sich die ganze Zeit dicht neben ihm. Sie erreichten den Innenhof mit dem Springbrunnen, ohne jemandem begegnet zu sein.

Dort aber stand Lyasa, als hätte sie auf jemanden gewartet. Sie riss die Augen auf und eilte Cerryl entgegen. »Was ist mit dir passiert?«, flüsterte sie, als sie den Verband und die Blutflecken auf Cerryls Hemd sah.

»Später«, wehrte Leyladin ab.

Lyasa drehte sich sofort um und ging rechts neben Cerryl. Er war froh, dass ihm die beiden Frauen die Treppe hinauf bis zu seinem Zimmer halfen. Dort angekommen, ließ er sich dankbar aufs Bett sinken. Leyladin schüttelte ihm die Kissen auf, damit er bequem sitzen konnte.

»Bleibe du bei ihm«, sagte Leyladin zu Lyasa. »Ich sage Myral Bescheid.«

Als die Tür geschlossen war, zog sich die schwarzhaarige Lyasa den Stuhl ans Bett und setzte sich. »Was ist geschehen?«

»Ein Bogenschütze hat auf mich geschossen«, erwiderte Cerryl trocken. »Er ist jetzt Asche, aber es war ziemlich anstrengend, bis zu Leyladin zu kommen.«

»Ein Pfeil? Mit einer Eisenspitze? Und du stehst noch auf den Beinen?«

»Leyladin ist eine gute Heilerin.«

»So gut ist sie auch wieder nicht.« Sie runzelte die Stirn. »Ein Bogenschütze hat in Fairhaven einen Magier angegriffen? Das klingt überhaupt nicht gut.«

»Es war nicht das erstemal.« Cerryl erinnerte sich nur zu gut an die Bewaffneten, die ihn angegriffen hatten, als er in den Abwasserkanälen Dienst getan hatte.

»Cerryl, für jemanden, der so still ist, kannst du die Leute aber ziemlich erschrecken.«

»Ich mache das doch nicht absichtlich.« Cerryl schloss die Augen, aber in seinem Kopf schien sich alles zu drehen und er musste sie gleich wieder öffnen.

Nicht lange danach klickte der Türriegel und Lyasa und Cerryl drehten die Köpfe herum.

Kinowin betrat den Raum und sah Lyasa an. Die dunkelhaarige Magierin stand auf, nickte und ging hinaus. Hinter sich schloss sie die Tür.

»Wie fühlt Ihr Euch?«, fragte Kinowin.

»Ich habe mich schon besser gefühlt«, räumte Cerryl ein. »Nur gut, dass Leyladin nicht weit weg war.«

»Es war mehr als Glück.« Kinowin ließ sich auf dem Stuhl nieder, von dem Lyasa sich gerade erhoben hatte. »Ich habe Euch einen Wächter vor die Tür gestellt. Er hat Anweisung, nur die Heilerin, Myral oder mich einzulassen. Und natürlich den Erzmagier«, fügte er grinsend hinzu. »Einen starken Magier kann der Wächter natürlich nicht aufhalten, aber wenn jemand eindringt, würden Jeslek und ich alle Mitglieder der Gilde befragen, und diese Drohung wird jeden abhalten, Euch zu behelligen.«

Cerryl hoffte es. Er brauchte dringend etwas Ruhe, ein wenig sorgenfreien Schlaf.

»Habt Ihr eine Ahnung, warum Ihr angegriffen wurdet?«, fragte der Obermagier. »Ich habe mit Isork geredet. Er meinte, es hätte wohl nichts mit Euren Pflichten beim Streifendienst im Südostviertel zu tun.«

»Hat er sich so ausgedrückt?«, fragte Cerryl.

»Ja. Auch ich fand seine Ausdrucksweise etwas eigenartig. Könnt Ihr es erklären?«

Cerryl atmete langsam und seufzend aus und versuchte, die pochenden Kopfschmerzen und den dumpfen Schmerz im Arm wegzuschieben.

»Ich glaube, Ihr solltet es wirklich erklären«, drängte Kinowin ihn.

»Anfangen hat es mit dem purpurnen Karren«, begann Cerryl. Er erzählte von den Spuren von Chaos, vom Blut und dem Stückchen Druidenseide. »Seit der Bote mich gewarnt hat, habe ich mich aufmerksam umgesehen. Anscheinend aber nicht aufmerksam genug.«

»Es gibt nicht viele Magier, die eine Begegnung mit einer eisernen Pfeilspitze überleben«, meinte Kinowin. »Es war doch eine Eisenspitze?«

»Ich weiß, dass es Eisen war. Es hat wehgetan und gebrannt. Aber er hatte schon den nächsten Pfeil eingelegt und deshalb habe ich ihn rasch eingeäschert.«

»Es war während des Regens, nicht wahr?«

»Ja, und das ist wirklich seltsam.« Cerryl erinnerte sich an die Bogenschützen, die er während seines Einsatzes mit Jeslek in Gallos gesehen hatte. Die Schützen hatten niemals im Regen die Sehnen eingelegt. Aber andererseits waren sie auch nie im Regen angegriffen worden.

»Jemand hatte es auf Euch abgesehen, und es muss jemand gewesen sein, der sich mit Magiern auskennt. Wir können unsere Chaos-Kräfte bei Regen nicht voll entfalten und oft sterben Magier schon bei der bloßen Berührung mit Eisen.« Kinowin hob die Augenbrauen. »Ich würde auf die Nachforschungen, was die Druidenseide angeht, verzichten. Fürs Erste jedenfalls.«

»Darüber habe ich auch schon mit Isork gesprochen«, erwiderte Cerryl. Er kam sich jämmerlich vor und hasste sich dafür.

»Isork wird Euch keine Schwierigkeiten machen.« Kinowin stand auf. »Ruht Euch jetzt aus. Ich würde Euch gern übermorgen bei der Sitzung sehen.«

»Ja, Ser.«

»Es wird nicht so schlimm werden.«

Nein, es wird viel schlimmer werden.

Kinowin ging zur Tür, verabschiedete sich mit einem

letzten Nicken und verschwand. Mit einem Klicken wurde die Tür geschlossen.

Nach einer Weile konnte Cerryl endlich die Augen schließen.

XL

Er fuhr im Bett auf, als es an der Tür klopfte und der Riegel klickte. Cerryl legte das Handbuch *Über den Stadtfrieden* zur Seite und sah zur Tür. »Ja, bitte?«

Leyladin betrat das Zimmer. Ein kühler Luftzug wehte durchs hohe offene Fenster herein, bis sie die Tür geschlossen hatte. »Du siehst aus, als würde es dir besser gehen.«

»Mir geht es auch besser. Du bist eine gute Heilerin.«

»Du hast dabei geholfen.« Sie lächelte.

Einen Augenblick lang sah Cerryl sie an und staunte darüber, dass sie die Frau sein sollte, die er zufällig im Spähglas bemerkt hatte, als er selbst noch kaum mehr als ein Kind gewesen war.

»Lass mich den Arm ansehen.« Leyladin beugte sich vor und untersuchte mit Augen und Sinnen die Wunde.

Er spürte die dunklen Fäden der Ordnung, etwas unbehaglich zwar, aber nicht schmerzhaft.

»Da ist noch ein wenig Chaos übrig. Halte einfach still.«

»Ich halte doch still.«

»So... Ich glaube, es wird nicht wiederkommen, aber ich werde morgen noch einmal nachsehen, bevor du zur Sitzung der Gilde gehst.« Leyladin atmete langsam und tief durch.

»Wie...«

»Myral hat es mir gesagt.« Die rotblonde Heilerin lächelte.

»Setz dich doch einen Augenblick. Ich weiß ja, dass das Heilen harte Arbeit ist.«

»Nur einen Augenblick. Ich muss noch einmal nach Myral sehen.« Leyladin setzte sich auf den Stuhl mit der geraden Lehne.

»Wie geht es ihm?«

Die Heilerin schüttelte den Kopf. »Nicht so gut, wie ich es gern hätte. Der Husten wird jeden Tag schlimmer und er wird schwächer, aber er ist nicht krank. Das Chaos fordert seinen Tribut.« Sie zuckte mit den Achseln. »Er war in den letzten Jahren vorsichtiger als die meisten anderen, aber Weiße Magier leben nicht lange.« Sie sah Cerryl forschend an.

»Ich versuche es. Ich halte mich an seine Ratschläge.«

»Du bist neben Kinowin wohl der Einzige, der es tut.«

»Jeslek geht verschwenderisch mit seiner Kraft um. Dabei hat er es gar nicht nötig; jeder weiß doch, dass er der Stärkste ist.«

»Männer sind eben so«, meinte Leyladin, doch zugleich hob sie eine Augenbraue und sah Cerryl fragend an.

»Du…« Cerryl hielt inne und fragte sich, ob sie wusste, dass er es möglichst vermied, seine eigenen Fähigkeiten zur Schau zu stellen.

»Es ist schwer, einer Heilerin etwas zu verheimlichen.«

»Das wird mir allmählich klar.« *Und außerdem noch einige andere Dinge.*

»Weißt du«, meinte sie leise, »eigentlich bist du gar kein richtiger Weißer Magier.«

Cerryl runzelte die Stirn.

»Den meisten Leuten kommst du vor wie ein Weißer, aber du bist es nicht. In dir ist kein Kern von Chaos. Deshalb hat dich die Pfeilspitze aus Eisen auch nicht getötet.« Leyladin lächelte. »Du kannst mit dem Chaos umgehen, aber du kommst auch mit der Ordnung zurecht. Du bist ein Grauer Magier.«

Cerryl zuckte zusammen. »Sag das bloß niemandem. Du weißt, was Jeslek und Sterol mit mir machen würden, wenn es herauskäme. Ich habe auch so schon genug Schwierigkeiten.«

»Myral und Kinowin wissen es bereits. Sie werden aber nichts sagen, weil sie dich mögen. Warum glaubst du, geben sie auf dich Acht?«

»Weil ich nicht ständig versuche, allen möglichen Leuten zu beweisen, dass ich der Meister des Chaos bin.«

»Das ist sehr vernünftig.« Leyladin streckte sich und stand auf. »Ich fühle mich jetzt besser. Ich muss zu Myral.« Sie kam zum Bett, bückte sich und gab ihm einen Kuss auf den Mund. »Pass nur auf dich auf.«

»Das werde ich machen.«

Als die Tür wieder geschlossen war, lehnte Cerryl sich in die Kissen zurück. Eine große Pfeilspitze aus Eisen, ein Angriff auf einen Magier. Er nickte langsam. Wenn so ein Angriff erfolgreich verlief, würde niemand den Bogenschützen ausfindig machen können. Wenn er fehlschlug, blieb vom Bogenschützen nicht mehr genug übrig, um festzustellen, wer ihn bestellt hatte. Das bedeutete, dass ein Magier, den Cerryl wahrscheinlich kannte, dahinter steckte. Cerryl war sich sogar ziemlich sicher, dass er den Namen wusste. Nur den Grund verstand er noch nicht.

Er holte noch einmal Luft und nahm *Über den Stadtfrieden* wieder in die Hand. Bisher hatte er noch nicht einmal versteckte Andeutungen auf geschmuggelte und gestohlene Waren gefunden. Da er das Buch inzwischen zum drittenmal durchlas, würde er wahrscheinlich auch nichts mehr finden, aber es konnte sicher nicht schaden, möglichst viel über die Arbeit der Stadtwache zu erfahren. Außerdem hatte er Schuldgefühle, weil jemand anders seine Schicht übernehmen musste, aber Leyladin und Kinowin hatten darauf bestanden, dass es für alle besser wäre, wenn er sich ein paar Tage erholte.

XLI

»Der erste Tagesordnungspunkt ist die Ernennung Jesleks zum Erzmagier«, verkündete Kinowin. Er stand allein auf dem mit Goldfäden gemaserten Podium im Ratssaal. »Gibt es irgendein Mitglied der Gilde, das jemand anders für das Amt des Erzmagiers vorschlagen möchte?«

Während des Schweigens, das darauf folgte, musterte Kinowin die versammelten Magier, die golden schimmernden Eichentische, die mit roten Polstern bedeckten Sitzplätze weiter vorn, die polierten weißen Granitsäulen links und rechts, wo unter roten Wandbehängen noch einige Magier einen Stehplatz gefunden hatten. Schließlich verkündete er: »Da kein anderer Kandidat vorgeschlagen wurde, erkläre ich als Obermagier und Sprecher des Rates den ehrenwerten Jeslek zum neuen Erzmagier.« Der große blonde Magier deutete zur vordersten Reihe und winkte Jeslek zum Podium hinauf.

Jeslek verneigte sich und richtete sich stolz auf. »Ich danke Euch allen für die Unterstützung.« Auch er ließ jetzt den Blick durch den Ratssaal wandern. »Ich möchte zwei Angelegenheiten zur Sprache bringen. Die erste ist eine Ehrenbezeugung. Ich möchte hiermit erklären, dass mein Vorgänger Sterol für die Dienste, die er Fairhaven und der Gilde erwiesen hat, geehrt werden soll, indem sein Bild zu jenen hinzugefügt wird, die den Turm schmücken. Das sind wir einem großen Magier wie ihm schuldig.«

Cerryl und Heralt standen auf der Nordseite in der dritten Reihe und lauschten aufmerksam.

»Zweitens ist dies eine Zeit, in der die Gilde großen Gefahren ausgesetzt ist«, fuhr Jeslek fort. »Die Gefahren mögen manch einem unbedeutend erscheinen. Und doch wurde ein Mitglied unserer Gilde angegriffen – und zwar in Fairhaven und keine zwei Straßen von der Halle der Magier entfernt.«

Cerryl fragte sich, ob Jeslek ihn zum Podium rufen oder seinen Namen verschweigen würde, um den Eindruck zu erwecken, dass es jeden hätte treffen können.

»Einige von Euch wissen bereits, wer angegriffen wurde, einige wissen es nicht. Aber Namen spielen keine Rolle, wenn ein Magier aus unserer Mitte in Fairhaven mit einem Eisenpfeil angegriffen wird. Denn es hätte jeden treffen können…«

Cerryl hätte beinahe laut geschnaubt, aber er hielt sich zurück und ließ sich nichts anmerken, sondern konzentrierte sich auf die zweite Reihe, wo Anya und Fydel saßen. Dort hätte auch Faltar gesessen, wäre er nicht wegen seiner Abendschicht am Tor einer der wenigen, die nicht an der Sitzung teilnehmen konnten.

Myral saß jetzt in der vordersten Reihe, etwas rechts von Anya. Trotz Leyladins Befürchtungen wirkte er recht munter. Am anderen Ende der ersten Reihe, fast direkt vor Cerryl, saß Sterol, der mit kaltem, ironischem Lächeln Jeslek beobachtete.

»Warum nennt er nicht deinen Namen?«, fragte Heralt.

»Es ist wirkungsvoller, wenn er es nicht tut«, antwortete Cerryl.

»Warum ist dies geschehen?«, fragte der neue Erzmagier. »Es ist geschehen, weil Recluce Fairhaven nicht respektieren will und weil die Händler in Spidlar lieber auf die Schwarzen Engel hören und darauf hoffen, ihre Börsen mit Gold zu füllen, das ihnen nicht zusteht.«

»Woher wissen wir, dass dies überhaupt etwas mit Spidlar zu tun hat?«, fragte Disarj.

Cerryl sah sich unauffällig um, bis sein Blick auf Isork fiel, der leicht nickte, nachdem er die Frage des Magiers mit dem zotteligen Haar vernommen hatte.

»Nichts ist sicher«, erwiderte Anya, indem sie sich langsam erhob. »Aber es wurde nicht nur ein Stück blaues Tuch gefunden, sondern auch ein Bogen, wie er von spidlarischen Söldnern gebraucht wird. Einer dieser Söldner hat nicht lange, bevor Cerryl angegriffen wurde, die Stadt betreten. Daher...« Sie zuckte mit den Achseln.

»...war es Cerryl, der...«

»...warum gerade er?«

Jeslek schien einen Augenblick verärgert, aber der Gesichtsausdruck verflog sofort wieder. Cerryl fragte sich, warum Anya seinen Namen genannt hatte, dann nickte er. Sie wollte ihn mit einem Angriff aus Spidlar in Verbindung bringen und den Eindruck verstärken, dass der Anschlag aus jener Richtung gekommen sei, obwohl Cerryl genau wusste, dass dies nicht der Fall war, auch wenn er dafür keine Beweise hatte.

»Das sollten wir nicht auf die leichte Schulter nehmen«, sagte Fydel, der sich jetzt direkt neben Anya erhob, nachdem die Magierin sich wieder gesetzt hatte.

»Wir brauchen weitere Beweise«, rief jemand von hinten, den Cerryl nicht erkannte.

»Was für Beweise verlangt Ihr denn?« Anya drehte sich zum Sprecher herum. »Achttag für Achttag kommen Schwarze Schiffe mit Schwarzen Waren nach Spidlar herein. Achttag für Achttag sträubt sich der Präfekt von Gallos mehr und mehr, die Zölle zu entrichten. Wollt Ihr etwa warten, bis die Lanzenkämpfer von Gallos die Straße der Magier besetzen? Oder bis die Gilde Euer Gehalt nicht mehr zahlen kann?«, erwiderte die rothaarige Frau höhnisch.

»Wie sollen wir mit Spidlar verfahren?«, fragte Disarj.

»Wie wollen wir mit Recluce verfahren?«, fragte etwas weiter vorn ein weiterer Magier, den Cerryl nicht kannte.

»Die Sondersteuer aufheben«, rief ein weiterer anonymer Magier aus der Mitte der Versammlung.

Cerryl hielt sich die Hand vor den Mund, als müsse er husten, doch in Wirklichkeit verbarg er ein Lächeln.

Jeslek fuhr aufgebracht herum. »Wer war das?«

Er erhielt keine Antwort.

»Wenn Ihr verhindert, dass die Spidlarer oder die Schwarzen eine Menge Goldstücke verdienen, so macht Ihr zwangsläufig die Hamoraner oder die Nordlaner reich«, meinte Myral, der ganz vorne saß. »Oder die Suthyaner und die Sarronnesen. Der Handel ist wie das Wasser. Er muss irgendwohin fließen.«

»Warum fließt er nicht hierher?«, fragte Jeslek.

»Das ist leichter gesagt als getan.«

»Warum können wir nicht die Steuer auf Waren aus Recluce erhöhen?«, fragte ein anderer Weißer Magier.

»Überlegt es Euch doch«, sagte Esaak mit grollender Stimme. »Die Sondersteuer beträgt jetzt schon hundert Prozent.«

»Und? Wir reden jetzt über Gewürze, Weine, Luxusgüter. Außerdem, wer kann schon die Wolle aus Recluce tragen? Die Leute werden noch mehr bezahlen und unsere Schatzkammer wird sich füllen, aber nicht die der Hamoraner und Nordlaner.«

»Sollten wir nicht die Steuereinnahmen verwenden, um eine größere Flotte zu bauen?«

»Wir könnten Schiffe bauen, aber brauchen wir wirklich noch mehr?«, fragte Cerryl unwillkürlich, erstaunt über sich selbst.

»Um den Außenhandel von Recluce zu unterbinden, brauchen wir natürlich weitere Schiffe«, schnaubte Jeslek, der trotz der weißen Haare und der goldenen Augen jugendlich wirkte. Er sah Cerryl scharf an.

Auch Anya sah ihn von der Seite an, als wolle sie ihm zu verstehen geben, dass ein so junger Magier besser schwieg.

Ihr Blick reizte Cerryl, trotzig fortzufahren. »Das hätte vor Jahrhunderten geholfen, aber nach Creslins Eingreifen hatten wir weder die Schiffe noch das Geld. Jetzt nützt es nichts mehr. Recluce kauft unser Getreide inzwischen bei den Nordlanern. Die Nordlaner holen es in Hydolar ab und bringen es nach Recluce. Dann verkaufen die Schwarzen ihre Waren an die Nordlaner. Es kommt sie teurer, aber wir verlieren den gesamten Handel.«

»Jeslek hat also Recht«, schaltete Anya sich nach kurzem Schweigen ein. »Wenn wir die Handelsrouten nach Recluce nicht völlig unterbrechen, verlieren wir.«

Heralt gab Cerryl einen Stoß in die Rippen. »Du hast wahrscheinlich sogar Recht, aber Anya sieht aus, als würde sie am liebsten den nächstbesten Bogenschützen anheuern, um dich beseitigen zu lassen.«

Cerryl verkniff sich die Antwort und nickte nur. »Ich werde nichts mehr sagen«, beruhigte er Heralt.

»Das ist eine gute Idee.«

»Das hört sich in der Theorie ja ganz gut an«, schnaubte Myral. Er wischte sich mit einem grauen Tuch den Schweiß vom glänzenden Schädel. »Aber ich würde wirklich gern mal etwas sehen, das tatsächlich funktioniert. Bisher hatte noch keiner Eurer Vorgänger Erfolg. Jeslek, glaubt Ihr wirklich, dass die früheren Räte die wachsende Macht von Recluce einfach hingenommen haben? Dass sie absichtlich Dutzende von Schiffen und tausende von Soldaten verloren haben?«

»Nein, natürlich nicht«, erwiderte Jeslek finster. Dann lächelte er. »Aber vergesst nicht, dass die Schwarzen nicht mehr über die Winde gebieten können – sie könnten es nicht einmal, wenn sie einen neuen Creslin hätten. Was, wenn wir mehr Magier auf unsere Schiffe setzen?«

»Wie viele würden wir brauchen?«

»Nicht sehr viele. Aber auf diese Weise könnten wir Recluce völlig isolieren. Die Nordlaner verdienen sicher nicht genug an der Insel, um zu riskieren, dass sie beim Handel mit Recluce all ihre Schiffe verlieren.« Jeslek lächelte selbstgefällig. Es war der Gesichtsausdruck eines Mannes, der für ein Problem eine Lösung gefunden hatte.

Schwerfällig erhob sich Esaak in der dritten Reihe und zuckte mit den Achseln. »Das mag ja sein, Jeslek. Legt dem Rat einen Plan vor. Einer solch großen Geldausgabe können wir nicht zustimmen, ohne einen Plan gesehen zu haben.«

Cerryl schauderte. Selbst für Esaak war es gefährlich, Jeslek aufzufordern, sich vor der Gilde zu rechtfertigen.

Jeslek lächelte gezwungen und nickte. »Das werde ich tun. In der Zwischenzeit werde ich den Magier Eliasar mit einer Ehrengarde von eintausend Weißen Lanzenreitern nach Gallos schicken, um unsere Interessen zu wahren und den Präfekten Syrma zu ermuntern, die Straßenzölle zu entrichten, die er der Gilde schuldet. Ich werde Eliasar begleiten.« Der Erzmagier lächelte. »Und jetzt müssen wir einen Obermagier wählen, um die frei gewordene Position neu zu besetzen.«

Auch Anya lächelte und sah dabei Esaak an, aber ihr Lächeln ließ Cerryl das Blut in den Adern gefrieren.

»Gibt es Vorschläge für das Amt des Obermagiers?«, fragte Kinowin. Er trat auf dem Podium vor und ignorierte das Gemurmel, das sich nach Jesleks Worten erhoben hatte.

Cerryl hätte beinahe den Kopf geschüttelt. Ohne es direkt auszusprechen, hatte Jeslek verkündet, er werde so oder so dafür sorgen, dass Gallos die Gebühren zahlte, selbst wenn er mit seinen Chaos-Kräften die Stadt Fenard in Trümmer legen musste. Die sogenannte Ehrengarde war stark genug, um Jeslek zu schützen, bis er Fenard oder was auch immer zerstört hatte. Cerryl war sicher, dass der Präfekt Syrma es ähnlich sehen würde.

Kinowin wartete, bis das Murmeln abgeebbt war, bevor er seine Frage wiederholte. »Gibt es Vorschläge für unseren neuen Obermagier?«

Hatte Jeslek das Gefühl, ihm bleibe keine andere Wahl? Standen die Dinge schon so schlimm? Nach allem, was Cerryl sagen konnte, beruhten die Probleme der Gilde auf der Struktur von Ordnung und Chaos – und auf der Geografie der Welt. Recluce brauchte nicht so viele Bewaffnete wie Fairhaven und die Länder in Candar, weil Recluce eine Insel war und weil der Schwarze Orden über Wetter-Magier verfügte, die fähig waren, die Schiffe etwaiger Gegner zu vernichten, noch bevor eine Invasion überhaupt begonnen hatte. Deshalb musste Recluce nicht so viel Geld für Bewaffnete ausgeben. Außerdem warf Recluce jeden hinaus, der sich nicht anpassen wollte. Die Weiße Bruderschaft dagegen musste Straßen und Schiffe unterhalten... und Lanzenreiter und Torwächter und Magier bezahlen, die als Gesandte in andere Länder Candars geschickt wurden.

Aber trotzdem... das konnte noch nicht alles sein. Es musste doch einen Weg geben, damit die Waren aus Candar nicht teurer wurden als die Waren aus anderen Ländern. Es musste einfach eine Lösung geben.

Er lachte in sich hinein. Warum machte er sich solche Sorgen? Er war zur Stadtwache abgeordnet und noch ein sehr junger Magier, auf den ohnehin niemand hören würde, selbst wenn ihm eine Lösung einfallen sollte. Nein, im Augenblick konnte er nichts bewegen.

»Was gibt's da zu lachen?«, flüsterte Lyasa. Sie hatte sich bis zu ihm vorgearbeitet und stand links von ihm an einer Säule.

»Ich hatte großartige Gedanken, bis mir klar wurde, dass es noch ein paar Jahre dauern wird, ehe mir jemand zuhört.«

»Wie sich die Dinge entwickeln, wird es wohl schneller gehen, als du denkst.«

»Was meinst du damit?«, flüsterte er.

»Nicht jetzt.« Sie schüttelte den Kopf.

»Der Rat bittet um Vorschläge«, sagte Kinowin noch einmal und etwas lauter.

»Wie wäre es mit Disarj? Er hatte eine Menge zu sagen«, schlug Fydel vor.

Disarj stand auf. »Ich habe bei weitem nicht so viel Erfahrung wie beispielsweise der ehrenwerte Fydel und muss deshalb ablehnen. Vielleicht sollten wir aber Fydel berücksichtigen.«

»Niemand will den Posten haben«, murmelte Lyasa. »Der Kandidat müsste sich bei allem und jedem zwischen Kinowin und Jeslek entscheiden.«

»Ich würde den Posten auch nicht wollen«, murmelte Heralt.

»Und du tätest gut daran«, stimmte Cerryl flüsternd zu.

»Wie wäre es mit Esaak?«

Cerryl hatte nicht mitbekommen, wer den Vorschlag gemacht hatte, aber Esaak stand schneller auf, als Cerryl es für möglich gehalten hätte. »Der Erzmagier Jeslek braucht an seiner Seite jemanden, der jünger ist und der mehr Kraft hat, als meine alten Knochen sie hergeben wollen.« Er hielt kurz inne und lächelte. »Jemanden wie den ehrenwerten Redark, der jung genug ist, um große Kraft zu haben, und doch alt genug, um Vorsicht walten zu lassen, und der zugleich umsichtig genug ist, um das Gleichgewicht zu wahren.« Esaak deutete auf den grünäugigen, rotbärtigen Redark.

Redark lächelte entzückt.

»Das ist ja wundervoll«, zischelte Lyasa. »Der kann

sich nicht einmal entscheiden, was er zu Mittag essen will. Er wird tun, was immer Jeslek verlangt, weil er zu dumm ist, um Kinowin zu verstehen, und nicht bereit, es zuzugeben.«

Cerryl sah Lyasa neugierig an.

»Glaub's mir ruhig.«

Die trockene Antwort der schwarzhaarigen Magierin überzeugte Cerryl und die leisen, gedämpften Seufzer im Saal taten ein Übriges.

»Gibt es noch weitere Vorschläge?« Kinowin wandte sich an Jeslek, der leicht mit den Achseln zuckte.

»Da es keine weiteren Vorschläge gibt und da der ehrenwerte Redark ein vollgültiges Mitglied unserer Gilde ist, setzt der Rat ihn als Obermagier ein.« Kinowin neigte den Kopf in Jesleks Richtung.

Ist der Fleck auf Kinowins Wange stärker gerötet als sonst? Cerryl bewunderte Kinowins Haltung in dieser schwierigen Lage.

Redark stand auf und schritt zum Podest.

»Sie haben ihn vor ein paar Jahren aus der Stadtwache geworfen«, meinte Lyasa.

»Woher weißt du das?«, wisperte Heralt.

»Derka hat es mir erzählt, bevor er nach Hydolar aufgebrochen ist.« Sie schüttelte den Kopf. »Es heißt, er sei Jesleks Vetter, aber man weiß es nicht genau.«

Cerryl leckte sich nervös die Lippen und beobachtete Anya, deren kaltes Lächeln er von der Seite sehen konnte. Ein sehr, sehr kaltes Lächeln war es.

XLII

Der dünne Verband auf dem Arm fühlte sich sogar unter dem lockeren Hemd unförmig an. Cerryl warf einen Blick auf die Schulter, aufs Oberhemd und das Unterhemd. Von außen war nichts zu sehen. Dann konzentrierte er sich wieder auf den Schreibtisch. Obwohl er einen ganzen Achttag nicht da gewesen war, sah der Schreibtisch aus wie immer – zwei leere Holzkisten, das Tintenfass mit dem Federhalter, die Lampe und ein Stapel grobes Papier.

Zubal schaute in die Wachstube. »Ist alles in Ordnung, Ser?«

»Ja, mir geht es gut«, erklärte er dem Boten. »Ich glaube, ich werde heute Morgen Nuryl auf seinem Streifengang begleiten.«

»Ja, Ser.« Zubal nickte und zog sich zurück.

Nach einem weiteren Blick zum leeren Schreibtisch trat Cerryl etwas zurück, zog die weiße Jacke der Stadtwache an und ging durch die graue Morgendämmerung zum Mannschaftsraum.

»Er ist wieder da…«

»…dir doch gleich gesagt, dass es nicht lange dauern wird…«

Cerryl winkte Nuryl.

Der Anführer der Streife löste sich aus der Gruppe seiner Männer und kam zu Cerryl. »Wollt Ihr uns begleiten, Ser?« Er warf einen vielsagenden Blick zu Cerryls Schulter.

»Ich muss ja nicht mit dem Schwert kämpfen«, erwiderte Cerryl. »Und Ihr seid sogar jeden Tag draußen.« Er grinste.

Nach kurzem Überlegen erwiderte Nuryl das Lächeln, nickte und kehrte zu seinen Männern zurück. »Lasst uns gehen.«

Cerryl hörte die Kommentare der Männer, die zu Fystls und Sheffls Gruppe gehörten, als er neben Nuryl nach draußen ging. Die anderen Streifen waren schon aufgebrochen.

»…würde nicht draußen herumlaufen, nachdem ich einen Pfeil abbekommen habe… nicht so bald.«

»…werden ja nicht schlecht bezahlt…«

»…doch, dass er ein zäher kleiner Bastard ist.«

Irgendwie hielt Cerryl sich keineswegs für so zäh, wie es beispielsweise Eliasar war oder wie es Kinowin früher gewesen sein musste. Die beiden Männer waren beeindruckende Gestalten und anscheinend fähig, kleinere Gegner in Stücke zu reißen. Sogar Jeslek war im Vergleich zu Cerryl beeindruckend.

Die Straßen draußen waren noch feucht vom Unwetter der vergangenen Nacht und glänzten beinahe silbern im grauen Licht der ersten Dämmerung.

XLIII

Dicke weiße Schneeflocken fielen herab. Ein paar glitten von Cerryls gefetteter weißer Lederjacke ab, andere schmolzen, sobald sie das Pflaster der Straßen oder Gehwege berührten. Cerryl blickte nach vorn und zur Seite und hielt Ausschau, ob irgendetwas Ungewöhnliches zu sehen war. Mit Augen und Sinnen forschte er in alle Richtungen, während er nach Norden zu Leyladins Haus ging.

Der Markt lag fast verlassen unter dem Schleier der dicken Flocken, nur eine Hand voll Karren drängte sich in der Mitte. Als Cerryl südlich des Platzes nach Westen abbog, betrachtete er die Mauer, von der aus man auf ihn geschossen hatte. Die Bäume, die jetzt nur noch die verschrumpelten, grauen Winterblätter trugen, boten wenig Deckung. Eine dünne weiße Schicht Schnee lag auf dem Gras und den Büschen, doch die Straßen, Gehwege und Dächer blieben frei.

Er ging in westlicher Richtung weiter.

Aus dem mittleren Schornstein von Leyladins Haus stieg ein dünner weißer Rauchfaden auf. Die Fensterläden waren geöffnet, die Fenster selbst verschlossen. Cerryl staunte immer wieder über die vielen Glasfenster in Fairhaven. Er staunte und er war dankbar, dass es solche Fenster auch in den Hallen der Magier gab.

Soaris öffnete ihm. »Wie geht es dem Arm, Ser?«

»Viel besser, Soaris, viel besser. Und vielen Dank, dass du mich mit der Kutsche gefahren hast. Ich habe vergessen, dir zu danken, aber ich bin sicher, dass du meine Erleichterung bemerkt und als Dank empfunden hast, auch wenn ich nichts gesagt habe.«

»Ich verstehe, Ser.« Das Gesicht des Majordomus blieb unverändert, aber die Augen schienen ein wenig zu funkeln, als er Platz machte und die Tür ganz öffnete. »Die Herrin Leyladin lässt Euch bitten, im rechten Wohnzimmer zu warten. Sie hatte als Heilerin im Turm länger zu tun, als sie vermutet hatte.«

Cerryl folgte Soaris und setzte sich auf einen mit Samt bezogenen Lehnstuhl. An der Wand gegenüber hing das silbern gerahmte Bild, das er schon einmal betrachtet hatte. Jetzt fand er Zeit, Leyladins Mutter näher anzusehen. Das Lächeln war wärmer, als Cerryl es in Erinnerung hatte, und das blonde Haar war länger und heller als das leicht rötlich schimmernde Haar der Tochter. Die Goldfäden in der grünen Weste waren vom Maler lebensecht wiedergegeben, an einer Seitentasche war sogar ein loser Faden zu sehen. Die blauen Augen der Frau blickten so vernünftig und klug wie die der Tochter, wenn auch nicht so humorvoll.

Hatte Leyladins Mutter ein schweres Leben gehabt?

Hatte sie es schwerer gehabt als die Tochter?, überlegte Cerryl, während er das Bild betrachtete. Nach einer Weile wandte er den Blick ab und bewunderte die eleganten Möbel – das Sofa, den zweiten Lehnstuhl, die passenden Schränkchen aus poliertem dunklem Holz, der niedrige, mit Einlegearbeiten verzierte Tisch vor ihm. Alles war makellos, als würde der Raum nie benutzt werden.

Es duftete nach Leyladin, ein leichter Blumenduft mit einem schwereren Unterton.

Nach einer Weile, als er Lederschuhe auf dem Marmorboden hörte, stand er auf und drehte sich um. »Du siehst wunderschön aus.«

»Ich sehe müde aus.« Ein flüchtiges, schiefes Lächeln spielte um ihre Lippen und vertrieb einen Augenblick die erschöpfte Dunkelheit aus ihren Augen.

»Du siehst trotzdem wunderschön aus.«

»Du bist zu freundlich.« Die Heilerin trug ein grünes Hemd und eine passende Hose aus Seide, darüber eine ärmellose Weste aus purpurner Wolle. Sie setzte sich auf das grüne Samtsofa und klopfte neben sich aufs Polster. »Setz dich doch bitte zu mir.«

»Mach kein so ernstes Gesicht«, ermahnte er sie, während er sich neben ihr niederließ.

»Ich *bin* ernst. Ich kann doch nicht die ganze Zeit lachen.«

Cerryl wartete.

»Ich weiß, wie wichtig ich dir bin, Cerryl, und du bist mir auch wichtig. Wir sehen uns regelmäßig, aber wir reden kaum über uns. Anderen erscheinen wir wie ein Liebespaar, aber wir sprechen nicht wie Liebende miteinander.«

»Ich dachte, du willst es nicht«, gab Cerryl nachdenklich zurück. »Ich dachte, weil ich ein Weißer bin und du eine Schwarze, müssen wir sehr vorsichtig sein. Ich wollte dich nicht verletzen.«

Leyladins Augen schimmerten, als sei sie den Tränen nahe. Sie presste die Lippen zusammen und drehte den Kopf, um seinen Blick zu erwidern.

Cerryl sah ihr in die Augen und hatte wieder einmal das Gefühl, in der grünen Tiefe zu versinken.

»Cerryl.«

Sie sprach leise, aber er wäre beinahe zusammengezuckt. »Ja?« Er riss sich von ihr los. »Entschuldige. Manchmal habe ich das Gefühl, in deinen Augen versinken zu können.«

»Das klingt, als wolltest du dich als Dichter versuchen. Oder als wärst du ein Lanzenreiter, der gerade eine neue Liebste gefunden hat.« Die Worte wurden durch ein Lächeln und einen belustigten Unterton ein wenig abgeschwächt.

Doch Cerryl zuckte jetzt tatsächlich zusammen. »Nein, so habe ich das nicht gemeint. Ich fühle mich eben so, aber ich wollte nicht… du hast doch… wenn du das tust… aber ich…« Er seufzte und zuckte hilflos die Achseln. »Ich kann nicht erklären, was ich meine.«

»Versuch's noch einmal«, schlug sie sanft vor. »Sag nur einfach die Worte. Versuche nicht, mich zu beeindrucken oder mich zu überzeugen. Sage einfach nur, was du meinst.«

Er schluckte. »Ich habe es doch getan. Ich fühle mich, als könne ich mich in deinen Augen verlieren. Ich habe es nicht gesagt, um bei dir irgendwie Eindruck zu schinden. Ich fühle mich einfach so. Ich weiß nicht, ob ich ein Dichter bin. Manchmal habe ich das Gefühl, jedes Wort genau überprüfen zu müssen, damit ich nicht wie ein Bergmann oder Handlanger rede.«

»Das macht es so schwer.« Sie schlug die Augen nieder. »Wenn du nur nicht ausgerechnet ein Magier wärst und ich eine Heilerin.«

»Wir sind, was wir sind. Spielt das eine Rolle?«

Cerryl nahm ihre Hand. »Ich kann deine Hand halten. Spürst du Chaos? Brennt es?«

»Jetzt nicht«, erwiderte sie leise. »Aber was ist in der nächsten Jahreszeit oder nächstes Jahr?«

»Ich mache alles, was Myral mich gelehrt hat, und du kannst ihn berühren und ihn heilen.«

»Myral ist nicht mein Gemahl.«

»Weiße Magier können nicht heiraten«, erwiderte er. »Das weißt du doch.«

»Aber Schwarze Heiler können es«, gab sie zurück.

Cerryl schluckte. »Willst du mir sagen, dass wir… weil ich ein Weißer Magier bin…« Er schluckte wieder und dann noch einmal. Sein Magen war ein Klumpen voller Verzweiflung.

»Ich werfe es dir nicht vor. Ich habe auch nicht die Absicht, die Gemahlin eines anderen zu werden, aber ob sie anerkannt wird oder nicht, ich will diese Art von Beziehung.«

Cerryl nickte und fragte sich, ob er diese Rolle jemals zu spielen vermochte. Wie konnte sie darauf hoffen, dass ein kleiner Magier der Stadtwache jemals mehr für sie sein würde als ein Freund? Wie hatte er auf mehr hoffen können?

»Cerryl… mein Lieber… du bist mir wirklich wichtig.«

»Ich fürchte, eher wie ein Freund«, sagte er heiser.

»Einen Freund würde ich nicht umarmen wie dich, von den Küssen ganz zu schweigen.«

»Also…?« Er zuckte hilflos mit den Achseln.

»Ich will dich, aber ich will dich, als wärst du mein Gemahl. Ich will, dass du mich umarmen kannst, ganz egal, was du als Magier getan hast. Ich will keinen Mann, der sich das Chaos und die Macht des Chaos als Geliebte hält, während er sagt, er sei mein Gemahl.«

Cerryl nickte langsam. Dagegen ließ sich nicht viel einwenden. Aber… war das, was sie wollte, überhaupt möglich?

»Du wirkst so niedergeschlagen. Du bist doch kaum älter als zwanzig Jahre. Wir haben genug Zeit, um herauszufinden, ob du das Gleiche willst.« Sie lächelte warm, die grünen Augen blitzten. »Außerdem hat Meridis einen Schweinebraten gemacht. Mit Äpfeln gefüllt und mit Gewürzbrot garniert und nur für uns. Und keine Quilla.«

»Ist dein Vater nicht da?« Cerryl war verblüfft über Leyladins Offenheit und verblüfft über die Richtung, in die ihre Worte unvermittelt führten. Er dachte an ihren abwesenden Vater und fragte sich, wie sich der wohlhabende Kommissionär ins Bild einfügen würde.

»Vater kümmert sich in Lydiar um seine Schiffe.« Sie hauchte ihm einen Kuss auf die Wange und stand auf. »Ich habe Hunger. Myral ging es nicht gut, ich habe lange gebraucht.«

»Ich glaube, die Sitzung der Gilde hat ihn ermüdet. Neulich habe ich abends mit ihm gesprochen, dabei wäre er fast eingeschlafen, obwohl es noch nicht dunkel war.«

»Er braucht jetzt viel Schlaf.« Kopfschüttelnd führte sie ihn zum Esszimmer.

Am Ende des Tisches, das der Küche am nächsten war, war für zwei Gäste gedeckt. Die übrige Fläche des langen, weißen und mit Gold verzierten Tisches schimmerte im Schein der Wandlampen und in dem wenigen Licht, das jetzt am Abend noch durch die Fenster hereinfiel. Cerryl deutete zum Stuhl und wartete, bis Leyladin sich auf dem grünen Samtpolster niedergelassen hatte.

Vorsichtig, um nicht das weiße Porzellangeschirr umzustoßen, das auf einem hellgrünen Leinendeckchen stand, setzte er sich nach ihr. Leyladins Beispiel folgend, nahm er sich eine grüne Leinenserviette und breitete sie auf seinem Schoß aus. Da die Flasche mit bernsteingelbem Wein schon dekantiert war, schenkte er ihnen ein.

Er hob sein Glas. »Auf dich.« *Was sollte ich auch sonst sagen?*

»Auf dich, mein Liebster.« Sie prostete ihm zu.

Sie tranken schweigend, dann ging die Küchentür auf.

»Das wird aber auch Zeit… noch etwas länger und der Braten wäre trocken und steinhart geworden.« Meridis stellte zwei Teller auf den Tisch und ging wieder hinaus, um einen dritten zu holen. »So, und da wäre dann noch der Honigkuchen zum Nachtisch. Guten Appetit.«

»Danke«, sagte Cerryl.

»Da bedankt Euch mal nicht bei mir, sondern bei der Herrin. Es war ihr Wunsch, ich habe nur meiner Hände Arbeit dazugetan.« Aber die grantigen Worte wurden durch ein breites Lächeln gemildert, mit dem die Köchin zurück in die Küche marschierte.

Leyladin nahm sich zwei Scheiben vom bereits tranchierten Braten, der mit einer Apfelglasur überzogen war. Dann reichte sie den Servierteller an Cerryl weiter. Sein Arm stach etwas, als er den Teller nahm, aber er schaffte es, das Porzellan vorsichtig abzusetzen und sich zu bedienen.

Leyladin reichte ihm die Kohlrouladen. »Ich hab's gesehen.«

»Der Arm heilt langsam ab, es tut nur noch selten weh.«

»Spiel nicht den Helden.« Sie lächelte ihn an.

»Bin ich etwa keiner?«

Es folgte ein längeres Schweigen, während sie aßen. Schließlich trank Cerryl noch einen Schluck Wein, ehe er wieder das Wort ergriff. »Ich wusste gar nicht, dass dein Vater Schiffe besitzt.«

»Er hat drei. Meistens nimmt er sie für den sogenannten Fernhandel. Innerhalb von Candar können sich die Preise schnell ändern. Deshalb setzt er die Schiffe für Waren ein, die in Candar oder Recluce nicht zu bekommen sind.«

Cerryl dachte stirnrunzelnd nach, welche Waren das wohl sein mochten, zumal die Schwarzen Magier dem Vernehmen nach anscheinend buchstäblich alles wachsen lassen konnten.

»Was wären das denn für Waren?«, fragte er schließlich.

»Es gibt einige Farben... ein bestimmter roter Farbton, der aus kleinen gemahlenen Insekten besteht, die nur im südlichen Dschungel von Hamor vorkommen. Oder eine Art dunkles Purpur, das die Austraner aus einer Muschelart gewinnen.« Die rötlich blonde Heilerin trank einen Schluck Wein. »Und Silber, nachdem jetzt die Silberminen in Kyphros erschöpft sind. Dann gibt es noch ein dunkles Holz, ähnlich wie Lorkenholz, das aus Hamor kommt.«

»Ich glaube, ich verstehe«, sagte Cerryl. »Er beschafft mit seinen eigenen Schiffen preiswert Dinge, die andere Leute haben wollen.«

»Wie schmeckt dir der Braten?«

»Ausgezeichnet. Willst du noch etwas, bevor ich alles aufesse?«

»Nur noch eine Scheibe«, sagte sie.

Cerryl reichte ihr eine Scheibe und nahm die letzten beiden für sich selbst.

»Was sollen wir jetzt machen?«, fragte er, als sein Teller leer war. Er wunderte sich etwas – nicht weil er so viel gegessen hatte, sondern weil er trotz der großen Portion kein Völlegefühl verspürte. »Was wird nun aus uns beiden?«

»Hör auf Myral«, sagte sie. »Er sagte zu mir, wir sollten nichts überstürzen und vorsichtig sein, solange du nicht fähig bist, besser mit deiner Kraft umzugehen. Aber er meinte auch, wir sollten uns keine Sorgen machen.«

Cerryl hob das Weinglas, aber er trank nicht, sondern starrte nachdenklich zum Schneetreiben vor dem

Fenster hinaus. »Uns bleibt wohl kaum etwas anderes übrig, oder?«

»Nein. Ich vertraue Myral. Manchmal… manchmal kann er Dinge sehen.«

Auch Cerryl vertraute Myrals Wahrnehmung, aber es blieb immer noch die Frage offen, was er tun sollte. Anyas Argumente und Kinowins Gegenargumente gingen ihm nicht aus dem Sinn.

»Was denkst du?«

»Ich denke an etwas, das Kinowin als Rybas Fluch bezeichnet hat. Wenn du eine Vision hast und sie entspricht der Wahrheit, wie kannst du dann dafür sorgen, dass sie Wirklichkeit wird? Indem du das tust, was du geplant hast, oder indem du etwas ganz anderes machst?«

»Was hat Kinowin dazu gesagt?«, wollte Leyladin wissen.

»Er hat die Frage nicht beantwortet.«

»Und was meinst du?«, fragte sie weiter, die Finger leicht an den Kristallstiel des Weinglases gelegt.

»Ich weiß nicht, was ich davon halten soll.« Er schürzte die Lippen und atmete langsam aus. »Ich glaube… ich glaube, du… wir… wir müssen eben tun, was wir für das Beste halten, und einfach hoffen.«

»Hältst du es für falsch, wenn wir noch warten, ehe wir Geliebte werden?«

»Nein… es gefällt mir nicht, aber du und Myral, ihr habt vermutlich Recht.« *Jedenfalls in dieser Hinsicht…* »Ich kann allerdings nicht behaupten, dass es mir gefällt.«

»Mir gefällt es auch nicht.« Leyladin beugte sich vor und nahm seine Hand. »Aber wenigstens können wir zusammen sein.«

Cerryl nickte langsam und lächelte.

Die Farben der Gilde

XLIV

Cerryl stellte seinen Tagesbericht fertig und ging noch einmal die handgeschriebenen Zeilen durch. Die schöne Handschrift hatte er sich in der Lehrzeit bei Tellis angeeignet. Wie weit das alles jetzt zurücklag.

Eine heiße Bö fegte durch das hohe, einen Spalt geöffnete Fenster herein und zauste sein Haar. Er blickte auf. Vor mehr als einem Jahr, beinahe war es nun schon ein Jahr und eine Jahreszeit, war er als Magier zur Stadtwache gekommen. Er war immer noch zum Frühdienst eingeteilt. In wenigen Achttagen würde ein neuer Herbst mit einer neuen Erntezeit beginnen, aber es hatte sich nicht viel verändert. Immer noch begleitete er gelegentlich die Streifen auf ihren Rundgängen. Die Gesetzesverstöße waren zeitweise zurückgegangen, aber die Zahl der Störenfriede schien sich über die Jahre nicht wesentlich zu verändern.

Hin und wieder verschwand ein Karren oder ein Wagen mit Waren samt Fahrer mehr oder weniger spurlos. Cerryl hielt diese Vorkommnisse in persönlichen Aufzeichnungen fest, aber er unternahm nicht mehr als das, was Fydel als den üblichen Streifendienst bezeichnet hätte. Cerryl hatte natürlich einige diesbezügliche Ideen, aber ohne klare Beweise und ohne ein tieferes Verständnis der Hintergründe waren seine Ideen nichts weiter als Mutmaßungen. Er hatte rasch gelernt, dass Geduld für den, der keine Macht besaß, die wichtigste Tugend war, so sehr es ihm auch missfiel, einfach nur abzuwarten. Doch der Zwischenfall mit dem Eisenpfeil hatte ihm eine eindringliche Lektion erteilt.

Das Gleiche galt auch für Leyladin. Sie sahen sich

jetzt öfter, aber zwischen ihnen war ein Gefühl von Ferne entstanden, eine Mauer aus unausgesprochenen Vorbehalten. Hinter alledem spürte Cerryl, dass Kräfte sich aufbauten, die er nicht sehen, aber überdeutlich fühlen konnte.

Er betrachtete noch einmal den Bericht, der vor ihm lag.

…Guarl, der als Arbeiter beim Gerber Huyter beschäftigt ist, hat beim Bäcker Sidor fünf Laibe Brot gestohlen. Guarl wurde von Duarrls Streife erwischt. Guarl behauptete, er brauche das Brot für seine Frau und die Kinder… für vier Achttage zur Reinigungskolonne eingeteilt…

Cerryl schüttelte den Kopf. In diesem Fall hatte er die Regeln sehr großzügig ausgelegt, aber die Wahrlesung hatte ergeben, dass Guarl ehrlich, aber verzweifelt war. Später war Cerryl zum Gerber gegangen und hatte sich nach Guarl erkundigt. Der Gerber hatte erklärt, dass er seinen Arbeitern nur den halben Lohn zahlen konnte, weil er selbst kein Geld mehr hatte. Die Stiefelmacher bezogen ihr Leder von einem Kommissionär namens Kosior, der angeblich mit Fellen aus Hydlen handelte. Dort habe es eine schlechte Maisernte gegeben und wegen des viel zu spät einsetzenden Regens sei das Weideland in der spätsommerlichen Dürre ausgetrocknet. Da dies schon das zweite Jahr hintereinander geschah, hatten sich die Bauern in Hydlen entschlossen, ihr Vieh lieber als Schlachtvieh zu verkaufen, statt es verhungern zu lassen. Das Fleisch und die Felle verkauften sie an jeden, der es haben wollte.

»Also dann…«, murmelte Cerryl bei sich. »Da kommt billiges Leder nach Fairhaven und die Gerber können ihre Handlanger nicht mehr bezahlen. Die Schwarzen bringen mit ihren Schiffen billige Waren nach Spidlar und kaufen mit dem Erlös das knappe Korn.« Er schüttelte den Kopf. »Und ich muss im Südostviertel für Ruhe und Ordnung sorgen.« Er faltete den Bericht zusammen.

Er überlegte noch einen Augenblick, tupfte sich die Stirn ab und rief den Botenjungen herein. »Orial?«

Der rot gekleidete Laufbursche erschien sofort.

»Hier ist der Tagesbericht für den Kommandanten der Stadtwache.«

»Ich bin schon unterwegs, Ser.« Mit einem Lächeln verneigte sich der rothaarige Junge und eilte hinaus.

Cerryl stand auf. Gyskas war noch nicht da. Der alte Magier hatte es nicht mehr eilig, Cerryl abzulösen, was indirekt eine Anerkennung für Cerryls Fähigkeiten war und ihn als Gleichgestellten auszeichnete, wie Cerryl glaubte.

Er ging vor dem Schreibtisch auf und ab. Myral hatte ihn genau wie Leyladin zur Vorsicht ermahnt. Da ihm nichts anderes übrig blieb und da er keine bessere Idee hatte, musste Cerryl sich in Geduld üben.

Jeslek war nach wie vor Erzmagier. Er hatte Eliasar nach Fenard begleitet und war vom Präfekten Syrma mit einer Kiste voller Goldstücke zurückgekehrt. Der größte Teil der »Ehrengarde« aus Weißen Lanzenreitern war ebenfalls zurückgekehrt, aber wie Jeslek auf der Sitzung der Gilde berichtet hatte, floss nach wie vor das Gold aus Fenard und Certis. Aus Spidlar kam nichts außer billigen Waren, die auf Nebenstraßen geschmuggelt wurden, gefolgt von Protesten, dass der Präfekt keine Bewaffneten übrig habe, um in ganz Gallos jede kleine Straße zu überwachen. Weniger laute Einwände kamen vom Vicomte von Certis.

Cerryl blieb stehen, als er das Chaos spürte, das von Gyskas ausstrahlte.

»Gibt's was Neues?«, fragte der ältere Magier mit dem schütteren Haar, während er sich den Schweiß von der hohen Stirn tupfte.

»Ich habe einen Arbeiter aus einer Gerberei zum Reinigungsdienst geschickt.«

»Hat er seine Frau geschlagen?«

»Er hat etwas Brot für seine Familie gestohlen, weil er nicht bezahlt wurde.«

Gyskas runzelte die Stirn. »Da hätte er eigentlich zum Straßenbau kommen müssen.«

»Ich weiß, aber ich habe ihn wahrgelesen. Kind und Mutter sind krank, sie haben nicht genug Geld. Der Gerber konnte ihn nicht bezahlen, weil billiges Leder von Hydlen hereinkommt.« Cerryl zuckte mit den Achseln. »Ich konnte ihn nicht einfach davonkommen lassen, aber…«

»Cerryl, seid nur vorsichtig, dass Ihr es Euch nicht zur Gewohnheit macht, die Regeln zu beugen. Ganz besonders jetzt nicht. So etwas werden wir wohl noch öfter sehen.« Gyskas holte tief Luft. »Ich bin immer noch der Meinung, dass Jeslek mit diesen Bergen, die er da hat wachsen lassen, auch das Wetter verändert hat, und das schadet der Ernte und dem Gras auf den Weiden. Brot kostet inzwischen ein Kupferstück für zwei große Laibe. Und für ein Bier nehmen sie im *Widder* inzwischen schon vier Kupferstücke.«

»Ich sehe auch nicht mehr viele Marktkarren auf dem Markt«, fügte Cerryl hinzu.

»Die Händler wollen nicht über unsere Straßen fahren, wenn sie in Hydlen oder Spidlar den gleichen oder sogar einen höheren Preis erzielen können.«

»Würdet Ihr es denn tun?«, fragte der jüngere Magier.

»Wahrscheinlich nicht, aber so kann es nicht weitergehen.«

»Der Erzmagier wartet wohl, bis es auch die reichen Kommissionäre und die armen Händler einsehen.«

»Er hat schon viel zu lange gewartet.« Gyskas ging um den Schreibtisch herum und zog den Stuhl vor. »Wir sehen uns dann morgen.«

»Bis morgen.« Cerryl nickte und ging hinaus. Bald würden die Stadtwächter der zweiten Schicht zu ihren Streifengängen aufbrechen.

Draußen wehte wie immer im Spätsommer ein heißer, trockener Wind. Cerryl wandte sich nach Süden zum Weg der Gerber und sah sich mit Augen und Sinnen aufmerksam um, während er eine und dann noch eine Seitenstraße passierte.

»Guten Tag, Ser Cerryl«, rief eine Wäscherin, die ihren Korb auf die schmale Treppe eines Ladens gesetzt hatte. Es war Esads Kramladen – kein richtiger Schiffsausrüster, kein Kurzwarenladen und kein Eisenwarenladen, sondern ein bisschen von allem.

»Ich hoffe, Ihr hattet einen guten Tag«, rief er zurück. An den Namen der Frau erinnerte er sich nicht, aber er wusste noch, dass sie vor längerer Zeit einmal mit einem Anliegen im Bereitschaftsraum aufgetaucht war.

»Manche Tage sind gut und manche sind schlecht, aber Ikor schlägt mich jetzt nicht mehr. Die schlimmen Worte… na ja, die sollen mich nicht stören.« Sie lächelte und hob den Korb wieder hoch.

Cerryl nickte und ging weiter.

Als er den Weg der Gerber erreichte, wandte er sich nach Osten und ging noch einmal zwei Seitenstraßen weiter, bis er ein schmales Gebäude mit einem einzigen Fenster erreichte, über dessen Tür ein Holzstiefel hing. Durch die offen stehende Tür betrat er die Werkstatt.

Der schwarzhaarige Stiefelmacher, der an seiner Werkbank saß, schaute sofort auf. »Ser Cerryl, Eure Stiefel waren schon vorgestern fertig.«

»Ich weiß. Ich musste im Nordostviertel aushelfen.« Cerryl zuckte mit den Achseln. Isork ließ ihn nur die Zeit bis zum Abendessen übernehmen. Der Grund sei aber nicht Cerryls mangelnde Erfahrung, sondern der Wunsch, niemanden zu überarbeiten. So hatte Cerryl den ersten Teil und Klyat den zweiten Teil der Spätschicht übernommen, während Wascot sich von seinem Bauchfluss erholte, den er sich durch schlechtes Essen zugezogen hatte.

»Es heißt, es hat den letzten Achttag mehr Verstöße als sonst gegeben«, meinte der Stiefelmacher, während er sich schon zum Wandregal umdrehte, um die weißen Stiefel mit den dicken Sohlen zu holen. Er hob sie herunter und wandte sich wieder an Cerryl. »Ihr achtet wirklich darauf, dass es ruhig bleibt. Und Ihr seid gerechter als die meisten anderen.«

»Ich versuche es wenigstens, Miern.«

»Das macht dann ein Goldstück, wenn es recht ist.«

Cerryl holte ein Goldstück und ein halbes Silberstück aus der Börse. »Bitte.«

»Ihr müsst doch nicht…«

»Gute Stiefel sind es wert.« Cerryl wollte das Paar an sich nehmen.

»Dafür sollt Ihr aber… wenigstens…« Miern kramte unter dem Arbeitstisch und zog einen alten Kleidersack hervor. »Den brauche ich sowieso nicht mehr.« Der Stiefelmacher nahm rasch die Stiefel und steckte sie in den grauen Sack, den zahlreiche weiße Flicken zierten.

»Vielen Dank.«

»Heutzutage muss man freundlich zu denen sein, die noch zahlen«, erklärte Miern lächelnd.

»Ist es so schlimm? Jemand sagte mir, das Leder wird billiger«, erwiderte Cerryl.

»Rindsleder, ja«, bestätigte Miern. »Ich mache aber meine Stiefel, jedenfalls die festeren, aus Stierleder. Das billige Leder aus Hydlen nehme ich nicht. In diesem Punkt sind Beykr und ich einer Meinung.«

Der Magier musste grinsen. »Ich hätte nicht gedacht, dass Ihr Euch überhaupt in irgendeinem Punkt einig seid.«

»Da gibt es wirklich nicht viel, wo wir uns einig sind, Ser Magier. Nein, da gibt's nicht viel.«

»Danke, Miern«, sagte Cerryl noch einmal.

»Ich habe Euch zu danken, Ser Magier.«

Cerryl trat auf den Gehweg hinaus und wandte sich nach Westen zum Weißen Turm und den Hallen der Magier.

Dunkle Wolken ballten sich am Himmel zusammen. Hoffentlich würde das Unwetter nicht zu schlimm. Da die Ernte gerade erst begonnen hatte, konnte ein schweres Unwetter dem Weizen schaden, was die Preise noch weiter in die Höhe treiben würde. Seit dem letzten Winter hatte es immer wieder Preiserhöhungen für Getreide gegeben, was das Brot verteuerte und zu seinem Leidwesen auch zu vielen kleinen Diebstählen führte, während die schweren Verbrechen in seinem Bezirk sogar nachzulassen schienen.

Leyladin wartete im Hof am Springbrunnen, wie sie es öfter tat, wenn sie Zeit für ihn hatte.

Cerryl musste lächeln und das Lächeln wurde noch strahlender, als sie es erwiderte. »Ich freue mich jedes Mal, wenn ich dich sehe.«

»Das ist gut. Gestern und vorgestern bist du nicht gekommen. Ich dachte schon, du wärst böse auf mich.«

»Nein. Wascot war krank und ich musste den ersten Teil seiner Spätschicht übernehmen. Es ist ziemlich spät geworden, bis ich endlich wieder hier war.« Er hielt inne. »Hast du mir etwas zu sagen? Was ist passiert?«

»Keine Sorge, es ist nicht so schlimm. Der Erzmagier hat mich gebeten, wieder nach Hydlen zu reisen. Der junge Fürst ist erneut erkrankt und Gorsuch vermutet, dass nicht alles mit rechten Dingen zugeht.«

Cerryl runzelte die Stirn. »Das klingt wie eine neue Wendung in einer alten Geschichte.«

»Das glaube ich auch.«

Sie sprachen es nicht offen aus. Der alte Fürst Berofar war gestorben, nachdem Leyladin sich um seinen Sohn Uulrac gekümmert hatte. Cerryl und Leyladin hatten vermutet, dass Gorsuch, der Abgeordnete der Gilde in Hydlen, möglicherweise die Hände im Spiel gehabt hatte. Aber jetzt bat Gorsuch Leyladin, noch einmal zu kommen.

Cerryl nickte. Natürlich brauchte ein minderjähriger Herrscher einen Regenten. Wenn der Knabe starb, würde einer seiner älteren Vettern zum Fürsten ernannt werden. Gorsuch würde dann höchstens noch ein Berater sein, wenn er überhaupt bleiben durfte, und Jeslek hätte es mit einem unabhängigen Fürsten zu tun, der wahrscheinlich nicht sehr gut auf Fairhaven zu sprechen wäre. »Ich glaube, Uulrac ist jetzt sechs Jahre alt?«

»So ungefähr.«

»Wann musst du aufbrechen?«

»Morgen früh.«

Auch das überraschte Cerryl nicht sehr. »Vielleicht solltest du gleich nach Hydolar umziehen. Dann könnte ich darum ersuchen, Gorsuchs Assistent zu werden.«

»Du musst hier bleiben.«

»Warum? Myrals Visionen?« *Warum kommt sie nur immer wieder darauf zu sprechen? Ich bin doch kein Jeslek oder Kinowin.*

»Unter anderem«, erwiderte sie unbestimmt. »Kannst du heute Abend möglichst früh zu mir und Vater zum Abendessen kommen?«

»Gern. Und ich würde mich noch mehr freuen, wenn du mich auch für morgen einladen könntest.«

»Am besten, du kommst gleich, nachdem du dich gewaschen hast. Dann können wir noch ein wenig reden.«

»Ich werde mich beeilen.« Cerryl nickte knapp.

»Bis gleich.« Sie drückte seine Hand.

Cerryl eilte in sein Zimmer, zog sich bis auf die Unterwäsche aus und marschierte ins Bad. Das kalte Wasser tat gut, sogar beim Rasieren.

Dass sie ausgerechnet jetzt wieder fort musste, während die Zustände in Candar immer schlimmer wurden… Schon wieder nach Hydolar?

Er schüttelte den Kopf und zog ein sauberes weißes Hemd und eine rot abgesetzte, ärmellose weiße Weste an, dazu den roten Gürtel der Stadtwache. Einige Magier der Stadtwache trugen die roten Gürtel nicht, aber Cerryl hielt es für besser, seinen anzulegen.

Er lief rasch den Flur hinunter und nach draußen. Unterwegs grüßte er die paar Leute, denen er begegnete, mit einem knappen Nicken – Myredin, Bealtur und Disarj. Redark sah er von hinten, aber da sich der Obermagier nicht umdrehte, verzichtete er auf einen Gruß.

Auf dem schattigen Gehweg vor Leyladins Haus blieb er noch einen Augenblick stehen, um zu Atem zu kommen und sich abzukühlen, dann klopfte er energisch.

Soaris öffnete ihm und verneigte sich. »Guten Tag, Ser Cerryl.«

»Guten Tag, Soaris.« Cerryl ging durch den Flur in die mit Marmorfliesen ausgelegte Eingangshalle; die Kühle im Innern des Hauses war ihm mehr als willkommen.

»Ich bin hier, Cerryl.« Leyladin erwartete ihn auf dem Sofa vor dem Porträt ihrer Mutter.

Cerryl sah kurz zwischen Mutter und Tochter hin und her, ehe er sich neben die rötlich blonde Heilerin setzte. »Wie fühlst du dich? Du siehst so ernst aus.«

»Ich habe heute Morgen mit Myral gesprochen.«

Cerryl wartete.

»Er glaubt nicht, dass er das Ende der vor uns liegenden Krise noch erleben wird.«

»Wir dürften einige Jahre voller Schwierigkeiten vor uns haben«, wandte Cerryl ein. »So sehe ich es jedenfalls. Es könnte eine ganze Weile dauern, also wird er vielleicht noch Jahre unter uns sein.«

»Cerryl, er wird von Tag zu Tag schwächer.«

»Du machst dir Sorgen, dass er sterben könnte, wenn du gehst, aber wenn du nicht gehst, dann…«

Sie nickte. »Vielleicht überlebt er, aber ich bin nicht sicher, ob Jeslek das überhaupt will.«

»Jeslek hat ein Problem. Wenn Uulrac stirbt, dann wird es in Hydlen erheblich schwieriger für ihn. Wenn Myral stirbt, dann werden manche sagen, Jeslek hätte Uulracs Krankheit nur als Vorwand benutzt.« Er hielt inne. »Glaubst du denn…«

»Nein. Jeslek macht sich wirklich Sorgen um den Jungen. Andererseits ist Myral ihm herzlich gleichgültig. Und wenn Myral wirklich stirbt, wer könnte dann noch die Stimme erheben?«

»Ich zum Beispiel.«

»Das mag sein, aber die älteren Magier, abgesehen von Kinowin und einigen Leuten bei der Stadtwache, werden nicht auf dich hören.«

Unsicher und weil ihm keine Antwort mehr einfiel, tätschelte er Leyladins Knie.

Sie seufzte. »Früher gab es immer zwei oder drei Schwarze Heiler in Fairhaven, aber wir werden immer weniger.«

»Gehen sie nach Recluce?«, fragte Cerryl stirnrunzelnd. »Im vergangenen Jahr ist doch ein Schwarzer Heiler hier durchgekommen.«

»Einer ihrer Verstoßenen und Pilger? Selbst wenn wir ihn ausfindig machen, könnte er Fairhaven nicht ertragen. Manchmal bekomme ich so schlimme Kopfschmerzen, dass ich kaum noch etwas sehen kann, dabei wurde ich hier geboren.«

»Das hast du mir nie erzählt… ich habe es nie gespürt…«

»Ich lasse es möglichst niemanden merken.« Sie drehte sich zu ihm herum. »Jeslek soll es keinesfalls erfahren.«

»Vielleicht ist es wirklich besser, wenn du nach Hydolar gehst.«

»Für Myral und für dich ist es nicht besser.«

»Ich komme schon zurecht und ich kann ja auch nach Myral sehen.«

»Das wäre schön.«

»Ich verspreche es dir. Ich bin zwar kein Heiler, aber ich schicke dir sofort einen Boten, wenn du hier gebraucht wirst.«

»Wenn es ihm wirklich schlecht geht und wenn Uulracs Erkrankung nicht zu schwer ist…«

Cerryl nickte. Er wusste nicht, was er hoffen sollte.

»Und wie geht es nun den beiden Liebenden, die doch keine richtigen Liebenden sind?«, dröhnte Layels Stimme aus der Eingangshalle herüber.

»Wir haben uns nur unterhalten, Vater.« Leyladins Stimme klang fröhlich, aber auch etwas gezwungen, wie Cerryl hören konnte.

»Seid ihr zwei bereit zum Essen? Ich habe einen anstrengenden Tag an der Börse hinter mir und bin am Verhungern.«

»Wenn du Meridis Bescheid geben könntest, Vater? Wir kommen gleich.«

»Das kann ich tun, meine Tochter, das kann ich tun.« Mit einem Kichern verließ Layel den Vorraum.

»Du musst vorsichtig sein, Cerryl. Vorsichtiger denn je.«

»Ich weiß.«

Leyladin stand auf. »Vater wird uns noch einmal rufen, wenn wir nicht gleich kommen.« Sie lächelte. »Das Essen ist ihm fast so wichtig wie der Handel.«

»Fast?« Cerryl hob die Augenbrauen und bot Leyladin seinen Arm.

»Manchmal ist es ihm sogar noch wichtiger.«

Sie gingen ins Esszimmer, wo Layel schon wartend hinter dem Stuhl am Kopfende des Tisches stand.

»Gut! Dann können wir essen.«

Sie setzten sich, Cerryl höflich einen kleinen Augenblick nach Leyladin.

Kaum dass die drei Platz genommen hatten, tauchte Meridis mit einer großen, hohen Porzellanterrine auf, die sie vor Layel absetzte.

»Meridis? Was haben wir denn da?«

»Einen Geflügeltopf, Ser.«

»Einen Geflügeltopf?« Layel sah Meridis neugierig an.

»Ich bitte um Verzeihung, Meister Layel, aber das Rindfleisch ist zäh und sehnig. Das Geflügel eigentlich auch, aber als Eintopf und mit Wein und Gewürzen und Käse… doch selbst die großen Pilze können nicht…«

Layel hob die Hände. »Du hast getan, was du konntest, und dafür bin ich dankbar.«

Meridis ging in die Küche und kam mit einem zweiten Teller zurück, den sie vor Layel absetzte. »Quilla, wie Ihr es gewünscht habt.«

»Schon besser.« Der Kommissionär lächelte breit.

Meridis, die inzwischen hinter Layel stand, verdrehte die Augen und stellte den Brotteller vor Leyladin ab, bevor sie sich wieder in die Küche zurückzog.

»Ihr sagtet, Ihr hättet einen langen Tag an der Börse gehabt?«, fragte Cerryl, während er dem Kommissionär aus der Flasche Weißwein einschenkte.

»Äh… ja, danke.«

»Was hat dich denn so lange aufgehalten?«, fragte Leyladin mit blitzenden Augen.

»Die Getreidepreise… sie steigen und steigen, dann sinken sie wieder ein wenig und dann steigen sie weiter. Recluce kauft mehr Getreide denn je in Sarronnyn. Das bedeutet…« Layel schaufelte sich die Hälfte der Quilla auf den Teller und sah Leyladin an. »Ich weiß ja, dass du es sowieso nicht magst.«

»Recluce kauft also mehr Getreide als sonst«, drängte Cerryl.

»Es ist nicht mehr genug da, um es zum alten Preis nach Hydlen zu bringen, und das bedeutet, dass die Preise für Getreide und damit auch die Preise für Mehl und Brot den ganzen Herbst und Winter über weiter steigen werden, vielleicht sogar bis zur nächsten Ernte. Ah… hätte ich das doch nur früher gesehen. Ich habe es immer noch früh genug erkannt, um einen bescheidenen Gewinn zu machen, aber wenn ich es früher gesehen hätte…« Der Kommissionär schüttelte den Kopf und nahm sich, indem er leicht die Nase rümpfte, eine bescheidene Portion aus der Terrine.

Nachdem auch Leyladin sich bedient hatte, war Cerryl an der Reihe. Auch er nahm nur eine kleine Portion, dazu etwas Brot und ein kleines bisschen Quilla. Gerade genug, dass er es essen konnte, ohne es herunterwürgen zu müssen. Der Geflügeleintopf schmeckte wider Erwarten sehr gut. »Das ist gut.«

»Ja, Meridis macht einen guten Eintopf, wenn Vater sie lässt.«

»Männer essen am liebsten Fleisch ohne viele Feinheiten drum herum, oder höchstens mit Feinheiten, die den Geschmack verbessern und ihn nicht unterdrücken«, murmelte Layel, den Mund voll Quilla.

»Ich mag die Feinheiten«, erwiderte Leyladin.

»Ich mag beides«, antwortete Cerryl wahrheitsgemäß, weil er von beidem in seiner Jugend wenig genug bekommen hatte.

»Da spricht der Magier«, gab Layel lachend zurück.

»Er ist ja wirklich ein Magier und ein sehr guter dazu.« Leyladin trank einen Schluck Wein.

»Ich arbeite daran.«

»Alles braucht Arbeit. Der Handel auch.«

»Wie seid Ihr überhaupt Kommissionär geworden?«, wollte Cerryl wissen.

»Vor langer Zeit… mein Vater war Tuchhändler, eine Stufe über einem Weber. Ich habe mich gefragt, ob ich nicht Kommissionär werden könnte, wenn mein Vater schon Kaufmann war. Ich bin zum Markt gegangen und habe beobachtet, was die Leute gekauft und was sie gezahlt haben. Und wann sie gekauft haben. Ich habe jedes Kupferstück aufgehoben, bis ich im Spätfrühling zu den Webern gehen konnte, denn diese Zeit ist für sie oft die schlimmste. Ich habe gekauft, so viel ich konnte, und es bis nach der Ernte gelagert…«

Cerryl und Leyladin hörten aufmerksam zu, während Layel ihnen erklärte, wie er vom Sohn eines Tuchhändlers zum mächtigen Kommissionär aufgestiegen war. Layel ließ sich auch nicht unterbrechen, als Meridis die leeren Teller abräumte und mit drei Schalen Eierspeise zurückkehrte.

»Eierspeise?«

»Ihr habt mir aufgetragen, mit dem Honig und der Melasse sparsam zu sein, weil in den nächsten Jahreszeiten beides schwer zu bekommen sein wird«, antwortete die Köchin.

»Das habe ich dir gesagt, in der Tat. Eierspeise… nun ja, es gibt Schlimmeres. Beispielsweise, überhaupt keine Eier mehr zu haben«, grübelte Layel. »Und Ihr müsst wissen, dass es solche Zeiten gegeben hat. Ich habe mein erstes Küstenschiff gekauft… und es auf der zweiten Fahrt verloren… alle sagten, ich wäre erledigt. Sie haben sich geirrt…«

Leyladin lächelte Cerryl an.

Er erwiderte das Lächeln.

»…sie haben sich geirrt, weil ich Geld gespart hatte. Nicht genug für ein neues Schiff, noch nicht, aber ich habe einen Anteil an einem austrischen Getreidefrachter gekauft, der zur Schwarzen Insel gefahren ist. Heute kann man das nicht mehr machen… nein, das geht nicht mehr. Man kann dieses nicht tun und jenes nicht tun… die Welt ist nicht mehr so wie früher… nein, es hat sich so vieles verändert…«

Später, als im Haus und im Vorraum alle Lampen entzündet waren, standen Leyladin und Cerryl an der Tür.

»Es tut mir Leid, dass es so spät geworden ist«, sagte Leyladin entschuldigend. »Vater hat sich so gefreut, jemandem erzählen zu können, wie er Kommissionär geworden ist. Du musst früh aufstehen.«

»Du doch auch. Und ich muss nicht einmal nach Hydolar reiten.« Cerryl nahm sie fest in die Arme und ignorierte einen Augenblick lang ihren Wunsch, lieber vorsichtig und zurückhaltend zu sein. »Sei vorsichtig, pass nur gut auf dich auf.« *Myral hat keine Visionen über dich, Leyladin.* Er zuckte zusammen, als ihm bewusst wurde, dass er mehr und mehr als Tatsache hinnahm, was Myral sagte.

»Das werde ich.«

»Ja, pass nur gut auf dich auf«, sagte er noch einmal.

»Und du musst auf dich aufpassen. Achte besonders auf Jeslek und Anya.« Zum ersten Mal küsste sie ihn wirklich warm und liebevoll auf den Mund. »Und halte dich an das, was Myral dir sagt… ich möchte dich gern noch einmal küssen.«

Das will ich auch. Cerryl hielt sie noch einen Augenblick in den Armen, ohne ein Wort zu sagen.

XLV

Cerryl blieb auf dem obersten Treppenabsatz stehen und fragte sich, warum Jeslek ihn jetzt auf einmal zu sich rief, nachdem er ihn mehr als ein Jahr lang ignoriert hatte.

Hertyl stand Wache vor den Gemächern des Erzmagiers. Er nickte Cerryl zu und öffnete die Tür. Cerryl erwiderte das Nicken und betrat das Zimmer des Erzmagiers. Mit einem Unheil verkündenden Knall wurde hinter ihm die Tür wieder geschlossen.

Jesleks weißes Haar schimmerte und die goldenen Augen funkelten im jugendlichen Gesicht. Er deutete auf einen Stuhl, der vor dem Tisch mit dem Spähglas stand. Wie Cerryl am restlichen Chaos, das noch unsichtbar ums Glas wirbelte, sehen konnte, war es vor kurzem benutzt worden.

»Bitte setzt Euch doch, Cerryl.«

»Danke, Ser.« Cerryl sah draußen vor den schweren Fenstern des Turms den Regen fallen. Es war ein warmer Regen, der die Stadt in Dunstschwaden hüllen und ihm Kopfschmerzen bereiten würde.

»Gespielte Höflichkeit steht Euch oder einem anderen Magier nicht gut zu Gesicht, Cerryl. Es sei denn bei offiziellen Zeremonien.« Jeslek nahm sich den Stuhl auf der anderen Seite des Tischs. »Ich will nicht mit Manövern und Finten meine Zeit verschwenden.« Er sah den jüngeren Magier scharf an. »Euer, sagen wir einmal, vorsichtiger Umgang mit dem Chaos liegt mir nicht. Ihr haltet dagegen nicht viel davon, wenn ich Chaos in großen Mengen einsetze. Aber wir haben beide den Wunsch, dass Fairhaven gedeiht.« Der Erzmagier hielt inne.

»Das ist wahr.«

»Ihr könnt oder wollt das Chaos nicht in großen Mengen aufbieten. Eure Schilde sind stark genug, um einen Angriff mit der Chaos-Energie abzuwehren. Daher kann ich Euch mit dem Chaos nicht zerstören und Ihr könnt mich nicht zerstören. Jung, wie Ihr seid, könnt Ihr Fairhaven nicht führen, aber Ihr könnt verhindern, dass es geführt wird.«

Cerryl spürte eine gewisse Unehrlichkeit in Jesleks Worten, aber er nickte nur und gab dem Erzmagier zu verstehen, dass er begriffen hatte. Cerryl betrachtete ein Spielzeug auf dem Regal, eine winzige Nachbildung einer Windmühle mit einer kleinen Kurbel aus Schwarzem Eisen. Er riss die Augen auf – Schwarzes Eisen, aus dem die Ordnung förmlich herausquoll. Aber das Spielzeug oder das Modell oder was es auch darstellte, war wundervoll gearbeitet und schien sogar fähig, tatsächlich Wasser zu pumpen.

»Oh, das da? Das ist ein Teil eines Problems in Spidlar, mit dem Ihr Euch als Magier der Stadtwache jedoch nicht zu beschäftigen braucht. Jedenfalls nicht im Augenblick.« Jeslek lächelte.

»Schwarze Magier in Spidlar?«

»Im Augenblick sind drei Schwarze in Spidlar, Cerryl. Ein Schmied und zwei Bewaffnete, vielleicht auch noch ein Schwarzer Heiler. Es ist seltsam. Wir haben Schwierigkeiten mit Spidlar, und ausgerechnet dort treiben sich die Schwarzen herum. Das soll jetzt nicht Eure Sorge sein, aber es wird auf der nächsten Sitzung der Gilde zur Sprache kommen.« Wieder lächelte Jeslek. »Der Schmied heißt Dorrin. Das spielt für Euch zwar keine Rolle, aber… aber ich will Eure Neugierde befriedigen. Dieses Mal.«

»Ja, Ser.« Cerryl riss sich vom Modell los, doch die Ordnung, die dort konzentriert war, beunruhigte ihn fast so sehr, als wäre dort die gleiche Menge Chaos gebündelt. Ein Schmied namens Dorrin? Ein Schwarzer Schmied? Warum hatte Jeslek den Namen erwähnt? Wollte er überprüfen, ob Cerryl den Namen bereits kannte?

»Der Name sagt Euch nichts?«

»Nein, Ser.« Cerryl hätte beinahe die Stirn gerunzelt.

»Immerhin, das spricht für Euch.« Jeslek hielt inne, überlegte. »Nun… wollt Ihr Euch mir widersetzen?«

»Gewiss nicht. Ich habe noch viel zu lernen.«

»Ah… Ihr seid ein ehrlicher Magier.« Jeslek lachte. »Und Ihr wart noch nicht mit Anya im Bett.«

»Angesichts meiner Jugend schien es mir ratsam, darauf zu verzichten.«

»Wie gefällt Euch der Dienst bei der Stadtwache?«

»Ich lerne jeden Tag dazu, ich erfahre viele Dinge über Fairhaven, und das finde ich gut, denn ich bin nicht hier aufgewachsen.«

»Das ist für jeden Magier gut, auch wenn er hier geboren wurde.« Jesleks Augen funkelten unwillig. »Ihr orientiert Euch zu sehr an Myral, Cerryl.«

»Myral? Ich schätze seine Weisheit.«

»Seine Weisheit… nun, da will ich nicht widersprechen.« Der Erzmagier lächelte überheblich. »Nur wenige Magier verstehen so viel wie Myral. Aber nur wenige werden in ähnlicher Weise durch ihr Verständnis derart gelähmt. Myral ist zu vorsichtig. Es gibt einen Augenblick, in dem man zuschlägt, und einen Augenblick, da man abwarten muss. Myral will immer nur abwarten.«

»Er bleibt vorsichtig«, tastete Cerryl sich vor, »aber Ihr seid der Ansicht, dass man zuschlagen muss?«

Jeslek nickte. »Wenn wir nicht allen zeigen, dass Fairhaven nicht nur geachtet, sondern auch gefürchtet werden muss, dann werden die Herrscher im gesamten Osten Candars alle Weißen Magier an ihren Höfen verachten.«

»Habt Ihr deshalb die kleinen Osthörner wachsen lassen?«

»So nennt Ihr sie? Wollt Ihr mich schmähen, indem Ihr sie klein nennt?«

»Um Gallos zu teilen, habt Ihr sie geschaffen«, fuhr Cerryl fort, als hätte er Jesleks Einwand nicht gehört. »Das Land ist zu groß, um mit einer Gebirgskette in seiner Mitte zusammengehalten zu werden.«

»Habt Ihr den Marktplatz gesehen, Cerryl? Mit jedem Achttag kommen weniger Händler her. Wisst Ihr den Grund? Der Grund ist, dass die Waren knapp werden. In Hydlen oder Kyphros gibt es mehr zu kaufen und dort muss man keine Straßenzölle zahlen. Nachdem sie über Jahre von unseren Straßen und unseren Mühen profitiert haben, wenden sie sich ab, sobald sie von den Herrschern eines anderen Landes ermuntert werden. Man sollte die Herrscher auswechseln.«

»Wie etwa in Hydlen?«

»Oder in Gallos. Selbst nach meinem Besuch mit Eliasar und dem Wachsen der Chaos-Berge sträuben sich die gallischen Händler noch. Sie vergessen, wie viele Jahre sie von den Weißen Straßen profitiert haben, und leugnen ihre Schulden.«

»So geht es eben, Ser«, warf Cerryl ein, »wenn man die Leute nicht zwingt, sich zu besinnen.«

»Was schlagt Ihr also vor, o weiser junger Magier?«

»Ihr habt viel größere Erfahrung als ich. Ich kann keine Vorschläge machen. Ich weiß nur, dass die meisten Männer auf das Schwert, auf Silberstücke oder auf die Kraft des Chaos hören, jedoch nicht auf Worte. Wir können aber im Augenblick nicht genügend Goldstücke aufbringen.«

Jesleks Sonnenaugen erwiderten den Blick des jüngeren Magiers und musterten ihn gründlich. »Wisst Ihr, dass die Zustände in Spidlar immer schlimmer werden? Wie ich hörte, treiben sich inzwischen auf allen Nebenstraßen Räuber herum.«

»Davon habe ich noch nichts gehört, aber ich kann nicht sagen, dass es mich überrascht. Es ist allerdings doch nur in unserem Interesse, wenn es dort Wegelagerer gibt.«

»Wusstet Ihr, dass der Vicomte von Certis Truppen geschickt hat, um sie im Zaum zu halten, nachdem Spidlar nichts unternahm?«

»Ich nehme an, seine Bemühungen waren von keinem großen Erfolg gekrönt?«

Das Funkeln in Jesleks Augen wurde stärker und Cerryl fragte sich, ob er nicht zu weit gegangen war.

Wahrscheinlich… aber jetzt kannst du nicht mehr zurück.

»Wenn Ihr nicht ein Schüler Myrals wärt, Cerryl, dann könntet Ihr gefährlich sein.«

»Ihr wisst, dass ich bei weitem nicht so viel Kraft habe wie Ihr.«

»Ich weiß, dass Ihr noch nie solche Kräfte entfesselt habt und dass Ihr es nur ungern tut.« Jeslek zog die Augenbrauen hoch. »Ihr versucht, so selten wie möglich die Chaos-Energie einzusetzen. Viel seltener, als es angebracht wäre. Das ist klug, falls Ihr die Fähigkeit habt, über die Kraft zu verfügen, wenn Euch kein anderer Ausweg bleibt. O ja, junger Cerryl. Es wird eine Zeit kommen, da Euch nichts anderes übrig bleibt, als gewaltige Kräfte zu beschwören.« Ein verschlagenes Lächeln zog über das Gesicht des Erzmagiers. Er berührte nachdenklich das Amulett, das um seinen Hals hing. »In diesem Punkt irren sich Myral und Kinowin. Aber Ihr müsst mir jetzt nicht glauben. Beobachtet einfach nur.«

»Das werde ich tun«, sagte Cerryl leise.

»Ich weiß, dass Ihr es tun werdet.« Ein letztes Lächeln, und Jeslek stand auf. »Ich vertraue darauf, dass Ihr auch weiterhin gewissenhaft für die Stadtwache arbeitet.«

»Das will ich tun, Ser.«

»Keine übertriebenen Artigkeiten, Cerryl.«

»Ihr seid der Erzmagier.« *Und das Amt verdient die Achtung.*

»Ihr tut klug daran, es nicht zu vergessen.« Jeslek deutete zur Tür. »Wir sehen uns wieder, wenn die Zeit reif ist. Vielleicht dauert es nicht lange. Ihr habt gewisse … Fähigkeiten … die der Gilde nützlich sein können.«

»Ich bin jederzeit bereit, der Gilde zu dienen.«

»Das ist gut.«

Cerryl neigte höflich den Kopf, drehte sich um und ging hinaus, die Sinne gespannt und die Schilde bereit.

Draußen, als Hertyl die Tür geschlossen hatte, atmete Cerryl leise, aber tief und langsam durch. *Was hat Jeslek gewollt? Wollte er mir nur sagen, dass ich seinen Chaos-Kräften widerstehen könnte? Wollte er mich warnen? Mich prüfen? Und warum hat er mich nach dem Schmied gefragt?*

Cerryl hätte beinahe den Kopf geschüttelt, als er die Treppe hinunterging. Jeslek war ganz anders als Sterol, ein völlig anderer Mensch, aber das war ihm schon seit der Anwärterzeit bekannt. Cerryl wünschte nur, er verstünde mehr von den Dingen, von deren Existenz er wusste, die er aber nicht klar erkennen konnte.

Draußen prasselte der Regen an den Turm. Cerryl blieb auf der Treppe stehen und rieb sich die Stirn. Er sah kurz nach Süden, wo Hydolar liegen musste, holte tief Luft und ging weiter die Steintreppe hinunter zur Eingangshalle.

XLVI

Cerryl schlurfte müde zu seinem Zimmer, als im Flur ein Blondschopf auftauchte.

»Ich esse heute hier. Kommst du mit?«, fragte Faltar.

»Du willst in den Hallen essen?« Cerryl hob erstaunt die Augenbrauen. »Habe ich richtig gehört?«

»Im *Goldenen Widder* und in den anderen Gasthöfen sind schon wieder die Preise gestiegen und ich bekomme nur ein Goldstück Gehalt pro Achttag. Ich musste mir neue Stiefel kaufen. Wenn du wüsstest, was die gekostet haben…« Faltar schüttelte den Kopf.

Cerryl sah an ihm hinab. »Sie sehen gut aus. Woher hast du sie?«

»Von Beykr unten am Weg der Gerber.«

Der kleine Magier lachte. »Ich habe meine bei Miern

machen lassen. Er hat seine Werkstatt ein Stück weiter östlich. Die Sohlen und Absätze sind dicker und gut zwei Silberstücke billiger, vielleicht sogar mehr. Ich habe gehört, dass seine Stiefel sogar besser passen sollen.«

»Und das sagst du mir jetzt erst.«

»Du hast ja nicht gefragt.« Cerryl grinste. »Ich komme mit. Leyladin ist noch in Hydolar und mein Gehalt reicht auch nicht sehr weit. Beim Streifendienst verschleißen die Stiefel sogar noch schneller als sonst.«

»Läufst du immer noch auf der Straße herum?«

»Ich kenne die Stadt noch nicht gut genug. Vergiss nicht, dass ich nicht hier geboren bin. Warte doch einen Augenblick, damit ich mich waschen kann.«

Faltar lehnte sich an die Wand. »Beeil dich. Ich habe Hunger, aber wenn es zu lange dauert, könnte ich doch noch den Mut verlieren, mir das Essen im Speisesaal anzutun.«

»Mut spielt keine Rolle, wenn du kein Geld hast, um anderswo zu essen. Ich beeile mich.« Da auch sein eigener Magen knurrte, fiel es ihm nicht schwer.

Faltar lehnte draußen an der Mauer, als Cerryl aus seinem Zimmer kam. »Gut.«

Sie gingen die Treppe zum Eingangsbereich hinunter und durchquerten den hinteren Hof.

»Wie gefällt dir der Wachdienst am Tor?«

»Es ist langweilig«, gestand Faltar. »Immer dasselbe. Die meisten Kutscher sind ehrlich und haben nichts in ihren Wagen und Karren versteckt, aber es gibt immer den einen oder anderen, der glaubt, wir könnten Öle oder Gewürze oder Silber nicht entdecken. Ich verstehe es nicht. So teuer sind die Plaketten doch auch wieder nicht.«

»Ich glaube, das ist nicht das Problem«, überlegte Cerryl. »Fairhaven ist nicht das einzige Land oder die einzige Stadt, die Wegezölle erhebt, und du kannst eine

Plakette nicht einfach abnehmen und durch eine andere ersetzen. Die Magier am Tor würden es spüren.«

»Oh… das bedeutet, dass sie zwei Wagen und einen Unterstand für die Wagen brauchen?«

»Sogar mehr. Die großen Kommissionäre halten es so. Was glaubst du, warum die Wagen, die wir sehen, immer so sauber sind? Die Teppichhändler dagegen kaufen jedes Mal, wenn sie kommen, eine neue Plakette.«

Faltar nickte. »Das wusste ich, aber ich hatte noch nicht über den Grund nachgedacht.«

»Sie kommen nur einmal oder zweimal im Jahr und zwei Goldstücke extra sind billiger als der Unterhalt von zwei Wagen.« Cerryl runzelte die Stirn. *Warten sie, bis sie die Plaketten gefahrlos abnehmen können, oder wird dabei jedes Mal jemand verletzt?*

Faltar schnupperte, als sie den Speisesaal betraten. »Heute gibt es kein Lamm, das kann ich riechen.«

»Eintopf mit getrocknetem Rindfleisch.« Cerryl bewegte sich zur Essensausgabe.

»Entschuldigung, Ser.« Ein Anwärter machte ihm eilig Platz.

»Geht nur vor«, sagte Cerryl lachend. »Wir haben Zeit.«

»Danke, Ser.« Der Anwärter schaufelte sich eilig eine Kelle Eintopf über das Brot auf seinem Teller, dann nahm er sich ein weiteres Stück Brot und schenkte sich aus einem angeschlagenen grauen Krug einen Becher Bier ein.

»Nicht viel besser als der Hammel mit Soße.«

»Ich würde lieber den Hammel essen«, erklärte Cerryl, während er sich die dicke braune Soße über ein Stück Brot goss.

»Nie im Leben«, gab Faltar zurück.

Cerryl lächelte in sich hinein und schenkte sich ebenfalls einen Becher Bier ein, dann bahnte er sich einen

Weg zu einem kleinen Tisch weiter hinten im Raum. In einer Ecke sah er Kochar und Kiella sitzen. Die beiden Rotschöpfe aßen langsam und redeten. Kochar würde bald zum Voll-Magier geweiht, dachte Cerryl, wenn er nicht im letzten Augenblick noch etwas tat, das Jeslek erzürnte. Die anderen Anwärter kannte er nicht, aber es schienen weniger zu sein als in der Zeit, als er und Faltar ihre Ausbildung genossen hatten.

»... soll ein Magier der Stadtwache sein...«

»... den anderen kenne ich nicht...«

Die Worte wehten von einem der runden Tische in der Mitte des Raumes herüber. Cerryl lächelte in sich hinein. Als Anwärter hatte er die Namen der jüngeren Magier auch nicht gewusst. Er würde in den nächsten Jahren noch nicht für einen Anwärter verantwortlich sein, wenn überhaupt, und er nahm im Speisesaal nur selten einmal eine eilige Mahlzeit ein.

Faltar ließ sich gegenüber von Cerryl nieder und probierte den Eintopf. Er runzelte die Stirn. »Kann sein, dass du Recht hast. Ich hätte nie gedacht, dass Lamm sogar noch *besser* sein kann als irgendetwas anderes.«

»Kommen jetzt eigentlich weniger Händler durch die Tore als früher?« Cerryl biss ins harte Roggenbrot und probierte endlich den Eintopf, fand ihn versalzen und griff sofort zum Bier.

»Es sind nicht so viele wie im letzten Jahr, sogar weniger als im Winter. Auf den Straßen sind, die Lanzenkämpfer ausgenommen, sowieso nicht mehr viele Reisende unterwegs. Die meisten ziehen nach Westen.«

»Nach Gallos?«

Faltar schüttelte den Kopf und ließ sich mit der Antwort einen Augenblick Zeit, bis er heruntergeschluckt hatte. »Nach Certis.«

Das klang einleuchtend, weil Jeslek eine stärkere Kontrolle über den Vicomte Rystryr ausübte. »Jeslek hat mich gestern zu sich bestellt.«

»Was wollte er von dir? Du bist ja nicht unbedingt einer seiner besten Freunde.«

»Er wollte mir einimpfen, dass ich ihn ja nicht hintergehe.«

»Warum sollte er sich deinetwegen Sorgen machen?«, fragte Faltar. Er schluckte einen Löffel Eintopf herunter und verzog das Gesicht. »Bitter… und versalzen.«

»Er macht sich Sorgen wegen Spidlar«, antwortete Cerryl etwas ausweichend. »Das hat er mir jedenfalls gesagt. Er hat angedeutet, dass der Vicomte in Spidlar einfällt und Bewaffnete verliert. Er glaubt, dass Spidlar von Recluce unterstützt wird.«

»Das wird der Gilde aber gar nicht gefallen. Es kommt mir so vor, als wolle sich der Vicomte Spidlar selbst unter den Nagel reißen. Was hat unser Erzmagier nun vor?«

»Er hat es nicht ausgesprochen, aber er meinte, es spiele für mich als Magier der Stadtwache keine Rolle. Noch nicht.«

»Sei froh«, murmelte Faltar. »Das hier ist kein Eintopf, das ist Abwasser.«

»Ganz so schlimm ist es doch nicht. Ich weiß das aus Erfahrung.«

»Erinnere mich bloß nicht daran. Ich bin froh, dass ich nicht aus den gleichen Lebensumständen wie du in die Gilde gekommen bin.« Faltar schob sich den nächsten Löffel Eintopf in den Mund. »Ich an deiner Stelle wäre vorsichtig. Dieses ›Noch nicht‹ klingt, als würde er sich bald etwas Unangenehmes für dich ausdenken. Er kann dich nicht leiden, weil du Sterol überzeugt hast, ihn zu überstimmen und dich als Voll-Magier einzusetzen.«

»Du isst so eilig«, bemerkte Cerryl. »Hast du heute Abend noch etwas vor?«

»Kann sein.« Faltar errötete.

»Eine gewisse rothaarige Magierin?«

»An der ich nicht stärker interessiert bin als du an einer gewissen blonden Heilerin.«

Cerryl lachte. »Zwischen zwei Weißen dürfte es einfacher sein.«

»Ist das immer noch ein Problem?«

»Soweit ich weiß, wird es auch immer ein Problem bleiben, wenn man nicht vorsichtig ist. Leyladin ist sehr vorsichtig und ich kann ihr keinen Vorwurf machen.«

»Cerryl der Vorsichtige.«

Cerryl zuckte mit den Achseln.

Faltar aß seinen Eintopf auf und schob sich noch etwas Brot in den Mund, das er mit einem Schluck Bier herunterspülte. »Du hast doch nichts dagegen, wenn ich jetzt gehe...«

»Geh nur. Auf mich wartet niemand, und ich habe keine Lust, dies hier so schnell herunterzuschlingen.«

Mit einem Nicken stand Faltar auf und eilte hinaus.

Cerryl sah sich im fast leeren Speisesaal um. Er mochte Faltar, aber Faltar war so von Anya eingenommen, dass er vorsichtig sein musste, was er ihm erzählte. Cerryl aß noch einen Bissen Brot und überlegte, wie es wohl Leyladin ging. Hoffentlich konnte sie den kleinen Uulrac rasch heilen und bald zurückkehren. Irgendwie hatte er aber den Eindruck, dass es weder leicht noch schnell gehen würde. So war es niemals, wenn die Interessen der Gilde im Spiel waren.

Schließlich stand er auf und ging durch den Flur zur vorderen Halle der Magier und in den Innenhof hinaus.

Im Hof mit dem Springbrunnen blieb er kurz stehen. Im Schutz der Dunkelheit und von der Gischt halb verdeckt standen dort zwei Gestalten. Ihre Verstohlenheit machte ihn neugierig und er schickte seine Wahrnehmung aus, so vorsichtig und ungezielt wie möglich. Gleichzeitig gebrauchte er seine Fähigkeiten, um seine Chaos- und Ordnungs-Energien zu verdecken, damit er unbemerkt blieb, solange sich nicht ein Magier direkt auf ihn konzentrierte.

»Du schläfst mit jedem, der dir für den Augenblick Macht verspricht«, sagte die größere Gestalt.

»Und du redest jedem nach dem Mund, der dir einen Gefallen erweist, Fydel. Nun sage mir, wo der Unterschied liegt. Du schläfst gern mit mir, aber du schläfst sicher nicht oft allein«, erwiderte Anya.

»Das ist etwas anderes. Du lässt Jeslek glauben, er sei der einzige mächtige Chaos-Magier seit der Zeit von Cyador, und jetzt fühlt er sich wegen jeder Kleinigkeit, die in Spidlar passiert, persönlich angegriffen. Er hätte mich wegen dieses Schwarzen Spielzeugs beinahe umgebracht.«

»Immerhin hast du es ihm eine ganze Jahreszeit lang verschwiegen und ihm auch die Briefe des Schmieds an die Händlerin vorenthalten. Das war nicht klug von dir, Fydel. Mach mir oder Jeslek keine Vorwürfe wegen deiner eigenen Dummheit.«

»Willst du etwa, dass Jeslek über ganz Candar das Chaos lodern lässt?«

»Das hat er sowieso schon getan. Er hat die Absicht, den ganzen Osten Candars unter Fairhavens Vorherrschaft zu bringen. Und man kann ihm keinen Vorwurf machen, wenn man sieht, wie die Gilde behandelt wird. Willst du etwa, dass dein Gehalt gekürzt wird?« Anya trat einen Schritt näher an Fydel heran. »Ich weiß, dies sind schwere Zeiten.« Sie legte ihm eine Hand auf die Wange. »Ich mag es nicht, wenn man Besitzansprüche auf mich erhebt, Fydel, aber ich werde es wieder gutmachen. Nicht heute Nacht, aber später.«

Cerryl entfernte sich leise, bevor die beiden bemerkten, dass er sie mit seinen Chaos- und Ordnungs-Sinnen belauscht hatte.

Seine Gedanken rasten, als er in sein leeres Zimmer zurückkehrte. Was hatte er nur alles übersehen, als er sich bemüht hatte, ein guter Magier der Stadtwache zu werden? Was ging zwischen der Gilde und Spidlar wirklich vor? Schwarzes Eisen, das so stark aufgeladen war, dass es die Atmosphäre im Raum des Erzmagiers veränderte? Hergestellt von einem Schwarzen Schmied, der Briefe schrieb, die Fydel dem Erzmagier vorenthalten hatte? Kein Wunder, dass Jeslek den Namen des Schmieds erwähnt hatte. Dorrin hieß er, nicht wahr? Jeslek hatte herausfinden wollen, ob Cerryl mit Fydel unter einer Decke steckte.

Cerryl schluckte.

Ganz zu schweigen davon, dass der Schwarze Schmied mit einer Händlerin in Verbindung stand. Gab es überhaupt Händlerinnen? Und hatten die Händler ihre Finger wirklich bei allem und jedem im Spiel? Schwarze, die sich in Spidlar niederließen? Certische Streitkräfte, die nach Spidlar einfielen? Und er hatte nichts davon mitbekommen?

Er schüttelte den Kopf. Was konnte er schon tun? Was sollte er tun? Was konnte ein junger Magier der Stadtwache schon ausrichten?

Er wünschte, Leyladin wäre wieder da. Er brauchte jemanden zum Reden. Jemanden, der einen klaren Kopf behielt und dem er vertrauen konnte.

XLVII

Cerryl blickte die Hauptstraße vor der Halle der Magier hinunter. Die Gebäude zeichneten sich im Licht der Spätnachmittagssonne scharf ab. Dann wanderte sein Blick über den Weißen Turm hinauf zum obersten Stockwerk, wo die Gemächer des Erzmagiers lagen. Wirbelte dort um den Turm mehr Chaos als gewöhnlich oder wurde er einfach nur empfänglicher für diese Ausstrahlungen?

Er überquerte vor einem langsamen, grün gestrichenen Wagen, vor den zwei graue Pferde gespannt waren, die Hauptstraße und ging an der Südseite des Platzes weiter.

Wieder ein Tag als Magier der Stadtwache, wieder ein Tag, an dem er sich mit kleinen Dieben hatte herumschlagen müssen, die ein Brot oder ein Fass Mehl entwendet hatten. Die Stadtwache hatte die Diebe bisher nicht aufspüren können. Niemand hatte etwas gesehen, und als Fystl und Cerryl bei dem Geschäft angelangt waren, waren alle, die etwas gesehen haben konnten, längst verschwunden. Dies beunruhigte Cerryl ebenso wie die leichte, aber spürbare Zunahme der Verstöße.

Er tupfte sich die feuchte Stirn ab, als er das kühle Gemäuer der Vorhalle betrat. Links führte die im Augenblick verlassene Treppe zum Weißen Turm hinauf. Er durchquerte die Vorhalle und erreichte den Hof mit dem Springbrunnen. Dankbar für den kühlen Dunst, der sich rings um die Fontäne ausbreitete, eilte er durch die mittlere Halle. Zwei Magier-Anwärter, die er nicht kannte, begegneten ihm. Schließlich erreichte er den hinteren Hof.

»Cerryl?« Anya stand im Schatten des Eingangs der hinteren Halle.

»Anya… seid gegrüßt.«

»Wie war Euer Tag, Cerryl? Seid Ihr immer noch so gern Magier der Stadtwache wie noch vor einem Jahr?«

»Ja, das bin ich.« Cerryl überlegte einen Augenblick. »Wisst Ihr, ich habe Euch noch gar nicht gefragt, was Ihr tut. Ich meine, Faltar bewacht die Tore, ich bin Magier der Stadtwache, Esaak lehrt Mathematik.« Er zuckte mit den Achseln. »Ihr scheint sehr begabt und sehr geheimnisvoll.«

»Ich bin nur geheimnisvoll, weil ich eine Frau bin und weil niemand eine Frau fragt, was sie tut. Im Augenblick bin ich die Assistentin des Erzmagiers. Früher habe ich die Offiziere der Lanzenreiter im Messerkampf unterwiesen und davor war ich stellvertretende Magierin für die Wasserleitungen.« Sie lächelte strahlend.

»Ich muss zugeben, dass Euer Lebenslauf beeindruckender ist als der meine.« Cerryls Blick wanderte unwillkürlich zur abgewetzten Messerscheide an Anyas Gürtel. »Wie kann ich Euch zu Diensten sein?«

»Ihr solltet diese Redewendung lieber nicht gebrauchen, Cerryl.« Anya lächelte verschlagen. »Wie auch immer, ich würde gern einen Augenblick mit Euch reden.«

Cerryl schaffte es, nicht zu erröten. »Ihr habt immer sehr außergewöhnliche Ansichten.«

»Ich bin froh, dass Ihr so denkt.«

»Ja, so denke ich.«

»Gut.« Wieder ein Lächeln, dem Cerryl zutiefst misstraute. »Ihr habt sicher schon gehört, wie schwierig die Lage in Spidlar und Gallos wird.«

»Ich habe es gehört, aber auch hier in Fairhaven stehen die Dinge nicht so gut, wie sie stehen sollten. Was wohl auch für Hydlen gilt.«

»Habt Ihr Schwierigkeiten in Eurem Bezirk?«, fragte Anya.

»Weniger Schwierigkeiten als die meisten anderen.« *Aber ich verwende mehr Zeit darauf, dass es auch so bleibt.*

»Das überrascht mich nicht, Cerryl. Auch dem Erzmagier ist es bekannt.« Sie hielt inne. »Euch ist ja sicher klar, dass Myral hinfällig ist; und auch Kinowin ist nicht mehr der Jüngste.«

»Ja, das weiß ich.«

»Fairhaven hat seit Generationen nicht mehr seine Lanzenreiter ins Feld geschickt, und die wenigen noch lebenden Kämpfer, die selbst an einer Schlacht teilgenommen haben, sind alt.«

Cerryl nickte. Die Wendung, die das Gespräch jetzt nahm, behagte ihm überhaupt nicht. »Eliasar hat sehr viel Erfahrung.«

»Eliasar wird alles aufbieten, was ihm zur Verfügung steht. Es steht den anderen, die vielleicht nur über begrenzte Erfahrungen verfügen, jedoch nicht gut zu Gesicht, wenn sie sich weigern, diese Erfahrungen dort einzusetzen, wo es nötig ist.«

»Das kann ich verstehen.«

»Gut. Ich hoffe, dass Ihr in den nächsten Achttagen noch viel über die Arbeit eines Magiers der Stadtwache lernen werdet. Ich habe Euch doch nicht aufgehalten?«

»Äh … nein. Nein, überhaupt nicht.«

»Guten Tag, Cerryl.« Anya lächelte ihn noch einmal ebenso falsch wie strahlend an, nickte knapp und schob sich an ihm vorbei, um sich in Richtung der mittleren Halle zu entfernen. Ein Hauch von Sandelholz und Trilia blieb zurück.

Cerryl schürzte die Lippen und betrat die hintere Halle, um zu seinem Zimmer hinaufzugehen. Er hatte kaum den Raum betreten und sich auf die Bettkante gesetzt, als es klopfte.

»Ja?«

»Ich bin's, Lyasa. Darf ich eintreten?«

»Komm nur herein.« Cerryl stand auf, um die schwarzhaarige Magierin zu begrüßen.

»Wie ich sehen konnte, hatte Anya etwas mit dir zu besprechen.«

»Wie ich sehen kann, passt du gut auf mich auf«, erwiderte Cerryl grinsend. Mit einer Geste lud er sie ein, sich zu setzen.

»Ich dachte dabei gar nicht so sehr an dich, sondern eher an meine Freundin Leyladin. Was wollte Anya dieses Mal von dir?«

»Sie wollte mich warnen, ohne allzu deutlich zu werden.«

»Worum ging es denn?«

»Sie meint wohl, Jeslek wird mich bitten, ihn zu begleiten, wenn er Spidlar besetzt. Sie schien anzudeuten, dass ich dieses und jenes in Trümmer legen muss und dass es für meine Karriere und meine Gesundheit von Nachteil sein könnte, wenn ich mich weigere.«

»Ich kann mir andererseits nicht vorstellen, dass es sehr gesund ist, gegen Spidlar und Gallos in den Krieg zu ziehen.«

»Vielleicht fragen sie auch dich«, überlegte Cerryl. »Anya hat erwähnt, dass nur wenige Magier Kampferfahrung haben, und du warst ja bei uns in Gallos. Du hast starke Chaos-Kräfte.«

»Nicht so starke wie du oder Anya.« Sie starrte einen Augenblick finster ins Leere und die dunkelbraunen Augen umwölkten sich. Dann lächelte sie. »Aber dort könnte ich dich wenigstens genau im Auge behalten.«

»Das könntest du, ja.«

»Außerdem wird es sowieso noch eine Weile dauern. Wenn sie nicht gleich damit anfangen, Wagen und Pferde zusammenzuziehen, werden sie frühestens im Spätherbst oder im Winter bereit sein. Jeslek wäre ein Narr, wenn er vor dem Frühling einen Feldzug beginnen würde, und er ist kein Narr.«

»Ein Narr ist er nicht, aber er tut nicht immer, was andere erwarten.«

»Hast du schon etwas von Leyladin gehört?«

Cerryl schüttelte den Kopf.

»Du könntest doch mit dem Spähglas nach ihr sehen.«

»Ich weiß nicht… dabei käme ich mir ein wenig vor wie ein Spanner.«

Lyasa grinste. »Das spricht für dich. Aber sie hätte, glaube ich, nichts dagegen, wenn du im Lauf des Tages oder am Nachmittag mal kurz nach ihr siehst. Es würde ihr zeigen, dass sie dir wichtig ist.« Die schwarzhaarige Frau stand auf. »Ich muss gleich zu Kinowin. Es geht um irgendwelche Aquädukte.«

»Immer noch besser als die Abwasserkanäle.«

»Das will ich doch hoffen.«

Nachdem Lyasa gegangen war, stand Cerryl auf und starrte das Glas auf seinem Schreibtisch an. Wo sollte er beginnen? Was suchte er überhaupt? *Denn nichts ist, wie es sein sollte, und du brauchst etwas Übung, weil du die Arbeit mit dem Spähglas vernachlässigt hast.*

Schließlich setzte er sich und betrachtete weiter das Glas.

Konnte er wirklich Leyladin sehen, wie Lyasa es vorgeschlagen hatte?

Er konzentrierte sich darauf, eine Ansammlung der Ordnung zu finden, die schwere, schwarze Ordnung, die er mit ihr in Verbindung brachte. Neben verschiedenen kleineren Ursprüngen spürte er vor allem zwei Quellen. Er entschied sich für die stärkere und konzentrierte sich weiter auf die Ordnung, auf massive, schwarze Ordnung.

Die silbernen Schleier im Glas teilten sich vor ihm – es ging leichter, als er es in Erinnerung hatte – und zeigten ihm einen rothaarigen Mann, der mit einem Hammer an einem Amboss arbeitete. Die Ordnung schien förmlich aus dem Glas zu quellen.

War das der Schmied, den Jeslek erwähnt hatte? War es der Mann, über den Anya mit Fydel gesprochen hatte? Der Schmied, der mit einer Händlerin befreundet war? Cerryl hielt es für ausgeschlossen, dass es eine zweite so starke Quelle der Ordnung geben konnte. Der rothaarige Schmied schien höchstens im gleichen Alter zu sein wie Cerryl selbst.

Womöglich barg der Mann in sich ebenso viel Ordnung, wie Jeslek an Chaos in sich hatte.

Cerryl beobachtete eine Weile den gleichmäßigen Rhythmus der Hammerschläge, dann ließ er das Bild wieder los, als er viel zu spät bemerkte, dass ihm der Schweiß über das Gesicht lief.

Nach einer Weile versuchte er es noch einmal und fing tatsächlich das Bild der rötlich blonden Heilerin auf, die mit einem braunhaarigen Knaben an einem Tisch saß. Der Junge war zu schmächtig für sein Alter, die Augen lagen unter zarten Augenbrauen tief in den Höhlen.

Leyladin schien wohlauf, aber Cerryl machte sich Gedanken über ihren Schutzbefohlenen und überlegte, was dessen Zustand für Fairhaven zu bedeuten hatte – und damit auch für Leyladin und ihn selbst.

Zögernd ließ er das Bild wieder los. Danach saß er noch lange am Schreibtisch und dachte nach.

XLVIII

Cerryl betrachtete das Spähglas. Ihm war klar, dass er öfter üben sollte. Allerdings wollte er nicht zu häufig Leyladin beobachten, denn sie würde es wahrscheinlich spüren und wütend werden. Immerhin hatte sie auch seinen ersten Versuch gespürt, den er noch als sehr junger Mann unternommen hatte, und auch Cerryl bemerkte es, wenn jemand anders durchs Spähglas den Blick auf ihn richtete.

Er runzelte die Stirn. Wusste der junge Schmied jetzt, dass er beobachtet wurde? Er musste es bemerkt haben. Das warf aber gleich die nächste Frage auf. Jeslek hatte nachdrücklich erklärt, dass es drei Schwarze in Spidlar gebe. Cerryl hatte mit seinem Glas jedoch nur den Schmied finden können, was bedeutete, dass die anderen beiden bei weitem nicht über vergleichbare Kräfte wie der Schmied oder Leyladin verfügten. Weshalb machte Jeslek sich also solche Sorgen? Gab es denn bessere Kommandanten als die von Certis oder Fairhaven? Cerryl wusste es nicht zu entscheiden, und er hatte ohnehin genug eigene Sorgen, wie Leyladin und seine Pflichten bei der Stadtwache. Die letzten beiden Tage waren recht gut verlaufen, was wahrscheinlich daran lag, dass er sich wieder öfter draußen auf den Straßen gezeigt hatte. Aber wie lange konnte er das durchziehen? Er war so für die anderen Streifen schwieriger zu finden, und es war nicht gut, wenn er sich zu lange außerhalb des Wachgebäudes aufhielt. Aber seine Anwesenheit auf der Straße ließ die Zahl der kleineren Verstöße spürbar zurückgehen.

Er holte tief Luft und blickte zum Fenster, durch welches das Nachmittagslicht und eine warme Brise ins Zimmer drangen. Dann konzentrierte er sich wieder auf das Glas.

Im gleichen Augenblick klopfte es, und weil er sowieso nur üben wollte, versuchte Cerryl herauszufinden, wer draußen vor der weißen Eichentür stand. Als die Nebel sich teilten, erschien das Bild einer rot gekleideten Botin. Es war ein Mädchen mit rundem Gesicht, das Cerryl noch nicht kannte.

Er ließ das Bild los, stand auf, ging rasch zur Tür und öffnete sie. »Ja?«

»Magier Cerryl, Ser?«

»Der bin ich.«

»Der Obermagier Kinowin bittet Euch sofort zu sich. Ihr sollt Euch beeilen. Er will sich so bald wie möglich mit Euch in Myrals Quartier treffen.«

Cerryl schluckte, trat aus seinem Zimmer und schloss hinter sich die Tür. »Danke«, rief er noch über die Schulter zurück, als er fast im Laufschritt zur Treppe eilte.

Er wich Kiella aus, als er den Hof mit dem Springbrunnen erreichte, und wäre im Vorraum fast mit einem weiteren Anwärter zusammengestoßen. Als er sich der Treppe des Turms näherte, ging er langsamer. Es nützte ja nichts, wenn er zu Myrals Zimmer rannte und außer Atem ankam, so dass er außer herumstehen und keuchen nichts mehr tun konnte.

Als Kinowin ihm Myrals Tür öffnete, war er immer noch ein wenig außer Atem.

»Gut, dass Ihr Euch beeilt habt«, flüsterte der Obermagier. »Cerryl ist hier«, sagte er etwas lauter, als er die Tür schloss.

Myral lag im Bett, in ein so dickes weißes Gewand gekleidet, dass Cerryl sich zu Tode geschwitzt hätte. Doch der alte Magier hatte sich zusätzlich mit einer Decke zugedeckt und schauderte immer noch.

»Froh… dass Ihr gekommen seid.« Die Worte waren kaum zu verstehen.

Cerryl kniete sich neben dem Bett auf den Boden und berührte Myrals bleiche Stirn. Er blieb ruhig und gefasst und klammerte sich an den oberflächlichen Anschein von Ruhe, weil er nichts anderes hatte. Er bemühte sich, die Ordnung aufzubauen, wie er es sonst mit dem Chaos tat, und dieses flackernde schwarze Etwas zurückzudrängen, den Bauchfluss, der Myral heimsuchte.

»Hilft… ein wenig… für ein paar Augenblicke… weiß schon… aber zu viel Chaos im Körper. Nicht mehr viel Zeit…«, keuchte Myral. »Für einen Weißen Magier hatte ich ein gutes Leben.«

»Entspannt Euch einfach nur«, sagte Cerryl ruhig.

»Ich hoffte für Euch… nicht die Wahrheit gesagt…« Wieder hustete und keuchte der alte Mann. »Niemand… keiner seit Cyador… kann das Licht des Chaos so bündeln wie Ihr… wollte es Euch… nicht sagen.«

»Ich weiß… ich habe es herausgefunden.«

»Tut mir… so Leid… dass Ihr… verliert…«

Cerryl legte Myral die Hand auf die Schulter. »Es ist alles gut. Macht Euch keine Sorgen.«

»Mache mir trotzdem … Sorgen.«

Cerryl sah zur Tür, dann beugte er sich dicht an Myrals Ohr, um so leise wie möglich zu flüstern. »Man kann das Chaos-Licht abschirmen. Macht Euch keine Sorgen, alter Freund und Mentor.«

»Ja.« Ein Lächeln zog über das Gesicht des alten Magiers, als Cerryl zurückwich. Doch das Lächeln verschwand sofort wieder, als der Magier vom nächsten Hustenanfall geschüttelt wurde.

Cerryl konnte spüren, dass Myrals ganzer Körper im unsichtbaren, zornigen Rot einer Entzündung pulsierte, die mit dem Bauchfluss einherging. Einige wenige dunkle Fäden der Ordnung hielten das Chaos noch zurück. Er hatte diese Fäden vorübergehend verstärkt, aber sie hatten sich fast sofort wieder aufgelöst.

Myral hustete noch einmal, schien sich kurz aufzubäumen und sank in sich zusammen.

Vor Cerryls Augen flammten Funken des Chaos auf und der alte Magier zerfiel zu Staub. Dann schien sich sogar der Staub selbst aufzulösen.

»Vom Chaos her, zum Chaos hin«, murmelte Kinowin. »Daher kommen wir und dahin kehren wir zurück, denn niemand birgt das ewige Licht der ewigen Sonne des Chaos in sich.« Seine Stimme brach bei den letzten Worten. Dann drehte er sich um, schloss das Fenster und zog die Läden vor.

Cerryl stand langsam auf.

Nach einer Weile drehte Kinowin sich wieder zu ihm um.

»Es war am Ende zu viel Chaos in ihm«, meinte Cerryl. »Ich konnte nichts mehr für ihn tun. Ich wusste nicht, wie.«

»Ihr wisst mehr, als Ihr zugebt«, sagte Kinowin leise. »Von der Heilerin?«

»Ich habe ihr zugesehen. Ich muss es außerhalb von mir selbst tun. Das macht es schwieriger und ich konnte nichts erreichen. Wenn sie doch nur hier gewesen wäre… wenn sie nur hier gewesen wäre…«

Der Obermagier schüttelte den Kopf. »Vielleicht hätte er dann noch ein paar Tage länger gelebt, aber nicht viel länger. Auch die besten Schwarzen können den Tod nur hinausschieben. Vielleicht wird es eines Tages anders… vielleicht… aber nicht jetzt.«

»Ich habe es versucht«, fügte Cerryl hinzu. »Ich hab's versucht.«

»Ich weiß. Was habt Ihr ihm gerade gesagt? Habt Ihr ihm endlich doch noch verraten, dass mehr in Euch steckt, als man Euch ansieht?«, fragte Kinowin.

Cerryl nickte mit brennenden Augen. »Er hat es verdient, es zu wissen…«

»Niemand sonst wird davon erfahren«, beruhigte Kinowin ihn. »Ich bin froh, dass Ihr es ihm gesagt habt.« Der ältere Magier bedeckte den weißen Staub, der Myral gewesen war, mit der schweren weißen Decke. »Ihr könnt hier nichts mehr tun; am besten geht Ihr jetzt. Lasst Euch nicht anmerken, dass Ihr um Myral trauert. Verlasst die Hallen, bis Ihr wieder ruhig seid. Jeslek und Anya würden es gegen Euch verwenden und das würde Myral nicht wollen.«

»Und was ist mit Euch?«

»Ich bin älter und bei mir ist ohnehin bekannt, dass ich ihm nahe stand. Sollen sie meine Trauer ruhig spüren.«

Cerryl sah, dass die Augen des älteren Magiers feucht wurden. Er drehte sich um. »Aber nur, weil er es so haben wollte.«

»Ich weiß.«

Cerryl tupfte sich das Gesicht ab und schaffte es irgendwie, mit unbewegter Miene durch die vordere Halle bis auf die Hauptstraße zu gelangen. Dort, in der frühen Dämmerung, wanderte er nach Norden.

Du hättest mehr Zeit mit ihm verbringen müssen. Er

wusste so viel und niemand sonst hat sich um ihn gekümmert, von Kinowin und Leyladin abgesehen. Und Leyladin konnte nicht einmal hier sein. Du hättest öfter nach ihm sehen sollen. Du hast es Leyladin versprochen… aber es kam so überraschend…

Er ging die Straße entlang, ohne zu sehen, was sich um ihn herum abspielte. Nur mit den Sinnen hielt er wie üblich Ausschau, ob irgendwo Chaos oder Gefahr lauerten… Diese Angewohnheit verdankte er dem Anschlag auf ihn im letzten Jahr und den Fähigkeiten, die er beim Dienst in der Stadtwache erworben hatte.

Myral war tot… nicht einmal eine Leiche blieb von ihm zurück, nur funkelnder Staub, der sich vor seinen Augen aufgelöst hatte. Nichts blieb zurück, nichts. Ging es mit allen Weißen Magiern so?

Er wich einer Frau und einem Kind aus, ohne die beiden wirklich zu sehen, und ging weiter.

XLIX

Alle Lebewesen bestehen aus Ordnung und Chaos. So ist es seit dem Anbeginn der Zeit und so wird es immer sein.

So muss denn auch jedes Ding unter der Sonne, das eine Form besitzt, in gewisser Weise Ordnung in sich bergen, da es ohne Ordnung keine Form geben kann.

Ganz ähnlich muss auch jedes Ding, das lebt oder gelebt hat oder das Wärme oder Kraft abgibt, ein gewisses Maß an Chaos in sich bergen, denn ohne Chaos kann es keine Wärme, kein Licht und kein Leben geben.

Könnte man die verlorene Große Mathematik des untergegangenen Cyador anwenden, so würde man das Chaos selbst in Symbolen beschreiben, die so genau sind wie diejenigen, die man zur Berechnung der Belastung verwendet, die ein

Gebäude oder eine Brücke ertragen muss; aber selbst mit solch genauen Berechnungen würde das Chaos in jeder Lage ein anderes Gesicht annehmen, so genau man auch die Objekte, in die es eindringt, zu messen, zu wiegen und zu formen versteht.

Denn dies ist die wahre Natur des Chaos: dass es zwar genau beschrieben, aber niemals vorausberechnet werden kann.

Die Ordnung dagegen kann man nie genau beschreiben, weil sie eine Form erzeugt, die von den Objekten und dem in ihnen gebundenen Chaos abhängt. Doch das Ergebnis, wenn man immer mehr Ordnung in ein Objekt hineingibt, bleibt immer das Gleiche. Leblose Dinge werden sich nicht mehr verändern, solange die Ordnung in ihnen ist, während Lebewesen an einem Übermaß der Ordnung zu Grunde gehen.

So kann man die Ordnung also vorhersagen, aber nicht beschreiben.

Bei Lebewesen führt ein Übermaß an Ordnung zum Tod, denn nichts kann leben, ohne ein gewisses Maß an Chaos in sich zu tragen. Wenn ein Lebewesen aber stirbt, dann zerfällt der Körper aus Mangel an lebenswichtigem Chaos in seine Bestandteile, in kleine Bruchstücke geordneter Objekte.

Wenn das Wesen ein großes Maß an Chaos in sich barg, wird der Zerfall so schnell vor sich gehen, dass der Körper sich in Staub aufzulösen scheint. Wo große Ordnung vorhanden ist, wird das Gleiche geschehen, denn ein großes Maß an Ordnung lässt sich in einem kleinen Bereich nicht ohne ein gewisses Maß an Chaos wahren…

Die Farbe der Weiße
(Handbuch der Gilde von Fairhaven)
Zweiter Teil

L

Cerryl stand schwerfällig auf, als Gyskas die Wachstube betrat.

»Ihr seht müde aus«, sagte der ältere Magier.

»Es war ein langer Tag. Ich verbringe mehr Zeit als sonst draußen auf den Straßen. Das ist die einzige Möglichkeit, die kleinen Diebstähle unter Kontrolle zu halten.« Cerryl kam hinter dem Schreibtisch hervor.

»Ich gehe jetzt am Anfang der Schicht auch selbst raus. Die Leute sehen meistens sogar weg, wenn es nur um einen Laib Brot oder ein paar Früchte geht.«

»Abgesehen vom Bäcker«, erwiderte Cerryl. »Und die Leute stehlen nichts, wenn der Verkäufer aufpasst.«

»Das Geld wird knapp, die Leute sind hungrig. Angesichts der Probleme in Hydlen, in Spidlar und mit Recluce könnte es ein harter Winter werden.«

Cerryl nickte.

»Ich habe gehört, dass der alte Myral gestorben ist. Der Magier, der für die Abwässer zuständig war, wisst Ihr?«

»Ich kannte ihn. Ich habe viel von ihm gelernt.« Cerryl schaffte es, gleichmütig zu antworten. »In der letzten Zeit habe ich ihn nur noch selten gesehen.« *Dabei hättest du ihn viel öfter besuchen sollen. Jetzt ist es zu spät.* »Er war hinfälliger, als die Leute dachten.«

»So war es wohl. Er hat ja beinahe ewig gelebt. So kam es mir vor.« Gyskas lächelte kurz. »Ein guter Mann. Er hat auch mir den einen oder anderen Trick beigebracht.«

Ein guter Mann… er hat auch mir den einen oder anderen Trick beigebracht… und bald wird niemand mehr von ihm sprechen. »Ja, er war ein guter Mann.« Cerryl zwang sich zu einem gelassenen Achselzucken. »So, jetzt seid

Ihr an der Reihe. Ich gehe auf dem Rückweg zu den Hallen noch einmal durch den Bezirk.«

»Wie es Euch beliebt.« Gyskas lächelte. »Dadurch wird meine Schicht weniger anstrengend. Vielen Dank.«

Draußen auf der Straße war die Luft reglos und drückend. Es war eher wie im Hochsommer als im Frühherbst. Cerryl wandte sich nach Süden.

»Der Magier … der Kleine …«

»… der harte kleine Bursche …«

Cerryl lächelte innerlich über die beiden Jugendlichen, die auf der Veranda eines Hauses saßen, ließ sich aber äußerlich nichts anmerken. Hielten sie ihn für einen harten Burschen, weil er öfter draußen auf der Straße unterwegs war? Er fühlte sich überhaupt nicht hart, ganz und gar nicht.

Bei Laufen wurde ihm noch wärmer, bis ihm der Schweiß über den Nacken und den Rücken lief.

Warum hat Myrals Tod dich so aus der Fassung gebracht? Kopfschüttelnd wandte er sich auf dem Weg der Steinmetzen nach Westen. Er wollte nicht zu früh in die Hallen zurückkehren. *Weil es das erste Mal ist, dass jemand stirbt, der an dich geglaubt hat?* Er dachte darüber nach. Seinen Onkel und seine Tante hatte er geliebt, aber sie waren Meilen über Meilen entfernt bei einem Brand gestorben und er hatte es erst eine halbe Jahreszeit später erfahren. Die Leichen hatte er nie gesehen, und er wusste nicht einmal, wo sie begraben waren. Dylert, der Besitzer der Sägemühle, war vor etwa zwei Jahren gestorben. Cerryl hatte ihn zwar geachtet, aber nicht geliebt. Er hatte schon genug Tote gesehen, er hatte selbst Menschen getötet. *Du denkst, der Tod trifft immer nur die anderen … aber so ist es nicht, oder?*

Aus einer Seitenstraße kam eine braun gekleidete Gestalt geschossen, gefolgt von einem blau gekleideten Mann, der den Jungen praktisch direkt vor Cerryl zu fassen bekam.

»Nein!« Der Junge sah Cerryls weißes Gewand und den roten Gürtel und wurde kreidebleich.

»Ser Magier, der Bursche hier… er hat einen halben Korb Kartoffeln direkt vor meiner Küchentür gestohlen.« Der grauhaarige Mann sah den Burschen böse an und wandte sich an Cerryl, ohne den schmutzigen braunhaarigen Jungen – höchstens zehn Jahre alt, dachte Cerryl – auch nur eine Sekunde loszulassen.

Der Magier der Stadtwache unterdrückte ein Seufzen und nahm den zitternden, aber trotzigen Jungen in Augenschein.

»Es ist mir ganz egal. Wir sind Euch Magiern doch vollkommen gleichgültig. Meine Schwester schwindet dahin und meine Mutter putzt den ganzen Tag und bekommt doch nicht genug Brot für uns.«

»Das sagen sie alle«, knurrte der Mann.

Cerryl konnte spüren, dass der Junge Angst hatte, aber die Wahrheit sagte. Was sollte er tun? Wenn er ihn festnahm, würde er mit Sicherheit zum Straßenbau geschickt werden. Eine Verwarnung?

Fast ohne nachzudenken konzentrierte Cerryl sich, bündelte das Chaos zu einem engen Ring und bewegte ihn zu dem Jungen, der die Augen aufriss und sich zu wehren begann.

»Halte still, sonst wirst du blind«, fauchte Cerryl.

Der Junge schluckte, hörte aber auf, sich zu winden.

Es zischte leicht, als das Chaos die Stirn des Jungen berührte.

»Nein!« Er wurde ohnmächtig.

Der Mann wurde kreidebleich, als er die runde Brandwunde auf der Stirn des Jungen sah.

»Habt Ihr die Kartoffeln zurückbekommen?«, fragte Cerryl müde.

»Äh, ja, Ser.«

»Ich kümmere mich um den Störenfried.« Cerryl bückte sich und hob die magere Gestalt hoch.

»Äh, ja, Ser.«

Das Gesicht des Mannes veränderte sich nicht, aber Cerryl konnte die Furcht und das Entsetzen spüren, als der Mann sich eilig zurückzog.

Was hast du getan? Du kannst ihn nicht laufen lassen, weil sonst alle Leute daherkommen und eine kleine Brandwunde im Austausch für Nahrung bereitwillig in Kauf nehmen. Was hast du dir nur dabei gedacht?

Er ging mit seiner Last bis zur nächsten Ecke weiter. *Und was jetzt?* Seufzend wandte Cerryl sich nach Norden in Richtung der Wachstube. Das Gewicht des Jungen machte ihm bereits zu schaffen.

Der Junge regte sich und stöhnte.

Auch nachdem er vier Straßen weit gelaufen war, brannten Cerryls Augen noch, und der Klumpen im Magen war nicht kleiner geworden, als er sich dem Wachgebäude näherte.

Gyskas trat aus der Wachstube heraus. »Was habt Ihr denn da?«

»Einen Störenfried. Das Kind wollte Kartoffeln stehlen, weil seine Angehörigen verhungern.«

»Ihr habt ihn wahrgelesen.«

»Ja, und das macht die Sache nicht leichter.«

»Die Verbrennung dort ist Chaos-Feuer.«

»Ja«, gab Cerryl zu. »Das war keine sehr gute Idee. Ich dachte zuerst daran, ihn mit der Verbrennung als Mal laufen zu lassen. Aber jetzt… ich weiß nicht.«

»Wir müssen ihn ins südliche Gefängnis schicken.«

»Das gefällt mir nicht.«

»Wir haben keine Wahl«, wandte der ältere Magier ein.

»Wohl nicht.« Cerryl holte tief Luft.

»Ich kann das Weitere erledigen«, schlug Gyskas vor.

»Ja, macht das. Ich denke nicht sehr klar.« *Und ob!*

»Es ist…« Gyskas ließ den Satz unvollendet.

»Ich weiß. Es ist nicht unsere Aufgabe zu denken. Vielen Dank. Bis morgen dann.« *Hoffentlich.*

Cerryl verließ langsam das Gebäude und wandte sich wieder nach Westen zur Hauptstraße und zur Halle der Magier. Immer noch hatte er einen Klumpen im Bauch, immer noch fühlte sein Herz sich an, als sei es rundherum von Blei eingefasst. Jeder Schritt fiel ihm schwer.

Wie konntest du nur so dumm sein?

Weil du aufgebracht warst.

Aber das reicht noch nicht.

Er ging weiter und weiter, bis er sein Zimmer erreichte und sich am Schreibtisch auf den Stuhl fallen lassen konnte. Nach einer Weile schaute er wieder auf und betrachtete das Spähglas auf dem Tisch, in dem sich die Decke spiegelte. Wie hatte er nur so ein Durcheinander anrichten können? *Einfach nur, weil du außer dir warst… weil Myral gestorben ist?* Nein, das konnte nicht alles sein.

Es klopfte, und weil er sowieso üben musste und außerdem etwas Ablenkung brauchte, konzentrierte er sich aufs Glas. Lyasa wartete draußen.

»Komm rein, Lyasa.« Er stand auf und wartete am Schreibtisch.

Sie öffnete die Tür. »Ich hasse das, Cerryl.«

»Dass ich im Spähglas nachschaue, wer draußen steht? Entschuldige. Ich versuche nur, die Technik zu üben. Bei der Arbeit für die Stadtwache komme ich kaum dazu. Aber das könnte jetzt sowieso bald zu Ende sein, fürchte ich.«

»Wie das?«

Er zuckte müde mit den Achseln. »Ich habe einen Fehler gemacht. Ich war zu hart mit einem Kind, das beim Stehlen erwischt wurde. Ich meine, ich wollte eigentlich gar nicht so hart sein, aber es hat sich nicht entwickelt, wie ich wollte, und jetzt kommt das Kind zum

Straßenbau und das ist meine Schuld. Ich konnte es nicht verhindern.«

»Aber dafür werden sie dich doch nicht gleich hinauswerfen.«

»Ich weiß nicht. Ich habe den Jungen mit Chaos-Energie berührt, um ihn zu verwarnen, aber ich habe ihm eine Verbrennung zugefügt und das hätte ich nicht tun sollen.«

Lyasa zuckte zusammen. »Das hast du doch sicher nicht absichtlich gemacht.«

»Nein, natürlich nicht. Aber auch ich muss mich an die Regeln halten. Ich habe nicht getan, was ich hätte tun sollen, und jetzt muss ich sicher dafür zahlen.«

»Wurde… wurde abgesehen von der Verbrennung noch jemand verletzt? Hast du…«

»Ob ich sonst noch etwas Dummes gemacht habe? Nein. Ich hätte an einige andere Dinge denken sollen, ich hätte ihn sofort in die Wachstube bringen müssen, aber ich dachte an Myral und war außer mir, und dann dachte ich an dieses Kind… wie es… wie es beim Straßenbau arbeitet.« Er hob hilflos die Hände. »Ich habe einfach nicht richtig nachgedacht, dabei wollte ich nur behutsam vorgehen.«

»Cerryl… so behutsam, dass du überhaupt nichts mehr empfindest, kannst du gar nicht sein.«

»Gefühle… das war doch das Problem. Wenn ich nicht in meinen Gefühlen…«

»Wegen Myral?«

Er nickte.

»Weiß Leyladin, wie sehr es dich beschäftigt? Das wollte ich dich sowieso schon fragen.«

»Ich habe ihr eine Schriftrolle geschickt und sie über Myrals Tod unterrichtet. Mehr konnte ich nicht tun. Ich wünschte, Leyladin könnte durch ein Spähglas schauen.«

»Schwarze können das nicht so ohne weiteres und Heilern fällt es besonders schwer.«

»Ich weiß. In *Die Farben der Weiße* klingt es so einfach. ›Das Spähen beruht darauf, dass chaotische Lichtmuster durch die Ordnung der Welt in eine Struktur eingefügt werden…‹« Er schüttelte den Kopf.

»Myrals Tod macht dir immer noch zu schaffen.«

»Ja«, gab er zu. »Den Grund dafür weiß ich auch nicht. Ich meine, ich weiß, warum ich außer mir bin, aber nicht, warum es mich so trifft. So sehr, dass ich sogar die Regeln der Stadtwache vergesse.« Er lachte bitter.

»Du hast ihn geachtet und du hast nicht viele Magier gefunden, die du achten konntest. Er war etwas Besonderes«, sagte Lyasa.

»Das ist sicherlich ein Grund. Aber warum bin ich losgegangen und habe etwas getan, das er nicht respektiert hätte?«

»Wolltest du denn die Regeln brechen?«

»Nein. Ja. Wie kann ich das sagen? Ich wollte nicht, dass der Junge zum Straßenbau kommt. Aber ich konnte und wollte ihn auch nicht einfach laufen lassen. Wenn man jetzt, wo die Menschen hungern, einen mit einem Diebstahl davonkommen lässt, dann fangen sie alle an zu stehlen.« Cerryl schüttelte den Kopf. »Ich… ich weiß nicht. Vielleicht bin ich bei der Stadtwache nicht auf dem richtigen Posten. Vielleicht… bei den Dämonen! Wahrscheinlich bin ich sowieso nicht mehr lange dort.«

»Du machst zu viel Aufhebens darum. Du hast ihn ja letzten Endes doch noch festgenommen, oder? Und er wird zum Straßenbau kommen.«

»Da bin ich sicher.« Cerryl konnte Lyasa nicht Gyskas entsetzten Blick oder seine eigene Verzweiflung schildern. Er schüttelte nur den Kopf.

»Wo ist dann das Problem?«

»Dass man gerade als Magier der Stadtwache nicht die Regeln brechen darf. Wie können die Leute noch den Magiern trauen, wenn wir uns nicht einmal selbst an die Regeln halten, die wir aufstellen? Es ist so schon schlimm genug und jetzt ist Erntezeit. Wie soll es erst mitten im Winter werden?«

»Noch viel schlimmer«, stimmte Lyasa zu. »Aber du bist nicht dafür verantwortlich, dass es so gekommen ist. Du hast einen Fehler gemacht, aber jeder macht mal einen Fehler.«

Cerryl schüttelte nur den Kopf.

»Manchmal… manchmal darf man eben keine Fehler machen.« *Jedenfalls nicht ich… wenn alle mich beobachten… und hoffen, dass ich einen Fehler mache.*

Sie legte ihm die Hand auf die Schulter. »Das tut mir Leid. Kann ich etwas für dich tun?«

»Nein, im Augenblick wohl nicht.« Er richtete sich auf. »Ich habe getan, was ich tun konnte. Jetzt muss ich abwarten, was passieren wird. Hoffentlich wird es nicht zu schlimm.« *Wie kann ich das hoffen, wenn Jeslek und Redark für die Disziplinarmaßnahmen zuständig sind?*

»Wenn du jemanden zum Reden brauchst, ich bin da.«

»Danke.« Er schluckte schwer. »Ich bin dir wirklich dankbar.«

Lyasa lächelte leicht und ging.

Cerryl setzte sich schwer und starrte auf das leere Spähglas.

LI

Cerryl schaute vom Tisch auf, als Isork in der Tür auftauchte. Als der Kommandant der Stadtwache hinter sich die Tür der Wachstube geschlossen hatte, stand Cerryl sofort auf. »Ser.«

»Cerryl…« Der Kommandant sprach leise, fast bedauernd. »Gyskas hat gemeldet, was sich gestern Nachmittag ereignet hat.«

»Ich habe damit gerechnet, Ser.« Cerryl nahm ein versiegeltes Dokument vom Schreibtisch, trat vor und hielt es seinem Vorgesetzten hin. »Hier ist mein Bericht. Ich glaube, er wird nicht sehr von Gyskas' Bericht abweichen.«

Isork blieb stehen, wo er war, faltete das Blatt auf und las es. Dann las er es anscheinend sogar noch ein zweites Mal, ehe er Cerryl den Bericht zurückgab. »Mir ist Gyskas' Bericht lieber und Ihr würdet wohl nicht anders denken. Er war erheblich milder mit Euch als Ihr selbst. Das spricht für Euch, aber es ist nicht sinnvoll, die Dinge schlimmer zu machen, als sie sind.«

»Ja, Ser.« Cerryl faltete den Bericht zusammen und steckte ihn in die Gürteltasche.

»Cerryl, es tut mir Leid. Aber wir können die Regeln für die Stadtwache nicht verändern.«

»Das verstehe ich, Ser. Besonders jetzt nicht. Aber es schien nichts richtig zu passen. Er hat sich der Festnahme nicht widersetzt und mich nicht angegriffen. Er hat die Wahrheit gesagt. Soll ich ihn wirklich zum Straßenbau schicken, weil er nur noch zwischen dem Stehlen und dem Hungertod für seine Schwester wählen konnte?«

»Wir dürfen solche Verstöße nicht zulassen«, meinte Isork lächelnd. »Ganz egal aus welchem Grund sie geschehen. Die Menschen haben oft sehr gute Gründe, die Gesetze zu brechen. Manchmal, wie jetzt, trägt die Gilde sogar einen Teil der Schuld. Es ist leicht, für Ruhe und Ordnung zu sorgen, wenn es den Menschen gut geht. In schlechten Zeiten ist es viel schwerer. Aber in schwierigen Zeiten ist es besonders wichtig, dass Fairhaven ruhig bleibt.«

Wie kann die Stadt ruhig bleiben, wenn die Menschen nichts mehr zu essen haben?

»Ich weiß, dass Myrals Tod Euch zugesetzt hat. Kinowin sagte es mir, als ich heute Morgen mit ihm sprach.

Aber Ihr müsst Eure Pflicht den Vorschriften entsprechend tun, ganz gleich, was Ihr empfindet. Ich kann nicht zulassen, dass die Magier der Stadtwache die Leute mit Brandwunden markieren. Was habt Ihr Euch nur dabei gedacht?«

»Ich habe nicht nachgedacht, Ser. Ich dachte einen Augenblick, ich könnte ihm das Brandmal als eine Art Denkzettel mitgeben, aber dann wurde mir klar, dass es so nicht geht. Deshalb brachte ich ihn her. Ich hätte ihn wahrscheinlich zum Abfallkommando schicken sollen, aber ich habe nicht nachgedacht. Es ging alles so schnell.«

»Nein… Ihr hättet ihn sofort ins Südgefängnis schicken sollen, damit er zum Straßenbau geschickt wird. Ohne ihm ein Brandmal zu verpassen.« Isork lächelte. »Und dann hätten wir dafür sorgen können, dass er auf dem Weg zu seinem Einsatzgebiet fliehen kann. Wir werden das sowieso tun, aber wir müssen dafür sorgen, dass er erst fliehen kann, wenn er wieder wohlauf und weit weg ist, am besten in Kyphros.«

Cerryl riss den Mund auf.

»Das ist die zweite Lektion. Wir sind nicht völlig gefühllos. Aber was wir tun, muss so aussehen, als wären wir es und als würden wir völlig unparteiisch urteilen. Die Anpassungen müssen dann auf eine Weise vorgenommen werden, die das System nicht kompromittiert.«

»Was soll ich jetzt machen?«, gab Cerryl seufzend zurück. »Wahrscheinlich hat sich längst herumgesprochen, dass es bei der Stadtwache einen verrückten Magier gibt.«

»Das wird sich nach einer Weile wieder legen, wenn wir Euch in einen anderen Bezirk versetzen. Viel wichtiger scheint mir aber der Hinweis zu sein, dass Ihr für einen Magier der Stadtwache zu jung und zu einfallsreich seid«, erklärte Isork. »Ihr denkt zu viel nach.

Früher oder später wird Euch das Nachdenken dazu bringen, noch etwas ganz anderes zu machen. Ihr habt bisher schon einige Entscheidungen getroffen, die etwas erfinderisch waren, indem Ihr beispielsweise Leute zum Abfallkommando geschickt habt, die von anderen Magiern direkt zum Straßenbau abgeordnet worden wären.« Isork schüttelte den Kopf. »Die Stadtwache wäscht ihre schmutzige Wäsche nicht in der Öffentlichkeit. Ihr werdet keine öffentlichen Disziplinarverfahren gegen Magier oder Offiziere der Stadtwache sehen. So etwas untergräbt nur das Vertrauen der Öffentlichkeit. Es ist ganz einfach. Magier und Offiziere der Stadtwache sind für ihr Verhalten voll verantwortlich und das wissen sie auch.«

Cerryl unterdrückte einen Schauder, als er daran dachte, dass er vor die drei Ratsmitglieder treten musste. »Es tut mir Leid. Ich wollte Euch keine Schwierigkeiten machen.« Er hob hilflos die Hände.

»Wir werden noch eine weitere Anpassung vornehmen. Ich habe mit Kinowin gesprochen, sonst wäre ich überhaupt nicht hier. Wir werden verbreiten, dass Ihr zurechtgewiesen worden seid. Wir werden Euer Beispiel dazu benutzen, um den Leuten zu verdeutlichen, dass nicht einmal ein Magier die Regeln brechen darf. Ihr werdet Euch am Mittag beim Erzmagier und den Obermagiern melden und erfahren, wie die Disziplinarstrafe aussehen wird.«

Cerryl schluckte. *Und das alles nur, weil… weil du versucht hast, nachsichtig zu sein.*

»Der Grund ist nicht, dass Ihr nachsichtig sein wolltet, Cerryl. Die meisten Magier der Stadtwache empfinden wie Ihr, ob Ihr es glaubt oder nicht. Der Grund ist, dass Ihr nicht über die Folgen für alle anderen nachgedacht habt«, meinte Isork trocken und beinahe belustigt. »Wenn Ihr schon die Regeln brechen müsst, dann macht das wenigstens nicht in aller Öffentlichkeit und sorgt dafür, dass es keine unangenehmen Folgen nach sich zieht, die auf Euch oder die Gilde zurückfallen.«

»Es war dumm von mir.«

»Ja, das war es. Aber jeder macht mal etwas Dummes und die meisten überleben ihre Dummheiten und lernen aus ihren Fehlern. Ich hoffe, so wird es auch mit Euch gehen.« Isork lächelte versöhnlich. »Und jetzt... setzt Euch besser in Bewegung. Der Erzmagier erwartet Euch. Ich übernehme den Rest Eurer Schicht.«

»Das tut mir Leid. Ich wollte doch nicht, dass Ihr...«

»Das gehört zu meinen Pflichten als Kommandant der Stadtwache.« Der muskulöse ältere Magier überlegte kurz. »Das gehört zu den Pflichten jedes Menschen, der für irgendetwas verantwortlich ist. Wenn etwas schief geht, müsst Ihr einspringen und das Nötige tun. Ich habe Euch ausgewählt und ich würde es wieder tun, aber ich würde Euch nicht direkt nach Myrals Tod schon wieder Dienst tun lassen. Ich würde Euch mehr Zeit geben, zu lernen und wirklich zu verstehen, warum die Regeln unbedingt eingehalten werden müssen.« Isork zuckte mit den Achseln. »Und deshalb muss ich jetzt Euren Dienst übernehmen, weil ich übersehen habe, dass Myral für Euch wie ein Onkel oder ein anderer naher Verwandter war. Wir geben den Leuten immer frei, wenn ein Gatte oder der Bruder oder die Schwester oder ein Elternteil stirbt. Der Grund ist, dass genau das geschehen kann, was Euch passiert ist.«

Cerryl starrte den Boden an.

»Es ist immer besser, Probleme von vornherein zu vermeiden, als Probleme zu lösen, die schon da sind. Vergesst das nicht.« Isorks Stimme wurde wieder energischer. »Und jetzt macht, dass Ihr hinauskommt. Und macht Euch keine zu großen Sorgen. Kinowin und ich wissen Eure Arbeit für die Gilde zu schätzen. Ihr braucht einfach nur etwas mehr Erfahrung. Wir waren allzu begierig, Euch möglichst bald einzusetzen, weil die Gilde nicht genug Leute hat. Und jetzt... hinaus mit Euch.«

»Ja, Ser.«

»Ihr könnt die Tür offen lassen.«

Cerryl nickte militärisch knapp und ging hinaus.

Er ist auf sich selbst mindestens so wütend wie auf mich... weil... weil er es nicht rechtzeitig gesehen hat? Cerryl schüttelte den Kopf und wunderte sich.

LII

Cerryl stand auf dem obersten Treppenabsatz im Weißen Turm und trat unsicher von einem Bein aufs andere. Er vermied es, die geschlossene weiße Eichentür oder den Wächter davor anzuschauen.

»Ihr könnt jetzt den Magier Cerryl hereinschicken.«

Cerryl gab sich einen Ruck und betrat die Gemächer des Erzmagiers.

Am Tisch, an dem bereits der Erzmagier und die beiden Obermagier saßen, gab es nur noch einen freien Stuhl. Jeslek lud Cerryl mit einer Geste ein, sich zu setzen, und Cerryl ließ sich vorsichtig nieder. Abwesend bemerkte er, dass die Spielzeugwindmühle aus Schwarzem Eisen verschwunden war. *Ob die Ordnung, die darin steckte, sogar für Jeslek zu viel war?*

»Wir haben überlegt, ob Ihr nicht eine Weile Myrals Platz einnehmen und Euch um die Abwasserkanäle kümmern sollt«, begann Jeslek, »bevor Ihr noch einmal auf die Idee kommt, Euch die Regeln für die Arbeit der Stadtwache selbst zu schreiben.«

Cerryl nickte gleichmütig. Es wäre sinnlos einzuräumen, dass er gedankenlos gehandelt hatte; wahrscheinlich würde man das sogar für schlimmer halten als einen freizügigen Umgang mit den Regeln. Je weniger er seine Dummheit zu verteidigen versuchte, desto besser, zumal er erst jetzt das wahre Ausmaß seiner Dummheit zu erkennen begann.

»Der Stadtwache fehlen jetzt schon einige Magier«, erklärte Kinowin, »und Ihr besitzt durchaus gewisse Begabungen. Das Problem, vor dem der Rat nun steht, ist die Frage, wie man diese Begabungen möglichst sinnvoll einsetzt, ohne dabei den Eindruck zu erwecken, man würde Euch für Eure maßlose Dummheit auch noch belohnen.«

Cerryl wäre beinahe zusammengezuckt.

»Ich habe mit dem Gedanken gespielt, Euch auf eins der Blockadeschiffe zu versetzen, aber dort ist die Disziplin noch strenger als bei der Stadtwache und Ihr könntet noch mehr als bisher auf die Idee kommen... nun, etwas eigenwillig vorzugehen«, erklärte Jeslek weiter.

Blockadeschiffe? Cerryl beherrschte sich und hielt den Mund.

Redark nickte nur, als würde genau das von ihm erwartet.

»Daher werdet Ihr für die nächsten zwei Achttage ans Westtor versetzt und beide Schichten übernehmen. Damit solltet Ihr eigentlich keine Zeit mehr haben, eigenwillige Lösungen für Probleme zu suchen, die wir überhaupt nicht haben. Anschließend wird der Rat entscheiden, wie Ihr der Gilde am besten dienen könnt.« Jesleks Lächeln war nicht besonders grausam, sondern eher kalt und distanziert. »Ihr werdet über jedes Fahrzeug berichten, dass die Tore passiert, und seine Fracht notieren, aber Ihr werdet keinen Wagen oder Karren aufhalten. Und Ihr werdet Euch strikt an die Regeln halten, die für den Wachdienst am Tor gelten. Habt Ihr verstanden?«

»Ja, Ser.« Cerryl hätte beinahe erleichtert geseufzt.

»Außerdem werdet Ihr für diese beiden Achttage kein Gehalt bekommen. Danach wird Euer Gehalt bis auf das Mindestgehalt eines jungen Magiers gestrichen werden.«

»Eure Goldstücke für den vergangenen Achttag und der Mindestsatz, den Ihr in den nächsten beiden Achttagen erhalten hättet, wird der Familie des Jungen zukommen, den Ihr entstellt habt«, fügte Kinowin hinzu. »Wenn die Familie nicht gefunden wird, soll das Geld dafür verwendet werden, um Brot für die Armen zu kaufen. Die Stadtwächter im Südostviertel werden es verteilen.«

Cerryl hätte beinahe zustimmend genickt.

»Findet Ihr das gerecht?«, fragte Redark.

»Ja, Ser.«

»Wir haben nichts anderes erwartet«, sagte Jeslek. »Außerdem werdet Ihr die nächsten beiden Achttage, wenn Ihr nicht im Dienst seid oder zum Dienst geht oder zurückkehrt, innerhalb der Hallen verbringen.«

»Ja, Ser.«

»Und schließlich sollt Ihr noch einen ausführlich begründeten Aufsatz darüber schreiben, warum es für die Gilde wie für den einzelnen Magier gefährlich ist, die Regeln zu brechen. Ihr werdet das Schriftstück dem Obermagier Kinowin zukommen lassen, der es prüfen wird«, fügte Redark hinzu. »Ihr habt einen Achttag, um den Text zu verfassen. Wenn er Euren Text gelesen hat, wird er Euch einer abschließenden Prüfung unterziehen.«

Cerryl nickte.

»Wie Eure Zukunft in der Gilde aussieht und ob Ihr überhaupt eine Zukunft habt, hängt ausschließlich von Eurem Verhalten während der nächsten Achttage ab«, fügte Jeslek hinzu.

Das war Cerryl allerdings von Anfang an klar gewesen. Er begriff auch, dass er großes Glück hatte, weil man ihm überhaupt eine Chance gab, sich zu bewähren. Isork hatte ihm die Regeln zu Anfang deutlich genug erklärt, und Cerryl lebte lange genug in Fairhaven und in den Hallen, um zu wissen, dass ein offener Bruch der Regeln äußerst unklug und mitunter sogar lebensgefährlich war, wie das Beispiel des armen Kesrik zeigte.

LIII

Cerryl rutschte auf dem Hocker herum und blinzelte in die untergehende Sonne. Er beschattete die Augen und betrachtete die Weiße Hauptstraße, die fünf Meilen weit nach Westen lief, ehe sie sich teilte. Eine Abzweigung führte nach Nordwesten in Richtung Weevett und nach Vergren, während die Hauptstraße in westlicher Richtung bis zum Süden von Certis und zu den Osthörnern verlief.

Nach nur drei Tagen Dienst, der vor der Dämmerung begann und nach der Abendglocke endete, taten ihm Kopf und Füße weh. Er blickte auf die ungeschickt zusammengehefteten Papierblätter, die ihm als Notizblock dienten. Ihm war überhaupt nicht bewusst gewesen, wie viele Wagen selbst an ruhigen Tagen die Tore passierten. Es fiel ihm erst jetzt auf, da er sie alle aufschreiben musste.

Er betrachtete die letzten Eintragungen.

…Muneat und Söhne, Kommissionäre, blauer Wagen, Hartweizenmehl von Certis nach Fairhaven, Plakette vorhanden…

Sekis, Gewürzhändler mit Karren aus Hydlen, Gewürze und Kräuter, hat eine Plakette gekauft…

Sein Gesicht war salzig und klebrig von den unzähligen Schweißtropfen, die sich unablässig auf seiner Haut bildeten und verdunsteten. Die Bauern mochten wegen der Ernte über das trockene, warme Wetter erfreut sein, aber ihm wurde es im zweiten Stock der Wachstube ziemlich heiß. Viel heißer, dachte er, als in der Wachstube am Nordtor.

Fairhaven war von den schrecklichen Regengüssen, die in Hydlen einen Teil der Ernte zerstört hatten, verschont geblieben, aber was in der Nähe der Stadt angebaut wurde, konnte nicht die Ausfälle ausgleichen, die es überall sonst in Candar gegeben hatte. Nach eineinhalbjähriger Dürre war dort zu viel Regen auf einmal gefallen.

Wieder blickte er nach Westen. Die Straße lief im schräg einfallenden Licht der Nachmittagssonne als rosafarbenes und weißes Band zum Tor.

Irgendwo draußen auf der Straße konnte er im grellen Licht einen Wagen oder Karren sehen, der zur Weißen Stadt fuhr. Er strengte Augen und Sinne an, konnte aber nur die Bewegung spüren, sonst nichts. Nach einer Weile hörte er auch das leise Rumpeln der Eisenräder, also musste es ein schwerer Wagen sein.

Widerstrebend stand Cerryl auf, damit er besser sehen konnte. Er beugte sich vor und stützte sich mit einer Hand auf die Steinmauer der Plattform, während der Wagen sich dem Tor näherte.

Zwei Wächter ritten vor dem Vierspänner. Der Wagen bestand aus geöltem, nicht lackiertem Holz. Er hatte Fässer geladen, die mit Seilen gesichert waren. Neben dem Gespann ritt ein weiterer Wächter.

Cerryl prüfte die Ladung mit den Sinnen, doch in den Fässern schien nur Mehl zu sein und die Chaos-Versiegelung der Plakette war intakt, höchstens eine Jahreszeit alt.

Der Kutscher ließ die Zügel knallen und das Gespann wurde langsamer, bis es vor der Wachstube hielt.

Der Leiter der Wache trat zum Kutscher.

»Ich bin der Händler Hytul aus Rytel und liefere Mehl für den Kommissionär Jiolt.«

Besolar, der Anführer der Wache, blickte kurz zur Plattform und zu Cerryl hinauf.

»Nichts als Mehl in den Fässern«, bestätigte Cerryl. »Nichts unter dem Sitz. Die Plakette ist in Ordnung.«

Die beiden Wächter neben Besolar schauten trotzdem auf die Ladefläche und unter den Sitz, als wollten sie bestätigen, was Cerryl gesagt hatte. Sie nickten.

Als der Wagen anfuhr und durchs Tor rollte, setzte Cerryl sich auf den Hocker und nahm die Liste zur Hand, um die nächste Eintragung zu schreiben:

Hytul, Händler, Wagen mit geölten Seitenwänden, Vierspänner, Mehl aus Rytel (Certis) nach Fairhaven für den Kommissionär Jiolt, Plakette in Ordnung…

Danach lehnte er sich etwas zurück und schloss müde die Augen, um gleich danach wieder aufzufahren. Er unterdrückte ein Gähnen. Bei den dunklen Dämonen, er war müde. Aber er musste noch einen Glockenschlag abwarten, ehe die Tore für Wagen und Karren geschlossen wurden.

Aus Angst, er könne auf dem Hocker einschlafen, stand er wieder auf, zuckte zusammen, als er den Fuß belastete, und ging zur Ecke der Plattform, um die Sonne zu beobachten, die gerade hinter den niedrigen Hügeln im Westen versank.

Erst drei Tage vorbei und du hast noch mehr als anderthalb Achttage vor dir. Er drehte sich um und blickte nach Fairhaven hinein. Bei der Dunkelheit! Wie schnell und unvorhergesehen sich das Leben ändern konnte. *Gewiss ist nur, dass man sich mit Dummheiten Probleme einbrockt.* Wieder unterdrückte er ein Gähnen, während er auf der kleinen Plattform der Wachstube hin und her lief.

LIV

Cerryl ging müde den Flur hinunter zu seinem Zimmer. Der erste Achttag war fast vorbei – nur noch ein Tag –, aber er hatte den Aufsatz für Kinowin immer noch nicht geschrieben. Sein Magen knurrte.

Auf dem Rückweg hatte er keine Straßenhändler und nicht einmal einen geöffneten Kramladen gesehen und im Speisesaal hatte es auch nichts mehr zu essen gegeben.

Er seufzte. Nach Myrals Tod war niemand mehr da, der mit klugen Ratschlägen ein Gegengewicht zu den Ränken bilden konnte, die in den Hallen geschmiedet wurden.

Cerryl öffnete seine Zimmertür und schloss sie hinter sich. Mit Grübeln würde er seinen Aufsatz nicht zu Ende bringen.

Wieder knurrte sein Magen.

Er hätte etwas von dem Käse aufheben sollen, den er zwei Tage zuvor in einem Kramladen gekauft hatte. Er hatte das Glück gehabt, den Besitzer noch zu erwischen, als dieser gerade den Laden hatte schließen wollen, aber er konnte sich nicht auf solche Glücksfälle verlassen. *Hätte… würde… sollte…*

Er holte tief Luft und ließ sich erleichtert auf den Stuhl sinken. Endlich wurden seine schmerzenden Füße nicht mehr belastet. Im dunklen Spähglas war nicht einmal ein Spiegelbild zu erkennen.

Kaum dass Cerryl sich gesetzt hatte, lugte Faltar herein. Das trübe Licht vom Flur zeichnete gespenstisch seinen Umriss nach.

»Hungrig?«, fragte der blonde Magier.

Neben Faltar tauchte jetzt auch Lyasa auf, die ihm schweigend die Tür aufhielt.

»Ich darf die Hallen nicht verlassen«, erwiderte Cerryl müde. »Das weißt du doch.«

»Das wissen wir.« Gefolgt von Lyasa, kam Faltar herein. Er hatte einen ganzen Laib Brot in einer Hand, die zweite blieb hinter dem Rücken versteckt. Lyasa trug etwas, das mit einem Tuch bedeckt war.

»Ein Stück weißer Käse«, verkündete sie, indem sie das Päckchen auf den Schreibtisch legte, wo Faltar schon das Brot deponiert hatte. Dann zündete sie mit einem Funken Chaos die Bronzelampe an. »Wir brauchen etwas Licht, um die düstere Stimmung zu vertreiben.«

Cerryl starrte das Brot und den Käse an, das Wasser lief ihm im Mund zusammen.

Faltar grinste und zog hinter dem Rücken einen Krug hervor. »Und Bier! Warm und etwas schal, aber wir haben uns wenigstens bemüht.«

»Danke. Das war doch nicht nötig«, protestierte Cerryl. Doch er lächelte erfreut. »Wirklich nicht.«

»Wir haben das getan, weil wir nicht wollen, dass du verhungerst. Jeslek hat den Jungen, die im Speisesaal bedienen, aufgetragen, nach dem Abendessen nichts mehr liegen zu lassen, und es ist schwer, so spät am Abend noch Straßenhändler zu finden.« Faltar verzog das Gesicht. »Ich weiß es aus eigener Erfahrung, ich hatte ja oft genug die Abendschicht. Sie waren gemein zu dir«, fuhr Faltar nach kurzem Überlegen fort. Er setzte sich auf die Bettkante. »Der Junge hat ja wirklich das Gesetz gebrochen. In Certis hätte er die Hand oder gleich sein Leben verloren.«

Lyasa setzte sich auf die andere Bettkante, während Cerryl sich eine Scheibe Käse abschnitt und sie mit einem Stück Brot aß.

»Nein.« Cerryl schüttelte den Kopf, nachdem er gekaut und heruntergeschluckt hatte. »Sie waren nicht so hart, wie sie hätten sein können. Ich habe nicht richtig darüber nachgedacht. Außerdem sind wir hier in Fairhaven und nicht in Certis.« Er trank einen Schluck Bier. »Sogar das Bier schmeckt gut.«

Faltar betrachtete den Stapel Papiere auf dem Schreibtisch. »Du schreibst doch wohl nicht noch an den Berichten für die Stadtwache?«

»Nein. Das ist ein Teil meiner Strafe. Ich muss einen Aufsatz darüber schreiben, dass Verstöße einzelner Magier nicht nur für den Magier selbst, sondern für die ganze Gilde von Übel sind.«

Lyasa rümpfte die Nase. »Jeslek behandelt dich wie einen Lehrling.«

»Mag sein, aber ich habe einen Fehler gemacht, den selbst ein blutiger Anfänger nicht hätte machen sollen. Wie kann ich mich da über die Strafe beschweren?«

»Ich bin ja nicht gern so direkt«, wandte Faltar ein, »aber wenn das, was du gemacht hast, wirklich so dumm war, wieso bist du dann überhaupt noch da?«

Cerryl aß noch etwas Käse und Brot, bis er schließlich lachte. »Ich weiß es nicht, aber ich habe meine Vermutungen. Zuerst einmal habe ich einen Jungen, der die Gesetze gebrochen hatte, nur verletzt, aber nicht dauerhaft geschädigt. Zweitens kann die Gilde mir Vorwürfe machen und der Familie des Jungen vier Goldstücke als Entschädigung geben, was mehr ist, als sie sonst in Jahren zu sehen bekäme. Drittens werden die Schwierigkeiten im Handel und die Probleme mit Spidlar, Hydlen und Gallos immer schlimmer und Jeslek braucht jeden Magier, den er bekommen kann. Wenn ich dies hier überstanden habe, werde ich wahrscheinlich irgendwo mit einem Trupp Lanzenreiter eingesetzt. Damit komme ich dann lange genug aus Fairhaven heraus, dass Gras über die Sache wachsen kann, falls ich überhaupt lebend zurückkomme.« Cerryl zuckte mit den Achseln, trank noch einen Schluck warmes Bier. »Ich bin euch wirklich dankbar. Ich habe nicht gewusst, wie ich den Abend überstehen sollte.« *Es ist schon schwer, einen Aufsatz zu schreiben, wenn man sich gut fühlt; aber müde und hungrig ist es fast unmöglich.*

»Musst du heute Abend damit fertig werden?« Lyasa deutete auf die Blätter.

»Ich arbeite seit fünf Tagen daran. Morgen früh muss ich Kinowin den Aufsatz geben oder schicken.«

»Dann werden wir wieder gehen, sobald du gegessen hast.«

Faltar warf einen Blick zu den Papieren, dann sah er Cerryl an. »Ich finde es immer noch ungerecht.«

»Ich war dem Jungen gegenüber auch ungerecht«, erwiderte Cerryl. »Und er wird die Gilde hassen, solange er lebt.«

»Das wird beim Straßenbau keine Rolle spielen«, erklärte Faltar.

»Man kann nie wissen«, wich Cerryl aus. Er wollte nicht weiter verbreiten, was er von Isork über gewisse »Anpassungen« erfahren hatte. Nach kurzem Schweigen fügte er hinzu: »Aber es ist schon schlimm genug, dass ich es weiß.«

Nachdem Cerryl den halben Käse und das Brot gegessen und das Bier fast ausgetrunken hatte, standen Faltar und Lyasa auf und gingen.

In der folgenden Stille und beim Licht der Lampe, die er eigentlich kaum brauchte, ging Cerryl noch einmal durch, was er bisher auf dem groben Papier notiert hatte. Dann wanderte sein Blick zum leeren Pergament, das vor ihm lag.

Schließlich begann er zu schreiben, übernahm einige Worte aus seinen Notizen und fügte weitere Gedanken hinzu.

Nach einer Weile las er die Reinschrift noch einmal durch.

Jeder Magier besitzt in gewissem Maße die Kraft, das Chaos zu steuern und dieses Chaos kann das Leben anderer Men-

schen verändern oder sogar zerstören… Vertrauen ist notwendig, wenn die Menschen, die mit solchen Kräften begabt sind, zusammenarbeiten sollen. Das Vertrauen zwischen denen, die über diese Kräfte verfügen, kann aber nur entstehen, wenn die Anwendung der Chaos-Kräfte auf das beschränkt bleibt, was nach Ansicht aller Beteiligten nützlich ist. Was nützlich ist, wird wiederum in den Vorschriften abgehandelt…

Cerryl hielt inne. Ein richtiger Aufsatz war das noch nicht. Bisher hatte er nur erklärt, dass Regeln notwendig waren. Warum war es aber gefährlich, die Regeln zu brechen? *Weil Jeslek und der Rat dich vernichten werden, wenn du nicht mächtig genug bist, um sie zu vernichten.*

Er lächelte belustigt. Das konnte er natürlich nicht niederschreiben. *Weil es auch andere versuchen werden, wenn du damit durchkommst?* Er nahm den Federkiel in die Hand, spitzte ihn mit dem bronzenen Federmesser an und tauchte ihn ins Tintenfass.

Wenn ein Magier die Regeln der Gilde bricht, muss er bestraft werden, denn wenn er nicht gemaßregelt wird, könnten andere seinem Beispiel folgen, und jeder Verstoß wird schwerwiegender sein als der vorhergehende. So muss jeder Bruch der Regeln zur Bestrafung des Schuldigen führen, wenn das Vergehen nicht ein Vorbild für noch schwerere Verstöße werden soll. Ein Magier, der gegen die Regeln verstößt, verliert den Schutz der Gilde und muss damit rechnen, für seine Übertretung zur Rechenschaft gezogen zu werden…

Cerryl steckte den Federkiel in den Halter. War dies wirklich wahr? Er rieb sich die Stirn und betrachtete das Pergament. Es würde eine lange Nacht werden und der Wachdienst am Tor am nächsten Tag würde noch länger werden.

LV

Staubig und verschwitzt nach dem langen Tag am Stadttor betrat Cerryl Kinowins Zimmer. Vor Kinowins Entscheidung hatte er mehr Angst als vor den drei Tagen Doppelschicht, die noch vor ihm lagen.

»Setzt Euch. Ihr seht aus, als könntet Ihr eine Pause gebrauchen.« Kinowin goss aus einem grauen Krug etwas in einen Becher. »Und etwas zu trinken.«

»Danke, Ser.« Cerryl setzte sich vorsichtig und betrachtete den Becher.

Eine einsame Bronzelampe in einem Wandhalter spendete ein schwaches Licht im unteren Turmzimmer. Ein leichter Luftzug wehte durchs offene Fenster aus der Dunkelheit herein.

»Trinkt. Es ist frischer Apfelwein. Nennt es meinetwegen eine Verbeugung vor Myral.« Kinowin beugte sich vor und hob seinen Becher. Er nahm einen Schluck, ehe er fortfuhr. »Eines der wenigen Erzeugnisse, die bei dieser Ernte nicht gelitten haben.«

Cerryl trank einen Schluck Apfelwein und genoss den Geschmack der kühlen Flüssigkeit.

»Man hat Euch aufgefordert, einen Aufsatz zu verfassen. Er sollte die Frage behandeln, warum es für den einzelnen Magier und die ganze Gilde gefährlich ist, die Regeln zu brechen.« Kinowin hob das Pergament. »Das hier ist besser, als ich erwartet hätte, Cerryl. Es ist erheblich besser, als Redark, Esaak oder Broka es für möglich gehalten hätten. Sie haben Jeslek vorgeschlagen, dass Ihr in einigen Jahren und mit entsprechender Erfahrung als Lehrer eingesetzt werden und den Anwärtern erklären sollt, warum die Gilde so wichtig ist.« Kinowin lächelte belustigt. »Die Tatsache, dass es noch einige Jahre dauern dürfte, haben sie besonders nachdrücklich betont.« Der Obermagier legte die Papiere auf den Tisch, stand auf und trat ans Fenster. Dort blieb er stehen und betrachtete den roten und goldenen Wandbehang und nicht den blauen und purpurnen, wie er es sonst meist tat.

»Ihr habt über das, was Ihr geschrieben habt, gründlich nachgedacht, das ist nicht zu übersehen. Eure Gedanken sind so klar, dass man sich beinahe fragt, warum Ihr überhaupt gegen die Regeln verstoßen habt. Es kommt eindeutig zum Ausdruck, dass Ihr aus Eurem Fehler gelernt habt. Ich musste den Dreien nicht erst zeigen, was Ihr geschrieben habt. Aber was meint Ihr, warum ich ihnen trotzdem Euren Aufsatz zum Lesen gegeben habe, abgesehen von dem Nachweis, dass Ihr aus Euren Erfahrungen gelernt habt?«

Cerryl schluckte. Er hatte gewisse Ideen, aber konnte er es wagen, sie auszusprechen?

»Sprecht nur.«

»Weil Ihr anderen meinen Wert aufzeigen und beweisen wolltet, dass Euer Urteil richtig war?«

Kinowin wandte sich wieder an Cerryl. »Ihr könntet einer der größten Magier aller Zeiten werden. Aber ganz egal wie groß Ihr sein könnt, Ihr seid nur ein einzelner Mann. Ist Jeslek ein größerer Magier als Isork?«

»Äh… das würde ich meinen.«

»Wie könnte Jeslek sich um die Probleme in Spidlar und Gallos kümmern, wenn er sich nicht darauf verlassen könnte, dass Isork daheim für Ruhe und Ordnung sorgt?«

Cerryl konnte erkennen, wohin das führen würde.

»Ist der Erzmagier ein stärkerer Magier als Esaak? Gewiss, aber hat Jeslek die Zeit, Schüler in Mathematik zu unterrichten?« Der Obermagier hüstelte und räusperte sich. »Das sind ganz einfache Fragen. So einfach, dass sogar ein ungebildeter Bauernjunge aus Fenard die Antworten finden könnte. Aber Herrscher auf Herrscher und Generation auf Generation wird vernichtet, weil die Herrschenden keine vertrauenswürdigen Helfer finden, die das Land beisammen halten und sich um die alltäglichen Pflichten kümmern.«

Cerryl nickte. »Auch deshalb muss es Regeln geben. Damit alle gut zusammenarbeiten.«

»Ihr besitzt enorme Fähigkeiten, Cerryl«, fuhr Kinowin fort. Doch statt den jungen Magier anzuschauen, sah er weiter aus dem Fenster. »Wie ich aus eigener Erfahrung weiß, führt der Besitz von Fähigkeiten, die andere nicht haben, gewöhnlich zu gleichermaßen enormen Fehlern. Manchmal werden die Fehler nicht entdeckt, weil sie so gewaltig sind, dass niemand sich vorstellen kann, wie es anders sein könnte. Manchmal wirken sie aber auch sehr dumm, weil niemand die Gedanken hinter ihnen verstehen kann.«

»Mein Fehler war dumm«, räumte Cerryl ein.

»Ihr wollt mehr sein als ein einfacher Magier der Stadtwache. Ihr habt Euch Sorgen gemacht, weil die Leute Hunger hatten. Ihr fandet es ungerecht, einen kleinen Jungen, der Euch vielleicht sogar ähnlich war, zum Straßenbau zu schicken – und das nur, weil er versucht hat, für seine kranke Schwester etwas zu essen aufzutreiben.«

»Daran habe ich gedacht.«

»Wenn Ihr Magier seid, müsst Ihr immer einen Ausgleich zwischen dem finden, was getan werden muss, und den Konsequenzen, die sich daraus ergeben. Wenn Ihr nicht überlebt, was Ihr gerade tut, verliert Ihr Eure Zukunft. Wenn Ihr nicht jetzt schon nachdenkt, wohin Ihr geht, werdet Ihr im nächsten oder übernächsten Jahr nicht mehr viele Möglichkeiten haben. Aber Ihr in Eurem Alter… Ihr müsst erst einmal überleben.« Kinowin lachte leise. »Und wenn Ihr lange genug überlebt, werden nicht mehr viele Leute Euren Träumen zu widersprechen wagen.«

Cerryl wusste, dass Kinowin ihm mehr sagte, als die Worte auf den ersten Blick vermuten ließen, und keine direkte Antwort erwartete. »Danke, dass Ihr mich an Euren Einsichten teilhaben lasst.«

»So weit ist es damit auch wieder nicht her.«

»Was wird jetzt geschehen?«, fragte Cerryl vorsichtig.

»Wenn Eure Doppelschichten zu Ende sind, werdet Ihr weiter am Tor Dienst tun, aber nur in der Morgenschicht. Am Nachmittag werdet Ihr Euch nach dem Essen beim Erzmagier einfinden und ihm als Assistent zur Verfügung stehen. Dafür werdet Ihr keine zusätzliche Vergütung erhalten. Jedenfalls jetzt noch nicht. Wenn Eure letzte Doppelschicht vorbei ist, wird auch Euer Arrest in den Hallen aufgehoben, aber nicht vorher.«

»Ja, Ser. Wisst Ihr, was der Erzmagier von mir erwartet?«

»Abgesehen davon, dass er Euch erinnern will, wo Euer Platz ist? Abgesehen davon, dass er mich erinnern will, dass es ein Fehler war, Euch für die Stadtwache zu empfehlen?«, gab Kinowin trocken zurück. »Trotz aller seiner Fehler nimmt Jeslek seine Stellung durchaus ernst. Er glaubt aufrichtig, dass die Behinderungen unseres Handels durch Spidlar und Recluce ein Problem darstellen, um das wir uns möglichst bald kümmern müssen. Er hat genau wie Sterol dafür gesorgt, dass die Gilde allen begabten Menschen offen steht, aber das macht die Sache im Augenblick nicht einfacher.«

»Aus Mangel an Geld?«

»Die Schatzkammer ist leer, die Straßenzölle gehen immer später bei uns ein.« Kinowin kehrte dem Fenster und den einzelnen Lichtpunkten draußen den Rücken. »Die Gilde hatte für ihre Aufgaben noch nie genügend begabte Magier und jeder, den wir verlieren…« Er schüttelte den Kopf. »Myrals Tod war ein schwerer Verlust, auch wenn die meisten es nicht verstehen. Zu viele glauben, ein großer Chaos-Bändiger sei auch ein großer Magier.« Kinowin sah Cerryl scharf an. »Jeslek ist mehr als ein Magier, der große Mengen an Chaos-Energie freisetzen kann. Ich stimme nicht immer mit ihm überein, aber Fairhaven ist ihm so wichtig wie die eigene Person.«

»Ich werde mit aller Kraft für ihn arbeiten.«

»Gut.« Kinowin drehte sich ganz zu Cerryl herum. »Und sobald Ihr diesen Raum verlassen habt, solltet Ihr Euch in alle Richtungen genau umsehen.« Kinowin setzte ein schiefes Lächeln auf oder vielleicht wirkte es nur so wegen des Flecks auf der Wange. »In den nächsten Jahren müssen alle Magier sehr genau aufpassen, was sich in ihrer Umgebung abspielt. Und jetzt seht zu, dass Ihr etwas Schlaf bekommt.«

Cerryl stand auf. »Danke.«

»Ihr habt Euch bei mir und auch bei Myral schon durch Euer bloßes Überleben mehr als genug bedankt.« Kinowin ging zur Tür. »Ihr habt noch ein paar Jahre vor Euch, in denen Ihr viel lernen müsst. Nutzt sie gut.«

Wieder nickte Cerryl.

Als er die Treppe im Weißen Turm zur Eingangshalle hinunterstieg, ging ihm durch den Kopf, was Kinowin gesagt und was er nicht gesagt hatte. Im Grunde hatte ihm der Obermagier mehrmals auf verschiedene Weise erklärt, dass er sich Jesleks Wünschen fügen und überleben sollte. Und lernen sollte er. Die letzte Bemerkung über Myral war keineswegs zufällig oder aus sentimentalen Gründen gefallen.

Cerryl schauderte. Was hatte Myral gesehen und Kinowin berichtet? Wie konnte Cerryl glauben, dass er Großes vollbringen konnte, wie Kinowin es angedeutet hatte, und dass er vielleicht sogar Erzmagier werden konnte, wie Myral Leyladin erzählt hatte? Wie… wenn er noch nicht einmal die einfachsten Dinge sah, die fürs Überleben wichtig waren?

Er schüttelte den Kopf. *Tu, was du tun musst, und überlebe.* Er sah sich in der leeren Vorhalle um und griff mit der Wahrnehmung hinaus, aber der Raum war tatsächlich verlassen. *Du solltest es dir zur Gewohnheit machen, alles doppelt zu überprüfen.*

Er lächelte. Wenigstens hatte er eine Zukunft vor sich. *Vorausgesetzt…*

LVI

Nachdem er rasch etwas übrig gebliebenes Brot und ein Stück Käse aus dem Speisesaal heruntergeschlungen und sich gewaschen hatte, eilte Cerryl die Treppe zum oberen Stockwerk des Weißen Turms hinauf. Er war froh, dass sein Dienst am Stadttor schon nach einer und nicht nach zwei Schichten vorbei war.

Als Wächter stand weder Gostar noch Hertyl vor den Gemächern des Erzmagiers, sondern ein graubärtiger Haudegen, den Cerryl nicht kannte. Der Wächter beäugte Cerryl misstrauisch und legte die Hand auf den Griff der kurzen Eisenklinge. »Ser?«

»Cerryl. Ich bin auf Anweisung von Obermagier Kinowin hier.« Cerryl blieb stehen und wartete. Ihm war nur allzu deutlich bewusst, dass er ohne den breiten roten Gürtel der Stadtwache nichts weiter war als ein sehr junger, unbedeutender Magier. Außerdem war ihm aufgefallen, dass der Wächter ein Kurzschwert aus Eisen und nicht aus Neusilber trug. Auch das war neu. *Warum?*, fragte er sich. *Fürchtet Jeslek einen Angriff von anderen Magiern?* Aber ein einziger Wächter mit einer Eisenklinge würde die meisten Magier nicht aufhalten können. Cerryl runzelte nachdenklich die Stirn.

Der Wächter klopfte an. »Ein Magier Cerryl ist hier,

Ser. Er sagt, der Obermagier Kinowin habe ihn geschickt.«

»Ich erwarte ihn, aber er soll noch einen Augenblick draußen bleiben.«

»Ja, Ser.« Der Wächter nickte und deutete zur Bank. »Wenn Ihr Euch setzen wollt, Ser?«

»Danke.«

Cerryl ließ sich fallen. Seine Füße waren immer noch wund. Er fragte sich, ob die Blasen jemals abheilen würden.

Nach einer Weile verließ Redark das Zimmer des Erzmagiers. Er warf einen kurzen Blick zu Cerryl, sagte aber kein Wort. Dann kam Anya heraus, strahlend lächelnd, aber ebenfalls ohne ein Wort zu sagen. Ein leichter Duft nach Sandelholz blieb auf dem obersten Treppenabsatz zurück.

Der Wächter sagte kein Wort und auch Cerryl hatte nicht das Bedürfnis nach Unterhaltung. *Was will Jeslek von mir? Warum soll ich sein persönlicher Assistent werden, nachdem Sterol mich gegen ihn eingesetzt hat? Tut er es, damit er mich besser überwachen kann?* Das kam ihm sinnlos vor, aber Cerryl wusste ohnehin nicht mehr ein noch aus. So konnte er sich vorerst nur an Kinowins Mahnung halten, dass er zunächst einmal überleben musste.

Eine ganze Weile verging, ehe Jeslek endlich die Tür öffnete. »Ihr könnt jetzt hereinkommen, Cerryl.«

Ein rothaariger Magier-Anwärter – Kochar – stand am Tisch, als Cerryl den Raum betrat.

»Kochar, Ihr könnt jetzt gehen. Wir sehen uns dann morgen wieder.« Jeslek verabschiedete den Anwärter mit einem knappen Nicken.

»Ja, Ser.«

Nachdem die Tür geschlossen war, wandte sich der Erzmagier an Cerryl. »Kochar beginnt morgen seinen Dienst in den Abwasserkanälen. Er vervollkommnet seine Fähigkeiten«, verkündete Jeslek, indem er zum Tisch und zum leeren Spähglas blickte. »Esaak war einverstanden, vorübergehend Myrals Aufgaben zu übernehmen.«

Cerryl wartete.

»Im Augenblick, Cerryl, habe ich nicht viel für Euch. Ihr könnt Euch den Rest des Nachmittags frei nehmen. Kommt bitte jeden Nachmittag im Anschluss an Eure Frühschicht hierher. Ihr sollt vor allem zuhören und beobachten. Ihr werdet kein Wort über das sprechen, was Ihr hier hört oder seht. Ihr werdet keine Kommentare und keine Ratschläge abgeben und kein Wort sprechen, solange Ihr nicht dazu aufgefordert werdet. Ihr dürft hin und wieder eine Frage stellen, aber haltet Euch zurück.« Jesleks Lächeln war hart und breit. »Habt Ihr das verstanden?«

»Ja, Ser.«

»Gut. Wir sehen uns dann morgen.«

Cerryl verneigte sich rasch, drehte sich um, hielt vorsichtshalber die Schilde bereit, obwohl er wusste, dass Jeslek keine Chaos-Energie aufgebaut hatte, und huschte aus den Gemächern des Erzmagiers, um zu seinem Zimmer zu gehen.

Er musste ausruhen – und nachdenken.

LVII

Nach seinem Dienst eilte Cerryl in die Hallen der Magier, um allein zu essen. Alle, die er gut genug kannte, um mit ihnen gemeinsam zu speisen, hatten irgendwo Dienst und er verspürte nicht den Wunsch, mit flüchtigen Bekannten oberflächlich zu plaudern. Er schlang das Roggenbrot und den Käse und dazu ein paar frische Birnäpfel hinunter, ehe er zur hinteren Halle ging, wo er sich wusch. Dann meldete er sich im Weißen Turm, wo wieder Gostar die Gemächer des Erzmagiers bewachte.

»Er ist nicht da, Magier Cerryl. Es ist überhaupt keiner da«, meinte Gostar.

»Dann sollte ich wohl warten.« Cerryl setzte sich auf die Bank. Obwohl das Eichenholz glatt poliert und von Generationen wartender Magier abgewetzt worden war, fühlte sich das Material ein wenig uneben an. Cerryl betrachtete es. Aber war denn nicht alles im Turm ein wenig grobkörnig? War das etwa die Folge eines Übermaßes an Chaos? Er runzelte die Stirn.

Gostar sah sich zu ihm um und sprach ihn leise an. »Ich bitte um Verzeihung, Ser, aber manche sagen, Ihr wärt aus der Stadtwache entfernt worden, weil Ihr einen Jungen verletzt hättet. Manche sagen auch, der Grund wäre der gewesen, dass der Erzmagier Euch nicht leiden kann…«

Cerryl sah den Mann offen an. Was konnte er sagen? »Der Junge hat etwas Brot gestohlen«, antwortete er schließlich. »Ich wollte ihn nicht zum Straßenbau schicken und habe ihm als Warnung ein kleines Mal auf die Stirn gebrannt, aber dann wurde er trotzdem zum Straßenbau geschickt. Ich habe einen Fehler gemacht, er kam dorthin, wo er hinkommen musste, und hatte außerdem noch die Wunde auf der Stirn.«

Gostar sah Cerryl nur an und nickte, offenbar weder zustimmend noch ablehnend.

Cerryl konnte nicht erkennen, ob der Wächter empört oder erleichtert war. Er blieb einfach sitzen und wartete auf Jeslek und die Anweisungen des Erzmagiers für den Tag. Dieses Mal musste er nicht lange warten, bis Jeslek mit Anya, Redark und Kinowin im Gefolge auftauchte.

Hinter den Magiern folgte ein rot gekleideter Bote,

der unsicher zur Bank schaute, von der Cerryl sich gerade erhoben hatte.

Ohne ein Wort zu sagen, winkte Jeslek die Magier in seine Gemächer. Als sie drinnen waren und Cerryl die Tür geschlossen hatte, gab Jeslek ihm eine Schriftrolle. »Lest das, während wir reden.«

Als die anderen vier am Tisch Platz genommen hatten, stellte Cerryl sich rechts neben Jeslek im Hintergrund an die Wand und las die Schriftrolle durch. Vor allem konzentrierte er sich auf den Teil, der direkt nach der weitschweifigen Begrüßung folgte.

… Euch wissen lassen, dass wir in Gallos allerhöchste Achtung für die Weiße Bruderschaft in Fairhaven empfinden und den Wert der Hauptstraßen zu schätzen wissen, welche die Bruderschaft erbaut hat und unterhält, um für Fairhaven und in geringerem Maße auch für alle anderen Länder in Candar Frieden und Wohlstand zu sichern …

… gute Handelsbeziehungen für alle Länder wichtig, besonders für jene, die nicht so gesegnet sind wie das glückliche Fairhaven …

… nicht für ratsam, den Handwerkern und Kaufleuten in Gallos eine Steuer aufzuerlegen, denn bei aller Gerechtigkeit müssen die Gebühren, die für die Benutzung der Weißen Hauptstraßen erhoben werden, als Steuer bezeichnet werden, und eine solche Steuer ist eine schwere Belastung für ein Land, das von den Launen der Natur schon schwer gezeichnet ist … und bei aller Gerechtigkeit müssen wir auch sagen, dass kein Herrscher in Gallos solche Zahlungen auf lange Sicht leisten könnte, selbst wenn man die großartigen früheren Leistungen wie den Bau der Hauptstraßen berücksichtigt, welche sicherlich für alle von großem Nutzen sein könnten, würden nicht die Gebühren erhoben für …

… wissen durchaus um die frühere Macht und den Ruhm von Fairhaven und wollen und können nicht glauben, dass das mächtige Fairhaven sich so weit herablässt, unerwünsch-

te und unnötige Gebühren zu erheben oder diese durch Einfälle und Überfälle auf das Gebiet von Nachbarn und Freunden mit Gewalt einzutreiben…

…könnte keine Macht in Gallos sich gegen das eigene Volk stellen, wenn dieses sich weigert, Steuern zu entrichten, deren Sinn und Nutzen es nicht zu verstehen vermag…

Das Siegel und die Unterschrift stammten von Syrma, dem Präfekten von Gallos.

Ein großer Nutzen durch die Hauptstraßen, in denen die Leute dann doch keinen Nutzen sahen? Cerryl wunderte sich über die Widersprüche und versuchte gleichzeitig, die Unterhaltung der Magier am Tisch zu verfolgen.

»Es ist eine versteckte Drohung«, bemerkte Kinowin. »Er gibt uns zu verstehen, dass er weiß, dass Fairhaven hinter den Überfällen und Raubzügen steckt, die sich gegen Händler aus Spidlar richten.« Er strich kurz über den purpurnen Fleck auf seiner Wange.

»Was sollen wir jetzt machen?«, fragte Redark und kratzte sich am hellroten Bart. »Sollen wir zusehen, wie sie kostenlos die Hauptstraßen benutzen, während wir deren Unterhaltung aus eigener Tasche bezahlen?« Die Worte klangen verbittert.

»Was meint Ihr und Sterol, Anya?«, fragte Jeslek die rothaarige Magierin. »Ich bin sicher, dass Ihr über die Gedankengänge des ehemaligen, hochgeachteten Erzmagiers gut unterrichtet seid.«

»Da überschätzt Ihr mich, Ser«, gab Anya lächelnd zurück.

»Was glaubt Ihr dann selbst?«

»Meine Gedanken spielen keine Rolle. Auch um die Wahrheit geht es hier wohl nicht. Es kommt vor allem auf das an, was diejenigen denken, mit denen wir zu tun haben. Sie scheinen zu glauben, wir hätten weniger Macht als in früheren Jahren und sie könnten sich davor drücken, ihren Verpflichtungen nachzukommen. Wenn wir sie nicht auf irgendeine Weise zwingen, werden sie nicht zahlen.« Anya bekräftigte ihre Einschätzung mit einem knappen Nicken.

Kinowin schloss sich ihr nickend an, aber Redark runzelte die Stirn.

»Gallos setzt auf eine Verzögerungstaktik«, sagte Jeslek. »Ich habe bereits Botschaften an Gorsuch, den Regenten für den jungen Fürsten Uulrac, an Fürst Estalin und Vicomte Rystryr geschickt und darauf hingewiesen, dass sie möglicherweise Rekruten ausheben müssen, um dem Problem in Spidlar zu begegnen.«

»Außer Gorsuch wird keiner dieser Aufforderung folgen«, warf Kinowin ein. »Sie denken alle, das sei einzig und allein unser Problem.«

»So ist es«, stimmte der Erzmagier zu. »Syrma ist das Problem. Rystryr wird tun, was wir von ihm verlangen, wenn wir ihm einen Anstoß geben. Auch Gorsuch wird sich fügen.«

Natürlich würde Gorsuch tun, was Jeslek ihm sagte, dachte Cerryl, aber Gorsuch hatte nur die Macht, solange Uulrac am Leben blieb. Wenn man Gorsuch drängte, Rekruten auszuheben, konnte das durchaus die Lebenserwartung des kranken jungen Fürsten und vielleicht auch Leyladins Lebenserwartung verkürzen.

»Syrma ist noch nicht lange als Präfekt an der Macht und er muss auf andere Rücksicht nehmen. Vor allem auf die wohlhabenden Bürger und die einflussreichen Kommissionäre, die durch den Handel mit Recluce und Spidlar gut verdienen. Deshalb werden wir um Rekruten bitten und er wird zaudern. Offen weigern wird er sich nicht. Er wird sagen, dass es zu früh sei und dass er Fairhaven achtet.« Jeslek schnaubte. »Er wird alles Mögliche sagen, aber keine Rekruten schicken.«

»Und was machen wir dann?«, fragte Redark.

»Wir finden einen Weg, sie alle zu überzeugen.«

»Ihr würdet doch hoffentlich nicht Fenard in einen Berg verwandeln?«, meinte Kinowin trocken.

»Nein, nicht Fenard. Das wäre doch sinnlos. Damit würden wir das Gold verlieren, das wir brauchen.« Jeslek lächelte. »Nein, wir müssen unseren Freund Syrma... wir müssen ihn auf eine nicht ganz so drastische Art und Weise an seine Pflichten erinnern. Ich werde darüber nachdenken.« Er blickte kurz zu Cerryl. »Wir reden später weiter darüber, wenn ich mir überlegt habe, welche Maßnahmen angebracht erscheinen.«

Die kalten Augen über dem lächelnden Mund des Erzmagiers jagten Cerryl einen Schauer über den Rücken, aber der junge Magier zeigte äußerlich keine Regung.

»Und jetzt müssen wir überlegen, welche Ausgaben wir für das nächste Jahr einplanen können.« Jeslek wandte sich an Redark. »Habt Ihr die Zahlen, um die ich Euch gebeten habe?«

»Ja, Ser.« Redark zückte einige Papiere und legte vor jedem Magier eines auf den Tisch. »Seht Ihr... dort sind die Goldstücke aufgeführt, die wir brauchen, um die letzten drei Schiffe auszurüsten. Dann die zusätzlichen Soldzahlungen für die Weißen Lanzenreiter. Weiter unten die Ausgaben für die Gilde, die Gehälter und Unterstützungen, dann die Aufwendungen für die Vorräte der Bauarbeiter, für die Stadtwache, das Abwasser und die Aquädukte...«

Cerryl unterdrückte ein Gähnen. Er hatte das Gefühl, es würde eine lange, ermüdende Sitzung werden.

LVIII

Cerryl stand an der Wand und wich Anyas Blicken aus, während Kinowin und Redark die Gemächer des Erzmagiers betraten. Fydel stand mit dem Rücken zum Bücherregal auf der anderen Seite.

»Warum habt Ihr uns so kurzfristig herbestellt?«, wollte Redark wissen, als er sich am Tisch niedergelassen hatte.

Kinowin entschied sich für den Stuhl zwischen Anya und Redark. Er betrachtete schweigend den weißhaarigen Erzmagier mit den Sonnenaugen.

»Vielleicht erinnert Ihr Euch, dass ich mir Sorgen machte, Recluce könne in Spidlar eine größere Rolle spielen, als man in Gallos oder Recluce einräumen möchte«, begann Jeslek.

»Ihr sagt das schon seit mehreren Jahren, wenn ich mich recht erinnere«, gab Kinowin zurück. »Beweise gab es bislang kaum.«

»Ich hoffe, ich kann das jetzt ändern.« Jeslek nickte in Richtung des Spähglases, in dem noch Reste von Chaos zu spüren waren, nachdem der Erzmagier es unlängst benutzt hatte. »Anya hat gewisse Vorgänge in Spidlar beobachtet und mir mitgeteilt, dass unser Nachbar, der Vicomte Rystryr, offenbar einige Dinge glatt übersehen hat. Fydel habe ich hinzugebeten, weil er in Gallos zu tun bekommen wird.«

Kinowins Augenbrauen zuckten, aber der Obermagier schwieg.

»Wir wollen es uns jetzt anschauen.« Jeslek deutete zum Spähglas, auf dem sich sofort die weißen Schleier teilten und den Blick auf das herbstlich braune Gras der Hochlandwiesen irgendwo nördlich von Fenard und südlich von Elparta freigaben. Mitten auf dem Spiegel war der Wagen eines Händlers zu sehen, der langsam nach Süden fuhr. Eine rothaarige Frau lenkte den Wagen, ein Mann ritt gebeugt und in einen dunklen Mantel gehüllt neben ihr.

Auf der Hügelkuppe wartete eine andere Gruppe von Menschen, die in die dunkelgrünen Gewänder von Certis gekleidet waren. Als der Wagen sich der Hügelkuppe näherte, schwärmten die Reiter aus und griffen die Händler an.

Die rothaarige Frau hielt den Wagen sofort an; von der Ladefläche erhoben sich zwei Männer mit Bogen, warfen braune Tücher zur Seite und feuerten ihre Pfeile auf die angreifenden Reiter ab. Die rothaarige Frau hatte auf einmal zwei Schwerter in der Hand und hinter den Angreifern tauchten spidlarische Wächter auf, angeführt von einem blonden Riesen, der links und rechts die Gegner niedermähte wie Grashalme.

Kein einziger certischer Angreifer überlebte. Als die Schaufeln hervorgeholt wurden, um die Toten zu begraben, winkte Jeslek mit der Hand und das Bild verblasste im Spiegel. »Pah, das war überhaupt keine Magie. Nur gute Taktik und kluge Planung. Aber wenn es keine Überlebenden gibt und keine Leichen gefunden werden, wird sich das Gerücht verbreiten, die Spidlarer hätten Magie eingesetzt.«

»Es hilft uns nicht weiter, wenn wir dies dem Vicomte oder dem Präfekten mitteilen«, bemerkte Anya, die dicht am Fenster saß.

»Und es wird auch nicht helfen, dass wir mehr als eine Jahreszeit und unsere Magie gebraucht haben, um es herauszufinden«, fügte Fydel hinzu. »Immerhin haben sie in den letzten zwei Jahreszeiten angeblich fast einhundert Männer verloren.«

»Wissen wir, wer dafür verantwortlich ist?« erkundigte Cerryl sich vorsichtig und mit einem Nicken in

Richtung des Erzmagiers. »Abgesehen vom Offensichtlichen, meine ich?« Er deutete zum leeren Spiegel.

»Unsere... unsere Quellen in Spidlar deuten darauf hin, dass der größte Schaden von einem Trupp angerichtet wird, der im letzten Frühling eigens zu diesem Zweck aufgestellt wurde. Angeblich sind der Truppführer und seine Vertreterin Verbannte aus Recluce. Es sind der große blonde Kämpfer und die Rothaarige, die den Wagen gelenkt hat.«

»Angeblich? Das ist herrlich. Recluce wirft zwei Leute hinaus, und die beiden sind rein zufällig genau am richtigen Ort, um uns in die Quere zu kommen. Glaubt Ihr wirklich an solche Zufälle, verehrter Jeslek?«, fragte Fydel.

Jeslek ging nicht auf Fydels anmaßenden Tonfall ein. »Ich sagte ›angeblich‹. Außerdem gibt es noch einen Schwarzen Magier, der in Spidlar als Schmied arbeitet. Vielleicht erinnert Ihr Euch an seinen Namen, Fydel. Er hieß Dorrin, nicht wahr?«

»Ich glaube schon«, antwortete Fydel unwirsch.

Cerryl wäre beinahe zusammengezuckt.

»Und was habt Ihr jetzt vor?«, fragte Redark.

»Im Augenblick... überhaupt nichts.« Der Erzmagier hob eine Hand, wie um Einwänden zuvorzukommen. »Ich spiele nicht auf Zeit wie Jenred. Aber will einer von Euch wirklich im Winter Krieg führen? Der Herbst nähert sich bereits dem Ende.«

Die anderen Magier schüttelten die Köpfe, Kinowin runzelte nachdenklich die Stirn.

»Sobald die Straßen im Frühling wieder frei sind, werde ich persönlich unsere Streitkräfte bei der Invasion Spidlars anführen. Jetzt, während des Winters, sollten wir uns bemühen, den Handel so nachhaltig wie möglich zu stören, und natürlich müssen wir auch jede Einmischung von Recluce unterbinden. Die neuen Schiffe dürften uns dabei gelegen kommen.« Jeslek wandte sich lächelnd an Fydel, dann an Redark. »Wir müssen dafür sorgen, dass es ein harter Winter in Spidlar wird. Und wir müssen den Winter nutzen, um den anderen Ländern im Osten Candars zu verdeutlichen, dass sie schleunigst die Goldstücke abliefern sollten, die sie uns schulden.«

»Spidlar ist nicht der Feind, Recluce ist der Feind«, erinnerte Fydel ihn.

»Wir wissen, wer die wahren Feinde sind.« Jeslek lächelte, aber das Lächeln erreichte nicht seine Augen. »Auch sie werden eines Tages an der Reihe sein.«

»So klug und so geheimnisvoll…«, murmelte Anya halblaut.

Jesleks Blick streifte sie. Anya verstummte sofort. Seine Augen funkelten und sie schauderte. Fydel schluckte und Cerryl sah aus dem Turmfenster und wünschte sich, er hätte geschwiegen. Allerdings war dies seit mehr als drei Achttagen das erste Mal, dass er sich überhaupt zu Wort gemeldet hatte.

»Sind noch mehr Leute aus Recluce in Spidlar?«, fragte Kinowin.

»Wir wissen von niemand anderem, aber es kommen mehr austrische Händler mit Waren aus Recluce herein. Wir müssen die Häfen sperren, bis sie im Winter ohnehin zufrieren. Dann müssen wir dafür sorgen, dass die Händler nicht auf Ruzor ausweichen.«

»Ihr traut dem Präfekten nicht?«, fragte Redark.

»Würdet Ihr ihm trauen?«, gab Jeslek mit strahlendem Lächeln zurück.

Nach seiner bisher einzigen Begegnung mit dem Präfekten Syrma musste Cerryl dem Erzmagier Recht geben.

»Ich will Euch nicht weiter bedrängen.« Jeslek deutete zum Obermagier Redark. »Ihr habt gesehen, was es zu sehen gibt.«

Redark erhob sich sofort. »Ich wünschte, der Präfekt hätte dies gesehen. Das hätte uns vielleicht geholfen.«

»Ich bin sicher, dass der Präfekt alles zu sehen bekommt, was er sehen muss.« Jeslek wandte sich an Fydel. »Fydel und Anya, Ihr könnt jetzt gehen.«

»Ja, Ser.«

»Und Ihr auch, Cerryl. Mit Euch würde ich gern noch sprechen, Kinowin.«

Cerryl nickte und folgte Redark, Fydel und Anya hinaus.

Redark polterte als Erster die Treppe hinunter.

Fydel wandte sich an Anya. »Der Schwarze Schwertkämpfer war gut.«

Der Wächter draußen ließ sich nichts anmerken, aber der blonde Bote riss die Augen auf und hörte aufmerksam zu.

»Seine Ideen beunruhigen mich stärker als seine Klinge«, erwiderte Anya. »Es sind zu viele Certaner gestorben, als dass es reines Glück sein könnte.«

Auch damit stimmte Cerryl überein. Mit einem Nicken verabschiedete er sich von den beiden und ging die Treppe hinunter. Nach dem langen Tag taten ihm die Füße weh und sein Magen knurrte.

Aber trotz dieser unmittelbaren Sorgen runzelte er nachdenklich die Stirn. Wieder einmal war der Schwarze Schmied ins Spiel gekommen – aber er war kaum beachtet worden. Warum machte Jeslek sich keine Sorgen wegen dieses Schmieds? Oder hatte der Erzmagier längst einen Entschluss gefasst?

Cerryl schüttelte den Kopf.

LIX

Dankbar für den frischen Luftzug, der Fairhaven und den Hallen der Magier in den ungewöhnlich heißen Herbsttagen nach der Ernte endlich etwas Abkühlung brachte, stieg Cerryl langsam die Treppe zu Jesleks Gemächern hinauf.

Dieses Mal wurde er sofort hereingebeten. Jeslek saß allein am Tisch und trank aus einem Pokal statt aus einem Becher. Auf dem Tisch lag eine mit Bändern verzierte Schriftrolle, neben der Rolle waren die Stücke eines erbrochenen Wachssiegels zu sehen.

»Guten Tag, Cerryl.«

»Guten Tag, Erzmagier.« Cerryl nahm seinen gewohnten Platz dicht an der Wand ein.

»Ihr haltet Euch jetzt seit mehr als einem Jahr in Fairhaven auf und habt keine Reisen mehr unternommen, nicht wahr?«

»So ist es, Ser.«

»Ja... ich denke, eine Reise könnte Euch gut tun.«

Der jüngere Magier wartete.

»Cerryl, wie ich mich erinnere, habt Ihr Lyam sehr elegant aus dem Weg geräumt.« Jesleks Sonnenaugen hefteten sich auf Cerryl.

»Ja, Ser. Auf Euren Befehl hin, Ser.«

»Äh, ja... ich kann mich auch daran erinnern.« Jeslek richtete sich ein wenig auf und lehnte sich wieder an. »Egal.« Er hob die Schriftrolle, die vor ihm lag. Ein Stück grünes Wachs rollte vom Tisch. »Ich habe gerade erfahren, dass der kleine Uulrac einen Schlaganfall erlitten hat und im Bad gestorben ist – ein sehr plötzlicher, tragischer Tod.«

Cerryl schluckte.

»Ihr habt es vorhergesehen, nicht wahr? Ich habe

Euer Gesicht beobachtet, als wir über die unverschämte Botschaft von Syrma gesprochen haben.«

»Ich hatte befürchtet, dass etwas dergleichen geschehen würde, Ser. Aber ich wusste es nicht sicher und ich war ja angewiesen, nur zu beobachten.«

»Sehr klug von Euch, sehr klug. Es gefällt mir, dass Ihr zuhört, Cerryl. Vielleicht gibt es in der Gilde tatsächlich noch eine Zukunft für Euch. Und jetzt… ein gewisser Ferobar, ein Vetter des verstorbenen Uulrac, hat sich zum Herrscher von Hydlen erklärt. Kennt Ihr ihn?«

»Nein, Ser.«

»Er stammt aus Renklaar und fühlt sich offenbar den Händlern, die in diesem Hafen ansässig sind, besonders verbunden. Diese Verbundenheit könnte sogar der Grund für Uulracs plötzlichen Tod sein.« Jeslek hob die Augenbrauen. »Ich sehe, dass Ihr mich versteht.«

»Ich habe zugehört.«

»Ihr habt zarte Bande zu einer gewissen Leyladin geknüpft, nicht wahr? Nun… sie wird in Hydolar bleiben. Fürst Ferobar hat sie seinem Schutz unterstellt. Ich glaube nicht, dass er auf ihre Dienste wirklich so großen Wert legt, aber es wäre nicht klug, einen der führenden Kommissionäre von Candar zu verärgern. Und es wäre auch nicht klug, eine Heilerin zu töten, die auch bei seinem eigenen Volk hohes Ansehen genießt.« Jeslek trank einen Schluck Wein, von dem er Cerryl nichts angeboten hatte, und verzog den Mund, als sei er sauer. »Gorsuch ist gerade noch mit dem nackten Leben davongekommen und vorerst nach Fairhaven zurückgekehrt. Ich werde Fydel, Anya und Euch nach Hydolar schicken, um die geschätzte Heilerin Leyladin wohlbehalten nach Fairhaven zurückzubringen.« Jeslek lächelte. »Außerdem werde ich zehn Züge Weiße Lanzenreiter mitschicken.«

Cerryl war ziemlich sicher, was als Nächstes kommen würde.

»Ihr werdet gemeinsam mit Anya Fydel unterstützen. Dabei solltet Ihr Gelegenheit haben, etwas… schöpferisch tätig zu werden.« Wieder ein Lächeln. »Die Gilde wäre sicherlich hocherfreut, wenn Fürst Ferobar einfach verschwinden würde.«

»Ser… Erzmagier?«

»Ja, Magier Cerryl?«

»Wenn Ihr als Erzmagier der Ansicht seid, dass Fürst Ferobar eine Gefahr für Fairhaven darstellt, und den Befehl gebt, Fürst Ferobar zu beseitigen, dann werde ich alles tun, was in meinen Kräften steht. Ich verstehe, dass Ihr ein solches Vorhaben nicht öffentlich bekannt geben wollt, aber ich würde es sehr begrüßen, wenn die beiden anderen Mitglieder des Rates entsprechend informiert werden könnten.« Cerryl machte sich darauf gefasst, die Schilde einzusetzen, falls Jeslek seine Chaos-Energien heraufbeschwor.

Doch Jeslek lächelte nur gelassen. »Ihr habt viel gelernt, Cerryl, das muss ich Euch lassen. Und Ihr stellt nicht meine Autorität als Erzmagier in Frage. Nun gut, dann gebe ich Euch einen entsprechenden Befehl und werde außerdem Redark und Kinowin unterrichten. Ihr könnt mit Kinowin darüber sprechen; vielleicht hat er sogar Vorschläge zu machen, und ich weiß, dass Ihr Euch besser fühlt, wenn Ihr mit ihm reden könnt. Ihr sollt morgen beim ersten Morgengrauen aufbrechen. Den heutigen Tag habt Ihr, um Euch vorzubereiten.« Der Erzmagier hielt inne. »Anya wird außerdem einen besonderen Auftrag bekommen. Ihr sollt sie unterstützen, wie sie es für richtig hält, es sei denn, dies würde Eure Pflichten mir gegenüber stören. Umgekehrt könnt Ihr auch sie um Hilfe bitten, vorausgesetzt, es stört nicht ihren Auftrag. Ich habe sie bereits entsprechend eingewiesen.«

»Ja, Ser.«

»Schickt den Boten herein, wenn Ihr geht.«

»Ja, Ser.« Cerryl verneigte sich und ging hinaus.

Draußen nickte er dem stämmigen jungen Boten mit dem braunen Haar zu. »Der Erzmagier braucht einen Boten.«

»Ja, Ser.«

Cerryl ging die Treppe zu Kinowins Gemächern hinunter. Zum Glück war der Obermagier da.

»Ihr seht aus wie vom nackten Chaos verbrannt, Cerryl«, begrüßte ihn der Obermagier.

»Ich habe die Erlaubnis des Erzmagiers, etwas mit Euch zu besprechen.«

»Und wie ich sehe, muss es sich um etwas handeln, das Euch beunruhigt.« Der Obermagier lächelte ironisch.

»Fürst Uulrac ist tot. Jeslek meint, es sei womöglich Mord gewesen.«

»Wie könnte es in diesen Zeiten auch anders sein?« Kinowin schnitt eine Grimasse, dann lächelte er nachsichtig. Er deutete zum Stuhl auf der anderen Seite des Tischs. »Setzt Euch. Was Ihr zu sagen habt, wird sicher eine Weile dauern.«

»Erinnert Ihr Euch an den Auftrag, den Jeslek mir in Fenard gegeben hat? In Zusammenhang mit dem alten Präfekten Lyam? Er hat mir befohlen, in Hydolar eine ähnliche Aufgabe zu erfüllen…« Cerryl schilderte ausführlich seinen Auftrag. »Und da Jeslek der Ansicht ist, Euer Rat könne nützlich sein…«

»Daher seid Ihr hier.« Kinowin presste die Lippen zusammen. »Ich kann nicht sagen, dass ich überrascht bin. Ich kann auch Jeslek nicht vorhalten, dass er zunächst versucht, Ferobar ohne den Einsatz von Bewaffneten zu entfernen. Sein Verschwinden wäre eine klare Botschaft an seinen Nachfolger – und an Syrma. Für eine Weile würde sich die Lage entspannen und Jeslek braucht Zeit, um Goldstücke einzutreiben.«

»Falls es mir überhaupt gelingt, Ferobar zu beseitigen.«

Kinowin lachte. »Das dürfte wirklich nicht schwer sein. Ihr müsst ihn einfach nur beseitigen, nachdem Ihr Hydolar verlassen habt.«

»Nachdem ich Hydolar verlassen habe?«

»Ihr wollt doch sicher nicht, dass die Magier in Eurer Begleitung oder Leyladin angegriffen werden, nicht wahr?«

»Nein, natürlich nicht.«

»Außerdem… nachdem drei Weiße Magier Hydolar wieder verlassen haben, wird niemand mehr mit Schwierigkeiten rechnen.«

Cerryl nickte. »Eine Illusion?«

»Ja. Anya ist ganz gut darin und sie wird Jeslek gern einen Gefallen tun. Außerdem müsst Ihr dafür sorgen, dass von Ferobar buchstäblich nichts übrig bleibt außer ein paar Ascheflocken.«

»Um Verwirrung zu stiften?«

»Wenn niemand sicher ist, wann er gestorben ist und ob überhaupt, wird Eure Flucht einfacher. Es gibt genug innere Konflikte in Hydlen, so dass niemand so einfach seine Position übernehmen wird. Und schließlich«, fügte Kinowin achselzuckend hinzu, »ist das spurlose Verschwinden eines Vorgängers für jetzige und kommende Herrscher viel beunruhigender als der Tod, denn mit dem Tod rechnen sie ohnehin.«

Cerryl nickte. Der Obermagier hatte durchaus Recht.

»Wann brecht Ihr auf? Morgen?«

»In der Dämmerung.«

»Dann solltet Ihr jetzt Eure Vorbereitungen für die Reise treffen.« Kinowin stand auf. »Da bald der Winter kommt, solltet Ihr eine warme Jacke mitnehmen.«

Cerryl stand auf. »Vielen Dank.«

»Danken könnt Ihr mir, wenn Ihr wohlbehalten zurückgekehrt seid.«

LX

Anya und Fydel, die schon aufgesessen waren, sahen sich im orangefarbenen Licht der Morgendämmerung zu Cerryl um. Cerryl betrachtete seinerseits den großen kastanienbraunen Wallach und das rote und weiße Zaumzeug. Schließlich schluckte er und schwang sich in den Sattel. Er rutschte noch etwas hin und her, aber der Sattel blieb so unbequem und hart, wie er ihn in Erinnerung hatte.

Fydel nickte dem Lanzenreiter zu, der neben ihm auf seinem Rotbraunen wartete. »Lasst uns aufbrechen, Hauptmann Reaz. Wir haben einen langen Ritt vor uns.«

Ein kalter Nordwind fuhr Cerryl in den Rücken, als er den Wallach herumzog, um den beiden Weißen zu folgen. Kinowin hatte Recht gehabt, der Winter stand vor der Tür. Hinter sich hörte er die Lanzenreiter fast im Gleichschritt reiten. Als der Marschzug die Stallungen verlassen hatte, bog er südlich der Halle der Magier auf die Hauptstraße ein.

Cerryl ritt nun neben Anya.

Sie hatten fast schon das Südtor der Stadt erreicht, bevor wieder jemand das Wort ergriff.

»Was auch immer Ihr für Jeslek erledigen sollt«, meinte Anya leise, »ich würde vorschlagen, dass Ihr dabei äußerst erfolgreich und gründlich seid.«

»Das ist meine Absicht«, gab Cerryl ebenso leise zurück.

»Und ich an Eurer Stelle würde mich nicht von meinen Gefühlen für Leyladin beeinflussen lassen, denn schließlich kann es zwischen einer Schwarzen und einem Weißen keine dauerhafte Verbindung geben.«

»Das habe ich auch schon gehört«, erwiderte Cerryl.

»Im Augenblick ist sie nichts weiter als eine gute Freundin.« *Weil sie nicht mehr zulassen will.*

»Schwarze können als Freunde durchaus nützlich sein, solange man ihnen nicht zu lange den Rücken kehrt. Schwarze, die mit einflussreichen Kommissionären in Verbindung stehen, können sogar noch nützlicher sein, wenn man den Kopf und nicht das Herz sprechen lässt.«

Die Hufschläge hallten auf der Straße, als der Marschzug durchs Südtor ritt. Es war das Tor, an dem Cerryl viel zu lange Dienst getan hatte. Nachdem er in seiner Anwärterzeit Karten von Candar gezeichnet hatte – eine Zeit, die unendlich weit zurück zu liegen schien –, kam es ihm seltsam vor, zunächst nach Westen zu reiten, um nach Hydolar zu gelangen. Doch sie mussten sich auf der Weißen Hauptstraße tatsächlich eine Weile nach Westen bewegen, ehe sie auf einer Nebenstraße in südwestlicher Richtung zum Fluss Ohyde und damit nach Hydolar abbiegen konnten.

»Habt Ihr schon über Myrals große Visionen nachgedacht?«, fragte Anya, nun nicht mehr flüsternd. »Ihr könnt jetzt sehen, wohin sie ihn geführt haben.«

»Ich kenne niemanden, der seinem Tod entgangen wäre«, gab Cerryl zu bedenken. »Myral hat länger gelebt als die meisten anderen Magier und in dieser Hinsicht war ihm sein Wissen zweifellos von Nutzen.«

»Ein paar Jahre lang. Eines Tages… eines Tages wird ein starker Weißer Magier fähig sein, viel, viel länger zu leben.«

Die kalte Gewissheit, die aus Anyas Worten sprach, beunruhigte Cerryl sehr. »Ich denke, das könnte möglich sein. Ich vermute, einem starken Schwarzen Heiler könnte das Gleiche gelingen.«

Ein seltsamer Ausdruck, den Cerryl nicht einzuordnen wusste, zog über Anyas Gesicht. Es ging so schnell, dass Cerryl es beinahe übersehen hätte.

»Das kann durchaus sein, aber Ihr seid ein Weißer und solltet Eurem eigenen Weg folgen. Ganz besonders jetzt.« Sie lächelte zuckersüß. »Jeslek erwartet von Euch, dass Ihr der Gilde Ehre macht.«

Ehre? Es mochte um Macht gehen, aber sicher nicht um die Ehre. Andererseits, überlegte er sich, konnte Fairhaven durchaus einen Machtzuwachs vertragen. Die Gilde …

»Was denkt Ihr?«, fragte Anya.

»Ich dachte an die Macht«, gab er wahrheitsgemäß zurück. »Ich dachte, dass die Gilde wohl eher Macht als Ehre braucht. Wenn wir stärker wären, brauchten wir uns keine Sorgen mehr darüber zu machen, dass die Gesandten der Gilde getötet oder aus anderen Ländern gescheucht werden. Wir könnten Handelsabkommen schließen, die für ganz Candar vorteilhaft wären, und brauchten nicht mehr zu streiten und Lanzenreiter und Magier kreuz und quer durch Candar zu schicken.«

Anya lachte. »Ihr redet schon wie Jeslek. Vielleicht hat er eine bessere Wahl getroffen, als ihm selbst bewusst ist.«

»Es ist doch wahr«, sagte Cerryl störrisch. Gleichzeitig fragte er sich, warum er es für nötig hielt, seine Ideen gegenüber Anya zu verteidigen.

»Oh … Cerryl, Ihr und Jeslek werdet kämpfen und träumen und nichts wird sich verändern. Wir können – sei es zu unserer eigenen Beruhigung oder um einen persönlichen Triumph zu feiern – nur verändern, was sich in unserer unmittelbaren Umgebung befindet. Aber die Welt wird bleiben, wie sie ist.«

War da nicht ein seltsamer Unterton in ihren sarkastischen Worten? Neid vielleicht? Mitleid? Cerryl konnte es nicht einordnen.

Er rutschte unbehaglich im Sattel hin und her. Daran, wie wund geritten er am Ende des Tages sein würde, wollte er lieber gar nicht erst denken.

LXI

Am nächsten Tag taten Cerryl die Beine und vor allem die Oberschenkel schon am Spätvormittag weh. Er war vor seiner Zeit als Magier-Anwärter überhaupt nicht geritten, und abgesehen von einem einzigen Ausflug nach Fenard, hatte er noch nie längere Zeit auf einem Pferderücken verbracht.

Fairhaven war schon am ersten Tag zwischen den herbstlich goldenen Hügeln hinter ihnen verschwunden. Seitdem waren sie durch niedrige Erhebungen und sanfte Täler geritten, jedes brauner als das Tal davor, als hätten hier die Dürre und der nahende Winter einen besonders harten Tribut gefordert. Die schweren Regenfälle, die vielerorts, vor allem in Hydlen, die Ernte weggespült hatten, waren längst vorbei und viel zu kurz gewesen, um dem Land noch zu helfen. Für die nächste Wachstumsphase waren sie zu früh gekommen und inzwischen war das Land wieder trocken.

Cerryl konnte hören, wie Hauptmann Reaz mit Fydel sprach.

»…war früher grüner hier, viel grüner…«

»…von Dämonen verdammten Schwarzen spielen schon wieder mit dem Wetter herum.«

Cerryl hatte seine Zweifel. Die Ursache waren wohl eher die Berge, die Jeslek hatte wachsen lassen. Aber es wäre natürlich nicht sehr klug, so etwas auszusprechen.

»…in alles einmischen… sollen doch auf ihrer verdammten Insel bleiben.«

Cerryl warf einen Blick zu Anya, die schweigend neben ihm ritt. Das rote Haar, das ihr bis zum Kinn reichte, war von der leichten, warmen Brise, die jetzt von Süden her wehte, ein wenig zerzaust. Er überlegte kurz und räusperte sich schließlich. »Jeslek hat Euch vermutlich gesagt, dass ich für ihn in Hydolar eine Aufgabe zu erledigen habe.«

»Das hat er.« Anya nickte knapp, als sei sie in Gedanken woanders. Dann drehte sie sich zu ihm um und fasste den jüngeren Magier genau ins Auge. »Er sagte auch, Ihr würdet mich unterstützen.«

»Das hat er mir aufgetragen«, stimmte Cerryl zu. »Ich soll Euch helfen, solange es mich nicht bei meiner anderen Aufgabe behindert.«

»So hat er es ausgedrückt.«

»Ich würde Euch jetzt gern um Hilfe bitten, Anya«, sagte Cerryl. Mehr aus einem Gefühl heraus als aufgrund bewusster Überlegung bemühte er sich, möglichst sachlich zu sprechen.

»Worum geht es?«

»Ihr sollt ein Trugbild von mir aufbauen… wenn der richtige Augenblick gekommen ist. Mehr nicht.«

»Ich soll ein Abbild von Euch entstehen lassen? Das könnte sogar Fydel tun.« Anya lachte. »Ich werde Euch zu gegebener Zeit um das Gleiche bitten. Um einen Gefallen, meine ich. Ihr sollt mir helfen, den Boden ein wenig zu verändern. Weit weniger als in Gallos.«

Cerryl nickte.

»Habt Ihr inzwischen über Eure Zukunft nachgedacht?« Anya lächelte belustigt.

»Man hat mir geraten, mich vor allem auf die Gegenwart zu konzentrieren. Mehrmals sogar«, fügte er hinzu. »Und wenn ich das vergesse, habe ich vielleicht überhaupt keine Zukunft mehr.«

Sie lachte leise und amüsiert. »Es ist schon seltsam, wie sehr ein paar Jahreszeiten einen Mann verändern können.«

»Man lernt dazu«, sagte Cerryl und blockte seine Gereiztheit ab, als Anya versuchte, ihn wahrzulesen.

»Das spielt leider meist keine Rolle.«

»Warum denn nicht?«, fragte Cerryl, wider Willen neugierig geworden. *Außerdem ist es ein langer Ritt.*

»Das Lernen beeinflusst nur das, was Ihr tut. Wenn Ihr andere unterrichtet, dann verändert Ihr sie dabei. Das hat jedenfalls Myral geglaubt.« Anya schien wieder weit entfernt, die Augen blickten ins Leere. »Aber ich habe festgestellt, dass das nicht stimmt. Die Menschen lernen nur, was sie lernen wollen oder was sie annehmen können. Daher ist das Meiste, was man lernt, nutzlos. Ihr verschwendet Euer Leben, wenn Ihr versucht, anderen zu helfen. Sie nehmen Euch alles und wissen es doch nicht zu schätzen. Sie weisen das Wissen zurück, das Ihr mühsam erworben habt, und trampeln auf Euch herum oder töten Euch sogar für ein Silberstück oder noch weniger.« Unvermittelt war das strahlende Lächeln wieder da. »Passt nur genau auf, Cerryl. Ihr werdet schon sehen, was ich meine, wenn Ihr es nur wagt, genau hinzuschauen.« Sie blickte zur Straße vor ihnen, als liege dort der Beweis für die Wahrheit ihrer Worte.

Obwohl die Sonne schien und kein Wind wehte und obwohl zehn Züge Lanzenreiter sie begleiteten, wurde es Cerryl plötzlich kalt und er fühlte sich sehr allein.

LXII

Fydel und Hauptmann Reaz hatten ihre Pferde auf der letzten niedrigen Erhebung gezügelt. Dahinter, im Süden, fiel die Straße allmählich bis zu den roten Mauern von Hydolar ab. An drei Seiten war die Stadt von den Mauern umgeben, an der vierten lag der Fluss Ohyde. Neben der Straße erstreckten sich braune Äcker bis zu den Stadtmauern. So braun waren die Felder, dass Cerryl nicht erkennen konnte, ob es abgeerntete

Getreidefelder oder Wiesen waren, die von der außergewöhnlichen Hitze im Spätsommer und Herbst verbrannt waren. Eine Hand voll Katen mit Mauern aus Lehmziegeln und strohgedeckten Dächern lagen zwischen den Äckern in kleinen Gruppen von Bäumen, deren Blätter grau verfärbt oder verwelkt waren.

Cerryl betrachtete die hohen Mauern der Stadt. Im Südwesten, hinter den Mauern, glitzerte der Ohyde in der Spätnachmittagssonne des Wintertages. Jenseits des Flusses glaubte Cerryl Bäume zu sehen, vielleicht sogar ein Wäldchen auf einem Hügel, aber er war nicht sicher.

»Sie haben die Tore geschlossen«, bemerkte der Hauptmann.

»Das ist nicht gerade ein warmes Willkommen. Glaubt Ihr, sie werden uns angreifen, wenn wir uns der Stadt weiter nähern?«

Reaz zuckte mit den Achseln. »Das kann man nicht wissen.«

Fydel drehte sich im Sattel um und wandte sich an Anya. »Könnt Ihr und Cerryl Feuerkugeln gegen die Tore schleudern, wenn sie sie öffnen, um uns anzugreifen?«

»Nicht auf diese Entfernung. Es ist mehr als eine Meile entfernt.«

Fydel sah Cerryl fragend an.

»Anya hat Recht. Vielleicht können wir ein paar Feuerkugeln so weit schleudern, aber sie dürften kaum treffen.«

»Fydel«, meinte Anya leise, »ich glaube nicht, dass irgendein Fürst eine Streitmacht Weißer Lanzenkämpfer angreift, wenn er es nicht unbedingt muss. Warum reiten wir nicht einfach näher heran und bitten sie, uns die Heilerin auszuliefern? Cerryl und ich werden bereit sein, das Chaos-Feuer zu schleudern, wenn Ihr es für nötig haltet.« Sie lächelte böse.

»Wir reiten weiter!«, rief Reaz. »Macht euch bereit, die Lanzen zu heben.«

»Macht euch bereit, die Lanzen zu heben... die Lanzen heben«, hallten hinter Cerryl die Befehle durch die Reihen der Lanzenreiter.

Reaz ließ die Hand sinken und der Marschzug setzte sich wieder in Bewegung.

Anya lenkte ihr Pferd etwas näher an Cerryl heran. »Haltet Euch bereit, mich zu unterstützen.«

Cerryl hob die Augenbrauen. »Ich dachte, wir wollten die Übergabe der Heilerin fordern.«

»Das werden wir auch tun. Aber außerdem müssen wir Fürst Ferobar zeigen, dass man Fairhaven nicht verspotten darf.«

»Wie das?«, fragte Cerryl. Er war aufrichtig neugierig, was die rothaarige Magierin sich ausgedacht hatte, um den neuen Fürsten von Hydlen zu demütigen.

»Wie würde Fürst Ferobar sich wohl fühlen, wenn der Ostturm dort drüben zusammenbräche?«, fragte Anya.

Cerryl sah in die Richtung, in die sie deutete. »Es könnte sein, dass er uns dann alle seine Lanzenkämpfer schickt.«

»Mag sein«, erwiderte Anya lächelnd.

»Wir sollen aber zunächst die Auslieferung der Herrin Leyladin verlangen«, gab Fydel aufgebracht zurück. »Wenn wir sie haben, könnt Ihr zwei tun, was immer Jeslek Euch sonst noch aufgetragen hat.«

»Oder... falls sie Leyladin nicht freigeben«, spekulierte Anya.

»Natürlich«, stimmte Fydel widerwillig zu.

Cerryl betrachtete die roten Mauern, denen sie sich näherten. Die Luft schien im Licht der Nachmittagssonne über den Steinen zu flimmern, obwohl es auf der Ebene außerhalb der Stadt kühl und beinahe sogar kalt war. Auf den Wehrgängen glänzten die Helme der Soldaten. Doch seine Sinne verrieten ihm, dass die Mauern nur mit einer vergleichsweise kleinen Zahl von Bewaffneten besetzt waren.

Etwa zweihundert Ellen vor den verschlossenen, mit Eisenbändern verstärkten Toren zügelten Reaz und Fydel die Pferde. Cerryl, den Blick auf die fünfzig Ellen hohen Wände gerichtet, konnte seinen Wallach gerade noch zum Stehen bringen, ehe er mit dem älteren Magier zusammenstieß oder gegen Anyas Pferd prallte.

»Holt den Boten«, befahl Fydel.

»Bote!«

Ein gedrungener Mann mit kurzem, braunem Haar und vorstehendem Kinn, das förmlich aus der Uniform zu quellen schien, reagierte auf den Ruf und zügelte sein Pferd neben dem Hauptmann.

»Der Magier hat eine Botschaft, die du überbringen sollst«, erklärte Reaz.

»Ja, Ser.«

Fydel löste sich ein wenig von den anderen und redete eine Weile auf den Boten ein, dann wiederholte er die Botschaft noch einmal.

Kurz darauf setzte der Bote sein Pferd in Bewegung, entfernte sich ein Stück und zog ein langes Horn aus dem Lanzenköcher. Er blies kräftig hinein. Cerryl zuckte zusammen, als er die schiefen Töne hörte, fragte sich aber gleichzeitig, ob es wirklich weniger schmerzhaft gewesen wäre, wenn der Mann die Töne getroffen hätte.

Von den hohen Mauern her kam keine Antwort.

Der Bote gab noch einmal Signal.

Nach dem dritten Ruf kamen einige Töne zurück.

»Auf Befehl des Erzmagiers von Fairhaven sind wir gekommen, um die Heilerin und Herrin Leyladin zurück zu ihrem Heim in Fairhaven zu geleiten.« Die klare Stimme des Boten trug über die Mauern und das Tor.

»Wartet«, lautete die Antwort.

Cerryl rutschte im Sattel hin und her, blickte zu den hohen roten Mauern und dann zu Anya. Er war froh, als er bemerkte, dass auch Anya die Mauern abschätzend betrachtete. Das Chaos loderte um sie, als sei sie unsicher, wie die Hydlener reagieren würden.

»Sie könnten sich weigern, Leyladin gehen zu lassen«, sagte er. Er hoffte es nicht, aber er wollte Anyas Reaktion sehen.

»Dann können wir die Mauern einreißen.«

»Wie denn?«

»Indem wir die Erde und das Gestein unter den Fundamenten verschieben… Ihr könnt das Chaos einsetzen, als sei es Butter oder Schmiere. Es fließt, es ist nicht zäh wie die Ordnung.«

Cerryl runzelte die Stirn. Das klang einleuchtend, aber er hatte noch nicht auf diese Weise darüber nachgedacht. Und das galt auch für viele andere Dinge, dachte er.

Aus dem Augenwinkel konnte er sehen, wie Hauptmann Reaz sich unruhig bewegte. Machte sich auch der Offizier Sorgen, was als Nächstes geschehen mochte?

Der kühle Wind wehte um die Magier und Lanzenreiter und die Mauern standen schweigend vor ihnen. Kein Geräusch kam von den braunen Feldern neben der Straße, nur das leise Heulen des Windes war zu hören. Cerryl zog die Jacke enger um sich.

Drei Töne erklangen hinter den Mauern, dann rief jemand: »Wie soll der große Fürst Ferobar wissen, dass Ihr seid, was Ihr behauptet?«

Fydel gab dem Boten flüsternd die Antwort, die dieser laut wiederholte: »Wer sonst könnte zehn Züge Weiße Lanzenreiter mitbringen?«

»Jeder reiche Räuber könnte seine Männer weiß kleiden.«

Anya lächelte böse. »Sag ihm, er wird seine Antwort in ein paar Augenblicken bekommen.«

»Deckt die Tore mit Chaos-Feuer ein«, fauchte Fydel. »Wir wollen zuerst die Heilerin haben.«

»Wie Ihr wünscht.« Anya wandte sich an Cerryl. »Macht Euch bereit.«

Cerryl nickte und beschwor das Chaos herauf. Wie immer achtete er darauf, die Energie rings um sich zu sammeln und von seinem Körper fern zu halten. Er holte die Kraft aus der Erde selbst und bemühte sich, mit dem gleichzuziehen, was Anya ihm vorgab.

»Jetzt!«, befahl die rothaarige Frau.

Cerryl gab das Chaos-Feuer gleichzeitig mit Anya frei. Zwei Feuerkugeln flogen im Bogen zu den Mauern und verschmolzen auf ihrer Bahn miteinander. Wie eine Woge wallten die Flammen hoch und erreichten fast die Mauerkrone über den geschlossenen Toren.

Als die Chaos-Flammen in sich zusammensanken, brannten Teile der Tore weiter. Grauer und schwarzer Rauch stieg vom Holz in die kühle Nachmittagsluft. Cerryl konnte den bitteren Geruch des brennenden Holzes riechen und das Chaos und sogar die Hitze spüren, die der Wind bis zu ihnen zurück trug. Zehn Ellen neben der Zufahrt vor dem Tor begann sogar ein kleiner Flecken trockenes Gras zu brennen, doch das Feuer erstarb sogleich wieder, als die Flammen keine Nahrung mehr fanden.

»Frage sie noch einmal«, befahl Fydel dem Boten.

Schweiß lief dem gedrungenen Mann übers Gesicht, als er noch einmal nach vorn ritt, sein Hornsignal gab und rief: »Auf Befehl des Erzmagiers von Fairhaven sind wir gekommen, um die Heilerin und Herrin Leyladin zurück zu ihrem Heim in Fairhaven zu geleiten. Ihr habt den Beweis verlangt, wir haben ihn erbracht.«

Keine Antwort kam von den Mauern, aber einige Männer kippten Eimer Wasser von der Brustwehr auf das Tor. Langsam erstarben die Flammen, nur ein paar Stellen glühten und schmorten noch.

Nach einigen weiteren Eimern Wasser war auch die letzte Gut gelöscht. Jetzt trug der Wind den Geruch von feuchter Asche zu Cerryl hinüber. Wieder rutschte er im harten Sattel hin und her.

Von den Mauern war ein Trompetensignal zu hören. »Die Herrin Leyladin wird sich gleich zu Euch gesellen. Sobald sie bei Euch ist, endet die Gastfreundschaft des Fürsten, und keiner, der dem Weißen Weg folgt, ist mehr in Hydlen willkommen, sobald Ihr Euren Rückweg angetreten habt.«

»Welche Gastfreundschaft?«, murmelte Fydel. Er wandte sich an den Boten. »Sage ihnen, wir erwarten die Heilerin und werden erst aufbrechen, wenn sie wohlbehalten bei uns ist.«

Der Bote wischte sich die Stirn, blies das Signal und wiederholte die Botschaft.

»Sie werden sicher angreifen.« Anya wandte sich an Cerryl. »Kurz nachdem Leyladin zu uns geritten kommt. Seid Ihr bereit, die Tore mit Feuer einzudecken, sobald sie kommen?«

Cerryl nickte und wischte sich die Stirn trocken. Trotz des kühlen Windes hatte er das Gefühl, die Sonne würde ihm die Haut verbrennen.

Die Tore wurden quietschend geöffnet, eine einzelne Gestalt auf einem schwarzen Pferd kam heraus. Cerryl hielt den Atem an, aber das rötlich blonde Haar und die unverkennbare Aura der Ordnung bestätigten es.

»Wir müssen sie von den Mauern wegbringen«, sagte er zu Fydel.

»Wir müssen alle von den Mauern wegkommen.« Der Magier mit dem eckig gestutzten Bart warf einen Blick zu Anya. »Macht Ihr zwei Euch bereit. Wir werden keinen Augenblick länger bleiben als unbedingt nötig. Gegen die Lanzenreiter, die der Fürst aufbieten kann, will ich mich lieber nicht aufs Chaos-Feuer verlassen.«

Da er sich an Fydels schwächliche Versuche zwei Jahre zuvor in Gallos erinnerte, konnte Cerryl gut verstehen, was dem älteren Magier Sorgen bereitete. Cerryl warf einen Blick zu Anya.

»Sie ist jetzt nah genug. Folgt mir.« Anyas Gesicht wurde eine undurchdringliche Maske, die Augen wurden glasig.

Cerryl schluckte und ließ seine eigene Wahrnehmung Anyas Kräften folgen, während sie einen Faden des Chaos zu den dunklen Massen der Felsen unter dem Turm wachsen ließ. *Woher wusste sie es?*

Irgendwie konnte er noch hören, wie Fydel mit dem Hauptmann Reaz und dem Boten sprach. Er spürte auch die zunehmende Ordnung, als Leyladin rasch zu den Lanzenreitern geritten kam.

»Lanzenreiter, macht kehrt!«

»Kehrt machen… kehrt machen!«

Cerryl konnte spüren, wie Anya das Chaos in die Fugen zwischen den Felsen gleiten ließ, wie sie Chaos in einem Felsen konzentrierte, zum nächsten weiterging und den Vorgang wiederholte. Er folgte ihrem Beispiel.

Der Boden bebte, als der gelockerte Fels unter dem Turm zusammensackte.

Scheinbar in weiter Ferne stieß der Bote noch ein Signal aus, als Leyladin Fydel erreichte.

»Herrin Leyladin, seid Ihr wohlauf?«, fragte der bärtige Magier.

»Ich bin müde und hungrig und mache mir Sorgen, aber sonst geht es mir gut.«

Nach einem zweiten dreifachen Signal rief der Bote eine weitere Botschaft zur Festung hinüber. Seine Stimme zitterte leicht. »Vergesst nicht die Macht Fairhavens und wagt nicht noch einmal, sie herauszufordern, denn sonst könnte Euch der Zorn des Erzmagiers treffen. Ihr seid gewarnt.«

Fydel sah sich zu Anya und Cerryl um.

Cerryl spürte die Schweißtropfen auf der Stirn und im Nacken. Langsam bewegten sich die Felsen unter dem Turm. Wieder brach ein Teil der Felsen in sich zusammen, aber der Turm bebte nur leicht.

Cerryl dachte an Wasser...

Was würde passieren, wenn das Chaos auf Wasser traf? Während er das Chaos in die Felsen unter dem Turm strömen ließ, suchte er einen Grundwasserstrom und leitete ihn aus den tieferen Schichten unter die Felsen, in denen er das Chaos aufbaute. Dort zwang er die Ströme fester und fester zusammen.

Direkt unter dem Turm schien die Erde zu explodieren. Dampf wallte herauf, die Hitze war bis zu den Lanzenreitern zu spüren.

»Reitet!«, rief Fydel. »Lasst uns reiten! Wir sind noch zu nahe!«

Der Boden bebte jetzt heftiger. Mit dumpfem Donnern fielen Steine aus den Mauern des Turms, andere schienen zu zerbröckeln und sich aufzulösen.

Heiße Regentropfen prasselten auf die Magier hernieder.

Falls jemand schrie, so ging sein Schrei im Grollen und Tosen der fallenden, knirschenden Steine unter.

Wieder bebte der Boden.

»Das reicht jetzt«, rief Anya. Sie zog das Pferd rasch herum.

Cerryl schüttelte den Kopf.

»Alles in Ordnung?« Leyladin lenkte ihr Pferd zu Cerryl.

»Wir müssen reiten!«, drängte Fydel.

Cerryl nahm Leyladins Hand. »Ist bei dir alles in Ordnung?«

»Mir geht es gut. Ich bin froh, dich zu sehen.«

»Ich muss noch etwas erledigen. Ich komme später nach.« *Falls ich kann.*

»Fydel, übernehmt seine Gestalt«, rief Anya.

Leyladin sah verwirrt zu, wie Cerryl ihr die Zügel seines Wallachs reichte und aus dem Sattel rutschte.

»Reite mit ihnen, du musst hier verschwinden.«

»Heilerin!«, rief Fydel.

Cerryl taumelte zum Straßenrand. Er konnte selbst nichts mehr erkennen, als er die Lichtschilde aufbaute, um sich vor den Hydlenern zu verbergen. Allerdings würden sie bei all dem Staub sowieso nicht viel sehen.

Hinter ihm wurde das Trommeln der Hufe leiser, als Leyladin und die Weißen Lanzenreiter nach Osten ritten, um nach Fairhaven zurückzukehren.

Ein paar heiße Regentropfen gingen rings um ihn nieder. Er leckte sich die Lippen und bemühte sich, nicht zu husten. Warum schickten sie den Lanzenreitern keine Reiter hinterher?

Er ließ die Sinne zu den schweren Toren wandern und musste lächeln. Anya und er hatten, ohne es zu bemerken, auch eine Verwerfung in der Zufahrt erzeugt, so dass die Tore sich nur ein Stück weit öffnen ließen.

Der staubige und wund gerittene Magier ging langsam zum Tor. Vorsichtig setzte er einen Fuß vor den anderen und ließ sich von seinen Chaos- und Ordnungssinnen leiten.

Als das Grollen des verschobenen Gesteins verstummte, konnte er im Osten, von ihm aus gesehen links, Schreie und Stöhnen hören. *War es wirklich nötig gewesen, den Turm umzuwerfen?*

Er presste die Lippen zusammen und ging weiter zum Tor.

Ein halbes Dutzend Pferde kamen heraus, wurde aber bald wieder gezügelt.

»Die Bastarde... verschwunden...«

»… keine Lust, sie mit nur einem halben Zug zu scheuchen.«

»… keine mehr hier?«

Cerryl schlich neben der Zufahrt so leise wie möglich weiter. Er wollte nicht mit den Stiefeln Staub aufwirbeln und die Wirkung der Lichtschilde gefährden, aber die Lanzenreiter schauten ohnehin nur nach Norden.

»… Ställe zerstört… eine Menge Pferde… diese Weißen Dämonen!«

Cerryl schob sich um die noch warmen, versengten Tore herum und folgte dem Bogengang hinter den Toren. Ein Dutzend Bewaffnete standen am anderen Ende und blickten teils zu den Lanzenreitern auf der Zufahrt hinaus und teils nach Osten zu den umgestürzten Mauern und den Trümmern des Turms.

Unsichtbar hinter dem Lichtschild, tastete sich der junge Magier weiter zum offenen inneren Tor. Direkt vor dem Tor blieb er stehen und presste sich an die Mauer, als im dunklen Bogengang lautes Hufgeklapper ertönte. Ein weiterer Zug Lanzenreiter ritt an ihm vorbei. Der letzte Reiter kam ihm so nahe, dass er ihn hätte berühren können, ohne den Arm ganz auszustrecken.

Er atmete tief durch, schlich an den Balken des offenen inneren Tors entlang und folgte dann fünfzig Ellen weit der Innenseite der Außenmauer, bis er zwischen zwei Steinsäulen, die das Tor oder den Bogengang stützten, eine Nische fand.

Dort ließ er sich zu Boden sinken und blieb eine Weile einfach sitzen, unsichtbar hinter den Lichtschilden und ohne etwas zu sehen. Er fragte sich, was wirklich hinter seinem Auftrag steckte. *Reichte es denn nicht als Warnung aus, einen Turm zu zerstören und einige Menschen zu töten?*

Er holte tief Luft.

LXIII

Teilweise von den Stützpfeilern des Tors geschützt, stand Cerryl endlich wieder auf. Er zuckte zusammen, als seine geschundenen Muskeln schmerzten. Hoffentlich konnte er den Fürsten Ferobar rasch finden.

Rufe gingen zwischen den Lanzenreitern und den Bewaffneten an den Toren hin und her. Die Männer hatten sich zu kleinen Gruppen zusammengefunden, als warteten sie auf neue Befehle.

»Weiße Bastarde… alle umbringen!«

»…Weißen Magiern besser aus dem Weg.«

»…können uns doch nicht vorschreiben, was wir zu tun und zu lassen…«

»Sie haben es gerade getan, Muyt, und ich würde wetten, dass von unserer Seite nichts passiert.«

Cerryl lächelte grimmig. Genau das hoffte Jeslek offenbar, aber Cerryl glaube nicht, dass die Drohung lange wirken würde. In Fairhaven wurden Verbrecher zum Straßenbau geschickt oder zu Asche verbrannt. Am nächsten Tag oder einen Achttag später waren neue Verbrecher da – bei weitem nicht so viele wie anderswo, aber sie waren da. Und er glaubte nicht, dass die Menschen in Hydlen anders waren.

Er ging die Hauptstraße hinunter, die alt war und nach Abwässern roch. Sie war schmaler als die Straßen in Jellico oder Fenard. Die oberen Stockwerke vieler Häuser ragten eine Elle weiter in die Straße hinein als die Grundmauern, so dass unten eine etwas düstere Atmosphäre herrschte. Die meisten Mauern bestanden offenbar aus Holzplanken oder geflochtenen Zweigen, die man verputzt und gestrichen hatte. Doch die Farbe war längst verblichen und blätterte ab.

»Gewürze… gute Gewürze für schlechtes Fleisch…«

»Öle… hier gibt es Öle…« Eine weißhaarige Frau schwang einen alten, fleckigen Weidenkorb.

Cerryl zuckte zusammen. Bei so einer Verkäuferin würde er ganz sicher nichts erwerben.

Ein kleiner brauner Hund schoss aus einer Gasse und verschwand hinter einem buckligen Straßenhändler. Hinter dem Händler standen zwei Frauen auf der kleinen Plattform vor einem Laden, dessen Zweck Cerryl nicht erkennen konnte.

»Deris! Die Weißen haben den Ostturm zerstört. Gurold hat es mir gesagt. Und dann sind sie einfach weggeritten. Sie hatten wohl eine Botschaft für den neuen Fürsten.«

»Du glaubst nicht, wie egal mir das ist. Der wievielte ist es? Der dritte Fürst seit dem Winter? Das Brot ist immer noch zu teuer und es wird auch teuer bleiben.«

»Es wird sogar noch teurer werden, wenn der Fürst uns Steuern auferlegt, damit er den schönen Turm wieder aufbauen kann.«

Cerryl schlich an den Frauen und dem Laden vorbei und dachte stirnrunzelnd über die Worte nach. Das Stimmengewirr, die Gerüche und die bedrückende Straße bereiteten ihm Kopfschmerzen und die Unterhaltung der Frauen konnte sein unangenehmes Gefühl nicht lindern. Er war sowieso schon müde, nachdem er den ganzen Tag geritten war.

Eine Straßenkreuzung weiter, wo die Straße etwas breiter wurde, schaute ein kleiner Junge auf. Er riss die Augen auf und konnte den Magier offensichtlich sehen. Er rannte eine Gasse hinunter zu seiner Mutter.

»Mama… Mama… ein Dämon… ich habe einen Dämon gesehen…«

So anstrengend es auch war, Cerryl zog die vollen Lichtschilde hoch. Sich nur auf die Ordnungs- und Chaos-Sinne verlassend, schaffte er es gerade noch, nicht in den offenen Abwasserkanal zu treten. Beinahe wäre er mit einem Straßenhändler zusammengestoßen, der hierhin und dorthin sah, ehe er mit lauten Rufen seine Waren anpries. Cerryl hoffte, dass er so nicht mehr allzu weit zu laufen hatte.

»Gerösteter Mais… gerösteter Mais…«

Die Frau kam, das Kind fest an der Hand haltend, zur Hauptstraße. »Es gibt keine Dämonen, Kuriat. Wir haben hier in Hydlen keine Dämonen, mein Lieber.«

Cerryl ging noch eine Straße weiter, bis er den einfachen Blendschirm einsetzen konnte, der nicht so ermüdend war. Er wünschte, er hätte die Stadt schon vorher betreten und Leyladin holen können. Das hätte seine Aufgabe erheblich erleichtert. Die Füße taten ihm weh, aber das Laufen schien die verkrampften Schenkel zu lockern, die nach mehr als drei Tagen im Sattel stark schmerzten.

Er hatte überlegt, sich zu verkleiden, aber ein Fremder wäre in Hydolar sofort aufgefallen. Außerdem hätte er sich inmitten der Lanzenreiter nicht umziehen können, weil sofort die wildesten Gerüchte entstanden wären.

Cerryl hatte keine Ahnung, in welche Richtung er sich bewegen musste. Vor ihrem Aufbruch hatte er mit dem Spähglas herausfinden können, dass die größeren Gebäude auf einer kleinen Anhöhe im Westen nahe am Fluss standen. Eines dieser Gebäude musste der Palast des Fürsten sein, aber er hatte bisher noch keine Vorstellung, welches das Richtige war.

Wieder einmal war er in einer Lage, in der er einfach nicht genug wusste. Er schnaubte leise und sah sich sofort erschrocken um, aber niemand hatte auf ihn geachtet. Die Leute waren vollauf mit ihrem Tagewerk beschäftigt.

Cerryl runzelte die Stirn. Er war noch nicht einmal eine halbe Meile vom zerstörten Turm entfernt, aber niemand schien sonderlich beunruhigt. Dann zuckte er mit den Achseln. Einmal hatte er einen Unruhestifter in Fairhaven mitten auf der Straße einäschern müssen, aber die Leute waren unbeeindruckt ihren Geschäften nachgegangen. Anscheinend gab es in Candar zwischen den Bewohnern verschiedener Städte keine großen Unterschiede. *Gab es sie überhaupt irgendwo?*

Eine Straßenecke weiter musste er anhalten und in einer Gasse verschwinden, um sich zu erleichtern. In Fairhaven hätte das als Verstoß gegen die Ordnung gegolten. In der Weißen Stadt waren manche Dinge anders als hier.

Vor sich sah er einen offenen Laden, der mehrere Brotlaibe feilbot. Das Wasser lief ihm im Mund zusammen, als er sich dem Geschäft näherte. An der Seite lagen ein paar Laibe einer dunkleren Brotsorte.

Er zog den vollen Lichtschild auf, ignorierte die zunehmenden Kopfschmerzen und streckte die Hand nach einem Brotlaib aus. Das Brot war noch warm. Er ging so leise wie möglich weiter.

»Mora! Da fehlt ein Brot…«

»Diebe!«

Cerryl ging einfach weiter und ignorierte die Unruhe hinter sich. Er hatte leichte Schuldgefühle, weil er das Brot gestohlen hatte, aber er hatte Hunger und konnte es sich nicht erlauben, in Hydolar offen etwas zu kaufen. *Aber du hättest ein Kupferstück zurücklassen können.*

Das hätte er tun sollen, aber er entschied sich dagegen, noch einmal zurückzugehen. *Du hättest es tun müssen.* Er holte tief Luft und ging weiter. An der nächsten Ecke brach er ein Stück Brot ab. Es war ein schweres, für seinen Geschmack beinahe zu süßes Brot. Langsam essend ging er weiter nach Süden.

»Passt doch auf, wohin Ihr tretet«, fauchte jemand unter ihm.

Cerryl sah sich um und atmete erleichtert auf, als er

erkannte, dass der Bettler, der da an der Mauer hockte, blind war. Er ging weiter.

Nach etwa einem Kilometer verbreiterte sich die Straße und vor ihm lag ein Platz. Hinter dem Platz erhoben sich drei Gebäude. Das mittlere war auch das größte. Es war von einer hohen Ziegelmauer umgeben, in die ein halb geöffnetes Eisentor eingelassen war. Links und rechts neben dem Tor standen grün gekleidete Wächter.

Cerryl drückte sich etwa dreißig Ellen von den Wächtern entfernt an die Mauer. Kaum ein Dutzend Ellen vor Cerryl lehnte ein weiterer Mann an der Wand. Eine Weile blieb der Magier stehen, beobachtete die Straße und aß das warme Brot auf. Er spürte, wie es kühl wurde, als die Sonne hinter den Mauern versank und Schatten sich über die Straßen legten.

Drei golden und grün gekleidete Reiter näherten sich dem Tor und machten Anstalten, in den Hof hinter der Mauer zu reiten. Cerryl zog den vollen Lichtschild auf. Wenigstens hatte das Brot die Kopfschmerzen zu einem leichten Druckgefühl abklingen lassen. Er tastete sich an der Mauer entlang, um rechtzeitig das Tor zu erreichen und den Reitern nach drinnen folgen zu können.

Schließlich rannte er beinahe, aber die Hufschläge übertönten das Scharren seiner Füße, und das Schnaufen der Pferde war lauter als sein Atem, als er hinter den drei Pferden und ihren uniformierten Reitern – nur nicht zu nahe – den Hof des Palastes betrat.

Am Aufsitzbock, der am Fuß der breiten Steintreppe stand, stieg einer der Reiter ab. »Ich weiß nicht, wie lange es dauern wird«, sagte er zu den anderen beiden.

»Der Fürst wird nicht sehr angetan sein«, gab einer der beiden zurück.

»Kein Fürst ist von irgendetwas wirklich angetan, Niarso.« Der Offizier, der abgestiegen war, wandte sich zur Treppe.

Cerryl wich den Pferden aus und folgte dem Offizier die Treppe hinauf zum Eingang des Palastes. Er hielt die Schilde oben, während er sich zu den kantigen Säulen vor dem Haupteingang vortastete. Drinnen war es kühler und dunkler als draußen. Cerryl schauderte beinahe.

Er konnte eine Gestalt in einer Art Uniform spüren, ein goldener und grüner Umhang über verstärktem Leder. Der Mann marschierte steifbeinig und eilig, als habe er etwas Wichtiges zu erledigen. Achselzuckend folgte Cerryl dem Offizier oder was auch immer er war.

Oben ging es einen weiteren Flur entlang, bis Cerryl sich in eine dunkle Ecke des großen Empfangssaals drücken konnte. Der Offizier näherte sich inzwischen mehreren Menschen, die am anderen Ende des Raumes auf einem Podest standen oder saßen.

An der Seite des Saals, jede Säule als Deckung nutzend, arbeitete Cerryl sich langsam weiter vor.

»Ser?« Der Offizier, den Cerryl verfolgt hatte, verneigte sich vor Ferobar, oder besser vor dem Mann, den Cerryl für Ferobar hielt.

Dieser war ein wenig größer als Cerryl, wie der junge Magier spüren konnte. Der Fürst schwieg, während der Offizier vor ihm Haltung annahm, und ließ ein paar Sekunden verstreichen, ehe er zu sprechen begann. »Ihr habt nicht die Lanzenreiter ausgeschickt, sie zu verfolgen?«

»Die Hälfte der Pferde wurde beim Zusammenbruch des Turms getötet. Es hätte einen halben Tag gedauert, frische Pferde aus Yeanno zu holen. Wir hatten nur noch vier berittene Züge gegenüber zehn Zügen Weißer Lanzenreiter und drei Weißen Magiern.« Der Offizier verneigte sich noch einmal. »Außerdem war es schon spät am Tage.«

Ferobar sah den großen Offizier böse an. »Ihr seid

entlassen, Hauptmann. Ich will Euch morgen nicht mehr in Hydolar sehen.«

Sogar von seinem Standort aus konnte Cerryl das Chaos der beinahe unbeherrschbaren Wut des Lanzenoffiziers spüren.

Ferobar starrte durch den Hauptmann hindurch und hob die Stimme. »In der Halle wird es heute Abend kein Abendessen geben, nachdem die Lanzenreiter sich so ehrlos verhalten haben.« Ferobar drehte sich um und stieg auf der anderen Seite vom Podest herunter. Die Entfernung war zu groß, Cerryl hätte ihm nicht folgen können, ohne entdeckt zu werden. So beobachtete er den Fürsten nur mit den Sinnen, so weit es ging. An der Ostseite des Großen Saals gab es offenbar eine zweite, kleinere Treppe.

Langsam leerte sich der Saal, bis nur noch ein einziger Wächter im Bogengang an der Nordseite Wache hielt.

Elle um Elle tastete Cerryl sich weiter bis zur offenen Osttür und betrat den kleineren Raum, der sich dahinter anschloss. Dort konnte er niemanden spüren. Allein in den Schatten stehend, ließ er die Lichtschilde fallen und blickte die Treppe hinauf.

Er atmete tief durch und rieb sich die Stirn, dann zog er die Schilde wieder hoch und suchte sich mit Chaos-Sinnen und seinem Gefühl den Weg zum oberen Stockwerk, bis er einen langen, schmalen Flur erreichte. Ungefähr fünfzig Ellen entfernt waren auf der rechten Seite zwei Wächter postiert, die offenbar die Privatgemächer des Fürsten bewachten.

Zwischen den Wächtern und ihm stand eine große Truhe an der Wand, vielleicht auch eine Art Schrank oder Anrichte. Cerryl schlich weiter über den polierten Steinboden, bis er den Schrank erreichte. Dort, in der Ecke neben dem Möbelstück, blieb er stehen. Er wusste, dass die meisten Menschen einen vollen Lichtschild nicht mit den Augen durchdringen konnten, aber er hatte Hemmungen, einfach an den Wächtern vorbeizugehen und sich nur auf sein Gefühl und die Sinne zu verlassen und zu hoffen, dass sie ihn tatsächlich nicht sahen.

Und selbst wenn sie ihn nicht sahen, konnten sie ihn hören und riechen, wie er aus eigener Erfahrung wusste. Immerhin hatte er nachts mehr als einmal Anyas Sandelholz-Duft wahrgenommen. Er selbst roch im Augenblick natürlich erheblich unangenehmer. Andererseits schien ganz Hydolar zu stinken, also würde es wohl niemandem auffallen.

Die beiden Wächter standen schweigend vor der Tür, der Flur war leer.

Cerryl runzelte die Stirn. Er konnte die Wächter töten, aber das erschien ihm nicht richtig. Außerdem war es noch zu früh am Abend. *Als Erstes müsst Ihr überleben.* Kinowins Worte fielen ihm ein. Selbst wenn er die Wachen töten könnte, würde dies wohl nicht geräuschlos vor sich gehen. Außerdem war die Tür hinter ihnen vermutlich mit einem Riegel aus Eisen gesichert.

Nun, früher oder später würde der Fürst etwas essen müssen. Cerryl setzte sich neben dem breiten Schrank auf den Boden. Er war müde und musste sich ausruhen.

»Was hast du da?«, fragte einer der Wächter. Seine Stimme hallte unnatürlich laut im schmalen Flur.

Cerryl gab sich einen Ruck, bis er wieder ganz wach war. Hatte er die Schilde etwa fallen lassen? Dann lächelte er. Trotz der Kerzen in den Wandhaltern war es im Flur so dunkel, dass man ihn erst bemerken würde, wenn man über ihn gestolpert wäre.

»Der allabendliche Apfelwein für den Fürsten. Heiß, wie er ihn haben will. Willst du, dass er kalt wird?«

Cerryl schauderte. Entweder die Frau hatte ihn nicht

gesehen oder sie war eine andere Treppe heraufgekommen. Er schluckte und überprüfte die Schilde, dann stand er vorsichtig wieder auf und schob sich auf der anderen Seite des Flurs weiter, bis er fast hinter der Frau stand.

Sie drehte sich um und runzelte die Stirn und er hielt den Atem an, wie er knapp zwei Ellen hinter ihr stand, direkt unter einem gerahmten Porträt.

»Ich dachte, da wäre jemand…«, murmelte sie.

»Da ist nur das Bild, Misty. Nur das Bild«, lachte einer der Wächter.

Der Zweite klopfte unterdessen an. »Misty ist mit Eurem Apfelwein gekommen, Herr. Wollt Ihr…« Er drehte sich um. »Er will den Apfelwein haben.« Er griff nach dem schweren Eisenriegel.

Cerryl konnte hören, wie auch von drinnen ein Riegel zurückgezogen wurde.

Der Wächter auf der rechten Seite deutete vor dem Zimmermädchen eine Verbeugung an. Cerryl wartete, bis er sich wieder aufgerichtet hatte, und trat einfach hinter dem Mädchen mit dem Tablett ins Zimmer. Er schaffte es gerade eben, bevor die schwere Holztür mit einem dumpfen Knall hinter ihm geschlossen wurde.

Auf der rechten Seite des Raumes, in dem Cerryl jetzt stand, gab es einen großen Kamin, in dem ein niedriges Feuer brannte. Cerryl wurde es sofort wärmer. Er war dankbar für die Wärme, nachdem er eine Weile draußen vor der Tür in der Kälte gewartet hatte. Vor dem Kamin saß Ferobar auf einer abgewetzten grünen Couch mit einem Buch. Auf dem Tisch rechts neben dem Fürsten stand eine Messinglampe, die jedoch weniger Licht spendete als das Feuer. Auf dem Tisch auf der linken Seite stand eine Schale mit Früchten, aber sonst nichts, was Cerryl mit den Sinnen spüren konnte. In die Wand, die der Tür gegenüber lag, waren vier Erkerfenster mit gepolsterten Sitzbänken darunter eingelassen. Die Fenster waren geschlossen und mit Läden gesichert.

»Hier wäre Euer Apfelwein, Herr.« Die Stimme des Mädchens zitterte und der Becher klapperte auf dem Tablett gegen den Krug.

»Bring ihn her, Misty.« Die Stimme des Mannes klirrte wie die große Schneide in Dylerts Sägemühle, kurz bevor sie gebrochen war.

Cerryl spürte einen weiteren, mehr als vier Ellen großen, breitschultrigen Mann, der rechts neben der Tür stand. Sogleich schlich der junge Magier nach links, um sich etwas von dem riesigen Wächter zu entfernen, bis er sich an die vertäfelte Wand neben der Tür drücken konnte. Hoffentlich würden seine Schilde im trüben Licht ausreichen.

Das Zimmermädchen stellte das Tablett neben der Schale mit dem Obst ab und richtete sich auf.

Der Fürst schenkte sich ein und trank einen Schluck. »Konntest du ihn nicht heißer machen?«

»Er hat beinahe gekocht, Ser, und ich bin gekommen, so schnell ich konnte.«

»Du kannst jetzt gehen, Misty.« Auf einmal klang Ferobars Stimme sehr müde.

Der große Wächter zog den Riegel gerade lange genug zurück, dass das Zimmermädchen den Raum verlassen konnte. Dann legte er den Riegel sofort wieder vor.

Cerryl untersuchte das Zimmer mit seinen Ordnungs- und Chaos-Sinnen, um sich möglichst genau zu orientieren. Die Decke war etwa fünf Ellen hoch, das Zimmer war nicht mehr als fünfzehn Ellen lang und zehn Ellen breit. Die Wand gegenüber dem Kamin war mit Bücherregalen ausgestattet, aber höchstens die Hälfte der Bretter war mit Büchern besetzt. Es roch ein wenig nach Schimmel, seine Nase juckte.

»Die glauben wohl, ich wäre eine Marionette der Händler in Renklaar, ha!«

Cerryl fuhr auf, als er die Bemerkung hörte, die an seine Adresse gerichtet schien, aber dann erkannte er, dass Ferobar sich auf dem Sofa umgedreht hatte und mit dem riesigen Wächter sprach, der neben der Tür stand.

»Aber ich bin keine Marionette. Ich bin der rechtmäßige Fürst von Hydlen. Ich hätte es schon seit Jahren sein sollen. Es ist spät, aber ich weiß, was ich zu tun habe. O ja, das weiß ich. Die Händler… die denken doch immer nur daran, wie sie ihr Geld einsacken können. Ob sie glauben, sie könnten gut verdienen, wenn Fairhaven die Gebühren erhöht?« Es folgte eine Pause, als der Fürst seinen Apfelwein schlürfte und etwas vom Tisch nahm und aß. Einen Biskuit? Früchte?

Cerryl konnte es nicht erkennen, weil es anstrengend war, gleichzeitig die Schilde aufrechtzuerhalten. Außerdem hatte er Kopfschmerzen. Andererseits hatte er das Gefühl, dass es besser war, so schnell wie möglich zu handeln. *Möglichst rasch und vor allem auf eine Art und Weise handeln, die es dir ermöglicht zu fliehen und zu überleben.*

»Zu schade, dass du nicht sprechen kannst, Girtol. Aber im Grunde ist das auch wieder ein Vorteil, weil ich sonst nicht mit dir reden könnte.« Ferobar lachte und wieder klirrte seine Stimme, dass es Cerryl kalt den Rücken hinunterlief. »Du wärst mir erheblich weniger nützlich, wenn du sprechen könntest. Und ich dir umgekehrt natürlich auch, mein alter Freund. Glücklicherweise habe ich dich vor vielen Jahren gerettet. Ja, das war ein Glück für uns beide, und jetzt, wo ich der Fürst bin, erweist es sich erst recht als Glücksfall.« Die schmalen Lippen öffneten sich und der Fürst lachte gackernd.

Cerryl konnte spüren, dass Ferobar noch nicht sehr

alt wahr, höchstens zehn Jahre älter als er selbst. Ferobar schenkte sich noch einen Becher Apfelwein ein und starrte wieder ins kleine Kaminfeuer.

»Ich friere bis auf die Knochen, weil ich genau weiß, dass niemand mit seinem Fürsten zufrieden ist. Die Händler sind nicht erfreut, weil wir nicht die Schiffe haben, um die Blockade der Weißen Dämonen zu durchbrechen. Die Dämonen sind nicht erfreut, obwohl ich die Heilerin habe gehen lassen, weil Hydlen nicht zahlen kann, was sie an Straßenzöllen verlangen. Die Bewaffneten sind nicht erfreut, weil ich die Zerstörung des Ostturmes nicht verhindern konnte…« Ferobar kippte einen Schluck Apfelwein hinunter.

»Soll ich schlafen? Aber wie könnte ich schlafen… und was ist der Schlaf überhaupt? Ein kleiner Tod, der uns jede Nacht ereilt.« Ferobar trank noch etwas Apfelwein, ehe er sich wieder an Girtol wandte. »Setz dich doch, mein lieber Girtol. Wenn du dir Sorgen um meine Sicherheit machst, dann schiebe den Stuhl dort vor die Tür.«

Schweigend zog der große Wächter einen massiven Eichenstuhl vor die Tür und setzte sich, ohne den Fürsten auch nur eine Sekunde aus den Augen zu lassen.

»Du kannst ruhig schlafen, Girtol, auch wenn ich es vielleicht nicht kann.«

Cerryl überlegte. Wie konnte er den Fürsten beseitigen, ohne den stummen Wächter aufzuschrecken? Selbst ein stummer Wächter konnte die Wachen von draußen zu Hilfe holen. Und wenn Cerryl zuerst den Wächter erledigte, würde der Fürst Hilfe holen.

Cerryl unterdrückte ein Gähnen. Er war müde, hundemüde. Die Füße taten ihm weh und er hatte Kopfschmerzen. Aber er musste seine Aufgabe erledigen und aus dem Palast des Fürsten wieder herauskommen.

Ferobar schenkte sich noch einen Becher Apfelwein

ein und starrte ins kleine Feuer, das langsam herunterbrannte.

Von den Lichtschilden geschützt, wartete der junge Magier und kämpfte gegen Erschöpfung, Ungeduld und Kopfschmerzen an.

Aber nach einiger Zeit kippte Ferobars Kopf nach vorn.

Cerryl richtete sich auf, drehte sich zum riesigen Wächter um, ließ die Schilde fallen und bündelte das Chaos zu der schmalen Lichtlanze, die er in den Abwasserkanälen entwickelt und in den letzten Jahren nur mit Bedacht eingesetzt hatte. Das Licht fuhr in den Kopf des stummen Wächters, bevor dieser auch nur den Mund öffnen konnte. Nichts als Asche blieb auf dem muskulösen Oberkörper zurück, der auf dem Holzstuhl in sich zusammensackte.

Cerryl drehte sich um und ließ eine zweite Feuerlanze auf den noch dösenden Ferobar los. Es gab einen dumpfen Schlag, als der leblose Körper vor dem Sofa auf den Teppich rutschte.

Der junge Magier hielt einen Augenblick den Atem an, aber draußen vor dem Zimmer war nichts zu hören. Er tappte zum Fürsten und konzentrierte das Chaos in dessen Körper, bis außer wehender weißer Asche und einem Gürtelmesser nichts mehr übrig war. Das Messer ließ er liegen, wo es war. Dann wandte er sich wieder dem armen Girtol zu. Ein weiterer Chaos-Schlag, und ein zweiter Aschehaufen entstand.

Danach nahm Cerryl sich einen Augenblick Zeit, um den restlichen, noch lauwarmen Apfelwein aus dem Krug zu trinken und zwei Äpfel aus der Schale einzustecken, bevor er sich der Tür neben dem Kamin näherte. Er öffnete sie vorsichtig. Er nahm an, dass dahinter ein Schlafzimmer lag, und nickte, als seine Sinne die Vermutung bestätigten.

Die Schlafkammer hatte keine weiteren Türen, nur ein

Fenster. Cerryl schlich hinüber und stieg auf die Sitzbank vor dem Fenster. Von dort aus konnte er ein Dach überblicken, das höchstens drei Ellen tiefer lag. Seufzend schob er das Fenster auf und stieg in die Dunkelheit hinaus. Er ließ die Füße baumeln und rutschte hinunter.

Die Stiefel glitten aus, als er aufprallte, aber er konnte sich an den noch warmen Dachziegeln festhalten und seine Rutschpartie auf dem schrägen Dach abfangen.

Und was jetzt?

Er lauschte, aber nirgends war etwas Außergewöhnliches zu hören. Keine Schreie, kein Kreischen, keine Lampen und Laternen.

Er kroch langsam über das Dach und entfernte sich nach und nach vom Fenster des Fürsten. Nach etwa vierzig Ellen endete das Dach. Er lugte über den Rand und sah einen viel zu tiefen Abgrund, dann schaute er wieder nach oben zum breiten Kamin.

Sogar im Dunkeln konnte er sehen, dass der Schornstein wie eine Treppe gebaut war. Die Stufen waren nicht besonders hoch. Er kroch auf den warmen, staubigen Dachziegeln hinauf, bis er den Kamin erreichte. Dort ließ er sich hinab und baumelte einen Augenblick im Nichts, ehe seine Stiefel die Ziegel darunter berührten. Dann erst ließ er los und stand glücklich eine Stufe tiefer. Nachdem er sich einen Augenblick ausgeruht hatte, wiederholte er den Ablauf bei der nächsten Treppenstufe des Kamins.

Der letzte Abschnitt war ein etwa fünf Ellen hoher Absatz über einem kleinen, unbeleuchteten Innenhof. Er kam mit einem dumpfen Knall auf, die Erschütterung ging durch die Stiefel bis in die Schenkel, die beinahe nachgaben. Er wackelte einen Augenblick hin und her, taumelte ein paar Schritte und sah sich um. Er war an der Rückseite des Palastes herausgekommen. Hinter der Mauer, an die er sich jetzt drückte, konnte er den Fluss spüren.

Am westlichen Ende des Hofes wandte er sich nach rechts und lief in tiefem Schatten, den der Schein der wenigen Lampen nicht durchdringen konnte, an der Mauer entlang. Der Hof wollte und wollte kein Ende nehmen.

Immer wieder gähnte er. Als er sich ängstlich und völlig erschöpft an die Mauer lehnte, drohten ihm sofort die Augen zuzufallen. Er atmete noch einmal tief durch und ging weiter nach Westen.

Er wusste nicht, wie lange er sich zwischen Gebäuden mit verschlossenen Türen durch immer neue Innenhöfe einen Weg suchen musste, aber nach einer Weile drang ihm ein neuer Geruch – ein Geruch nach Pferden und Heu – in die Nase.

Ställe?

Ställe hatten gewöhnlich einen Heuboden…

Er schlich weiter in Richtung des Stalls und stellte erfreut fest, dass die Tür einen Spalt offen stand.

Er zog einen Blendschirm auf – einen vollen Lichtschild hätte er nicht mehr zu Stande gebracht – und trat durch die Tür. Nachdem er sich umgesehen hatte, ging er vorsichtig am Stalljungen vorbei, der neben der Tür auf einem Heuballen schlief. Hinter zwei Reihen Boxen entdeckte er eine Leiter. Das Heu, das aus der Luke quoll, sagte ihm, dass er tatsächlich den Heuboden gefunden hatte. Langsam arbeitete er sich nach oben und lief über die unebenen Planken des Heubodens.

In einer staubigen Ecke, die ihm vorkam, als wäre seit Tagen niemand mehr hier gewesen, setzte er sich, rieb sich die Nase und unterdrückte ein Niesen. Langsam aß er einen und dann auch noch den zweiten Apfel. Das Knurren im Magen ließ etwas nach.

Er überlegte, ob er die Stiefel ausziehen sollte, aber er war zu müde, um sich gegen den Schlaf zu wehren. So legte er sich auf einem Haufen Stroh ganz am Ende des Heubodens hin.

LXIV

Cerryl war mit einem Schlag hellwach. Er hatte Kopfschmerzen, die Nase war verstopft, er konnte fast nicht mehr atmen. Draußen war ein schwacher grauer Schimmer zu sehen, also hatte er wohl nicht sehr lange geschlafen; oder jedenfalls fühlte er sich so. Er schauderte in seiner Jacke.

Unter sich konnte er junge Stimmen hören.

»…so verdammt früh aufbrechen?«

»…hat nichts gesagt…«

Der junge Magier rieb sich die Augen und schlich zur Leiter. Sein Magen knurrte und im Bauch fühlte er eine Spannung, beinahe einen Krampf. Die Kopfschmerzen waren nicht diejenigen, die er bekam, wenn er zu viel mit Chaos gearbeitet hatte oder wenn ein Unwetter bevorstand, sondern es war ein schwerer, gleichmäßiger Druck.

Das wird nicht besser werden, solange du in Hydolar bist… so viel ist sicher. Er lugte in den dunklen Stall hinunter.

Die Stallburschen sattelten mehrere Pferde und führten sie nacheinander in den Hof hinaus. Draußen konnte Cerryl keine Stimmen hören.

Ausgiebig seufzend zog er den Lichtschild hoch und tastete sich die Leiter hinunter. Auf dem schmierigen Lehmboden des Stalls wäre er beinahe ausgerutscht. Er hielt sich an der Leiter fest.

Die Leiter quietschte protestierend, als das Holz über die Kante der Luke scheuerte.

»Was war das?« Einer der Stallburschen, der gerade das nächste Pferd sattelte, schaute auf.

»Nichts. Hier ist niemand. Außer Pierdum steht niemand so früh auf.«

»…der dumme Hund.«

»Vorsicht, er verprügelt dich schneller, als du weglaufen kannst.«

Cerryl ging langsam an der Wand des Stalls vorbei zur offenen Tür. Er musste sich Schritt für Schritt vortasten. Dieser Stall war bei weitem nicht so sauber wie die Stallungen bei den Hallen der Magier. Der üble Geruch half ihm natürlich nicht, die Krämpfe und das Poltern im Gedärm zu lindern.

Er wunderte sich … warum hatte es im benachbarten Palast nicht schon längst einen großen Tumult gegeben? Oder schlief der Fürst gewöhnlich lange? Oder traute sich niemand, die verriegelte Tür aufzubrechen?

Diese Gedanken machten Cerryl klar, dass er schleunigst aus der Stadt verschwinden musste.

»Vergiss nicht die Wegzehrung und iss ja nichts davon auf. Wenn auch nur ein Zwieback fehlt, wirst du mit dem Stock verprügelt.« Der Junge führte direkt vor Cerryl ein weiteres Pferd vorbei, das sich unwillig schüttelte und schnaubte.

»In den Päckchen sind bessere Sachen, als wir sie in der Küche am hinteren Tisch bekommen.«

»Natürlich … es sind doch Offiziere.«

»Die Pferde sind so unruhig, irgendetwas macht sie ängstlich«, sagte der Junge, der das Pferd führte. »Vielleicht ein tollwütiger Hund oder so etwas.«

»Ich habe keinen gesehen.«

»Schau dich lieber gut um.« Der kleinere Stalljunge band das Pferd an das lange Geländer vor dem Stall.

Als der Pferdeknecht sich umdrehte und in den Stall zurückkehren wollte, trat Cerryl rasch hinaus und verschwand hinter der Ecke des Gebäudes, wo er den Lichtschild teilweise fallen ließ. Er sah sich auf dem Hof um.

Nach kurzem Überlegen nickte er bei sich. Das Tor in der Mauer des Hofes schien nicht bewacht, ein Stück weiter sah er das Stadttor von Hydolar. Er beobachtete den zweiten Stalljungen, der am Ende des Geländers ein weiteres Pferd festmachte.

»Da wäre das Nächste.« Der Junge drehte sich um und verschwand wieder im Stall.

»Wir sollten wohl besser ausmisten, wenn wir hier fertig sind«, meinte der andere Bursche von drinnen.

Cerryl näherte sich vorsichtig dem Kastanienbraunen am Ende des Geländers. Als er sicher war, dass die Stalljungen noch eine Weile drinnen bleiben würden, band er die Zügel los und stieg in den Sattel des Kastanienbraunen.

Das Pferd schnaubte und brach tänzelnd aus.

Cerryl klopfte ihm fest auf die Schulter. »Ruhig, Junge, ruhig…« Dann lenkte er das Pferd zum offenen Tor. Einen vollen Lichtschild konnte er nicht aufziehen, weil die Schmerzen im Bauch und die Kopfschmerzen immer schlimmer wurden. Es war sogar schon fast zu anstrengend, nur einen Blendschirm aufrechtzuerhalten. Er konnte nur hoffen, dass niemandem etwas Besonderes auffiel, höchstens ein verschwommenes Bild eines Reiters auf dem Pferd eines Lanzenkämpfers sollten die Leute sehen.

Kann es mir nicht erlauben, krank zu werden… nicht hier in Hydolar…

Er ritt rasch über den Hof und durchs Tor hinaus.

»Wer war das?«

»Hat den Kastanienbraunen genommen. Nicht Mierkal… kommt immer zu spät…«

»Verdammt… was sollen wir jetzt sagen?«

Als er durchs Tor ritt, taten ihm die Stalljungen Leid, aber es half nichts. Er musste so schnell wie möglich aus Hydolar verschwinden.

Die Straße, die zum Nordtor der Stadt führte, war nicht sehr belebt und dank des Blendschirms wurde keiner der wenigen Menschen, denen er im orangefarbenen Morgenlicht begegnete, auf ihn aufmerksam. Der leichte Dunst – möglicherweise vom Fluss –, der über der Stadt lag, bot ein wenig zusätzlichen Schutz.

Die Krämpfe im Bauch wurden immer schlimmer, auch die Kopfschmerzen nahmen zu, als er durch die Stadttore hinausritt.

»... kanntest du den Lanzenreiter?«, fragte einer im Torhaus.

»... konnte ihn nicht genau erkennen... wenn er allein ausreiten will... geht nur den Fürsten etwas an...«

»... trotzdem...«

»... welcher Lanzenkämpfer, Juit? Ich habe keinen gesehen. Hast du einen gesehen?«

Ein angespanntes Lächeln spielte um Cerryls Lippen, als er sich vom Kastanienbraunen die leicht abschüssige Zufahrt zur Straße hinuntertragen ließ, um die Straße nach Fairhaven zu erreichen. Er war aus Hydolar herausgekommen. *Und jetzt liegen noch zwei lange Tagesmärsche vor dir... oder drei...*

Er rieb sich die Stirn, aber die Kopfschmerzen wollten nicht weichen. Auch das Grollen im Bauch und in den Därmen ließ nicht nach. Vielleicht sollte er eine Kleinigkeit aus dem Proviantpäckchen essen? Er drehte sich um und zog einen harten Zwieback hervor. Vielleicht würde etwas Nahrung sogar das Zittern lindern.

LXV

Cerryl gähnte. Das Zwielicht war der Dunkelheit des Abends gewichen. Jede Faser seines Körpers tat ihm weh, vom Schädel bis hinunter zu den Zehen, die sich in den Stiefeln zu verkrampfen schienen. Es war ein stiller Abend, kühl, aber noch nicht wirklich kalt, und in der Stille konnte er in den trockenen Feldern neben der Straße einige Insekten hören. *Insekten? Im Winter? Wohl eher Nagetiere.*

Er hatte gehofft, bald die Große Weiße Hauptstraße zu erreichen, aber auf dem Straßenstück, dem er folgte, hatte er weder Meilensteine noch Dörfer gesehen, nur dunkle Erhebungen inmitten der Felder – anscheinend die Hütten von Bauern und Hirten. Er wünschte, er hätte vorher veranlassen können, dass eine Abteilung Lanzenreiter ihn erwartete, aber das hätte die Hydlener gewarnt und auch die Lanzenreiter hätten nicht unbedingt geschwiegen. Es war jedoch klar, dass Jeslek die Sache geheim halten wollte.

Cerryl klopfte dem gestohlenen Pferd auf die Schulter. Er musste schon wieder einen Ort finden, um sich seinen körperlichen Bedürfnissen zu widmen. Eine Stelle, die vor Einblicken von der offenen Straße geschützt war, war natürlich am besten, auch wenn er nicht eben viele Reisende gesehen hatte.

Er hoffte, dass seine Schilde trotz der Erschöpfung noch gut genug waren, um bei den wenigen Menschen, die ihn gesehen hatten, ein unscharfes Bild zu hinterlassen, das keine genauen Erinnerungen hergab, abgesehen davon, dass sie einen Lanzenreiter aus Hydlen gesehen hätten. Es nützte Jeslek und der Gilde ja nichts, wenn ein Fürst verschwand und die Leute einen Weißen Magier sahen, der aus Hydlen nach Hause ritt. Sobald er die große Weiße Hauptstraße erreicht hätte, würde es keine Rolle mehr spielen, aber bis dahin… bis dahin durfte er sich möglichst nicht blicken lassen.

Wieder verkrampfte sich sein Bauch und er schauderte.

Er sah sich um. War das da vorne nicht ein Gebüsch, an dem er das Pferd festbinden konnte? Das große Tier hatte schon zweimal versucht, ihn im Stich zu lassen. Er hatte die Zügel nur noch mit einem verzweifelten Sprung erwischen können. Das Pferd gehörte offenbar einem ganz bestimmten Reiter und dieser Reiter hieß nicht Cerryl.

Cerryl stieg ab und führte das Pferd zum Gebüsch. Sein Magen verkrampfte sich wieder, ein heißer Schmerz fuhr durch seinen ganzen Leib und die Finger tasteten unsicher nach den Lederzügeln. Er wollte nachfassen, blieb aber mit dem Stiefel an einer Wurzel hängen und landete bäuchlings auf dem Boden. Rings um ihn wallte Staub auf und der Zügel rutschte ihm aus den Fingern.

Als er wieder auf den Beinen stand, trottete das Pferd schon die Straße hinunter.

»Komm her, Junge…«, keuchte Cerryl. »Hierher, mein Junge.«

Das Pferd drehte sich aber nicht um, sondern lief weiter nach Süden.

Cerryl ging etwas schneller. Auch das Pferd wurde schneller.

Cerryl wollte laufen, aber der Kastanienbraune wurde noch schneller.

Nach einer Weile blieb Cerryl keuchend stehen, allein auf einer verlassenen Straße, und sah dem dunklen Schatten nach, der sich nach Süden in Richtung Hydolar bewegte.

Cerryl schüttelte den Kopf. Jetzt stand ihm ein langer, hungriger Fußmarsch nach Fairhaven bevor und er hatte nur noch eine Hand voll Münzen in der Tasche.

Nicht nur das, sein Bauch grollte noch immer und tat weh. Das Brot, das er gestohlen hatte? Die Anstrengung der letzten Tage, in denen er wenig geschlafen und noch weniger gegessen hatte? Oder die Äpfel aus der Obstschale des Fürsten? War das Obst vergiftet gewesen? Er lachte heiser. Das wäre wirklich eine Ironie des Schicksals.

Wieder verkrampfte sich sein Bauch. Er sah sich nach einem abgeschiedenen Plätzchen um, stolperte von der

Straße herunter und verschwand hinter einigen Büschen, die etwa ein Dutzend Ellen von der Böschung entfernt standen.

Als er sich wieder erholt hatte, schlurfte Cerryl auf die Straße zurück, biss die Zähne zusammen und ging weiter. Er musste eine Stelle suchen, wo er sich ausruhen konnte. Er hatte einen langen Marsch vor sich, einen viel zu langen Marsch.

Der Abend sah auf einmal viel weniger friedlich und angenehm aus und es wurde deutlich kälter. Trotz der dicken Reitjacke, die er trug, begann er vor Kälte zu zittern.

LXVI

In der willkommenen, wenn auch zunächst noch schwachen Wärme der Morgensonne lief Cerryl am Rand der Großen Weißen Hauptstraße. Er war seit der ersten Morgendämmerung unterwegs. Die Stiefel waren verkratzt und staubig, die Füße taten ihm weh. Nicht nur die Füße, der ganze Körper schmerzte, aber nicht mehr so schlimm wie noch vor zwei Tagen, als er kaum mehr als fünf oder sechs Meilen gelaufen war, oder am vergangenen Tag, als er zehn Meilen geschafft und endlich die Große Weiße Hauptstraße erreicht hatte.

Unterwegs hatte er Wasser gefunden und aus dem Obstgarten eines Pächters ein paar Früchte stehlen können, aber er war schwächer, als es ihm lieb war, und manchmal verschwamm es ihm immer noch vor den Augen. Die Krämpfe im Bauch hatten, ebenso wie das Zittern, nicht aufgehört, waren aber am vergangenen Tag etwas abgeklungen. *Leider noch nicht richtig.* Er war nicht sicher, was passiert war. Selbst wenn er als Kind einmal verdorbenes Essen zu sich genommen hatte, war der Durchfall lange nicht so schlimm gewesen wie die Krämpfe, unter denen er jetzt litt. *Vielleicht hast du dich zu sehr an das gute Essen gewöhnt?*

Er schüttelte müde den Kopf und ging weiter. Hin und wieder sah er sich um, ob er irgendwo andere Reisende entdecken konnte.

Auf der Hauptstraße sollte er doch einem Händler mit einem Karren oder Wagen begegnen... *hoffentlich...*

Seit der Dämmerung war er mit Pausen, die jedes Mal etwas länger wurden, gewandert, ohne auch nur einen einzigen Wagen oder Karren zu sehen. Auch Lanzenreiter hatte er nirgends entdeckt. Er war kein sehr erfahrener Reisender und die menschenleere Gegend beunruhigte ihn.

Nach einem Wegstück, das ihm vorkam wie eine Meile, wahrscheinlich aber viel kürzer war, blieb er stehen und sah sich wieder einmal auf der Straße um. Auf dem schimmernden, rosa-weißen Stein der Hauptstraße war ein dunkler Punkt aufgetaucht. Zu groß, um ein einzelner Reiter zu sein.

In der Hoffnung, es wäre ein Wagen, dessen Fahrer er überreden konnte, ihn nach Fairhaven zu bringen, drehte Cerryl sich um und ging ein paar hundert Ellen weiter, ehe er sich das nächste Mal umdrehte. Ja, es war in der Tat ein Wagen, der von zwei Reitern begleitet wurde.

Cerryl holte tief Luft und ging noch ein paar Schritte weiter.

Schließlich drehte er sich um und blieb stehen, wartete in der Wintersonne, die seinen ausgekühlten Körper nicht wärmen konnte, wartete, vor Übelkeit schwitzend und vor Kälte schaudernd, in seinem weißen Lederzeug.

Der Wagen kam näher, wurde langsamer und hielt an... ein gutes Stück hinter Cerryl. Die Ladefläche bestand aus hellem Holz und war vor kurzem geölt worden. Der Inhalt war mit einer Segeltuchplane abgedeckt. Cerryl konnte spüren, wenngleich nicht sehen, dass auf der anderen Seite eine Plakette der Gilde befestigt war. Zwei Wächter zügelten die Pferde neben dem Kutscher, beide hatten die Klingen gezogen.

»Haben die Weißen Kleider etwas zu bedeuten?«, fragte der Kutscher mit erhobener Stimme.

Cerryl beschwor ein wenig Chaos herauf, ignorierte die zunehmenden Kopfschmerzen und die Blitze, die vor seinem Gesicht zu zucken schienen, und ließ eine Feuerkugel in Richtung Fairhaven fliegen. »Es bedeutet nur, dass ich ein fußmüder Magier bin, der nach Fairhaven zurückkehren möchte.«

»Was macht Ihr denn hier draußen, Ser Magier, wenn ein bescheidener Reisender diese Frage stellen darf?« Der Kutscher starrte Cerryl neugierig an.

»Ich war in der Wildnis unterwegs und mein Pferd ist verunglückt«, log Cerryl. »Deshalb bin ich zur Straße gelaufen, wo ich eine Fahrgelegenheit nach Fairhaven zu finden hoffte.« Er grinste. »Ich könnte Euch natürlich etwas zusätzlichen Schutz anbieten.«

»Selbstverständlich sollt Ihr auf meinem Wagen einen Sitzplatz bekommen. Nichts Besonderes, aber immer noch besser als auf Schusters Rappen.« Der Kutscher schüttelte den Kopf. »Dass ich mal einen Magier zu Fuß erlebe.«

Die beiden berittenen Wächter lächelten leicht.

»Tja, dann klettert nur herauf. Mein Name ist Narst.«

»Cerryl.« Cerryl stieg auf den harten Kutschbock. Es war ein wundervolles Gefühl.

Der Kutscher ließ die Zügel knallen und der Wagen fuhr wieder an und rollte über die Straße. »Ich dachte, Ihr Magier seid immer in großen Gruppen unterwegs, da Ihr ja nicht überall sehr beliebt seid.«

»Die Älteren, die stärker gefährdet sind, reisen tatsächlich lieber in größeren Gruppen. Es kommt aber auch vor, dass ein Magier allein losgeschickt wird«, meinte Cerryl achselzuckend. »Ich bin seit etwas mehr als zwei Jahren ein vollwertiger Magier. Wir jungen Magier erledigen kleinere Aufgaben, überbringen besondere Botschaften, bewachen die Stadttore…«

»Und Ihr?«

»Ich habe eine Botschaft überbracht. Ich wollte eine Abkürzung nehmen, aber es war wohl keine gute Idee.«

Der Kutscher lächelte. »Ihr jungen Burschen… auch die Magier sind wohl nicht anders als alle anderen. Nein, es gibt keine Abkürzungen im Leben. Jedenfalls keine, die sich auf lange Sicht auszahlen.«

»Das wird mir auch langsam klar.« Cerryl schnaufte.

»Im Krug hinter dem Sitz ist Wasser. Ihr seht aus, als hättet Ihr Durst.«

»Vielen Dank.«

Nachdem er dankbar ein paar Schlucke getrunken hatte, fragte Cerryl: »Ich will nicht aufdringlich sein, aber mit welchen Waren handelt Ihr?«

»Nichts Besonderes, Ser Magier. Rollen mit Brokat aus Sarronnyn, grüner und blauer Stoff mit Silber- und Goldfäden. Was Muneat nicht nimmt, kann ich immer noch in Lydiar verkaufen.«

»Dann kommt Ihr aus Fenard?«

»So ist es.« Narst schüttelte den Kopf. »Die wollen immer Brokat für den Preis haben, den man sonst für grobe Wolle bezahlen muss. Abgesehen von Willum, aber der ist nicht mehr in Spidlar, der ist jetzt kalt wie Stein. Räuber haben ihn erwischt. Also muss ich weiter nach Osten fahren und mehr aufladen, als mir lieb ist.«

»Es heißt, dass in letzter Zeit in Spidlar mehr Räuber als früher unterwegs sind.«

Narst runzelte die Stirn und sagte tonlos: »Manche gehen sogar so weit zu sagen, dass sie unter den grauen Sachen grüne Uniformen tragen.«

Jetzt war es an Cerryl, die Stirn zu runzeln. »Davon habe ich noch nichts gehört. Hat der Vicomte denn Streit mit Spidlar?«

»Wer mag das wissen, Ser Magier, außer dem Vicomte selbst? Kennt Ihr ihn persönlich?«

»Nein. Ich bin ihm vor Jahren, als ich noch Anwärter war, einmal begegnet. Ich saß ganz am Ende des Tischs.« Cerryl zwang sich zu einem Lachen. »Es war ein sehr langer Tisch. Ich konnte ihn nicht deutlich sehen und nicht verstehen, was er sagte.«

Narst überlegte, ehe er – vorsichtig und die Worte genau abwägend – weitersprach. »Ich weiß nicht, ob es wahr ist, aber manche behaupten es eben. Sie sagen, dass er auf die Straßenzölle, die er für die Benutzung der Weißen Straßen in Certis eintreibt, jeweils noch einen Zuschlag erhebt und behauptet, das Geld wäre für die Weißen Brüder, doch sie bekommen es nicht zu sehen.«

»Auch das ist mir neu, aber ich werde dafür sorgen, dass es die richtigen Leute in Fairhaven erfahren.« Cerryl musste sich nicht bemühen, unwillig die Stirn zu runzeln. Das Gerücht, es würden Gebühren erhoben, die nicht der Gilde zugute kamen, sondern mit denen sich Vicomte Rystryr die Taschen oder die Schatzkammer füllte, konnte die Gilde nun wirklich nicht gebrauchen.

»Findet Ihr das empörend?«, fragte Narst.

»Und ob. Es ist wirklich kein Kinderspiel, die Zölle einzutreiben und die Straßen offen und in gutem Zustand zu halten. Viele Leute sagen jetzt schon, dass die Wegezölle ihnen zu hoch sind. Wenn ich nun auch noch höre, dass jemand einen Aufschlag auf die Gebühren verlangt und die Gilde als Vorwand benutzt, um den Händlern und Kunden Geld aus der Tasche zu ziehen und sich zu bereichern…« Cerryl unterbrach sich. Er wollte nicht zu viele Worte machen und er war müde.

»Entschuldigt. Lasst uns einfach sagen, dass es nicht gut ist.«

»Das stimmt wohl.« Narst nickte und sagte nichts weiter.

Auch Cerryl schwieg. Er hoffte nur noch, er würde die restliche Strecke bis Fairhaven unter der Wintersonne, die außer Licht wenig zu schenken hatte, einigermaßen wohlbehalten überstehen.

LXVII

Cerryl kämpfte gegen die Benommenheit und Erschöpfung an, als der Wagen die Hauptstraße hinunter rumpelte und sich der Halle der Magier näherte. Es dunkelte bereits, der Himmel war purpurn verfärbt.

»Wenn Ihr irgendwo dort am Platz anhalten könntet…« Cerryl richtete sich auf dem harten Kutschbock mühsam auf.

»Das kann ich tun, Ser Magier, das kann ich tun.«

Als der Wagen stand, rutschte Cerryl vom Sitz herunter und wandte sich noch einmal an Narst. »Vielen Dank.« Er drückte dem Händler seine letzten Silberstücke in die Hand. »Ich wünschte, es wäre mehr. Ich kann Euch gar nicht sagen, wie dankbar ich Euch bin.«

»Ihr müsst mich aber nicht bezahlen…«

»Ich hätte kein gutes Gefühl, wenn ich es nicht täte«, gab Cerryl zurück. »Magier sind nicht reich. Wäre ich reich, dann hätte ich Euch mehr gegeben. Viel Erfolg bei Euren Geschäften.« Er lächelte, obwohl schon wieder Sterne vor seinen Augen tanzten. »Viel Erfolg.«

Er hörte, wie die Wächter sich unterhielten, als er sich den Hallen näherte.

»…wirklich erstaunlich… ein Magier, der bezahlt…«

»…beinahe wie ein ganz gewöhnlicher Mensch… hoffe beim Licht, dass er so bleibt.«

Das Lob fand Cerryl beinahe so beunruhigend wie einen Fluch.

Auf dem Weg durch die Vorhalle und über den Hof mit dem Springbrunnen musste er bei jedem Schritt Acht geben, weil er fürchtete, vor Müdigkeit zu stolpern. Die kalte Gischt vom Springbrunnen jagte ihm einen Schauer über den Rücken.

Die beiden Anwärter, denen er begegnete, wichen ihm aus. Myredin nickte, sagte aber kein Wort. Cerryl war zu müde, um sich darüber Gedanken zu machen. Er schlurfte über den hinteren Hof zu seinem Zimmer.

Lyasa kam ihm entgegengeeilt, als Cerryl die Treppe zu seinem Zimmer hinaufhumpelte, wo es Wasser und ein warmes Bad gab. Beides brauchte er sogar noch dringender als Nahrung.

»Bei den Dämonen der Dunkelheit… was… was ist mit dir? Du bist krank…«

»Es wird schon langsam wieder.« Das war richtig. Er fühlte sich erheblich besser als am Vortag oder am Tag vor diesem. »Vor zwei Tagen war ich nicht einmal sicher, ob ich überleben würde.«

»Was ist denn passiert?« Lyasa folgte Cerryl einen Augenblick, dann fasste sie seinen Arm.

»Nicht genug Schlaf, schlechtes Essen, Durchfall, Pferd verloren, viel zu Fuß gegangen… es ist ein weiter Weg von Hydolar.« Er öffnete seine Zimmertür. Sein Raum schien unverändert. »Ich brauche ein Bad.«

»Du brauchst etwas zu essen und Wein.« Lyasa betrachtete ihn aufmerksam. »Du fällst ja gleich um.«

»Bestimmt nicht.« Er ließ sich auf den Stuhl am Schreibtisch sinken. »Ich muss mich auch bei Jeslek melden.«

»Jetzt gleich?«

»Ich muss.«

»Du bist so stur«, sagte Lyasa seufzend. »Ich besorge dir etwas zu essen, während du badest.«

»Danke.«

Mit einem letzten Seufzen zog Lyasa sich zurück.

Cerryl badete rasch, rasierte sich und zog frische weiße Sachen an. Er fragte sich, ob die verschmutzten Sachen, in denen er sich quer durch Candar geschleppt hatte, besonders die Jacke, jemals wieder sauber würden. Er zog sich gerade seine Stiefel an, die schon bessere Zeiten gesehen hatten, als Lyasa mit einem Tablett zurückkehrte.

»Iss langsam«, empfahl sie ihm, als sie das Tablett vor ihm auf dem Schreibtisch abstellte. »Wein konnte ich nicht bekommen. Wenn Leyladin dich so sehen könnte…«

Cerryl aß zuerst kleine Bissen vom Brot, dazu mehrere Scheiben Käse. Bald ließ das Flimmern vor den Augen nach und auch das Schwindelgefühl klang etwas ab. Abrupt hörte er zu essen auf. »Ich bin satt.«

»Viel hast du ja nicht gegessen. Was hast du überhaupt in der letzten Zeit bekommen?«

»Nicht sehr viel.« Cerryl trank einen großen Schluck Rotbeerensaft, der in seinem derzeitigen Zustand für ihn wahrscheinlich sowieso zuträglicher war als Bier oder Wein. »Ich muss zu Jeslek.«

»Kann das nicht warten?«

»Der Erzmagier hat mir befohlen, mich sofort nach meiner Rückkehr bei ihm zu melden.«

Lyasa seufzte verzweifelt. »Ihr Magier…«

»Du bist doch eine von uns.«

»Erinnere mich nicht daran.«

»Entschuldige.«

»Es ist nicht deine Schuld. Dann geh nur zu Jeslek, aber komm so schnell wie möglich zurück und leg dich ins Bett. Und iss noch etwas, wenn du kannst«

»Ja, Tante Lyasa.« Cerryl grinste.

Lyasa verzog das Gesicht.

Cerryl kämpfte sich auf die Beine und schlurfte zur Tür und den Flur hinunter. Die Treppe hinunterzusteigen war gar nicht so schwierig. Auch der Weg durch die Innenhöfe, durch die erste Halle und den Vorraum war erträglich. Die Treppe im Weißen Turm kostete ihn aber seine ganze Kraft. So kam es ihm jedenfalls vor.

Hertyl schaute auf, als Cerryl sich zu Jesleks Tür und dem Wächter schleppte.

»Sag dem Erzmagier, dass ich wieder da bin.« Cerryl ließ sich neben dem Boten, der sofort ein Stück abrückte, auf die Bank fallen.

Hertyl klopfte an. »Der Magier Cerryl ist wieder da, Herr. Er wartet auf Eure Befehle.«

Zum ersten Mal, seit Cerryl sich erinnern konnte, öffnete Jeslek selbst die Tür. Er musterte Cerryl. »Kommt herein.«

Cerryl stand mühsam auf und folgte dem Erzmagier nach drinnen.

Nachdem er die Tür wieder geschlossen hatte, deutete Jeslek auf den Stuhl, der vor dem Tisch stand. »Setzt Euch. Ihr seht mitgenommen aus.«

Cerryl nahm Platz und sah den Erzmagier an. Hinter ihm, durch die Fensterscheibe, sah Cerryl ein paar Lichtpunkte der Stadt. »Danke. Es war eine lange Reise, viel anstrengender, als ich gedacht hätte. Der Fürst hat uns den Zutritt zur Stadt verwehrt…«

»Anya hat es bereits berichtet.« Jesleks Gesicht verfinsterte sich. »Damit hatte ich nicht gerechnet. Das ist noch nie vorgekommen, seit der Orden gegründet wurde.«

Nach einem kurzen Schweigen fuhr Cerryl fort. »Wie Ihr befohlen habt, habe ich den Fürsten beseitigt. Seine Gemächer blieben leer und von innen verriegelt zurück, ich selbst bin über das Dach nach unten geklettert. Natürlich konnte ich das Fenster hinter mir nicht schließen…« Cerryl berichtete über seine Rückkehr, ließ nichts aus, hielt sich aber auch nicht mit Einzelheiten auf. Auch den Durchfall und die Tatsache, dass er die letzten zwei Drittel des Weges gelaufen und schließlich auf dem Wagen gefahren war, erwähnte er.

»Ihr habt dem Händler doch nichts verraten?«, bohrte Jeslek nach.

»Nur dass ich ein junger Magier bin und dass wir kleine Aufgaben und Botengänge manchmal allein erledigen. Ich hätte mein Pferd in der Wildnis verloren.«

»Das Beste, was Ihr tun konntet.« Der Erzmagier schürzte die Lippen. »Fürst Ferobar ist also tot und verschwunden? Ihr seid ganz sicher?« Jeslek sah Cerryl scharf an.

»Ja, Ser. Ebenso sein Leibwächter, aber niemand sonst.«

»Wo ist dies geschehen?«

»In der Nacht in seinen Privatgemächern. Ich musste mich dort verstecken und warten, bis er eingeschlafen war.«

»Habt Ihr Spuren Eurer Gegenwart zurückgelassen?«

»Abgesehen von der Aura von Chaos – nein, Ser.«

Jeslek nickte und lächelte leicht. »Gut. Ich hatte gehofft, Hydolars Schweigen bedeutete tatsächlich, dass Ihr Erfolg hattet, aber es ist gut, die Bestätigung zu bekommen.« Er nahm eine Schriftrolle vom Tisch und gab sie Cerryl. »Lest das. Trifft der Inhalt zu?«

Cerryl hatte Mühe, sich auf die schwarze Schrift zu konzentrieren. Seine Augen wollten immer wieder die Wörter überspringen.

…Fürst Ferobar verhöhnte sein eigenes Volk, indem er den rechtmäßigen Thronfolger, Fürst Uulrac, töten ließ. Er verspottete Fairhaven, indem er versuchte, einen Gesandten des Erzmagiers zu ermorden und eine unschuldige Heilerin ein-

zusperren, und dann noch einmal, indem er vor den Gesandten der Gilde die Tore verschloss…

…Fürst Ferobar wurde entfernt und wird nie wieder gesehen werden, der Ostturm Hydolars ist zerstört. Dies sollte den neuen Fürsten von Hydlen an seine Pflichten seinem Land und der Gilde gegenüber erinnern. Wir vertrauen darauf, dass die Straßenzölle sofort entrichtet werden. Wir hoffen auch, dass eine Summe von 1000 Goldstücken hinzugefügt wird, um die Gilde für die Aufwendungen zu entschädigen und ein Zeichen des guten Willens…

»Ja, Ser. Ich meine, der Teil, der den Fürsten betrifft, entspricht der Wahrheit. Er ist zu Asche verbrannt und man wird ihn niemals wieder sehen.« Cerryl schluckte.

»Ich würde die Stadt nur ungern dem Erdboden gleich machen, aber wenn nötig, werde ich es tun.« Jeslek lächelte fast traurig. »Fairhaven soll nie wieder als schwach angesehen werden, als eine Stadt, die es widerspruchslos hinnimmt, wenn andere Länder ihre Pflichten vernachlässigen. Schwäche führt in den Untergang oder macht es notwendig, noch rücksichtsloser vorzugehen, als es nötig gewesen wäre, wenn man von vornherein mehr Stärke gezeigt hätte.«

»Oh…« Cerryl schüttelte den Kopf. »Ich habe noch etwas gehört. Der Händler, der mich mitgenommen hat… er hat gesagt, es gebe Gerüchte, dass Rystryr die Wegezölle erhöht hat und den Aufschlag für sich behält, während er öffentlich erklärt, alles an Fairhaven abführen zu müssen.« Er zuckte mit den Achseln. »Er hat gesagt, was er selbst für die Wahrheit hielt.«

»Ich habe von anderer Seite schon etwas Ähnliches gehört.« Der Erzmagier nickte. »Wir werden das überprüfen. Und jetzt… Ihr seid krank und geschwächt. Macht Euch keine Sorgen wegen Eures Wachdienstes am Tor. Wir haben ein paar neue Magier geweiht. Nehmt Euch einen Achttag Zeit, um Euch auszuruhen und zu erholen. Kommt zu mir, wenn Ihr Euch wieder gut fühlt.«

»Ja, Ser.« Cerryl schaffte es, aufzustehen und die Gemächer des Erzmagiers zu verlassen, ohne zu taumeln.

Es war nicht schwer, die Treppe hinunterzusteigen, aber die letzte Treppe hinauf zu seinem Zimmer war mühsam. Er keuchte und wieder tanzten Sterne vor seinen Augen.

Leyladin wartete schon, als Cerryl sich in sein Zimmer schleppte.

»Oh… Cerryl… leg dich sofort hin.«

Cerryl erhob keine Einwände, sondern streckte sich wortlos auf dem Bett aus.

Leyladin zog ihm kopfschüttelnd die Stiefel aus. Er konnte spüren, wie ihre Ordnungs-Sinne ihn vorsichtig überprüften.

»Es tut gut, endlich zu liegen.«

»Es kommt mir beinahe so vor, als hätte man dich vergiftet.«

»Vielleicht haben sie das wirklich getan«, meinte er heiser. Er erzählte ihr von den Äpfeln aus Fürst Ferobars Obstschale.

»Die Attentäter waren nicht sehr geschickt. Man kann das zwar mit Äpfeln machen, aber es nützt nicht besonders viel, vor allem nicht bei einem Magier. Wenn sie Gebäck genommen hätten, wärst du nicht lebend hier angekommen.« Sie legte ihm die kühle Hand auf die Stirn. »Sag jetzt nichts mehr. Du kannst mir alles später erzählen.«

Er blieb still auf dem Bett liegen und war einfach nur froh, dass sie bei ihm war.

LXVIII

Cerryl trank genießerisch einen großen Schluck Bier. Um ein Haar hätte er es nie wieder kosten können. *Nun hör schon auf, dich selbst zu bemitleiden.* Mit einem schiefen Lächeln sah er zum Eingang des *Goldenen Widders.* Myredin und Bealtur verließen gerade die Gaststube, aber er verzichtete darauf, sich mit einem Winken bemerkbar zu machen. »Das schmeckt gut.«

»Du solltest nicht so viel trinken«, sagte Leyladin. Sie saß neben Cerryl am runden Tisch.

»Da spricht die Heilerin«, kommentierte Heralt mit funkelnden dunklen Augen.

»Was will man machen…«

Cerryl aß seinen Eintopf auf, tunkte mit einem Stück Brot den letzten Rest auf und war froh, dass der Kopfschmerz und der vom Gift ausgelöste Bauchfluss endlich vergangen waren. Er fühlte sich immer noch schwach, aber er kam rasch wieder zu Kräften.

»Im Turm hört man, dass der Fürst von Hydlen spurlos verschwunden sei«, meinte Heralt. »Weiß jemand, wer das Amt übernehmen wird?«

»Dieses Mal hat sich niemand freiwillig gemeldet«, erklärte Lyasa.

»Was denkst du?« Cerryl wandte sich an Leyladin. »Du hast doch in Hydlen mehr Zeit verbracht als jeder andere hier.«

Die rotblonde Heilerin zuckte mit den Achseln und lächelte unsicher. »Die Leute haben kaum mit mir geredet.«

»Ich möchte aber wetten, dass du genau zugehört hast«, meinte Cerryl grinsend.

»Nun spuck's schon aus, Leyladin«, verlangte Lyasa.

Sie schob sich eine Strähne ihres pechschwarzen Haars aus der Stirn.

»Niemand will Fürst werden«, erklärte die Heilerin schließlich. »Die Händler beherrschen Hydolar und Renklaar und sind auf unsere Steuern natürlich nicht gut zu sprechen. Der Erzmagier hat verlangt, dass die Wegezölle sofort entrichtet und tausend Goldstücke Entschädigung draufgelegt werden. Der neue Fürst, wer auch immer es wird, muss den Wegezoll eintreiben, wenn er nicht auf ähnliche Weise verschwinden will. Außerdem muss er den Turm, den Anya zerstört hat, wieder aufbauen, und dazu braucht er noch mehr Goldstücke.«

Heralt schürzte die Lippen, trank einen Schluck Bier. »In seiner Haut möchte ich gewiss nicht stecken.«

»Das liegt alles nur daran, dass sie die Ordnung des Chaos nicht verstehen«, sagte Cerryl abwesend.

Leyladins Gesicht umwölkte sich kurz, dann sagte sie eilig: »Ich glaube, die Leute in Hydlen verstehen sowieso nicht viel von dem, was um sie herum vor sich geht. Ausgenommen vielleicht die Händler, aber die wollen immer nur noch mehr Goldstücke einsacken.«

»Das wollen die meisten anderen Leute doch auch«, wandte Heralt ein.

Cerryl sah Heralt an, während er unter dem Tisch Leyladins Hand drückte.

Die vier schauten auf, als eine blonde, weiß gekleidete Gestalt an den anderen Tischen vorbeilief und zielstrebig in ihre Ecke kam.

Faltar zog sich einen Stuhl heran und setzte sich zu ihnen. »Entschuldigt, ich musste eine zusätzliche Schicht übernehmen. Fydel hat Buar nach Gallos mitgenommen.«

»Fydel ist nach Gallos gereist?«, fragte Cerryl.

»Direkt nachdem er und Anya mit Leyladin zurückgekehrt waren«, bestätigte Faltar. »Da ist etwas im

Gange. Eliasar ist wieder da und bildet neue Lanzenreiter aus. Eine ganze Menge neue Kämpfer sind es, darunter sogar einige Söldner, wie ich glaube.«

»Die meisten sind Söldner«, berichtigte ihn Heralt.

Faltar hob den Arm, um die Schankmaid auf sich aufmerksam zu machen. »Den Eintopf und ein Bier.«

Sie nickte und ging weiter.

»Noch ein Bier«, fügte Heralt hinzu.

»Und noch eins«, sagte Lyasa.

»Drei Bier und einmal Eintopf. Kommt sofort.« Das Mädchen steuerte die Küche an.

»Ich glaube, Buar ist nicht besonders gut«, bemerkte Faltar, der dem Mädchen nachschaute. »Hoffentlich beeilt sie sich mit dem Bier. Also, was Buar angeht… jedenfalls wird er alles tun, was ein älterer Magier von ihm verlangt.«

»Tun wir das nicht alle?«, fragte Cerryl.

Faltar lachte. »Ja, da hast du Recht.«

»Weißt du, Cerryl«, meinte Heralt nachdenklich, »du hast uns noch gar nicht erzählt, wieso du in so erbärmlicher Verfassung warst.«

Cerryl trank noch einen Schluck Bier, ehe er antwortete. »Du weißt ja, dass ich mit Anya und Fydel nach Hydolar gegangen bin, um Leyladin zu holen. Außerdem sollte ich Anya helfen.«

»Das sagtest du schon. Du hast mit Anya einen Turm zum Einsturz gebracht.«

»Den Ostturm«, bestätigte Cerryl. »Wir wollten dem Fürsten zu verstehen geben, dass er noch glimpflich davonkam, weil die Gilde auch die ganze Stadt hätte in Trümmer legen können. Außerdem sollte ich für Jeslek in der Stadt noch etwas anderes erledigen. Aber er wusste nicht, dass man uns nicht einmal in die Stadt hineinlassen würde. Das ist noch nie vorgekommen.« Cerryl zuckte mit den Achseln. »Ich habe meinen Auftrag erfüllt und ein Pferd gestohlen, um wieder zurückzukehren. Aber irgendwo habe ich schlechtes Essen zu mir genommen und einen schlimmen Bauchfluss bekommen. Als ich dann versucht habe… ich wollte gerade… also…« Er errötete ein wenig. »Das Pferd hat sich abgesetzt und ich musste zu Fuß bis zur Weißen Hauptstraße laufen, wo ich auf einen Händler stieß, der mich mitnehmen konnte. Es wahr sehr peinlich, als ich ihm gestehen musste, dass ich mein Pferd verloren hatte.«

Mit einem dreifachen Knall landeten drei Krüge Bier auf dem Tisch. »Dreimal Bier, das macht vier pro Stück.«

»Vier Kupferstücke für ein Bier, man glaubt es nicht«, murmelte Faltar, als er die Kupfermünzen aus der Börse fischte.

»Der Eintopf kommt gleich.« Die Schankmaid nahm die Münzen an sich und ging weiter, um am Nachbartisch den nächsten Krug Bier zu servieren.

»Ah… das tut gut«, seufzte Faltar. »Besonders nach einem langen, staubigen Tag.«

Lyasa trank kommentarlos einen Schluck aus ihrem Krug.

»Also… du hast gemacht, was Jeslek dir aufgetragen hat, und dann hast du dein Pferd verloren?« Heralt schüttelte den Kopf. »Das sieht dir aber gar nicht ähnlich.«

»Er war krank«, sprang Leyladin ihm bei. »Sehr krank. Ich weiß gar nicht, wie er es überhaupt geschafft hat.«

»Warte mal«, sagte Faltar. »Cerryl geht nach Hydolar und dann…«

»Faltar, ich kann dir nicht mehr verraten. In Ordnung?« Cerryl sah den blonden Magier scharf an.

»Oh…« Faltar schluckte, dann nickte er.

Eine Weile senkte sich Schweigen über den Tisch.

»Ich war eine Weile nicht hier«, fuhr Cerryl schließlich fort. »Was gibt es Neues aus Spidlar?«

»Drei weitere Blockadeschiffe wurden in Dienst gestellt«, berichtete Lyasa. »Ich habe eine Bemerkung von Redark gehört, dass sich in Spidlar jetzt mehr Banditen als früher herumtreiben, und da sich schon Eis gebildet hat, wird der Winter wohl außergewöhnlich hart werden.«

Cerryl runzelte die Stirn. Aus irgendeinem Grund fiel ihm der rothaarige Schmied ein. Ob Schwarze Schmiede ähnliche Probleme hatten wie Weiße Magier? Irgendwie nahm er an, dass der Mann seine Probleme hatte, aber sicherlich nicht die gleichen wie er selbst.

»Du sitzt nur da und grübelst, Cerryl. Du bist so still«, sagte Lyasa. »Aber du bist der Einzige in der Gilde, der einen Mordanschlag überlebt hat, du wurdest befördert und zurückgestuft und musstest aus zwei feindlichen Städten fliehen.«

Cerryl zuckte mit den Achseln. »Was soll ich dazu sagen? Ich mache eben Fehler.«

Faltar lachte, sogar Heralt musste lächeln.

»Ich glaube, diese Antwort reicht mir nicht ganz«, gab Lyasa zurück. »Wir machen alle Fehler. Sogar Jeslek macht Fehler.«

»Ich weiß nicht.« Cerryl überlegte; er wollte möglichst schnell das Thema wechseln. »Der Erzmagier hat ja wirklich ein Problem. Die Gilde hat versucht, die Lebensbedingungen in Candar zu verbessern. Schaut euch Fairhaven an. Die Stadt ist sauberer als viele andere, die Leute sind wohlhabender, es gibt weniger Verbrechen. Es kommt mir fast so vor, als würden andere Herrscher keinen Wert auf Wohlstand legen.«

»Das tun sie auch nicht«, stimmte Leyladin ihm zu. »Ihnen ist nicht daran gelegen, dass ihre Untertanen wohlhabend werden. Schau dir Jesleks Gemächer an. Sie sind bescheiden. Der Fürst von Lydiar hat einen Palast, genau wie der Fürst von Hydolar. Nicht einmal die großen Kommissionäre in Fairhaven haben so große Häuser wie die Händler in Lydiar und Renklaar.«

Wenn Leyladin das Haus ihres Vaters für bescheiden hielt, nachdem sie die Häuser und Paläste anderer Kommissionäre gesehen hatte, konnte Cerryl sich vorstellen, dass deren Häuser wahrhaft beeindruckend sein mussten.

»Wie kann ein Herrscher das Wohl seines Volkes vernachlässigen?«, fragte Faltar.

»Die meisten sorgen sich nur darum, dass die Leute ihre Steuern zahlen«, schnaubte Heralt. »Die Gilde hat ein Problem. Die Leute in Fairhaven wissen nicht, wie gut es ihnen geht, und die Leute außerhalb von Fairhaven wissen nicht, wie viel besser es ihnen dank der Gilde geht. Die Menschen fürchten uns, weil wir das Chaos heraufbeschwören können, und ihre Herrscher sorgen dafür, dass wir immer als die Bösen dastehen.« Er kippte den Rest seines Biers hinunter. »Schaut euch doch Cerryl an. Er hat beim Dienst in der Stadtwache einen Fehler gemacht. Einen kleinen Fehler. Wenn in Fenard oder Kyphrien ein Wächter einen Bettler verprügelt, glaubt ihr, der Wächter würde bestraft? Bei den Dämonen, ich weiß genau, dass ihm nichts passieren würde. In Lydiar sieht es nicht anders aus. Cerryl hat nicht einmal jemanden verprügelt. Aber trotzdem sind wir die furchtbaren Magier, die andere Leute in Asche verwandeln.«

Cerryl nickte leicht. Heralt hatte Recht, aber wie viele Menschen sahen, was er gesehen hatte? Er rieb sich die Stirn. Er war immer noch schwächer, als ihm lieb war.

»Cerryl muss jetzt gehen«, verkündete Leyladin. Sie stand auf und zerrte Cerryl vom Stuhl hoch.

»Ganz die Heilerin«, meinte Heralt.

»Jemand muss sich doch um ihn kümmern«, antwortete Leyladin.

»Und dieser Jemand bist du«, bemerkte Lyasa.

»Wer denn sonst?« Leyladin zog die Augenbrauen hoch.

»Besser du als wir«, sagte Faltar. »Gute Nacht.«

»Gute Nacht.« Cerryl nickte und lächelte.

Draußen war die Luft kühler und roch sogar ein wenig nach Schnee, war also weitaus angenehmer als die Luft im *Goldenen Widder.* Cerryl knöpfte sich die Jacke zu.

Sie gingen an der Halle der Magier vorbei die Hauptstraße hinauf. Ein leichter, kühler Wind begleitete sie.

»Ich kann auch allein nach Hause gehen«, protestierte Leyladin.

»Ich weiß, dass du das kannst, aber ich fühle mich besser, wenn ich dich begleite. Du willst doch nicht, dass ich mir Sorgen mache, oder?«

Die rotblonde Frau lachte. »Du bist unmöglich.«

»Ich bin sogar mehr als das.«

»Du musst aufpassen. Jeslek wird dir beim nächsten Mal einen noch gefährlicheren Auftrag geben wollen.« Sie überlegte kurz und fuhr fort: »Du hättest dir diese Bemerkung über die Ordnung des Chaos besser verkneifen sollen. Jeslek und Anya würden es gegen dich verwenden.«

Cerryl seufzte. »Ich weiß. Ich bin immer noch müde und nicht so auf der Hut wie sonst.«

»Was hast du überhaupt damit gemeint? Was hat es mit der Ordnung des Chaos auf sich?«

»Oh… es ist ganz offensichtlich, wenn du darüber nachdenkst. Jede Stadt und jedes Land braucht Regeln und Regeln sind eine Form von Ordnung. Dinge wie Aquädukte und Abwasserkanäle sind eine Form von Ordnung. Auch der Streifendienst ist es. Aber niemand in Fairhaven will zugeben, dass wir die Ordnung genauso brauchen wie die Schwarzen auf Recluce.« Er lachte. »Umgekehrt brauchen sie natürlich auch das Chaos, jedenfalls in gewissem Maße, so sehr wie wir.«

Leyladin schauderte. »Sag das nur nicht, wenn Jeslek in der Nähe ist. Er wird sich sofort eine sehr gefährliche Aufgabe für dich ausdenken. Und wenn du Erfolg hast, wird die Nächste noch gefährlicher sein.«

»Das ist möglich.«

»Das ist sicher.«

»Ich kann mir ja Zeit lassen mit meiner Genesung.«

»Ich habe ihm und Kinowin schon gesagt, dass es länger als einen Achttag dauern wird. Ich sagte, du seiest vergiftet worden und wenn sie dich zu früh in Anspruch nehmen, könntest du einen Rückfall bekommen. Außerdem habe ich Jeslek zu verstehen gegeben, dass ich Kinowin und einigen anderen das Gleiche gesagt habe.« Leyladin kicherte. »Er war nicht gerade glücklich darüber, aber im Augenblick bin ich die einzige Heilerin, die er hat.«

»Das war hinterlistig.« Cerryl drückte ihre Hand. »Ich bin dir dankbar dafür.«

Sie bogen in die Straße ein, die zu Leyladins Haus führte. *Ein bescheidenes Heim?*

»War das, was du über die großen Häuser der Kommissionäre in Lydiar gesagt hast, dein Ernst?«

»Oh, natürlich. Kiriols Haus ist sicher dreimal so groß wie unseres und er ist bei weitem nicht der reichste Kaufmann.«

Cerryls schiefes Lächeln war im Dunklen, als sie über den gepflasterten Weg zu ihrer Haustür gingen, nicht zu sehen.

Nachdem Leyladin ihn umarmt und sich mit einem warmen Kuss verabschiedet hatte, kehrte Cerryl langsam zu den Hallen der Magier zurück. Es war eindeutig kälter geworden, der Wind war schneidend.

Jeslek… was konnte Cerryl tun, um sich vor dem Erzmagier zu schützen? Jeslek war in einer schwierigen Lage, dafür hatte Cerryl Verständnis. *Aber ich habe keine Lust zu sterben, um seine Probleme zu lösen.*

Er schüttelte den Kopf. Ihm blieb nichts anderes übrig, als aufzupassen, geduldig zu sein und zu überleben. *Und ich kann hoffen, dass ich bereit bin, wenn ich meine Chance bekomme.*

LXIX

Cerryl setzte sich dem Erzmagier gegenüber an den Tisch und wartete, dass Jeslek das Wort ergriff. Seine Finger strichen über das Holz des Sitzes, über den knirschenden weißen Staub, der nie völlig aus dem Turm herauszubekommen war, so oft man auch wischte und fegte. Ein Graupelschauer war ans Fenster des Weißen Turms geprasselt, doch jetzt hörte der Niederschlag ganz plötzlich auf und im indirekten Sonnenlicht begann die Stadt zu strahlen.

Der weißhaarige Magier mit den Sonnenaugen musterte Cerryl eine Weile schweigend, ehe er zu sprechen begann. »Cerryl, die Heilerin Leyladin sagte mir, Ihr solltet noch ein paar Tage von körperlichen Anstrengungen verschont bleiben, stündet aber für weniger fordernde Aufgaben durchaus zur Verfügung.«

»Ich fühle mich besser«, gab Cerryl mit fester Stimme zurück. Er wollte nicht zu viel Schwäche zeigen, aber dennoch deutlich machen, dass er für Jesleks Sonderaufgaben noch nicht wieder bereit war.

»Gut.« Jeslek lächelte. »Ich habe eine Aufgabe, die der Gilde hilft, ohne Euch körperlich zu sehr zu belasten. Ihr werdet Euch wohl auch dafür interessieren, weil Ihr es wart, der mir die Sache zu Ohren gebracht hat. Ihr sollt das Spähglas benutzen, so gut Ihr es könnt, und herausfinden, wie man in Certis mit den Wegezöllen und Steuern verfährt. Ich meine damit die Angelegenheit, über die Ihr mich unterrichtet habt.«

Cerryl hätte sich beinahe verschluckt. »Ja, Ser.«

»Selbst wenn Ihr nicht viel entdeckt, werdet Ihr dadurch geübter im Umgang mit dem Glas. Wie Ihr herausfinden werdet, ist es ein äußerst nützliches Werkzeug.« Jeslek rieb sich das Kinn. »Ich erwarte aber durchaus, dass Ihr einiges herausfindet. Das ist Euch ja auch sonst immer gelungen.« Jeslek lächelte knapp und stand auf. »Ich will Euch nicht länger ermüden.«

Auch Cerryl stand auf und sah kurz aus dem Fenster. Die Sonne war wieder ganz zum Vorschein gekommen.

»Gebt mir sofort Bescheid, wenn Ihr etwas Neues erfahrt.«

»Ja, Ser.« Cerryl deutete eine Verbeugung an, drehte sich um und ging hinaus.

Die Treppe hinunterzulaufen war erheblich einfacher, als sie heraufzusteigen.

Leyladin und Lyasa warteten in einer Ecke des hinteren Hofes an einer sonnigen Stelle, wo der kalte Wind sie nicht erreichen konnte. Die Kacheln auf dem Boden waren feucht und der Hof roch muffig, beinahe nach Schimmel.

Lyasa sah zwischen Cerryl und Leyladin hin und her. »Ich muss dann weg.«

»Nein, du musst nicht«, sagte Cerryl.

»Ich muss wirklich weg. Wir sehen uns später oder morgen.«

Cerryl hatte das Gefühl, dass ihm etwas entging, aber er war noch zu müde und nicht fähig, der Sache auf den Grund zu gehen. Als die schwarzhaarige Magierin gegangen war, setzte er sich neben Leyladin auf die Bank.

»Was ist los?«, fragte sie.

»Ich soll etwas für Jeslek tun. Es ist nicht schwer, aber ich kann es nicht tun.«

»Du kannst etwas nicht? Ausgerechnet du, nachdem du dir alle möglichen neuen Dinge ausgedacht hast?«

»Ich hatte bisher noch nie viel Glück damit. Ich soll das Spähglas benutzen und beobachten, wie Rystryr oder seine Leute sich die Straßenzölle in die eigene Tasche stecken.«

»Aber das kannst du doch«, beruhigte Leyladin ihn.

»Ich weiß nicht, wie ich mit dem Glas Dinge finden kann, die weder Ordnung noch Chaos enthalten…«

»Cerryl«, widersprach sie, »alles besteht aus Ordnung und Chaos. Es sind jeweils immer nur unterschiedliche Kombinationen. So musst du es dir vorstellen.«

Cerryl rieb sich die Stirn und schob das feine braune Haar zurück, das schon wieder zu lang geworden war. »Verstehen kann ich es, aber wie soll ich es *tun*?«

»Du übst einfach, bist du weißt, wie es geht.« Sie lächelte. »Es ist genau wie bei allen anderen Dingen. Wenn andere es können, dann kannst du es auch. Das Gegenteil ist allerdings nicht wahr und dafür solltest du dankbar sein.«

Er nickte langsam.

»Du bist müde, aber du kannst es schaffen. Soll ich mitkommen?«

»Nein. Ich glaube, Lyasa wird bald zurück sein und ich bin im Augenblick sowieso nicht sehr gesprächig.«

»Und außerdem bist du unzufrieden, weil du den Auftrag nur unvollkommen erfüllen kannst.«

Cerryl nickte unglücklich.

»Du schaffst das schon.« Sie lächelte ihn warm an. »Ganz bestimmt.«

Er kehrte langsam in sein Zimmer zurück und klammerte sich an ihre tröstenden Worte. Er war müde, aber… er musste wieder einmal etwas Neues lernen. *Besteht das Leben nur daraus, immer wieder neue Dinge zu lernen?* Er blieb unwillkürlich stehen, als er in sich die

Antwort vernahm: *Jedenfalls wenn du überleben und gut leben willst.* Er holte tief Luft und stieg die Treppe hinauf. Seine Gedanken rasten. Wie konnte er herausfinden, wen er mit dem Glas beobachten musste? Vielleicht sollte er mit Menschen beginnen, die das Chaos in sich bündelten…

Shyren… der Magier der Gilde in Jellico. Der Mann hatte genügend Chaos in sich, um leicht mit dem Glas gefunden zu werden. Shyren begegnete zwangsläufig anderen Menschen und mit etwas Mühe konnte Cerryl vielleicht auch deren Abbilder wiederfinden, nachdem er sie einmal auf dem Umweg über Shyren gesehen hatte. *Vielleicht…*

LXX

Die Gestalt, die Cerryl im Spähglas beobachtete, lief einen schmalen Flur mit Steinwänden entlang. Ein paar Lampen spendeten trübes Licht. Der Mann überquerte in einem Regenschauer, der das Bild im Spähglas verschwimmen ließ, rasch einen Hof und betrat ein anderes Gebäude, wo er eine breite Treppe zum prächtigen Speisesaal hinaufstieg, den Cerryl wieder erkannte.

Er holte tief Luft und ließ das Bild des weiß gekleideten Magiers verblassen. So faszinierend es auch war, Shyren zu beobachten, Cerryl hatte Kopfschmerzen und er musste etwas essen.

Erstaunt über die Dunkelheit in seinem Zimmer, rieb Cerryl sich die Stirn. War es wirklich schon nach Sonnenuntergang? Das bedeutete, dass es zu spät war, um das Abendessen im Speisesaal einzunehmen. Er schob den Stuhl vom Schreibtisch zurück. Das polierte Holz fühlte sich an wie mit feinem Sand bestreut. Mit knurrendem Magen stand er auf und trat ans Fenster.

Er wünschte, er hätte Leyladin noch einmal sehen können, aber sie war bereits nach Lydiar unterwegs, weil Fürst Estalin sich abermals Sorgen um seinen Sohn machte – schon wieder irgendein Anfall. Cerryl konnte verstehen, dass Jeslek sie nach den Ereignissen in Hydolar und angesichts der unsicheren Lage in Spidlar hingeschickt hatte, aber das hieß ja nicht, dass er sich darüber freuen musste, sie nicht in der Nähe zu haben.

Wieder knurrte sein Magen. Er drehte sich um und nahm die dicke Jacke aus dem Schrank. Dann sah er an sich hinunter und wackelte in den neuen Stiefeln, die fast seine ganzen Geldreserven erschöpft hatten, mit den Zehen. Er hatte gerade noch genug übrig, um sich ein Abendessen im *Goldenen Widder* zu leisten, und morgen konnte er sein Gehalt abholen.

An der Tür drehte er sich noch einmal um und blickte zum Spähglas.

Er konnte natürlich weiter Shyren verfolgen, aber er war sicher, dass der Magier es spürte, wenn er beobachtet wurde. Cerryl musste sich allerdings fragen, ob es nicht eine bessere Möglichkeit gab, um herauszufinden, was mit den Straßenzöllen aus Certis passierte. Er schüttelte den Kopf. Er musste klären, wer die Goldstücke verwaltete, aber er konnte die Münzen selbst nicht finden. Münzen bestanden nicht in gleichem Maße wie lebendige Menschen aus Ordnung und Chaos, auch wenn sie oft genug Chaos erzeugten.

Er runzelte die Stirn. Münzen erzeugten Chaos. Konnte er nicht das Glas und seine Sinne benutzen, um die Verdichtungen oder Ansammlungen des Chaos zu finden, wie sie von den Menschen erzeugt wurden, die Geld besaßen?

Chaos… das Spähglas war leichter zu benutzen, wenn Chaos im Spiel war. Oder eine starke Konzentration der Ordnung wie bei diesem rothaarigen Schmied in Diev. Irgendetwas an diesem Schmied beunruhigte

Cerryl, aber er konnte nicht sagen, was es war. Seine Beobachtungen hatten gezeigt, dass Dorrin eine Schmiede und eine Scheune gebaut hatte. Offenbar hatte er die Absicht, sich länger in Spidlar aufzuhalten, aber das Haus und die Schmiede sahen nicht aus wie ein Vorposten für weitere Schwarze, die ihm womöglich noch folgen sollten. Hatte er das Haus für die Händlerin gebaut? Aber Cerryl musste die Frau erst noch finden. Wo steckte sie nur?

Cerryl massierte sich den Nacken. Diese Mutmaßungen über den Schmied machten ihn nicht satt. Er schloss die Tür und ging den Flur hinunter zur Treppe, über die er nach unten zum hinteren Innenhof gelangte. Der kalte Winterwind wehte bis ins Gebäude hinein. Er zog die Jacke eng um sich.

LXXI

Das Gebäude, das Cerryl im Spähglas sah, hatte drei Stockwerke. Es war aus Holz und Stein gebaut und hatte rautenförmige Scheiben in den hohen, schmalen Fenstern. Am Aufsitzbock vor dem Gebäude stand ein Zweispänner mit zwei grauen Pferden. Ein Mann, der einen dunkelgrauen, mit silbernem Brokat eingefassten Mantel trug, stieg aus der Kutsche und verschwand im Eingang.

Cerryl fuhr auf, als es an der Tür klopfte.

»Ser?« Der hohen Stimme nach war es ein junger Bote.

Mit einem Seufzen, einem Ton, den er in der letzten Zeit viel zu oft von sich gab, stand Cerryl auf, ließ das Bild in sich zusammenfallen und öffnete die Tür.

»Ser, der Erzmagier bittet Euch, sobald wie möglich

zu ihm zu kommen.« Der rot gekleidete Bursche verneigte sich zweimal. Er wich Cerryls Blicken ängstlich aus.

»Ich komme gleich.«

»Danke, Ser.« Der Bote eilte den Flur hinunter.

Cerryl rückte Hemd, Oberhemd und Gürtel zurück, verließ sein Zimmer und eilte durch die Hallen der Magier. Er hörte das Murmeln der Anwärter und bürgerlichen Besucher in der Bibliothek, ging aber vorbei, ohne einen Blick hineinzuwerfen. Die Flure und Höfe waren verlassen, nur ein einziger Magier namens Elsinot begegnete ihm. Sie grüßten einander mit knappem Nicken, als sie in der Eingangshalle aufeinander trafen. Dann stieg Cerryl die Treppe des Weißen Turms hinauf.

Vor Jesleks Tür stand ein Wächter, den Cerryl noch nicht kannte. »Ser?«

»Ich bin Magier Cerryl. Der Erzmagier wünscht mich zu sprechen.«

»Einen Augenblick, Ser.« Der Wächter klopfte an die Tür und meldete ihn an. »Der Magier Cerryl ist auf Euren Wunsch gekommen, Erzmagier.«

»Lasst ihn herein.«

»Ihr dürft eintreten.« Der Wächter hielt ihm die Tür auf.

Cerryl schloss die Tür hinter sich energisch, ohne sie zuknallen zu lassen. Jeslek saß am Tisch. Wortlos deutete er auf den Stuhl, der auf der anderen Seite des Tisches stand.

»Ihr habt mich rufen lassen?«, sagte Cerryl, indem er sich setzte.

»So ist es. Was habt Ihr in Zusammenhang mit den Straßengebühren herausgefunden? Habt Ihr überhaupt etwas entdeckt?«

Wie sollte Cerryl es erklären?

»Ja und nein, Ser.« Er schürzte die Lippen und überlegte stirnrunzelnd, ehe er begann. »Ich habe im Glas Hinweise gesehen, dass der Wegezoll aus Certis nicht dort ankommt, wo er ankommen sollte, aber ich kann es nicht schlüssig beweisen. Ich kann Euch nicht genau sagen, wie viele Münzen abgezweigt und der Gilde vorenthalten werden.«

»Fahrt fort.« Jesleks Stimme klang beinahe gelangweilt, als hätte er etwas Derartiges ohnehin erwartet.

»Der Mann, der allem Anschein nach der Finanzminister ist, lebt in einem Haus, das man eher einen Palast nennen müsste. Zwei der Leute, die für ihn arbeiten, wohnen ebenfalls in Häusern, die größer sind als die Häuser der reichsten Kommissionäre hier in Fairhaven …«

»Gut.« Jeslek nickte. »Ihr macht Fortschritte. Ich möchte sehen, was Ihr während des nächsten Achttages sonst noch herausfinden könnt.« Nach kurzem Zögern fragte der Erzmagier: »Wie fühlt Ihr Euch?«

»Viel besser. Ich werde immer noch schneller müde als früher, aber in ein paar Tagen werde ich hoffentlich …«

»Ihr habt mindestens noch einen Achttag. Wenn Ihr vorher etwas Wichtiges herausfindet, möchte ich allerdings sofort unterrichtet werden.«

»Ja, Ser.«

Jeslek stand auf. »Bis später dann, Cerryl.«

Verblüfft blieb Cerryl einen Augenblick sitzen, dann stand er auf. »Ja, Ser.«

In seinem Kopf schien sich alles zu drehen, als er Jesleks Gemächer verließ. Der Erzmagier war nicht, wie früher manchmal, sarkastisch oder grausam, sondern in Gedanken ganz woanders gewesen. Wurden die Zustände in Spidlar schlimmer? Oder ging es um Hydlen?

Cerryl stieg langsam die Steintreppe des Weißen Turms hinunter und überlegte, was die kurze Begegnung wohl zu bedeuten hatte. Jeslek schien nicht viel an dem zu liegen, was Cerryl zu berichten hatte. Trotzdem hatte er ihn rufen lassen.

Der erste Glockenschlag fürs Essen hallte durch die vordere Halle. Cerryl lauschte dem Ton ein wenig belustigt, weil nur wenige Bewohner der vorderen Halle oder des Weißen Turms, wenn überhaupt, das Essensangebot des Speisesaals in Anspruch nahmen.

Im Augenblick war der Speisesaal für ihn jedoch durchaus ansprechend, weil er nicht viel Geld hatte und Leyladin noch nicht aus Lydiar zurückgekehrt war. Seine unregelmäßigen, flüchtigen Blicke mit dem Spähglas hatten sie in Gegenwart eines recht gesunden Jungen gezeigt, bei dem es sich wahrscheinlich um Fürst Estalins Sohn handelte. Cerryl konnte also hoffen, dass es nicht mehr lange dauern würde, bis sie zurückkehren konnte. In der Zwischenzeit wollte er im Speisesaal essen und sein Geld zusammenhalten.

Heralt stand schon an der Essensausgabe, als Cerryl den Speisesaal betrat. Als er das Lammfleisch mit Soße sah, dachte er lächelnd an Faltars wenig freundliche Worte über diese Kost. Nachdem er seinen Teller gefüllt und ein ordentliches Stück kräftiges Roggenbrot und einen Becher Dünnbier genommen hatte, gesellte Cerryl sich zu Heralt, der inzwischen an einem Ecktisch Platz genommen hatte.

Cerryl setzte sich nickend und biss vom Brot ab. So hungrig er auch war, er konnte sich nicht recht überwinden, gleich mit dem Lamm zu beginnen. Als Nächstes trank er einen Schluck Bier und dann erst aß er einen Bissen Lamm mit Soße, das ein wenig nach Orangen schmeckte. *Orangen?* Er dachte lieber nicht weiter darüber nach. Einige Bissen später wandte er sich an Heralt. »Wie geht es beim Wachtdienst am Tor?«

Heralt starrte Cerryl einen Augenblick verständnislos an, dann sah er sich im schwach besetzten Speisesaal um, ehe er mit verschwörerisch gesenkter Stimme antwortete. »Es wird immer schlimmer. Sie haben eine Händlerin festgenommen. Händler tragen immer sehr ähnliche Kleidung. Sie hatte sich die Haare kurz geschnitten, fast wie ein Mann, und sie trug… du weißt schon. Aber es war eine Frau und die Lanzenreiter brachten sie durch mein Tor herein. Sie hatten sie gefesselt. Es… es kam mir nicht richtig vor.«

»Woher wusstest du, dass sie eine Händlerin war?«

»Ich habe nur geraten. Jedenfalls fand ich es beunruhigend.« Heralt zuckte mit den Achseln. »Deshalb habe ich Fydel gefragt, warum sie die Händlerin festgenommen hätten.«

»Und?« Auch Cerryl war beunruhigt, dass Fydel eine Frau verhaftet hatte, die wie ein Händler gekleidet war… das war etwas, das er nicht aus dem Auge verlieren durfte.

»Er hat mir gesagt, ich solle Jeslek fragen.«

»Das ist aber seltsam«, meinte der Magier mit den grauen Augen. »Wenn sie den Wegezoll nicht bezahlt hat, dann war es nicht nötig, sie herzubringen. Wenn sie einen Magier angegriffen hätte, wäre sie längst Asche.« Eine Händlerin? Er schluckte. War es etwa die Frau, die mit dem Schmied in Verbindung stand, den Jeslek, Anya und Fydel so besorgt beobachteten?

»Du siehst aus, als wüsstest du etwas… als hätte man dir einen Stock ins Gesicht geschlagen«, sagte Heralt.

»Ich bin nicht sicher, aber… wenn also… es hat da eine Händlerin gegeben, wegen der Anya sich Sorgen gemacht hat.«

Wieder sah Heralt sich im Speisesaal um, starrte die fünf Anwärter an, die auf einmal an der Essensausgabe aufgetaucht waren. »Wenn ich eine Frau wäre, dann möchte ich jedenfalls keine sein, über die Anya sich Sorgen macht.«

»Ich auch nicht. Aber ich weiß nicht, warum sie diese

Frau nicht leiden kann«, räumte Cerryl ein. »Ich weiß nur, dass diese Händlerin, falls sie es ist, mit einem Schwarzen Schmied befreundet ist.«

»Das gefällt mir nicht.« Heralt verzog das Gesicht. »Der Präfekt von Gallos widersetzt sich der Gilde mehr oder weniger offen, der alte Präfekt hat Sverlik ermordet, der Fürst von Hydlen bringt den rechtmäßigen Fürsten um... der noch ein kleiner Junge war... und versucht, Gorsuch zu ermorden, bevor er dann selbst verschwindet. Das sieht übel aus.«

Ja, es wird immer schlimmer, stimmte Cerryl innerlich zu. *Und es wird noch weit schlimmer werden, auch wenn du keine handfesten Beweise dafür hast.* »Ja, so sieht es aus.«

»Aber warum?«, fuhr Heralt fort. »Es gab doch auch früher schon schlechte Ernten. Das ist nichts Neues. Es gab immer wieder Vicomtes und Präfekten und Fürsten, die Einwände gegen die Wegezölle erhoben. Auch das ist nicht neu. Es gab Händler in Fairhaven, die die Gilde nicht mochten, das ist auch nicht neu. Recluce existiert seit hunderten von Jahren und war immer unser Feind. Aber wir haben mehr Magier und mehr Weiße Hauptstraßen als je zuvor und den meisten Menschen in Candar geht es besser als früher.« Der dunkeläugige Magier spreizte hilflos die Finger.

»Ich weiß es auch nicht.« Cerryl überlegte. Er hätte beinahe gesagt, dass die Menschen offenbar die Gilde nicht mehr respektieren wie früher, aber stimmte das auch? Wie konnten die anderen Länder in Candar – und Recluce – Fairhaven nicht respektieren, nachdem Jeslek ein gewaltiges Beispiel seiner Macht gegeben und die Kleinen Osthörner hatte wachsen lassen? »Ich weiß es nicht.«

Heralt stand auf. »Ich muss gehen.« Er grinste. »Wir sehen uns.«

»Wie heißt sie?«

Heralt schüttelte nur den Kopf.

»Du willst es mir nicht verraten? Kluger Mann.«

Heralt grinste noch breiter und ging.

Cerryl beendete sein Essen allein, ohne auf das Geschnatter der Anwärter zu achten.

Statt nach dem Essen in sein Zimmer zurückzukehren, lief Cerryl durch den Innenhof mit dem Springbrunnen und seiner kalten, vom Wind gepeitschten Gischt in die vordere Halle. Dort stieg er die Treppe zum ersten Stock des Weißen Turms hinauf, ging an den Wachen vorbei zu Kinowins Zimmer und klopfte an.

»Ihr könnt eintreten, Cerryl.«

Cerryl schloss hinter sich die Tür.

Kinowin schaute auf. Er stand am Bücherregal und hatte in einem Buch gelesen, das er aufgeschlagen in einer seiner riesigen Hände gehalten hatte. »Ich hoffe, es geht nicht um den Streifendienst. Darüber müsst Ihr mit Isork reden, falls Ihr wirklich wieder zur Stadtwache wollt. Aber es würde noch mindestens ein Jahr dauern.«

»Nein, Ser. Es geht nicht um die Stadtwache. Jedenfalls nicht, soweit ich weiß.«

Kinowin warf noch einen Blick ins Buch und klappte es zu. »Dann setzt Euch.«

Cerryl setzte sich. Seine Nase juckte. War es der Staub des alten Buchs, in dem Kinowin gelesen hatte? Er rieb sich die Nase und das Jucken wurde schwächer, hörte aber nicht ganz auf.

Kinowin ging zum Fenster, wo er mit dem Rücken zu dem purpurnen und blauen Wandbehang stehen blieb. Durch die dicke Scheibe, die wegen des kühlen Abendwindes geschlossen war, blickte er nach draußen. »Was gibt es also?«

»Fydel und die Lanzenreiter haben eine Händlerin festgenommen.«

»Und das beunruhigt Euch?«

»Ja«, antwortete Cerryl unumwunden. »Ich kann keinen Grund dafür erkennen, zumal die Gilde ohnehin schon eine Menge Schwierigkeiten hat. Fydel könnte eine Händlerin auch ohne eine komplette Abteilung Lanzenreiter dazu bringen, sich an die Regeln zu halten.«

»Das ist wirklich seltsam.« Der Obermagier nickte, ohne Cerryl anzuschauen.

Der jüngere Magier wartete.

»Ja, Ser.«

»Warum macht Ihr Euch wegen einer einfachen Händlerin solche Sorgen?«, fragte Kinowin, indem er sich endlich wieder umdrehte.

Wie viel sollte er Kinowin verraten? Er räusperte sich. »Vor einiger Zeit habe ich eine Bemerkung Anyas über eine Händlerin gehört, die mit dem Schmied in Spidlar in Verbindung stehen soll… mit dem Schwarzen Schmied, den Jeslek im Auge behält. Ich glaube, er heißt Dorrin.«

Kinowin hob die buschigen Augenbrauen. »Und?«

Cerryl zuckte mit den Achseln. »Eigentlich geht es mich ja nichts an. Aber es beunruhigt mich, auch wenn ich den Grund nicht nennen kann.«

»Wer sich in Dinge einmischt, die nicht zu seinen Aufgaben gehören… wie war das noch bei der Stadtwache, Cerryl?«

Cerryl zuckte angesichts des versteckten Vorwurfs innerlich zusammen. »Ser, ich habe nichts unternommen und ich werde auch nichts unternehmen. Ich weiß, dass es irgendwo ein Problem gibt, wenn mich eine Sache wie diese beunruhigt. Ich kann nichts dagegen tun. Aber ich dachte, Ihr solltet es erfahren, falls Ihr es nicht schon wisst. Ich kann nichts weiter tun, als Euch darauf aufmerksam zu machen.«

Kinowin lachte leise. »Dann wollt Ihr das Problem also an mich weiterreichen?«

Durch den offenen, humorvollen Ton des Obermagiers ermuntert, lächelte auch Cerryl. »Ja, Ser. Ich weiß nicht, an wen ich mich sonst wenden könnte, und Ihr seid in solchen Dingen viel erfahrener als ich.«

»Cerryl, Ihr redet schon wie Anya. Warum sagt Ihr nicht, was Ihr denkt?«

Cerryl schluckte. »Es beunruhigt mich. Ich glaube, es könnte der Gilde schaden. Ich weiß nicht, warum, aber mein Gefühl ist klar und eindeutig. Mit wem sonst könnte ich darüber sprechen?«

»Das ist schon viel aufrichtiger... und viel beunruhigender.« Kinowin schritt zur anderen Seite des Raumes, blieb stehen und strich über einen grün-silbernen Wandbehang, auf dem einander überlagernde Dreiecke abgebildet waren. »Ich kann nur sagen, dass ich auf meine eigene Weise nachforschen werde.« Er drehte sich wieder zu Cerryl herum. »Reicht Euch das?«

Cerryl stand auf. »Ja, Ser. Mehr kann ich nicht verlangen.«

»Es ist sogar mehr, als Ihr verlangen könnt, Cerryl, aber ich vertraue Euren Gefühlen, was die Gilde angeht. Und jetzt... lasst einem armen Obermagier ein paar Augenblicke Zeit, ein Buch zu lesen.«

Cerryl lächelte unsicher, verneigte sich und kehrte in sein Zimmer zurück, zu einem Spähglas, das immer mehr zeigte und immer weniger offenbarte.

LXXII

Cerryl betrachtete das wirbelnde Chaos im Spähglas und brach die Suche nach Leyladin ab. Vielleicht brauchte er etwas Ruhe. Er stand auf und schritt unruhig im Zimmer auf und ab, dann trank er einen Schluck Wasser aus dem Becher auf dem Tisch.

Schließlich setzte er sich wieder vors Glas, aber er

konnte lediglich einige starke Chaos-Strukturen spüren, die viel näher als Lydiar oder Certis waren. In Fairhaven stimmte etwas nicht, vielleicht lag der Ursprung der Ausstrahlung sogar in den Hallen selbst… da war eindeutig etwas nicht in Ordnung. *Aber was? Willst du es wirklich herausfinden?*

Er betrachtete den silbrig glänzenden Spiegel auf dem Tisch und hoffte, den Ausgangspunkt der Störung im Glas zu entdecken. Die Nebel teilten sich, und Cerryl riss den Mund auf, als er das Bild im Glas sah.

Mit einem lauten Knall traf die Peitsche des Weißen Wächters die Gestalt, die auf dem langen Tisch festgeschnallt war; auf den Beinen erschien ein roter Striemen.

Ein weißhaariger Magier bewegte die Hände, als wolle er etwas abwehren. Die Stirn des Magiers glänzte vor Schweiß, während er in einen kleinen Spiegel auf einem Tisch starrte, der in seine Richtung geneigt war.

Cerryl runzelte die Stirn, aber er konnte das Abbild im Spiegel nicht erkennen. Er konnte nur sehen, dass der Weiße Magier Jeslek war und dass Anya neben ihm stand. Die Peitsche traf die nackten Schultern der Gestalt auf dem Tisch und die Gefangene schauderte.

Der Magier sah Anya stirnrunzelnd an.

Sie schüttelte den Kopf und sagte ein paar Worte.

Statt zu antworten, trank Jeslek einen Schluck aus einem Becher. Er kniff die Augen zusammen und konzentrierte sich, dann gab er dem Wächter mit einem Nicken einen Befehl. Die Peitsche traf den nackten Rücken der Frau.

Jeslek wischte sich die Stirn ab und nickte noch einmal in Richtung des Wächters.

Wieder traf ein Peitschenschlag den Rücken der Frau.

Anyas Lächeln drehte Cerryl den Magen um. Er schluckte schwer. Als er wieder hinschaute, hatte der

Wächter schon die bewusstlose Frau losgebunden und wie einen Sack über seine Schulter geworfen.

Cerryl ließ das Bild in sich zusammenfallen und hoffte, dass Jeslek und Anya zu beschäftigt gewesen waren, um zu bemerken, dass und von wem sie beobachtet worden waren. Obwohl es in seinem Zimmer kalt war, standen Schweißtropfen auf seiner Stirn und sein Magen wollte und wollte sich nicht beruhigen.

Was kannst du schon tun? Du hast es Kinowin gesagt, und wenn Jeslek merkt, dass du ihm nachspionierst …

Eine Weile saß Cerryl reglos vor dem leeren Spähglas. Dann stand er auf, ließ die Schultern kreisen und ging zum Fenster. Draußen vor der Scheibe trieben fette Schneeflocken vorbei.

Schließlich drehte er sich wieder um, wischte sich die Stirn ab und verließ sein Zimmer, um zum Brunnen zu gehen. Er blieb eine Weile am Bogengang stehen, denn er wusste, dass früher oder später Anya vorbeikommen würde.

Nicht lange, und er spürte die Woge von Chaos, die von Anya ausstrahlte, als sie durch die vordere Halle der Magier ging und sich ebenfalls dem Springbrunnen näherte.

Mit kummervoll verzogenem Gesicht, als sei er tief in Gedanken versunken, stürmte er schräg über den Hof, den Schnee ignorierend, der um ihn herum niederfiel.

»Cerryl! Nun passt doch auf! Ihr hättet mich beinahe umgerannt.« Anya sah ihn neugierig an. »Ihr wolltet meine Aufmerksamkeit erregen.«

»Natürlich«, gab Cerryl grinsend zu. »Das konnte ich Euch wohl nicht verheimlichen.« Der Duft von Sandelholz und Trilia war beinahe überwältigend, aber er durfte sich nicht ablenken lassen.

»Aber warum?« Jetzt schien Anya wirklich sehr interessiert.

»Habt Ihr einen Augenblick Zeit?« Er deutete zur Bank

hinter dem Springbrunnen, doch dann, viel zu spät, fiel ihm ein, dass sie nass war. Er blieb abrupt stehen.

»Ihr macht mich wirklich neugierig, Cerryl. Also gut, einen Augenblick habe ich Zeit.« Sie folgte ihm zur Bank und blieb neben ihm stehen.

Der Magier blickte sie aus seinen grauen Augen offen an. »Für Krieg und Kampf braucht man Macht. Wenn Ihr die Händlerin tötet, werdet Ihr den Schwarzen Schmied, wie auch immer sein Name war, dazu zwingen…«

»Dorrin«, erwiderte Anya belustigt. »Dorrin ist sein Name.«

»Dann werdet Ihr ihn noch dazu bringen, Fairhaven anzugreifen. Könnt Ihr eigentlich spüren, wie viel Ordnung er in sich birgt? Er hat so viel Ordnung in sich, wie Jeslek an Chaos in sich hat.«

»Cerryl… Ihr könnt vieles sehen, aber es gibt auch Dinge, die Ihr nicht erkennt.« Anya setzte ihr strahlendes, falsches Lächeln auf. »Natürlich hat der Schmied viel Ordnung in sich. Aber Ihr habt schon immer eine Schwäche für Opfer gehabt. Das hat Euch auch bei der Stadtwache in Schwierigkeiten gebracht. Ich kann Euch jedoch versichern, dass die Händlerin zu ihrem Schmied zurückkehren wird. Sie wird überleben.«

»Aber warum lässt Jeslek sie dann foltern?«

»Cerryl… wisst Ihr, was Jeslek tun würde, wenn ich ihm diese Bemerkung von Euch zutragen würde?«

Der junge Magier zwang sich zu einem Lächeln und verbarg seine wahren Gefühle vor ihr. Er hatte schon vor langer Zeit gelernt, dass ebendies oft notwendig war, wenn man überleben wollte. »Anya… ich würde ihm sagen, dass Ihr es mir verraten habt, und er würde es glauben.«

Anyas Lächeln schwand. »Ihr überrascht mich, Cerryl. Was wollt Ihr nun mit dieser Händlerin?«

»Nichts. Ich bin ihr nie begegnet. Ich mache mir nur Sorgen um Fairhaven.«

Die rothaarige Frau sah Cerryl eine Weile an. Schließlich lächelte sie wieder. »Das tut Ihr wirklich. Ihr seid Jeslek sehr ähnlich. Damit hätte ich nicht gerechnet.«

Diesem Lächeln misstraute Cerryl sogar noch mehr als dem ersten.

»Sie wird zu ihrem Schmied zurückkehren, keine Sorge. Und es ist nicht nötig, weiter darüber zu sprechen. Habt Ihr das verstanden?«

Cerryl verstand nur, dass er Anya nicht trauen konnte, aber er wusste, dass sie ihm die Wahrheit gesagt hatte, was die Rückkehr der Händlerin anging. Es steckte noch mehr dahinter, doch er wusste nicht, was er fragen sollte oder wie er weiter ausbauen konnte, was er bisher schon erfahren hatte. So nickte er nur.

»Gut.« Anya drehte sich auf dem Absatz um und ließ ihn stehen.

Als sie den Hof verlassen hatte, atmete Cerryl tief durch. Was sonst hätte er tun können? Zu Jeslek oder Kinowin konnte er nicht gehen, zu Fydel ganz sicher nicht. Nur Anya war verschlagen genug, um selbst einiges vor Jeslek zu verbergen. *Man kann ja hoffen…*

Langsam und sehr nachdenklich kehrte er in sein Zimmer zurück.

LXXIII

Die Tür wurde geöffnet, bevor Cerryl anklopfen konnte, und Leyladin flog ihm in die Arme. Er hielt sie lange fest.

Schließlich trat sie einen Schritt zurück. »Es ist kalt draußen, komm doch herein.«

»Ich bin gekommen, sobald ich deine Nachricht erhielt.«

»Das sehe ich.« Sie lächelte ihn mit einer Wärme an,

die ihn sofort die kalten Straßen vergessen ließ, durch die er gelaufen war, und machte ihm Platz.

Sie gingen ins Wohnzimmer rechts neben der Eingangshalle. Im Kamin brannte ein Feuer. Cerryl genoss dankbar die Wärme. Ein leichter Duft vom Feuer erfüllte die Luft. Es war kein Kiefernholz, das dort brannte, sondern eine Sorte mit einem höheren Harzgehalt.

Leyladin ließ sich auf dem Sofa nieder, Cerryl setzte sich neben sie.

»Es ist kalt geworden und es wird wohl noch eine Weile kalt bleiben.«

»Kein Wunder, wir haben Winter«, meinte Cerryl lachend.

»Es ist kälter als gewöhnlich.«

»Das ganze Jahr war seltsam.« Cerryl drehte sich zu ihr um. »Wann kommt dein Vater wieder nach Hause?«

»Vorläufig noch nicht.« Leyladin überlegte. »Du scheinst nicht besonders froh, wie du jetzt neben mir sitzt.«

»Es hat nichts mit dir zu tun.« Cerryl wich ihrem Blick aus, sah zum Porträt ihrer Mutter. Die blauen Augen auf dem Bild schienen ihn zu durchbohren.

»Du bist aufgebracht. Gibt es schon wieder Ärger mit Jeslek?«

»Genau genommen nicht…« Er schürzte die Lippen.

»Was gibt es denn, das du mir nicht verraten willst?«

»So ist es nicht.« Er zögerte. »Aber du darfst es niemandem sagen, nicht einmal Lyasa.«

»Ich werde schweigen.« Sie lächelte. »Nicht einmal Lyasa werde ich etwas verraten.«

»Fydel hat eine Händlerin festgenommen und hergebracht…« Cerryl berichtete ihr alle Einzelheiten, die er beobachtet hatte. »…und als sie ausgepeitscht wurde, hat Jeslek das Chaos verdreht… ich konnte es spüren, es war so stark, dass ich mit dem Spähglas kaum noch etwas erkennen konnte. Ich wollte nicht noch einmal zu

Kinowin gehen und den Erzmagier selbst kann ich natürlich erst recht nicht fragen. Deshalb habe ich Anya zur Rede gestellt. Sie sagte, die Frau werde zum Schmied zurückkehren. Inzwischen ist sie sogar schon auf dem Rückweg, ich habe es überprüft.« Cerryl schüttelte den Kopf. »Ich verstehe es nicht. Ich habe mit Kinowin darüber gesprochen, aber ich kann ihn nicht weiter bedrängen, nachdem ich bei der Stadtwache diesen dummen Fehler gemacht habe.«

»Und du kannst Jeslek nicht sagen, dass du ihn beim Foltern dieser Frau beobachtet hast.«

»Ich wüsste nicht, wie ich es ihm sagen sollte. Weißt du einen Weg?«

»Nicht in der Lage, in der du dich gerade befindest, Cerryl.« Leyladin schüttelte den Kopf.

Cerryl betrachtete das Bild ihrer Mutter. Die blauen Augen starrten ihn unverwandt an.

»Wenn Jeslek die Freundin des Schmieds gefoltert hat«, sagte Leyladin nachdenklich, »dann wirft das kein gutes Licht auf ihn.«

»Nein, wirklich nicht.«

»Und es bringt dich mit deiner Ordnung des Chaos nicht weiter.«

Cerryl holte tief Luft. Was sollte er sagen?

»Du könntest wenigstens sagen, dass er eines Tages dafür bezahlen muss«, drängte sie ihn.

»Das muss er.«

»Du könntest sagen, dass du im Augenblick nichts tun kannst.«

»Im Augenblick habe ich alles getan, was ich tun konnte. Vielleicht habe ich es für sie und für mich sogar noch schlimmer gemacht. Ich habe es erst bemerkt, als die Folter schon fast vorbei war. Ich hätte nicht einmal hinlaufen und abkürzen können, was sie dort getan haben.« Cerryl zuckte mutlos mit den Achseln. »Die Folterung wird diesen Dorrin wütend machen. Er kommt mir vor wie jemand, der eine passende Antwort finden wird, wie viel es ihn auch kosten mag. Ich hoffe, ich bin nicht in der Nähe, wenn er seine Antwort gibt.«

»Er ist dir demnach sehr ähnlich«, meinte Leyladin lachend und freundlich, aber zugleich auch etwas kühl.

Cerryl starrte den Boden an.

»Wie stehst du zu diesen… zu diesen Folterungen?«

»Ich halte es für falsch.«

»Nein… ich meine, wie fühlst du dich dabei?«

»Spielt das eine Rolle? Ich habe doch sowieso nicht die Macht, etwas zu ändern.«

»Furcht, Wut, Zorn, Verzweiflung… sie toben in dir wie das Chaos. Du behältst deine Gefühle meist für dich. Aber früher oder später, Cerryl, musst du dich jemandem anvertrauen.«

»Ich vertraue dir doch.«

»Du vertraust mir an, was passiert ist, aber was du empfindest, muss ich dir einzeln aus der Nase ziehen.«

»Es fällt mir schwer, darüber zu sprechen.«

»Ich weiß.«

Die rotblonde Heilerin nahm ihn in den Arm und drückte ihn. »Du hast nie jemanden gehabt, dem du dich wirklich anvertrauen konntest, nicht wahr?«

»Nein.«

»Du musst lernen, dass es möglich ist.«

»Wir sind doch schon dabei.«

Leyladin runzelte die Stirn »Was meinst du damit?«

»Vor einer Weile habe ich über etwas nachgedacht, ohne es auszusprechen. Du hast auf meine Gedanken geantwortet.«

»Dann muss sehr offensichtlich gewesen sein, was du gedacht hast.« Sie lachte leise.

»Vielleicht war es das.« Cerryl war nicht sicher, aber er sagte nichts weiter dazu und in diesem Augenblick wurde ihr Gespräch ohnehin durch ein Poltern an der Haustür unterbrochen.

»Es ist erbärmlich kalt draußen«, schnaufte Layel, während er sich im Flur den Schnee von den Stiefeln abtrat. Er kam ins Wohnzimmer, marschierte am Sofa vorbei und blieb direkt vor dem Kamin stehen. »Es geht doch nichts über einen warmen Kamin nach einem kalten Ritt.«

»Woher kommt Ihr jetzt?«, fragte Cerryl.

»Nur aus Muneats Lagerhaus. Es ist im Nordwesten. Der Wind hat aufgefrischt, und ich fürchte, es wird noch kälter werden und noch mehr Schnee geben. Er hatte etwas Brokat, gute Qualität, aber die Preise sind nicht ohne.«

»Also hast du nichts gekauft«, sagte Leyladin lachend.

»Wenn die Preise hoch sind, kaufe ich so wenig wie möglich ein, und wenn mir noch so viele Leute sagen, dass die Preise weiter steigen werden.« Der Händler mit dem schütteren blonden Haar schüttelte den Kopf. »Wenn die Waren noch teurer werden, dann haben die Leute kein Geld mehr, um sie zu kaufen.« Er drehte sich um, damit auch sein Rücken vom Kaminfeuer gewärmt wurde. »Die Leute haben jetzt schon kaum noch Geld. Was für eine Welt! Immer noch ist kein neuer Fürst in Hydolar eingesetzt, überall auf den Straßen und bis nach Spidlar hinein sind Räuber unterwegs. Einer der besten Händler von dort, sein Name war Willum, er hatte immer recht ausgefallene Waren... er ist tot, getötet von Räubern. Sein Lager ist in einem kleinen Hafen in Spidlar... ja, in Diev. Ich bin ihm einige Male in Elparta oder Axum begegnet. Tja, jetzt ist er tot.«

Cerryl runzelte die Stirn. Er hatte den Namen schon einmal gehört, konnte ihn im Augenblick aber nicht einordnen.

»Kennt Ihr ihn?«

»Nein, Ser. Ich habe den Namen schon einmal gehört, aber ich weiß nicht mehr, wo es war.«

»Dann ist da noch Freidr… er ist Kommissionär in Jellico. Er hat mir einen Brief geschickt und wollte wissen, warum Eure Gilde darauf besteht, dass alle Lagerhäuser in Jellico überprüft werden.« Layel hob die Augenbrauen.

»Darüber weiß ich nichts«, gestand Cerryl.

»Spielt auch keine Rolle. So, jetzt ist mir wärmer. Ist das Essen schon fertig?«, wollte der Kommissionär von seiner Tochter wissen.

»Ich frage Meridis.« Leyladin stand auf und ging in die Küche.

»Ihr wart ja richtig erschrocken, junger Cerryl, als ich die Überprüfungen der Lagerhäuser erwähnt habe.«

»In der Tat, Ser. So etwas habe ich noch nie gehört.«

»Ich auch nicht, ich auch nicht. Was ist die Welt doch für ein trauriger Ort geworden. Ich wünschte, die Schwarzen Engel auf Recluce würden uns in Ruhe lassen.«

Cerryl verkniff sich den Kommentar, dass die Probleme seiner Ansicht nach nicht unbedingt von Recluce ausgingen.

Leyladin tauchte wieder auf und blieb neben dem Kamin in der Tür stehen. »Meridis ist längst bereit. Sie wollte wissen, was dich so lange aufgehalten hat.« Die Heilerin grinste ihren Vater an.

»Diese Frau. Was mich aufgehalten hat? Das Geldverdienen, damit ich Essen kaufen und ihr Gehalt auszahlen kann… was mich aufgehalten hätte, pah…« Layel unterbrach sich, als er das Funkeln in Leyladins Augen sah. »Meine Tochter, du wirst mich mit deiner Ordnung noch in den Tod treiben.«

»Aber ich doch nicht.«

Layel wandte sich an Cerryl. »Töchter! Nun kommt, lasst uns essen.«

Leyladin und Cerryl wechselten einen Blick und lächelten belustigt.

LXXIV

Immer noch verwundert, dass Kinowin ihn zu sich gerufen hatte, klopfte Cerryl an die Tür des Obermagiers. *Hat er etwas über die Händlerin oder den Schmied herausgefunden?*

»Kommt herein, Cerryl.«

Cerryl trat ein und schloss hinter sich die Tür. Der Raum war warm, obwohl außerhalb des Weißen Turms eine grimmige Kälte herrschte und das Zimmer des Obermagiers nicht einmal einen eigenen Kamin hatte. Die Wärme wurde von einem leicht beißenden Duft überlagert, als hätte hier ein Heiler gearbeitet.

»Ihr habt mich gerufen?«

Kinowin deutete auf einen Stuhl und Cerryl setzte sich.

»Cerryl«, sagte der Obermagier, »Jeslek hat angeregt, dass Ihr eine Expedition nach Spidlar begleiten sollt.«

»Ich? Ein ehemaliger Magier der Stadtwache, der sich nicht an die Regeln hält?« Cerryl versuchte, erstaunt, aber nicht sarkastisch zu antworten, denn Sarkasmus hätte den Obermagier erzürnt. Warum hatte Jeslek es ihm nicht persönlich gesagt? Bisher hatte der Erzmagier in dieser Hinsicht noch nie gezögert.

»Die meisten Lanzenreiter wissen es gar nicht, aber wenn sie es wüssten, dann würden sie es Euch als Verdienst anrechnen. Jeslek meint, er braucht dort jemanden, der in den größeren Städten den Frieden wiederherstellt. Es sollte jemand sein, der über Kampferfahrung verfügt und sich nützlich macht. Er deutete an, am besten sei jemand geeignet, der nicht anderswo vermisst würde.«

Cerryl zuckte zusammen. »Er will mich aus dem Weg

räumen. Ich soll verschwinden, wenn Spidlar erobert ist, ohne dass er sich selbst in Gefahr gebracht hätte.«

»Das kann sein. Aber… wenn Ihr Eure Sache gut macht und überlebt, braucht Ihr für den Rest Eures Lebens wahrscheinlich keine Angst mehr vor Pfeilen aus Seitenstraßen zu haben. Oder dass man Euch allein losschickt, um aufsässige Fürsten zu beseitigen.« Kinowins Tonfall war halb belustigt und halb ernst. Dann runzelte er die Stirn. »Ihr wisst doch, dass bisher noch kein neuer Fürst in Hydolar eingesetzt wurde? Und die Wegezölle wurden auch noch nicht entrichtet.«

»Das wusste ich nicht, aber es wundert mich nicht. Denkt Ihr, Jeslek könnte mich noch einmal dorthin schicken, wenn ich nicht die Expedition nach Spidlar begleite?«

»Ich will mir nicht anmaßen, die Pläne des Erzmagiers zu erraten.« Kinowins Augen blitzten und er lächelte ironisch.

»Was, meint Ihr, hätte Myral dazu gesagt?«, fragte Cerryl.

»Er hätte vorgeschlagen, dass Ihr Euch fügt, da bin ich sicher.« Kinowin lächelte freundlich.

Cerryl zuckte grinsend mit den Achseln. »Dann gehe ich mit.« *Nicht, dass ich überhaupt eine Wahl hätte.* »Gibt es etwas Bestimmtes, das ich mitnehmen soll und an das ich von mir aus nicht denken würde?«

Kinowin legte den Kopf schief. »Geduld. Außerdem ein zweites Paar Stiefel zum Wechseln und eine dicke Wolldecke. Ihr werdet vor dem Erzmagier mit Fydel nach Jellico aufbrechen. Ihr und Fydel werdet Rekruten aus Certis und ihre Kommandanten von Jellico nach Spidlar begleiten, wenn der richtige Augenblick gekommen ist.«

»Nur wir zwei?«

»Ihr bekommt eine große Abteilung Weiße Lanzenreiter, aber die meisten werden bei Jeslek bleiben, soweit ich weiß. Er hat irgendeinen Plan, aber er hat mir nicht verraten, was er vorhat, und wahrscheinlich wird er es auch nicht tun.«

»Er muss… er muss sehr beschäftigt sein.«

»Weil er es Euch nicht selbst gesagt hat?« Der Obermagier trank einen Schluck aus seinem Becher. Anscheinend, dachte Cerryl, war weder Apfelwein noch Gelbkieferntee darin. »Beizeiten wird er sicher noch mit Euch darüber reden, aber er hat viel zu tun und in den letzten Achttagen sind die Dinge nicht einfacher geworden. Ganz und gar nicht.« Kinowin stellte den Becher auf den Tisch und blickte zum purpurnen und blauen Wandbehang.

»Die Händlerin ist nach Spidlar zurückgekehrt«, warf Cerryl ein.

»Ich weiß. Das ist schon ein paar Tage her. Ich glaube nicht, dass Jesleks Plan funktionieren wird, aber wir können nicht viel tun. Nicht jetzt und nicht auf diese Entfernung. Ich fürchte, es könnte sich sogar zu seinem Nachteil auswirken, und das habe ich ihm auch gesagt, aber er hat sich vorher nicht mit mir beraten.« Kinowin schüttelte den Kopf. »Ihr könnt nichts tun. Nicht jetzt. Konzentriert Euch auf die Dinge, die Ihr tun könnt.«

Das ist schwer… und es wird immer schwerer. »Ich werde es versuchen.«

»Ihr müsst Euch noch mehr Mühe damit geben… wenn Ihr das kommende Jahr überleben wollt.« Kinowin hob wieder den Becher. »Das war alles, was ich Euch sagen wollte.«

»Danke.« Cerryl stand auf, immer noch voller Fragen und Zweifel, dass er kaum wusste, welche Frage er zuerst hätte stellen sollen. Als er ging, bemerkte er wieder den beißenden Geruch. Trank Kinowin irgendein Gebräu, weil er krank war? Oder um einer Krankheit vorzubeugen?

Die Vorstellung, eines Tages könnte es eine Gilde ohne

Kinowin geben, jagte Cerryl einen kalten Schauer über den Rücken. Bedrückt verließ er den Weißen Turm.

LXXV

»Wir gehen heute Abend zu Furenk«, hatte Leyladin mit jenem energischen Ton, der keinen Widerspruch duldete, zu Cerryl gesagt. »Ich bezahle und du wirst das Essen und den Wein genießen.«

Sie liefen die Hauptstraße hinunter und wichen aufmerksam den vereisten Stellen auf dem Pflaster aus. Die Luft roch ein wenig scharf. Wie nach feuchtem Chaos, hätte Cerryl gesagt, auch wenn er keine Ahnung hatte, wie das Chaos nass werden konnte.

»Es war ein strenger Winter«, meinte Leyladin.

»Es war aber ein warmer Herbst und ein heißer Sommer.«

»Hydolar war schlimm. Ich bin froh, dass du mich abgeholt hast.«

»Wie war Fürst Ferobar?«

»Ich weiß es nicht. Ich bin ihm nie begegnet. Ich glaube, er hatte Angst vor Magiern. Aber ich würde lieber nicht weiter darüber reden. Jedenfalls habe ich mich gefreut, dich zu sehen. Irgendwie habe ich mich sogar gefreut, Anya zu sehen.«

»Dann muss es wirklich schlimm gewesen sein.«

Leyladin zog die Augenbrauen hoch. »Fydel ist freundlich, aber er macht nur, was man ihm sagt. Du und Anya, ihr tut, was ihr für richtig haltet. Jeslek hat Anya geschickt, um dafür zu sorgen, dass Hydlen zahlt. Dich hat er geschickt, weil der Fürst bezahlen musste.«

»Du magst ihn nicht.«

»Nein, ich mag ihn nicht, aber…« Sie ließ den Satz unvollendet.

»Du bist nicht sicher, was schlimmer ist? Sterols Vorsicht oder Jesleks Tatendrang?«

»So in etwa.« Die rotblonde Heilerin deutete zur Tür. Unverändert hing die Marmortafel vor der Tür, die Cerryl schon einmal gesehen hatte:

DER GASTHOF IN FAIRHAVEN

Die rosafarbene Marmortreppe war feucht vom Dunst, der auf den eisigen Regen gefolgt war.

Trotz der kalten Jahreszeit roch es drinnen nach Blumen. *Räucherwerk?*, dachte Cerryl. Aber er sah keine Räucherschalen.

Wie beim letzten Mal begrüßte sie ein großer Diener mit hellblauem Leinenhemd und dunkelblauer Weste. »Herrin Leyladin, Magier Cerryl, es freut mich, Euch wieder zu sehen.«

Während Cerryl sich noch wunderte, wieso der blau gekleidete Mann seinen Namen kannte, nahm dieser ihnen schon die Jacken ab und führte sie zu einem Ecktisch im hinteren Gastzimmer. Zuvorkommend bot er Leyladin den Stuhl an.

Cerryl setzte sich auf den zweiten Platz am Tisch. Auch dieses Mal waren die zehn Tische im Hinterzimmer, abgesehen von ihrem eigenen, nicht besetzt. Das hellblaue Leinentuch war makellos sauber und sogar gebügelt. Die polierte Bronzelampe, die mitten auf dem Tisch stand, warf einen warmen, aber schwachen Lichtschein, und der Kamin in der Mitte der hinteren Wand barg ein Feuer, das jede Spur von Kälte aus dem Speisezimmer vertrieben hatte.

»Es ist so elegant, wie ich es in Erinnerung habe. Genau wie du«, meinte Cerryl.

»Du bist aber auch elegant«, erwiderte Leyladin lächelnd. »Heute Abend wollte ich dich mit niemandem teilen. Vater hätte nur pausenlos über den Handel geredet und dass die Dinge immer schlimmer werden.«

»Das stimmt ja auch, aber… ich bin froh, dass wir hier sind.«

»Herrin… Ser?« Eine rundliche Frau in einer dunkelblauen Hose, passender Weste und hellblauem Hemd kam an ihren Tisch. »Heute Abend haben wir Rinderbraten mit Pilzen und Birnäpfeln oder einen Lammspieß, junges Lamm mit einem Guss aus Minze und Apfel.«

»Das Lamm«, sagte Leyladin, »und dazu eine Flasche kyphrischen Weißwein.«

»Das Rindfleisch.«

Als die Bedienung wieder fort war, sah Cerryl die Heilerin an, die tiefen grünen Augen, in die er immer wieder hineinzustürzen drohte. Er lächelte.

»Was lachst du?«

»Deinetwegen.«

»Gut, das freut mich. Weißt du, du hast mir noch gar nicht erzählt, wie es war, außerhalb von Fairhaven aufzuwachsen.«

»Schwer war es. Nicht schrecklich… aber in gewisser Weise schwer. Ich musste das Wasser aus einer Quelle oberhalb des Bergwerks holen. Die Quellen, die tiefer lagen, hatten manchmal grünes und gelbes Wasser und rochen nach Bimsstein. Das Haus… es war besser als viele andere Häuser, sogar besser als die Häuser in Hrisbarg. Onkel Syodar hat aus den Gebäuden des Bergwerks das Beste gemacht, nachdem der alte Fürst es geschlossen hatte…« Cerryl erzählte weiter, was er am Bergwerk erlebt hatte und wie er dort aufgewachsen war. »…ein Ort, wo viele Menschen gearbeitet haben und wo schließlich nur noch mein Onkel war… Es hatte etwas Trauriges an sich.« Er hielt inne, als die Schankmaid den Wein brachte.

Leyladin kostete einen kleinen Schluck, nickte und ließ ihre Gläser halb voll schenken.

Cerryl nahm sein Glas, trank einen Schluck und lächelte entzückt. Der goldene kyphrische Wein schmeckte und roch nach den besten Früchten vom Frühling, Sommer und Herbst. »Er ist gut, womöglich der beste Wein, den ich je getrunken habe.«

»Ich mag ihn auch. Vater sagt, man muss ihn einfach mögen«, erklärte Leyladin grinsend. »Er kostet vier Silberstücke die Flasche.«

Cerryl schluckte. Fast ein halbes Goldstück für eine einzige Flasche Wein? »Kein Wunder, dass er so gut ist.«

»Genieße ihn.« Leyladin hob ihr Glas.

Cerryl probierte noch einen Schluck. Vier Silberstücke hin oder her, es war ein vorzüglicher Wein. »Was hältst du davon, dass ich über Kinowin von Jesleks Absicht erfahren habe, mich nach Jellico und Spidlar zu schicken?«

»Er will dich nicht in seiner Nähe in Fairhaven haben. Du sollst möglichst weit weg sein. Ich glaube, er hat sogar ein wenig Angst vor dir.«

»Vor mir?«

»Keine falsche Bescheidenheit, Cerryl. Keiner der jüngeren Magier hat deine Kräfte und deine Begabung aufzuweisen.«

»Trotzdem…«, widersprach er.

»Wenn ich gleich richtig darüber nachgedacht hätte, dann hätte ich von vornherein damit rechnen müssen, dass Jeslek dich mit seinen Streitkräften nach Spidlar schicken wird.« Leyladin presste die Lippen zusammen. »Vielleicht lässt er sogar durchsickern, dass du der Magier bist, der zwei Herrscher beseitigt hat.«

Cerryl runzelte die Stirn. An diese Möglichkeit hatte er auch selbst schon gedacht. »Aber wenn er dies zugibt, dann wird es beim nächsten Mal, wenn er wieder jemanden beseitigen will, nicht nur für mich, sondern auch für jeden anderen schwieriger.«

»Das mag ja sein.« Sie zog die Augenbrauen hoch.

»Du traust ihm nicht?«

»Ich traue ihm zu, dass er stets das tut, was ihm nützlich ist. Im Augenblick hält er dich für nützlich, aber das kann sich ändern.«

»Ich weiß.« Er trank noch einen Schluck vom goldenen Wein und versuchte, die verschiedenen Bestandteile herauszuschmecken, aber es gelang ihm nicht.

»Solange er Probleme hat, braucht er dich…«

»Und er wird sie vorläufig nicht lösen können. Ich verstehe immer noch nicht, warum die Dinge sich so ungünstig entwickelt haben. Heralt meinte, das sei alles nichts Neues. Wir hatten früher schon Missernten und Schwierigkeiten mit Recluce, es gab undankbare Fürsten, Probleme mit dem Handel… manchmal sogar alles gleichzeitig. Aber die Gilde musste noch nie auf die eine oder andere Weise gegen halb Candar kämpfen.«

»Bisher hat auch noch kein Magier neue Berge wachsen lassen«, gab sie ihm zu bedenken.

»Darüber habe ich mir auch schon Gedanken gemacht.« Er schaute auf, als die Bedienung mit zwei Tellern zurückkam. »Eigentlich ist es einfacher, das Chaos in der Erde zu verändern, als reines Chaos aus dem Boden zu ziehen und in Form einer Feuerkugel zu schleudern. Ich glaube, Jeslek wollte mit den Bergen Gallos in zwei Teile zerlegen. Ich habe es erwähnt und er hat nicht widersprochen.«

Die rundliche Frau stellte den Teller mit Lamm vor Leyladin und den mit Rindfleisch vor Cerryl ab.

»Danke«, sagte Leyladin.

»Darf ich sonst noch etwas bringen, Herrin, Ser?«

Cerryl und Leyladin wechselten einen Blick, dann sagte Cerryl: »Nein, danke.«

Der Magier mit den grauen Augen schnitt eine kleine Scheibe Rindfleisch ab und kaute langsam. »Gut.«

»Versuch mal das Lamm.« Leyladin bot ihm einen Bissen an.

Er trank einen Schluck Wein und kostete dann das Lamm. »Auch gut. Sogar besser als das Rindfleisch, aber nicht viel.« Er erinnerte sich an Faltars Abneigung gegen Lamm und schob den Gedanken gleich wieder beiseite.

Nach kurzem Schweigen sagte Leyladin: »Auch wenn du seinetwegen besorgt bist, du überschätzt Jeslek.«

Cerryl runzelte die Stirn. »Glaubst du wirklich? Aber warum?«

»Du scheinst anzunehmen, dass Jeslek mehr sieht als nur sich selbst. Ich bezweifle das. Aber wie auch immer, er braucht dich, weil du für ihn die Dinge erledigen sollst, die er nicht selbst tun will. Das Gleiche, wenn auch auf anderen Gebieten, gilt für Anya.«

Cerryl lächelte.

»Du hörst nicht richtig zu. Dieses von der Ordnung verfluchte Lächeln setzt du immer auf, wenn du mir nicht offen sagen willst, dass ich mich irre. Anya ist reines Gift, besonders für dich. Alles, was sie sagt, ist verdreht, aber du hörst höflich zu und dann musst du es dir zusammenreimen. Gewöhnlich gelingt dir das auch, aber während du noch nicht alles verstanden hast, könntest du dumme Dinge tun…« Leyladin schüttelte den Kopf. »Ich weiß gar nicht, warum ich mir überhaupt die Mühe mache.«

»Ich traue ihr auch nicht, aber ich habe nicht viele Möglichkeiten. Ich würde viel lieber bei dir bleiben.« Cerryl seufzte leise. »So, da hast du es. Ist das besser?«

»Es ist aufrichtiger«, gab Leyladin zurück. »Warum versuchst du es nicht öfter damit?«

»Was? Ich soll aufrichtiger sein?« Cerryl lachte leise.

»Ich war es doch. Es nützt nichts. Abgesehen von dir, aber du bist eine Schwarze.«

»Du warst auch mit Myral aufrichtig. Du bist es mit Kinowin.«

»Ich habe nie gelogen, aber ich habe sie hin und wieder mit Halbwahrheiten in die Irre geführt.« Cerryl verzog den Mund. »In gewisser Weise ist auch Jeslek aufrichtig. Er tut nicht einmal so, als würde er zuhören. Er kann es sich leisten, sich so zu verhalten. Das kann man machen, wenn man der mächtigste Weiße in der geschriebenen Geschichte ist.«

»Was ist mit den alten Weißen?«

»Ich traue den Legenden nicht. Jedenfalls ist das alte Wissen zum größten Teil verloren.« Cerryl aß sein Rindfleisch und die Birnäpfel auf und strich die Soße mit etwas Brot vom Teller. »Das war hervorragend. Vielen Dank.«

»Keine Ursache. Jetzt verstehst du sicher, warum ich so gern hierher komme.«

»Ja, das verstehe ich.« Er runzelte die Stirn.

»Was ist los?«

»Oh, nichts weiter. Du sagtest, dass ich es verstehe, und ich verstehe es. Aber die meisten Leute verstehen überhaupt nichts, obwohl sie so oft das Gegenteil behaupten«, meinte der Magier mit den grauen Augen nachdenklich. »Sie meinen damit, dass du verstehen sollst, was sie wollen oder glauben, so dass du dich veränderst. Das Verstehen selbst ändert aber erst einmal überhaupt nichts.«

»Du bist zynisch.«

»Die Wahrheit ist nicht zynisch, Leyladin.«

»Genug Gerede über Wahrheit oder Zynismus. Wir haben nicht mehr viel Zeit.« Sie winkte den Diener heran, der ins hintere Zimmer gelugt hatte. Er holte seinerseits die Bedienung.

»Ja, Herrin?«

»Was gibt es an Nachtisch?«

»Wir haben Honigkuchen und Eierkuchen mit einer Glasur aus dem seltenen braunen Zucker aus Hamor.«

»Ich nehme den Eierkuchen«, bestellte Leyladin.

»Ich auch.« Cerryl schloss sich ihr nickend an.

Lächelnd wandte sich die Bedienung ab. Cerryl füllte ihre Gläser nach und leerte die Flasche bis auf den letzten Tropfen. »Das Essen war wirklich gut… ganz zu schweigen von der Gesellschaft.«

»Ich fand es auch schön, mit dir hier zu speisen. Aber kein Wort mehr über die Gilde.«

»Ja, Herrin.« Er lächelte sie an.

»Wie war dein Onkel? Du hast mir nicht viel über ihn erzählt. Ich weiß nur, dass er ein Vorarbeiter im Bergwerk war.«

»Er war Bergmann. Seine Worte waren hart, sein Herz war weich. Er hat geglaubt, er müsse sich vor allem durch seine Arbeit beweisen. Dylert – das war der Müller – sagte einmal, dass er ihn mehr als alle anderen Handwerksmeister bewundert hätte. Ich habe erst, nachdem ich nicht mehr dort lebte, erfahren, dass er ein Meister seiner Zunft war.«

»Wusste er, dass du ein Magier werden würdest?«

»Er und Tante Nall wussten, dass ich die Begabung dazu besitze. Sie haben versucht, alle Gläser von mir fern zu halten, als ich noch ein Kind war.«

»Das war klug von ihnen.«

»Ich habe damals anders darüber gedacht.« Cerryl lachte, dann hielt er inne, als die Bedienung die Eierspeise mit dem goldbraunen, harten Überzug brachte.

Leyladin hob die Augenbrauen und wandte sich leise an die Bedienung.

»Sieben und fünf, Herrin.«

»Danke.« Die Heilerin wandte sich wieder lächelnd an Cerryl. »Nur zu, probiere es.«

Der Überzug war unglaublich süß, sogar süßer als

Honig, und bildete einen angenehmen Gegensatz zur aromatischen Eierspeise darunter.

»Köstlich… einfach ein Genuss«, sagte er schließlich, als er vor dem leeren Schälchen saß.

»Ja, du bist ein Genießer.«

Cerryl errötete.

»Das gefällt mir besonders gut.« Sie kicherte.

»Das freut mich.« Das Glühen wollte nicht von seinen Wangen weichen.

Sie nahm seine Hand und lächelte ihn an. »Lass es mich auskosten… für den Augenblick.«

Er erwiderte ihr Lächeln. »Ja, ich bin wohl wirklich ein Genießer.«

Sie kicherte wieder.

Cerryl wäre beinahe zusammengezuckt, als er sah, wie Leyladin acht Silberstücke auf dem Tisch zurückließ. Das entsprach beinahe seinem Gehalt für einen ganzen Achttag. Nachdem sie ihre Jacken, die der Diener zuvorkommend gebracht hatte, angezogen hatten, bot er ihr den Arm an und sie gingen durch den zur Hälfte besetzten vorderen Speiseraum nach draußen.

»Herrin Leyladin… er ist Magier… weiß den Namen nicht… Stadtwache sagt, mit ihm wäre nicht zu spaßen…«

»…wundert mich nicht…«

»…ihr Vater… fast so reich wie Jiolt…«

Cerryl fragte sich, ob er sich jemals an das Getuschel und die Gerüchte gewöhnen würde, die ihn zu verfolgen schienen. Als sie draußen in der Kälte und der Dunkelheit standen, beugte er sich zu Leyladin hinüber. »Noch einmal, vielen Dank. Es war wundervoll.«

»Das freut mich.« Sie legte einen Augenblick den Kopf an seine Schulter und er roch den schwachen Blumenduft und den Geruch der Frau, die er liebte – und fragte sich, ob er sie jemals als seine Frau und nicht nur als Freundin würde sehen dürfen.

Langsam gingen sie über die Hauptstraße zurück und dann nach Westen zu Leyladins Haus. Der Wind war kälter geworden, feucht und schneidend, und schien einen neuen winterlichen Sturm anzukündigen.

Leyladin nahm seine Hand. »Versprich mir, dass du dich vorläufig an Kinowins Ratschläge hältst. Nicht für alle Zeiten – nur für das kommende Jahr oder so.«

»Hast du auch Visionen?« Er drückte leicht ihre Hand.

»Nein, keine Visionen. Nur Gefühle.«

»Ich vertraue deinen Gefühlen und werde mich bemühen.«

»Sei nicht so herablassend.«

»Bin ich nicht. Manchmal... ich kann nicht immer tun, was ich will. Ich wollte mich nicht mit dem Präfekten oder Fürst Ferobar abgeben. Aber mir blieb nichts anderes übrig.«

Sie drückte seine Hand und sie gingen über den gepflasterten Weg zu ihrem Haus, das sie im Vergleich zu den Anwesen der Kommissionäre in anderen Städten für bescheiden hielt.

LXXVI

Cerryl ließ sich verunsichert auf dem Stuhl nieder und wartete, dass Jeslek das Wort ergriff. Draußen trieben die schweren, nassen Flocken eines spätwinterlichen Schneetreibens vorbei.

»Obermagier Kinowin hat Euch bereits erklärt, dass Ihr den Feldzug gegen Spidlar begleiten sollt.« Jeslek lächelte angespannt. Er wirkte beinahe wie eine zusammengerollte Schlange, obwohl er äußerlich völlig ruhig auf der anderen Seite des Tisches zu sitzen schien.

»Anya hat mir berichtet, dass Ihr von selbst die Ordnungs-Kräfte des jungen Schmieds Dorrin entdeckt habt und Euch Sorgen macht, er könnte gegen die Gilde vorgehen.«

Cerryl zuckte mit den Achseln. *Was soll ich jetzt sagen?* Er überlegte kurz und wählte seine Worte mit Bedacht. »Der Schmied hat Recluce verlassen und stellt Dinge her, die viel Ordnung enthalten. Ich habe das herausgefunden, als ich dem Verbleib der Wegezölle nachspüren wollte.«

»Und? Es sind doch nur Spielsachen oder Modelle, für die sich Handwerker interessieren.« Jeslek zog die Augenbrauen hoch.

»Er hat ein Haus, eine Schmiede und einen Stall gebaut. Ich glaube nicht, dass er nach Recluce zurückkehren wird. Vielleicht kann er das auch gar nicht, weil er diese Dinge geschmiedet hat.« Cerryl hoffte, die Situation richtig einzuschätzen.

»Das trifft höchstwahrscheinlich zu.«

»Nun, er hat viel Ordnung in sich, und wenn er keinen Ort mehr hat, an den er gehen kann, und die Gilde greift seinen Wohnort an, dann könnte er sich gezwungen sehen, gegen uns vorzugehen.«

»Auch das ist wahr… aber er ist ein Ordnungs-Schmied. Er kann nicht einmal Waffen mit einer Schneide herstellen. Ich glaube nicht, dass er mehr tun kann, als uns etwas lästig zu werden. Ich mache mir viel mehr Sorgen wegen der beiden anderen, die inzwischen zu Offizieren befördert worden sind. Sie haben bereits großen Schaden angerichtet. «Jeslek runzelte die Stirn. »Habt Ihr sonst noch etwas herausgefunden, was die unterschlagenen Wegezölle angeht?«

»Ich habe herausgefunden, dass einige Leute am Hof des Vicomte wohlhabender sind, als man es für möglich halten würde. Allerdings ist es schwer, von hier aus mit dem Glas mehr über sie zu erfahren«, gab Cerryl zu. Er regte sich unbehaglich.

»Wir werden in Jellico Rekruten ausheben und dort könnt Ihr Eure Bemühungen fortsetzen, denn solange der Feldzug gegen Spidlar nicht beginnt, habt Ihr nicht viel zu tun.« Die goldenen Augen des Erzmagiers funkelten und Cerryl glaubte einen Augenblick, Chaos und Schwefel im Turm zu riechen.

»Wann brechen wir auf, Ser?«

»Ihr und Fydel werdet in einem Achttag aufbrechen. Ich muss mich noch in Hydolar um einige Dinge kümmern, beispielsweise um die ausstehenden Wegezölle und die tausend Goldstücke Entschädigung. Abgesehen von der letzten Gruppe Weißer Lanzenreiter, die Eliasar ausbildet, müssen die Einheiten noch vor Frühlingsanfang in Jellico sein.«

»Dann wollt Ihr auch dorthin?«

»Natürlich. Die Herrscher der anderen Ländern scheinen einen Erzmagier, der in Fairhaven bleibt, nicht zu fürchten. Dieses Mal wird es anders kommen. Ganz anders. Als Erstes werden es die Händler in Hydolar auf äußerst schmerzhafte Weise erfahren.« Die goldenen Sonnenaugen funkelten böse.

»Ja, Ser.«

»Ihr könnt jetzt gehen und Eure Vorbereitungen treffen, Cerryl.«

Der jüngere Magier nickte.

»Cerryl… vergesst nur nicht, dass einzig Eure Hingabe für das Wohl Fairhavens Euch gerettet hat. In dieser Hingabe solltet Ihr keinesfalls nachlassen.«

»Ganz gewiss nicht, Erzmagier, ganz gewiss nicht.«

»Das hatte ich gehofft. Guten Tag, Cerryl.«

LXXVII

Cerryl und Leyladin standen in der Eingangshalle ihres Hauses. Draußen in der Dunkelheit fiel ein kalter Nieselregen. Von den Pflastersteinen auf den Straßen stiegen Nebelschwaden auf, die beinahe die Laternen der Nachbarhäuser verdeckten.

»Es war ein wundervolles Essen und es war schön, euch zu besuchen.« Cerryl nahm noch einmal ihre Hände. Die Finger lagen kühl in seiner Hand.

»Vater hat zu viel geredet…« Sie lächelte mitfühlend.

»Das macht nichts. Er hat ja auch nicht viele Leute, mit denen er reden kann, von dir abgesehen.«

Leyladin runzelte die Stirn.

»Was ist?«

»Manchmal…« Sie seufzte leise und entzog ihm die Hände, blieb aber dicht vor ihm stehen. »Manchmal bin ich nicht so geduldig, wie ich es sein sollte.«

»Du kannst doch mitkommen. Jeslek hätte sicher nichts dagegen, wenn eine Heilerin dabei wäre.«

»Nein. Wenn ich mitkomme, kannst du nicht tun, was du tun musst. Du würdest nicht auf dich aufpassen und dann haben wir überhaupt keine Chance mehr.« Ihre Stimme war fest. »Es gefällt mir nicht, aber ich bin sicher, dass es richtig ist.«

Cerryl wollte heftig den Kopf schütteln. »Was soll daran richtig sein?«

»Du sollst morgen aufbrechen. Wie fühlst du dich dabei?«, fragte Leyladin.

»Ich bin beunruhigt. Aber du hast meine Frage nicht beantwortet.«

»Warum bist du beunruhigt?« Die dunkelgrünen Augen funkelten.

»Dass ich dich allein zurücklasse, natürlich.«

»Ha! Das hast du nur gesagt, weil ich es erwarte.«

Cerryl lächelte rätselhaft.

»Lass das.« Sie runzelte die Stirn. »Ich kann es nicht erkennen, ob du mich auf den Arm nimmst oder ob du dieses von der Ordnung verfluchte Lächeln aufsetzt, weil du anderer Meinung bist, dich aber nicht mit mir streiten willst.«

Cerryl grinste. »Wenn deine Augen so blitzen wie jetzt, bist du besonders schön.«

»Sie werden bald noch mehr blitzen. Ich weiß, dass Anya Jeslek begleiten wird, wenn sie in Hydolar fertig sind. Sie werden den Angriff auf Spidlar anführen. Sie ist immer noch reines Gift, ganz besonders für dich. Sie lächelt, aber sie hasst dich, weil du dich nicht so leicht manipulieren lässt und teilweise auch, weil es mich gibt. Sie kann den Gedanken nicht ertragen, dass ein Weißer Magier eine Schwarze lieben und berühren könnte.«

»Das verstehe ich… ist das der Grund dafür, dass du nicht mitkommen kannst?«

»Einer der Gründe. Außerdem hat Kinowin mich gebeten, nicht mitzugehen.«

Cerryl schluckte erschrocken. Manchmal kam er sich vor, als wäre er noch der Handlanger in der Mühle oder der Anwärter, der als Einziger nicht wusste, was wirklich vor sich ging und nur Mutmaßungen anstellen konnte. Selbst wenn er fragte und nachforschte, bekam er keine Antworten oder höchstens solche, die sich als nichtssagend entpuppten. »Hat er den Grund dafür genannt?«

»Er sagte, es werde einen Krieg geben, wie Candar ihn noch nicht gesehen hat und bis zum Fall Fairhavens nicht mehr sehen wird, aber das würde noch einige Generationen dauern. Viele Generationen.«

Von jedem anderen als Kinowin… »Hat er das wirklich gesagt?«

»Er sagte mir, es wäre weder für dich noch für mich gut, wenn ich mitkäme.« Ihre Augen funkelten vor Zorn, aber sie beruhigte sich rasch wieder. »Er hat sich unmissverständlich ausgedrückt.«

Leyladin lächelte traurig und nahm Cerryl in die Arme. »Und er sagte auch, dass du noch eine Menge tun und lernen musst, wenn Myrals Visionen sich bewahrheiten sollen.«

»Und was ist mit uns?«

»Wenn sie nicht wahr werden…« Ihre Augen verschleierten sich im schwachen Licht.

Cerryl zog sie noch etwas enger an sich und hielt sie fest, bis er beinahe das Gefühl hatte, Schwarz und Weiß wirbelten umeinander und verflochten sich im Zwielicht miteinander. Ihre Lippen trafen sich und dieses Mal gab es kein Zögern und keine Zurückhaltung.

Die Chronik von Recluce

1. *Magische Insel* Band 06/9050	*Mitte des 15. Jh.s*	Lerris, ein angehender Schreinergeselle, langweilt sich auf Recluce und ist gezwungen, der Hochburg der Ordnung den Rücken zu kehren. In Candar begegnet er dem Grauen Magier Justen und sein Leben nimmt einen dramatischen Lauf.
2. *Türme der Dämmerung* Band 06/9051	*Beginn des 6. Jh.s*	Creslin, der Sohn der Marschallin von Westwind, flieht vor einer arrangierten Ehe mit Megaera, doch er gerät dabei in die Fänge der Weißen Magier. Als es ihm gelingt zu entkommen, fällt er wiederum Megaera in die Hände. Um ihrer beider Leben zu retten, heiraten sie und fliehen nach Recluce. Creslin, der sich zu einem gefürchteten Sturm-Magier entwickelt hat, ist bald gezwungen, seine Kräfte im Kampf ums Überleben einzusetzen.
3. *Magische Maschinen* Band 06/9052	*Beginn des 8. Jh.s*	Dorrin wird wegen seiner Leidenschaft für Maschinen von Recluce vertrieben. In Candar lernt er das Schmiedehandwerk und verwirklicht Erfindungen, die seiner Zeit weit vorauseilen. Doch die Weißen sind dem Ordnungs-Schmied bald auf den Fersen und er wird in ihre Kriege verwickelt. Ihm gelingt die Flucht zurück nach Recluce, aber auch der Schwarzen Insel droht der Untergang.

4. *Krieg der Ordnung* Band 06/9053	*Spielt 200 Jahre vor Band 1*	Die Weißen Magier haben ihre Herrschaftsgebiete auf Candar weiter ausgedehnt. Ohne Verbündete sind ihnen die restlichen Länder schutzlos ausgeliefert. Recluce schickt Justen, einen genialen Ingenieur, zu Hilfe. Doch seine Waffen vermögen vor der Übermacht der Weißen nichts auszurichten. Justen flieht in die Steinhügel und wird von einer Druidin gerettet – eine Begegnung, die letztendlich machtvolle Auswirkungen auf das Gefüge von Chaos und Ordnung hat.
5. *Kampf dem Chaos* Band 06/9054	*Spielt 5 Jahre nach Band 1*	Das überseeische Reich Hamor schickt sich an, Candar und auch Recluce zu unterjochen. Als die feindlichen Truppen sich nähern, entschließt sich Lerris, inzwischen ein mächtiger Magier wider Willen, das Chaos tief aus der Erde zu holen und mit Hilfe der Ordnung zu bündeln, um seine Heimat zu retten.
6. *Sturz der Engel* Band 06/9055	*Im Jahre 1*	In einer Weltraumschlacht gegen die Dämonen stürzt das Raumschiff der Engel in ein anderes Universum. Die eisigen Gipfel der Westhörner werden zur neuen Heimstatt. Unter dem Kommando Rybas entsteht bald eine eigene Kultur, die geprägt ist vom Kampf gegen die unwirtlichen Lebensbedingungen und die Einwohner im Tal, die mit einem großen Truppenaufgebot ihr Land zurückerobern wollen.

7. *Der Chaos-Pakt* Band 06/9056	*Im Jahre 3*	Nylan und Ayrlyn kehren Ryba und Westwind den Rücken. Sie begeben sich nach Lornth, doch dieses wird von Cyador, dem ersten Reich der Weißen, angegriffen. Nylan offenbart sich das Geheimnis des Großen Waldes und mit Hilfe seiner Kräfte werden er und sein Sohn gerettet.
8. *Weiße Ordnung* Band 06/9057	*Spielt 10 Jahre vor Band 3*	Der Waisenknabe Cerryl, Sohn eines abtrünnigen Weißen, wird sich mehr und mehr seiner besonderen Fähigkeiten gewahr. Nachdem er Onkel und Tante verloren hat, gelangt er schließlich über die Arbeit in einer Sägemühle als Schreiberlehrling nach Fairhaven, wo die Weiße Gilde bald auf ihn aufmerksam wird – und nach seinem Leben trachtet.
9. *Die Farben des Chaos* Band 06/9097 und 10. *Der Magier von Fairhaven* Band 06/9098	*Spielen zur gleichen Zeit wie Band 3*	Cerryl ist zum vollwertigen Weißen Magier geweiht worden. Er entwickelt seine außergewöhnlichen magischen Fähigkeiten im Geheimen weiter, denn er traut insbesondere dem Obermagier Jeslek nicht über den Weg. Als Jeslek Erzmagier wird und Cerryls Mentor Myral stirbt, zieht sich das Netz aus Intrigen immer enger um den jungen Magier zusammen. Doch dann droht der Krieg mit Recluce.

Weitere Romane in Vorbereitung